Ruediger Schache

Der Traumwanderer

Eddie Kramer und die Suche nach dem Buch der Träume

Roman

via nova
Verlag Via Nova

Website des Autors: www.ruedigerschache.com

2. Auflage 2013
Verlag Via Nova, Alte Landstr. 12, 36100 Petersberg
Telefon: (06 61) 6 29 73
Fax: (06 61) 96 79 560
E-Mail: info@verlag-vianova.de
Internet: www.verlag-vianova.de / www.transpersonale.de
Umschlaggestaltung: Guter Punkt, München
Satz: typo-service kliem, 97647 Neustädtles
Druck und Verarbeitung: Appel und Klinger, 96277 Schneckenlohe

ISBN 978-3-86616-279-2

Eines Nachts träumte ich, ein Schmetterling zu sein,
der glücklich von einer Blüte zur anderen fliegt.
Als ich am nächsten Morgen aufwachte,
wusste ich jedoch nicht mehr, ob ich ein Mensch war,
der geträumt hatte, ein Schmetterling zu sein,
oder ob ich ein Schmetterling war,
der gerade träumte, ein Mensch zu sein.

Chuang Tzu, chinesischer Philosoph,
ca. 369–286 v. Chr.

Prolog

Dies ist die Geschichte eines Jungen, der eine Aufgabe zu erfüllen hat. Keine einfache Aufgabe und nicht, dass er sich dessen überhaupt bewusst wäre. Aber es ist wie mit den meisten bedeutenden Taten, die Menschen hervorbringen: Sie entstehen, weil jemand in sich einen unerklärlichen, aber gleichzeitig unwiderstehlichen Drang dazu spürt.

So begann auch bei dem dreizehnjährigen Eddie Kramer aus San Francisco eine der unglaublichsten Geschichten zunächst nur mit einem Gefühl.

Das Kartenspiel

„Der Dollar ist gut angelegt, Junge. Nirgendwo besser als in diesem Spiel, das kannst du mir glauben."

Der Frühlingswind kämmte durch die schlohweißen Haare des alten Mannes wie ein unsichtbarer, wild gewordener Frisör. Hellblaue, fast ins Türkise gehende Augen blitzten listig aus einem wettergegerbten Gesicht. Eddie zögerte, denn eigentlich hatte er nicht vorgehabt, auf diesem Flohmarkt irgendetwas zu kaufen, auch nicht, wenn es nur einen Dollar kostete. Für einen fast dreizehnjährigen Jungen in den Sommerferien war ein Dollar durchaus eine nennenswerte Menge Geld. Nicht die Welt, natürlich, aber bei zehn Dollar Taschengeld in der Woche immerhin fast ein Tagesbudget. Mehr als zehn Dollar konnte sich seine Mutter auch nicht leisten. Eddies Vater verdiente als Briefträger in Pacific Heights, einem Stadtteil von San Francisco, zwar nicht schlecht, aber sie sparten jeden Cent für ein Haus in Denver, mit Veranda, eigenem Gemüsegarten und Garage.

„Ich brauche aber kein Kartenspiel. Ich habe nur so zufällig aus Neugier dorthin gesehen", wiegelte Eddie ab.

Der Alte beugte sich über den Tapeziertisch, der über und über mit Krimskrams bedeckt war. Plastikfiguren aus Zeichentrickfilmen lagen auf zerlesenen Comicheften, alte Blechautos parkten zwischen Sammelkarten mit Bildern von Baseballstars, ein Stapel Jugendbücher wurde von einem roten Sparschwein mit angeknackster Nase gekrönt, eine getragene Mütze mit dem Symbol der New York Yankees lag neben einem Plastikkoffer mit einer offensichtlich unvollständigen Detektivausrüstung. Man hätte glauben können, der Alte sammelte aus den Mülltonnen der Umgebung jedes Spielzeug, das er bekommen konnte, und bot es an seinem Stand auf dem Wochenflohmarkt in der Chiller Street an. *Die Welt der Träume für einen Dollar* war in blauen Druckbuchstaben auf das Tuch an der Stirnseite des Tisches geschrieben.

„Das ist kein gewöhnliches Spiel, mein Junge. Es ist ein Traumtarot", flüsterte der Alte durch einen mit Pizzaduft geschwängerten Windhauch. Gegenüber befand sich ein italienischer Schnellimbiss. Eine Zeitungsseite wehte heran und blieb einen Augenblick am Kopf des Händlers hängen. Die Schlagzeile war rot gedruckt, darunter ein Bild von zwei Polizisten, die in die Kamera lächelten. Mit einer kurzen Handbewegung wischte der Alte das Papier weg, ohne Eddie dabei aus den Augen zu lassen.

„Und im Übrigen geschieht nichts im Leben aus reinem Zufall. Woran deine Augen hängen bleiben, zeigt dir, wonach deine Seele sucht."

„Wonach meine Seele sucht?", wiederholte Eddie verständnislos. „Meine Seele sucht doch gar nichts. Ich fand einfach nur die oberste Karte des Spiels so interessant."

„Interessant, interessant…", murmelte der Alte und kraulte in seinem dichten Bart herum. „Soso, mein Junge. Soso. Wie heißt du denn eigentlich?"

„Eddie."

„Eddie? Einfach nur Eddie? Aus und Schluss? Eddie Ausundschluss?"

„Eddie Kramer."

Der Alte schien einen Moment nachzudenken, wobei er nicht aufhörte, Eddie anzusehen. Nur wirkte der Blick jetzt etwas abwesend. Eddie wunderte sich über sich selbst. Warum stand er vor diesem Tapeziertisch und gab diesem schäbigen Flohmarkthändler seinen Namen preis? Wieder schweifte sein Blick zu den Karten, und diesmal erkannte er, dass es sich nicht um ein gewöhnliches Spiel handelte. Der Stapel war sichtbar alt und abgegriffen. In den Ecken der oben liegenden Karte waren weder Buchstaben noch Zahlen zu sehen. Auch war das Kartenbild nicht auf die untere Hälfte gespiegelt, wie bei Spielkarten üblich. Das wäre auch kaum möglich gewesen, denn das Motiv war so angelegt, dass es das gesamte Hochformat der Karte ausnutzte. Eddies Blick begann in das Bild zu versinken. Es zeigte eine Art Puppe, die ähnlich aussah wie die russischen Steckpuppen, in denen sich immer wieder eine kleinere befand. Die obere Hälfte dieser hohlen Puppe war leicht abgehoben, so dass sich zum unteren Teil ein Spalt auftat. Doch statt den Blick auf die nächste Puppe freizugeben, schien aus der Öffnung helles bläuliches Licht in die Umgebung. Das Gesicht der Puppe war allerdings noch weitaus ungewöhnlicher. Eddie wurde in seiner Betrachtung unterbrochen.

„Eddie Kramer…", sagte der Alte gedankenverloren. „Sag mal, ist Eddie wirklich dein Vorname? Ich meine, steht der zum Beispiel auch über deinem Schulzeugnis oder so was?"

Schulzeugnis war kein gutes Wort für Eddie, und er spürte, wie sich die Faszination der Begegnung mit dem alten Mann zu verflüchtigen begann. Eddie war ein eher mittelmäßiger Schüler, besonders in den Fächern, in denen man auswendig lernen musste. Kunsterziehung, Musik und Aufsätze schreiben waren eindeutig seine stärkeren Seiten. An Schwächen dachte Eddie nicht gerne. *Schulzeugnis* klang aber nach Schwächen.

„Ich muss jetzt gehen", sagte er und löste seinen Blick von der Puppenkarte. Mit einer verlegenen Geste strich er sich seinen rostbraunen, fingerlang geschnittenen Haarschopf zurück. Eddie war ein Junge von durchschnittlicher Statur und Größe, mit hellblauen Augen und einer Menge Sommersprossen seitlich der Nase, die seine Mutter immer liebevoll Sonnenstaub nannte.

„Okay, Edmund. Was immer dich hierher getrieben hat, ruft dich wohl zum Weiterziehen." Der Alte zwinkerte listig mit einem Auge.

„Ich heiße nicht Edmund, sondern Edwal", protestierte Eddie.

„Ohne d? Nicht Edwald, sondern Edwal?"

„Ich mag es nicht, wenn die Leute so fragen, wie Sie es gerade tun. Und ich mag den Namen nicht besonders. Deshalb nennen mich alle Eddie."

„Schon in Ordnung, Eddie. Willst du das Spiel?"

„Ich habe keinen Dollar übrig."

„Nichts ist umsonst im Leben, Junge." Der Alte nahm die Spielkarten vom Tisch und hielt sie Eddie entgegen. „Nur das Ansehen, das kostet nichts."

Zögernd steckte Eddie eine Hand nach den Karten aus. Der Mann legte ihm den Stapel auf die Handfläche, und im selben Augenblick spürte Eddie etwas in seinem Arm hinaufströmen, das sein Leben für immer entscheidend verändern sollte: Die Karten waren lebendig.

Unter Beobachtung

In den silbern beschichteten Fenstern des Hochhauses im Zentrum von San Franciscos Finanzviertel spiegelten sich die vorüberziehenden Wolken und erweckten den trügerischen Eindruck, als wäre alles wie immer.

Auch der nur selten abreißende Strom von Besuchern und Mitarbeitern, der von zwei vergoldeten Drehtüren in den Firmensitz der Myser Central Holding hinein- und hinausbefördert wurde, schien alltäglich. Samuel Nebran, der dunkelhäutige Portier, den alle nur liebevoll Nebby nannten, wirkte mit seiner kordelverzierten Schirmmütze und der dunkelblauen Uniform zwischen den beiden Schaufelrädern des Eingangs wie ein Kapitän auf der Brücke seines Raddampfers. Er begrüßte und verabschiedete Besucher und Mitarbeiter mit einem angedeuteten, militärisch anmutenden Handgruß zum Schirm seiner Mütze oder mit ein paar freundlichen Worten. Er winkte Taxis herbei, öffnete die Türen von Limousinen und reichte den Damen der Geschäftswelt seine Hand zum Ein- oder Ausstieg. Und er nahm mit geübt dezenten Handbewegungen seine Trinkgelder entgegen.

Wie gesagt, alles machte den Eindruck eines ganz gewöhnlichen Mittwochs in einem ganz gewöhnlichen Geschäftsgebäude. Überhaupt nicht gewöhnlich war allerdings das Gespräch, das gerade in der obersten Etage dieses Gebäudes stattfand. Vor einer Fensterfront mit einem der wohl grandiosesten Ausblicke über die Bucht von San Francisco schrie ein elegant gekleideter Geschäftsmann in seinen Telefonhörer.

„Ein *Junge* hat dem Alten das Spiel abgekauft?"

„Ja, Mr Myser. Für einen Dollar."

„Wie heißt er? Wer ist er? Was macht er jetzt damit?"

„Er ist etwa zwölf oder dreizehn Jahre alt und heißt Edwal Kramer. Mehr wissen wir noch nicht. Unsere Leute sind dran. Wir überwachen ihn lückenlos. Heute Abend wissen wir alles über ihn."

„Ich will nicht nur ‚alles' über ihn wissen. Ich will sogar das über ihn wissen, was er nicht einmal selbst weiß. Wenn er das Spiel gekauft hat, muss er der Schlüssel sein. Geben Sie mir sofort Bescheid, wenn Sie mehr wissen."

Andark Myser warf den Telefonhörer auf die Gabel. „Verdammt! Ein Junge ist das Letzte, das wir brauchen können. Nach all der Zeit."

In dem riesigen Büroraum befand sich nur noch eine weitere Person. Ein knapp vierzigjähriger Mann, der einen dunkelblauen, sichtbar hochwertigen Anzug trug. Der Scheitel seiner hellblonden Haare sah aus, wie mit einem Lineal gezogen. Die dunkelrote Krawatte saß so exakt in der Mitte des blütenweißen Hemdkragens, als wäre sie mit ihm verwachsen. Der heftige Gefühlsausbruch seines etwa fünfundzwanzig

Jahre älteren Chefs schien den Jüngeren nicht sichtbar aus der Fassung zu bringen.

„Ich finde es eigentlich unerheblich, ob es ein Junge ist oder sonst wer“, sagte er ruhig. „Wichtig ist, dass er die Fähigkeiten hat. Ein Junge ist wahrscheinlich sogar besser als ein Erwachsener. Er ist arglos.“

Der Ältere hatte volles, dunkelbraunes Haar, das dank regelmäßiger Auffrischung durch einen der besten Friseure San Franciscos nicht eine graue Strähne aufwies. Er drehte sich vom Schreibtisch weg, machte einen Schritt zu der Fensterfront, die das ganze Büro umrahmte, und starrte wütend auf die Bucht hinunter.

„Du hast ja keine Ahnung. Kinder sind einfach unberechenbar. Hast du schon einmal versucht vorherzusagen, was ein Kind als Nächstes tun wird? Was es denkt, wenn es ein neues Erlebnis hat? Wann es zu welchen Erkenntnissen kommt? Welche Ängste es hat und wie man es bestechen kann? Ein unbeschriebenes Blatt.“

Er schlug mit der Faust gegen die getönte, bis zum Boden reichende Scheibe. „Eine Katastrophe.“

Der Jüngere trat an seine Seite und legte ihm eine Hand auf die Schulter. „Beruhige dich doch, Andark. Du hast mich aufgezogen. War ich unberechenbar?“

„Das ist etwas anderes, Jeremy. Ich habe dir beigebracht, was sich gehört. Das kann man von der heutigen Jugend nicht erwarten.“

„Du wirst sehen, der Junge ist so gut wie jeder andere. Es spielt keine Rolle.“

„Ach was, keine Rolle. Ein Junge hat keine Verpflichtungen, kein Geld, keinen Zwang. Rennt den ganzen Tag ziellos herum und tut nur, was ihm gerade in den Sinn kommt. Er ist arglos, und das macht ihn unkalkulierbar.“

„Aber vielleicht waren es genau diese Eigenschaften, die dazu geführt haben, dass er und kein anderer das Spiel bekommen hat.“

„Du glaubst doch wohl selbst nicht, dass nach achthundertsiebzehn Jahren der Suche ein Teenager der Schlüssel ist?“

„Warum nicht? Amen Gilstein ist seit fast fünfzig Jahren der Überzeugung, dass sich das Spiel von selbst den Richtigen sucht. Wenn er es jetzt hergegeben hat, muss das seine Gründe haben.“

„Hör mir auf mit Amen Gilstein. Der alte Tattergreis hat doch selbst keine Ahnung.“

„Du weißt, dass das nicht stimmt. Er mag vielleicht nicht der Hellste sein, aber er ist ein Idealist. Wenn jemand sein ganzes Leben dieser Sache widmet, spürt er, wenn der Richtige vor ihm steht. Das hat nichts mit Verstand zu tun."

Der Ältere schien sich etwas beruhigt zu haben.

„In Ordnung. Nehmen wir also einfach an, der Junge ist es. Was sollen wir dann mit ihm anstellen?"

„Nichts. Er selbst wird alles für uns tun. Wir müssen ihn nur unauffällig beobachten und auf den richtigen Moment warten. Jede Art von Zwang verhindert vielleicht, dass er den Schlüssel findet. Es funktioniert nur, wenn er es von alleine will."

„Das ist ja das Fatale. Hast du eine Ahnung, wie lange das dauern kann? Abwarten liegt mir überhaupt nicht. Nicht in dieser Situation. Nicht bei dieser Bedeutung."

„Mir auch nicht, aber unsere Zeit wird kommen. Wir warten jetzt schon so lange, da spielen ein paar Wochen auch keine Rolle mehr."

„Ich werde den Rat einberufen."

„Das ist eine gute Idee, aber willst du nicht noch etwas warten, bis wir mehr Informationen über den Jungen haben?"

„Wenn er das Spiel hat, kann ich kein weiteres Risiko eingehen. Ich muss die anderen informieren."

„Gut, dann werde ich dir helfen."

„Danke. Es wäre gut, wenn du Dr. Hakamoto, Tartini, Siebenstein und Gasparov anrufst. Ich kümmere mich um die anderen fünf. Wegen der Zeitverschiebung und der langen Flüge sollten wir ihnen etwas Spielraum geben."

Er deutete auf den ovalen gläsernen Besprechungstisch am anderen Ende des Raumes. „Heute ist Dienstag. Am Freitag sitzen alle elf Ratsmitglieder an diesem Tisch."

Die anderen Augen

Eddie wohnte mit seinen Eltern in einer Dreizimmerwohnung in Pacific Heights, einem nicht gerade ärmlichen, aber auch kaum wohlhabend zu nennenden Wohnviertel San Franciscos. Als Angestellter bei einer Postgesellschaft konnte sich Eddies Vater nicht mehr leisten. Eddie war ein schlanker Junge und für sein Alter eher ein wenig zu klein, was er jedoch als Vorteil betrachtete. Lieber leicht und flink als schwer und träge. Wenn es um Geschicklichkeitssportarten wie Inlineskaten ging, war er größeren und schwereren Jungen eindeutig überlegen. Zum Leidwesen seiner Eltern wagte sich Eddie ständig an neue Herausforderungen. Sprünge von meterhohen Mauern, das Heruntergleiten von Treppengeländern und das Überspringen von Schlaglöchern gehörten schon fast zu seinem täglichen Training.

Eddies braune Haare waren trotz aller ordnenden Bemühungen seiner Mutter häufiger verstrubbelt als ordentlich gescheitelt. Einmal hatte er versucht, mit dem Haarfestiger seines Vaters eine Igelfrisur hinzubekommen, wie sie sein Freund Penny trug. Bereits vor dem Badezimmerspiegel musste er feststellen, dass es überhaupt nicht zu ihm passte, und so blieb der ‚Igel' das Markenzeichen von Penny. Eddies Gesicht war eher oval, mit heller Haut. Unter den dunklen Brauen und den langen Wimpern blitzten wache, hellblaue Augen. ‚Geheimnisvoll', wie seine Mutter gerne feststellte. Neben dem Inlineskaten war es eine von Eddies großen Leidenschaften, ins Kino zu gehen. Zusammen mit seinen Freunden gab er fast den größten Teil seines Taschengeldes dafür aus.

Am liebsten trug Eddie Jeans, helle Leinenturnschuhe und Sommerhemden in Gelb oder Rot. So auch an diesem Sonntag, als er sich aufmachte, um mit Penny und Jejo im Lincoln Park zu skaten.

Das mysteriöse Kartenspiel, das er vor zwei Tagen gekauft hatte, lag sicher verschlossen in seiner ‚Schatzkiste' unter dem Bett. Eddie hatte es gleich nach dem Kauf dort versteckt und seitdem nicht mehr hervorgeholt. Das Gefühl, das die Karten beim Anfassen in ihm ausgelöst hatten, war gleichzeitig Angst einflößend und verlockend gewesen. Etwa so, als wenn man an der spannendsten Stelle eines Abenteuerfilms einen kurzen Blick in ein Kino werfen würde, ohne aber den ganzen Film sehen zu dürfen. Deshalb hatte Eddie dem Drang, das Spiel zu kaufen, nicht widerstehen können. Der Alte hatte die Karten in ein schmutziges Tuch gewickelt und mit einem Bindfaden verschnürt. Im Schutz dieser Verpackung konnten die Bilder ihre geheimnisvolle Kraft offenbar nicht übertragen. So war es Eddie gelungen, das kleine Bündel ohne Zwischenfälle mit nach Hause zu nehmen. Dort konnten sie erst einmal bleiben, bis Eddie genug Mut und Neugier gesammelt hatte, es zu öffnen, vielleicht zusammen mit Penny und Jejo. Auf jeden Fall nicht heute.

Es war früher Sonntagnachmittag. Die Sonne schickte ihre wärmenden Strahlen vom wolkenlosen Himmel herab, und die Luft trug den Geruch von Salz und Tang mit sich. Eddie schlenderte auf der Höhe des Golden Gate Parks die Strandpromenade am Westufer der Stadt entlang. Der Strand war dicht bevölkert, wie üblich an einem schönen und warmen Ferientag. Familien mit Kindern auf Picknickdecken, Väter, die mit ihren Söhnen Frisbee spielten, Hunde, die aus der milden Brandung Stöckchen holten. Bunte Drachen tanzten wild in der Luft. Zwischen ihnen machten sich ab und zu aus Kinderhänden entflohene Luftballons in der Bläue des wolkenlosen Himmels zu einer ziellosen Reise auf. All das zusammen bildete ein Heer bunt tanzender Farbkleckse auf einer Grundierung von Sandgelb, Meerestürkis und Azurblau. Wer einen Moment innehielt und sich darauf einließ, konnte einen Hauch der Stimmung spüren, die seit jeher Freiheit suchende Menschen aus aller Welt in diese Stadt zog.

Eddie hatte sich mit seinen Freunden verabredet, um gemeinsam im Lincoln Park bei einem Musikfest für Inliners mitzufahren. In seinem rotem Nylonrucksack klackten die Schnallen der Rollschuhe gegen eine der Limonadendosen.

„Einen Dollar für einen, der die Welt nicht sieht! Ein Dollar, was ist das schon an einem herrlichen Tag wie diesem?“

Eddie zuckte zusammen. Rechts, am Rand des Gehweges, saß ein dunkelhäutiger Mann mittleren Alters. Er hatte verfilzte Rastahaare, trug ein ausgebeultes grünes Lakers-Shirt und schwarze, an den Knien eingerissene Jeans. Seine Füße steckten in ehemals wohl gelben Leinenturnschuhen, von denen der eine keinen Schnürsenkel mehr hatte und der andere gerade seine Sohle verlor. Vor dem Mann auf dem Boden stand ein aufgeklappter Hamburgerkarton, in dem einige Münzen einen Dollarschein am Fortfliegen hinderten.

„Unbedeutend für euch, die ihr im Licht lebt, – ein Vermögen für einen Mann in ewiger Nacht. Kommt Leute, lasst mich das Klingen von Münzen hören.“ Die Stimme des Mannes schwang in einem eigenartigen Singsang auf und ab, als zitierte er immer wieder die einzige Strophe eines nie enden wollenden Gedichts. Dazu wiegte er seinen Kopf sanft hin und her.

Eddie blieb stehen. Der Mann hielt inne und neigte den Kopf ein wenig zur Seite. Er trug eine schwarze Brille, die um seine Augen herum mit Seitenklappen dicht abschloss. Eddie fragte sich, warum man eine derart dunkle Sonnenbrille tragen musste, wenn man ohnehin nichts sah.

„Kein Klingen in meiner Kiste? Ein leichter Schritt. Komm näher, Junge, mach einen Dollar locker. Was ist schon ein Dollar, he?"

„Mein Dad sagt, man soll nie Geld ausgeben, wenn man nichts dafür bekommt, das man schätzt", sagte Eddie. Er war nicht völlig überzeugt von der Richtigkeit seiner Behauptung, aber ihm fiel keine bessere Entgegnung ein.

Der Mann entblößte zwei Reihen strahlend weißer Zähne zu einem Lächeln. Er hob den Kopf und schien Eddie in die Augen zu sehen. „Oh, kein Problem, Junge. Würdest du es zum Beispiel schätzen, einmal die Welt mit meinen Augen zu sehen?"

Eddie schluckte. „Sie können doch gar nichts sehen, oder? Sie rufen herum, dass Ihre Welt dunkel ist. Das will ich nicht erleben. Nein danke."

Er kramte zwei Vierteldollarmünzen aus seiner Hosentasche, bückte sich und legte sie in die Schachtel.

„Nur ein halber Dollar? Okay, dafür gibt's nur einen kurzen Einblick."

„Sie sind gar nicht blind!"

„Klar bin ich's. Blind wie ein Maulwurf. Von Geburt an."

„Und woher wissen Sie dann, wie viel Geld ich Ihnen hineingelegt habe?"

Der Mann grinste wieder und deutete auf sein rechtes Ohr. „Blind bin ich vielleicht, aber nicht taub. Hey, willst du nun meine Welt erleben?"

Mit einem schnellen Handgriff hatte der Mann seine Brille abgenommen und hielt sie dem Jungen entgehen. Auffällig hellblaue Augen blickten starr durch Eddie hindurch. Er nahm zögernd die Brille entgegen.

„Setze sie auf und erzähl mir, was du siehst, okay? Einfach aufsetzen."

Die Brille war ein wenig zu groß und die Bügel saßen sehr locker über den Ohren. Deshalb fasste Eddie das Gestell mit beiden Händen und drückte es gegen sein Gesicht. Seitlich waren anschmiegsame Lederklappen angebracht, und das Brillengestell enthielt statt Sonnenschutzgläsern schwarzen Kunststoff. Es wurde finster. Überraschenderweise dichtete die Brille so gut ab, dass kaum ein Funke des hellen Tageslichts an Eddies Netzhaut gelangte. Die plötzliche Verdunkelung bewirkte, dass unzählige bunte Lichtpunkte vor seinen Augen tanzten.

„Nur die Ruhe, Junge. Deine Augen müssen sich erst daran gewöhnen."

Die Lichtpunkte wurden weniger und samtene Schwärze machte sich breit. Eddie spürte, wie sich seine Augen weiteten und nach Licht suchten, aber es blieb dunkel.

„Alles schwarz. So sehen Sie die Welt, oder?", fragte Eddie, nicht sonderlich überrascht.

„Sieh dich mal um. Stell dir vor, du könntest durch das Zeug hindurchsehen. Mach dir keine Gedanken, ob das wirklich geht oder nicht. Es ist ein Spiel, Mann, nur ein Spiel. Sieh auf den Strand. Schau dir die Leute an, die auf der Promenade spazieren. Die Drachen am Himmel. Die Kinderwagen. Die Hunde. Lasse dir Zeit dabei und sage mir, was du siehst."

Eddie hörte auf, über den Sinn dessen, was er gerade tat, nachzudenken.

Und langsam begann er zu sehen.

Vor seinen Augen liefen schemenhafte Menschen den Uferweg entlang. Er konnte ihre Schritte hören und die Umrisse ihrer Körper sehen. Größere und Kleinere, Schlanke und Dicke, Schlendernde und Laufende, Männer, Frauen, Kinder. Eddie erkannte keine Gesichter, aber jeder Körper war von einem dünnen vielfarbigen Lichtsaum eingefasst, der so einzigartig war wie sein Träger. Was Eddie sah, oder besser, wie er wahrnahm, war völlig anders als alles, was er jemals erlebt hatte. Die Eindrücke wurden mit jedem Lidschlag klarer.

Ein Ehepaar mit einer etwa fünfzehnjährigen Tochter kam heran. Die Eltern unterhielten sich über Tante Jenny und ihre Neigung sich Krankheiten einzubilden. Die Tochter – Ellen, wie Eddie schlagartig wusste – beteiligte sich nicht an der Unterhaltung. Ihr war klar, dass dieses Gespräch ihrer Eltern wie immer mit demselben Ergebnis enden würde: Tante Jenny sollte lieber einen Psychotherapeuten aufsuchen anstatt seit Jahren jeden Monat einen anderen Arzt. Aber sie würde es nicht tun und deshalb weiterhin Stoff für derartige Unterhaltungen liefern.

Das alles kannte Ellen so gut, dass sie nicht mehr zuhörte und sich lieber ganz ihrer Waffel mit den vier bunten Eiskugeln hingab. Kokos, Pistazie, Erdbeere, Kiwi. Ellen litt öfter unter Atemstörungen, denn sie war zuckerkrank, ohne es zu wissen. Auch ihre Eltern wussten es nicht, nicht der Hausarzt Dr. Madison, und auch sonst niemand.

Nur Eddie. Er hatte das Gefühl, dass alles, was er so blitzartig über die Menschen erfuhr, irgendwie mit den leuchtenden Farbsäumen zusammenhing.

„Was siehst du, Junge?“, bohrte die Stimme des Bettlers. „Komm, erzähl dem alten Jase, was da los ist vor deinen Augen. Hey, und übrigens: Die Zeit ist um. Für einen halben Dollar ist eine Minute genug. Gib mir die Brille zurück.“

Eddie hörte ihn wie aus weiter Ferne. Dafür nahm er die Familie umso deutlicher wahr.

„Sie sollte wirklich einen Psychotherapeuten aufsuchen, weißt du, Jeff“, sagte die Frau. „Wenn wir sie nur für Dr. Steinfield begeistern könnten.“

‚Das schafft ihr nie. Steinfield ist jüdischer Abstammung und Jenny traut jüdischen Ärzten nicht‘, dachte Eddie.

„Das schaffen wir nie. Steinfield ist jüdischer Abstammung und Jenny traut jüdischen Ärzten nicht“, sagte Jeff und stieß einen gelangweilten Seufzer aus. Ein Spiel ohne neue Varianten, das sie schon viele Male gespielt hatten.

Eddie erkannte immer schneller, immer deutlicher *alles*, was für die Familienmitglieder im Leben Bedeutung hatte. Die Tochter würde ihre Zuckerkrankheit mit dem Ende der Pubertät verlieren, ohne dass sie je erkannt worden war. Sie würde vier Freunde haben und den fünften heiraten, drei Kinder – einen Jungen (Peter) und zwei Mädchen (Anny und Leslie) – zur Welt bringen, die ihr alle zusammen wiederum acht Enkelkinder bescheren würden. Und keiner würde je an Zuckerkrankheit leiden. Jeff und Nelly Porsome, ihre Eltern, würden sie noch lange gesund durchs Leben begleiten. Nur würde Jeff bis ins hohe Alter immer wieder Probleme mit seinem Magen haben, unter anderem deshalb, weil er in den kommenden zehn Jahren noch siebenmal seine Stelle verlieren würde. Und das lag vor allem daran, dass …

Eddie riss sich die Brille von den Augen. Schweißperlen tropften von seiner Stirn und liefen in kleinen Rinnsalen seine Nase entlang zu den

Lippen und über die Brauen in die Augen. Es brannte und Eddie wischte sich die Augen aus.

„Hey, was hast du gesehen, Mann?“, fragte der Blinde, der Eddies Aufregung spürte.

„Alles… zu viel“, stammelte Eddie.

„Alles, ist so gut wie nichts, wenn du es mir nicht sagst. Was ist alles?“

Eddie legte ihm die Brille in die Hand. „Alles, was für diese Familie Bedeutung haben wird in der Zukunft.“

„Hey, du hast die Zukunft gesehen? Ist ja toll. Die Zuuuukunft! Mann, du hast es drauf.“ Der Bettler setzte die Brille auf, wiegte seinen Kopf wild hin und her und grinste breit.

Eddie rang um eine Erklärung. „Ich weiß nicht, ob es wirklich die Zukunft war. Ich habe viele Dinge einfach nur irgendwie…“ Er suchte nach dem passenden Wort.

„…gewusst?“, ergänzte der Blinde. „Das ist das dritte Auge, Junge. Das ist Klasse. Megaklasse. Kopf aus. Sinne aus. Gefühl an. Yeah, einfach nur wahrnehmen. Du bist gut, Junge, hast einen ganz heißen Draht zu diesen Dingen, weißt du das?“

„Was ist das für eine Brille?“

„Nichts Besonderes. Einfach nur eine Blindenbrille, Kleiner. Kostet viereinhalb Dollar. Kein Geheimnis in der Brille, verstanden?“

„Aber warum habe ich dann diese Dinge gewusst. Ist das Einbildung? War es ein Traum?“

„Einbildung. Traum. Egal. Wichtig ist, was du weißt, okay?“

„Sehen Sie das auch?“

„Ich? Keine Ahnung, was du meinst. Hab’s ja nicht gesehen, das, was du gesehen hast. Wie soll ich das dann wissen? Willst du die Brille kaufen?“

„Wie?“

„Kannst sie haben. Zehn Dollar und sie gehört dir. Für mich ist sie nur cool und für die anderen ist sie ein Zeichen, dass sie was in meinen Karton werfen sollen. Aber für dich scheint sie mehr zu sein.“ Er kicherte in sich hinein. „Deshalb kostet sie auch mehr als vierfünfzig. Aber nichts im Leben ist kostenlos, oder? Na ja, außer etwas anzusehen vielleicht.“

Eddie schreckte zusammen und starrte den Mann an. Seine Augen, waren sie nicht türkis gewesen? Er konnte sich nicht mehr genau erinnern, aber eine Vorstufe von Panik kam in ihm auf. Hatte nicht der Alte vom Flohmarkt dieselben Worte gesagt: Nichts sei kostenlos, außer etwas anzusehen? Wenn er die Brille kaufte, könnte er die Augen des Bettlers noch einmal ansehen.

„Also, was ist? Ich habe nicht ewig Zeit. Ich muss weiterarbeiten."

„Ich nehme sie, aber ich habe keine zehn Dollar." Er kramte in den Taschen seiner Jeans und holte einige Scheine und ein paar Münzen hervor.

„Nur achtzwanzig."

„Achtzwanzig? Zu wenig, zu wenig. Was hast du sonst noch dabei?"

Eddie dachte an den Inhalt seines Rucksacks. „Zwei Dosen. Limonade und Cola. Drei Schokoriegel und eine halbe Tüte Geleebonbons."

„In Ordnung. Her damit, Junge, und die Brille gehört dir."

Eddie fischte die Sachen aus seinem Rucksack und gab sie dem Mann. Der nahm die Brille ab. Die Augen waren tatsächlich hellblau mit einer Tendenz zu türkis und sie blickten starr an Eddie vorbei. Er nahm die Brille, steckte sie in das Deckelfach seines Rucksacks und machte sich auf den Weg zum Lincoln Park. Penny und Jejo würden schon ungeduldig warten.

Hinter ihm wurde die Stimme des Bettlers immer leiser. „Einen Dollar für einen, der die Welt nicht sieht! Ein Dollar, was ist das schon an einem herrlichen Tag wie diesem? Unbedeutend für euch, die ihr im Licht lebt – ein Vermögen für einen Mann in ewiger Nacht. Kommt Leute, lasst mich das Klingen von Münzen hören…"

Eddie stellte fest, dass er keinen Cent mehr in der Tasche und nichts zu trinken im Rucksack hatte. Jejo würde ihm etwas leihen müssen.

Die Schatzkiste

Der Tag, an dem Eddies Mutter die Kiste unter seinem Bett fand, war rückblickend gesehen der Tag, an dem die Dinge wirklich ins Rollen kamen. Das Ereignis war vergleichbar mit dem Klopfen eines Dirigenten an das Notenpult. Mit dem ‚Klack-klack-klack' seines Taktstocks brachte er das wirr übende Orchester zur Ruhe, damit es auf den richtigen

Wink hin mit der stürmischen Ouvertüre des Musikstücks beginnen konnte.

An jenem Tag also, als Eddie abends nach Hause kam, lag der Ärger schon in der Luft. Seine Eltern saßen am Küchentisch, wie immer um diese Zeit. Der Tisch war allerdings nicht, wie sonst, für das Abendessen gedeckt. Dafür stand Eddies blecherne Schatzkiste genau in der Mitte, wie ein Kunstobjekt, das man auf einer möglichst neutralen und leeren Fläche präsentiert, um die Wirkung zu erhöhen. Eddie nahm seinen Rucksack ab, legte ihn unter die Garderobe und versuchte möglichst heiter zu wirken. Er spürte, dass es ihm nicht gelang. Ein dicker Kloß saß in seinem Hals und drückte ihm fast die Luft ab.

„Junger Mann!“ Die Stimme von Eddies Vater klang fast ein wenig drohend. Zum Glück waren Matthew und Martha Kramer Eltern, die selten wirklich böse werden konnten. Beide liebten ihren Sohn über alles, aber an diesem Abend beschlichen Eddie doch ein paar Zweifel.

„Ja, Pop“, krächzte er und war sich fast sicher, dass man sein Schluckgeräusch noch in der Nachbarwohnung hören konnte.

„Wir haben etwas mit dir zu besprechen“, sagte Eddies Mutter. Sie winkte ihn heran. „Setze dich zu uns.“

„Edwal“, begann sein Vater. Eddie mochte diesen Namen überhaupt nicht, und er wurde auch nur ausgesprochen, wenn es Ärger gab.

„Du weißt, dass wir dich sehr selbstständig erziehen.“

Eddie nickte.

„Wir kontrollieren niemals dein Zimmer.“ Eddies Mutter machte ein Gesicht, das Eddie irgendwo zwischen streng und entschuldigend einordnete. „Das ist dein eigenes Reich.“

Sie machte eine bedeutungsvolle Pause. „Aber heute Mittag habe ich die Blumen auf deinem Fenstersims gegossen und dabei dieses Klopfen gehört.“

Sie sah zu der Blechkiste auf dem Tisch. Ein Schmuckstück, mit russischen Märchenfiguren bemalt. Manche Bildteile – Menschen, Tiere Häuser und Bäume – waren reliefartig hochgeprägt und wirkten fast lebendig. Die Kiste war ein Erbstück von Eddies Großmutter. Mom wusste, dass Eddie sie seine *Schatzkiste* nannte und darin verschiedene Gegenstände aufbewahrte, die ihm wichtig waren. Die Schatzkiste hatte ein Schloss, zu dem es nur einen Schlüssel gab, den Eddie an einem Bund zusammen mit weiteren Schlüsseln für Wohnung, Garage, Schulspind und Fahrrad trug. Er achtete immer genau darauf, die Kiste abzuschließen, obwohl er nicht recht erklären konnte, warum. Vielleicht lag es an dem Gefühl, eine Schatzkiste, die jeder einfach öffnen könnte, wäre nichts Geheimnisvolles. Etwas sicher einzuschließen war so, als würde man der Sache eine besondere Ehre erweisen. Jetzt stand die Kiste verschlossen auf dem Küchentisch.

„Klopfen?“, fragte Eddie und musste dabei sein Staunen nicht spielen.

Seine Mutter sah ihn mit ängstlicher Miene an. „Klopfen!“, wiederholte sie. „Dongdongdong. Dongdongdong. Dann war es vorbei. Nur zweimal. Es klang blechern und kam ganz deutlich aus dieser Kiste.“

„Eddie, hast du da ein Tier eingesperrt?“, fragte sein Vater. Dabei zog er beide Augenbrauen so weit hoch, bis sich Sorgenfalten auf seiner Stirn zeigten.

„Nein Pop, ich schwöre es. Ich würde nie ein Tier in eine Kiste sperren. Niemals.“ Er zog seinen Schlüsselbund aus der Hosentasche, der an einer dünnen, langen Kette hing, die wiederum am Gürtel befestigt war. „Warte, ich mache sie auf.“

Eddies Vater schien kurz mit sich zu ringen. „Lass sie zu, Eddie. Du musst es uns nicht beweisen. Dein Wort genügt uns.“

„Aber Mat…“, begann Eddies Mutter.

Ihr Mann sah sie freundlich an. „Lass mal, Martha. Wenn Eddie sagt, es ist kein Tier darin, dann stimmt es. Außerdem sitzen wir jetzt schon eine ganze Zeit hier und die Kiste hat keinen Laut von sich gegeben. Misstrauen tut nie gut.“

Er schlug die Hände gegeneinander und rieb sich dann die Handflächen. „So, und jetzt lasst uns zusammen Abendbrot machen. Wie war euer Tag?“

Zwar hatte Eddie den Inhalt seiner Schatzkiste nicht vor seinen Eltern offenbaren müssen, aber fast wäre es ihm lieber gewesen, sie hätten darauf bestanden. Was konnte solche Geräusche erzeugen? Oder hatte seine Mutter sich das nur eingebildet? Er dachte kurz nach. In der Kiste befanden sich eine Konzertkarte, etwa zwölf Dollar in Scheinen und Kleingeld, einige Comics, die seine Eltern nicht gerne sahen, die goldene Krawattennadel, die er zu seinem zehnten Geburtstag geschenkt bekommen hatte, ein teures Schweizer Messer, das er vor seinen Eltern geheim hielt, weil er sparen sollte, verschiedene Tauschkarten mit Sportstars und das alte Kartenspiel. Nichts davon konnte klopfen.

Eddie nahm die Kiste vorsichtig vom Tisch, trug sie in sein Zimmer und stellte sie vor seinem Bett auf den Boden. Da stand sie nun und schien den Jungen, der mit dem Schlüssel in der Hand vor ihr kniete, anzustarren.

‚Klopfen', hatte Mom gesagt.

Klopfen?

Unmöglich. Eddie steckte den Schlüssel ins Schloss, drehte ihn schnell herum und öffnete, ohne zu zögern, den Deckel. Alles war wie immer. Die Sammelkarten mit den Bildern von Baseballspielern lagen in der rechten Ecke, zusammengehalten von einem Gummiband. Das alte Kartenspiel war nach wie vor in das zerschlissene Tuch eingewickelt. Das Geld, die Konzertkarte, das Taschenmesser, die Comics, eine angebrochene Tüte mit Geleebonbons, die Krawattennadel… Nichts Ungewöhnliches.

Bis auf diese eine alte Karte.

Sie steckte in einem Comicbuch an der Stelle, an der Eddie ein Bonbonpapier als Lesezeichen eingelegt hatte. Ein Teil der Kartenrückseite war zu sehen. Eddie hätte schwören können, dass er sie nicht dort hinein getan hatte. Er hatte die Karten seit dem Kauf nur einmal angefasst, weil er das merkwürdige Gefühl, das sie in ihm auslösten, nicht erklären konnte. Vorsichtig nahm er das Buch aus der Kiste und schlug die Seiten auf, zwischen denen die Karte steckte. Er wollte sie nicht berühren, deshalb kippte er sein Buch so zur Seite, dass die Karte umklappte und ihr Bild zu sehen war. Es zeigte ein Mosaik aus Farben. Beim ersten Durchsehen des Spiels, kurz nach dem Kauf, hatte Eddie dieses Bild gar nicht bemerkt. Das Mosaik besaß eine eindrucksvolle Klarheit und Leuchtkraft, besonders angesichts des jämmerlichen Gesamtzustandes der Karten. Es erinnerte an ein Kaleidoskop. Eddie drehte die Karte zusammen mit dem Buch, wobei er sorgfältig darauf achtete, sie nicht zu berühren. Die Wirkung des Mosaiks veränderte sich. Ein Effekt, der eigentlich bei einem gedruckten Bild nicht möglich war. Obwohl Eddie niemals etwas Vergleichbares gesehen hatte, glaubte er etwas Vertrautes in der Darstellung zu erkennen.

„Eddie, Abendbrot ist fertig!" Die Stimme seiner Mutter klang aus der Küche herüber.

„Ich komme, Mom." In dem Augenblick, in dem er das Comicbuch zuklappte, erkannte er, was das seltsame Gefühl ausgelöst hatte. Als er die Seiten nochmals aufschlug und die Karte betrachtete, erkannte er in einem Teil des Mosaiks ein vertrautes Kirchenfenster. Die Sache hatte nur einen Haken: Eddie ging nie zur Kirche und er hatte ein solches Fenster nie zuvor gesehen.

Beim Abendessen erzählte Eddies Vater wie so oft Erlebnisse aus seinem Alltag als Postbote, was Eddie aber noch nie wirklich als spannend empfunden hatte. In seinen Gedanken kehrte er immer wieder zu dem Spiel zurück, das der alte Händler beim Abschied ein ‚Traumtarot' genannt hatte.

Vor dem Einschlafen, die Bettdecke bis zur Nasenspitze hochgezogen, sah Eddie sich das Kartenspiel noch einmal an. Dabei kam er zu der Überzeugung, dass es sich um mehr als nur gedruckte Bilder handeln musste. Bei jeder Berührung der Karten kribbelte es seinen Arm hinauf, und in seinem Kopf wirbelten die merkwürdigsten Gedanken durcheinander. Viele davon hatte er noch nie erlebt, andere waren ganz eindeutig seine eigenen. Er mochte dieses Durcheinander nicht, und es schien am besten, wenn er immer nur ein Bild in die Hand nahm. Insgesamt machten die Karten einen sehr alten Eindruck, oder man hatte sie häufig benutzt. Viele Ecken waren ausgefranst und verbogen, manche Bilder ziemlich verblasst oder verkratzt. Die russische Steckpuppe auf der Karte, die ihn zuerst so fasziniert hatte, sah jetzt doch ziemlich seltsam aus, ganz anders als die echte Matruschkapuppe seiner Urgroßmutter, die Mom in der Wohnzimmervitrine aufbewahrte. Eddie steckte die Karte nach unten in den Stapel.

Das Mosaik aus Farbfeldern hatte es ihm auf Anhieb am meisten angetan, obwohl es nichts Erkennbares darstellte. Aber die unzähligen winzigen Dreiecke, Vierecke und anderen geometrischen Formen, jede anders in Größe und Farbe und scheinbar ohne System bunt nebeneinander platziert, hatten eine höchst ungewöhnliche Eigenschaft. Wenn man sie länger anstarrte, entstanden aus den Farbmustern Bilder, und je nachdem, wie herum man sie hielt, änderten sie sich, ähnlich einem Kaleidoskop.

Eddies erster Eindruck war eine bunte Blumenwiese, dann eine kleine Stadt auf einem Hügel mit vielen winzigen farbigen Häusern. Danach sah er eine dichte Menge bunt gekleideter Menschen, dann Ruderboote auf einem See im Park, die Modeabteilung bei Lacy's oder eine Menge Autos, die im Stau standen. Wieder und wieder wechselten die Bilder, bis Eddie müde wurde und in die Traumwelt hinüberglitt.

Farben

Eddie steht in einer Landschaft, die ganz anders aussieht als alle, die er jemals zuvor gesehen hat. Der Himmel ist dunkelviolett und scheint an manchen Stellen fast schwarz zu sein, aber es ist nicht Nacht, sondern heller Tag. Das Licht geht von drei Gestirnen aus, von denen zwei dicht beieinander stehen. Den dritten Himmelskörper entdeckt Eddie erst, als er sich umdreht. Er ist riesengroß, viel größer als die Sonne von der Erde aus gesehen. Man kann Krater, Gebirge und wüstenähnliche Flächen deutlich unterscheiden. Das Gestirn nimmt fast ein Viertel des Raumes am Himmel für sich ein und taucht die Landschaft in eine gleichmäßige, milde Helligkeit.

Die hügeligen Wiesen, die Bäume und die Berge am Horizont kommen Eddie vertraut vor, aber dennoch weiß er, dass er sich in einer anderen Welt befinden muss. Vielleicht liegt es an dem merkwürdigen Licht. Auf einmal sieht er sich auf einem Weg stehen, der in Richtung der Berge führt und hinter einem Hügel verschwindet. Er geht los und ist, viel schneller als gedacht, um den Hügel herum. In der Ferne erkennt er eine kleine Stadt aus vielen bunten Häusern, die deutlich anders aussehen, als er es von daheim kennt. Wie in Italien oder vielleicht wie in Russland? Er weiß es nicht, weil er noch nie in diesen Ländern war.

Eddie geht weiter und steuert auf einen kleinen Ort zu. Plötzlich steht er mitten darin. Die Häuser sind wirklich sehr bunt, jedes ist in einer anderen Farbe gestrichen. Die Menschen hier schienen keine halben Sachen zu machen. An dem hellblauen Haus, vor dem er steht, ist wirklich alles hellblau: die Fensterrahmen mit dem Sprossenkreuz, die Holztür mit der riesigen Klinke, das strohgedeckte Dach, die Eingangsstufen, die Dachrinne, und soweit er es durch das Fenster erkennen kann, sind auch die Innenräume und die Einrichtung in derselben Farbe gehalten.

Eddie dreht sich um. Auch die andern Häuser sind farbig. Gelb, violett, rosa, hellgrün, rot, orange. Ein kunterbunter Ort. Wo eben noch leere Straßen gähnten, erscheinen jetzt Menschen und Tiere, als hätte jemand einen Schalter mit der Aufschrift ‚Leben' umgelegt. Alle sind bunt gekleidet, aber jeder nur in jeweils einer Farbe.

Eddie bemerkt, dass er unsichtbar sein muss, denn die Menschen nehmen ihn nicht wahr, obwohl sie so dicht an ihm vorbeigehen, dass er ihren Lufthauch spüren kann. Ein Mann, der von oben bis unten in Violett gekleidet ist und zwei Einkaufskörbe mit grünem Gemüse trägt, rennt ihn gedankenverloren fast um. Als Eddie ‚Vorsicht' ruft und zur Seite springt, reagiert der Mann überhaupt nicht. Gegenüber hat eine Frau eine Leiter an die Wand ihres türkisfarbenen Hauses gelehnt. Sie steigt mit einem Eimer Farbe und einem breiten Pinsel hinauf und beginnt, die Wand in frischer Farbe zu tünchen. Sie selbst ist ganz in zartes Rosa gekleidet: Bluse, Rock, Schuhe und selbst das Häubchen, das sie trägt.

Ein Junge in hellblauem Hemd und ebensolcher Hose und ein Mädchen in einem zitronengelben Kleid laufen vorbei, einen Ball vor sich her kickend. Eddie ruft ihnen die Frage nach, wer sie sind, aber sie bemerken ihn nicht.

‚Sie können dich nicht hören, Eddie', sagt jemand. Eddie erschrickt so sehr, dass er einen Satz zur Seite macht. Neben ihm steht ein Mann in einem weißen Gewand, ähnlich einem weiten Umhang. Eddie erkennt ihn auf Anhieb, obwohl er mindestens zwanzig Jahre jünger zu sein scheint als bei ihrer letzten Begegnung. Es ist der Verkäufer vom Flohmarkt, der ihm das Kartenspiel verkauft hat. Die gleichen helltürkisen Augen, schmale Lippen, jetzt von einem kurz gehaltenen, weißen Bart umrahmt, ein dynamisches Kinn und weißblonde, leicht gewellte Haare, hinter dem Kopf zusammengefasst.

‚Und sehen können sie dich auch nicht, aber das ist nicht weiter schlimm', fährt der Mann fort. Dabei bleiben seine Lippen ruhig, aber das kommt Eddie nicht ungewöhnlich vor. In Träumen bewegen die Menschen beim Sprechen nie ihre Lippen. In dem Augenblick, in dem der andere etwas sagen will, weiß man es schon, so, als ob man es selbst gedacht hat.

‚Nicht schlimm? Warum?', fragt er den Mann.

‚Weil ich dich verstehe, und ich kann dir alles erklären, was du wissen musst.'

‚Wieso muss ich überhaupt etwas wissen?'

‚Du hast eine Aufgabe zu lösen, die mit einer Farbe zu tun hat.'

‚Was für eine Aufgabe?'

‚Das wirst du schnell selbst herausfinden, wenn du der Farbe folgst. Achte auf Türkis. Es ist dein Schlüssel.'

‚Eine Farbe kann doch kein Schlüssel sein', meint Eddie verständnislos.

Ein amüsiertes Lächeln umspielt die Lippen des Weißen. ‚Das denkst du, weil du es nicht anders weißt. Farbe ist pures Gefühl, und Gefühl ist Leben. Deshalb sind Farben Schlüssel zu unseren Gefühlen. Weil du dein Gefühl in Zukunft brauchen wirst, bist du hier. Wenn du möchtest, werde ich dir zeigen, welche Bedeutung Farben haben.'

Eddie überlegt nicht lange, denn er spürt, dass er genau dafür an diesem Ort ist. Der Weiße deutet auf die gegenüberliegende Straßenseite. Eine sehr alte Frau, ganz in Schwarz gekleidet, geht langsam auf ihren Stock gestützt an dem türkisfarbenen Haus vorbei, das Eddie jetzt größer und bedeutender vorkommt als die anderen. Es macht den Eindruck eines öffentlichen Gebäudes, vielleicht ein Rathaus. Auf der Höhe des Eingangs bleibt die Alte kurz stehen und wendet sich dem Haus zu. Es scheint, als ob ein kleiner Energiestoß sie durchströmt, denn sie richtet sich ein wenig auf und atmet tief ein, so als inhaliere sie die Farbe.

‚Hallo Frau Olsen', ruft die rosa gekleidete Frau auf der Leiter. ‚Kommen Sie doch herein.'

‚Zu spät, mein Kind. Zu spät für mich', antwortet die Alte mit brüchiger Stimme. ‚Ich nehme keinem mehr den Platz weg.'

Eddie dreht sich zu dem weißen Mann um. ‚Was bedeutet das?'

‚Welche Farben siehst du, Eddie?'

‚Türkis und Rosa. Das Haus und die junge Frau.'

‚Und…?', fragt der Weiße.

‚Die alte Frau hat keine Farben an sich. Sie ist schwarz.'

‚Türkis. Rosa. Schwarz', wiederholt sein Begleiter. ‚Türkis ist die Farbe mit der größten Heilkraft, deshalb ist es die Farbe unseres Krankenhauses. Die Frau auf der Leiter, mit dem rosa Kleid, ist Schwester Amily. Sie leitet das Krankenhaus seit langer Zeit mit aufopfernder Fürsorge. Ihr schönster Lohn ist es, wenn sie zum Wohlergehen anderer Menschen beitragen kann. Am liebsten würde sie Frau Olsen in das

Krankenhaus tragen und von morgens bis abends umsorgen, bis sie wieder gesund genug für einen Dauerlauf ist. Rosa, das ist die Farbe von Fürsorge und Mitgefühl. Aber Amilys Bemühungen haben bei dieser alten Frau keinen Sinn.'

,Warum nicht?'

,Du sagtest, Frau Olsen hat keine Farbe an sich. Das stimmt, denn Schwarz ist die Abwesenheit aller Farbe. Jede Farbe drückt etwas aus, und dieser Ausdruck hat mit dem Leben des Menschen zu tun. Wer Schwarz trägt, erklärt damit: Ich will euch nichts über mich sagen. Dafür gibt es drei Gründe. Unsicherheit, wenn jemand nicht weiß, was er überhaupt ausdrücken will. Schutz, wenn jemand bewusst nichts über sich preisgeben will. Ende, wenn jemand nichts mehr hat, das er ausdrücken will oder kann.'

,Ende, wie bei Frau Olsen?', fragt Eddie besorgt. Ein unangenehmes Gefühl beschleicht ihn. Der Weiße nickt.

,Farben sind wie eine Sprache, die den Verstand umgeht und direkt das Gefühl berührt. Ihre beiden Hauptaufgaben sind es, auf Lebewesen einzuwirken und ihnen die Möglichkeit des Ausdrucks zu verleihen. Verstehst du das?'

Eddie denkt ,ja', und der Weiße spricht weiter. Dabei sieht er ihn nicht an, sondern blickt in die Ferne zu den Bergen, über denen sich jetzt zwei der Licht spendenden Himmelskörper fast berühren.

,Nicht jeder weiß um die enorme Kraft der Farben und nur wenige setzen sie bewusst ein. Die meisten Menschen drücken mit ihren Farben aus, wie es ihnen gerade geht, aber nicht, wie es ihnen am liebsten ginge, dabei wäre das viel besser.'

Der Weiße löst seinen Blick von den Bergen und sieht Eddie an. Seine türkisblauen Augen leuchten so intensiv, dass Eddies Herz vor Aufregung schneller schlägt und sein Magen einen Hüpfer macht.

,Um die Wirkung von Farben zu nutzen, hast du zwei Möglichkeiten. Suchst du die Verstärkung, dann umgib dich mit Farben, die gerade deiner Stimmung entsprechen. Du wirst Menschen anziehen, die sich ebenso fühlen. Auch sie werden dein Gefühl verstärken. Willst du jedoch deine Ausrichtung ändern, umgibst du dich besser mit den Farben, die so wirken, wie du gerne sein würdest.'

Eddie sieht sich um. ,Das hier ist ein Traum. Was soll ich mit diesem Wissen in meiner Welt anfangen?'

‚Deine Welt ist so, wie du sie wahrnimmst. Lerne ihre Sprache. Beobachte Menschen und du wirst überrascht sein, wie viel ihre Farben über sie sagen. Lerne zu spüren, welche Gefühle bestimmte Farben in dir auslösen. Beobachte und gestalte. Es ist wichtig für deinen Weg.'

Eddie sieht an sich hinunter, um zu prüfen, welche Farbe seine Kleidung hat, aber dann erinnert er sich, dass er ja unsichtbar ist.

‚Welche Farbe habe ich denn?', fragt er den Weißen. Der lächelt, und es fühlt sich an, als ob er über Eddies Kopf streichelt.

‚Indigo, mein Junge. Du bist indigo.'

‚Ist das auch eine Farbe?'

‚Ja, Blau. Dunkles, kräftig leuchtendes Blau.'

‚Ist das gut? Was bedeutet es?'

‚Es gibt kein gut oder schlecht. Es ist, wie es ist, und die Farbe gehört zu dir. Noch ist Indigo selten, aber es wird immer häufiger.'

‚Was macht diese Farbe mit mir?'

‚Nichts, denn sie ist nicht in deiner Kleidung oder auf deiner Haut, sondern in deiner Ausstrahlung. Sie gehört zu dir wie deine Arme, deine Haare oder deine Augenfarbe. Die Farbe umgibt dich als leuchtender Nebel. Nicht jeder kann ihn wahrnehmen, aber wer es sieht, erkennt, dass du einer von den Neuen bist.'

‚Welche Neuen?'

‚Mache dir darüber keine Gedanken, es spielt für deinen Weg im Moment keine Rolle das zu wissen. Es ist einfach…', der Weiße hält inne und schmunzelt einen Augenblick ‚… okay. Ja, so würdest du es nennen. Okay.'

‚Warum erzählen Sie mir das alles?'

‚Weil du auf Farben achten sollst, denn eine davon hat für dich eine besondere Bedeutung.'

‚Türkis', erinnert sich Eddie. ‚Was bedeutet es?'

‚Es ist die Farbe deines Weges. Türkis führt dich von einem Hinweis zum nächsten. Denke immer daran, dass nichts, was dir auffällt, zufällig geschieht. Und achte darauf, das die Kette niemals unterbricht!'

‚Welche Kette?' Eddie spürt jetzt deutlich das Ende des Gesprächs, und noch ehe er etwas sagen kann, löst sich das bunte Haus in dunkle Schwaden auf, denen helles Licht folgt.

Eddie öffnete die Augen, aber es blieb dunkel. Die Bettdecke raschelte leise, als er sich nach seinem Wecker umdrehte. Es war zwei Uhr dreiundzwanzig. Was für ein merkwürdiger Traum!

Freunde

Penny und Jejo waren Eddies beste Freunde. Bis zu dem Tag, an dem er das Kartenspiel auf dem Flohmarkt erstanden hatte, hatten sie alles miteinander geteilt. Doch auf einmal hatte Eddie zwei Geheimnisse: Die Karten und die Brille. Es fühlte sich nicht gut an, mit seinen Freunden zusammen zu sein und etwas vor ihnen geheim zu halten. Es erzeugte Abstand, und der machte einsam.

Im Augenblick saßen die drei Jungen im Golden Gate Park auf einem kleinen Grashügel vor einer großen Bronzefigur von Alice im Wunderland. Sie schleckten Eis und sahen den Modellsegelbooten zu, die auf einem kleinen See vor ihnen ihre Kurse zogen.

„Das hätte ich gerne. Das dort drüben mit dem roten Segel", sagte Jejo und zeigte auf ein besonders großes Boot. Jejo hieß mit vollem Namen Jeremy Jones, aber weder der eine noch der andere Name behagte ihm besonders und so hatte irgendjemand in der Klasse vor ein paar Jahren diese Abkürzung erfunden. Jejo hatte strohblondes, stoppelkurzes Haar, grüne Augen und ein für sein Alter markantes Kinn mit einem winzigen Grübchen, das die Mädchen in der Klasse zum Schwärmen brachte. Er war unübersehbar der Stärkste in der Klasse, kräftig gebaut, ohne jedoch dick zu wirken, und praktisch ständig hungrig. Er lebte bei seinem Vater. Weil jeder seiner geschiedenen Elternteile ihn ausreichend mit Taschengeld versorgte, gab er seinen Gelüsten meistens nach, und so war Jejo immer irgendwie mit Essen beschäftigt. Im Moment hielt er in der linken Hand das Eis, während er in das Hotdogbrötchen in seiner rechten biss.

„Daff hat pfehn Steuerfunktionen", erklärte er mit vollem Mund. „Fuper Pfernbedienung."

Im Gegensatz zu Jejo, machte Eddie sich nicht viel aus Essen, außer es gab Lasagne, Obstkuchen oder Eis. Wenn Pennys Markenzeichen seine Igelfrisur war, dann war es bei Eddie sein kleiner, blaugelb gemusterter Nylonrucksack. In ihm verstaute er alle wichtigen Utensilien, von den Inlineskates bis hin zu Süßigkeiten oder Comicbüchern. Der Rucksack war so sehr ein Teil von ihm geworden, dass Jejo manchmal witzelnd fragte, ob er nicht mit Eddies Rücken verwachsen sei.

„Das ist bestimmt wieder so ein Ding für Jungs mit reichen Eltern, oder?“, vermutete Penny. Er trug eine Brille mit runden Gläsern, die von einem dünnen Metallrahmen gehalten wurden und ein wenig zu groß für sein ovales Gesicht wirkten. Seine schwarzen, fingerlangen Haare hatte er mit dem Haarfestiger seiner Mutter so geformt, dass sie wie die Stacheln eines Igels in alle Richtungen abstanden. Er hieß Rodney Felburne, aber alle nannten ihn Penny, weil er sich ständig Gedanken machte, wie viel etwas kostete. Penny lebte mit seiner Mutter in einer kleinen Wohnung in der Columbus Avenue. Die monatlichen Zahlungen seines Vaters reichten bei weitem nicht für den Lebensunterhalt aus, deshalb verdiente Pennys Mutter als Verkäuferin in einem Modegeschäft dazu.

„Meine Eltern sind nicht reich. Nur großzügig“, maulte Jejo.

„Ist meine Mutter auch. Trotzdem bekommst du viel mehr Taschengeld als Eddie und ich zusammen.“

„Na und? Wer hat das Eis spendiert?“

Jejo saß zwischen seinen Freunden. Eddie und Penny legten ihre Arme auf seine Schultern und alle drei lachten. Eine Passantin sah herüber, und das Bild von drei kichernden Jungs mit Eistüten in den Händen, die sich unter der Figur von Alice im Wunderland herzlich umarmten, zauberte ein liebevolles Lächeln in ihr Gesicht.

Penny streckte die Zunge heraus, so weit er konnte, und schleckte genießerisch an seinem Eis. „Sag mal, Eddie, in ein paar Tagen beginnt das Ferienlager. Willst du nicht doch noch mitkommen?“

Grundsätzlich wäre Eddie gerne mitgefahren. Die beiden letzten Male hatte er dort mit seinen Freunden eine prima Zeit verbracht. Aber in diesen Ferien hatten seine Eltern eine zweiwöchige Reise nach Quebec zu Eddies Onkel und dessen Familie geplant.

„Gerne, Penny, das weißt du doch. Aber Onkel Patrick hat mir schon seit Weihnachten von seinem neuen Angelboot vorgeschwärmt. Er wäre bestimmt ziemlich beleidigt, wenn ich nicht ein paar Mal mit ihm zum Fischen fahre.“

„Ich würde auch gerne einmal nach Kanada fahren“, sagte Jejo. „Aber wenn mein Dad mit mir verreist, geht es immer nur nach New York, um meine Ma zu besuchen.“

„Wann kommt sie denn endlich zurück?“, wollte Penny wissen.

„Sie sagt zu Weihnachten, aber das hat sie letztes Jahr auch erzählt, und dann wurde sie befördert und man hat ihren Vertrag verlängert.“ Jejo seufzte. „Wenn ihre Zeitschrift doch nur nie umgezogen wäre.“

„Sie ist doch die Chefredakteurin. Konnte sie das nicht verhindern?“, wollte Penny wissen.

Jejo schüttelte traurig den Kopf. Dieses Thema war sein wunder Punkt. Eddie entschied sich, die Stimmung aufzuheitern.

„Leute, ich habe etwas Tolles erlebt. Wollt ihr es hören?“

Die folgenden fünfzehn Minuten erzählte Eddie alles, was sich in den vergangenen Tagen zugetragen hatte. Von dem Kartenspiel, von dem merkwürdigen Gefühl, das es beim Anfassen erzeugte, und was es offenbar in der Schatzkiste angestellt hatte. Er berichtete von dem Traum, der so deutlich wie eine Realität gewesen war, und vergaß auch nicht das Erlebnis mit der Blindenbrille. Eddie berichtete, ohne unterbrochen zu werden. Als er geendet hatte, war es still. Das Modellboot mit den roten Segeln fuhr noch immer zwischen vielen andern weiß betuchten Schiffen hin und her. Spaziergänger, Jogger, Kinder auf Rollerblades und Fahrrädern, Menschen mit Hunden an der Leine – ein friedlicher Tag.

„Oh Mann!“, sagte Jejo schließlich.

„Wahnsinn!“, ergänzte Penny.

„Stimmt!“, antwortete Eddie.

„Und was willst du jetzt machen?“, fragte Penny.

„Keine Ahnung. Was würdet ihr an meiner Stelle tun?“

„Ich würde den Kammerjäger rufen und dein Zimmer untersuchen lassen“, meinte Jejo. „Ist ja gruselig, das mit dem Geklopfe. Glaubst du deiner Mutter?“

Eddie zögerte einen Augenblick. „Zuerst nicht so richtig. Ich dachte, sie übertreibt oder hätte etwas aus der Wohnung unter uns gehört. Aber als ich die Karte in meinem Comicbuch fand… Das ist schon seltsam. Ja, ich glaube Mom, dass sie das Klopfen in der Kiste gehört hat.“

„Hast du die Brille dabei?“, wollte Penny wissen. „Mann, das wäre ja Klasse, wenn man damit wirklich die Gedanken anderer Leute lesen könnte. Stell dir mal vor, wir hätten eine Physikarbeit. Ich würde alle Lösungen aus Miss Travis’ Kopf abschreiben.“

„Die Brille solltest du besser mir geben“, sagte Jejo zu Eddie. „Penny ist schon gut genug in Mathe und Physik.“

„Hast du sie hier? Sag schon!“ Penny war völlig fasziniert von dem Gedanken, alles über andere erfahren zu können.

„Ja.“

„Wahnsinn! Komm, hol sie raus, ich will sie ausprobieren.“

Eddie kramte die Brille aus dem Deckelfach seines Rucksacks. Zwei Hände steckten sich ihm entgegen. Er hielt die Brille erst über Jejos Hand, dann über Pennys. Ehe der zugreifen konnte, zog er sie zurück.

„Was soll das?“, beschwerte sich Jejo.

„Ich will keinen bevorzugen“, sagte Eddie. „Ich mag euch beide gleich gerne. Werfen wir einen Vierteldollar.“

Jejo gewann und Eddie gab ihm die Brille.

„Cool, Leute. Die sieht aus wie die von Stevie Wonder.“ Er setzte sie auf, legte den Kopf in den Nacken, wiegte ihn leicht hin und her. „I just called to say I love you.“

„Hör auf damit!“, schimpfte Penny. „Sag lieber, was du siehst.“

„Hey, was soll ich sagen, Leute. Ich bin blind und sehe gar nichts. Habt ihr fünf Dollar für einen blinden hungrigen Schüler aus Nob Hill?“

„Du musst ganz ruhig sein, Jejo“, erklärte Eddie. „Tu einfach so, als könntest du durch die Brille hindurchsehen und warte eine Weile.“

Jejo wiegte seinen Kopf noch zweimal hin und her, dann saß er ruhig da. Eddie und Penny warteten gespannt. Jejos Kopf drehte sich ab und zu ein wenig nach rechts und links, so, als ob er sich interessiert umsehen würde.

Nach einiger Zeit hielt es Penny nicht mehr aus. „Und? Was ist damit? Los, rück schon raus, was du siehst.“

Jejo nahm die Brille ab und zwinkerte, vom hellen Tageslicht geblendet, mit den Augen. „Nichts“, sagte er. „Das Ding funktioniert nicht. Stockdunkel. Keine Bilder, keine Gedanken oder so was.“

Er gab sie Penny, der sie begierig über seine Augen stülpte. Nach einiger Zeit kam er zu dem gleichen Ergebnis. „Zappenduster. Bist du sicher, dass du das nicht auch geträumt hast, Eddie?“

Eddie begann auf einmal zu zweifeln. In der letzten Zeit hatten sich Dinge ereignet, die ihm die klare Unterscheidung von Traum und Realität nicht immer leicht machten. Das war wahrscheinlich auch der Grund gewesen, warum er die Brille mit hierher gebracht hatte. Er wollte wissen, ob das Erlebnis an der Strandpromenade ein Tagtraum gewesen war. Vorsichtig setzte er die Brille auf. Wie schon beim ersten Mal wurde es dunkel und er sah nichts außer kleinen Lichtsternchen.

„Und?“, hörte er Pennys ungeduldige Stimme.

„Pssst!“, machte Jejo.

Wieder begann Eddie zu sehen. Der Mann mit dem gelben Hemd auf der gegenüberliegenden Seite des kleinen Sees war der Eigentümer des Segelbootes mit den roten Segeln.

„Neunhundertfünfzig Dollar“, sagte Eddie fast beiläufig.

„Was?“ Jejos Stimme klang verwirrt.

„Das Boot und die Fernbedienung kosten so viel. Und die Fernbedienung hat zwölf Kanäle, aber für das Boot braucht man nur acht.“

„Wouhh!“, machte Penny.

„Der Mann wohnt am Telegraph Hill und arbeitet in einer Videothek. Er ist verheiratet, aber seine Frau kann keine Kinder bekommen, obwohl sich beide sehr danach sehnen. Er stellt sich gerade vor, dass er hier mit seinem kleinen Jungen stehen würde. Das wäre das Schönste in seinem Leben. Irgendwann wird er sich deswegen scheiden lassen. Vielleicht in ein oder zwei Jahren. Und später einmal wird er mit seinem Sohn hier stehen.“

Eddie machte eine Pause.

„Das kannst du dir auch nur ausgedacht haben. Du bist Klassenbester im Aufsatzschreiben“, meinte Jejo, aber es klang nicht sehr überzeugend.

Eddie drehte seinen Kopf zu ihm. „Das glaubst du nicht wirklich, Jejo. In Wirklichkeit denkst du, dass alles stimmt, was ich gesagt habe. Besonders, weil du weißt, dass Segelboote nur acht Kanäle brauchen. Und du hast es dir zum Geburtstag von deinem Dad gewünscht, genau dieses Boot. Außerdem weißt du, dass du es auch bekommen wirst, weil du den Kreditkartenbeleg deines Vaters auf dem Schreibtisch im Schlafzimmer gesehen hast.“

Eddie nahm die Brille ab. „Dürfen wir das Boot auch mal steuern, wenn du es hast, Jejo?“

„Hey, stimmt das, was er sagt?,“ fragte Penny.

Jejos Augen waren groß und rund geworden wie grüne Glasmurmeln. Seine Kinnlade sackte herunter. „Woher kannst du das, Mann?“

„Keine Ahnung“, antwortete Eddie wahrheitsgemäß. „Ich gucke einfach nur durch diese Brille und auf einmal weiß ich die Dinge. Nichts weiter.“

„Nichts weiter!“ Jejo war ziemlich aufgeregt. „Das sagst du einfach so. Damit kannst du im Fernsehen auftreten und eine Menge Geld verdienen. Hey, du wirst weltberühmt werden. Jeder wird deinen Namen kennen. Wenn die Leute ‚Eddie Kramer‘ hören, werden sie denken: Das ist doch der Junge, der unsere geheimsten Träume aus dem Versteck holt. Vielen Dank.“

„Du könntest auch für den Geheimdienst arbeiten oder für die Armee“, schlug Penny vor. „Oder noch besser, du fährst nach Las Vegas und spielst tagelang Poker. Mann, du würdest sie alle abkassieren.“ Pennys Augen leuchteten bei der Vorstellung, auf welche Weise man mit der Brille Geld verdienen könnte.

„Blödsinn. Eddie ist erst zwölf. Da darf er noch nicht mal ins Casino“, sagte Jejo.

„Aber übermorgen wird er dreizehn.“

„Das ist auch nicht besser, wenn es um Glücksspiel geht.“

„Aber wenn sein Pa oder seine Mom dabei sind, könnte er...“

„Schluss damit, Leute!“, unterbrach Eddie die Fantasieflüge seiner Freunde. Er sah die beiden mit ernstem Ausdruck an. „Ihr müsst mir jetzt eines versprechen. Bei unserer Freundschaft und bei allem was euch wichtig ist.“

„Hä?“, machte Jejo.

„Kein Sterbenswörtchen zu irgendjemanden über das, was ich euch erzählt habe.“

„Aber Eddie, warum…“, begann Penny.

„Kein Wort. Versprochen? Ehrenwort, Jejo?“ Eddie hielt ihm die Hand entgegen. Jejo merkte sofort, dass es seinem Freund ernst war.

„Versprochen, Mann“, sagte er und schlug ein.

„Ebenfalls versprochen, auch wenn ich es nicht verstehe“, sagte Penny. Er war sichtlich betrübt über die schwindenden Verdienstmöglichkeiten, von denen er sich auch einen Vorteil erhofft hatte.

„Okay, Leute“, verkündete Eddie mit wichtiger Stimme. „Jetzt haben wir einen Pakt.“

Penny konnte seine Neugier nicht zügeln. „Erzählst du uns, warum wir nichts sagen sollen?“

„Weil ich glaube, dass die Brille nur ein Teil ist. Wenn ich jetzt damit herumlaufe und Kunststückchen vorführe, kommt der Rest vielleicht nicht."

„Ein Teil?", wunderte sich Penny.

„Und was für ein Rest?", hängte sich Jejo an die Frage an.

„Keine Ahnung. Aber ich spüre irgendwie, dass es gerade erst beginnt. Kommt, lasst uns gehen."

Die drei Freunde standen auf und schlenderten in Richtung des kleinen japanischen Teegartens im Zentrum des Parks.

„Lust auf 'ne Cola?", warf Penny in die Runde.

„Nee, aber noch ein Eis wäre okay", meinte Jejo und sah sich schon suchend um.

„Du wirst noch mal an inneren Erfrierungen sterben, Jejo", stichelte Eddie. „Hier im Park, mitten im Sommer."

„Dann werden sie dir ein Denkmal setzen, in Form eines Eisverkäuferwagens aus Bronze, mit deinem Gesicht auf der Seite", spann Penny den Gedanken weiter.

„Und mit einem riesigen Hotdog im Mund. ‚Jeremy Jones. Zum Glück fror er rechtzeitig ein – sonst wäre er geplatzt'." Eddie kicherte, und Penny fiel ein.

„Blödmänner!", schimpfte Jejo. Dann konnte auch er sich vor Lachen nicht mehr halten.

Sie schlenderten am Teegarten vorbei, wo gerade eine Mutter versuchte, ihren Kinderwagen durch ein Drehkreuz zu schieben. Jejo lief hinüber, hob den Wagen über die Barriere, als wäre er aus Pappe, und war schon wieder auf dem Rückweg, ehe sich die überraschte Frau bei ihm bedanken konnte.

„Was willst du jetzt tun, Eddie?", fragte er. Es war typisch für Jejo, einfach anzupacken, ohne groß zu fragen. Er machte nie eine Sache darum, wenn er jemandem half. Einmal hatte er erklärt, dass er nichts weniger mochte, als im Mittelpunkt der Aufmerksamkeit zu stehen.

„Ich würde verdammt gerne wissen, woher die Karten kommen und welche Bedeutung sie haben", sagte Eddie.

„Frag' doch den Alten, der sie dir verkauft hat", schlug Penny vor.

Jejo war sofort dabei. „Hey, Eddie, du hast doch gesagt, das war auf dem Flohmarkt in der Chiller Street. Der ist montags und mittwochs, und heute haben wir Mittwoch, oder?"

Eddie warf einen Blick auf seine Uhr. „Ja, schon, aber es ist zu spät, die bauen bald ab. Und wenn der Alte nicht mehr da ist?“

„Das wirst du nur erfahren, wenn du nachsiehst. Komm, wir fahren mit dem Bus rüber.“

Elf

Im selben Augenblick, als Eddie, Penny und Jejo in den Bus stiegen, startete in Moskau ein Passagierflugzeug in den anbrechenden Tag. In der ersten Klasse drehte der Geschäftsmann Sergej Gasparov seine kalte Zigarre zwischen den Fingern und wartete auf das Erlöschen des Rauchverbotzeichens.

In Italien schlummerte zur gleichen Zeit der Staatspolitiker und Großindustrielle Giuseppe Tartini neben seiner Frau den Schlaf der Erfolgreichen.

Zeitgleich in Deutschland schaltete Harald Siebenstein das Licht in der obersten Etage seines Frankfurter Büroturms aus und fuhr mit dem Aufzug ein Stockwerk höher, wo er alleine ein riesiges Penthaus bewohnte. Er würde sich noch einige Stunden Schlaf gönnen, ehe er sich zum Flughafen fahren ließ, um den Frühflug nach San Francisco zu nehmen.

In diesem Moment war im viele tausend Kilometer entfernten Peking bereits die Sonne aufgegangen. Der ehrenwerte Chiang Laozi Ya-tsen beobachtete mit fast narzisstischer Freude, wie sich die Leuchtstoffröhren des internationalen Flughafens von Peking in seinen teuren amerikanischen Lackschuhen spiegelten, während er über den roten Teppich des Eingangs für Staatsfunktionäre schritt.

Jeff Blackwater hingegen stand barfuß und rauchend zu nächtlicher Stunde auf der Terrasse seiner Villa in einem Londoner Vorort und verfluchte den Vollmond, der ihn wieder seit Tagen nicht schlafen ließ. Trotz des unermesslichen Vermögens, das durch seine Gold- und Diamantenminen stündlich weiter anwuchs, war es ihm noch nicht gelungen, seine Schlaflosigkeit zu beseitigen.

Der völlig ausgeschlafene Dr. Masura Kyoikusha hingegen nahm in diesem Augenblick in einer Cafeteria seines Tokioter Konzerngebäudes gerade ein spätes Frühstück zu sich. Sein Privatflugzeug stand startbereit auf dem Flughafen. Das Treffen der Elf kam ihm nicht ungelegen, denn er hatte ohnehin einige wichtige Geschäftstermine in den Vereinigten Staaten und freute sich zudem darauf, die anderen Ratsmitglieder wieder zu sehen.

Auch Okanwa Namubuto hatte Glück, denn er befand sich gerade nicht wie üblich in Nairobi, sondern geschäftlich in New York. Er hatte bereits die Tickets für die Frühmaschine nach San Francisco in seinem Aktenkoffer und konnte noch ohne Eile seiner Verabredung zum Abendessen mit seinen arabischen Geschäftspartnern folgen.

Sharad Pawar saß auf der Rückbank seines sich langsam durch den Verkehr hupenden Dienstwagens, blätterte im Wirtschaftsteil der *Times of India* und freute sich auf die kühlen achtundzwanzig Grad, die ihm in San Francisco ein wenig Erholung von der Gluthitze Neu Delhis verschaffen würden. Obwohl er der Eigentümer des landesgrößten Technikkonzerns, mehrerer Filmproduktionsfirmen und der zwei größten Privatbanken Indiens war, kümmerte er sich nur um übergeordnete Belange seiner Unternehmen und gab sich ansonsten leidenschaftlich dem Golfspiel hin.

Pierre Latour aus Vancouver, ein leidenschaftlicher Autofahrer, war der Aufforderung, nach San Francisco zu kommen, nur zu gerne nachgekommen, steckte jedoch gerade wegen eines Motorschadens an seinem Ferrari in einem kleinen Ort kurz vor der kanadisch-amerikanischen Grenze fest. Er verpasste dem Wagen einen kräftigen Fußtritt, schimpfte lautstark auf Französisch und ärgerte sich maßlos über die Verzögerung.

Andark und Jeremy Myser besprachen sich indessen über ihr weiteres Vorgehen.

Alle elf Mitglieder dieses geheimen Bundes verband eine Reihe ungewöhnlicher Gemeinsamkeiten, von denen die meisten nur ihnen selbst bekannt waren. Nebenbei war jedes Ratsmitglied reicher als die drei reichsten Menschen der Forbes-Liste zusammengenommen, aber niemand außer ihnen wusste davon. Das war gut so, denn nur mit einer gewissen Anonymität konnten sie ihre verborgenen Netze immer fester um die Welt knüpfen. Das unzerstörbare Band, das diese Männer zusammenhielt, bestand nicht aus Geld oder Bekanntheit, sondern aus der Kenntnis über etwas, das die Welt, wie sie ihre Vorgänger über viele hundert Jahre geprägt hatten, schlagartig verändern könnte. Dieses

Wissen hielten sie geheim, wie es alle bisherigen Mitglieder des Rates bei ihrem Leben und dem ihrer Familien geschworen hatten. Natürlich wendeten sie es selbst an, wo es ihnen nützlich war, und gaben es in Form von Anweisungen an ihre unzähligen Gefolgsleute weiter. Einigen, die sich besonders bewährten, boten sie gelegentlich den einen oder anderen Wissenskrümel ihres Kuchens an und wogen ihn damit in der Illusion, Teilhaber der geheimen Erkenntnisse zu sein. Aber in Wirklichkeit waren es nur winzige Bruchstücke eines gefährlichen Plans, den die Bewohner der vom Rat der Elf regierten Welt niemals erfahren sollten.

Einzeln betrachtet war keiner der Elf ein nachweislicher Verbrecher, aber alle zusammen waren sie die Urheber eines Betruges an der Menschheit in unvorstellbarem Ausmaß. Und obwohl diese Männer nichts und niemanden fürchteten, gab es eine Sache, vor der sie alle insgeheim Angst hatten, ohne es je auszusprechen. Die Angst davor, dass ihre Verschwörung eines Tages an die Öffentlichkeit käme.

Geheimnisvolle Post

Die Chiller Street war bekannt dafür, dass man hier günstig einkaufen konnte. Die Geschäfte legten weniger Wert auf ihr Aussehen, dafür achteten sie umso mehr auf große Mengen und niedrige Preise. Hier wurde vieles direkt aus Kisten heraus und von Paletten herunter verkauft. Neben den Läden, die vor allem von Lateinamerikanern und Asiaten betrieben wurden, gab es noch eine Menge fahrender Händler, die von einem Markt zum anderen zogen.

Eddie, Penny und Jejo eilten die Straße entlang in Richtung Osten. Nach kurzer Zeit hatten sie den Bereich des Straßenmarktes erreicht, an dem Eddie einige Tage zuvor dem alten Mann das Kartenspiel abgekauft hatte. Die Pizzeria gegenüber hauchte noch immer Wolken von Essensgeruch heraus und verteilte sie in der Umgebung.

„Hier war es“, erinnerte sich Eddie. „Genau vor diesem Plakat mit dem gelben Chrysler.“ Es sah sich um. „An die beiden Stände rechts und links kann ich mich auch noch erinnern. Der Donut-Verkäufer mit dem kleinen roten Wagen und der Stand, an dem Jeans vom Anhänger herunter verkauft werden."

„Wie sah denn der Stand von diesem Spielzeugverkäufer aus?", erkundigte sich Jejo, während seine Augen suchend umherschweiften.

„Eigentlich nur ein großer Tapeziertisch mit einer weißen Decke und blauer Aufschrift. ‚Träume für einen Dollar' oder so was Ähnliches stand darauf."

„Am besten, wir trennen uns und jeder sucht in einer anderen Richtung", bestimmte Jejo, der immer schnell bei der Tat war.

„Treffpunkt ist wieder hier in…", er sah auf seine Uhr „… in zehn Minuten. Alles klar?"

„Klar", sagte Eddie.

„Zehn Minuten", wiederholte Penny.

Kurz darauf hatten sie das Gebiet abgesucht und standen wieder am Ausgangspunkt. Keiner hatte den alten Mann gesehen. Penny zuckte leicht mit den Schultern und machte ein fragendes Gesicht. „Und was jetzt?"

„Keine Ahnung. Einen Versuch war es wert", meinte Jejo mit leicht resigniertem Tonfall. Dabei peilte er mit den Augen des ständigen Jägers den kleinen roten Wagen mit den Donuts an. Die Krapfenkringel gehörten zu seinen Lieblingsspeisen.

Eddie kramte die Blindenbrille aus seinem Rucksack hervor.

„Hey, was hast du vor, alter Junge?", wollte Jejo wissen.

„Eine gute Idee", bemerkte Penny, der schon immer schnell von Begriff war. „Du guckst dir die Leute in der Umgebung an, ob sie etwas wissen, was uns weiterbringt."

„Genau", sagte Eddie gedankenverloren und setzte die Brille auf.

„Na, inzwischen kann ich ja dafür sorgen, dass wir etwas zwischen die Kiemen bekommen", meinte Jejo und steuerte auf den Donutwagen zu.

Eddie folgte ihm mit dem Blick durch die Brille, der eigentlich keiner war, und auf einmal wusste er, was er zu tun hatte. Es war keine Idee, die sich aus einem Gedanken entwickelt hatte, sondern ein plötzliches Wissen. Er nahm die Brille ab und folgte Jejo zu dem Wagen. Der hatte schon eine Auswahl getroffen und kramte gerade in den Taschen seiner Jeans nach Münzen.

„Ich habe schon einen für dich besorgt, Eddie", sagte Jejo, aber Eddie wollte keinen Donut kaufen. Er wollte seine Frage loswerden.

Der Verkäufer sah freundlich aus, ein Koreaner oder Thailänder, da kannte sich Eddie nicht besonders gut aus. Er war etwa Mitte dreißig, trug ein zur Wagenfarbe passendes rotes Hemd und cremefarbene Hosen. Auf seiner beigefarbenen Schürze waren zwei Donuts mit Augen und Mund abgebildet, die sich zulachten. Einer war mit schwarzer Schokolade überzogen, der andere mit weißem Zuckerguss. Darunter stand in tanzenden roten Buchstaben geschrieben: *Knabber uns an – Wir mögen das*. Jejo und Penny warteten einige Meter entfernt und taten teilnahmslos.

„Hallo", sagte Eddie.

„Hallo", antwortete der Verkäufer. „Was darf es sein?"

„Einen Zimtdonut bitte."

Während der Verkäufer den Krapfen mit der Zange in eine Papiertüte beförderte, raffte sich Eddie auf. „Ich habe eine Frage."

„Hmmm?"

„Vor ein paar Tagen hatte hier ein älterer Mann mit weißen Haaren und Bart seinen Stand. Er verkaufte Spielzeug. Erinnern Sie sich an ihn?" Eigentlich eine überflüssige Frage, denn Eddie wusste bereits, das der Verkäufer den Alten kannte.

„Amen? Meinst du Amen Gilstein?"

„Vielleicht heißt er so. Er hatte einen Spruch auf sein Tischtuch gemalt. ‚Träume für einen Dollar', oder so was."

„Jaja. Die Welt der Träume für einen Dollar, das war Amen Gilstein. Was willst du wissen?"

„Wo ich ihn finden kann."

Der Verkäufer verschloss die Tüte und reichte sie über die kleine Theke. Eddie legte einen Dollar auf das Münztablett. „Auf einem Friedhof unten in Colma. Er ist letzte Woche gestorben und wurde dort beigesetzt."

Eddie spürte, wie die Farbe aus seinem Gesicht wich. Seine Beine fühlten sich auf einmal wie aus Gummi an.

„Ich war dabei", sagte der Verkäufer mit ernster Miene. „Wir kannten uns zwar erst ein paar Monate und haben uns immer nur hier auf dem Markt getroffen, aber er war ein prima Kerl. Es hat ihn hier erwischt, weißt du? Letzte Woche, kurz vor Marktschluss."

„An welchem Tag?"

Der Asiate überlegte kurz. „Heute ist Mittwoch, richtig? Dann war es am Freitag."

Eddie erstarrte zu Stein. An diesem Tag hatte er dem Mann das Kartenspiel abgekauft. Der Verkäufer zuckte mit den Achseln. „Keine Ahnung, was es war, aber es ging schnell. Ich habe gleich den Notarzt gerufen, aber da war nichts mehr zu machen. Na ja, in seinem Alter… Was hättest du denn von ihm gewollt?"

„Ach nichts", hörte sich Eddie sagen und fühlte sich, als würde er neben sich stehen. „Ich hatte nur eine Frage zu einem Kartenspiel, das er mir verkauft hat."

Der Verkäufer runzelte kurz die Stirn, dann zog er die Augenbrauen hoch und spitzte die Lippen zu einem Pfiff, aber statt des Pfeifgeräusches stieß er nur lautstark Luft heraus.

„Bist du Eddie? Eddie Kramer?"

Durch den Akzent des Mannes klang es wie ‚Ädiiee Krämäär'. Eddie fühlte sich, als würde sich der Boden unter ihm langsam auflösen Er hatte einmal ein Glas Wein getrunken, das seine Eltern nach einer abendlichen Feier mit Freunden in der Küche hatten stehen lassen. Das Gefühl, das er gerade spürte, war dem sehr ähnlich.

„Ja. Der bin ich."

„Dann habe ich etwas für dich."

Der Donutverkäufer griff in eine Schublade seines Wagens und holte einen Briefumschlag hervor. „Amen hat ihn mir gegeben, kurz nachdem du bei ihm das Kartenspiel gekauft hattest. Er sagte, für den Fall, dass du einmal kämst und er gerade nicht da sei, sollte ich ihn dir geben. Damals wusste ich ja noch nicht…"

Er reichte den Umschlag über die Theke. Eddie nahm ihn entgegen und drehte ihn in seiner Hand. Zugeklebt. Jemand hatte mit einem tropfenden Kugelschreiber in krakeliger Schrift etwas auf die Vorderseite geschrieben.

Für Edwal Kramer
– Dreamwalker –
(Traumwanderer)

Die Schrift verschwamm vor Eddies Augen und, ohne sich dessen bewusst zu sein, hatte er begonnen, die Straße hinunterzulaufen.

Wie aus weiter Ferne hörte er die Stimme des Verkäufers herüberschallen. „Hey, vergiss deinen Donut nicht."

Von irgendwoher tönte die vertraute Stimme Jejos herüber: „Lassen Sie nur, ich nehme ihn mit."

„Eddie, wo willst du hin? Warte!" Das war Penny.

Aber Eddie wartete nicht. Er rannte einfach los. Die Bewegung weckte ihn. Er spürte seinen Körper. Er hörte, wie sein Atem keuchte und die Sohlen seiner Turnschuhe auf den Asphalt klatschten. Er spürte seine Haare im Wind wippen und den Rucksack gegen seinen Rücken schlagen. Jejo und Penny rannten hinter ihrem Freund her, riefen und versuchten ihr Bestes, um ihn einzuholen. Normalerweise war Jejo schneller als Eddie, aber jetzt war er im Nachteil. Er hatte zwei Donuttüten in der Hand und außerdem einen viel späteren Start gehabt. Weil Eddie nicht vor seinen Freunden ausriss, sondern vor dem Gefühl, den Verstand zu verlieren, holten sie ihn bald ein. Endlich bekam Jejo Eddie an der linken Schulter zu fassen.

„Stopp! Bleib stehen! Was ist denn los mit dir?"

Eddie wurde langsamer, ging jetzt nur noch und ließ sich schließlich auf eine Bank in einer kleinen Grünanlage vor einer Straßenkreuzung fallen.

„Was hat dir denn der Verkäufer gegeben, dass du wie ein Wahnsinniger losrennst?", wollte der atemlose Jejo wissen.

Auch Eddie keuchte heftig, aber immerhin hatte er jetzt sein Gefühl für die Realität wiedergefunden. Er hielt Jejo den Umschlag entgegen, so dass der die Aufschrift lesen konnte. Mittlerweile war auch Penny eingetroffen. Sport, besonders Laufen, hatte noch nie zu seinen Stärken gehört. Auch er rang um Luft.

„Dreamwalker? Was soll denn das?", japste er.

„Willst du ihn nicht öffnen?" Jejo hatte sein Taschenmesser hervorgeholt und hielt es Eddie entgegen.

„Mach du ihn auf, Jejo", sagte Eddie. Er hatte das Gefühl, wenn jemand anderes den Inhalt zuerst lesen würde, wäre das schon einmal ein Beweis, dass er nicht verrückt sein konnte.

„Okay." Mit zwei schellen Schnitten hatte Jejo den Umschlag geöffnet. Er zog ein kariertes Stück Papier heraus, das aussah, als wäre es aus einem Mathematikheft gerissen worden. Jejo entfaltete das Blatt und begann zu lesen. Dabei grummelte er leise vor sich hin, eine Eigenart, an die sich Eddie während der letzten zwei Jahre als Jejos Nachbar auf der Schulbank gewöhnt hatte.

„Keine Ahnung, was das soll.“, sagte er.

„Lass mich mal sehen“, drängte Penny. Er verfügte über eine schnellere Auffassungsgabe als Jejo und machte dabei auch keine Geräusche. „Ist doch klar“, verkündete er altklug. „Das ist ein Code. Eine verschlüsselte Botschaft.“ Er reichte Eddie, der sich mittlerweile genügend beruhigt hatte, um selbst lesen zu können, das Blatt.

Lieber Eddie,

als Antwort auf deine brennendsten Fragen helfen dir vielleicht folgende Hinweise.

1. Nutze die Karten. Nichts geschieht aus Zufall.

2. Du wirst Hilfe brauchen. Sei achtsam, dann wirst du sie im richtigen Augenblick erkennen. Türkis ist ein Schlüssel.

3. Nein, du bist nicht verrückt. Finde das Buch, und du wirst alles verstehen. Es ist deine Aufgabe.

Die beiliegenden Adressen können dir auf deinem Weg helfen.

Noch ein Ratschlag von einem erfahrenen alten Mann: Egal, was dir künftig widerfährt, was auch immer andere oder dein Verstand dir sagen werden:

VERTRAUE NUR DEINEM GEFÜHL. IMMER.

Amen

P.S. Das „d“ fehlt ***nicht*** *zufällig, Dreamwalker.*

In den Brief war eine ziemlich mitgenommene Visitenkarte eingefaltet. Auf die Vorderseite war in goldenen, fein geschwungenen Buchstaben die Adresse eines Geschäftes in San Fransisco geprägt. Auf die Rückseite hatte der Alte mit demselben tropfenden Kugelschreiber zwei seltsame Worte geschrieben:

Tawákwaptiwa
Kykotsmovi

„Moment mal, da ist noch was drin“, sagte Penny. Er drehte den Umschlag über seiner offenen Hand um und fing einen kleinen goldenen Schlüssel auf.

Verborgene Wege

In Eddie tobte ein innerer Kampf, ob er seinen Eltern von den bisherigen Ereignissen erzählen sollte oder nicht. Er liebte beide sehr und berichtete zu Hause über die meisten Dinge, die er für wichtig befand. Aber jetzt war alles anders. Was er in den vergangenen Tagen erlebt hatte, gehörte eindeutig in die Kategorie ‚wichtige Dinge', und dennoch hatte er es bisher nicht geschafft, mit seinen Eltern darüber zu sprechen.

An diesem Abend saß die Familie wie üblich am Küchentisch. Pa stocherte in seinem Rührei herum, schlurfte zwischendurch seinen Tee und las in der Abendzeitung. Eddies Mutter musterte immer wieder mit leicht gerunzelter Stirn ihren Sohn, der lustlos an seinem Sandwich herumknabberte.

Eddie gab sich einen Ruck. „Pa, glaubst du, dass man Dinge über andere Menschen wissen kann, ohne sie zu kennen?"

„Natürlich Eddie", antwortete sein Vater, ohne von der Zeitung aufzusehen. „Ich kennen niemanden von den Leuten, über die in der Zeitung berichtet wird, und dennoch weiß ich viel über sie." Er blätterte um und warf seinem Sohn dabei einen kurzen Blick zu.

„Nicht so", bohrte Eddie nach. „Ich meine wildfremde Menschen. Jemand, der einfach auf der Straße an einem vorbeigeht."

„Komische Frage. Was soll man denn über den wissen?"

„Zum Beispiel, ob er alleine ist oder Familie hat. Oder ob er krank oder gesund ist, oder reich oder arm."

„Man kann viel über einen Menschen erfahren, wenn man ein aufmerksamer Beobachter ist. Was meinst du, was ich als Postbote den ganzen Tag über die Menschen erfahre, deren Briefe ich austrage. Es ist so viel, dass ich es manchmal schon gar nicht mehr wissen will."

„Wie kommst du denn auf so eine Frage?", schaltete sich Eddies Mutter ein."

„Jejo hat gesagt, es gibt Menschen, die sehen einen anderen Menschen nur an und wissen auf einen Blick alles über ihn." Das war natürlich eine kleine Notlüge, aber es diente ja nur der Sondierung der Lage.

„Humbug", sagte Eddies Vater mit fast schon barschem Unterton in der Stimme. „Was du meinst, ist Hellseherei oder so etwas, und das gibt es nicht. Außerdem weißt du, wie deine Mom und ich zu diesem religiösen Kram stehen." Er vertiefte sich wieder in seine Zeitung.

Eddies Mutter schien ein wenig misstrauisch geworden zu sein.

„Wie kommt ihr Jungs denn auf solche Themen?", fragte sie.

„Ach, wir reden über so viele Dinge. Ich glaube, Jejo hat irgendwas im Fernsehen aufgeschnappt. Da hat jemand einfach nur auf Leute gestarrt und dann wusste er, was sie dachten und so was."

„Das ist eben diese Sache mit dem Fernsehen, die wir dir schon so oft erklärt haben, Eddie", sagte seine Mutter. Sie schien erleichtert zu sein, dass es offenbar nur um eine theoretische Diskussion unter Eddies Freunden ging. „Nicht alles, was im Fernsehen kommt, ist wahr."

„Um genauer zu sein, ist nur sehr wenig davon wahr", bemerkte Eddies Vater. „Und besonders gilt das für solche unsinnigen Berichte, wie du sie gerade erwähnt hast."

„War ja nur so eine Frage", bog Eddie das Thema ab. Ihm war jetzt klar, dass er seine Eltern auf keinen Fall einweihen durfte, wenn er herausfinden wollte, was es mit den Ereignissen auf sich hatte. Sie würden ihm sonst vielleicht das selbstständige Herumstreunen in der Stadt verbieten.

Auf die üblichen Fragen, was er am Tag gemacht hatte, gab er die üblichen Antworten. Heute war die Videospiele-bei-Penny-Antwort dran. Damit erübrigten sich weitere Erklärungen. Seine Eltern hatten für Computerspiele nicht viel Verständnis, aber sie waren nicht weltfremd und wussten, dass ihr Kind in einem Zeitalter moderner Medien aufwuchs. Deshalb förderten sie Eddies Interessen.

Nach dem Abendessen saß die Familie im Wohnzimmer. Eddies Vater hatte wie üblich leise Musik angestellt und sich in eine seiner Zeitschriften über Farmhäuser vertieft. Eddie saß auf dem Sofa und blätterte lustlos in einer Jugendzeitschrift herum. Zum ersten Mal fiel ihm auf, wie nutzlos die Berichte darin für sein Leben waren. Nirgends stand, wie man mit unerklärlichen Dingen umging, wie man zu neuem Wissen darüber gelangte oder warum bestimmte Dinge überhaupt geschahen. Nach einer Weile kam Eddies Mutter hinzu. Sein Vater legte die Zeitschrift beiseite.

„Kommen morgen viele Freunde, Eddie?", fragte er.

Eddie wusste zunächst nicht, was gemeint war, dann fiel im sein Geburtstag wieder ein. Nie hätte er gedacht, dass ihm das einmal nebensächlich erscheinen könnte.

„Ungefähr fünfzehn, glaube ich.“

„Freust du dich schon?“

„Ja, sehr.“ Glatte Lüge. Er hatte zur Zeit andere Dinge im Kopf als Geburtstagsfeiern.

Sein Vater nickte zustimmend. „Ich habe mir sagen lassen, dass deine Mom schon einiges vorbereitet hat. Schade, dass ich erst so spät nach Hause komme. Na, vielleicht bleibt noch etwas von dem Kuchen für mich übrig. Was meinst du?“

„Bestimmt, Pa.“

Als Eddie an diesem Vorabend seines dreizehnten Geburtstages im Bett lag, war es draußen schon lange dunkel. Er konnte nicht sofort einschlafen. Zu sehr hatten ihn die Ereignisse aufgewühlt. Nach ein paar Minuten hörte er ein leises Klopfen.

Tacktacktack.

Irgendwoher aus seinem Zimmer.

Tacktacktack.

Es klang blechern. Die Schatzkiste!

Eddies beginnende Schläfrigkeit verflog schlagartig. Er spürte, wie sein Herz bis zum Hals klopfte. Das Geräusch war leise, aber deutlich.

Tacktacktack.

Er knipste seine Nachttischlampe an. Fahles, gelbes Licht machte sich im Zimmer breit, trug aber kaum dazu bei, die Angstschatten der Finsternis zu vertreiben.

Tacktacktack.

Noch immer dezent, aber deutlich. Eddie drehte sich auf den Bauch, schob den Kopf über die Bettkante und lugte zu seiner Schatzkiste hinunter.

Tacktacktack.

Immer im gleichen Rhythmus. Eddie klopfte mit zwei Knöcheln gegen das Blech und zog die Hand schnell wieder zurück.

Stille.

Eigentlich hätte jetzt das nächste Klopfen kommen müssen. Er wartete.

Nichts.

Langsam griff er mit der linken Hand nach der Kiste. Nachdem es immer noch still blieb, fasste er Mut und zog sie unter dem Bett hervor. Er starrte den Kasten an wie eine Katze ein Mauseloch. Schließlich holte er den Schlüssel aus seiner Jeans, die auf einem Stuhl am Bettende hing, und steckte ihn in das kleine Schloss.

Immer noch nichts.

Er drehte den Schlüssel nach links.

Alles ruhig.

Mit einer schnellen Bewegung riss er den Deckel nach oben und zog gleichzeitig seine Hand zurück. Dabei wälzte er sich zurück ins Bett und zog die Decke schützend hoch.

Nicht das geringste Geräusch.

Eddie kam sich jetzt ein wenig albern vor. Er setzte sich auf und versuchte, aus sicherem Abstand einen Blick in die Kiste zu erhaschen. Weder Mäuse oder anderes Getier krabbelten herum. Nur eine Sache war ungewöhnlich: Eine der Karten aus dem alten Spiel lag mit dem Bild zu ihm gewendet obenauf.

„Was soll das?“, flüsterte Eddie in Richtung der Kiste.

Keine Antwort. Keine Bewegung.

„Was soll ich mit dir tun? Warum siehst du mich an?“

Die Karte blieb still und starrte ihm ins Gesicht. Eigentlich war das unmöglich, denn auf dem Bild waren weder Menschen oder Tiere noch Augen zu sehen, aber Eddie war sich sicher: Die Karte sah ihn an. Zögernd beugte er sich vor und streckte eine Hand nach ihr aus. Die Karte blieb still liegen. Mit den Spitzen von Daumen und Zeigefinger griff er eine etwas nach oben gebogene Ecke, jederzeit bereit, die Karte fallen zu lassen und den Deckel zuzuknallen. Aber die Karte tat nichts Ungewöhnliches. Eddie nahm sie in die Hand und lehnte sich mit dem Rücken gegen die Wand.

Wie auch bei den anderen Karten wirkte das Bild trotz seines schlechten Zustandes ungewöhnlich lebendig. Es zeigte eine grüne, leicht hügelige Landschaft, in der zwei kleine Seen und weiter hinten ein Landgut lagen. In noch weiterer Ferne schienen sich Berge im Dunst zu verstecken. Im Vordergrund verlief ein Weg quer durch das Bild. Um dem Betrachter mehr Übersicht zu gewähren, hatte der Maler eine erhöhte Perspektive gewählt. In Richtung der Berge war der Weg von einer dichten, mannshohen Hecke abgeschirmt, so dass ein Wanderer auf dem Weg nicht in den Genuss der schönen Landschaft kommen konnte. Etwa in der Mitte der Karte zweigte ein Nebenweg zu einem Gehöft in der Ferne ab. Das Ungewöhnliche dabei war, dass die dichte

Hecke an der Stelle der Verzweigung lückenlos weiter verlief. Wer auf dem Hauptweg lief und nicht genau hinsah, würde den zweiten Weg mit Sicherheit übersehen.

Welchen Sinn machte ein solches Bild? Während Eddie nachdachte, spürte er wieder das leichte Kribbeln in seinem Arm, das er schon beim Kauf des Kartenspiels wahrgenommen hatte. Gleichzeitig umfing ihn große Müdigkeit. Er beschloss, dass er das Geheimnis der klopfenden Kiste und die merkwürdigen Spielkarten auch später weiter untersuchen konnte. Eddie schob die Kiste wieder an ihren Platz unter dem Bett und knipste das Licht aus. Die Karte legte er auf seinen Nachttisch. Dann schlief er ein.

Eddie erwacht an einem Ort, der ihm vertraut vorkommt. Eine hügelige Landschaft aus Feldern und Wiesen. Vereinzelte Waldstücke in der Ferne. Links, einen oder zwei Kilometer entfernt, ein großer Bauernhof. Er weiß nicht, welche Zeit es gerade ist, aber Zeit spielt an diesem Ort keine Rolle, ebenso wenig wie für die Aufgabe, die Eddie mit sich trägt. Er ist ein Bote und soll etwas überbringen, das sich in seinem Rucksack befindet. Etwas Wichtiges, aber er weiß nicht, worum es sich handelt. Das herauszufinden ist jetzt auch gar nicht seine Aufgabe, denn er hat noch einen weiten, unbekannten Weg vor sich. Eddie wundert sich, dass er alleine unterwegs ist. Keine Begleiter, kein Mensch weit und breit. Weil er weder weiß, wohin er gehen soll, noch, wo er sich befindet, beschließt er, an dem Bauernhof nachzufragen.

Die Landschaft ist beruhigend übersichtlich und Vertrauen erweckend. Als er an dem Gehöft ankommt, scheint es verlassen zu sein.

‚Hallo, ist hier jemand?‘

Eine Zeit lang ist es fast schon unheimlich still.

‚Natürlich, was denkst du denn?‘ Die leicht zittrige, aber dennoch deutliche Stimme einer alten Frau. Sie ist nicht zu sehen. Eddie nimmt an, dass sie sich auf der Rückseite des Haupthauses befindet. Als er um die Ecke biegt, sieht er unter einem knorrigen Kirschbaum eine Bank. Darauf sitzt eine kleine, in dunkelgraues Tuch gehüllte Gestalt. Sie blickt sich nicht um, als Eddie sich ihr von hinten nähert.

‚Komm herüber, ich sitze in der Sonne und wärme mich ein wenig.‘

‚Wer sind Sie?‘

‚Wer bist du?‘

‚Mein Name ist Eddie.‘

‚Aha. Setze dich neben mich Eddie. In meinem Alter hat man nicht mehr so oft junge Menschen um sich.‘

Eddie nimmt in deutlichem Abstand neben der Frau Platz. Ihr vom Alter und dem Leben zerfurchtes Gesicht wird von den warmen Strahlen der Spätnachmittagssonne angeleuchtet. Er sieht die gekrümmte Nase, die dünnen Lippen, die wenigen hellgrauen Haare, die unter dem dunkelgrünen Kopftuch herausschauen. Hände, die wie verdorrte knorrige Zweige in der karierten Schürze des Kleides liegen und dennoch herumzappeln, als hätten sie einen eigenen Willen. Eddie fragt sich, warum die Frau ihn nicht ansieht, dann bemerkt er, dass sie blind ist.

‚Wer bist du?‘

‚Ich bin …‘

‚…Eddie, das sagtest du ja schon. Ich will aber nicht nur wissen, wie du heißt, sondern wer du bist. Möchtest du es mir sagen?‘

Sie scheint nicht mehr viele Zähne zu haben, denn eine deutliche Aussprache fällt ihr nicht leicht. Der letzte Satz klingt eher wie ‚Möchteft du ef mia fagen?‘

Eddie stellt fest, dass er keine Ahnung hat, wer er ist. Auf jeden Fall nicht im herkömmlichen Sinn. ‚Ich bin ein Bote. Ich muss etwas sehr Wichtiges abliefern.‘

‚Aaah, ein Bote. Was hast du denn für mich?‘

‚Es ist nicht für Sie.‘

‚Oh, wie schade. Für wen denn?‘

‚Ich weiß nicht.‘

‚Und was ist es?‘

‚Das geht mich jetzt noch nichts an.‘

‚Von wem kommt es?‘

Eddie zuckt mit den Schultern. ‚Hmm.‘

‚Wohin willst du denn?‘

‚Deshalb bin ich hier. Ich habe den Weg verloren.‘

Die Alte kichert in sich hinein. Ihr dürrer Körper schüttelt sich wie Reisigzweige im Wind, während ihre Finger unaufhörlich aneinander herumzupfen. ‚Du bist also ein Bote, der weder weiß, was er überbringt, noch von wem es kommt und an wen es geht. Und den Weg kennst du auch nicht.‘

‚Stimmt, aber das macht mir nichts aus, denn das hier ist nur ein Traum, und Sie können es mir bestimmt sagen.‘

Die Alte gluckst wieder und wird dabei von einem Hustenanfall geschüttelt. ‚Ganz schön selbstbewusst, junger Mann‘, meint sie, nachdem sie sich wieder etwas erholt hat. ‚Aber recht so. Als ich in deinem Alter war, haben mich die Menschen immer ....‘

Sie hält im Satz inne und denkt kurz nach. ‚Ach egal. Du hast schon Recht. Ich weiß, worum es dir geht.‘

Es folgt eine lange Pause, in der ihre blinden Augen abwesend in die Ferne zu blicken scheinen. Eddie hat Zeit, denn ohne den Weg zu kennen, ist jeder weitere Schritt vergeudet. In den Zweigen des Baumes über ihnen sitzen zwei Vögel und picken an den reifen Kirschen. Dabei fallen immer wieder kleine Stücke rotes Fruchtfleisch auf die Wiese. Einer der Vögel ist sehr bunt, orange, blau und gelb, der andere eher hellgrau. Ein Pärchen vielleicht.

‚Wenn du nicht weißt, wer du bist, ist kein Weg der rechte und keine Aufgabe die richtige. Aber weil du weißt, dass du ein Bote bist, kann ich dir auch den Weg beschreiben.‘

Das hört sich gut an.

‚Gehe die Straße weiter, die du gekommen bist‘, fährt die Alte fort. ‚Sei achtsam, aber nicht ängstlich. Du kennst die Straße, denn du bist sie ja bis hierher gegangen, also weißt du auch, wie sie sich anfühlt. Achte auf sieben Boten. Sie werden dir helfen, deine Aufgaben zu lösen. Es sind sieben! Du wirst lernen und neue Fähigkeiten erwerben. Sieben! Sei wachsam, wenn dir dein Gefühl sagt, dass etwas anders ist als sonst. Dann achte besonders auf deine Sinne. Lausche mit arglosem Interesse. Beobachte, ohne zu bewerten. Spüre, ohne zu denken. Überlege erst dann, worin es sich unterscheidet, von dem, was du kennst. Wenn du das erkannt hast, führt es dich weiter.‘

Eddie ist enttäuscht. ‚Das ist sehr vage.‘

‚Ist es nicht.‘

‚Ist es doch. Ich frage Sie nach dem Weg und Sie antworten mir, ich müsse es selbst herausfinden.‘

‚Ha, du bist eben doch noch ein Kind! Wie glaubst du, soll ich deinen Weg kennen, wenn nicht einmal du weißt, was du von wem an wen wohin liefern sollst?‘

‚Sie bringen mich ganz durcheinander.‘

‚Gut so. Dann merkst du wenigstens, wie leicht das geht. Das kann jeder, das ist keine Kunst. Frage fünf Leute nach deinem Weg und sie werden dir fünf Richtungen weisen. Aber es wird nie deine sein. Du hast nur eine Möglichkeit: Vertraue deinem Gefühl.‘

Diesen Satz kennt Eddie. Er kramt in seinen Erinnerungen und ihm fällt der Brief von Amen Gilstein ein. In diesem Augenblick wird im deutlicher als zuvor klar, dass er sich in einem Traum befindet und sein Körper immer noch in seinem Bett liegen muss. Als er an sein Zimmer denkt, spürt er, wie eine unwiderstehlich starke Kraft ihn von der alten Frau fortzieht.

‚Sieben Boten. Sieben Fähigkeiten. Sieben Aufgaben. Vertraue deinem Gefühl!‘, ruft sie ihm nach.

Dann wird es schwarz. Das Körpergefühl kommt zurück. Eddie hört seinen schnellen Atem, spürt seine Arme und Beine. Nimmt das leise Rauschen vom Straßenverkehr durch das geöffnete Zimmerfenster wahr.

Es war Donnerstagmorgen. Eddies Geburtstag.

Famosa Dream Lane

Um die Mittagszeit des Tages, an dem er dreizehn Jahre alt wurde, verließ Eddie die Straßenbahn auf der Höhe eines kleinen Parks. Er hatte für den späten Nachmittag eine Menge Freunde und Bekannte aus der Schule eingeladen, was er nun gerne rückgängig gemacht hätte, denn es war ihm gerade gar nicht nach Feiern zumute.

Er setzte sich auf eine Bank und tauschte seine Turnschuhe gegen die Inlineskater aus dem Rucksack. Im Deckelfach hatte er die Blindenbrille verstaut: Ohne es sich einzugestehen, hegte er insgeheim die Hoffnung, sie würde beim nächsten Versuch nicht mehr funktionieren. Wie sein Pa und seine Mom gesagt hatten, gab es bestimmte Dinge nicht, weil es sie einfach nicht geben *durfte.* Brillen, mit denen man alles über andere Menschen in Erfahrung bringen konnte, durfte es ganz bestimmt nicht geben.

Eddie hatte vor, eine der abschüssigen Straßen in Richtung des nördlichen Hafens hinunterzufahren. Die Marine veranstaltete dort einmal im Monat eine Art Volksfest mit kostenlosem Imbiss und der Musik einer großen Militärkapelle. Eddie mochte die herausgeputzten Marinesoldaten mit ihren strahlend weißen Uniformen und den Bürstenhaarschnitten. Noch mehr reizte ihn jedoch der Gedanke, selbst irgendwann einmal zur See zu fahren und die Welt zu entdecken. Nicht als richtiger Soldat, dass wusste er schon jetzt. Aber vielleicht als Schiffsarzt, als Navigationsingenieur oder als Funker. Letzteres fand er besonders verlockend, weil er die Vorstellung liebte, dass seine Worte durch den Äther in Sekundenbruchteilen um die ganze Welt flögen und bei ihrer Ankunft wichtige Dinge bewirkten.

Seine Inliners waren etwas abgenutzt, aber gut in Schuss. Eddie pflegte die Kugellager regelmäßig, so dass sie auch nach zwei Jahren nichts von der leise summenden Geschmeidigkeit der ersten Tage verloren hatten. Mit weit ausholenden Bewegungen fuhr er zunächst eine der Straßen entlang, die sich von Osten nach Westen zogen und kaum Gefälle aufwiesen. Er genoss den frischen Fahrtwind, der immer wieder neue Gerüche mit sich trug. Essensdüfte aus Imbisslokalen, Gummi- und Benzingeruch aus Parkhäusern, süßlich frischer Blumenduft aus einem Laden auf Höhe der Filmore Street. Eddie kannte die Umgebung wie seine Hosentasche. In den letzten Sommerferien hatte er hier häufig Werbepost ausgetragen. Eine leichte Arbeit, die ihm sein Vater vermittelt hatte. Dennoch überfiel ihn plötzlich das deutliche Gefühl, dass irgendetwas nicht stimmte. Er bremste ab und sah sich um. Die Straße, die er eben passiert hatte, war ihm vertraut und konnte nicht die Ursache sein.

Eddie stand auf der rechten Seite der Fahrbahn, direkt neben dem Gehweg. Etwa zehn Meter hinter ihm gab es eine Eisdiele, auf der gegenüberliegenden Straßenseite ein Geschäft für Swimmingpools und Zubehör. Im Schaufenster standen staubsaugerähnliche Geräte, Dosen mit Chemikalien und das große Foto eines prächtigen Pools, von dem aus man aufs Meer blicken konnte. An der Tür hing ein Schild:

Geschlossen wegen Mittagpause.
Um 14 Uhr sind wir wieder für Sie da.

Eddie sah auf seine Uhr. Es war kurz nach zwölf. Nichts Ungewöhnliches zu entdecken. Dennoch kam in ihm immer stärker ein ähnliches

Gefühl auf, wie er es beim Kauf der Karten und bei der ersten Verwendung der Brille gespürt hatte. Sein Herz schlug schneller und die Knie wurden weich. Eine unerklärliche Nervosität machte sich breit. Eddie rollte ein paar Meter zurück und ließ sich auf einem Stuhl auf dem Gehsteig vor der Eisdiele nieder. Er suchte die Straße vor sich mit scharfem Blick ab. Eine ganz normale Straße. In unregelmäßigen Abständen fuhren Autos vorbei und auch die Passanten verhielten sich nicht auffällig.

Das Zittern der Knie ließ langsam nach, nicht jedoch das merkwürdige Gefühl. Einem Impuls folgend nahm Eddie die schwarze Brille heraus und setzte sie auf.

Zunächst wurde es wieder dunkel, dann erschienen langsam die Konturen der Straße vor ihm. Aber die sah jetzt anders aus als zuvor, denn nur etwa dreißig Meter entfernt gab es eine Kreuzung. Eddies Herz klopfte bis zum Hals. Das *musste* Einbildung sein. Erstens war es unmöglich, durch eine schwarze Brille die Umgebung zu sehen, und zweitens konnte nicht plötzlich eine Kreuzung auftauchen, wo eben noch keine gewesen war.

Ein roter japanischer Kleinwagen näherte sich aus der Gegenrichtung, passierte den Ort der unsichtbaren Kreuzung mit gleichbleibender Geschwindigkeit und verschwand hinter Eddies Rücken. Auf der Gegenspur kam ein alter, ehemals weißer Lieferwagen mit der Aufschrift eines Früchteladens angerollt. Auch er fuhr über die Kreuzung, ohne seine Fahrt zu verlangsamen.

Eddie riss sich die Brille von der Nase. Die Kreuzung war verschwunden. Der Lastwagen und der Kleinwagen jedoch waren immer noch zu sehen. Sie entschwanden gerade in der Ferne.

Ein Kellner kam aus dem Café und musterte ihn befremdet. „Alles in Ordnung, Junge?“

Eddie nickte. Die Stimme klang wie aus weiter Ferne zu ihm herüber.

„Was darf ich dir bringen?“

„Später“, hörte er sich sagen und setzte die Brille wieder auf. Die Schritte des Kellners entfernten sich.

Wieder schälte sich die mysteriöse Kreuzung vor Eddies Augen aus dem Dunkel. Niemand außer ihm schien sie zu bemerken, denn obwohl die Straße, auf der Eddie sich befand, keine Vorfahrtsstraße war, zögerten weder Fahrzeuge noch Passanten auch nur im Ansatz beim Überqueren der Kreuzung. Ein Taxi fuhr vorbei und passierte die Abzweigung ebenfalls, als wäre sie nicht vorhanden. Eddie nahm die Brille ab, ohne seinen Blick von der Kreuzung abzulassen. Vom Tageslicht geblendet kniff er seine Augen zusammen. Gleichzeitig bemerkte er, dass die seltsame Kreuzung einige Sekunden lang wie ein geisterhaftes Doppelbild vor seinen Augen bestehen blieb, ehe sie sich auflöste. Eddie schluckte, aber sein Mund war wie ausgetrocknet. Er setzte die Brille wieder auf, erhob sich vorsichtig aus dem Stuhl und rollte langsam auf den seltsamen Ort zu.

Eine Passantin sah den Jungen mit der Blindenbrille auf Inlineskates befremdet an. Für einen Moment riss sie diese Verwunderung aus den Sorgen um ihren Hund, den sie gerade zur Tierklinik gebracht hatte. Eddie nahm fast beiläufig wahr, dass neben der Angst um ihren Hund nur zwei Themen das Denken der Frau bestimmten: Wann sie endlich ihren Traummann finden würde, um eine Familie zu gründen, und wie sie den ständigen Ärger mit ihrer Bürokollegin vermeiden konnte.

Eddie stand jetzt dicht vor dem Straßenschild der geheimnisvollen Kreuzung. Er legte den Kopf in den Nacken und sah nach oben:

Famosa Dream Lane.

Die Worte kamen ihm auf eine unerklärliche Weise vertraut vor, aber dennoch wusste er, dass es diese Straße hier nicht geben *konnte.* Nicht nur, weil man sie ohne die spezielle Brille nicht zu sehen vermochte. Eine ‚Famosa Dream Lane' gehörte auch deshalb nicht an diesen Ort, weil alle anderen Straßen des Stadtviertels das Wort ‚Straße' in ihrem Namen führten.

Eddies Blick schweifte die Famosa Dream Lane hinunter. Auf den ersten Eindruck ähnelte sie vielen anderen Straßen. Sanft nach unten geneigt, den Blick in Richtung Hafen und auf die Bucht von San Francisco führend. Er schob sich ein paar Schwünge den Gehweg entlang, blieb dann stehen und nahm vorsichtig die Brille ab. Es wurde hell. Die Famosa Dream Lane blieb bestehen. Der Boden unter seinen Skates, die Hauswand, an der er sich gerade abstützte, waren so real wie bei jeder anderen Straße.

Eddie steckte die Brille ein und rollte los.

Er wurde mühelos schneller und genoss das Gefühl der Geschwindigkeit. Seine Eltern hatten ihm das Rollschuhlaufen auf abschüssigen

Straßen ausdrücklich verboten, nachdem er vor einem Jahr mit Schürfwunden am ganzen Körper nach Hause gekommen war. Aber Eddie war kein ängstlicher Typ. Er schrieb den Sturz mangelnder Übung zu. Von da an hatte er sich mit Jejo und Penny jede freie Minute in einer großen, halbierten Betonröhre zum Training getroffen. Gemeinsam hatten sie – gut abgepolstert – Sprünge und Stürze so lange trainiert, bis sie jede noch so schwierige Situation unter Kontrolle wussten. Eddie konnte auf den Inliners mittlerweile kurze Treppengeländer hinuntergleiten und am Ende, ohne anzuhalten, weiterfahren. Auf einer Skala von eins bis zehn hätte er sich eine Achtkommafünf gegeben. Die Zehn brachte im Moment nur Jejo zustande, während Penny höchstens eine gnädige Sieben verdiente. Aber die Skala war nur ein Spaß, denn die drei Freunde betrieben keinerlei ernsthaften Wettbewerb untereinander. Jeder mochte den anderen so, wie er war.

Eddie spürte den Wind in seinen Haaren. Er glitt vorbei an kunterbunt gestrichenen Läden, vor denen sich Menschen unterhielten, passierte einen fahrbaren Würstchenstand mit seinem verführerischen Duft. Ein orangefarbenes Postamt erschien auf der linken Straßenseite und war Augenblicke später schon wieder aus dem Blickfeld verschwunden. Auf dem rechten Gehweg jonglierte ein junger Mann mit einer unzählbaren Menge von Bällen. Einige Meter weiter saß eine Malerin am Straßenrand und porträtierte ein kleines Mädchen, dessen Mutter liebevoll lächelnd daneben stand. Aus einem Leierkasten, der irgendwo weiter vorne stehen musste, ertönte Walzermusik. Zwei Hunde, ein Terrier und ein Pudel, kreuzten übermütig miteinander spielend vor Eddie die Straße.

Die Geschwindigkeit nahm zu, aber er fühlte sich sicher und bremste nur wenig. Wie im schnellen Bildsuchlauf eines Videofilms fegten die Eindrücke an ihm vorbei. Links ein Straßencafé voller bunt gekleideter Menschen, rechts eine Imbissstube mit einer Traube kichernder Mädchen im Eingang. Ein gelber Möbelwagen, aus dem zwei kräftige Männer einen ungewöhnlich reich verzierten Schrank herunterwuchteten. Eine etwa siebzigjährige Frau in einem weißen Jogginganzug mit grellrosa gefärbten Haaren und dazu passenden Laufschuhen sah ihnen zu. Hinter ihr, an einer grünen Leine zerrend, ein winziger weißer Hund. Ein laufender, scheinbar augenloser Haarknäuel mit einer kitschigen Schleife um den Hals. Ebenfalls rosa. Rechts erschien eine Kirche mit auffällig kreativ gestaltetem Eingangstor.

Und vor ihm ein riesiges Schlagloch im Asphalt!

Eddie verlagerte sein Gewicht auf die rechte Ferse und presste die Bremse, so fest er konnte, auf die Straße. Gleichzeitig versuchte er das Loch zu umfahren. Als er merkte, dass ihm das nicht gelingen würde, ließ er sich auf die Knie fallen, um die Geschwindigkeit mit den Kunststoffschützern an Armen und Beinen abzubremsen. Eddies letzter Sturz lag über ein Jahr zurück. Deshalb setzte er seinen Helm nur noch auf, wenn er im Blickfeld seiner Eltern fuhr. Heute erwies sich das als Fehler, denn Eddie rutschte auf allen Vieren in das Schlagloch. Der Schwung drehte seinen Körper auf die Seite. Sein Kopf schlug gegen die Asphaltkante des Lochs. Grelles Licht explodierte und wurde, wie bei einer nächtlichen Feuerwerksrakete, von stiebenden Funken umrahmt. Dann kam die Dunkelheit und mit ihr die Stille.

Buntes Licht

Als Eddie wieder zu sich kam, war es noch immer dunkel. Auch die Lichtpunkte schienen noch in der Umgebung zu schweben. Stille. Geruch von altem Holz lag in der Luft. Die Außenkante von Eddies linker Hand schmerzte höllisch und sein linker Oberschenkel brannte wie Feuer. Mit diesen deutlichen Gefühlen kehrte auch die Klarheit in seinen Blick und in seinen Verstand zurück. Er lag auf dem Rücken, auf einem Bett oder einer Couch, wie er aufgrund der angenehm weichen Polsterung vermutete.

„Wie geht es dir, Junge? Soll ich einen Arzt rufen?“ Die tiefe Stimme neben ihm klang Vertrauen erweckend. Eddie drehte den Kopf ein wenig zur Seite und blickte in ein rundliches Gesicht, das von Freundlichkeit und Offenheit strahlte. Ein älterer Mann mit hellgrauem, kurz geschnittenem Haarkranz auf einem ansonsten wie blank polierten Kopf. Knollige Nase, heiter nach oben geneigte Mundwinkel, schmale Lippen und aufmerksame braune Augen, die von Lachfältchen umgeben waren. Das volle Kinn hatte ein Grübchen in der Mitte und auf der linken Wange saß ein kleines dunkles Muttermal.

„Wie lange…“

„Oh, gar nicht lange. Ich habe von der Kirchentreppe aus deinen Sturz beobachtet. Wollte gerade einen Spaziergang machen. Da kamst du herangerauscht mit einer Geschwindigkeit, als liefest du vor dem Teufel davon.“ Er sah kurz nach oben, murmelte eine Entschuldigung und bekreuzigte sich flüchtig. „Na ja, du bist in das Schlagloch gerutscht, wegen dessen ich schon die letzten drei Wochen andauernd bei der Straßenverwaltung anrufe.“ Er schüttelte missbilligend den Kopf. „Kein Geld, keine Arbeiter, keine Zeit… Ich frage mich, wofür unsere Kirchengemeinde die Steuern zahlt.“

Der Mann legte eine Hand hinter Eddies Rücken und half ihm, sich aufzusetzen. „Ach ja, du willst wissen, wie lange du weggetreten warst.“ Er machte eine fiktive Bewegung, als würde er auf eine Armbanduhr sehen, obwohl er keine trug. „Vielleicht fünf Minuten. Ich habe dich hier in die Kirche gebracht und wollte gerade einen Arzt anrufen. Wie fühlst du dich? Soll ich deine Eltern benachrichtigen?“

Eddie stand auf und betastete seinen Kopf. Am Hinterkopf begann sich gerade eine Beule zu bilden. Überraschenderweise tat sie jedoch kaum weh. Schlimmer hingegen war der pochende Schmerz im linken Oberschenkel und dem Knie. Immerhin blutete die Abschürfung nicht.

„Ich weiß nicht.“ Er erinnerte sich an die mahnenden Worte seiner Mutter. „Nein. Ich glaube, ich bin in Ordnung, nur noch ein wenig durcheinander.“

„Du kannst hier bleiben und dich ausruhen, solange du willst. Dieses Haus ist eine Zuflucht für alle, die es brauchen.“

„Sind Sie ein Pater?“

„Oh ja, mein Junge. Mit Leib und Seele.“ Er machte eine ausladende Handbewegung. „Ich leite diese Kirche und stehe einer kleinen, aber wachsenden Gemeinde vor. Du wirst durstig sein nach diesem Schock. Ich hole dir etwas zu trinken.“

„Danke, das ist sehr freundlich von Ihnen“, sagte Eddie.

Der Pater verschwand im Halbdunkel. Eddie sah sich um. Er hatte auf einem mit gelbem Samt gepolsterten Ruhesessel gelegen, der am Rand eines riesigen, lichten Raumes stand. Buntes Licht drang durch die farbigen Glasbilder der Fenster und erzeugte an verschiedenen Stellen der Halle leuchtende Muster. An der Wand rechts von Eddie, zwischen zwei Kirchenfenstern, stand ein Altar, der durch die gefärbten Sonnenstrahlen in gelbes, grünes und blaues Licht getaucht war. Darauf befanden sich die üblichen Utensilien einer Messe: ein vergoldeter Trinkkelch, eine aufgeklappte Bibel, ein kleines Kruzifix, eine Schale mit Weihwasser. Auffallend waren die zwei prächtigen Blumensträuße, die den nüchternen Utensilien eine natürliche Lebendigkeit hinzufügten. An der Wand über dem Altar hing ein mannshohes schlichtes Kreuz aus hellem Holz, in dessen Zentrum ein wellenartig geformtes Schild prangte:

Kirche der verlorenen Träume
Gott gab sie uns – wir werden sie wiederfinden.

„Was für ein seltsamer Name", dachte Eddie. Erst jetzt fiel ihm die ungewöhnliche Einrichtung des Saals auf. Alle Stühle waren identisch mit dem, auf dem er aufgewacht war: gelbe Samtbezüge, hohe, nach hinten klappbare Rückenlehnen, bequeme Armpolster, integrierte Fußstützen. Nicht nur die Art der Sessel, sondern auch ihre Anordnung war auffällig, besonders für eine Kirche. Statt in Richtung des Altars gruppierten sie sich kreisförmig in mehreren Reihen um einen gemeinsamen Mittelpunkt. Nach hinten stiegen die Sesselreihen in Stufen immer höher. Eddie fühlte sich an eine Arena oder an ein Amphitheater erinnert.

Zwar zitterten seine Knie noch etwas und das verletzte Bein machte sich mit einem wilden Pochen bemerkbar, aber er war zu neugierig, um stehen zu bleiben. Er humpelte zu der Arena und sah nach, ob sich ein Symbol, Worte oder ein Gegenstand im Zentrum befanden. Aber der Boden bestand einfach nur aus hellem Parkett, auf das, wie zufällig, ein abstraktes buntes Lichtmuster fiel.

„Unser Gebetszentrum", tönte die tiefe Stimme des Paters durch den Raum. Eddie fuhr erschrocken herum. Die Schritte des schweren Mannes erzeugten ein pochendes Geräusch auf dem Holzboden, das in der großen Halle ein Echo nach sich zog. Der Geistliche hielt eine Dose Seven-Up in der einen Hand und ein Glas in der andern. Sein Gesicht strahlte unverhohlenen Stolz aus.

„Ungewöhnlich, nicht wahr? Dieser Kreis verstärkt die gemeinsame Energie, während wir den Zugang suchen." Er reichte Eddie die Limonade. Die Dose war kalt, auf der Oberfläche hatte sich Kondenswasser gebildet. Ein farbiger Lichtstrahl ließ die Tropfen auf dem grünen Metall so glitzern, dass sie wie schimmernde Edelsteine aus einem fernöstlichen Märchen wirkten.

„Danke“, sagte Eddie und nahm die Dose mit dem Glas entgegen. „Was für einen Zugang? Das ist keine normale Kirche, oder?“

Der Pater lachte, wobei sein nicht unerheblicher Bauch unter der schwarzen Soutane auf und ab wippte. „Normale Kirche? Was ist schon normal? Das, was die Menschen kennen, oder? So betrachtet hättest du Recht: Wir sind keine normale Kirche, aber wir sind Kinder Gottes, wie alle auf dieser Welt. Der einzige Unterschied ist…“ Er stockte und sah Eddie prüfend an. „Sag mal, es geht dir doch gut, oder?“

„Ja, klar. Ich wollte nicht neugierig sein, Entschuldigung.“ Eddie schenkte sich die Limonade ein und nahm zwei große Schlucke. Durch die Kälte verkrampfte sich sein Magen und er bekam einen Schluckauf.

„Natürlich bist du neugierig. Das ist völlig in Ordnung so“, meinte der Pater. „Neugier ist die wichtigste Aufgabe, die dir deine Seele mit auf die Erde gegeben hat. Wenn du nicht hungrig nach Wissen und Erleben bist, wozu lebst du dann?“ Er ging langsam in die Mitte der Arena und blieb, in gelbes und rotes Licht getaucht und von etwa hundert Sesseln umgeben, stehen. Dabei wirkte er wie der Direktor eines Traumtheaters, der den Auftritt einer noch nie gesehenen Truppe einzigartiger Magier ankündigte.

„Hast du ein wenig Zeit mitgebracht für deine Neugier, mein Junge?“

In diesem Augenblick beschloss Eddie, dass er in diesem Monat auf das Orchester und die kostenlosen Hotdogs der Marine verzichten würde.

Käpt’n Hook

Eddie hatte in einem der Sessel in der vordersten Reihe Platz genommen. Der Pater ging in der Mitte der Arena bedächtigen Schrittes hin und her, hielt nachdenklich inne, sah Eddie an und ging dann wieder auf und ab. Nachdem einige Zeit schweigend vergangen war, setzte er sich in den Sessel neben Eddie. Beide sahen zu dem schönsten aller Glasfenster hinauf. Es hatte die Kontur einer aufgeblühten Rose. Die Struktur der Glasflächen schien die Blütenblätter zu imitieren. Jedes Glasstück war in einer eigenen Farbe gehalten. Keines glich einem anderen, und dennoch wirkten alle in zauberhafter Harmonie zusammen. Eine perfekte Komposition aus Licht, Form und Farbe, die Eddie ähnlich bekannt vorkam, wie zuvor schon der Name der Straße.

„Wie heißt du, mein Junge?“

„Eddie Kramer.“

Der Pater hielt Eddie seine Hand entgegen. Am Mittelfinger glitzerte ein goldener Ring mit einem türkisen Opal. „Pater William Werkler. Die meisten nennen mich einfach nur Pater William.“

Eddie legte seine Hand in die des Paters. Er spürte wohlige Wärme, die sich seinen Arm hinauf ausbreitete. Vertrautheit lag in diesem Händedruck, obwohl er sich an keinen Menschen erinnern konnte, der diesem Mann auch nur annähernd ähnlich war.

„Freut mich, Eddie“, sagte Pater William und es klang aufrichtig. „Gehst du zufällig ab und zu in die Kirche?“

Eddie spürte, wie er rot wurde. „Ich... Also nicht sehr oft, ehrlich gesagt. Meine Großeltern waren russisch-orthodox, aber ich weiß nicht einmal, was das wirklich bedeutet.“

Tatsächlich war Religiosität in seiner Familie unwichtig. Die Großeltern waren nach San Francisco ausgewandert, weil sie – wie die meisten Emigranten – den Zwängen und der Armut ihres Heimatlandes entfliehen wollten. Dazu rechneten sie offensichtlich auch den strengen Kirchenglauben. Eddies Eltern legten so gut wie keinen Wert auf Religion und gaben diese Einstellung auch an ihren Sohn weiter.

Pater William lächelte, was seine Wangen zu zwei rosigen Halbkugeln werden ließ. Eddie kamen unwillkürlich Gedanken an den Nikolaus in den Sinn.

„Jaja, die Religion. Weißt du, Eddie, bei uns in der Kirche der verlorenen Träume ist es gar nicht das Wichtigste, die Gebote zu zitieren, zu beten oder zu beichten.“

Eddie sah den Pater mit offenem Erstaunen an.

„Das wundert dich, was? Ist aber so. Ich sagte ‚nicht das Wichtigste‘, weil es natürlich dennoch ein Bestandteil unseres Glaubens ist. Aber das Wichtigste, an das wir glauben, ist etwas anderes.“ Er zog verschwörerisch die buschigen Augenbrauen hoch. Auf seiner Stirn bildeten sich tiefe Falten.

„Aha“, machte Eddie und kam sich dabei nicht sonderlich schlau vor. Eigentlich interessierte ihn ‚das Wichtigste‘ nicht sehr. Er fand die Sessel interessant, die bunten Fenster faszinierend und den Pater außergewöhnlich nett, aber aus ‚Glaubensangelegenheiten', wie sein Vater diese Themen nannte, hielt er sich lieber raus. Er überlegte, wie er am geschicktesten das Gespräch beenden konnte, ohne unhöflich zu sein.

Der Pater legte die Fingerspitzen seiner Hände aneinander und bildete eine Art imaginäre Domkuppel. „Das Wichtigste für uns, mein Junge, das sind wir selbst mit unseren Träumen."

In Gedanken versunken öffnete und schloss er seine Fingerkuppel einige Male. „Ohne Träume leben wir nur in einem Teilbereich unseres Daseins. Unsere Träume sind ein Bestandteil unserer persönlichen Welt. Sie können uns viel Erkenntnis liefern. Es gibt Menschen – bedeutende Menschen mit viel Einfluss – die würden es gar nicht gerne sehen, wenn alle den Zugang zu ihren Träumen wiederfänden."

Eddies Gesicht schien ein einziges Fragezeichen zu sein, denn der Pater beantwortete die Frage, die im Raum schwebte, von selbst.

„Warum? Weil sie dann die Macht über uns verlieren würden. Wer die Macht über die Träume der Menschen hat, hat die Herrschaft über ihr Leben. Wir brauchen unsere Träume, sonst verkümmern wir wie eine Pflanze, die nicht gegossen wird. Wer weiß denn, wohin er in seinem Leben will, wenn er nicht davon träumt?"

Eddie spürte, wie sein Interesse wieder stärker wurde. Das schien kein wirklich religiöses Thema zu sein. Außerdem machte er mit Träumen selbst gerade einige ungewöhnliche Erfahrungen.

„Ich habe gestern im Traum einen Weg gesucht", sagte er vorsichtig.

„Hast du eine Antwort erhalten?"

„Ich bekam den Weg nicht gezeigt, aber vielleicht helfen mir die Hinweise, ihn zu finden."

„Bist du zufrieden?"

„Ich weiß nicht. Ich konnte noch nicht wirklich darüber nachdenken."

„Immerhin urteilst du mit Bedachtheit, das ist eine gute Voraussetzung", meinte Pater William.

„Wofür?"

„Dafür, nur deinen eigenen Träumen zu folgen. Die Träume anderer umgeben dich wie verschmutzte Luft. Wenn du nicht Acht gibst, atmest du sie ein, ohne es zu merken. Werbung und Filme, Idole und Vorbilder, Vorgesetzte und falsche Freunde, ja, manchmal sogar die Lehrer und die Eltern – sie alle wollen, dass du auf die eine oder andere Weise ihre Träume lebst. Die meisten meinen es nicht böse, und viele tun es nicht einmal absichtlich, aber es ist eben so. Deshalb ist es besonders wichtig, deine eigenen Träume zu kennen, sonst läufst du Gefahr, irgendwann festzustellen, dass du das Leben von anderen gelebt hast."

Eddie wusste nicht, was er damit anfangen sollte. Eigentlich hatte er bislang immer das Gefühl gehabt, seinen eigenen Ideen zu folgen. Wenn er aber an das Leben seiner Eltern dachte, spürte er, dass an dem, was der Geistliche sagte, etwas dran war.

Pater William dachte einen Augenblick nach. Eddie bemerkte, dass das farbige Lichtmuster aus dem Zentrum der Arena gewandert war. Es sah jetzt aus wie ein blauer Flugdrachen mit zwei unterschiedlich grünen Augen und einem gelben lachenden Mund, aus dem sich frech eine rote Zunge streckte. Ein fröhliches Bild. Eddie stellte sich vor, wie der Drachen an einem windigen Herbsttag an seiner unsichtbaren Leine hin und her tanzte und wilde Figuren in den Himmel zeichnete. Er sah hoch zu dem Fenster, und in diesem Augenblick wusste er, woher das vertraute Gefühl kam. Genau so sah das Farbenmosaik auf der Spielkarte aus, die seinen Traum im Farbendorf ausgelöst hatte. Seltsamerweise erzeugte diese Erkenntnis in Eddie ein zufriedenes Gefühl.

„Ich wollte mir gerade Mittagessen bereiten. Magst du Lasagne?", fragte Pater William gut gelaunt.

Eddie war über den plötzlichen Themenwechsel verblüfft, aber der Pater schien von seiner ganzen Art eher ein großer Junge als ein gealterter Erwachsener zu sein. Diese Spontaneität passte gut zu ihm. Noch nie zuvor hatte Eddie einen Menschen getroffen, der ihm auf Anhieb so vertraut vorgekommen war.

„Ich muss nach Hause. Ich habe heute Nachmittag Geburtstag."

„Du wirst rechtzeitig zurück sein, das verspreche ich."

Die Art, wie der Pater das sagte, klang glaubwürdig. Vielleicht würde er Eddie nach Hause fahren?

„Ich liebe Lasagne", gab er zurück. „Meine Mutter macht sie köstlich, aber viel zu selten."

„Guuut. Dann wollen wir mal sehen, ob ich mit deiner Mutter mithalten kann."

Sie verließen den Kirchenraum und betraten den direkt angrenzenden Wohnteil des Gebäudes. Die Einrichtung des Wohnzimmers machte einen fröhlichen und auffällig verspielten Eindruck. Wände in hellem Gelb betonten den weißen Stuck am Übergang zu Decke. Wenige zierliche Möbelstücke verteilten sich großzügig auf einem cremefarbenen Teppich. Vor einem der großen Sprossenfenster standen ein orangefarbiges Sofa, zwei dazu passende Sessel und ein niedriger Glastisch. An den Wänden bildeten aus unzähligen bunten Punkten gemalte Bilder verschiedene Tiere ab. Alles wirkte heiter und leicht.

„Mach es dir gemütlich, wo du möchtest, Eddie", sagte der Pater. „Ich brauche nicht lange mit dem Essen. Das meiste ist schon vorbereitet." Er machte eine ausladende Handbewegung in Richtung einer Sitzgruppe.

„Danke, aber ich würde Ihnen lieber mit dem Essen helfen." Eddie hatte ein wenig ein schlechtes Gewissen.

„Ist schon in Ordnung, ich mache das immer alleine. Da sind wir eigen, wir alten Leute."

Diese Behauptung passte überhaupt nicht zu ihm. Wenn jemand den Eindruck machte, jung geblieben zu sein, dann war es dieser Mann. Eddie setzte sich in einen der beiden Sessel gegenüber dem Sofa. Die Garnitur stand direkt vor einem kleinen Erker, dessen Fenster bis zum Boden reichten. Man konnte im Sitzen die Straße in beiden Richtungen beobachten. Eddie ließ seinen Blick über das bunte Treiben schweifen. Auf der gegenüberliegenden Straßenseite entdeckte er den Leierkastenspieler, den er bei seiner schnellen Fahrt gehört hatte. Das Gesicht des etwa dreißigjährigen Mannes strahlte eine lausbubenhafte Fröhlichkeit aus. Auf dem Kopf thronte ein überhoher dunkelgrüner Zylinderhut, der mit seinen vielen Knicken wie eine Ziehharmonika wirkte. Im Hutband der sich bedenklich zur Seite neigenden Kopfbedeckung steckte eine rote Blüte und aus der Brusttasche des rotkarierten Jacketts lugte ein winziger weißer Teddybär. Der Mann machte gerade Mittagspause. Er hatte sich auf einem hölzernen Klappstuhl neben seiner Drehleier niedergelassen, um genüsslich eine Schüssel Salat und ein Malzbier zu verzehren. Die meisten Passanten schienen ihn zu kennen und grüßten im Vorübergehen. Es war kaum möglich, sich der friedlichen Stimmung der Szene zu entziehen.

In der Küche fiel etwas Blechernes auf den Boden und der Pater murmelte unverständlich vor sich hin. Eddie sah sich im Zimmer um. An der Decke des Wohnraums hingen verschiedene interessante Dinge. Ein zauberhaftes Mobile, an dem Peter Pan mit seinen Freunden, die Elfe Tinker Bell und Käpt'n Hook, im sanften Luftzug schwebend das Piratenschiff umkreisten. Modelle alter Doppeldecker, ein rotweiß gestreifter Heißluftballon mit grünem Bastkorb, eine geometrische Figur aus bunten Holzteilen, die sich langsam um eine imaginäre Achse drehten und immer neue Formen erzeugten. An dem Fenster, das zur Straße hinaus zeigte, hing ebenfalls ein Mobile, an dessen Armen etwa zehn kleine Kristalle befestigt waren. Das Sonnenlicht brach sich in ihnen und erzeugte an den Wänden unzählige regenbogenfarbige Lichtflecke, die sich auf verschiedenen Bahnen kreuzten.

„Wenn es dich stört, hänge ich es ab“, rief der Pater beiläufig aus der Küche.

„Was denn?“

„Der Lichtfänger am Fenster. Manche Leute irritiert das. Mich nicht, weil das Licht nur bis zum frühen Nachmittag so einfällt, dass es sich bricht.“

„Nein, er stört nicht. Er ist wunderschön.“

„Ich habe ihn aus dem Kristallgeschäft, ein paar Häuser weiter, falls es dich interessiert.“

Eddie hörte Teller und Besteck klappern. Der Pater kam ins Wohnzimmer, platzierte zwei Teller auf dem runden Tisch, legte Besteck und Papierservietten dazu und stellte eine Karaffe mit Wasser in die Mitte.

Eddie brannte eine Frage auf den Lippen. „Diese Straße, die Häuser, die Menschen … Sie wirken alle so anders.“

Pater William schien nicht überrascht zu sein oder ließ es sich zumindest nicht anmerken. Er ging zurück in die Küche und machte sich am Herd zu schaffen. Eddie folgte ihm, blieb aber im Türrahmen stehen.

„Oh, natürlich, das sind sie auch. Ganz besondere Menschen“, sagte der Pater, während er die Ofenklappe öffnete und ein Blech herauszog.

„Und der Straßenname…“

„Famosa Dream Lane?“

„Ja. Ich habe die Straße noch nie gesehen und auch den Namen noch nie gehört, obwohl ich schon oft in diesem Stadtviertel war.“

„Das wundert mich gar nicht.“ Er stellte eine Auflaufform auf das Backblech und schloss den Herd. Dann nahm er eine Küchenuhr in der Gestalt eines kleinen Kochs und drehte an der Mütze, um die Zeit einzustellen. Scheinbar wollte er nichts weiter zu dem Thema sagen.

Eddie war allerdings viel zu neugierig. „Ist sie neu?“, bohrte er.

„Wer?“

„Die Straße.“

„Nein. Sie ist fast so alt wie die Stadt.“

„Warum habe ich sie dann noch nie gesehen?“

„Es war wohl noch nicht die Zeit.“ Pater William drehte sich zu Eddie um und lächelte verschmitzt. „Ist heute ein besonderer Tag für dich, Eddie? Irgend etwas Außergewöhnliches?“

„Ja, ich habe heute Geburtstag. Dreizehn.“

„Aha.“ Er öffnete den Kühlschrank, auf dem mit bunten Magneten zahllose Ansichtskarten aus aller Welt befestigt waren und nahm eine halbe Eistorte aus dem Kühlfach.

„Herzlichen Glückwunsch, Eddie Kramer, und willkommen in der Famosa Dream Lane.“ Er hielt die Torte vor Eddies Gesicht. „Der Nachtisch“, verkündete er.

„Klasse“, sagte Eddie und meinte es auch wirklich so. Der Pater war wirklich besonders nett. Eddies Blick streifte die Uhr an der Wand, die auf halb elf stehen geblieben sein musste. Er sah auf seine Armbanduhr und stellte fest, dass ausgerechnet jetzt die Batterien ausgegangen waren. Die Zeiger standen auf kurz nach zwölf Uhr. Er musste sofort zurück nach Hause, wenn er nicht als Letzter auf seiner eigenen Party eintreffen wollte. Mom würde mächtig ungehalten sein, wenn er zu spät auftauchte, ganz zu schweigen von Jejo, Penny und den anderen.

„Pater William, ich glaube, ich muss sofort gehen, sonst komme ich zu spät zu meiner Geburtstagsfeier.“

„Mach dir darum mal keine Sorgen, Eddie. Du wirst nicht zu spät kommen.“

Eddie deutete auf die Wanduhr. „Die ist aber schon seit einiger Zeit stehen geblieben.“

Der Pater sah hinauf. „Ach ja, die habe ich schon seit Jahren nicht mehr aufgezogen. Ist noch eine Erinnerung an die Zeit, bevor ich hier lebte.“

„Können Sie mir sagen, wie spät es ist? Bitte!“, drängelte Eddie nervös.

Der Pater legte eine Hand auf Eddies Schulter und ein Gefühl von Ruhe und Geborgenheit machte sich breit. „Vertraue mir einfach, wenn ich dir verspreche, dass du nicht zu spät kommen wirst. Ich habe noch nie ein Versprechen gebrochen.“

Eddie glaubte ihm. Die Lasagne schmeckte köstlich und brauchte keinen Vergleich mit der von Eddies Mutter zu scheuen. Als beide ihre Teller leer gegessen hatten, lehnte sich der Pater zufrieden zurück.

„Wo waren wir vorhin im Gemeindesaal stehen geblieben? Träume! Die von anderen Menschen und deine eigenen. Genau."

Eddie schenkte sich ein Glas Limonade nach. Der Pater musterte ihn mit fragendem Blick.

„Du wolltest wissen, warum es zunächst einmal ganz normal ist, wenn andere dir ihre Träume aufdrängen wollen."

Eddie stellte sein Glas ab und nickte.

„Pass mal auf", sagte Pater William. „Mir ist vorhin in der Küche eingefallen, wie ich es dir erklären könnte Hörst du gerne Geschichten?"

„Klar." Eddie nickte.

Der Pater ließ seinen Blick sinnierend nach oben schweifen. „Gut, dann stelle dir einmal vor, der Chef einer großen Autofirma hätte ein besonders schönes Schlafzimmer mit riesigen Fenstern, durch die er vom Bett aus hinauf in den Sternenhimmel sehen könnte. Eines Abends liegt er da und guckt wieder einmal in den nächtlichen Himmel. Darüber fallen ihm die Augen zu und er träumt, er hätte ein Auto, mit dem er grenzenlos frei durch den Raum schweben könnte. Wohin er wollte. Neue Planeten entdecken. Niemand könnte ihn aufhalten. Sein Auto hätte so viel Platz, dass er auf die lange Reise alles mitnehmen könnte, was ihm wichtig ist. Und er müsste nie an einer Tankstelle halten, denn die gibt es ja ohnehin nicht im Weltraum. Er fliegt sanft dahin und dabei wäre es so ruhig, als glitte er auf einer Traumwolke in die Unendlichkeit. Nur ganz leise und angenehm hörte man das vertrauenerweckende Rauschen der Raketentriebwerke."

Der Pater sah kurz zu Eddie hinüber, der gespannt seinen Worten folgte.

„Ja, das wäre ein Auto nach seinem Geschmack", fuhr Pater William fort. „Es wäre vielleicht sogar das Wichtigste in seinem Leben, denn damit könnte er zu all den Welten reisen, die er sich dort oben im Sternenhimmel jeden Abend vorstellt. Schöner Gedanke, wenn man Autos mag, oder?"

Eddie nickte, ganz in der Vorstellung der Geschichte gefangen. Sein Blick ruhte abwesend auf Käpt'n Hooks Schiff. Peter Pan schwebte abwechselnd langsam hinter dem säbelfuchtelnden Piraten hinterher oder er wurde von ihm verfolgt. „Das wäre wunderbar“, sagte er leise.

„Finde ich auch“, stimmte der Pater zu. „Am nächsten Tag geht der Chef dieser Autofirma in sein Büro und erzählt seinem besten Mitarbeiter von diesem Traum. Der findet das toll und bald sitzen die wichtigsten Leute an einem großen Tisch und lauschen gespannt den Worten ihres Chefs. Und alle finden den Traum wunderbar. Aber natürlich wissen sie, dass man heute noch keine Autos bauen kann, die fast geräuschlos und blitzschnell durch den Sternenhimmel zu fremden Welten fliegen. Das macht alle am Tisch ziemlich mutlos. Nur den Chef nicht. Der sagt nämlich zu ihnen: ‚Wenn man ein Auto nicht so bauen kann, dass es durch das Weltall fliegt, dann machen wir es zumindest so, dass man glaubt, es könnte so sein, wenn man darin sitzt.‘ “

„Gute Idee“, sagte Eddie.

„Das denken die Mitarbeiter auch. Also machen sich alle an die Arbeit. Sie konstruieren ein Auto, das innen und außen wie ein kleines Raumschiff aussieht. Als die ersten Modelle fertig sind, produziert eine Werbefirma einen Film, in dem sie genau das zeigen, was der Chef geträumt hat.“

„Dass es fliegen kann?“

„Genau. Irgendwann ist das Auto fertig und der Film läuft überall im Fernsehen und in den Kinos. Werbeplakate hängen an Häuserwänden. In den Zeitungen locken prächtige Anzeigen. Viele Menschen können jetzt am Traum des Chefs teilhaben. Sie finden ihn so schön, dass sie unbedingt auch in diesem Auto sitzen und den fernsten Fantasiewelten entgegenfliegen möchten.

Also gehen sie zum Autohändler, den Traum aus dem Film immer im Kopf. Sie sehen sich dieses kleine Raumschiff von außen an, streichen mit der Hand über die silberblau schimmernde Motorhaube, die aussieht, als sei sie die Spitze einer wunderschönen Weltraumrakete. Sie setzen sich hinein und spüren den samtweichen Sitzbezug. Sie riechen den Duft von neuem Leder, sehen die vielen, mit blitzendem Chrom umrandeten Anzeigeinstrumente, die bei Dunkelheit geheimnisvoll leuchten und ihnen den Weg durchs All weisen werden.

Alles wirkt so, als wäre es gerade erst fertig zusammengebaut, mit neuester Technik von den besten Ingenieuren der Welt, bereit zum Start in die Fantasie des Cheftraums, der jetzt auch ihrer ist.

Vielleicht erlaubt einem ein freundlicher Verkäufer, den Zündschlüssel herumzudrehen und das kaum spürbare Raketentriebwerk zu zünden, das, einem leichten Pedaldruck gehorchend, seinen Besitzer zu grenzenloser Freiheit bringen könnte. Ja, das wäre ein Auto, das einen aus dem eintönigen Alltag herauskatapultieren würde in ein Leben voller Abenteuer."

Der Pater hatte während seiner Erzählung raumgreifend gestikuliert. „Was denkst du, Eddie, würdest du so ein Auto haben wollen?"

„Ich glaube schon", sagte Eddie, der ein genaues Bild des vierrädrigen Raumschiffs vor sich sah. Ein wenig fehlte ihm noch das Gefühl dafür, ein Fahrzeug selbst zu steuern, aber der Gedanke war wirklich verlockend. „Doch", sagte er entschlossen. „Bestimmt hätte ich gerne so ein Raumschiff."

Unten auf der Straße hatte der Mann mit der Drehorgel seine Mittagspause beendet und wieder zu spielen begonnen. Eine sanfte Brise trug die leise schwebenden Töne eines Traumwalzers zum offenen Fenster herein. Es schien, als würden die durchscheinenden pastellgelben Vorhänge nicht vom Luftzug bewegt, sondern von der Musik zum Tanz verführt.

„Ich hätte so ein Auto auch gerne, das darfst du annehmen", stimmte der Pater zu. „Das wäre ganz nach meinem Geschmack. Ich würde es kaufen, mir den Schlüssel geben lassen und sofort losfahren, um diese Abenteuer zu erleben. Schon am ersten Tag würde ich kreuz und quer herumdüsen und dieses Gefühl eines Weltenreisenden genießen wollen. Ich würde warten, bis es Nacht wäre und ich den Sternenhimmel sehen könnte, und dann aus der Stadt hinausfahren, irgendwohin, wo es keine Straßenlaternen und keine beleuchteten Fenster gibt. In der Dunkelheit würde ich die leuchtenden Instrumente und das leise Summen des Raketenmotors bestaunen. Ich würde mich in dem gemütlichen Sitz räkeln und mich freuen, dass ich schon seit Hunderten von Kilometern an keiner Tankstelle mehr halten musste. Ich dächte immer wieder an den Werbefilm, in dem mein Auto fliegt. Wahrscheinlich suchte ich insgeheim nach dem Knopf, der das Gefährt in die Luft abheben lässt. Vielleicht würde ich manchmal vorsichtig versuchen, das Lenkrad zu mir heranzuziehen, so wie es Piloten tun, damit ihr Flugzeug nach oben steigt."

In den Augen des Paters spiegelten sich die Lichter der Fenster. „Viele Nächte hintereinander würde ich das tun, weil ich diesen Traum in meinem Kopf habe. Aber irgendwann würde ich beginnen, an dem Traum zu zweifeln, und erkennen, dass mein neues Auto wohl immer nur auf einem Boden aus Asphalt rollt und dass der Raketenmotor nur Räder aus Gummi antreibt. Ein paar Tage später räume ich vielleicht meinen Einkauf aus dem Supermarkt in den riesigen Kofferraum. Gleich neben den Plastiksack mit der Blumenerde und vor die Pappkiste mit den alten Zeitungen, die ich zum Müll fahren will. Ich setze meinen kleinen Hund auf die Rückbank, natürlich auf eine Schondecke, damit mein neues Polster nicht voller Haare wird. Und nach einer Weile fahre ich durch eine Waschanlage, um den Staub und Schmutz von meinem Raumschiff zu entfernen. Während ich am anderen Ende der Waschanlage stehe und warte, hoffe ich insgeheim, dass das, was da gleich zwischen den beiden roten wasserschleudernden Riesenbürsten auftaucht, sich vielleicht doch noch in etwas verwandelt, das mich zu meinen Sehnsüchten bringt. Aber ich denke, spätestens in dem Augenblick, wenn mein Raumschiff aus dem Tor mit dem Schild *‚Autowaschanlage‘* herausgeschoben wird, müsste ich akzeptieren, dass es nur ein ganz normales Auto ist und ich mir einen neuen Traum suchen muss."

Der Pater fuhr sich mit einer Hand durch die verbliebenen Haare am Hinterkopf und trank einen Schluck Wasser. Peter Pan verfolgte Hook, und die Elfe Tinker Bell stieß fast mit dem Piratenboot zusammen. Die Vorhänge tanzten noch immer sanft zum Walzer, der jetzt irgendwie leiser und trauriger schien.

„Weißt du, Eddie, es ist nicht schlecht von dem Chef der Autofirma, diesen schönen Traum gehabt zu haben, und es ist wunderbar, dass er ihn nicht für sich behielt, sondern ihn seinen Mitarbeitern erzählte. Er ist sozusagen ein Vorträumer. Es ist auch eine enorme Leistung von den Ingenieuren, ein Auto entworfen und gebaut zu haben, das einem das Gefühl vermittelt, in einem kleinen Raumschiff zu sitzen. Es ist faszinierend, wie die Werbefirma aus dem Traum des Chefs einen schönen Film gemacht hat. Und es ist schön, dass dieser Film Millionen von Menschen auf der Welt gefällt. Das alles ist in Ordnung, weil es ein wunderbarer Traum ist."

Der Pater rutschte auf seinem Stuhl nach vorne und sah Eddie an, der noch ganz in die Geschichte versunken war. „Das Einzige, was ziemlich dumm wäre, ist zu glauben, dass man mit diesem Auto wirklich die Traumwelten aus dem Werbefilm entdecken könnte."

Die Drehleiermusik verstummte.

Eddies Rakete löste sich in Luft auf und hinterließ ein Gefühl von Leere und Verwirrung. Um irgendetwas zu tun, knüllte er seine benutzte Papierserviette zu einer Kugel zusammen.

„Ja, es wäre dumm", fuhr der Pater fort. „Vielleicht denkst du, dass sowieso niemand ernsthaft daran geglaubt hatte, mit dem Auto fliegen zu können, aber unterschätze nicht die Macht der Fantasie. Wer die Träume der anderen übernimmt, lässt sich lenken."

„Aber wenn man das weiß, dann funktioniert es nicht mehr, oder? Dann haben sie keine Macht über uns."

Pater William seufzte. „Wer das Traumzimmer in deinem Kopf einrichtet, hat die Macht über dich. Und je leerer dein Zimmer ist, umso eher freust du dich über jede Art der Einrichtung."

„Mein Traumzimmer ist wie mein wirkliches Zimmer zu Hause, voll mit vielen Dingen, die ich sehr mag", sagte Eddie. Er dachte an sein Skateboard, die Picky-Wee-Kassetten mit den Abenteuerhörspielen, das Originalfilmplakat zu *Star Wars* und das zu *Indiana Jones*. Seine CD-Sammlung und sein neues Mountainbike mit den vierundzwanzig Gängen. Mutter mochte nicht, dass er es in seinem Zimmer aufbewahrte, aber mit Unterstützung seines Vaters hatte er die Erlaubnis dennoch bekommen. Die handsignierte Baseballmütze von Bill Blandy. Der beleuchtete Globus mit Motor, den er zu seinem elften Geburtstag geschenkt bekommen hatte, das ferngesteuerte Auto und die rote Bettwäsche mit den Filmfiguren aus dem ‚König der Löwen'. Und natürlich seine Bücher und Comics, die er sorgfältig nach Autoren und Nummern sortierte. Das und viele andere Dinge in seinem Zimmer bedeuteten ihm tatsächlich viel.

„Oh ja", fuhr der Pater fort. „In deinem Alter ist das Zimmer noch voll mit eigenen Träumen. Wunderbar. Tausche sie nie ein, hörst du? Nie! Es werden dir immer mehr Menschen begegnen, die behaupten, sie hätten die besseren Träume. Aber es gibt keine besseren Träume als deine eigenen. Nur sie weisen dir deinen Lebensweg."

Der Pater deutete an die Wand hinter Eddie. Der drehte sich um und sah eine kleine Ausgabe des Kreuzes, das auch über dem Altar im Kirchenraum hing. „Ich habe dir diese Geschichte erzählt, damit du die Bedeutung unseres Leitsatzes verstehst. Es ist unsere Aufgabe, den Menschen ihre eigenen verlorenen Träume zurückzubringen."

„Wie soll das gehen? Entweder man träumt oder man träumt nicht, oder?“

Pater William wirkte ein wenig unruhig. Offenbar hatte er etwas vor. „Wenn es so wäre, wäre das sehr schade, denn das würde bedeuten, dass man alles so hinnehmen muss, wie es ist.“

„Sie bringen den Menschen das Träumen bei, oder?“

„Nein, Eddie. Alle Menschen in der Famosa Dream Lane haben Räume voll eigener Träume, sie müssen das nicht mehr lernen. Die Aufgabe unserer Gemeinde ist eine andere. Wir sind zusammengekommen, um etwas sehr Wichtiges zu finden. Etwas, das die Welt verändern wird.“

Eddies Augen weiteten sich und er spürte sein Herz im Hals pochen. „Die Welt verändern? Was ist das, Pater?“

Pater William sah ernst aus, als er antwortete. „Ein Buch, Eddie. Das Buch der Träume.“

Eddie hatte plötzlich Mühe, auf seinem Stuhl ruhig sitzen zu bleiben. Das Buch der Träume! Das war es! In seinem Brief hatte Amen Gilstein geschrieben, Eddie solle ‚das Buch finden‘, dann würde er alles verstehen. Er beschloss, Pater William noch nichts davon zu erzählen. Nicht, ehe er sich selbst über die Sache klar war.

Der Pater verabschiedete Eddie am Portal der Kirche und riet ihm, bis zu der Kreuzung hinaufzugehen, an der er in die Straße eingebogen war. Eddie schätzte, dass seit der Entdeckung der Famosa Dream Lane zwei oder drei Stunden vergangen waren. Trotz der Versicherungen des Paters hatte er ein ziemlich schlechtes Gefühl wegen seiner Party. Die Folgen des Sturzes waren überraschenderweise kaum noch zu spüren. Nur das Knie schmerzte noch beim Auftreten, und die Jeans hatte ziemlich gelitten. Auch das versprach Ärger zu Hause.

Auf seinem Rückweg wurde er von auffällig vielen Menschen freundlich gegrüßt. Die Häuser und Läden waren so ungewöhnlich und interessant, dass Eddie beschloss, die Famosa Dream Lane so bald wie möglich näher unter die Lupe zu nehmen.

Nach einer Weile erreichte er die Kreuzung, an der er die merkwürdigen Beobachtungen mit den Autos gemacht hatte. Auch jetzt wurde sie wieder von einigen Wagen so achtlos überquert, als gäbe es die Famosa Dream Lane gar nicht. Eddie bog nach links ab und hatte das Geschäft mit den Schwimmbadausstattungen in seinem Blickfeld. Es schien noch immer geschlossen zu sein.

Eddie sah auf seine Uhr. Es war dreizehn Minuten nach zwölf. Der Sekundenzeiger tickte wieder. Ein Verdacht keimte in ihm auf, und er fuhr herum. Die Famosa Dream Lane war verschwunden. Wo sich eben noch die Kreuzung befunden hatte, verlief jetzt eine geschlossene Häuserreihe. Ein grüner Toyota mit laut hämmernden Bassrhythmen fuhr vorbei. Neben dem Fahrer, einem muskelbepackten Puertoricaner, saß eine hübsche Frau mit schwarzen Haaren, die sie mit einem orangefarbigen Band zu einem Pferdeschwanz gebunden hatte.

Eddie ließ sich auf den Gehweg nieder, nahm den Rucksack ab und lehnte sich mit dem Rücken gegen die Hauswand. Die Gedanken fegten in seinem Kopf durcheinander wie ein Mobile mit hundert Figuren im Sturm. Es war keine Zeit vergangen, also konnte das alles gar nicht stattgefunden haben. Es gab keine Famosa Dream Lane und deshalb auch keine Kirche der verlorenen Träume, keinen Pater William, keinen Drehleiermann…

…keine abgeschürften Jeans, keine Beule, keinen satten Magen? All das war real! Wie konnte er noch den Nachgeschmack der köstlichen Lasagne spüren, wenn es keinen Pater William gab, der sie gekocht hatte? Eddie stand auf und ging zu der Stelle, an der noch vor wenigen Augenblicken die Straße abgezweigt war. Er wechselte auf die andere Fahrbahnseite und untersuchte dort die Häuserreihe. Nichts. Er lief zur nächsten Kreuzung, die aussah wie immer, und dann wieder zurück. Die Famosa Dream Lane blieb verschwunden.

Völlig verwirrt machte sich Eddie auf den Heimweg.

Geburtstag

Eddies Mutter läutete das neue Lebensjahr ihres Sohnes mit einer liebevoll vorbereiteten Feier ein. Der Küchentisch diente als Buffet, das kaum genügend Platz bot für all die Kuchen, Puddings, Mohrenköpfe, Marshmallows, den heißen Kakao und die riesige Schüssel mit der Fruchtbowle. Wände, Decke und Lampen der Wohnung quollen über vor bunten Papiergirlanden und Luftschlangen. Für eine Reihe von Spielen war ebenfalls gesorgt. An einer Leine, die quer durch die Wohnung gespannt war, tanzten metallisch glänzende Buchstaben aus Pappe und bildeten einen Schriftzug:

Eddies 13. Geburtstag – Wir lieben dich!

Insgesamt trudelten nach und nach vierzehn Freunde und Bekannte ein, darunter auch Laura Jane Billings, ein nettes Mädchen aus der Nachbarklasse. Die rotblonde sommersprossige Laura Jane war eines der hübschesten Mädchen ihres Jahrgangs, und sie war von Kopf bis Fuß in Jejo verknallt. Der fand sie zwar nett, aber mehr auch nicht. Dennoch nutzte seine Verehrerin jede Möglichkeit, in seiner Nähe zu sein. Nachdem sie von der Geburtstagsfeier erfahren hatte, schenkte Laura Jane Eddie eine riesige Tüte bunter Geleebonbons, was Eddie kaum eine andere Wahl ließ, als sie einzuladen. Zum Glück war das Mädchen trotz ihres Aussehens nicht so hochnäsig wie manch andere ihres Alters. Dazu kam, dass sie ihre Freundin Crystal mitgebracht hatte, und die wiederum fand Eddie ausgesprochen sympathisch. Crystal Clearwater hatte lange schwarze Haare, braune, energisch blitzende Augen und volle, meist etwas schelmisch lächelnde Lippen. In ihrem türkisfarbenen Sommerkleid mit den orangen und gelben Blüten war sie der reizendste Farbtupfen unter allen Partygästen.

Eddie vermutete, dass Crystal ihn ebenfalls nett fand, denn sie interessierte sich für Inlineskating, seit sie wusste, dass es eine von Eddies Leidenschaften war. Nachdem er ihr Geschenk vom Papier befreit hatte, wurde Eddies Vermutung zur Gewissheit. Er hielt ein riesiges Einmachglas in den Händen, das mit acht neuen, leuchtend bunten Rollen für seine Inliners gefüllt war. Crystal mochte ihn wirklich!

„Es sind fünfer Kugellager“, merkte sie verlegen an. „Ich habe extra darauf geachtet.“

Als die anderen applaudierten und dabei kleine Witze rissen, wurde Eddie so verlegen, dass ihm die Schamesröte ins Gesicht stieg. In seiner Aufregung saß er einfach nur stumm mit dem Glas in den Händen am Tisch. Während er überlegte, wie er sich am besten verhalten sollte, sah er merkwürdigerweise den letzten Satz aus dem Brief, den Amen Gilstein ihm hinterlassen hatte, vor sich.

Egal, was dir künftig widerfährt, was auch immer andere oder dein Verstand dir sagen werden: Vertraue nur deinem Gefühl. Immer.

Eddie stellte das Glas auf den Tisch und ging auf Crystal zu. Die Pfiffe, die Rufe und das Lachen der anderen störten ihn nicht. Als er sie umarmte, spürte er ein Gefühl der Vertrautheit, wie er es bis dahin noch nie erlebt hatte. Es war, als umschloß er einen Teil von sich selbst.

„Danke", flüsterte Eddie durch die laute Umgebung in ihr Ohr. Sie antwortete nichts, aber nachdem Eddie sie losgelassen hatte, sahen sich beide einen kurzen Moment in die Augen. Sie lächelte verschmitzt und wirkte deutlich weniger aufgeregt als er.

Die Feier verlief in ausgelassener Stimmung bis in den Abend, so dass auch Eddies Vater noch teilhaben konnte. Dankenswerterweise erwähnte er sein Geschenk, den neuen Computer, nicht vor den anderen.

Vom Zeitpunkt seiner Geburtstagsparty an gab es nur noch zwei Gedanken, die Eddies Kopf beherrschten und sich zunehmend zu einem Knäuel verfilzten. Crystal Clearwater und die Famosa Dream Lane. Nur zu gerne würde er das Mädchen in seine Geheimnisse einweihen und sie so in die bisherige Dreiergruppe aufnehmen. Natürlich musste er das zuvor noch mit Penny und Jejo besprechen.

Heilung

Die Gäste waren schon vor Stunden gegangen. Eddie lag in seinem Bett, konnte aber nicht schlafen. Zu viele Gedanken schossen kreuz und quer durch seinen Kopf. Je mehr er über die Ereignisse nachdachte, desto mehr kam er sich vor wie in einem Fantasiefilm. War man eigentlich verrückt, wenn um einen herum Dinge geschahen, die niemand außer einem selbst wahrnahm? War er vielleicht selbst irre geworden? Wären da nicht das Kartenspiel, die Brille und der Brief des alten Mannes, würde Eddie an seinem Verstand zweifeln.

Er rollte sich zur Bettkante, zog die Schatzkiste hervor, öffnete langsam den Deckel und faltete mit spitzen Fingern das alte Tuch auseinander. Wieder lag eine andere Karte als beim letzten Mal obenauf. Sie zeigte ein einfaches türkisfarbenes Haus mit kleinem, grünem Vorgarten in einer merkwürdig rötlichen Landschaft mit violetten Bergen im Hintergrund. Das Bild erinnerte ihn an seinen Besuch im Dorf der Farben. In jeder Ecke des Bildes waren diamantähnliche Steine abgebildet. Eddie nahm die Karte und rollte sich auf den Rücken. Während er das

Bild zwischen Daumen und Zeigefinger der linken Hand hielt, schnippte er mit dem rechten Mittelfinger dagegen.

Klack. Klack.

Diese Karte war keine Einbildung.

Klack. Klack.

Und Eddie war nicht verrückt.

Irgendwann schlief er ein.

Als er erwacht, befindet er sich wieder in der Welt der drei Sonnen, im Dorf der Farben. Diesmal steht er nicht vor dem Krankenhaus, sondern auf dem Marktplatz des Ortes. Es scheint, als wäre zwischenzeitlich kaum Zeit vergangen. Der Platz ist von bunten Gebäuden umringt. Das größte von allen ist weiß und scheint eine Art Rathaus zu sein. Dicht daneben steht eine violette Kirche. Ochsengespanne tasten sich durch das Gewühl und bringen Ziegen, Hühner, Körbe mit Gemüse und Früchten und eine Vielzahl anderer Waren zu den bunten Marktständen. Durch das rege Treiben bahnt sich ein kleiner, gebückt gehender Mann in brauner Kutte seinen Weg. Er macht ein griesgrämiges Gesicht, und scheucht mit seinem knotigen Stock unter wilden Flüchen Hühner, Hunde, Katzen und Kinder beiseite. Dennoch scheint es Eddie, als wäre der Mann nicht immer so schlecht gelaunt gewesen, denn seine Züge haben etwas Weiches unter den tiefen Sorgen- und Zornesfalten.

‚Weg da, Gesindel. Haltet mich nicht auf. Katzen, pfui. Lasst euch von den Hunden fressen. Verschwinde du Köter, jage lieber die Hühner beiseite.‘

Plötzlich schießt hinter einem Stand mit Lederwaren ein Hund hervor, gejagt von einem zweiten. Bei ihrem wilden Spiel achten sie nicht auf ihre Umgebung und stoßen in vollem Lauf mit dem alten Mann zusammen. Der unterbricht seinen Fluch mitten im Satz, stößt einen lauten Schrei aus und stürzt vornüber. Noch ehe er den Boden berührt, sind die Hunde weiter. Der Alte versucht, sich mit seinem Stock abzustützen, trifft aber in einem so unglücklichen Winkel auf den Boden, dass sich sein Unterarm abknickt wie ein Streichholz. Laut wimmernd und fluchend liegt er auf dem Kopfsteinpflaster. Besitzer und Kunden der umstehenden Marktstände laufen zusammen. Schnell bildet sich eine Traube von Menschen um den Verletzten.

Nach wenigen Minuten hört Eddie Hufgeklapper. Holzräder rumpeln über das Pflaster. Eine türkisfarbene Planwagenkutsche erreicht den Marktplatz. Auf dem Kutscherbock sitzen zwei Männer. Einer ist gelb gekleidet, der andere weiß. Das Gespann hält neben der kleinen Menschenmenge. Die Männer springen heraus, die Menge teilt sich und gibt einen Weg in den Kreis frei. Während einer der Neuankömmlinge den Alten untersucht, redet der andere sanft auf ihn ein.

‚Es ist nichts geschehen, dein Arm ist gesund und fühlt sich wohl an.' Er wiederholt den Satz wieder und wieder, so dass er wie ein durchgängiger schwingender Ton über dem Verletzten schwebt. Währenddessen kniet der andere Helfer gegenüber. Er hält eine Hand über die Stirn des Alten und die andere über dessen verletzten Arm. Dabei schließt er die Augen und atmet tief und langsam. Der Alte hat sich inzwischen beruhigt. Es sieht jetzt aus, als würde er schlafen. Nach einer Weile beraten sich die beiden Helfer leise. Der in Weiß gekleidete kniet nieder, fasst den verletzten Arm und bewegt ihn sachte in Richtung des Bodens. Es sieht aus, als setzten sie nochmals zu einem Sturz an. Der alte Mann stöhnt kurz auf, scheint dann aber überraschenderweise keine übermäßigen Schmerzen zu haben.

‚Es ist nichts geschehen, dein Arm ist gesund und fühlt sich wohl an', wiederholt der in Gelb gekleidete im Rhythmus zur Bewegung.

Was für ein merkwürdiges Ritual, denkt sich Eddie. Nach einiger Zeit lässt der weiße Helfer den verletzten Arm los. Der Alte bewegt ihn selbstständig. Dieses Mal scheint er keine Schmerzen mehr zu haben. Er steht auf, geht einige Schritte, greift seinen Stock aus den Händen eines der Schaulustigen. Ein Lächeln erscheint auf seinen Lippen.

‚Ihr habt Recht, es ist nichts geschehen. Ich habe keine Schmerzen.'

Die Helfer raten ihm, am kommenden Tag zur Begutachtung in ihr Gesundheitshaus zu kommen. Eddie beschließt spontan, den beiden zu folgen. Er setzt sich auf die Ladefläche des Planwagens. Kurz darauf landet er vor dem Krankenhaus, das er noch von seinem ersten Traumbesuch kennt.

Schwester Amily in ihrem rosafarbenen Kleid, die bei Eddies letztem Besuch gerade angefangen hatte, das Haus zu streichen, ist gerade mit ihrer Verschönerungsarbeit fertig geworden. Das Krankenhaus strahlt in frischem Türkis. Sie nimmt den Farbkübel, dreht sich um und bemerkt Eddie.

‚Oh, ein Besucher von weit her. Hast du Lust, unser Gesundheitshaus anzusehen?'

Eddie zuckt zusammen, obwohl Schwester Amilys Stimme aufmunternd und arglos klingt. Sie kann ihn sehen! Der Weiße hatte beim letzten Besuch erklärt, dass niemand anders ihn wahrnehmen könne. Eddie sieht sich um, aber der Planwagen ist verschwunden.

‚Meinen Sie mich?'

‚Natürlich, oder siehst du sonst noch jemanden hier?'

Zögernd betritt er den Vorgarten des Krankenhauses. Sehr gepflegt. Unkrautfreie Wiese, einige kleine Blumenbeete, ein paar Sträucher, hin und wieder eine türkisfarbene Bank an den Kieswegen. Der winzige Park setzt sich anscheinend hinter dem Krankenhaus fort. Schwester Amily geht auf Eddie zu, wobei der fast leere Farbkübel an ihrem Arm hin und her schwingt. Sie hält ihm die Hand entgegen.

‚Amily Caresome. Ich bin die Leiterin des Gesundheitshauses, und wer bist du?'

Eddie reicht ihr die Hand. ‚Eddie Kramer.'

Ihre Hand ist mit Farbe besprenkelt, aber nichts überträgt sich auf seine, weil er sich selbst nicht sehen kann. ‚Was machst du denn so, Eddie?'

‚Ich bin auf der Suche nach einem Buch.' Woher kommt diese Antwort?

‚Aha.' Amily nickt. ‚Was denn für ein Buch?'

‚Das Buch der Träume.' Eddie hat keine Ahnung, warum er das sagt, aber es fühlt sich sehr gut an. Richtig.

‚Und du glaubst, du findest es hier bei uns?'

‚Ich weiß nicht.'

Unsicherheit.

‚Was ist, willst du nun hereinkommen und dich umsehen?'

Eddie folgt ihr. Sie stellt den Kübel und die Malutensilien in einem Wandschrank in der Eingangshalle ab.

‚Ich will mir nur kurz die Hände waschen, dann habe ich Zeit für dich.' Sie verschwindet hinter einer Tür mit der Aufschrift ‚Helfer'. Eddie sieht sich um. Es sieht nicht aus wie in einem Krankenhaus und es riecht auch nicht so. ‚Gesundheitshaus' hat Amily es genannt. Vielleicht doch etwas anderes, als er denkt? Im Gegensatz zum einheitlichen Türkis der Außenwände mutet das Innere eher dezent an. Die Eingangshal-

le ist rund, ziemlich groß, aber nicht ungemütlich. Von oben fällt helles Licht durch ein Glasdach ein. Rechts beginnt eine Treppe, deren breite Holzstufen sich an die runde Wand schmiegen. Eddie stellt sich in die Mitte der Halle und sieht nach oben. Das Treppengeländer windet sich spiralförmig drei oder vier Stockwerke in die Höhe. Überall Türen in verschiedenen Farben, Rosa, Gelb,Grün, Rot, es scheint, als würde sich keine Farbe wiederholen.

Eddie hört, wie sich eine Tür öffnet. Schwester Amily hat ihre Hände einigermaßen sauber bekommen, aber noch immer zeugen Farbkleckse von ihrer Arbeit. Sie bemerkt, dass Eddie die Eingangshalle bestaunt. ‚Anders als die Gesundheitshäuser, die du kennst, oder?‘

‚Ja, ziemlich.‘

‚Dann solltest du erst einmal die Heilungszimmer sehen. Komm mit.‘ Sie steigt die Treppe hinauf und Eddie folgt ihr. Amily öffnet eine rosafarbene Tür. Was sich dahinter befindet überzeugt Eddie endgültig davon, dass er es nicht mit einem gewöhnlichen Krankenhaus zu tun hat. Der Raum ist riesig. Er hat so viel Platz, dass man bei geschickter Einteilung zwei kleine Wohnungen daraus machen könnte. In der Mitte befindet sich ein kleiner Teich. Die Kieselsteine an seinem Ufer scheinen alle die gleiche Größe zu haben und erzeugen ein beruhigendes Muster. Zwischen den Steinen recken sich Farne zum Licht. Dicht neben dem Teich steht eine bequem anmutende Korbliege. Die Decke des Zimmers ist bemalt und sieht aus wie ein weiß bewölkter Himmel an einem Frühlingstag. Einige Schritte entfernt steht ein kleiner Tisch mit Stühlen, und vor einem der bis zum Boden reichenden Fenster lädt ein mit gelbem Stoff bezogener Liegesessel zur Entspannung ein. Sanfte Musik, begleitet von Naturgeräuschen und Vogelgezwitscher, erfüllt den Raum von allen Seiten.

‚Dieser Raum ist für Seelenboten mit einer Disharmonie der Zellen.‘

‚Was sind Seelenboten?‘

Sie sieht ihn verwundert an. ‚Na wir. Du, ich, wir alle. Jedes Leben, das von der Seele heruntergeschickt wurde, um seine Erfahrungen zu machen. Wie willst du es denn sonst nennen?‘

‚Menschen?‘

‚Wie?‘ Sie scheint wirklich irritiert zu sein. ‚Na egal. Auf jeden Fall heilen wir hier Seelenboten. Viele besuchen uns über ihre Träume, wie du. Die Heilung geht meist so schnell, dass wir ein Zimmer selten län-

ger als einen Tag benötigen. Deshalb sind auch so viele Räume frei. Aber man muss ja auf alles vorbereitet sein, nicht wahr?'

,Und wie geht das?', erkundigte sich Eddie. ,Es gibt gar keine Maschinen, Ärzte und solche Dinge.'

Schwester Amily ist entrüstet. ,Maschinen? Dies ist ein Gesundheitshaus, keine Fabrik, Eddie. Wir stellen hier nichts her. Wir beseitigen Ungleichgewichte und dazu braucht man keine Maschinen.'

,Sie benützen also nur Medikamente? Wird denn nie jemand operiert?'

Amily scheint es aufgegeben haben, sich zu wundern. Stattdessen seufzt sie tief und herzlich, lächelt liebevoll und deutet einladend auf einen Stuhl, der mit zwei anderen um eine Art Bistrotisch herum steht. ,Setze dich bitte. Also ich weiß leider nicht, was du meinst, mit Maschinen, Medikamenten und oderiert werden.'

,Operiert', verbessert Eddie.

,Operiert', wiederholt sie geduldig. ,Auf jeden Fall haben wir hier die Möglichkeit, praktisch alle Ungleichgewichte in Ordnung zu bringen.'

,Und wie machen Sie das?

,Das macht jeder selbst, was denkst du denn? Deine Gedanken sind die wirkungsvollste Medizin für deine Heilung. Genau genommen bringen wir *hier überhaupt nichts in Ordnung. Jedes Wesen hat alles mit in sein Leben bekommen, was es braucht, um sich selbst zu heilen. Es kann höchstens sein, dass es vergessen hat, wie das funktioniert, und genau dann beginnt unsere Arbeit. Wir öffnen den Weg zur Erinnerung daran, wie der gesunde Zustand ist. Das bringt das Gefühl von Gesundheit zurück. Gefühl ist die Sprache des Körpers, deshalb wirkt sich jedes Gefühl sofort auf ihn aus. Der Rest geschieht von alleine.'*

,Ich habe vorhin einen Unfall beobachtet. Die Helfer haben einen gebrochenen Arm in kurzer Zeit geheilt. Wie funktioniert das?'

,Nun, wie du bemerkt hast, behandeln wir so etwas gerne dort, wo es geschehen ist. Wo die schlechte Erinnerung entstanden ist, kann sie auch am einfachsten in eine gute Erinnerung umgewandelt werden. In den meisten Fällen muss der Seelenbote danach gar nicht in unser Gesundheitshaus. Nehmen wir einmal an, jemand ist gestürzt und dabei wurde sein Arm auf einen Stein geschleudert und ist gebrochen. Der Heilhelfer vor Ort beruhigt als Erstes den Verletzten. Er macht ihm klar,

dass nichts Schlimmes passiert ist. Dann beginnt er mit der Veränderung der schlechten Erinnerung.'

‚Wie geht das?'

‚Man kann zum Beispiel den Vorfall, der zur Verletzung führte, auf eine Weise wiederholen, bei der kein Schaden entsteht. Wenn man das einige Male hintereinander macht, verändert man das Gedächtnis der Zellen auf eine Weise, dass die gute Erfahrung gegenüber der schlechten aus dem Unfall überwiegt. Der Schock, den die Zellen erlitten haben, verschwindet und die Zellen können sehr viel schneller heilen. In schwereren Fällen geben die Helfer noch zusätzlich Heilenergie zur Unterstützung.'

‚Einer hat seine Hände aufgelegt', erinnert sich Eddie.

‚Ja, du kannst sie dir, diese Kraft, wie helles, weißes Licht vorstellen, das von irgendwoher in den Körper strömt und genau dorthin geht, wo es benötigt wird. Jeder Mensch kann diese Energie selbst nutzen. Die Helfer sind eigentlich nur Antennen, vielleicht mit einem kleinen Verstärker, weil sie gelernt haben, diesen Strom zu lenken.'

‚Wie kann ein Mensch eine Antenne sein?'

‚Indem du der Kraft vertraust und das Licht durch dich hindurchfließen lässt.'

‚Ich habe noch nicht verstanden, was es hilft, die Erinnerung zu verändern, wenn der Arm gebrochen ist.'

‚Ich habe dir doch gesagt, dass der Körper eigentlich immer weiß, wie sein gesunder Zustand sein sollte. Wenn aber eine Krankheit oder ein Unfall ihn verändern, ist er oft so schockiert, dass er dies vergisst. Meist erinnert er sich dann nur noch an den Unfallhergang und empfindet dabei immer wieder die Schmerzen. Oft erinnert er sich an frühere Unfälle und vielleicht auch an das, was man sich Schlimmes über ähnliche Unglücke und Krankheiten erzählt. Nur daran, wie es sich anfühlt, keine Krankheit oder keine Verletzung zu haben, erinnert er sich dann nicht. Bei einem Armbruch versucht der Heilhelfer die Erinnerung an den gesunden Zustand immer stärker zu machen. So vergisst der Körper den schlimmen Vorfall, spürt nur noch, wie er sein sollte, und kommt wieder in sein Gleichgewicht.'

Schwester Amily wendet sich dem Ausgang zu. ‚Ich möchte dir doch einige Heilräume zeigen.'

Sie führt Eddie in Räume, von denen jeder so einzigartig ist, dass man glaubt, sich immer wieder in einer anderen Welt zu befinden. Ein Zimmer ist über und über mit ungewöhnlichen Spielsachen ausgestattet und versetzt den Besucher augenblicklich in das Gefühl, ein kleines Kind zu sein. Ein anderes stellt eine Art Beduinenzelt mit Ausblick auf eine unendliche Wüste dar. Es gibt ein tropisches Zimmer und eines mit Meeresstimmung, eines, das aussieht wie ein Lager unter einem Sternenhimmel. Ein Raum mit holzgetäfelten Wänden, einem Kamin und samtenen Vorhängen vermittelt ein besonderes Gefühl von Schutz. Wieder ein anderer, das Blumenzimmer, wie Schwester Amily erklärt, ist mit Hunderten verschiedener Blumensträuße und Blütendekorationen geschmückt. Die scheinbar einzige Gemeinsamkeit aller Räume sind die gelben Ruheliegen für die Patienten.

‚Jede Krankheit ist ein Ungleichgewicht mit einer ganz persönlichen Ursache. Deshalb bekommt jeder Besucher die genau zu ihm passende Behandlung. Es gibt keine zwei Räume, die sich gleichen.'

‚Aber nirgends sind Patienten. Alle Zimmer sind leer', wundert sich Eddie.

Schwester Amily nickt mit leicht besorgter Miene. ‚Vor einigen Generationen war das noch ganz anders. Früher kamen noch viel mehr Seelenboten auf ihren Traumreisen zu uns herüber, um zu lernen oder um zu ihrem Gleichgewicht zu finden. Wir hatten kaum genug Platz, um alle zu versorgen, und es war viel Arbeit. Aber es hat auch Freude bereitet, jedem helfen zu können.'

‚Sind jetzt alle so viel gesünder, dass sie fernbleiben?'

Schwester Amily schüttelt den Kopf. ‚Das glaube ich nicht. Ich und auch einige der Weisen in unserem Dorf vermuten, dass die Verbindung der Lebewesen zu ihren Träumen früher viel stärker war. Es war einfach normal, im Traum an Orte wie diesen zu reisen, um sich heilen zu lassen.'

‚Ich könnte auch ein wenig Hilfe gebrauchen', platzt Eddie spontan heraus.

‚Was fehlt dir denn?'

‚In meinem Kopf wirbeln die Gedanken und Eindrücke so sehr durcheinander, dass ich manchmal nicht mehr weiß, wer ich bin und was ich als Nächstes tun soll.

Amily überlegt einen Augenblick, dann fasst sie einen Entschluss. ‚Das ist ein klarer Fall für unseren Raum der Zentrierung.'

Sie verlassen das Blumenzimmer, steigen einige Stufen hinauf, wo die Schwester eine Tür aus milchigem Glas öffnet. Als Eddie den Raum betritt, kommt ihm sofort das Wort ‚Kristallhöhle' in den Sinn. Die Wände sind mit Tausenden von Edelsteinen und Halbedelsteinen in unzähligen Farben, Größen und Formen übersät. Obwohl keine Lichtquellen auszumachen sind, glitzern und leuchten die Steine in unterschiedlichen Intensitäten. Mannshohe Drusen stehen in den Ecken, zeigen mit ihren Öffnungen auf die Mitte des Raums und strahlen ein kaum wahrnehmbares Licht aus. Eddie könnte sich bequem in jede dieser höhlenartigen, mit violetten Kristallen ausgekleideten Steinhälften stellen. Von der Decke herab wachsen diamantartige Riesenkristalle in einer bizarren Anordnung, die aussieht wie eine sechsblättrige Eisblume. Genau darunter, im Zentrum des Raumes, steht wieder eine der gelben Liegen. Jetzt fällt Eddie auf, dass sie ähnlich aussehen wie die Sessel in Pater Williams Kirche.

‚Wenn du möchtest, kannst du dich eine Weile hier ausruhen', ermuntert ihn Schwester Amily. ‚Ich denke, dass dir danach einiges viel klarer erscheint.'

‚Was geschieht hier mit mir?'

‚Na ja, ich sagte dir ja schon, dass es sich hier um unseren Zentrierungsraum handelt. Die Kristalle und die Art, wie sie angeordnet sind, sorgen dafür, dass du dein Gleichgewicht wiederfindest. Sie wirken harmonisierend, und ich habe das Gefühl, das ist jetzt genau das Richtige für dich.'

Schwester Amily deutet auf den Sessel. ‚Ich habe noch zu tun und lasse dich am besten eine Weile alleine. Komm einfach in mein Arbeitszimmer herunter, wenn du fertig bist, in Ordnung?'

‚Okay.'

Sie schließt leise die Tür hinter sich. Das weiche Polster umfängt Eddie wie eine wattige Wolke aus Ruhe. Er befürchtet einzuschlafen, fühlt sich jedoch weiterhin frisch und klar.

Antworten finden! Warum ist er hier? Was hat es mit dem Buch der Träume auf sich? Wie und wo kann man es finden? Und wenn man es gefunden hat – was dann? Woher kommt auf einmal dieses Gefühl, beobachtet zu werden? Eddie starrt auf das eiskristallartige Edelsteingebilde über seinem Kopf und bemerkt, wie die ungeklärten Fragen immer leiser und weniger drängend werden. Stattdessen wagt sich eine bislang unbekannte Stimme aus dem Hintergrund nach vorne.

Vergiss die Suche.

Was?

Vergiss alle Fragen, die du in dir trägst. Lasse los.

Aber ich soll doch das Buch finden?

Ja.

Warum soll ich dann alle meine Fragen vergessen?

Weil es dir nicht gelingt, wenn du es erzwingen willst.

Wenn ich nicht suchen darf, wie soll ich es dann finden?

Du musst nicht suchen. Die Antworten auf alle deine Fragen liegen am Rande deines Weges.

Wie soll ich wissen, ob ich auf dem richtigen Weg bin?

Du spürst es, wenn du ihn gehst. Fühle in dich hinein. Was nimmst du wahr?

Es ist gut. Es gefällt mir.

Wenn es gut ist und dir gefällt, wie kann es dann falsch sein?

Weil ich nicht weiß, ob ich alles richtig mache. Was geschieht, wenn ich Fehler begehe?

Wer entscheidet darüber?

Worüber? Ob etwas ein Fehler ist oder was er bedeutet?

Beides.

Ich weiß nicht.

Überlege.

Pater William?

Geht er deinen Weg? Überlege.

Meine Eltern!

Gehen sie deinen Weg? Überlege.

Ich?

Gut!

Aber wenn ich es nicht schaffe, das Buch der Träume zu finden...

Was dann?

Es ist meine Aufgabe. Wenn ich sie nicht erfülle, wird es vielleicht niemals gefunden. Ich habe Angst!

Und wie ist diese Vorstellung? Fühle in dich hinein. Was nimmst du war?

Nicht gut. Es fühlt sich schlecht an.

Wenn es sich schlecht anfühlt, wie kann es dann dein Weg sein?

Ist es so einfach? Ich stelle mir vor, was kommen kann, und alles, was sich gut anfühlt, ist mein Weg, und was sich schlecht anfühlt, nicht?

Ja.

Der einzige Maßstab?

Ja.

Darf ich andere Menschen fragen?

Ja. Aber sie können dir nicht sagen, ob du auf deinem Weg bist.

Was dann?

Sie geben dir vielleicht Anregungen, in dich selbst hineinzufühlen, ob deine Richtung stimmt.

Und wenn jemand sagt, dass ich es falsch mache?

Nur eine Anregung, nichts weiter.

Und ein Lob?

Ebenso.

Dann bin ich immer auf mich alleine gestellt?

Ja, immer. Und genau das macht dich frei, zu tun, was du willst.

Ich will das Buch finden!

Gut. Bist du auf deinem Weg?

Ja.

Willst du ihn weitergehen?

Ja.

Hast du noch Fragen?

Ja. Viele.

Vertraust du darauf, dass die Antworten kommen werden?

Ja.

Wie nennst du es, dich auf etwas einzulassen, das Spaß macht, obwohl es viele Ungewissheiten birgt?

Ein Abenteuer? Ja, ein Abenteuer.

Magst du Abenteuer?

Ja, natürlich!

Eddie fühlt sich auf einmal sehr leicht in seinem Sessel unter dem Kristall. Es ist, als hätte ein erfrischender Wasserstrahl alle verwirrenden Gedanken aus seinem Kopf gespült. Er weiß, dass er sich auf dem richtigen – seinem – Weg befindet. Zum ersten Mal, seit er das Kartenspiel auf dem Wochenflohmarkt erstanden hat, stellt er sich keine Fragen mehr. Egal, was kommen wird, es gehört dazu und es ist gut. Eddie beschließt, hinunterzugehen und sich von Schwester Amily zu verabschieden.

Er öffnet seine Augen.

Es bleibt dunkel.

Er blinzelt.

Um ihn herum ist nichts als Schwärze.

Eddie steht auf, streckt seine Arme in beide Richtungen und ruft.

‚Amily!'

„Amily!"

Eddie erwachte schweißgebadet in seinem Bett. Noch während er versuchte, zu begreifen, wo er sich befand und was er erlebt hatte, öffnete sich die Zimmertür und jemand schaltete die Nachttischlampe ein. Seine Mutter war gekommen, um nach ihm zu sehen.

Der Vorhang

„Okay, und was gibt es hier zu sehen?", wollte Jejo ein wenig gelangweilt wissen.

Penny schob mit dem Zeigefinger seine Brille die Nasenwurzel hinauf. Auch er war gespannt. Crystal sagte nichts, aber zwischen ihren Augenbrauen hatte sich eine kleine Furche gebildet, die zeigte, dass sie konzentriert bei der Sache war. Erfreulicherweise hatten Penny und Jejo der Idee, Crystal in ihre Gruppe aufzunehmen, zugestimmt.

Eddie war ziemlich überrascht, als er bemerkte, dass er die Famosa Dream Lane inzwischen ohne die Brille sehen konnte. Gleich würde sich zeigen, ob alles nur Einbildung war, denn nun stand er mit drei Zeugen vor der Kreuzung.

Eddie zeigte auf das Straßenschild. „Kennt ihr diese Straße?"

Die anderen sahen seinem Finger nach, dann blickten sie erst sich und danach Eddie verständnislos an.

„Welche Straße?", wollte Penny wissen.

„Na, die hier. Die Famosa Dream Lane. Wir stehen zehn Meter vor der Kreuzung", erklärte Eddie aufgeregt, während er seine Freunde der

Reihe nach ansah. Die Blicke der anderen erzeugten in ihm unweigerlich das Gefühl, als hätte er eine Art von Geistesstörung.

„Hey Eddie." In Jejos Stimme schwang eine Spur von Ungeduld mit. „Die nächste Kreuzung ist mindestens zweihundert Meter entfernt. Das Einzige was ich in zehn Metern Entfernung sehe, ist ein Schwimmbadgeschäft und…" Er blickte sich suchend um, „…diese tolle Eisdiele dort hinten."

„Wo nichts ist, gibt's auch nichts zu sehen", philosophierte Penny.

„Wartet mal", meinte Crystal und wandte sich zu Eddie. „Du sagst, du bist schon einmal in der Straße gewesen. Du könntest also jetzt hineingehen, oder?"

Eddie liebte ihre offene Art, mit Neuem umzugehen.

„Ich denke schon."

„Warum tust du es dann nicht einfach?"

„Einverstanden, ich werde es euch beweisen", verkündete Eddie. „Ich gehe hinein und ihr seht mir dabei zu. Wenn sie nicht existiert, wird mir das wohl kaum gelingen, oder?"

„Klingt logisch", meinte Penny.

„Na, dann mal los", forderte Jejo.

Eddie hängte die Daumen an den Tragegurten seines Rucksacks ein und steuerte zielstrebig auf die Kreuzung zu. Ohne zu zögern bog er links ab, ging noch etwa fünfzehn Meter und drehte sich um.

Jejo, Penny und Crystal waren verschwunden.

„Hey, was soll das? Wo seid ihr?" Eddie spähte die Famosa Dream Lane hinunter. Alles wirkte wie bei seinem ersten Besuch. Belebt, bunt und irgendwie magisch. Auffällig gekleidete Menschen, Stühle und Tische vor Cafés und Restaurants, dazwischen ausgestellte Kunstwerke und ein paar spielende Kinder. Musik von irgendwoher. Ein Haus ideenreicher gestaltet als das andere. Unten am Hafen das beginnende Meer. Die Wellen führten heute kleine weiße Schaumkronen mit sich.

Eddies Freunde blieben verschwunden. Er lief zurück zur Kreuzung und genau in dem Augenblick, als er die Famosa Dream Lane verließ, entdeckte er die drei wieder. Sie standen mit erwartungsvollen Blicken etwa zehn Meter von ihm entfernt

„Was ist? Ich denke, du wolltest in deiner Straße verschwinden", meinte Penny. „Findest du sie nicht?"

„Komm, Eddie. Lass uns Eis essen gehen", schlug Jejo gelangweilt vor.

Eddie konnte nicht glauben, dass sie nichts bemerkt hatten. „Ich war eben gerade drin. Ihr müsst mich doch gesehen haben!"

Penny schlug einen beschwichtigenden Ton an. „He, Eddie, du bist gerade mal ein paar Schritte gegangen. Dann drehst du dich zu uns um und guckst uns erwartungsvoll an. Was soll das, alter Kumpel?"

Eddie hatte einen Verdacht, wusste aber, dass ihm nur eine bestimmte Person darüber Gewissheit verschaffen konnte. „Vergesst es, Leute", sagte er möglichst gelassen. „Gehen wir Eis essen. Ich hätte Lust auf Pistazie und Malaga."

Die Gruppe schlenderte in Richtung der italienischen Eisdiele, wobei Eddie darauf achtete, etwas hinter seinen Freunden zu bleiben. In dem Augenblick, als sie die Famosa Dream Lane überquerten, bog er links ab und rannte los. Gleichzeitig verschwanden Jejo, Penny und Crystal. Es war, als ob Eddie durch einen unsichtbaren Vorhang von den anderen getrennt wurde.

Er lief die Straße hinunter zu der Kirche der verlorenen Träume. Das Tor war nur angelehnt. Eddie betrat den Saal. Augenblicklich umfing ihn wieder dieses vertraute Gefühl von Ruhe und Geborgenheit. Alle Aufregung verschwand in Sekunden, sein Atem beruhigte sich und seine Stimmung wurde heiter, aber konzentriert.

„Pater?", rief er in den Raum. „Pater William! Sind Sie hier?" Ein grüner Lichtstrahl aus einem der bunten Fenster streifte sein Gesicht.

„Ich bin hier oben. Komm herauf, Eddie." In einer Ecke der Halle mit den gelben Sesseln führten Stufen zu einer offen stehenden Tür auf halber Höhe. Die Stimme schien von dort zu kommen. „Die Treppe rauf und nach links", hörte er den Pater.

Eddie erreichte einen kleinen Vorraum, von dem aus drei Türen in verschiedene Richtungen führten. Die linke stand offen. Der Raum dahinter war ziemlich groß und vor allem sehr hell. Er hatte kein Fenster, dafür bestand das ganze Dach aus Glas, so dass der Blick auf den Himmel frei war. Verschiedene Sitzgruppen, Stühle und Tische standen im Raum herum. Dazwischen große Tontöpfe mit Palmen, Buchsbäumen, Bambus und Papyrus. Die Pflanzennamen waren auf kleine weiße Schilder gedruckt, die an den Ästen hingen. Es erinnerte ein wenig an ein Café in einem tropischen Wintergarten.

Pater William balancierte auf der obersten Stufe einer langen hölzernen Klappleiter und hantierte an einem der Fenster herum, die in das Glasdach eingelassen waren.

„Undicht“, stellte er schnaufend fest. „Gerade mal ein Jahr alt und schon läuft der Regen hindurch. Wo ich aufgewachsen bin, nennt man das Murks.“ Er öffnete und schloss das Fenster einige Male. Dann zog er ein schwarzes Klebeband unter seiner Soutane hervor und pappte mehrere Lagen davon über das Leck. „Hoffentlich nützt das etwas, wenigstens bis nächste Woche.“

„Wo sind Sie denn aufgewachsen, Pater William?“

„In Australien. Darwin, ganz im Norden. Da geht es rauer zu als hier, aber die Menschen sind trotzdem sehr herzlich.“

„Und warum haben Sie Australien verlassen?“

„Weil ich fertig war.“

„Womit?“

Der Pater stieg vorsichtig die Sprossen hinunter. Eddie stützte zur Absicherung die Leiter. „Mit dem, was ich dort lernen sollte. In jungen Jahren war ich als Missionar in ein Aboriginalreservat entsandt worden. Eine kleine Insel namens Elcho Island. Dort sollte ich die Botschaft der Kirche vermitteln. Acht Jahre später war vor allem ich derjenige, der viel gelernt hatte.“

Er klappte die Leiter zusammen und stellte sie in die Ecke. Das Klebeband legte er auf eine der Stufen. „Ja, und das wollte ich dann unbedingt weitergeben.“

„Hatte es etwas mit den Träumen zu tun?“

„Viel. Die australischen Ureinwohner gaben mir die Verbindung zu meinen Träumen zurück. Durch sie habe ich herausgefunden, was meine wirkliche Aufgabe ist.“ Er lächelte Eddie an. „Hast du zufällig Appetit auf Erdbeerkuchen?“

Kurz darauf saß Eddie an dem kleinen Bistrotisch in der Küche des Kirchenvorstandes. Pater William stellte einen riesigen Erdbeerkuchen in die Mitte und daneben eine Kanne mit heißem Malzkaffee. „Keine Angst Eddie, du musst das nicht alleine vertilgen. Ich bekomme heute Abend noch lieben Besuch von einigen Kirchenmitgliedern. Die essen für ihr Leben gerne Erdbeerkuchen.“ Er schnitt ein großes Stück heraus und schob es auf Eddies Teller.

„Tja, wo waren wir bei unserem letzten Gespräch stehen geblieben?“, sinnierte er laut. „Ah, das Buch der Träume. Du musst wissen, dass die Mitglieder unserer kleinen Gemeinde außer ihrer Fähigkeit, ihre Träume bewusst zu gestalten, noch eine weitere Gemeinsamkeit haben. Jeder Einzelne von ihnen hat in einem oder mehreren seiner Träume dieses Buch gesehen. Manche konnten darin lesen und erinnerten sich nach dem Aufwachen wörtlich an kurze Textpassagen, die sie aufgeschrieben haben. Als sie von unserer Gemeinde erfuhren – was auf die verschiedensten Arten geschehen kann, wie du selbst gerade erlebst –, brachten sie ihre Aufzeichnungen mit. Die meisten davon ähnelten einander oder ergänzten sich. Das brachte uns zu der Überzeugung, dass uns eine Aufgabe verbindet: Das Buch der Träume existiert und wir sollen es finden.“

„Und wenn sie es haben? Was werden sie damit anfangen?“ Eddie tauchte den Löffel in die Schüssel mit der Schlagsahne und balancierte einen stattlichen Berg zu seinem Kuchenstück hinüber.

„Was für eine Frage, Eddie. Wir werden es allen Menschen zur Verfügung stellen, damit sie den Zugang zu ihrer eigenen Traumwelt finden.“

„Gibt es diese Welt denn wirklich? Ich meine, es sind doch keine echten Geschichten. Wenn man aufwacht, sind sie vorbei, oder?“

„In einem der wenigen Bruchstücke, die wir aus dem Buch der Träume haben, wird beschrieben, dass die Traumwelt ebenso existiert wie unsere Welt hier. So wie wir nachts dort hinübergleiten und manchmal Erinnerungen an Erlebnisse mitnehmen, so ist es auch dort. Die Menschen aus der Traumwelt besuchen uns in unserer Welt und nehmen Erfahrungen mit in ihre. Ein ziemlich lebhafter Austausch kann ich dir sagen.“

Eddie spürte, wie sich eine Gänsehaut auf seinen Armen ausbreitete. „Sind die dann hier unter uns? Das klingt unheimlich.“

„Oh, das ist gar nicht unheimlich, weil es ja nichts Unangenehmes oder gar Bedrohliches ist. Du meinst, ob sie zum Beispiel hier sitzen, oder im Golden Gate Park Drachen steigen lassen oder die Lombard Street mit Inlineskates entlangfahren?“ Pater William lachte. Er legte Eddie beruhigend seine warme Hand auf den Unterarm. Die Gänsehaut verschwand, und das vertraute wohlige Gefühl breitete sich wieder aus.

„Nein, Eddie, der Treffpunkt ist der Traum. Dort erleben wir ihre Welt, und sie unsere. Deshalb kommen uns manche Träume sehr realistisch, andere wiederum verwirrend vor. Wieder andere enthalten häufig ein wildes Gemisch aus Realität und Fantasie. Das alles ist aber nichts anderes als ein reger Austausch zwischen verschiedenen Welten, der uns zugegebenermaßen manchmal etwas chaotisch vorkommen kann. Zumindest haben es die Mitglieder unserer Gemeinde so erfahren. Mehr darüber werden wir wohl erst wissen, wenn wir das Buch der Träume gefunden haben."

„Wie wollen Sie das anstellen? Warten Sie darauf, bis einer den Ort träumt, an dem es versteckt ist?"

„Vielleicht. Ich weiß es leider nicht, mein Junge. Keiner weiß es genau, sonst hätten wir das Buch wahrscheinlich schon gefunden. Wir wissen nur, dass es existiert und dass der Inhalt bedeutend genug ist, um auf der Welt zu einigen gravierenden Veränderungen zu führen."

„Wenn das passieren kann, sollten Sie wohl besser nicht weitersuchen, oder?"

„Oh doch, gerade dann. Veränderung ist ja nichts Schlechtes, sondern einfach nur etwas Neues. Natürlich haben viele Menschen Angst vor Neuem, aber dieses Buch ist der Schlüssel, der ihnen hilft, nie wieder vor irgendetwas Angst zu haben. Die Einzigen, die wirklich Angst vor dem Buch haben, sind die, die davon leben, dass wir ihren Träumen folgen."

„Die wissen davon?" Eddie spürte ein mulmiges Ziehen in der Magengegend.

„Natürlich, zumindest die wirklich Bedeutenden von ihnen. Aber sie sind sich sehr sicher, dass niemand das Buch je finden wird. Vielleicht haben sie es sogar selbst versteckt."

„Wissen sie auch, dass man danach sucht?"

„Ja, aber darin sehen sie wohl keine Gefahr." Pater William zuckte mit den Schultern. „Seit Jahrhunderten oder länger schon dauert die Suche an, ohne nennenswerte Erfolge. Das Buch muss sehr gut versteckt sein, aber wir geben dennoch nicht auf, denn wir leben in einer Zeit des Wandels. Das Buch der Träume hat damit zu tun."

„Was würde geschehen, wenn die Menschen es zu lesen bekämen?", fragte Eddie. Seine Neugier war eindeutig wieder gestiegen, als der Pater erwähnt hatte, wie lange schon erfolglos nach dem Buch gesucht wurde. Es schien also nicht wirklich gefährlich zu sein, sich für dieses Thema zu interessieren. Vielleicht war es ja nur die besonders originelle Idee einiger fantasiebegabter Menschen.

„Na ja, die Frage ist, wofür die Zeit gerade reif ist. Die Menschen finden in den bekannten Welten der Wissenschaft, der Arbeit oder der Freizeitgestaltung keine wirklich neuen Erkenntnisse und Erlebnisse mehr. Alles wird immer perfekter, aber immer mehr Menschen fragen sich, ob es überhaupt der richtige Weg ist.“ Pater William stand auf, verschwand kurz in seinem Wohnzimmer und kam mit einem mächtigen Buch zurück. „Kennst du das?“

Eddie sah sich den Titel an. Eine Collage aus unzähligen kleinen Bildern. Darüber in großen, weißen Lettern der Titel:

Die 1.000 wichtigsten Erfindungen der Weltgeschichte.

Das Buch kam Eddie bekannt vor. „Ich glaube, wir haben es in der Schulbibliothek.“

Der Pater tätschelte den Einband. „Eine interessante Zusammenstellung. Wirklich erstaunlich, was es alles gibt. Wissenschaft und Technik scheinen alles möglich zu machen. Der Gedanke an einen Flug zum Mars regt heute kaum noch jemanden wirklich auf. Was heute an bedeutenden Erfindungen gemacht wird, ist meist so schwer zu verstehen, dass normale Menschen gar nicht wissen, warum der Erfinder dafür einen Preis bekommt. Aber eine Dampfmaschine, ein Telefon, elektrischer Strom oder ein Radio – davon hatte jeder etwas. Das sind Wirklichkeit gewordene Träume. Die Erkenntnis über die Bewegungen, die innerhalb eines Atoms stattfinden, wenn man es auf ein anderes Atom schießt, bedeuten den meisten Menschen wenig. Ebenso ist kaum jemand wirklich daran interessiert, ob man das Wachstum der Wirtschaft noch mehr beschleunigen kann, indem man immer schneller die Produkte verändert oder die Menschen darin schult, wie sie rationeller denken und handeln.“

Pater William machte eine Pause. Er schob sich ein Stück Kuchen in den Mund, das er mit einem Schluck Kaffee hinunterspülte. „Es scheint jetzt die Zeit für einen bedeutenden neuen Schritt zu kommen. Und der wird nicht in weiteren Erfindungen oder in der Steigerung des Vorhandenen liegen.“

„Wie können Träume ein großer Schritt sein, wenn man sie nicht in die Realität holen kann?“, wunderte sich Eddie.

„Die Träume selbst sind nicht das, was ich meine, sondern die Erkenntnis. Das Bewusstsein der Menschen darüber, wer sie sind, wofür sie hier sind und was sie wirklich bewegen können, wenn sie dieses Wissen wiedergefunden haben. Der Zugang zu seinen Träumen wird jedem einzelnen Menschen zu so viel Erkenntnis verhelfen, wie er möchte. Damit meine ich nicht fachliches Wissen, wie wir es heute lernen, sondern Wissen über die Beschaffenheit des Seins und die eigene Aufgabe dabei. Schwierig zu verstehen, oder?“

Eddie nickte. Jetzt wurde es ihm irgendwie doch zu kompliziert. Er hatte ja schon Schwierigkeiten mit dem Wissen, das er sich in der Schule einverleiben musste.

„Ich will das auch nicht weiter ausführen“, sagte der Pater. „Ich weiß ja selbst nicht so viel darüber, aber vielleicht hilft es dir, wenn du dir unseren Erdbeerkuchen ansiehst. Stelle dir vor, man würde alles wissen, was es überhaupt zu wissen gibt und jemals geben wird. Einfach alles.“ Er machte mit dem Zeigefinger eine kreisförmige Bewegung um den Kuchenrand. „Das wäre der ganze Kuchen. Hätte man dieses Wissen, gäbe es keine Frage, auf die man nicht antworten könnte, egal, wie kompliziert sie auch sein mag.“

„Wie sieht Gott aus?“, platzte Eddie heraus.

Pater William nickte. „Zum Beispiel. Oder: Woher kommt die Welt?“

Den Gedanken, alle Fragen beantwortet zu bekommen, fand Eddie sehr aufregend. „Gibt es wirklich Ufos?“, fragte er, „woher kommen die und wer sitzt drin?“

„Wann begann das Universum und warum? Was war davor?“, ergänzte Pater William.

„Wie sieht unsere Stadt in tausend Jahren aus?“

„Wie reist man durch die Zeit?“

„Wie und wo war Atlantis und warum ist es verschwunden?“

„Wo gibt es anderes Leben und wie sieht es aus?

„Warum mag mich Miss Travis nicht?“ Eddie blickte Pater William verlegen an. „Meine Mathe- und Physiklehrerin“, fügte er hinzu.

„Was ist der Sinn des Lebens? Was kommt danach?“, überlegte der Pater. „Endlos viele Fragen, auf die heute niemand eine endgültige Antwort geben kann. Wir können manches vermuten. Wir stellen Theorien auf, die so lange gelten, bis jemand beweist, dass sie nicht stimmen oder andere zutreffender sind.“ Er deutete wieder auf den Kuchen. „Wie gesagt, tun wir mal so, als sei alles, das man je wissen kann, ein runder Erdbeerkuchen. Dann ist das gesamte heutige Wissen der

Menschheit zusammengenommen vielleicht etwa ein so kleines Stück."

Er trennte mit dem Kuchenheber ein schmales Teil heraus und legte es auf Eddies Teller. „Enttäuschend, wenn es so alleine da liegt, oder? Und warum? Weil du weißt, wie groß der ganze Kuchen ist. Aber du hast jetzt das gesamte Wissen der Menschheit vor dir. Von den Erkenntnissen der alten Ägypter über die der letzten noch lebenden Urvölker bis hin zu den modernsten Einsichten über den Aufbau unserer Welt im Großen und im Kleinen. Alles befindet sich in diesem schmalen Kuchenstück."

Er trennte mit dem Kuchenheber die Spitze des Dreiecks ab und deutete darauf „Das hier verstehen wir heute unter dem Begriff ‚Wissenschaft'." Der Pater spießte mit seiner Gabel eine Erdbeere auf und hielt sie hoch. „Und das hier ist alles, was wir für unser Leben nutzen."

„Nicht sehr viel", stellte Eddie fest.

„Stimmt. Trotzdem tun viele so, als sei die Erdbeere der ganze Kuchen. Als wäre es alles, was man wissen müsste. Sie lehren es uns in den Schulen und Universitäten. Wir nutzen es in der Wirtschaft und im Beruf. Viele wichtige Menschen sagen: So genau funktioniert unsere Welt. Sie behaupten, sie wüssten es, deshalb nennen sie es ja auch *Wissenschaft*. Aber diese Wissenschaft erzeugt nur wenig wirklich neues Wissen für die Menschheit. Leider nutzt sie nur einen kleinen Ausschnitt unserer Wirklichkeit: messbare Fakten und logisches Denken. Das ist etwa so, als verwendete man nur ein Bein zum Gehen. Selbst wenn es noch so gut trainiert ist, macht es einen nicht besonders schnell – im Wettlauf würde man gegen jedes Kind verlieren. Nur sehr selten besinnt sich ein Wissenschaftler auf sein zweites Bein, das ihm alles viel leichter machen könnte."

„Und aus was besteht das zweite Bein?"

„Fantasie, Kreativität, Intuition, Spaß, Gefühl. Einfach alles, was man als das Gegenteil von Verstand bezeichnen kann. Einen solchen Wissenschaftler würden die einbeinigen Kollegen am liebsten aus ihrer Gemeinschaft ausschließen, weil er anders ist. Vielleicht weißt du aus der Schule, wie Kinder behandelt werden, die irgendwie anders sind als die meisten?"

„Oh ja", sagte Eddie und nickte zustimmend. Er kannte das besser, als ihm lieb war. Mit seiner ausgeprägten Fantasie kam er sich manchmal wie ein Außenseiter vor, und mit seinen neuen Erlebnissen ohnehin.

„Die einbeinigen Wissenschaftler würden dem zweibeinigen Kollegen vorwerfen, er versuche ihre mühsam erarbeiteten Kenntnisse vieler Jahre zu verdammen und damit ihre ganze Arbeit zunichte zu machen. Deshalb stellen sie ihn als Dummkopf hin. Das ist der Grund, warum so selten jemand versucht, sein Fachgebiet in grundsätzlich neuem Licht zu untersuchen. Diejenigen, die es dennoch wagen, werden später manchmal als Genies erkannt."

Pater William spießte ein Stück Kuchen auf die Gabel, schob es in den Mund und kaute langsam mit geschlossenen Augen.

„Nun, das ist meiner Auffassung nach ein wichtiger Grund für das kleine Kuchenstück und die noch kleinere Erdbeere", sagte er danach und lächelte verschmitzt. „Schmeckt es dir?"

„Ja, sehr." Eddie spießte ein saftiges Stück des gesamten Wissens der Menschheit auf die Gabel und ließ es sich genüsslich im Mund zergehen.

„Warum ich dir das alles so ausführlich erzähle, hat zwei Gründe. Erstens: Nichts geschieht aus Zufall, auch nicht dein Sturz vor dieser Kirche. Zweitens: Nur wenn du weißt, wohin die Wege führen, die vor dir liegen, kannst du entscheiden, welcher der richtige für dich ist. Achte dabei auf deinen Bauch, denn der hat immer Recht." Pater William wurde ein wenig unruhig, es hatte den Anschein, als würde er sich auf etwas vorbereiten.

Eddie hatte das Gefühl, er sollte seine wichtigste Frage sofort stellen. „Pater, was ist die Famosa Dream Lane?"

Pater William sah Eddie mit freundlich blitzenden Augen an. Ein kaum spürbares Lächeln umspielte seine Lippen. „Ich denke, du weißt es schon."

„Meine Freunde halten mich für verrückt. Sie können die Straße nicht sehen und es scheint, als bliebe draußen die Zeit stehen, wenn ich hier bin."

„Siehst du, du weißt es."

„Aber warum kann ich hierher kommen und sie nicht? Es sind meine besten Freunde."

„Diese Straße führt Menschen zusammen, die Teil eines Ganzen sind. Wir haben eine gemeinsame Aufgabe, zu der jeder von uns mit seinen Fähigkeiten beiträgt. Wer nichts beitragen kann, bleibt draußen. Es ist nicht genug Platz für alle."

„Aber ich weiß doch gar nicht, worum es geht und welche Fähigkeiten das sein sollen?“

„Vertraue einfach darauf, dass es stimmt. Es geht vielen von uns ähnlich wie dir. Sie wohnen hier und können jederzeit hinaus und hinein, wie sie es möchten. Sie fühlen sich so wohl hier, dass sie nirgends anders wohnen wollen. Aber nicht alle wissen, um welche gemeinsame Aufgabe es geht. Das ist trotzdem in Ordnung. Wer die Straße findet, gehört dazu. Wir haben es uns abgewöhnt, den Menschen draußen davon zu erzählen, auch wenn wir ihnen täglich begegnen. Es erzeugt nur Unruhe und führt zu nichts.“

„Ich soll meinen Freunden und meinen Eltern nicht erzählen, was ich hier erlebt habe?“, fragte Eddie.

„Habe ich das gesagt? Du darfst tun, was du möchtest. Ich kann dir nur den einen Rat geben, vorsichtig mit deinen neuen Erfahrungen umzugehen, wenn du nicht willst, dass man dich für verrückt hält. Das erspart dir manchen Ärger.“

Pater William stand auf. „So und jetzt muss ich dich leider für heute verabschieden, denn meine Freunde kommen bald und ich will ihnen außer dem Kuchen noch ein paar appetitliche Kleinigkeiten anrichten.“

Eddie schulterte seinen Rucksack. „Vielen Dank für den Kuchen, Pater. Darf ich wiederkommen?“

„Ich bestehe darauf, Eddie. Wer einmal von diesem Erdbeerkuchen gekostet hat, dem darf ich nie mehr den Einlass verwehren, denn ich habe ihn süchtig gemacht.“

Eddie schlenderte ohne Eile die Famosa Dream Lane hinauf zu der Stelle, an der er seine Freunde verlassen hatte. Er ging in die Mitte der Kreuzung und bog in die Querstrasse ab.

„…und vielleicht mit der dunklen Schokoladensauce von Ghiradelli's“, sagte Penny gerade. „Machst du mit, Eddie?“ Er drehte sich um und sah Eddie an. In seinem Gesicht blitzte kurz ein Ausdruck von Befremden auf.

„Klar, was denkst du denn?“, gab Eddie zurück, obwohl er keine Ahnung hatte, worum es ging.

Pennys Gesicht entspannte sich wieder. „Prima, dann wird es billiger.“

Zwei Minuten später saßen die Freunde in der Eisdiele und planten den Nachmittag.

Bevor Eddie an diesem Abend zu Bett ging, sah er in der Schatzkiste nach, welche Karte diesmal oben auf dem Stapel lag. Es war ein Tor mit einem Rundbogen, durch griechische oder römische Säulen begrenzt, das den Blick auf eine Art Sternenhimmel freigab. Nur waren die Punkte keine Sterne, sondern winzige blau leuchtende Wolken. Er legte die Karte behutsam auf seinen Nachttisch.

Verwundbare Stellen

„Wenn der Junge wirklich der Traumwanderer ist, müssen wir ihn sofort verschwinden lassen.“ Okanwa Nambuto, der füllige Afrikaner, war aufgeregt. Kleine Schweißperlen standen auf seiner Stirne.

„Was spricht dafür, dass er es ist?“, wollte Sergej Gasparov wissen.

„Zum Beispiel sein Name“, sagte Andark Myser. „Edwal Kramer, ein Anagramm von Dreamwalker.“

„Ungewöhnlich. Fehlt da nicht ein Buchstabe im Vornamen?“

„Richtig, und das ist ein weiterer Hinweis. Eine merkwürdige Geschichte, denn seine Eltern hatten ihn eigentlich anders genannt.“

„Was bedeutet schon ein Name? Zufall. Mir ist das zu wenig.“ Pierre Latour machte eine abwertende Handbewegung.

„Wenn es nur das wäre. Es gibt aber noch weitere Hinweise. Amen Gilstein hat ihm das Spiel verkauft.“

Gemurmel im Raum.

Latour sah Myser ungläubig an. „Der alte Fantast steht sechzehn Jahre lang auf Flohmärkten herum und bietet erfolglos dieses verrottete Kartenspiel an, und jetzt soll er es ausgerechnet einem dreizehnjährigen Schüler verkauft haben?“

Myser nickte. „Genau so ist es.“

„Hat es jemand beobachtet?“

„Nicht nur das. Wir haben uns den Alten anschließend vorgeknöpft, weil wir wissen wollten, warum er es ausgerechnet diesem Jungen verkauft hat. Aber bevor wir etwas aus ihm herausbekommen konnten, hat er sich aus dem Staub gemacht.“

„Wie das?“

Myser machte eine Geste, bei der er sich mit den Fingerspitzen über die Kehle fuhr.

„Ach so. Zu dumm." Latour schüttelte scheinbar angewidert den Kopf.

„Hat der Junge das Spiel noch?", erkundigte sich der Inder. Seine weiche Art, das ‚R' auszusprechen, stand im Widerspruch zu seinen harten Gesichtszügen.

„Natürlich, unsere Leute haben unbemerkt das Zimmer des Jungen gefilzt. Er bewahrt die Karten in einer Blechkiste auf." Myser stützte sich mit beiden Handflächen auf den Besprechungstisch.

„Also hat er noch keine Ahnung, was er besitzt, oder?"

„Ich denke nicht, dass er so sorglos damit umgehen würde, wenn er wüsste, wie alt die Bilder sind und welche Bedeutung sie haben."

„Warum habt ihr sie ihm nicht abgenommen?", wollte Siebenstein wissen und zog gelassen an seinem Zigarillo.

Masura Kyoikusha hingehen schien beunruhigt zu sein. „Das frage ich mich auch", sagte er vorwurfsvoll zu Myser gewandt. „Unsere Statuten legen ganz klar fest, dass jeder Versuch, dieses Buch zu bekommen, verhindert wird. Also beseitigen wir jetzt den Jungen und dieses verdammte Kartenspiel."

Myser hatte in den vergangenen Tagen genügend Zeit gehabt, um sich mit seinem Sohn auf alle möglichen Einwände vorzubereiten. Deshalb blieb er trotz des gewagten Plans, den er verfolgte, die Ruhe selbst. „Genau das ist der Punkt, warum ich diese Sitzung einberufen habe", sagt er. „In den vergangenen Jahrhunderten ist es unserem Rat immer gelungen, jeden, der das Buch der Träume finden wollte, daran zu hindern. Aber auch wir konnten diese Schrift nie in unseren Besitz bekommen."

„Besser, es bleibt verschollen, als dass es dem Pöbel in die Hände fällt", meinte Gasparov.

„Richtig, ganz meine Meinung", stimmte ihm Ya-tsen zu.

„Es gibt aber noch eine Möglichkeit: Besser, wir haben es, als dass es verschollen bleibt." Myser blickte lauernd in die Runde. Ein Jäger vor dem Zupacken.

„Warum sollte uns etwas gelingen, das schon so viele Generationen vor uns erfolglos versucht haben?" Der Japaner war eindeutig am misstrauischsten von allen.

„Weil wir das Glück haben, dass die Zeit gekommen ist. Der Junge wird es für uns finden. Wir müssen es ihm nur im richtigen Augenblick abnehmen."

„Warum bist du so sicher, dass er es finden wird?“

Myser blieb gelassen. „Neben seinem Namen und dem Kartenspiel gibt es weitere Anzeichen. Er hat gestern, am Tag seines dreizehnten Geburtstages, die Famosa Dream Lane entdeckt. Für einen Zufall ist das extrem unwahrscheinlich.“

„Ich stimme Andark zu, was die Zeit betrifft“, meldete sich Sharad Pawar zu Wort. „Auch aus äonischer Sicht ist sie mehr als reif. Die Jahrtausendwende, das Ende des Kaliyugas, der Beginn des Wassermannzeitalters, das Ende des Mayakalenders. Die vielen Prophezeiungen, die einen Umbruch nie gekannten Ausmaßes in den kommenden Jahren ankündigen. Und vor allem die ständige Zunahme besonderer Kinder. Welches Süppchen da auch immer gerade am Kochen ist, wir sollten nicht die Augen davor verschließen.“

„Das ist ein verdammtes Spiel mit dem Feuer“, warf Pierre Latour ein. „Niemand weiß genau, was wirklich geschehen wird und womit wir zu tun haben werden.“

„Die Details spielen jetzt noch keine Rolle, denn die Essenz ist überall gleich“, entgegnete Pawar. „Das Bewusstsein der Menschen verändert sich. Veränderung des Bewusstseins bedeutet Veränderung der Realität, und damit auch der Machtverhältnisse. Wir dürfen das nicht zulassen. Ich sehe es als unsere Pflicht an, dies mit allen Mitteln zu verhindern.“ Der Inder lehnte sich zurück und verschränkte die Arme, womit er anzeigte, dass er seiner Aussage nichts mehr hinzuzufügen hatte.

Gasparov blickte mit gerunzelter Stirn in die Runde. „Also ich bin dafür den Jungen beiseite zu schaffen. Dann ist der Fall erledigt.“

„Ich denke, Sharad hat Recht“, meldete sich Giuseppe Tartini zu Wort. „Es ist nicht mehr so einfach wie früher. Die Veränderung wird kommen. Es ist unsere Chance und unsere Aufgabe, sie nach den Grundsätzen unseres Rates zu lenken. Wenn das Buch bisher ein Risiko war, sollten wir jetzt versuchen, es für uns zu nutzen.“

„Was meinst du damit?“, fragte der Russe.

„Das Wissen in dem Buch wird uns die Macht über das Tor der Träume verschaffen. Wenn wir das Tor kontrollieren, beherrschen wir alle. Zusammen mit unserem Einfluss in der diesseitigen Welt hätten wir alle für immer unter Kontrolle.“

Andark Myser ließ sich nicht anmerken, wie sehr ihm die Entwicklung der Diskussion gefiel. Alles lief nach Plan.

„Wenn das Buch in die falschen Hände gerät, ist es aus“, sagte er. „Es wird den Wandel so sehr beschleunigen, dass wir unsere Macht schneller verlieren, als wir bis drei zählen können.“

„Und wer würde dann regieren? Wer sind die neuen Mächtigen?“, fragte der Japaner.

„Vielleicht gibt es keine“, überlegte Ya-tsen. „Es könnte etwas entstehen, was die Menschheit bisher nur einmal erlebt hat und wovon fast alle Spuren gelöscht wurden.“

„Das Volk Atlantis?“

„Vielleicht. Aber ich meine kein System von Macht, Wissenschaft und Struktur. Ich denke an eine Gesellschaft, in der völlige Harmonie herrscht, in der jeder eins ist, mit sich, der Gemeinschaft, der Umwelt und der Traumwelt.“

„Lemuria!“ Das war Jeff Blackwater. „Warum haben wir nicht früher daran gedacht. Jetzt bekommt alles einen Sinn!“

„Möglicherweise“, schaltete sich Jeremy Myser wieder in das Gespräch ein. „Wenn das Buch der Träume das einzige Vermächtnis der Lemuries ist, wäre das auch die Erklärung, warum sie es so aufwendig gesichert haben. Nur sie hatten wahrscheinlich die Fähigkeit, es in einer alles überdauernden Traumwelt zu verstecken.“

Das Gespräch war jetzt richtig in Fahrt gekommen. Die Argumente flogen hin und her wie Pingpongbälle.

„Aber das ist zwanzigtausend Jahre oder noch länger her. Vielleicht gibt es das Buch gar nicht mehr.“

„Oh doch. Ihr wisst, dass Zeit in der Traumebene nicht existiert. Also ist es gleichgültig, ob das Buch vor zwanzigtausend Jahren oder gestern versteckt wurde.“

„Okay, nehmen wir also an, der Junge stöbert in irgendwelchen Traumwelten herum. Wie wissen wir, wann er das Buch gefunden hat? Wir können ihn dort nicht überwachen.“

„Thorn kann es“, sagte Andark Myser.

Siebenstein nahm seinen Zigarillo aus dem Mund. „Thorn? Ich halte ihn nicht für wirklich zuverlässig. Warum er? Bestimmt gibt es noch andere, die Welt ist groß.“

„Ja, Harald, vielleicht gibt es wirklich noch andere, aber wir haben keine Zeit, um sie zu finden. Leute, die in Träume einbrechen, kennen wir viele, aber für diese Aufgabe muss unser Mann eine weitere Eigenschaft mit sich bringen."

„Welche soll das sein?"

„Er muss daran glauben, dass er nichts Unrechtes tut."

„Unsinn! Wozu soll das gut sein?"

„Ganz einfach. Wenn Thorn jemanden beschatten soll, der deshalb zum Buch der Träume gelangt, weil er nichts Unrechtes in sich trägt, muss Thorn selbst ebenfalls davon überzeugt sein, nichts Unrechtes zu tun. Sonst bleibt ihm der Zugang versperrt."

„Ich kenne Thorn zu wenig. Wie steht er zu uns?"

„Er weiß so wenig wie nötig und macht seit Jahren zuverlässig seinen Job. Er hat ziemlich feste Moralvorstellungen und war lange Zeit der Illusion erlegen, durch seine Mitarbeit beim Geheimdienst bekämpfe er eine Bedrohung von außen. Als er merkte, wie es wirklich läuft, stieg er aus."

„Ein Aussteiger? So ein Mann ist ein enormes Risiko. Warum arbeitet er immer noch für uns?" Kyoikusha war aufgebracht.

„Kennst du sonst noch jemanden, der in der Famosa Dream Lane beobachten kann?", fragte Myser mit bewusst sanftem Unterton in der Stimme.

Der Japaner schüttelte missmutig den Kopf.

„Na also", sagte Myser. „Er braucht genau diese Einstellung, wenn er unserem kleinen Buchsucher folgen soll."

„Wenn Thorn so schwierig zu steuern ist, wie können wir ihn überzeugen, es zu tun?", wollte der Afrikaner wissen.

„Auf dieselbe Art, wie es der Geheimdienst schaffte. Wir lassen ihn glauben, er würde für eine gute Sache arbeiten."

„Hast du schon eine Idee, Andark?"

„Ja. Wenn Thorn überzeugt ist, das Buch sei eine Bedrohung für die Menschheit, haben wir ihn im Griff."

„Schaffst du das?"

„Gut möglich."

Die elf Männer diskutierten noch bis tief in die Nacht hinein, wobei sich im Laufe der Zeit eine einheitliche Überzeugung formte.

„Ich denke, wir sollten zur Abstimmung übergehen", sagte Andark Myser schließlich. „Es steht folgender Antrag im Raum: Wir bringen das Buch der Träume in unseren Besitz, indem wir den Jungen für uns benutzen. Thorn ist die Verbindung. Unser erklärtes Ziel ist es, die Kontrolle über das Buch und damit über das Tor der Träume zu erlangen. Sobald ein ernsthaftes Risiko besteht, dass uns das Buch entwischt, beseitigen wir den Jungen und alle, die er in den Fall eingeweiht hat. Erneutes Treffen des Rates in drei Wochen. Die Annahme des Antrages ist, wie immer, nur einstimmig möglich. Wer dagegen ist, hebt die Hand."

Keine Reaktion.

„Also einstimmig angenommen." Myser ballte seine Rechte zu einer Faust. „Freunde, vor uns liegt die vielleicht härteste Prüfung seit Bestehen des Rates."

Das Tor der Träume

‚Hallo, ist jemand da? Hört mich jemand?'

Nichts. Kein Lichtfunke, kein Geräusch.

‚Haaallo!'

Schwärze. Stille. Eddie bekommt ein mulmiges Gefühl in der Magengegend. Eigentlich kann das hier nicht sein. Entweder man befindet sich im Traum oder in der Realität. Beides passt nicht zu dem, was hier im Augenblick geschieht. Bewusst zu träumen und dabei nichts zu erleben ist einfach unmöglich. Eddie breitet die Arme nach beiden Seiten aus und tappt vorsichtig einen Schritt nach vorne. Er spürt keinen Boden unter den Füßen. Also muss es ein Traum sein.

‚Ich will hier raus! Es soll zu Ende sein! Sofort!'

Nichts. Er schnippt mit den Fingern, um ein Geräusch zu erzeugen, das ihm einen Anhalt über die Beschaffenheit der Umgebung geben kann. Dann fällt ihm ein, dass er im Traum keinen Körper hat, also auch keinen Ton erzeugen kann, außer der Stimme seiner Gedanken. Während er noch überlegt, was er tun soll, hört er ein Geräusch.

Huuuuusch.

Irgendetwas ist vorbeigeflogen. Ein schwacher Nebel aus Licht, ohne Form und Farbe. Eigentlich kann man ihn eher ahnen als wirklich erkennen, aber es ist die umfangreichste und unvergleichlichste Ahnung, die Eddie je erlebt hat. Es fühlte sich an, als ob das ganze Leben eines

Menschen vorbeiflöge. Eine schwach bläulich leuchtende Wolke voll mit Leben.

Huuuuusch.

Eine weitere Wolke fliegt vorbei, diesmal in die entgegengesetzte Richtung. Auch sie zieht die Gefühle und Erfahrungen eines ganzen Lebens hinter sich her, aber sie wirkt leichter und kleiner. Einfacher. Wie… ein Kind?

Huuuuusch.

Verglichen mit den beiden anderen war diese Wolke ein Monument aus Schwere und Sorge. Jetzt, wo Eddie weiß, worauf er achten muss, erkennt er immer mehr Wolken. Jede scheint genau zu wissen, wohin sie will, zielstrebig, aber nicht eilig. Es werden immer mehr. Eddie fühlt sich nach kurzer Zeit wie in einem Vogelschwarm.

Huuuuusch.

‚Hallo, warten Sie!', ruft Eddie einer Wolke hinterher.

Huuuuusch.

‚Hey, bitte halten Sie einen Moment an!'

Keine der Wolken verzögert ihren Flug auch nur für einen Augenblick. Sie scheinen Eddie nicht wahrzunehmen. Mittlerweile strebt ein endloser, ungeordneter Schwarm von Wolken pausenlos aus tausenden von Richtungen ebenso vielen Zielen entgegen.

Huuuuusch.

Ganz dicht an Eddies Kopf vorbei schwirrt eine Wolke, die er von vorhin wiedererkennt, aber sie scheint jetzt ein wenig verändert zu sein. Auf eine schwer erklärbare Art mehr als vorher. Ein wenig glücklicher vielleicht.

Eddie ist verwirrt. Was soll das alles, und wo befindet er sich hier? Eindeutig nicht in seiner realen Welt, aber auch nicht in einem Traum. Es ist eher so, als flögen Lebewesen ohne Gestalt an ihm vorüber. Doch mit welchem Ziel, und woher kommen sie? Warum wirken manche verändert, wenn sie zum zweiten Mal vorbeiziehen? Dieser Ort scheint eine Art Zentrum oder Knotenpunkt zu sein, den jede Wolke auf ihrem Weg passieren muss.

Huuuuusch.

‚Haaallo!', ruft Eddie in der Hoffnung, dass vielleicht doch eine der Wolken reagiert.

Huuuuusch.

‚Ja?‘ Ohne Vorwarnung erklingt eine angenehme weibliche Stimme direkt an Eddies Ohr.

Er erschrickt. ‚Huh. Wer sind Sie?‘

‚Huh? Wer bist du?‘

‚Ich weiß nicht, äh, ich meine...‘

‚Macht nichts. Steckst du fest?‘

‚Kann man das?‘

‚Klar. Passiert mir auch öfters.‘

‚Wo sind Sie?‘

‚Überall um dich herum.‘

Eddie dreht sich einmal im Kreis. ‚Wo?‘

‚Du kannst mich nicht sehen und ich dich auch nicht.‘

Huuuuusch. Eine Wolke streift ihn fast und er duckt sich.

‚Waren Sie das?‘

‚Nein. Das war ein Mann, viel älter als ich und nicht so nett. Also, steckst du fest? Ich kann dir helfen, wenn du willst.‘

‚Ich weiß nicht einmal, wo ich hier bin, also kann ich auch nicht sagen, ob ich feststecke.‘

‚Oh, das ist einfach zu beantworten, mein Lieber. Du befindest dich mitten im Verbindungstor der Dimensionen.‘

‚Was ist das? Welche Dimensionen?‘

‚Traum und Realität. Deshalb nennen es manche auch das ‚Tor der Träume‘.‘

‚Warum bin ich hier, obwohl alle anderen nur hindurchfliegen?‘

‚Ach, wenn ich das genau wüsste, würde ich vielleicht auch nicht so oft stecken bleiben. Vielleicht passiert das nur den besonders Neugierigen. Hier kann man nämlich eine Menge entdecken.‘

‚Wirklich? Sieht gar nicht so aus.‘

‚Ich bin auch nicht gleich beim ersten Mal darauf gekommen, aber irgendwann habe ich mich bei einer Wolke eingehängt und mitziehen lassen.‘

‚Mitziehen lassen? Wohin? Was sind das für Wolken?‘

‚Du bist wirklich zum ersten Mal hier, oder? Es sind Menschen auf dem Weg zu ihren Träumen. Wenn du einen bittest und es zu euch beiden passt, kannst du dich an die Wolke anhängen.‘

‚Diese leuchtenden Wolken sind Menschen? Warum haben sie keine Körper?‘

‚Die Körper, die du meinst, liegen irgendwo in ihrer Welt im Bett und schlafen. Dies hier sind die Traumkörper, die sich jede Nacht zu Reisen in die Traumwelten aufmachen. Also was ist, kommst du mit?'

Eddie zögert einen Augenblick. Hat er noch Zeit? Wie lange kann man in der Traumwelt bleiben, ohne seinem Körper auf der Erde zu schaden?

‚Solange du willst. Zeit spielt hier keine Rolle.'

‚Gut. Was muss ich tun?'

‚Achte darauf, was du spürst, wenn jemand vorbeifliegt. Wenn du bei einer Wolke das Gefühl hast, mehr von ihr erfahren zu wollen, fragst du einfach, ob du sie begleiten darfst.'

‚Das ist alles? Es klingt so einfach.'

‚Das ist es auch. Und nun viel Spaß. Hey, da kommt jemand, der sich gut anfühlt.'

Eddie spürt, wie die Stimme sich entfernt. Sie wird schnell leiser. ‚Hallo, darf ich dich begleiten?', ruft sie einer kleinen bläulichen Wolke entgegen.' Die Wolke scheint kurz anzuhalten, dann fliegt sie weiter auf ihrer Bahn.

Huuuuusch.

Die Frauenstimme ist verschwunden, aber jetzt spürt Eddie, dass er nicht mehr alleine ist. Um ihn herum brodelt mehr Leben als in einem Kaufhaus zum Schlussverkauf. Jede Wolke ist eine Persönlichkeit. Alleine durch das Vorbeifliegen weiß man mehr von ihr als von den meisten Menschen, die man schon lange kennt. Noch entfernt, im Dunkel kaum erkennbar, taucht eine sehr kleine Wolke auf. Je näher sie kommt, desto mehr fühlt sich Eddie zu ihr hingezogen. Sie ist anders als die anderen, die bisher vorbeigeflogen waren. Sehr verspielt und gut gelaunt. Kein einziger schlechter Gedanke geht von ihr aus. Je mehr Eddie sich auf sie konzentriert, desto näher will er bei ihr sein.

‚Hey, du! Nimmst du mich mit?'

Keine Wirkung. Wie hatte es die Frauenstimme vorhin formuliert?

‚Darf ich dich begleiten?'

Statt einer Antwort spürt Eddie eine Welle von Zuneigung, die ihn anzieht wie ein Magnet. Ohne es zu wollen, bewegt er sich auf die Wolke zu, schwebt an ihre Seite und zieht gemeinsam mit ihr in dieselbe Richtung.

Augenblicke später wird es hell. Eddie hat das Gefühl aufzuwachen. Er findet sich auf einer bunt bewachsenen Wiese auf der Kuppe eines

Hügels wieder. Die Sonne scheint, neben ihm plätschert ein Bach, der aus einem grünen Laubwald kommt. Bienen summen. Ein Käfer schwirrt dicht vor Eddies Gesicht vorbei.

‚Wau.'

Eine rasche Bewegung, ein schnappendes Geräusch. Eddie fährt herum. Ein kleiner Hund, ein Mischling mit wuscheligem weißen Fell, versucht den Käfer zu erwischen. Er läuft, springt, schnappt, dann hält er kurz inne und sieht Eddie an, der wieder ein Gefühl von Zuneigung empfindet. Schließlich reißt der kleine Hund seinen Blick los, um freudig kläffend zwischen Blumen und Kräutern durch die Wiese zu jagen. Mitten im Ansatz zu einem Sprung wird seine Aufmerksamkeit von einem neuen Eindruck gefesselt. Statt zu hüpfen, verharrt er wie versteinert auf der Stelle und lauscht. Das Kläffen eines anderen Hundes klingt aus der Ferne herüber. Der kleine Mischling sieht sich suchend um und lauscht, dann scheint er den anderen ausgemacht zu haben. Mit wehenden Schlappohren und wildem Gebell rennt er Richtung Wald und ist einige Augenblicke später verschwunden.

Eddie wird klar, dass er offensichtlich einen Hund in dessen Traum begleitet hat. Dass auch Tiere träumen, hatte die Stimme im Tor der Träume nicht erwähnt. Und auch nicht, wie man zurückkommt. Eddie steht auf der Wiese und überlegt. Wie beendet man einen Traum?

‚Ich will aufwachen', sagt er.

Nichts geschieht.

Lauter: ‚Ich möchte jetzt zurück nach Hause!'

Ein Gefühl von Bewegung, wie ein sanfter Zug in eine Richtung. Eddie stellt sich sein Zimmer vor. Seinen Schreibtisch, das Star-Wars-Poster an Tür, das von Spiderman über dem Schreibtisch, sein Bett mit der blauen Snoopy-Bettwäsche.

Der Zug wird stärker.

Mom, mit ihren schönen langen Haaren, wie sie ihn liebevoll anlächelt. Mit Pop beim Angeln am Tahoe See. Jejo, Penny, Inlineskaten im Park.

Eddie bewegt sich.

‚Ich will zurück zu meiner Familie und zu meinen Freunden', ruft er so laut er kann. Es ist nicht wirklich laut, eher wie ein stummer Schrei, aber es fühlt sich sehr stark an. Er fliegt. Es wird dunkel. Bläulich leuchtende Wolken überall um ihn herum, wie in einem Bienenschwarm. Es summt. Dann wieder Schwärze.

Eddie drehte sich auf die Seite. Die Bettdecke raschelte leise. Der Wecker tickte sanft. Zu Hause.

Magnolia Twingel

Am nächsten Morgen war Eddie so durcheinander, dass er in seinem Kopf irgendwie Ordnung schaffen musste. Manchmal half es, eine Sache aufzuschreiben. Eddie war Klassenbester im Aufsatz und verstand es gut, seine Gedanken klar auszudrücken. Nach dem Frühstück nahm er ein leeres Schulheft und notierte seine bisherigen Träume so detailgetreu, wie es seine Erinnerung zuließ. Den Besuch im Dorf der Farben, das Gespräch mit der alten Frau, Schwester Amilys Krankenhaus und den merkwürdigen Hundetraum. Er konnte sich an vieles so deutlich erinnern, als wäre es tatsächlich geschehen. Trotzdem konnte er einfach nicht erkennen, was die Hinweise in den Träumen bedeuten sollten. Eines war zumindest sicher: Die Karten spielten eine wesentliche Rolle, denn jede löste einen bestimmten Traum aus, als wären es Teile eines Puzzles.

Nachdem Eddie alles zu Papier gebracht hatte, zog er die Schatzkiste unter dem Bett heraus, um das Heft darin zu verstauen. Dabei fiel ihm der Umschlag von Amen Gilstein auf. Er fischte ihn aus der Kiste und sah sich den Inhalt noch einmal an. Ein Blatt Papier, ein kleiner Schlüssel und eine Visitenkarte. Er hielt den abgegriffenen Karton der kleinen Karte zwischen den Fingern und starrte wie eingefroren auf die geprägte Adresse. Goldene, sanft geschwungene Buchstaben unter schmutzigen Fingerabdrücken:

Twingels Traumladen
Magnolia C. Twingel
78, Famosa Dream Lane
San Francisco

Famosa Dream Lane! Schlagartig wurde Eddie sich bewusst, dass er mitten in einem Plan steckte. Wie hatte Amen Gilstein von dieser Straße wissen können? Wie hatte er ahnen können, dass Eddie sie nach seinem Tod entdecken würde? Beobachtete man ihn etwa? Ihm war die Sinnlosigkeit seiner Geste klar, trotzdem schlich er vorsichtig zum Fenster und linste hinter dem Vorhang auf die Straße hinunter. Alles wirkte wie immer. Keine schwarzen Autos mit Männern in schwarzen Anzügen, die ihre Augen hinter schwarzen Sonnenbrillen verbargen. Natürlich nicht! *Hollywoodfantasien* nannte Eddies Vater solche einfachen Vorstellungen von Gut und Böse.

Trotzdem *musste* es einen Zusammenhang geben. Waren die Leute, denen Eddie begegnete, Akteure in einem großen Spiel? Gab es irgendwo eine versteckte Kamera? Wer steuerte das alles?

Er bog verzweifelt die Visitenkarte zwischen seinen Fingern hin und her. Ängste, Zweifel und kleine Anfälle von Panik schossen in seinem Inneren hin und her wie Lichtblitze in einem Weltraumfilm.

Immerhin wusste er jetzt, warum ihm der Name dieser Straße so unerklärlich vertraut erschienen war, als er zum ersten Mal vor der Kreuzung gestanden hatte. Er hatte die Adresse zusammen mit dem Brief von Amen Gilstein gelesen. Nur hatte er damals mit dem Namen nichts anfangen können.

Nichts, was dir auffällt, geschieht zufällig. Amen Gilsteins Worte klangen in Eddies Erinnerung fast wie eine Anklage an seine Unfähigkeit, die Zusammenhänge zu erkennen. Es gab nur einen Weg, aus dieser irrsinnigen Situation herauszukommen ohne den Verstand zu verlieren: Er musste den Hinweisen folgen. Alleine. Seine Eltern konnte er nicht einweihen, wenn er nicht für verrückt gehalten werden wollte, und auch mit Penny, Jejo und Crystal war das so eine Sache. Seit der gescheiterten Vorführung der Famosa Dream Lane hatte Eddie seine Zweifel, was die sogenannten Beweise betraf. Er beschloss, schnellstmöglich Twingels Traumladen aufzusuchen. Zwei Stunden später verließ er die Straßenbahn an der Haltestelle, die am nächsten bei der Kreuzung lag. Diesen Ort hatte er für sich den ‚Einstieg' getauft. Kurz darauf tauchte Eddie in die Famosa Dream Lane ein.

Die Art, wie die Hausnummern dargestellt waren, zeugte von der Kreativität der Bewohner. Statt der Ziffern für die Zahl Neunzig war über der Tür einer kleinen Bäckerei eine kunstvolle Darstellung von ‚*88&2*' angebracht, die aussah wie Brezeln in einer Auslage. Der Zeitschriftenladen daneben hatte seine Hausnummer in römischen Buchstaben auf das Holzmodell einer aufgeblätterten Zeitung geschrieben: *CXXXVIII.* Die benachbarte Kunstgalerie, mit einer Ausstellung von

Töpferarbeiten und abstrakten Gemälden, hatte auf zwei Regalborden an der Hauswand acht größere rote Vasen und darüber sechs kleine blaue Kelche aufgereiht. Das nächste Gebäude war ein rosafarbenes Wohnhaus mit weißen Fensterrahmen. Zur Haustür führte eine Treppe mit vier lilafarbenen Stufen, deren ebenfalls lilafarbiges Geländer in Form einer großen liegenden Acht gestaltet war. Das Buchgeschäft nebenan glich einer überdimensionalen englischen Telefonzelle. Hinter den Sprossenfenstern aus rotem Holz schwebten offene Bücher an unsichtbaren Fäden in der Luft wie ein Schwarm aufflatternder Gänse über einem schottischen Hochmoor. In der pizzatellergroßen roten Wählscheibe über dem Eingang des Gebäudes waren die Acht und die Zwei gelb hervorgehoben. Die Inhaber des nebenliegenden Restaurants hatten ein Rechteck aus acht mal zehn mit unterschiedlichen Motiven bedruckten Tellern an der Wand neben der Tür angebracht.

Das nächste Gebäude war *Twingels Traumladen*. Über dem Gehweg vor dem Haus schwebte eine halbdurchsichtige, etwa metergroße Seifenblase, auf deren bunt schillernder Oberfläche sich die Zahl ‚*78*' spiegelte. Eddie hatte noch niemals etwas Vergleichbares gesehen. Nicht nur die eigentlich unmögliche Größe der Seifenblase beeindruckte ihn, sondern auch die Tatsache, dass sie nicht zerplatzte und fast unbeweglich auf der Stelle schwebte. Egal, von welchem Standpunkt aus man die Hausnummer betrachtete, sie war immer gleich gut zu erkennen. Eddie suchte in der Umgebung nach den Ziffern, die das Vorbild für die Spiegelung lieferten, aber es war nichts zu entdecken.

Das Geschäft selbst sah auf den ersten Blick mindestens so ungewöhnlich aus wie seine Nachbarhäuser. Die Fassade des Erdgeschosses war in Hellgrün gehalten und mit riesigen Blumen und Gräsern bemalt, der erste Stock in Zartblau, aufgelockert durch weiße unsymmetrische Flächen. Das Ganze wirkte wie ein wolkiger Himmel über einer Frühlingswiese. In der größten Wolke stand mit weit geschwungenen roten Buchstaben geschrieben:

Twingels Traumladen
– Unmöglichkeiten für jeden Anlass, Typ und Geldbeutel –

Der Laden hatte keine speziellen Schaufenster, woraus Eddie schloss, dass es sich um ein ehemaliges Wohnhaus handeln musste. Als er die Eingangstür öffnete, ertönte statt einer Klingel ein Geräusch, wie wenn

Wind durch einen Fichtenwald streift. Es erinnerte ein wenig an einen lang gezogenen Seufzer.

‚Haaaaaaachhhhh'

Es hätte wahrscheinlich gespenstisch gewirkt, wäre Eddie im Laden nicht gleichzeitig von einer wunderbar heiteren Stimmung empfangen worden. Es duftete nach einer zarten Mischung von Holz, Honig, Zimt und Tanne. Der Boden des etwa zehn mal zehn Meter großen Raumes bestand aus naturbelassenem Parkett. Darüber lagen wie zufällig verteilt kleine Baumwollteppiche mit indianisch anmutenden Mustern. Von der Decke baumelten, durch den Luftzug eines geöffneten Fensters angeregt, verschiedene Gegenstände, die offensichtlich zum Warensortiment gehörten. Am Ende einer Regalreihe erkannte Eddie ein Peter-Pan-Mobile, wie er es in Pater Williams Wohnzimmer bewundert hatte. Daneben pendelte ein indianischer Traumfänger, ein zartes Gebilde aus Holz, Lederschnüren, Haaren und Federn, das, über das Bett des Schlafenden gehängt, schlechte Träume abfangen sollte. Die hellen Holzregale quollen fast über von den merkwürdigsten Gegenständen. Farbige Scheinwerfer erzeugten stimmungsvolle Lichtinseln. Kleine gelbe Aufsteller erklärten, worum es sich handelte und was es kostete.

Im Laden hielten sich keine Kunden auf, aber hinter der Theke, die von einer mächtigen antiken Registrierkasse beherrscht wurde, hörte Eddie das Rascheln von Papier.

„Hallo? Ist jemand da?", fragte er vorsichtig.

„Jaja, ich komme gleich. Einen Augenblick bitte."

Eine Frauenstimme. Sympathisch, vertraut und nahe. Woher kannte er sie nur? Wieder Rascheln und Knistern. Etwas Schweres wurde auf den Boden gestellt. Eddie bestaunte gerade die verschnörkelte Kasse, als die Frau hinter der Theke auftauchte. Sie war etwa Mitte dreißig, wie Eddies Mutter, trug Jeans und eine hellblaue Bluse. Eine rotbraune Lockenmähne fiel bis auf die Schultern. Die Wangen waren leicht gerötet.

„So, da bin ich. Was kann ich für dich tun? Launekugeln sind im Angebot." Sie lächelte ihn freundlich an und deutete auf einen Karton auf der Theke, in dem sich tischtennisballgroße, durchsichtige Bälle befanden. „Hier, probier mal eine, die sind wirklich Klasse."

Vertraut. Woher nur?

Die Frau nahm einen der Bälle aus dem Karton und legte ihn in Eddies Hand. Sofort begann das transparente Material farbig zu pulsieren und in schnellen, spontanen Bewegungen auf seiner Handfläche herumzurollen. Dabei gab es ein mausähnliches Fiepen von sich. Es kitzelte und kribbelte auf der Handfläche und Eddie konnte nicht anders, als vor sich hin zu kichern.

„Süß, was? Und alle verschieden. Du könntest jede Woche eine neue kaufen, bis du Großvater bist, und immer wären Farben, Bewegung und Geräusch anders. Aber das musst du gar nicht, denn meine Modelle sind die neueste Ausführung. Sie passen sich der Stimmung ihres Besitzers an. Wenn man gerade besonders missmutig ist, sind sie noch viel lebendiger als jetzt. Dann springen sie auch schon mal in der Wohnung herum. Du scheinst heute ganz gute Laune zu haben, oder?"

Eddie wollte die Kugel gerade zurücklegen, als sie mit einem letzten Fiepen von seiner Hand zurück in den Karton zu ihren Artgenossen hüpfte, wo sie augenblicklich wieder transparent und still wurde.

„Ja, es geht mir prima", sagte er etwas verdutzt. „Ich habe Ferien, hatte gerade Geburtstag, und mir passieren so viele verrückte Dinge, dass ich glaube, ich bin in einem Märchen."

„Gratuliere, das klingt ja toll", sagte die Frau. „Magst du dich ein wenig umsehen? Wenn du etwas findest, das dich interessiert, rufe mich einfach und ich erkläre es dir. Übrigens, ich bin Magnolia Twingel, aber du kannst mich einfach Mag nennen."

„Vielen Dank, ich heiße Eddie."

„Okay, Eddie." Sie tauchte wieder hinter der Theke ab und das Rascheln begann erneut. Eddie wusste nicht, wo er anfangen sollte. Die meisten Gegenstände in den Regalen hatte er noch nie gesehen. Er konnte sich auf den ersten Blick auch keinen Reim darauf machen, wozu sie gut sein sollten. In einem Regal, unter violettem Licht funkelnd, entdeckte Eddie Gebilde, die wie Kopfhörer aussahen. Nur war an den Enden der Bügel jeweils ein Kristall anstatt eines Ohrhörers angebracht. Auch konnte er weder Kabel noch Stecker entdecken. Ein Schild am Regal erklärte den Zweck der Geräte:

Kristallophon

– Kontakt ohne Worte –
Telefonieren durch Gedankenübertragung.
Voraussetzung: Beide Gesprächsteilnehmer mögen sich

und verfügen über Kristallophone mit gleicher Schwingung.
Preis: Rufen Sie an.

Eddie griff sich einen Hörer und setzte ihn auf. Scheinbar war der Bügel zu kurz, denn die Kristalle kamen auf seinen Schläfen zu liegen. Nichts geschah. Als er ihn gerade wieder abnehmen wollte, meldete sich in seinen Gedanken die Stimme von Magnolia Twingel.

‚Für dieses Gerät müsstest du ein halbes Jahr lang dein gesamtes Taschengeld sparen.'

Erschrocken legte Eddie den Hörer ins Regal zurück. Jetzt, wo er sie in seinem Kopf gespürt hatte, erkannte er die Stimme aus dem Tor der Träume wieder. War es wirklich Magnolia Twingel gewesen, die ihm erklärt hatte, wie man sich an andere Träume anhängt? Das würde erklären, warum sie ihm auf Anhieb so vertraut vorgekommen war. Allerdings schien sie nichts davon bemerkt zu haben.

Neben den Kristallophonen standen mit kleineren Kristallen gefüllte Schalen. Ein Schild wies darauf hin, dass es sich dabei um eine Art Verstärker für die Geräte handelte. Vor einem der beiden Fenster, die zur Straße hinaus wiesen, waren verschieden große Roller in einem Holzgestell geparkt. Einer war schwarz lackiert, die anderen spiegelten in ihrer silbernen Oberfläche die bunten Lichter des Geschäfts. Als einzige Besonderheit fiel ein kleiner Metallkasten in der Mitte jedes Lenkers auf, in dem sich zwei kleine Steckdosen sowie ein grüner und ein roter Schalter befanden. Auf jedem Kasten klebte eine Beschreibung:

Wegverkürzer

– aufsteigen und sofort ankommen –
Vermeidet langweilige Fahrten und lange Strecken,
beugt zu spätem Ankommen vor.
Die laut ausgesprochene Zielangabe genügt (meistens).
Preis: Erträglich.

In einer Vitrine neben den Rollern lagen ein hellgrüner Hut, eine rosa Mütze und ein ebensolches Stirnband. Die Beschreibung wies darauf hin, dass es sich hierbei um Ideenverstärker handelte. An einer grünen

Pinwand waren aus zwei verschränkten Kreisen bestehende Gold-, Silber- und Kupfer-Anhänger aufgereiht.

Aggressionsreflektor

– wirft von außen eintreffende schlechte Gedanken und Worte deutlich verstärkt an den Absender zurück –
Reflexions-Stärken:
Kupfer: doppelt
Silber: achtfach
Gold: dreiunddreißigfach
Preise: halb so wild.

Auf einem fahrbaren Kleiderständer hingen etwa zwanzig ärmellose Jacken in verschiedenen Größen und Ausführungen. Von der Decke herab, an dünnen Drähten befestigt, schwebte ein großes, gelbes Schild mit roter Aufschrift:

Wunschwesten

– Jeden Tag eine Erfüllung –
10/30/50/100 Taschen.
Inklusive passender Sehnsuchtskärtchen.
Preis: ganz nach Wunsch.

„Die Wünsche werden auf die Kärtchen geschrieben und jedes kommt in eine Tasche.“ Magnolia Twingel hatte sich unbemerkt hinter Eddie gestellt. „Allerdings kann man nicht vorhersagen, in welcher Reihenfolge die Wünsche in Erfüllung gehen. Es gibt ganz Schlaue, die meinen, wenn sie nur ein Kärtchen hineinstecken, geht dieser Wunsch sofort in Erfüllung, aber das klappt nicht. Alle Taschen müssen voll sein.“

„Funktionieren alle dieses Dinge wirklich?“

„Natürlich, wenn der Besitzer es will und wenn er daran glaubt. Nur ab und zu gibt es Probleme, leider.“

„Und welche?“

Magnolia seufzte. „Sie funktionieren nicht immer wirklich zuverlässig da draußen, wenn du weißt, was ich meine.“ Sie machte eine Kopfbewegung die Straße hinauf.

„Außerhalb dieses Ladens?“

„Nein, das wäre wirklich schlimm.“ Sie lachte und Eddie spürte, dass sie ein unbeschwerter positiver Mensch war, der sein Leben mit Leichtigkeit meisterte. „Ich meine außerhalb unserer Straße.“

„Wo ist das Problem?“

„Zu viel Verstand, zu wenig Fantasie. Solche Schwingungen können die Gegenstände aus meinem Laden durcheinander bringen. Der Wegverkürzer leidet besonders darunter. Man kommt zwar von hier aus überall schnell hin, aber wenn man draußen ist, streikt er oft. Dann muss man den ganzen Weg auf herkömmliche Weise zurücklegen. Hoffentlich wird das beim Nachfolgemodell besser.“ Sie ging zu dem nächsten Regal, das violett beleuchtet war. „Wenn du willst, erkläre ich dir ein paar meiner Produkte. Du wirst schon etwas Passendes finden.“

Eddie nickte. „Gerne.“

Magnolia nahm ein buntes Jojo aus dem Regal und ließ es einige Male auf und ab gleiten. „Das ist ein Lebensjojo. Obwohl es, wie das Leben selbst, auf *und* ab geht, verdoppelt es die Lebensfreude, wenn man es länger als eine Minute anwendet.“

Sie ging zu einer Vitrine und deutete auf ein riesiges Glas voller bunter Bonbons. Daneben lagen eine kleine Schaufel und ein Stapel regenbogenfarbige Papiertüten. Sie hielt Eddie eine davon entgegen. Das Wort ‚Traumtüte‘ war in rosa Buchstaben aufgedruckt.

„In jedes Bonbon ist ein anderer Traum eingearbeitet. Du nimmst eines, lutscht es, und am Abend desselben Tages bekommst du einen tollen, neuen Traum, an den du dich am nächsten Morgen erinnern kannst.“

Noch ehe Eddie sein Kartenspiel erwähnen konnte, hatte sie die Tüte zurückgelegt und zwei Glöckchen aus dem Regal genommen, die sie sanft gegeneinander schlug.

Kliiiiiiiing.

Kliiiiiing.

Kliiiing.

Eine wunderbare Schwingung verbreitete sich im Raum. Eddie hatte den Eindruck, als würde er leichter.

„Schwebeglöckchen“, erklärte Magnolia. „Die bereiten dich auf Astralreisen vor. Falls das jemandem Angst macht, haben wir noch das hier.“ Sie deutete auf einen Haken, an dem ein dicker Bund hellgrau schimmernder Leinen hing. Das Schild darüber wies darauf hin, dass es sich um ‚Ersatz-Silberschnüre für Astralreisen' handelte. Eddie hatte keine Ahnung, was das bedeutete. Magnolia führte ihn zu einer weiteren Regalreihe, wo sie auf eine ziemlich altmodisch anmutende Waage mit einer silbernen und einer goldfarbenen Schale zeigte.

„Eine Gedanken- und Gefühlswaage für schwierige Entscheidungen. Wenn du ein Problem hast und nicht weißt, was du tun sollst, legst du einfach alles, was dein Verstand dir sagt, in die silberne Schale, so lange, bis dir nichts mehr einfällt. Dann legst du alle deine Gefühle zu dem Thema in die goldene Schale. Die Waage zeigt dir, wem du folgen solltest."

Sie wendete sich dem Regal hinter ihnen zu und machte eine weitreichende Handbewegung. „Hier befinden sich sozusagen alle Neuentwicklungen des letzten Jahres. Meine Stammkunden lieben es übersichtlich."

Eddie sah eine Reihe von Spraydosen mit der Aufschrift:

Geisterschreck-Spray

Zur Vertreibung von Poltergeistern
und anderen unerwünschten Phänomenen.
Umweltfreundlicher Pumpzerstäuber.
Preis: nur keine Angst.

Magnolia präsentierte Eddie eine Kiste mit bunt schillernden ‚*Seelensteinen*'. Sie sollten die Verbindung zum eigenen Selbst stärken. Man musste in die Kiste greifen und den ersten Stein, der einem zwischen die Finger kam, herausholen. Nur einer passte. Magnolia versicherte, man würde immer den richtigen erwischen.

„Es gibt nur eine wichtige Regel", erklärte sie mit bedeutender Miene. „Man darf nicht zögern, niemals zwei Steine nehmen oder gar einen Stein umtauschen."

Wahrscheinlich hätte man ein Jahr gebraucht, um alle Gegenstände aus dem Traumladen auch nur ein einziges Mal auszuprobieren. Den ewig springenden Gummiball, die Seifenblasen, die nicht zerplatzten und in denen man seine sehnlichsten Wünsche sehen konnte. Den goldumrandeten Seelenspiegel, der einem vergangene Leben zeigte, die Traumbrücken, die das ‚Hinübergleiten' erleichterten. Dr. Pollers Energie-Farbkasten zur Korrektur von Aurafehlern, neben dem ein farbenumwogtes Selbstportrait von Dr. Poller hing, der offensichtlich in der Famosa Dream Lane sein Atelier unterhielt. Eine Farbspraydose, die Bilder in der Luft stehen ließ, als wären sie auf eine Leinwand gesprüht, oder eine Schreibmaschine für die Kommunikation mit höheren Wesen. Die Fülle des Angebots war einfach überwältigend. Eddie fragte sich, woher Magnolia all diese Dinge bezog.

„Haben Sie auch Sonnenbrillen, mit denen man Gedanken lesen kann?“, fragte er.

Sie lachte. „Du meinst Aura-Lesebrillen? Nein, die werden nicht mehr hergestellt, weil sie bei niemandem richtig funktioniert haben. Wer weiß, vielleicht hat der Hersteller auch geschummelt. Auf jeden Fall hatte ich eine Menge Reklamationen und habe den Restbestand schließlich einer Blindenschule gespendet. Die funktionieren draußen erst recht nicht.“

„Aura-Lesebrillen? Was soll denn das sein?“

„Hmm, wie erkläre ich dir das am besten?“ Sie rieb sich nachdenklich das Kinn. „Ah, ich hab's. Komm mal mit in den Schulungsraum.“

Magnolia führe Eddie in ein großes Zimmer im rückwärtigen Teil des Hauses. Es war mit einem hellbeigen Teppich ausgelegt und an der Stirnseite flutete durch zwei große Sprossenfenster Sonnenlicht herein. Auf dem Boden lagen ein paar blaue Liegematten und kleine Kissen.

„Hier findet jeden Abend ein Kurs statt. Yoga und so etwas.“ Sie blieb vor der weißen Wand in der Nähe des Fensters stehen. „Stelle dich mir gegenüber, so weit weg wie möglich.“

Eddie lehnte sich mit dem Rücken an die gegenüberliegende Wand.

„Gut. Und jetzt sieh eine Handbreit an meinem Kopf vorbei die Wand an. Starre sie einfach an und warte, was geschieht.“

Eddie starrte und sah nichts. Er musste immer wieder Magnolias sommersprossiges Gesicht ansehen, aber sie merkte es natürlich und wies ihn zurecht.

„Nicht mich, Eddie. Sieh an mir vorbei, als wären hinter mir in der Ferne Berge oder eine Landschaft, die du betrachtest.“

Plötzlich wusste Eddie, worauf sie hinauswollte, und starrte einfach geradeaus. Kurz darauf bemerkte er um Magnolias Kopf herum ein zartes, weißes Leuchten, wie ein dünner Lichtfilm. Als er ihr wieder ins Gesicht sah, verschwand der Schein.

„Noch einmal!“, ermutigte sie ihn.

Eddie starrte wieder neben sie und sah den Lichtfilm.

„Siehst du es?“

Eddie nickte nur, ohne seinen Blick von der Wand zu lösen.

„Gut, dann achte mal darauf, was jetzt geschieht.“

Augenblicklich wurde der weiße Lichtschein heller und breiter. Nach wenigen Momenten strahlte er um Magnolias Kopf und Schultern wie eine Wolke aus leuchtendem Nebel. Eddies Unterkiefer klappte vor Erstaunen herunter. „Was ist das?“

Das Leuchten wurde schlagartig schwächer und sank wieder auf das zarte Niveau zu Beginn von Magnolias Vorführung.

„Das ist die Aura, nach der du mich gefragt hast.“

Eddie war beeindruckt. „Es ist Licht, oder?“

„Ja, es sieht aus wie Licht, aber es ist viel mehr als das. Jedes Lebewesen hat eine solche Aura und es gibt viele Arten sie wahrzunehmen. Manche Menschen sehen sie immer nur als weißen Lichtschein, andere können Farben erkennen. Wieder andere spüren sie, sehen aber keine Farben. Auf jeden Fall enthält die Aura eine Unmenge von Informationen über ihren Träger. Manchmal muss man ein wenig üben, um sie zu erkennen. Aber das ist nicht sehr schwer und es macht Spaß.“

„Aber was ist es genau und warum wurde das Licht größer?“

„Was es ganz genau ist…“, sie zuckte mit den Schultern. „Lebensenergie würde ich sagen. Sie wurde größer, weil ich sie verändert habe. Das allerdings ist nicht ganz so leicht. Einfach ausgedrückt, habe ich mir etwas Wunderschönes vorgestellt, und dadurch ist meine Energie größer geworden.“

„Aber mit meiner Brille habe ich das anders gesehen. Ich…“

„Du hast eine Aura-Lesebrille? Woher?“, unterbrach sie ihn interessiert.

„Ein Blinder hat sie mir verkauft.“

„Und sie funktioniert?“

„Bei mir schon.“

Magnolia schüttelte ungläubig den Kopf. „Darf ich sie einmal sehen?“

„Klar“, sagte Eddie. Er nahm die Brille aus dem Rucksack und gab sie ihr. Magnolia setzte sie auf und starrte in Eddies Richtung. Nach einer Weile schüttelte sie den Kopf und gab sie ihm zurück. „Wie die anderen Modelle. Funktioniert zumindest bei mir nicht.“

„Aber als ich sie aufgesetzt hatte, habe ich farbige Lichtränder gesehen und wusste sofort alles über die Menschen. Gerade, ohne die Brille, konnte ich nur das weiße Licht sehen."

„Du hast nicht *nur* Licht gesehen. Die Aura spiegelt das ganze Leben wider. Wer sie lesen kann, erfährt mehr über einen Menschen, als der selbst über sich weiß. Die Aura-Lesebrille sollte einen dabei unterstützen. Aber selbst wenn sie funktioniert hätte, wäre es wie mit einer richtigen Lesebrille: Die Buchstaben sind ja auch dann noch da, wenn man sie ohne Brille ansieht, nur muss man sich etwas mehr anstrengen, um sie zu entziffern."

„Wie kann man aus weißem Licht etwas lesen?"

„Du hast es jetzt nur weiß gesehen, weil du nicht geübt bist. Wenn du willst, kannst du mit ein wenig Training auch Farben erkennen und die sagen dir sehr viel. Farben sind für das Leben wichtiger, als die meisten Menschen auch nur ahnen. Es ist ein wenig wie mit den Träumen: Wenn man ihnen vertraut, geben sie einem wertvolle Hinweise."

Der Traum im Dorf der Farben! Wieder fügten sich Puzzleteile ineinander.

„Und wie kann ich das trainieren?", erkundigte sich Eddi, möglichst arglos.

„Am besten, du starrst so viele Leute wie möglich auf dieselbe Weise an, wie du es eben getan hast." Magnolia kicherte. „Aber am besten, wenn sie es nicht merken, sonst bekommst du vielleicht Ärger. Um das Starren zu trainieren, biete ich übrigens die *Auralese-Übungsbilder* an."

Sie gingen zurück in den Laden. Magnolia reichte Eddie einen Stapel postkartengroßer Bilder. „Bestimmt kennst du die, oder?"

Die Karten waren mit regelmäßigen Mustern aus bunten Linien, Wellen und Punkten bedruckt, aber man konnte keine Motive erkennen.

„Sind das die Bilder, die man so lange anstarren muss, bis etwas erscheint?"

„Genau die. Nimm dir ein paar mit, wenn du möchtest. Eine Karte kostet einhundertelf Cent."

„Sie haben merkwürdige Preise."

„Oh ja, das will ich hoffen."

Eddie suchte sich drei Bilder aus. Bei einem wurde nach längerem Starren ein Einhorn vor einem Wald sichtbar, beim zweiten eine Gruppe Delfine, die aus den Wellen sprangen. Aus dem Liniengewirr des dritten Bildes schälte sich das Gesicht eines Mannes mit einer ungewöhnlichen Kopfbedeckung, ähnlich einer Krone, heraus. Eddie legte die Bilder neben die Kasse.

„Dreidreiunddreißig. Kann ich sonst noch etwas für dich tun?"

Eddie legte einen Fünfer hin und schob das Wechselgeld in seine Jeans. Die Bilder steckte er in eine Seitentasche seines Rucksacks. Dabei entschloss er sich, einen Schritt nach vorne zu wagen. „Kennen Sie einen älteren Mann namens Amen Gilstein?"

„Amen? Natürlich! Er ist seit vielen Jahren einer meiner besten Lieferanten für ‚eigentlich unbeschaffbare Unikate'."

„Er hat mir ein Kartenspiel verkauft, mit dem man Träume auslösen kann."

Magnolia Twingel wirkte überrascht. „Oho, das klingt ja spannend, eine gute Idee. Allerdings habe ich noch nie von so etwas gehört. Wie geht es Amen? Er was schon länger nicht mehr hier."

Eddie brachte es nicht übers Herz, sie zu belügen. „Er ist gestorben. Vor ein paar Tagen."

Magnolia hielt betroffen eine Hand vor den Mund. „Dann war es also soweit für ihn."

„Was?"

Sie sah suchend nach rechts und links, was angesichts des menschenleeren Ladens völlig überflüssig war. Dann senkte sie ihre Stimme zu einem verschwörerischen Flüstern. „Amen sagte immer, dass er eigentlich schon lange ‚drüben' sein müsste, wenn du weißt, was ich meine. Aber er hätte seine Aufgabe hier einfach noch nicht erledigt. Deshalb war er noch da."

Sie stellte sich wieder aufrecht hin. „Es ist nicht gut, wenn Dinge liegen bleiben. Hoffentlich konnte er sie noch erledigen."

„Ich weiß es nicht. Aber ich habe noch Fragen wegen des Kartenspiels, und jetzt kann er sie mir nicht mehr beantworten."

„Wie kommst du dabei auf mich?"

„Er hat mir eine Visitenkarte von Ihrem Geschäft hinterlassen, und da dachte ich …"

„Ach, der liebe Amen. Ja, wir haben uns wirklich gerne gemocht. Leider kann ich dir über dein Kartenspiel nichts erzählen. Aber dafür habe ich eine Menge anderer Dinge, die dir in der Traumwelt helfen können. Und ich habe auch selbst viel Erfahrung. Was interessiert dich denn besonders?"

Eddie fuhr sich nervös durch die strubbeligen Haare. „Zum Beispiel, ob Sie das neulich waren, im Tor der Träume."

Magnolias Gesichtsausdruck änderte sich schlagartig. Sie runzelte die Stirne, spitzte die Lippen und rieb nervös die Hände gegeneinander. „Sprich niemals darüber, hörst du? Du kannst über deine Träume erzählen, was du willst, aber erwähne niemals anderen gegenüber das Tor."

„Warum nicht?"

„Du hast gemerkt, wie einfach es ist, sich an die Träume anderer anzuhängen, oder?"

„Na ja, das Anhängen war nicht so schwer, aber man weiß nicht, bei wem…"

„Egal, bei wem. Das Tor ist die empfindlichste Stelle. Dort läuft alles zusammen. Ein Knotenpunkt. Dass du dort stecken geblieben bist, ist kein Zufall."

Sie knetete ihre Hände. Ihr sommersprossenübersätes Gesicht war blass und ernst. „Weiß Gott warum, aber Zufall ist es nicht."

„Aber was ist so gefährlich daran?"

„Ich will mich da nicht einmischen. Du solltest mit Pater William darüber sprechen. Wirst du das tun?"

Offensichtlich wusste sie von der Verbindung zwischen ihm und dem Pater. Eddie nickte. „Ja. Entschuldigung, dass ich gefragt habe."

Magnolia hatte sich wieder ein wenig beruhigt und ihr Gesicht nahm den gewohnt liebevollen Ausdruck an. „Schon gut. Ich muss mich entschuldigen. Ich dachte, du wüsstest Bescheid, und habe wohl etwas übertrieben reagiert."

„Auf Wiedersehen."

„Bis bald, Eddie."

Als er die Tür zur Straße öffnete, erklang wieder das Windrauschen.

‚Haaaaaaachhhhh'.

Einen Sekundenbruchteil, bevor die Tür ins Schloss fiel, hörte er Magnolias Stimme. „Hey, warte mal! Ich glaube, mir ist noch etwas eingefallen."

Eddies Kopf wirbelte herum. Sekunden später stand er wieder im Laden.

„Wegen des Kartenspiels", sagte Magnolia Twingel. „Ich glaube, Amen hat mir vor langer Zeit mal so eines angeboten. Er nannte es ein Traumtarot. Aber es war völlig heruntergekommen. Kaum zu verkaufen."

Eddies Herz schlug bis zum Hals und seine Augen waren weit aufgerissen. „Das war es. Bestimmt. Was hat er Ihnen dazu gesagt? Bitte erinnern Sie sich."

Magnolia Twingel kniff konzentriert die Augen zusammen, was gar nicht zu ihrem Gesicht passte. Während sie versuchte, sich zu erinnern, starrte sie zur Decke.

„Jaja, einen Moment mal. Das ist immerhin schon ein paar Jahre her, und ich bekomme jede Woche neue Ware angeboten."

Es vergingen einige Sekunden, die Eddie vorkamen wie Minuten. Schließlich verschwanden die Falten auf Magnolias Stirne. „Ja, ich glaube, ich weiß es wieder. Er wollte, dass ich das Spiel für ihn verkaufe, weil er zu alt geworden sei. Er meinte, er hätte sein halbes Leben lang nach einem Käufer gesucht, und nun sei seine Zeit um. Ich sollte es aber nur an jemanden verkaufen, der sich das Spiel selbst aussucht. Als ich ihn fragte, wie er sich das vorstelle, konnte er mir keine Erklärung geben. Er brummelte etwas von einer dummen Idee und nahm die Karten wieder mit. Wir haben nie wieder darüber gesprochen, deshalb war es mir entfallen."

In ihrem Blick lag Hoffnung. „Hilft dir das weiter?"

Eddie war enttäuscht. „Ich weiß nicht", sagte er lakonisch und sah sie gedankenverloren an. Dabei schien es ihm, als sähe er wieder ihre Aura leuchten, aber diesmal machte es den Eindruck, als strahlte das Licht im Bereich ihrer Wangen in zartem Türkis. Eddie schüttelte kurz den Kopf, blinzelte und das Licht war verschwunden. Er verabschiedete sich nochmals von Magnolia Twingel und ging die Famosa Dream Lane hinauf zur Kreuzung.

Verlorene Dunkelheit

Den Rest des Tages verbrachte Eddie damit, auf dem Platz des Civic Center Menschen anzustarren, um ihre Aura zu erkennen. Wie Magnolia es für Anfänger empfohlen hatte, achtete er auf eine weiße Wand als Hintergrund. Ab und zu kaufte er sich ein Eis, eine Limonade oder eine Packung Geleebonbons. Während er sich die einverleibte, übte er an den drei Bildern den ‚starren Blick', wie er es nannte. Die Ergebnisse waren nicht so eindrucksvoll wie bei der Benutzung der Aura-Lesebrille, die er zum Vergleich hin und wieder aufsetzte. Aber je mehr er übte, desto deutlicher erkannte er auch ohne Hilfsmittel Farben und die leuchtenden Farbsäume um die Menschen herum.

Kinder verfügten meist über viel mehr Gelb und Hellblau als Erwachsene, selten über Braun oder Dunkelblau. Bei vielen seriös gekleideten Geschäftsleuten schienen Dunkelblau, Rot oder Dunkelbraun am häufigsten vorzukommen. Eddie las in seinem Traumtagebuch nach, was er über die Bedeutung der einzelnen Farben erfahren hatte, und war erstaunt, wie sehr sie zum ersten Eindruck passten, den die Menschen hinterließen. Ihr Gesichtsausdruck, die Art, wie sie sprachen, sich bewegten, gestikulierten oder sich kleideten, spiegelte sich in ihren Aurafarben wider. Oder verhielt es sich umgekehrt?

Am späten Nachmittag war er ziemlich erschöpft. Zwar machte es Spaß, solche Dinge über Menschen herauszubekommen, aber wenn man sie nicht kannte, um mit ihnen darüber zu sprechen, wurde es schnell langweilig. Außerdem fragte er sich, wozu ihm diese Fähigkeit nützlich sein sollte.

Eddie schulterte seinen Rucksack und machte sich auf den Heimweg. Im Bus dachte er über Magnolia Twingel und ihren interessanten Laden nach. Warum hatte ihm der alte Händler ausgerechnet ihre Visitenkarte gegeben? Eigentlich konnte sie ihm nicht wirklich weiterhelfen, und er war jetzt verwirrter als zuvor. Warum durfte man nicht über das Tor der Träume sprechen?

Gedankenverloren kramte er nach den Bildern aus dem Traumladen. Jejo besaß zwei Bücher, in denen haufenweise derartiger 3D-Bilder abgedruckt waren. Vor ein paar Jahren war diese Technik groß in Mode gewesen. In der Schule hatten sie Stunden damit verbracht, sich die Nase an den Seiten platt zu drücken. Doch keines der Bilder war auch nur annähernd so lebendig gewesen wie das des Mannes mit dem merkwürdigen Kopfschmuck. Vor allem schien das Gesicht jedes Mal einen etwas anderen Ausdruck zu haben. Eddie tastete im Deckelfach nach den Bildern. Plötzlich durchfuhr es ihn wie ein Blitz: Die Brille war weg! Er musste sie auf den Stufen des großen Springbrunnens im Civic Center vergessen haben.

„Oh verdammt, so ein Mist!“, entfuhr es ihm. Ein älterer Mann auf dem Nebensitz blickte Eddie ungnädig hinterher, als er zum Ausstieg hastete. Zum Glück war er erst zwei Stationen weit gefahren und ein Bus aus der Gegenrichtung war schon in Sichtweite. Eddie rannte über die Straße zur anderen Haltestelle und gab dem gerade eintreffenden Bus ein Zeichen, dass er zusteigen wollte. Schon kurz darauf raste er durch die Halle des riesigen Einkaufszentrums. Seit er es verlassen hatte, waren höchstens fünfzehn Minuten vergangen.

Der Platz am Brunnen war leer. Eddie sah nach, ob die Brille in das Becken gefallen war. Dann durchwühlte er die umliegenden Papierkörbe. Gleichzeitig musterte er immer wieder die Menschen in der Umgebung. Vielleicht hatte jemand die Brille gefunden und hielt sie noch in der Hand. Anschließend klapperte er in jedes Geschäft im Erdgeschoss ab und fragte, ob die Brille abgegeben worden sei. Nichts. Ebenso wenig Erfolg hatte er bei der Zentralverwaltung des Einkaufszentrums. Die Brille war wie vom Erdboden verschluckt.

Eddie schlurfte noch eine Weile deprimiert durch die große Halle und machte sich Vorwürfe. Wie hatte das nur passieren können? Noch niemals hatte er etwas Wesentliches verloren und jetzt war es auch noch ausgerechnet diese unersetzliche Brille, daran war nichts mehr zu ändern. Diese Nacht würde er wahrscheinlich nicht gut schlafen.

Darren Thorn…

…war natürlich ein erfundener Name, aber er war gut, wenn es darum ging, nicht aufzufallen. Unauffälligkeit war sozusagen die wichtigste Geschäftsgrundlage für alles, womit Thorn sein nicht unerhebliches Einkommen erzielte. Neben dem Namen trug auch das Äußere des Mittvierzigers dazu bei, dass er von den wenigsten Menschen überhaupt wahrgenommen wurde. Mit seinen dunkelbraunen, seitlich gescheitelten Haaren, der durchschnittlich großen und mittelkräftigen Statur, hellgrauen Hose, weißem Hemd und dunkelbrauner Lederjacke versank er in jeder Menschenmenge im Sumpf der Bedeutungslosigkeit. Thorn war immer alleine unterwegs. Wenn andere Menschen ihm keine Deckung boten, waren es Hauseingänge, parkende Fahrzeuge, Gardinen hinter Fenstern, Bäume in Parkanlagen oder Mietwagen mit abgedunkelten Scheiben. Bewegung zählte, deshalb hatte sich Thorn zu einem Meister der Bewegung entwickelt. Er passte seine Art zu gehen, zu stehen, zu sitzen oder auch nur den Kopf zu drehen seiner Umgebung an. In einer grölenden Menschenmenge, seitens einer Parade, lärmte er mit. In den Studentencafés nahe der Universität las er konzentriert in Büchern und tastete geistesabwesend nach seiner Kaffeetasse. Als Besucher eines Museums blätterte er interessiert in den Führern herum. Wenn er sich einen Hotdog kaufte, war er ganz mit der Auswahl der Zutaten beschäftigt, und als Passant vor einem Schaufenster musterte er gedankenverloren die Auslagen. Darren Thorn war sozusagen der Durchschnitt aller Menschen an den jeweiligen Orten. Und Durchschnitt fiel nie auf.

Allerdings täuschte der Schein erheblich. Was immer Thorn gerade tat, sah nur so aus, als erforderte es seine volle Aufmerksamkeit. In Wirklichkeit verlor er seine ‚Patienten', wie er sie nannte, keinen Moment aus den Augen. Diese scharfen Augen waren leider auch ein Problem, denn sie strahlten auffällig in hellem Blau. Deshalb trug er seit vielen Jahren braun gefärbte Kontaktlinsen.

Kurz gesagt war Darren Thorn das, was man in seiner Branche einen Schatten nannte. Schatten hatten vor allem eine Aufgabe: sich niemals von ihrem Patienten zu lösen. Im Gegensatz zu Privatdetektiven, die Thorn verabscheute, stellten Schatten keine Ermittlungen an. Sie fotografierten nicht, drangen niemals unbefugt in Wohnungen ein und befragten keine ahnungslosen Nachbarn unter falschen Vorwänden. Thorn war mit sich im Reinen, denn seine einzige Tätigkeit war das Beobachten. Darin war er allerdings der Beste. Noch niemals in seiner über vierzehnjährigen Laufbahn hatte er einen Patienten verloren. Als er vor vier Jahren von Andark Myser den lukrativsten Auftrag seines bisherigen Lebens bekommen hatte, hatte er zunächst geglaubt, es mit einem paranoischen alten Spinner zu tun zu haben. Eine Straße überwachen, die es nicht gab, für einen Monatslohn, der einem durchschnittlichen Jahreseinkommen nahe kam. Myser hatte Thorn erklärt, wo der die Straße finden würde, aber nicht, wie er hineinkäme. Also war das seine erste Aufgabe gewesen.

Thorn hatte für den amerikanischen Geheimdienst fünfeinhalb Jahre in Russland und Japan spioniert. Unauffälligkeit war in diesem Fall unerheblich gewesen, denn es ging um Fernwahrnehmung, eine Technik, mittels derer Thorn in einem tagtraumartigen Zustand jeden beliebigen Ort zu jeder beliebigen Zeit aufsuchen und beobachten konnte. Die Krönung der unauffälligen Beschattung. Leider hatte der Geheimdienst mehrere Nachteile, die Thorn nicht tolerieren konnte. Hierarchisches Gehabe, schlechte Bezahlung, unselbstständige Arbeit und ständige Kontrolle. Viel schlimmer allerdings war die Tatsache, dass der Geheimdienst keinesfalls – wie Thorn lange geglaubt hatte – zum Wohle der Menschen im Lande arbeitete. Dank seiner besonderen Fähigkeiten war Thorn in Abteilungen vorgedrungen, die trotz eines astronomisch hohen Jahresbudgets offensichtlich keinerlei Rechenschaft über ihr Handeln ablegen mussten. Thorn verfügte über eine ausgeprägte Intuition. Er hatte gespürt, dass er dieses Pflaster schnellstens verlassen musste, ehe er zu viel wusste und ein Ausstieg unmöglich wurde. Überraschenderweise hatte ihm niemand Ärger gemacht, und man ließ ihn anstandslos ziehen. Vielleicht weil dank der Errungenschaften modernster Technik die Zeit der PSI-Spionage vorbei war, vielleicht aber auch, weil Andark Myser ihn sofort übernommen hatte.

Auf jeden Fall hatte Darren Thorn an diesem Abend einen Termin mit seinem Arbeitgeber in dessen Büro. Derartige Treffen fanden seit Jahren einmal im Monat immer zur selben Uhrzeit statt. Außer es gab besondere Vorkommnisse. Der letzte Termin war erst vor sieben Tagen gewesen, insofern musste heute ein Tag mit besonderen Vorkommnissen sein. Üblicherweise erzählte Thorn seinem Auftraggeber, was er beobachtet hatte, und Myser schob ihm dafür einen dicken Umschlag mit Dollarnoten entgegen. Die meisten Beobachtungen waren aus Thorns Sicht belanglos. Menschen, die ihre Läden führten, andere, die darin einkauften. Kinder auf dem Weg zu Schule, sonntägliche Kirchenbesuche gottestreuer Gemeindemitglieder. Bis auf die Tatsache, dass sie für die meisten Menschen nicht existierte, war die Famosa Dream Lane eine relativ normale Straße. Zugegeben, die Bewohner waren überdurchschnittlich freundlich, kreativ und wirkten sehr glücklich, aber das war ja kein Verbrechen. Da Thorn alleine durch die Beobachtung dieses Treibens einen Haufen Geld verdiente, war ihm dieser Auftrag sehr recht.

Der Zugang, den er sich zur Famosa Dream Lane geschaffen hatte, war ebenso ungewöhnlich wie die Straße selbst, insofern entsprach die Lösung durchaus der Aufgabe. Nachdem er ein paar Wochen lang versucht hatte, den Eingang vor Ort über eine Kreuzung oder über angrenzende Grundstücke und Gebäude zu finden, verlegte er sich auf das, was er am besten konnte. Er mietete sich ein unauffälliges Hotelzimmer mit einem bequemen Fernsehsessel. Dort begab er sich in den Zustand der besonderen Konzentration, den er viele Jahre lang beim Geheimdienst trainiert hatte. Nach der vorangegangenen intensiven Untersuchung der Umgebung dieser speziellen Straße fiel es Thorn nicht mehr allzu schwer, mit einem unsichtbaren Teil seines Bewusstseins den Ort aufzusuchen, an dem sich seine Patienten aufhielten. Diese Arbeit erledigte er jetzt schon eine ganze Weile anscheinend zur Zufriedenheit seines Auftraggebers. Da Thorn für die Überwachung der Straße inzwischen nicht mehr in räumlicher Nähe sein musste, konnte er sich mit seinem Einkommen luxuriöse Aufenthalte an den schönsten Orten der Welt leisten. Die Tatsache der allmonatlichen Treffen schmälerte diesen Genuss nur unerheblich. Darren Thorn konnte sich zur Zeit keine idealere Arbeit vorstellen.

Jetzt saß er in einem bequemen Ledersessel auf der Besucherseite von Andark Mysers Schreibtisch und wartete auf die Erklärung für das außergewöhnliche Treffen.

„Mein lieber Darren, vielen Dank, dass Sie meiner etwas kurzfristigen Einladung gefolgt sind. Ich weiß zu schätzen, dass Sie extra aus Australien gekommen sind. Es handelt sich um die wichtigste Angelegenheit seit Beginn unserer Zusammenarbeit."

Darauf hatte sich Thorn bereits eingestellt, denn außergewöhnliche Treffen waren bisher nur dreimal vorgekommen. Er mochte Myser nicht besonders, empfand aber auch keine Abneigung gegen ihn. Natürlich hatte er zu Beginn der Zusammenarbeit und angesichts des ungewöhnlichen Auftrages Ermittlungen über seinen Auftraggeber angestellt. Nach allem, was Thorn durch seine nicht gerade beschränkten Möglichkeiten herausgefunden hatte, war Myser ein steinreicher, knallharter, aber offensichtlich nicht unehrenhafter Geschäftsmann.

„Sie haben die vergangenen Jahre außerordentlich zufrieden stellende Arbeit geleistet. Dafür bedanke ich mich hiermit", fuhr Myser fort. Er machte für gewöhnlich nie viele Worte, darum war alleine dieses Lob schon außergewöhnlich.

„Es war mir ein Vergnügen, Mr Myser."

„Mir ebenfalls. Aber alles, was Sie bisher für mich getan haben, war nur ein Vorspiel, eine Art Bewährungsprobe, wenn Sie es so wollen. Sie haben alle meine Erwartungen bestens erfüllt: Zuverlässigkeit, Verschwiegenheit, Ausdauer, Loyalität und bezüglich ihrer Fähigkeiten für die gestellte Aufgabe haben Sie alles übertroffen, was ich zu hoffen hatte."

„Danke."

„Bitte. Nun habe ich Sie für eine neue, zusätzliche Aufgabe ausgewählt, die an Bedeutung alles übertrifft, was Sie – und auch ich – jemals im Leben getan haben."

Jetzt wurde Thorn doch langsam neugierig. Myser beobachtete jede Veränderung in der Mimik seines Gegenübers genau.

„Ich stehe zu Ihrer Verfügung, Mr Myser", sagte Thorn.

„Das erhoffte ich mir. Also zur Sache. Es geht darum, ein Buch zu finden, das sehr gut versteckt ist."

Das sollte die wichtigste Sache in ihrem Leben sein?

„Aha. Ein Buch", brachte Thorn hervor.

„Genau, aber Sie können sich denken, dass ich nicht eine solche Vorrede abhielte, wenn es einfach nur um irgendein Buch ginge."

Myser war intelligent. Er hatte das Misstrauen Thorns sofort erspürt und ging darauf ein. „Es ist auch nicht meine Art, anderen Honig ums Maul zu schmieren, aber Sie sind in der Tat gut geeignet für diese Aufgabe. Ich möchte es kurz zusammenfassen, dann können wir die Details besprechen. Das Buch, um das es geht, enthält Informationen, die für die Zukunft der Menschheit sehr viel Bedeutung haben werden. Es ist von enormer Wichtigkeit, dass die Informationen aus dem Buch den richtigen Weg finden, um allen Menschen gleichzeitig zur Verfügung zu stehen. Würde ein Land, eine Vereinigung, eine Ideologie oder irgendeine andere Gruppierung das Buch oder den Inhalt alleine bekommen, könnte sie die Informationen zum Nachteil aller anderen verwenden. Wissen jedoch alle darüber Bescheid, wird die Menschheit einen großen Erkenntnissprung machen."

Myser sah Thorn fragend an. „Können Sie mir so weit folgen?"

„Ja. Wie heißt das Buch?"

„Es handelt sich um eine Schrift mit dem Titel ‚Buch der Träume', aber der Name spielt keine Rolle, sondern der Inhalt."

„Wissen Sie, was darin steht? Ich meine so ungefähr?"

„Wenn ich es wüsste, müsste ich nicht danach suchen. Aber ich weiß um die Bedeutung. Um Ihrer nächsten Frage vorzubeugen: Ja, auch ich darf es nicht alleine besitzen. Deshalb habe ich mich mit zehn Vertretern verschiedener Nationen zusammengetan, die alle nur ein Ziel verfolgen:

die Verbreitung von wertvollem Wissen. Eine Art geistige Entwicklungshilfe, auch wenn das vielleicht etwas anmaßend klingen mag. Aber wir sind überzeugt davon, dass Wissen Bewusstsein schafft und damit zur Unabhängigkeit des Einzelnen führt. Wenn man zu einer harmonischeren, friedvolleren Welt beitragen will, kann man nichts Besseres tun, als den Menschen Wissen zu geben. Unsere Gruppe ist gleichzeitig das Kontrollorgan. Ich werde Ihnen die Namen und Adressen aller Mitglieder geben. So können Sie sich selbst ein Bild verschaffen. Alleine im Internet werden Sie bei Eingabe der Namen auf hunderte wohltätiger Projekte stoßen. Das Buch der Träume wird die vorläufige Krönung unseres Wirkens sein."

„Wo soll ich nach dem Buch suchen?"

„Sie selbst müssen gar nicht suchen. Es gibt schon jemanden, der sich auf den Weg gemacht hat. Ihre Aufgabe ist dieselbe wie immer. Sie müssen ihm nur folgen und mir berichten."

„Und warum sprechen Sie dann nicht mit demjenigen, den ich beschatten soll?"

„Die Situation ist etwas unglücklich. Wir wissen, dass nur ein bestimmter Mensch dieses Buch finden kann. Leider handelt es sich dabei um einen dreizehnjährigen Jungen. Wir wollen ihn nicht erschrecken, denn er ahnt nichts von der Bedeutung der Schrift. Wüsste er mehr, könnte es sein, dass er unter enormen Druck geriete und seine Unbefangenheit verlöre – damit verlöre er auch den Zugang zu dem Buch."

„Er verliert den Zugang"?, brummte Thorn und runzelte die Stirn. „Wo verdammt noch mal befindet sich denn dieses Ding?"

„Es wird ihnen gefallen, Thorn." Myser machte eine kunstvolle Pause. „Es steckt wahrscheinlich in einer anderen Dimension. In einer Traumwelt."

Das gefiel Darren Thorn tatsächlich. Sehr sogar.

„d"

„Pa?"

„Ja, Eddie?"

„Warum fehlt das d?"

„Welches d?"

„Na meines. Das in meinem Namen."

Eddies Vater zuckte ein wenig zusammen, nahm dann aber schnell wieder die Schultern zurück und streckte sich. Schon lange hatte er diese Frage erwartet, aber nun, da sie kam, erschreckte sie ihn dennoch.

„Es fehlte nicht von Anfang an, weißt du“, sagte er bewusst sanft.

„Was meinst du damit?“

„Deine Mom und ich hatten für dich den wunderschönen Namen Edwald herausgesucht. Zumindest fanden wir ihn damals sehr schön, und das ist auch heute noch so. In deiner Geburtsurkunde stand auch einmal ‚Edwald Kramer‘.“

„Und warum heiße ich dann nicht so?

„Weil es verschwunden ist.“

„Waaas?“, rief Eddie ungläubig.

„Ja. Der letzte Buchstabe ist einfach von deiner Geburtsurkunde verschwunden, als hätte er niemals existiert. Deine Mutter und ich sind uns sicher, dass er zu Beginn da war. Als wir später einen Ausweis für dich beantragten – du warst etwa drei Jahre alt – haben wir die Urkunde nicht mehr so genau angesehen. Du warst ja unser Edwald, obwohl wir dich schon immer Eddie gerufen haben. Als Mom deinen Ausweis abholte, stand darin: Edwal Kramer. Das ist ihr aufgefallen, und sie hat natürlich sofort Einspruch erhoben. Aber der Beamte von der Ausweisbehörde wies auf die Geburtsurkunde hin, und da war keine Spur von einem d. Wir hatten es nie bemerkt. Deine Mom und ich sind sofort zu dem Krankenhaus gefahren, in dem du geboren wurdest, und haben dort in den Registern nachgesehen. Das wäre ein guter Beweis gewesen, und wir hätten die Geburtsurkunde berichtigen lassen können.“

Eddies Vater hielt inne. Er blickte zu einem alten Familienfoto an der Wand hinter Eddie, dann wieder zu seinem Sohn. „Im Geburtsregister fehlte das d ebenfalls. Überhaupt fehlte es in allen Unterlagen, in denen dein Name jemals aufgetaucht ist. Nun, wir hätten vielleicht eine Namensänderung durchführen können, aber weil du schon immer unser Eddie warst, hielten wir es irgendwie nicht für nötig. Das ist die Geschichte.“

Er lehnte sich zurück und atmete tief durch.

„Einfach verschwunden“, sagte Eddie tonlos. Ein Hoffnungsschimmer kam in ihm auf. „Vielleicht war es niemals da? Ein Fehler von Anfang an?“

Eddies Vater schüttelte den Kopf. „Ich sagte doch schon, es war da, ganz sicher. Deine Mom und ich erinnern uns genau. Mom las damals die Geburtsurkunde mit riesigem Stolz laut vor. Und es fehlte kein d, das hätte sie bemerkt. Ich ebenfalls. Ich habe deinen Namen auf der Urkunde noch in meiner Erinnerung wie ein Foto: Edwald Kramer. Mit einem d."

Er legte eine Hand auf Eddies Schulter. „Willst du, dass wir deinen Namen ändern? Ich könnte das hinbekommen."

„Ich überleg's mir, Pa."

Sie sahen sich in die Augen. Eddie spürte, wie noch immer eine Wolke aus Unverständnis und Hilflosigkeit in den Gedanken seines Vaters schwebte.

„Pa, was hältst du von dem Satz: Es gibt keine Zufälle? Und von dem Satz: Nichts im Leben geschieht ohne Sinn?"

Eddies Vater zuckte mit den Schultern. „Religion, Eddie. Du weißt doch, was ich von Religion halte. Natürlich gibt es Zufälle. Jeden Tag geschehen solche Dinge, bei jedem von uns. Wenn alles im Leben einen Sinn hätte – du liebe Güte, da würden wir ja verrückt werden, oder? Da müssten wir ja ständig über jede Kleinigkeit nachdenken." Er zog ein wenig die Brauen zusammen. „Woher hast du diese Idee überhaupt?"

Eddie dachte an Pater William, die bunten Glasfenster, die Lasagne, den Erdbeerkuchen und die vielen Geschichten, die ihn so fesselten.

„In der Zeitung gelesen, irgendwo, neulich", sagte er, legte seine Hand auf den Arm seines Vaters und drückte ihn liebevoll.

Schatten

Es war Eddies vierter Besuch in der Famosa Dream Lane. Mittlerweile kam es ihm fast schon normal vor, in die für andere unsichtbare Straße einzutauchen. Ein Gefühl von Geborgenheit stellte sich ein, wenn er an den bunten Häusern vorbeischlenderte und dabei immer wieder etwas Neues entdeckte. Heute allerdings hatte er stärker als jemals zuvor das Gefühl, beobachtet zu werden. Immer wieder drehte er sich um, fand aber nicht den geringsten Beweis für seine Vermutung.

Pater William befand sich nicht in der Kirchenhalle. Seine Wohnung war verschlossen. Eddie setzte sich in einen der gelben Sessel im Kirchenraum, sah zu dem schönsten Glasfenster hinauf und überdachte seine Situation. Es lag erst zwölf Tage zurück, als er zum ersten Mal in diese merkwürdige Straße eingetaucht war. Zwölf Tage, in denen er mehr Ungewöhnliches erfahren hatte als in seinem ganzen Leben davor.

War vielleicht alles nur Einbildung? Befand er sich einfach nur in einem langen, besonders intensiven Traum und schaffte es nicht aufzuwachen? Einiges, wie dieser Ort oder Twingels Traumladen, sprach dafür. Andererseits waren Mom und Pa, Penny und Jejo, und vor allem das Kartenspiel in der Kiste unter seinem Bett sehr real. Außerdem konnte man wohl nicht träumen, wenn man sich gerade in einem Traum befand. Eddie kam zu dem Schluss, dass es nicht wirklich eine Rolle spielte, was von seinen Erlebnissen Traum war und was nicht. Er hatte noch fast vier Wochen Sommerferien vor sich, und dies war das spannendste Abenteuer aller Zeiten.

Die Frage, was es mit dem Buch der Träume auf sich hatte, war allerdings nicht so einfach zu beantworten. Eddie spürte deutlich, dass das Buch etwas mit ihm zu tun hatte. Aber warum sollte ausgerechnet er die Fähigkeit haben, es zu finden? Was würde geschehen, wenn er tatsächlich irgendwann einmal davor stehen sollte? Klar war ihm nur, dass es um wesentlich mehr ging, als nur ein verschollenes Buch zu finden. Es ging auch um mehr als allein um Träume. Eddie fühlte, dass das Buch der Träume eine Art von Magie in die Welt zurückbringen könnte, wie sie in viel früheren Zeiten vorhanden gewesen sein mochte. Vielleicht hatte Pater William Recht, und das Buch würde tatsächlich die Welt verändern.

Zwischen all diesen Gedanken drängte sich Eddie neuerdings ein bisher unbekanntes Gefühl auf: Angst. Der Eindruck, unter Beobachtung zu stehen, war inzwischen so intensiv, dass er ihn einfach nicht mehr ignorieren konnte. Noch war es keine Bedrohung, aber wenn …

„Was für ein herrlicher Sommertag, findest du nicht auch, Eddie? Pater William stand mit zwei Einkaufstüten im Arm in der Kirchenpforte. Das Tageslicht von draußen ließ seine rundliche Statur zu einem von Helligkeit umfluteten Schatten werden.

„Wartest du schon lange?“

„Oh nein. Ich bin gerade erst gekommen.“

„Schön, dich wiederzusehen. Komm mit in meine Wohnung. Ich muss leider gleich wieder weg, eines meiner Schäfchen besuchen.“

Eddie folgte ihm in die Wohnung. wo der Pater seinen Einkauf in den Kühlschrank räumte. „Wie ist es dir in den letzten Tagen ergangen?“

„Ich war in Twingels Traumladen“, platzte Eddie ohne Einleitung heraus.

„Ein interessantes Plätzchen, nicht wahr? Ich mag Magnolia sehr, nicht nur, weil sie meine Nichte ist.“

„Sie sind verwandt?“

„Oh ja, und das schon immer.“ Der Pater kicherte. Offensichtlich amüsierte er sich über seinen eigenen Scherz.

„Ich habe Mrs Twingel nach dem Kartenspiel gefragt“, sagte Eddie.

„Ich weiß.“

„Wirklich?“

Pater William zuckte mit den Achseln. „Wir haben nicht viele Geheimnisse voreinander. Die Menschen in der Famosa Dream Lane gehen sehr offen und liebevoll miteinander um. Für Falschheit haben wir hier keinen Platz.“

„Dann wissen Sie auch vom Tor der Träume?“

Der Pater nickte und legte einen Bund Karotten in das Gemüsefach.

„Warum hat Mrs Twingel so merkwürdig reagiert, als ich sie danach gefragt habe?“

„Weil es ein Geheimnis ist. Wenn man zu viel über Geheimnisse spricht, neigen sie dazu, sich zu verbreiten.“

„Können Sie es mir trotzdem erklären? Bitte.“

Der Pater ging ins Wohnzimmer, schloss das Fenster zur Straße und setzte sich in einen Sessel. Er bedeutete Eddie, auf dem Sofa Platz zu nehmen.

„Auf dem Weg in ihre Traumwelten passieren alle Lebewesen aus unserer Realität dieses Tor“, sagte er mit leiser Stimme. „Einige Menschen können zwar beeinflussen, in welche Traumwelt sie gelangen, aber kaum jemand kann sich an die Reise dorthin erinnern. Ich kenne nur sehr wenige, die sich entsinnen, je im Tor der Träume gewesen zu sein. Eine davon ist Magnolia Twingel. Da ich selbst auch noch nicht dort war, kann ich nur wiedergeben, was mir dazu berichtet wurde.“

Eddie beugte sich gespannt nach vorne. Er spürte, dass das Tor in irgendeiner Verbindung mit ihm selbst stand.

„Die Welt, in der wir leben, ist nur eine von vielen, die alle gleichzeitig existieren“, fuhr der Pater fort. „Zum Glück sind diese Welten für gewöhnlich voneinander getrennt, denn sonst gäbe es ein heilloses Durcheinander. Dennoch haben alle Lebewesen, auch die aus den anderen Welten, eine Möglichkeit, sich zu treffen und ihre Erfahrungen miteinander auszutauschen.“

„Die Träume.“

„Genau, wir haben schon darüber gesprochen. Jede Welt verfügt über ein eigenes Tor zur Traumebene. Stelle dir einen riesigen Marktplatz vor, der ringsum von einer Stadtmauer umgeben ist. In der Mauer befinden sich viele Tore, durch die Besucher aus allen Himmelsrichtungen hineinkommen. Sie treffen sich auf dem Marktplatz, tauschen Erfahrungen aus, freuen sich an Begegnungen, streiten sich vielleicht auch manchmal oder unternehmen gemeinsame Reisen. Viele erleben zusammen Abenteuer. Wenn es genug ist, verlassen sie die Traumwelten wieder durch genau den Einlass, durch den sie gekommen sind. Nach diesen Erlebnissen sind alle reicher an Erfahrungen und Erkenntnissen. Mit etwas Glück haben sie andere getroffen, von denen sie etwas lernen konnten, oder Situationen durchlebt, die ihnen im täglichen Leben nützlich sind.“

Der Gesichtsausdruck des Paters wurde düster. „Allerdings tummeln sich, wie auch im wirklichen Leben, auf diesen Traumplätzen auch schlecht gesinnte Wesen. Sollte es jemals einem von ihnen gelingen, die Herrschaft über so ein Tor zu bekommen, wäre das unvorstellbar.“

„Wieso?“, fragte Eddie.

„Um in dem Bild von dem Eingang zum Marktplatz zu bleiben: Er könnte zum Beispiel niemanden mehr hindurchlassen. Wenn Menschen nicht mehr träumen könnten, würden sie nur noch in der Realität leben und damit den Kontakt zu ihrer Seele verlieren. Wie eine dünne Schnur, die zerreißt.“

Eddie dachte an Magnolia Twingels ‚Ersatz-Silberschnüre für Astralreisen‘.

„Wer keinen Kontakt zu seiner Seele hat, stirbt. Der Körper mag zwar noch weiter existieren und funktionieren, aber der Mensch lebt nicht mehr wirklich. Vor allem aber können Menschen ohne Verbindung zu ihrer Seele ganz leicht von anderen gelenkt werden. Wer das Tor kontrolliert, könnte auch andere Bösartigkeiten versuchen. Er könnte zum

Beispiel die Traumreisenden unbemerkt auf einen Platz umlenken, den er vorbereitet hat."

„Warum sollte jemand so etwas tun wollen? Was hätte er davon, wenn die Menschen schlecht träumen würden?"

„Es geht nicht um schlechtes oder gutes Träumen. Es geht um freies Träumen. Jeder soll die Erfahrungen sammeln dürfen, die zu seinem eigenen Weg gehören. Wer die Träume anderer träumt, lebt vergeblich, denn dafür ist er nicht hier."

„Aber wie könnte man das Tor jemals beherrschen?", wunderte sich Eddie. „Es ist doch nur ein schwarzer Raum."

Der Pater machte eine Hilfe suchende Geste, indem er die Handflächen nach oben drehte. „Das hat Magnolia zu Anfang auch gedacht. Aber offenbar ändert sich der Eindruck mit der Häufigkeit der Besuche. Vielleicht hast du beim nächsten Mal ein anderes Erlebnis."

„Ich werde noch einmal dort sein?"

Der Pater zuckte mit den Achseln. „Ich weiß es nicht. Aber vielleicht verstehst du jetzt, warum es am besten ist, wenn möglichst niemand von der Existenz des Tores erfährt. Bisher bewahren alle, die dort waren, Stillschweigen." Er schloss seinen Vorratsschrank, warf die leeren Einkaufstüten in den Mülleimer und machte Anstalten zum Aufbruch.

„Pater William, Sie sagten einmal, wenn ich ein Problem hätte, dürfte ich Sie jederzeit um Rat fragen."

„Natürlich."

„Aber ich möchte Sie nicht aufhalten."

„Du kannst mich gar nicht aufhalten, weil ich selbst entscheide, was ich mit meiner Zeit anstelle. Und jetzt will ich, dass du mir alles berichtest, was du auf dem Herzen hast."

Eddie holte sein Traumtagebuch hervor. Er erzählte einfach alles, was ihm passiert war und jetzt ungeordnet in seinem Kopf herumschwirrte. Der Pater hörte aufmerksam zu, ohne ihn zu unterbrechen. Ab und zu hob er die Augenbrauen. Bei der Geschichte mit dem verlorenen Buchstaben huschte ein verschmitztes Lächeln über sein Gesicht, aber ansonsten blieb er ernst. Als Eddie geendet hatte, nahm der Pater das Traumtagebuch und las konzentriert darin.

„Das ist selten, mein Junge", murmelte er nach einer Weile. „Sehr selten, um nicht zu sagen: Ich habe so etwas noch nie erlebt und ich dachte, ich kenne mich ein wenig aus mit solchen Dingen." Er klappte

Eddies Tagebuch zu, legte es auf den Tisch und schenkte sich aus einer Glaskanne, die auf dem Couchtisch stand, kalten Tee ein.

„Was für Dinge?", fragte Eddie. Er fühlte sich wie ein Patient, der gerade vom Arzt untersucht worden war und nun auf eine vielleicht niederschmetternde Diagnose wartete. Zum ersten Mal, seit Eddie ihn kannte, sah der Pater ernst und nachdenklich aus. Gedankenverloren rieb er seine knollige Nasenspitze zwischen Daumen und Zeigefinger.

„Na ja, das mit deinem Traumtagebuch meine ich. Ich habe schon viele solche Tagebücher gelesen, aber das hier…" Er schüttelte seinen Kopf und Eddie wand sich nervös in seinem Sessel hin und her. „Also, es gibt da mehrere … Besonderheiten. Ja, so würde ich sagen. Besonderheiten, Eddie. Erstens schreibst du ungewöhnlich gut für einen dreizehnjährigen Jungen. Gratuliere."

Er lächelte Eddie an, aber es sah etwas gezwungen aus. „Zweitens habe ich noch niemals derart detaillierte und lange Gespräche in einem Traumtagebuch gelesen. Ich frage mich, wie du dir das alles merken kannst."

Eddie wollte etwas antworten, aber der Pater ließ ihm keine Gelegenheit. Es sprach eher zu sich selbst, mehr um Klarheit zu gewinnen, als um Eddie Erklärungen zu liefern.

„Drittens ist mir der Zusammenhang mit dem Kartenspiel unerklärlich. Und letztlich: Welchen Sinn hatte die Brille, und wer war der Mann, von dem du sie gekauft hast?"

„Irgendwie hat die Brille doch letztlich dazu geführt, dass ich von Magnolia Twingel das Auralesen gelernt habe. Aber wozu soll das gut sein?"

„So gesehen hast du Recht. Und das Kartenspiel löst Träume aus, die dir Botschaften liefern. Nur wohin das alles führt, ist im Moment noch nicht erkennbar." Der Pater überlegte weiter. „Niemand kommt zufällig in diese Straße und zu dieser Kirche, das ist schon einmal sicher. Die wichtigste Aufgabe unserer Gemeinde ist es, das Buch der Träume zu finden, auch das ist sicher. Wir haben bisher viele bruchstückhafte Informationen darüber, aber in Wahrheit noch nicht einmal einen Ansatz, wo wir es finden könnten. Und jetzt passiert das hier." Er legte das Tagebuch auf den Tisch. „Was soll das bedeuten?"

„Vielleicht muss das gar nichts bedeuten", meinte Eddie in der Hoffnung, doch keine schwerwiegende ‚Krankheit' zu haben. „Vielleicht ist es nur Zufall."

„Daran glaube ich nicht", wehrte der Pater ab. „Sag mal, hast du vielleicht die Karten dabei?"

„Nur die eine mit dem Tor. Sie war eigentlich im Tagebuch, aber vielleicht ist sie herausgerutscht." Er sah in seinem Rucksack nach, fand die Karte und schob sie über den Tisch.

„Ahaaa", machte der Pater. Es klang aber nicht so, als würde ihm ein Licht aufgehen, sondern eher wie ein Ausruf der Verwunderung. Als er die Karte in eine Hand nahm, verschwand sie fast völlig zwischen seinen fleischigen Fingern. Nur eine umgeknickte Ecke war noch zu sehen.

„So sehen die also aus. Nicht gerade neu." Er wendete die Karte und hielt sie gegen das Fenster, was Eddie ziemlich unsinnig vorkam, denn das Material war viel zu dick, um durchscheinend zu sein. Der Pater schnupperte an der Karte, drehte sie wieder herum, bog sie ein wenig hin und her und ließ sie schließlich auf den Tisch fallen.

„Alt", bemerkte er trocken.

„Ja", sagte Eddie.

Schweigen.

Der Pater sah die Karte an. Dann Eddie. Dann wieder die Karte. „Prickelt sie immer, wenn du sie anfasst?"

„Ja."

„Jetzt auch?" Er schob sie über den Tisch. Eddie nahm sie mit der linken Hand auf.

„Ja, jetzt auch."

„Ich habe nichts gemerkt, weißt du?"

„Ich lüge nicht."

Der Pater schien entsetzt. „Nein. Natürlich nicht. Das wollte ich damit nicht sagen."

„Was dann?"

Pater William knetete seine Hände, was scheinbar eine unbewusste Verlegenheitsgeste bei ihm war. „Junge, wenn das alles so stimmt - ich meine natürlich, ich glaube, dass es stimmt – dann hast du da eine besondere Fähigkeit. Ganz außergewöhnlich, wirklich. Ich weiß zwar noch nicht, wie alles zusammengehört, aber ich denke, du bist eine Art…"

Er ruderte mit der Hand suchend in der Luft herum. „…Schlüssel. Genau, das bist du."

„Wozu? Zum Buch der Träume?"

„Ja, das ist sehr wahrscheinlich."

Eddie dachte einen Moment nach. Dann kam er zu dem Schluss, dass jetzt der richtige Zeitpunkt war, dem Pater von seiner größten Sorge zu berichten. „Pater William, es gibt da etwas, das ich nicht in das Tagebuch geschrieben habe."

Der Geistliche runzelte die Stirne. „Du musst ja auch nicht alles aufschreiben. So ein Tagebuch ist eine ganz persönliche Sache."

„Aber ich denke, es ist wichtig. Als ich in meinem ersten Traum durch das Farbendorf ging, stand ich doch am Ende vor einem türkisfarbenen Haus."

„Das Gesundheitshaus, wo du dem Weißen begegnet bist?"

Eddie nickte. „Während ich mich mit dem Weißen unterhielt, hatte ich das deutliche Gefühl, wir würden beobachtet. Da war noch jemand, aber ich konnte ihn nicht sehen." Er sah den Pater prüfend an. „Meinen Sie, so etwas ist möglich?"

„Hattest du das Gefühl später noch einmal?"

„Ja, ab dem Augenblick, als wir das Haus verließen, kam es mir vor, als würde uns jemand folgen, aber ich habe niemanden gesehen."

„Und sonst nie wieder?"

„Doch. Noch einmal."

„Wann?"

„Heute, als ich vor Ihrer Kirche stand. Kurz bevor ich hineinging."

Schlagartig veränderte sich die Stimmung des Paters. „Unmöglich!", rief er aufgebracht. „Völlig ausgeschlossen!"

„Ich sagte ja, dass es nur so ein Gefühl war. Ich habe niemanden gesehen", versuchte Eddie ihn zu beruhigen. Er bereute, das Thema erwähnt zu haben.

„Nein, so einfach ist das nicht. In der Famosa Dream Lane gibt es keine falschen Gefühle. Wenn du es gespürt hast, war es auch so. Aber es *kann* nicht sein." Er kratzte sich nervös am Handrücken. Nie hätte sich Eddie vorgestellt, dass der kräftige, selbstsichere Mann solche Anzeichen von Aufregung zeigen könnte. „Es *darf* nicht sein."

„Was ist so schlimm daran?"

„Das verstehst du nicht, oder? Egal. Nein, nicht egal. Ich will es dir erklären. Die Famosa Dream Lane ist ein sehr besonderer Ort, das hast du schon bemerkt. Hier hinein kommen nur Menschen mit ähnlichem Gefühl, ähnlichen Idealen, Vorstellungen und mit besonderen Begabungen. Das alles verbindet uns, und es gibt nichts Böses dazwischen, weder Neid, noch Argwohn, Falschheit oder Hass. Keine Macht und Ohnmacht. Nur Liebe, gegenseitiges Annehmen, Verstehen oder Fördern. Wer anders ist, erhält keinen Einlass. Der Zugang filtert alle heraus, die nicht zu uns passen, das war immer so. Es gab noch niemals einen Fehler. Wenn du dich beobachtet fühlst, stimmt das ziemlich sicher. Andere heimlich zu beobachten ist aber eine Sache, die unmöglich zu unseren Eigenschaften gehört, völlig ausgeschlossen. Also muss es einen Eindringling geben, und wenn er dich beschattet, hat er einen Grund dafür."

Pater William ging zum Fenster und sah, hinter der Gardine versteckt, auf die Straße hinunter. „Gar nicht gut", murmelte er. „Sehr schlecht. Ganz übel."

Eddie fragte sich, was so schlimm sein konnte, dass der Pater völlig seine Fassung verlor. Im selben Augenblick drehte sich der Geistliche um. „Es geht nicht alleine um dein Gefühl, weißt du, Eddie? Es geht darum, dass *sie* uns bislang immer in Ruhe gelassen haben."

„Wer sind *sie*?", fragte Eddie mit gerunzelter Stirne.

Der Pater machte eine unbestimmte, fahrig wirkende Handbewegung. „Wir haben sie noch nie zu Gesicht bekommen, aber wir wissen, dass sie uns beobachten. Auf jeden Fall sind sie sehr mächtig. Sie befürchten, dass das Buch der Träume ihre Macht schwächen könnte. Bisher schützte die Famosa Dream Lane uns und unsere Aufgabe. Wenn sie sich jetzt hier hineinwagen, kann das nur einen triftigen Grund haben: Sie glauben, dass wir nahe dran sind."

„Dran? Woran?"

„Das Buch zu finden."

Der Unfall

Als Eddie an diesem Nachmittag die verborgene Straße verließ, spürte er, dass etwas nicht stimmte, konnte aber zunächst keine Anhaltspunkte dafür finden. Er stand auf der Kreuzung, die er für den Eintritt nutzte und beobachtete das Treiben in der Querstraße. Alles wirkte wie immer. Parkende Autos auf beiden Seiten, ein roter Getränkelaster weiter entfernt, wenige Menschen auf den Gehwegen. Ein Pärchen betrat das

Schwimmbadgeschäft, zwei jüngere Mädchen in geblümten Sommerkleidern und ein drittes in roter Jeans und weißer Bluse spazierten aus der Eisdiele. Ein paar Häuser weiter öffnete sich eine Haustür. Eine kleine, rundliche Frau mit einem winzigen Hund auf dem Arm trat heraus. Der rote Lastwagen kam näher. Die Mädchen alberten auf dem Gehweg herum. Die kleine Frau bückte sich, um ihren Hund abzusetzen und an die Leine zu nehmen. Ein junger Mann verließ das Schwimmbadgeschäft und stieg in ein weißes Sportcabriolet mit hellbraunen Sitzen. Hinter ihm schloss sich die Tür des Ladens und das ‚Dingdong' der Eingangsglocke verstummte, als hätte jemand den Ton abgeschnitten.

Ab diesem Moment schien es Eddie, als liefe das Geschehen in Zeitlupe ab. Der rote Laster war bis auf etwa hundert Meter herangekommen. Er fuhr eindeutig zu schnell. Der Hund kläffte einmal laut, wand sich aus den Händen seiner Besitzerin und sprang die Stufen hinunter. Das Mädchen in der roten Jeans tanzte auf dem Gehweg um ihre beiden Freundinnen herum und der Mann im Cabriolet startete den Motor und fuhr aus der Parklücke. Der Lastwagen war noch etwa fünfzig Meter von dem Cabriolet entfernt, als der Fahrer bemerkte, dass er das Auto rammen würde, wenn er nicht auswich. Die riesigen verchromten Hupen auf dem Dach des Lasters tuteten wie Schiffshörner an einem nebeligen Tag in der Bucht von San Francisco. Fast zwanzig blockierende Reifen erzeugten ein gequältes Kreischen, während sie über den Asphalt radierten. Der Laster wechselte genau in dem Augenblick auf die linke Fahrbahnseite, als der kleine Hund hinter einem parkenden Wagen hervorsprang. Das tanzende Mädchen erstarrte in ihrer Bewegung, sah entsetzt nach vorne und verlor vor Schreck ihr Gleichgewicht. Der Fahrer des Lastwagens musste das bemerkt haben, denn er riss sein Steuer wieder auf die andere Seite, doch mittlerweile hatte er die Kontrolle über sein Fahrzeug verloren. Eddie hörte explosionsartige Geräusche von zerberstendem Glas und krachendem Metall, als der riesige Truck einen am Straßenrand parkenden Van rammte. Der kleine Lieferwagen wurde zwei oder drei Längen am Bordstein entlanggeschoben, bis beide Fahrzeuge schließlich zum Stehen kamen. Dann folgte absolute Stille. Sekundenlang schien die Zeit wie eingefroren.

Erst der Klang der Türglocke aus dem Schwimmbadgeschäft erweckte das Leben aus seiner Schreckstarre. Auf den ersten Blick schien es, als hätten alle Beteiligten enormes Glück gehabt. Der kleine Hund war vor Entsetzen in den Arm seiner Besitzerin geflüchtet. Das Mädchen mit den roten Jeans ließ sich von ihren Freundinnen auf die Beine helfen. Der Fahrer des Lastwagens stieg, aus, bleich wie ein Laken, setzte sich auf den Randstein und stützte seinen Kopf in die Hände. Immerhin schien er mit einem Schock davongekommen zu sein. Zwei Frauen kamen herbeigelaufen und kümmerten sich um ihn.

Der Besitzer des Schwimmbadgeschäftes war als Erster an der Unfallstelle. Er spähte durch die zerbrochene Frontscheibe des völlig zerstörten Vans, erstarrte vor Schreck und winkte dann hilflos mit einem Arm in der Luft herum.

„Hilfe!“, rief er. „Hilfe! Hier sitzt jemand drin! Oh Gott, das sieht nicht gut aus. Einen Arzt! Wir brauchen einen Krankenwagen!“

Eddie stand unter Schock. Es war, als beobachtete er sich selbst von außen, unfähig, auch nur einen Finger zu rühren. Ihm fiel der Vergleich mit einem kaputten Roboter ein. Von seinem Standpunkt aus konnte er nicht in den Wagen sehen, aber er hatte das unerklärliche Gefühl, er sollte nachsehen, wer darin säße. Irgendwie gab er seinen Beinen den Befehl zum Gehen und überraschenderweise setzte sich der Eddieroboter in Bewegung. Zögernd näherte er sich dem Wrack, bis er vor der Frontscheibe stand.

„Verschwinde hier, Junge“, sagte der Ladenbesitzer, während er versuchte, über die verklemmte Seitenschiebetür zu dem Verletzten in den Wagen zu gelangen. „Das ist nichts für Kinder.“

Eddie blieb wie angewurzelt stehen. Der Mann in dem Van war ohnmächtig in sich zusammengesunken. Seine seitlich gescheitelten dunkelbraunen Haare waren durch den Aufprall zerzaust. Trotz des schwer beschädigten Autos schien er auf den ersten Blick keine schlimmen Verletzungen zu haben. Allerdings war sein Kopf auf ungewöhnliche Weise zu Seite geneigt. Bei näherem Hinsehen bemerkte Eddie, dass sich unter der halb offenen Lederjacke langsam ein Blutfleck auf dem weißen Hemd ausbreitete.

Mittlerweile hatte sich der Ladenbesitzer in den Innenraum des Wagens durchgekämpft. Mit einigen kräftigen Fußtritten stieß er die Beifahrertür auf, zog den Fahrer vorsichtig hinter dem Lenkrad hervor und schleifte ihn einige Meter weit den Gehsteig entlang zu einer Stelle ohne Glassplitter. Dann beugte er sich über den Verletzten und versuchte zu erkennen, ob er noch atmete. Ganz offensichtlich hatte der Ladenbesitzer keine Erfahrung in erster Hilfe. Er zog eines der Augenlider des Verletzten nach oben, wahrscheinlich um zu prüfen, ob die Pupillen auf Helligkeit reagierten. Dabei erkannte Eddie, dass der Mann dunkel getönte Kontaktlinsen trug, die sich etwas verschoben hatten. Darunter blitzte seine natürliche Augenfarbe hervor: Hellblau.

Eddie beobachtete das Geschehen noch immer praktisch gefühllos und wie durch einen Schleier. Vielleicht war es gerade dieser Zustand des ungläubigen Vor-sich-hin-Starrens, der ihn die Aura des Verletzten sehen ließ. Ein dünner Saum aus farbigem Licht hüllte den Oberkörper des Mannes ein. Eddie bemerkte, wie sich die Farben schnell veränderten. Sie pulsierten, wurden schwächer. Immer wieder brach dunkles Grau oder Schwarz durch.

Schwarz! Eddie erinnerte sich an seinen ersten Traum im Farbendorf. Starb dieser Mann gerade? Etwas musste geschehen, und zwar schnell. Wie konnte er helfen? Er war kein Arzt, und selbst wenn er helfen könnte, wer würde genügend Vertrauen haben, um einen Jungen an den Verletzten heranzulassen?

Vertraue der Kraft. Lass das Licht durch dich fließen!

Der zweite Traum im Dorf der Farben. Die Heilhelfer hatten dem alten Mann eine Art Lebenslicht gespendet. Eddie erinnerte sich an Schwester Amilys Erklärung: ‚Die Helfer sind nur die Antennen, vielleicht mit einem kleinen Verstärker, wenn es einem gerade nicht so gut geht.' Eddie spürte, wie er langsam wieder er selbst wurde, statt sich zu beobachten.

Der Ladenbesitzer ließ von dem Verletzten ab und sah sich um. Niemand war in Reichweite. „Komm mal her, Junge."

Eddie trat näher.

„Ich verschwinde jetzt mal kurz im Laden, um die Ambulanz zu rufen. Ich möchte, dass du auf den Mann hier aufpasst, hörst du? Wenn er sich bewegt oder sich irgendwas verändert, rennst du wie der Teufel zu mir und gibst mir Bescheid. Verstanden?"

„Verstanden", sagte Eddie mechanisch.

Der Mann sah ihn noch einmal eindringlich an, dann verschwand er in seinem Geschäft.

Vertraue der Kraft.

Eddie kniete neben dem Verletzten. Ganz vorsichtig hielt er seine linke Hand dicht über die Wunde am Brustkorb. Die rechte legte er sanft auf die Stirn des Mannes, wie er es in seinem Traum beobachtet hatte.

Und jetzt? Was sollte er tun?

Lasse das Licht durch dich fließen!

Eddie stellte sich vor, er wäre eine Antenne, die helles Licht von oben aufsaugte und durch die Hände in den Körper des Mannes leitete. Er hatte keine Ahnung, an welchen Verletzungen der Ohnmächtige litt, aber es konnte nichts Falsches daran sein, die Hände über ihn zu halten. Als Eddie sich mit geschlossenen Augen das weiße Licht vorstellte, begann es sofort in seinen Fingerspitzen zu kribbeln. Erschrocken zog er die Hände zurück. Der Mann bewegte sich nicht, aber sein Brustkorb hob und senkte sich kaum merklich. Hatte er das vorher auch schon getan? Eddie hielt wieder die Hände über den Verletzten. Dabei überkam ihn ein Gefühl von Bekanntheit. Woher? Wieder spürte er den Strom in seinen Fingerspitzen. Jetzt, da er sie nicht zurückzog, wanderte das Gefühl langsam die Arme hinauf.

Vertraue der Kraft!

Nicht nur weil er seine Augen geschlossen hielt, wurde ihm schwindelig, aber er konzentrierte sich weiter darauf, eine Antenne für den Fluss des Lichts zu sein. Nichts weiter. So kniete er eine oder zwei Minuten neben dem Mann. Auf einmal spürte er den Atem des Verletzten zurückkommen, nahm ein leises Stöhnen und eine kaum merkliche Bewegung wahr. Aus der Ferne näherte sich der Sirenenton eines Krankenwagens. Eddie öffnete seine Augen und sah, wie das Schwarz und das Grau aus der Aura des Verletzten wichen und anderen Farben Platz machten.

Die Stimme des Ladenbesitzers dicht neben ihm schreckte ihn auf. „Was machst du da, Junge? Ich sagte dir doch, du sollst nur auf ihn aufpassen."

„Ich weiß nicht, aber ich glaube, es hilft ihm", verteidigte sich Eddie.

„Hast du ihn bewegt oder angefasst?"

„Nein."

„Na ja, dann kannst du auch nichts falsch machen. Hey, ich glaube, er kommt zur Besinnung."

Die Sirene war jetzt ganz nahe. Der Fahrer schien sein Ziel erkannt zu haben, denn er schaltete den Heulton leise. Eddie hielt noch immer seine Hände über den Verletzten, als einer der Sanitäter ihn sanft beiseite schob. Er maß Puls und Blutdruck, während sein Kollege eine Spritze aufzog. Einer der Männer zog dem Verletzten zur Kontrolle ein Augenlid nach oben. Braun. Die Kontaktlinsen saßen wieder am richtigen Platz.

„Was...ist los mit mir?“ Die Stimme des Verunglückten klang sehr schwach.

„Alles in Ordnung, Mister. Sie hatten einen kleinen Unfall, aber jetzt sind Sie in Sicherheit. Wir bekommen das schon hin. Ganz ruhig.“

„Bin ich... schwer...verletzt?“

Der Sanitäter stand auf und überließ den Verletzten seinem Kollegen. Er nahm den Ladenbesitzer und Eddie beiseite. „Was habt ihr mit dem Mann gemacht?“

„Nichts“, beteuerte der Geschäftsinhaber. „Ich habe ihn aus dem Wrack geholt und auf den Boden gelegt.“

Der Sanitäter sah Eddie an. Der zuckte mit den Schultern. „Auch nichts. Warum?“

„Er hat eine lebensgefährliche Wunde im Brustkorb, die eigentlich wie verrückt bluten müsste. Aber die Blutung steht.“ Er schüttelte den Kopf und machte sich wieder an die Arbeit. „Weiß Gott, warum.“

„Können Sie nachsehen, wie er heißt?“, fragte Eddie vorsichtig.

Der zweite Sanitäter, der neben dem Verletzten kniete, meldete sich. „Ich habe schon nach Papieren gesucht, aber er hat nichts bei sich.“

„Das klären wir später“, sagte der erste.

Sie hoben den Verletzten auf eine Trage, die sie anschließend in den Krankenwagen schoben.

„Wohin bringen Sie ihn?“, wollte Eddie wissen.

„Zum San Francisco General Hospital. Bist du ein Verwandter oder so was?“

„Nein.“

„Dann können wir dich auch nicht mitnehmen. Bleib noch so lange hier, bis die Polizei eintrifft. Die wollen bestimmt deine Personalien aufnehmen.“

Wie erwartet, war Eddies Mutter am Nachmittag entsetzt, als sie von dem Unfall hörte. Es hätte nichts genutzt, ihr den Vorfall verschweigen zu wollen, denn die Polizei hatte Eddies Personalien aufgenommen und nach der Befragung angekündigt, dass sie ihm eine Kopie seiner Aussage zuschicken würden. Natürlich hatte er nichts von seinem Versuch mit den Händen berichtet. Bei der Beschreibung des Unfallherganges war er aber genau bei seinen Beobachtungen geblieben.

An diesem Nachmittag umarmte ihn seine Mom immer wieder, wobei sie auf die unterschiedlichsten Arten Dank dafür äußerte, dass ihrem Kind nichts zugestoßen war. Auch Eddies Vater zeigte sich am Abend sehr glücklich darüber, dass sein Sohn wohlauf war, und strich ihm wiederholt über den Kopf. Dabei fiel Eddie auf, wie selten diese Berührungen in den letzten Jahren geworden waren, obwohl sie so gut taten. Es hatte eben auch Nachteile, älter zu werden.

Am Abend grübelte Eddie immer wieder über den Unfallhergang nach. Er versuchte sich selbst zu erklären, dass sein Handauflegen nichts bewirkt haben *konnte*. Dennoch war offenbar etwas geschehen. Er öffnete die Schatzkiste und wickelte das Kartenspiel aus dem Tuch. Wieder lag eine andere Karte obenauf. Das Bild bestand eigentlich nur aus einem hellblauen Himmel mit weißen Wolken. Ungewöhnlich waren allenfalls deren Umrisse. Mit etwas Fantasie schienen sie unter Drehen und Wenden der Karte immer wieder neue Formen zu bilden.

Nach einer Weile schaltete Eddie das Licht aus.

Wolken

Eddie spürt, dass er sich wieder auf dem Planeten befindet, den er in seinem ersten Traum besucht hat. Aber er ist nicht im Farbendorf und bestimmt auch nicht in dessen Nähe. Wären nicht die drei Gestirne, könnte man fast glauben, sich auf der Erde zu befinden.

Er sitzt auf der Veranda eines Landhauses und sieht auf einen kleinen See hinaus. Es ist früher Abend. Das orange, warme Licht der kleinsten, aber dafür hellsten Sonne spendet den wenigen Wolken am ansonsten zartblauen Himmel ein belebendes Glühen. Neben ihm, in einem Schaukelstuhl, sitzt jemand. Der Weiße aus dem Dorf der Farben.

‚Schön, nicht wahr?', sagt er ohne Begrüßung. Da ist wieder diese verblüffende Ähnlichkeit mit dem Verkäufer, der ihm das Kartenspiel verkauft hat. Eddie hat sich nach der ersten Begegnung fest vorgenommen, den Weißen zu fragen, ob er Amen Gilstein sei und warum sie sich hier begegnen. Jetzt erinnert er sich daran, verspürt aber auf einmal gar

keine Lust mehr dazu. Die Stimmung ist so zart und friedlich, dass diese Frage sie zerstören könnte.

‚Ja', entgegnet er deshalb nur. Beide sitzen schweigend eine Weile nebeneinander. Eddie findet es überhaupt nicht merkwürdig, dass nichts geschieht.

‚Willst du wissen, warum Ellen Porsome zuckerkrank ist?', fragt der Weiße unvermittelt.

‚Wer?'

‚Das Mädchen von der Standpromenade, mit dem Eis in der Hand. Du hast gespürt, dass sie krank ist.'

Eddie erinnert sich an das Erlebnis mit der Blindenbrille. Merkwürdig, dass der andere davon weiß. Irgendwie scheinen sich Traum und Realität immer mehr miteinander zu vermischen.

‚Ja, es würde mich interessieren', antwortet er, obwohl er nicht wirklich davon überzeugt ist. Viel lieber hätte er gewusst, warum er es überhaupt wahrnehmen konnte.

‚Es macht nichts, dass du nicht sicher bist, ob du deine Fähigkeiten brauchen kannst. Ich weiß es, deshalb erkläre ich es dir.'

Eddie hatte vergessen, dass der Weiße seine Gedanken lesen kann.

‚Ellen Porsome ist auf der falschen Schule, hat die falschen Fächer gewählt und ist mit den falschen Menschen zusammen. Das ist der Grund für ihre Krankheit. Sie kann nicht wirklich etwas dafür, denn die Schule und die Fächer haben ihre Eltern bestimmt. Ihre Freunde hat sie sich allerdings selbst ausgesucht.'

‚Was hat das mit ihrer Krankheit zu tun?', fragt Eddie, der keine Ahnung hat, worauf sein Mentor hinaus will.

‚Menschen werden geboren, weil sie Aufgaben erfüllen, Sehnsüchten folgen und Glück empfinden sollen. Wer nichts davon tut, wird krank.'

‚Warum?'

Der Weiße schaukelt sanft in seinem Stuhl. ‚Die meisten Krankheiten haben zwei grundlegende Ursachen. Entweder muss jemand dauernd etwas tun, das er nicht wirklich tun will. Das sind ungelöste Zwänge. Oder jemand will etwas tun, das er lange nicht tun kann. Dann sind es ungelebte Sehnsüchte. Was man von Ärzten behandeln lässt, sind nur die Auswirkungen dieser zwei Ursachen. Wird der wahre Grund nicht beseitigt, kommt die Krankheit wieder.'

Er macht eine Pause und blickt auf den See hinaus. Eddie hört, wie der Schaukelstuhl beim Hin- und Herwiegen leise knarzt.

‚Dann wäre ja jeder, der ohne Zwänge seine Sehnsüchte lebt, gesund', sagt Eddie.

Der Weiße nickt.

‚Aber manche Menschen kommen schon krank zur Welt, oder?'

‚Leben beginnt nicht erst mit der Geburt. Zuvor ist jeder lange Zeit ein Teil seiner Mutter. Auch für sie gelten die Ursachen von Krankheit.'

‚Warum gibt es Krankheit überhaupt, wenn sie jeden nur stört?'

‚Weil es in den meisten Fällen ihre Aufgabe ist, zu stören. Krankheit ist die Sprache der Seele, mit der sie dir sagt, dass du dich nicht auf deinem Weg befindest. Viele verstehen die Botschaft nicht oder wollen nicht auf sie hören. Sie denken, ihr Körper sei nur eine Art Maschine, die vor allem den Verstand beherbergt. Dabei ist der Körper nicht der Ausdruck des Verstandes, sondern der Spiegel der Seele.'

‚Was ist eine Seele überhaupt?'

Der Weiße machte eine weitgreifende Handbewegung. ‚Seele, Geist, Höheres Selbst, Großes Ich, oder wie immer es die Menschen auch nennen. Das bist immer nur du selbst.' Er wendet sich zu Eddie und zeigt auf dessen Bauch. ‚Schau an dir herunter. Was siehst du?'

Eddie braucht nicht an sich hinunte zusehen, weil er weiß, was ihn erwartet. ‚Nichts. Ich sehe gar nichts.'

‚Würdest du jetzt sagen, dass es dich nicht gibt?'

‚Nein, aber das hier ist ja auch nur…'

‚…ein Traum, richtig. Gibt es Träume oder gibt es sie nicht?'

‚Natürlich gibt es sie.'

‚Und bist du jetzt hier oder nicht?'

‚Ich bin hier, aber…'

‚Warum hast du dann keinen Körper?'

Eddie zuckt mit den Schultern und erinnert sich im selben Augenblick daran, dass er gar keine hat. Dennoch ist das Gefühl dasselbe, wie in Wirklichkeit.

Der Weiße hat es natürlich bemerkt. ‚Weil du hier keinen Körper brauchst, um Erfahrungen zu sammeln. Aber in deiner anderen Welt ist er wichtig. Deine Seele hat sich deinen Körper ausgesucht, damit du auf der Erde Aufgaben erfüllen und Erfahrungen sammeln kannst.'

‚Und was ist meine Aufgabe?'

‚Ich weiß es, aber ich werde es dir nicht sagen.‘

‚Wieso nicht?‘

‚Es ist ein Teil jeder Lebensaufgabe, sie selbst zu erkennen. Nur dann wird man sie spüren. Wenn ich sie dir verriete, wüsstest du sie zwar, aber Wissen alleine bedeutet wenig. Erst wenn Wissen und Gefühl sich vereinen, entsteht Erkenntnis. Aber keine Sorge, du bist auf dem besten Weg.‘

‚Wie kann man herausfinden, ob man das Richtige macht? Was soll das kranke Mädchen zum Beispiel tun?‘ Irgendwie hofft Eddie auf ein Rezept, das er mitnehmen und Ellen Porsome übergeben kann. Eine Arznei gegen eine Krankheit, die noch niemand erkannt hat.

‚Ellen sollte auf eine Schule für Sprachen gehen, statt für Naturwissenschaften, wie es ihre Eltern bestimmt haben. Sie sollte sich Freunde suchen, die Interesse daran haben, selbst etwas zu tun, anstatt andere zu bewundern. Ellen ist musikalisch begabt, aber sie weiß es nicht, weil sie nie Gelegenheit hatte, es zu versuchen. Sie wird dabei aufgehalten, sich selbst zu erfahren. Deshalb ist sie krank.‘

Der Weiße hört auf zu schaukeln und die plötzliche Stille verändert die Stimmung. ‚Es ist nicht wichtig, dass du dir solche Details merkst, Eddie. Wichtig ist, dass du das Ganze verstehst. Wer keinen Zugang zu seinen Gefühlen hat oder sie mit seinem Verstand verwechselt, hat keine Verbindung zu sich selbst. Er erkennt weder seine wahren Sehnsüchte noch seine eigentlichen Fähigkeiten.‘

Der Weiße steht auf, geht zum Geländer der Veranda und lehnt sich mit den Armen darauf.

Eddie steht ebenfalls auf und stellt sich neben ihn. ‚Es ist nicht so einfach, auf sein Gefühl zu hören, oder?‘

‚Ja, vor allem nicht, wenn das Leben laut ist und die innere Stimme leise. Anfangs meldet sie sich ganz vorsichtig, zum Beispiel durch Unmut, Unzufriedenheit oder andere unangenehme Gefühle. Wenn der Verstand das nicht erkennt, versucht sie es deutlicher. Sie macht dich vielleicht nervös, anfällig für Krankheiten, appetitlos oder freudlos. Sie sorgt dafür, dass du nie das Gefühl völliger Zufriedenheit erlangst, egal, was du tust. Manche glauben dann, die Zufriedenheit bleibt deshalb aus, weil sie nicht fleißig genug sind, und sie versuchen Verstand und Körper zu immer neuen Leistungen zu zwingen. Damit nehmen sie ihre innere Stimme noch schlechter wahr als zuvor. Also meldet sie sich noch

deutlicher. Vielleicht schickt sie eine schwere Krankheit oder einen Unfall und versucht so, eine Zeit der Besinnung zu schaffen.‘

Der Weiße macht eine lange Pause. Eddie spürt, worauf die Erklärung hinausläuft. Beide starren vor sich hin. Nach einiger Zeit fragt Eddie: ‚Und wenn nicht? Wenn man die Stimme noch immer nicht hört und einfach weitermacht wie zuvor?‘

Der Weiße sieht ihn an. Seine türkisfarbigen Augen leuchten wie Meerwasser in einer sonnendurchfluteten Bucht. ‚Du weißt es schon.‘

‚Sie lässt es bleiben, oder? Die Stimme gibt auf, sagt nichts mehr und verschwindet. Ist es so?‘

Der Weiße nickt. ‚Sie verschwendet keine weitere Zeit. Wenn sich der Verstand wehrt und den Körper durch ein falsches Leben zwingt, zieht sich die Seele zurück. Und ein Körper, der nur vom Verstand beherrscht wird, hat keinen Lebenssinn.‘

‚Gibt es eine Medizin?‘

Der Weiße sucht scheinbar den Himmel ab. ‚Natürlich. Zuhören. Offen sein. Den Kanal frei machen.‘

‚Kanal?‘

Der Weiße zeigt über den See zum Horizont, wo sich gerade die Sonne vorbereitet, die Erde zu berühren. Glutrot strahlt sie ihr Licht gegen die Unterseiten der Wolken, die dadurch so greifbar erscheinen, als könnte man sich auf sie setzen und davonfliegen.

‚Stelle dir vor, du wärest eine Wolke. Alles, was du fühlst und denkst, was du jemals warst und sein wirst, alle gesammelten Erfahrungen und Gefühle sind eine große Wolke.‘

Eddie nickt und in diesem Augenblick bildet sich aus einer der Wolken am Horizont eine kleine Beule nach unten. Sie wird rasch größer und reicht bald auf die Erde, wie die Windhose eines eingefrorenen Wirbelsturms.

Der Weiße fährt fort. ‚Am Ende dieses Kanals, der ein untrennbarer Teil der Eddiewolke ist, steht dein Körper auf der Erde. Als wäre er ein Finger der Wolke, kann er auf viele Arten fühlen und streicht über einen Teil der Welt. Er möchte wissen, wie sich das anfühlt, denn dafür hat die Eddiewolke ihn ausgestreckt. Wenn die Wolke genug gespürt hat, zieht sie den Finger wieder ein und fliegt ein Stück weiter. Vielleicht hält sie dort drüben in den Bergen an, weil dort die Landschaft ganz andere

Eindrücke verspricht. Wieder lässt sie ein neues Menschenleben entstehen, indem sie ihren Finger ausstreckt und fühlt.'

,Warum tut sie das?'

,Neugier. Unendlicher Wissensdurst.'

,Unendlich? Das geht also immer so weiter? Was ist, wenn die Wolke keine neuen Landschaften mehr entdeckt? Wenn sich alles so anfühlt, als hätte sie es schon einmal abgetastet?'

Der Weiße lächelt, nickt kaum wahrnehmbar und zieht dabei seine Augenbrauen ein wenig nach oben. ,Gut, Eddie, du passt wirklich auf. Wenn sie also nichts Neues mehr erleben kann, fliegt sie davon, weg von der Erde.'

,Wohin?'

,Irgendwohin, wo es noch Neues zu erspüren gibt. Nicht auf dieser Erde, aber woanders. Da ist so viel. Erst wenn sie wirklich genug hat und auch dort nichts mehr erfährt, bleibt sie einfach nur wie sie ist: eine leuchtende Wolke. Aber das dauert sehr lange.'

Der Weiße leitet Eddie zur Verandatreppe, die in einen kleinen, gut gepflegten Vorgarten hinunterführt. Von dort aus beginnt ein natürlicher Pfad zu dem nahe gelegenen See.

Während sie langsam zum Ufer schlendern, fährt der Weiße fort. ,Meine Aufgabe bei diesem Treffen war es, dir etwas zur Gesundheit zu sagen. Weil Gesundheit mit sehr viel mehr als der Funktion von Körperteilen zusammenhängt, ist es wichtig, dass du den Sinn des Seins verstehst.'

Er zeigt auf den eingefrorenen Wirbelsturm, in dessen Richtung sie gerade spazieren. ,Was würdest du tun, wenn du deinen Finger ausgestreckt hättest, und jemand stülpte dir einen Fingerhut darüber?'

,Ich würde ihn abschütteln.'

,Wenn er aber so fest sitzt, dass er nicht abfällt?'

,Ich würde denjenigen, der ihn mir übergestülpt hat, bitten, ihn wieder wegzunehmen.'

,Wenn der nicht hört?'

,Ich würde lauter rufen und fester schütteln.'

,Angenommen, auch das nützt nichts. Was dann?'

,Dann würde ich meinen Finger zurückziehen und woanders hinfliegen, um es dort mit einem anderen Finger zu probieren.'

,Genau. Verstehst du, was das bedeutet? Wenn man nicht lebt, was die Wolke erfahren will, sucht sie sich einen anderen Körper.'

‚Aber woher soll man wissen, was sie erfahren will? Es gibt so viele Möglichkeiten.‘

‚Sie hat dir Sehnsüchte, Fähigkeiten und Eigenschaften mit in dein Leben gegeben, die dich einzigartig machen. Genau diese Fähigkeiten sind es, mit denen du die Erfahrungen machen sollst, die dein Selbst sucht. Ein guter Hinweis, oder? Die Teile deiner Einzigartigkeit sind der Schlüssel zu deiner Lebensaufgabe. Wirf sie niemals einfach fort, nur weil du vielleicht gerade nicht weißt, wie du sie nutzen kannst.‘

Mittlerweile ist die Sonne untergegangen. Die Wolke hat ihren Finger wieder eingezogen. Es wird kühl. Obwohl sie den See noch nicht erreicht haben, spürt Eddie, dass sie für dieses Mal angekommen sind.

‚Ich denke, das reicht für heute, Eddie. Gute Reise.‘

Merkwürdige Patienten

Eddie wollte unbedingt mehr über den Mann in Erfahrung bringen, der gestern an der Kreuzung zur Famosa Dream Lane verunglückt war. Vielleicht bedeutete er tatsächlich ein wichtiges Bindeglied in der bisherigen Kette von Hinweisen. Penny und Jejo waren bereits am Morgen in das Sommerferienlager abgefahren. Sie würden erst in drei Wochen wieder in der Stadt sein. Deshalb hatte Eddie Crystal in sein Vorhaben eingeweiht und sich gemeinsam mit ihr auf den Weg zum San Francisco General Hospital in der Potrero Avenue gemacht. Im Augenblick saßen sie nebeneinander im Bus und keiner wusste so recht, was er sagen sollte. Crystal trug eine kurzärmelige, orangefarbige Bluse, eine weiße Sommerhose und cremefarbige Leinenturnschuhe. Eine breite, goldglänzende Spange führte ihre langen Haare im Nacken zusammen, so dass sie wie ein schwarz schimmernder Umhang auf ihren Rücken fielen. Eddie kam sich neben ihr mit seinen verblichenen Jeans, dem gelben T-Shirt und der dunkelblauen Sportjacke fast schäbig vor.

Er beschloss ein Gespräch zu versuchen. „Warum besuchst du eigentlich dieselbe Klassenstufe wie ich, obwohl du ein Jahr älter bist?“

„Durchgefallen.“ Crystal lachte kurz. „In der Vierten. Meine Eltern sind viel umgezogen. Ich habe noch nie länger als ein Jahr an einem Ort gelebt, außer hier.“

„Zieht ihr bald wieder weg?“

Sie lachte wieder. Eddie spürte im Bauch ein ziehendes Gefühl, als wenn er in einem schnellen Aufzug nach unten fuhr.

„Keine Ahnung“, sagte Crystal. „Aber ich glaube, diesmal hat mein Dad etwas für länger gefunden. Oder besser *jemanden*. Es gefällt uns gut hier.“

„Und deine Mutter?“

„Lebt nicht mehr.“

„Oh. Entschuldigung.“

„Ist schon lange her. Eigentlich kann ich mich kaum noch an sie erinnern. Als sie starb, war ich erst fünf.“

„Und woran...“

„Dad sagt, es waren die Sorgen um ihre kranken Eltern. In Wahrheit hatte sie einen ziemlich schrecklichen Unfall.“

Eddie wollte unbedingt das Thema wechseln. „Bist du schon lange hier?“

„Wann hast du mich denn das erste Mal gesehen?“, fragte sie statt einer Antwort zurück.

Eddie dachte kurz nach. „Am Ende der Siebten. Vor einem Jahr ungefähr.“

„Seitdem bin ich hier.“ Crystal hatte eine knappe Art sich auszudrücken, aber was sie sagte, klang meistens sehr überlegt. Vielleicht wirkte sie deshalb oft so erwachsen.

„Crystal ist ein schöner Name“, bemerkte Eddie und meinte es ehrlich.

Sie lächelte, während sie schelmisch nickte. „Danke. Ich mag deinen auch.“ Sie musterte ihn von der Seite. „Ich finde, du hast witzige Sommersprossen, weißt du?“ Crystal blickte amüsiert auf eine Stelle neben seiner Nase.

Eddie schielte an sich herunter. „Ich kann nichts dafür. Die waren schon immer da.“

„Sage ich ja auch nicht. Ich finde sie süß.“

Eddie rümpfte die Nase. „Ich bin doch nicht süß.“

„Entschuldige“, sagte Crystal.

Der Bus hielt. Ein paar Leute stiegen aus.

„Die Rollen laufen wirklich Spitze“, versuchte Eddie das Gespräch in Gang zu halten.

„Oh, schön. Ich habe selbst nicht so viel Ahnung von den technischen Dingen. Mein Dad sagte, es seien die besten und buntesten, die man bekommen kann."

„Dein Dad hat sie gekauft? Ich dachte, sie seien ein Geschenk von dir."

Crystal war amüsiert über Eddies Entrüstung. „Nein, er hat sie nicht gekauft. Aber mein Dad arbeitet bei *Rollers'n Blades*. Er leitet die Werbeabteilung und hat die Rollen günstiger bekommen."

Sie sah ihn mit gespielt ernster Miene an. „Es war vollkommen meine eigene Idee. Ich musste dafür in Dads Büro eine Woche lang von morgens bis abends Werbeprospekte falten."

„Entschuldigung, ich wollte nicht behaupten, dass du …" Eddie wusste nicht, was er sagen sollte, und stockte mitten im Satz. Crystal zog fragend ihre Augenbrauen hoch und legte den Kopf zur Seite.

„Jaaaaa?"

Plötzlich prusteten beide los. Sie lachten und kicherten so laut, dass sich die wenigen Passagiere im Bus amüsiert umsahen. Immer, wenn einer in einer kleinen Atempause etwas sagen wollte, platzte der andere wieder los. Das ging eine ganze Weile so, bis sie erschöpft nebeneinander saßen und schnauften.

„Weißt du", sagte Eddie, „Ich kenne Penny und Jejo schon seit der dritten Klasse und dich erst so kurz. Aber es ist irgendwie, als wärest du schon genauso lange da."

Crystal schien verlegen zu sein, denn sie blickte konzentriert nach vorne. Es schien, als sammelte sie sich. „Wenn du möchtest, kannst du Chris zu mir sagen. So nennt mich auch mein Vater."

Eddie sah ebenfalls etwas verschämt aus dem Fenster. „Ich glaube, wir müssen hier raus, Chris."

Das San Francisco General Hospital wirkte wie eine Mischung aus einem Bahnhof und einem riesigen Wohnhaus. Ein helles Gebäude mit schmuckloser kantiger Betonfassade. Im Bereich des ebenso mächtigen wie nüchternen Eingangsbereichs herrschte ein geschäftiges Treiben wie in einem Einkaufszentrum. Eddie und Crystal gingen zur Anmeldung, einem lichten, hellen Raum mit spiegelblank poliertem Boden und schwarzen Metallstühlen, von denen etwa die Hälfte mit Männern, Frauen und Kindern aller Altersstufen besetzt war. Einige trugen Verbände oder hatten eingegipste Gliedmaßen. An einer Seite des Warteraums gab es mit großen Nummern gekennzeichnete Fenster, hinter denen Verwaltungsangestellte die Formulare der Patienten entgegennahmen und bearbeiteten. Eddie zog eine Wartenummer. Nach einer viertel Stunde wurden sie zu Schalter drei gerufen. Eine rundliche, dunkelhäutige Frau mit pausbäckigem Gesicht und weißem Kittel blickte ihnen gelangweilt aus dem Fenster entgegen.

„Hallo ihr beiden. Was kann ich für euch tun?"

„Guten Morgen. Wir möchten einen Patienten besuchen, der gestern Nachmittag hier eingeliefert wurde."

„Name?"

„Keine Ahnung."

Die Frau runzelte die Stirne. „Ihr wisst den Namen nicht? Wie soll ich euch dann sagen, wo er sich befindet?"

„Es war ein Unfall, in der Nähe des Lafayette Parks."

„Wir sind Zeugen und möchten wissen, wie es dem Mann geht", fügte Crystal hinzu.

„Ah, dann ist mir alles klar. Eine Notaufnahme." Sie zog ein rotes Ringbuch hervor und blätterte darin herum. „Gestern Nachmittag, sagt ihr? Lafayette Park? Ja, da hatten wir eine Einlieferung ohne Papiere."

Die Freundlichkeit verschwand aus ihrem Gesicht. „Habt ihr mit dem Mann etwas zu tun? Was wisst ihr über ihn?"

„Nichts. Wir wollten uns nur erkundigen, wie es ihm geht."

„Nach meinen Unterlagen ist er nicht mehr bei uns und wir wissen auch nicht, wo er sich befindet. Wir nennen das einen Flüchtling."

„Wie bitte?"

„Ab und zu haben wir Einlieferungen, bei denen wir die Identität nicht sofort feststellen können. Manche stehlen sich davon, ehe wir herausgefunden haben, wer sie sind. Meistens handelt es sich um Obdachlose, die kein Geld und keine Krankenversicherung haben. Das kostet unser Krankenhaus natürlich eine Menge."

„Aber der Mann war schwer verletzt", warf Crystal ein.

„Darüber kann ich natürlich nichts sagen. Hier steht nur, dass er sich nicht mehr in unserem Krankenhaus befindet." Sie zeigte auf die Zeile mit der Eintragung vom Vortag. *Anonym 3477 Station C5/33a*, konnte Eddie neben dem Datum der Einlieferung entziffern.

„Danke."

„Keine Ursache." Die Frau legte das Buch beiseite und drückte einen grünen Knopf auf ihrem Pult. Ein leiser Gong ertönte und die rote Leuchtanzeige mit den Wartenummern sprang eine Stelle weiter.

Auf dem Rückweg saßen sie im Bus zunächst eine Weile nachdenklich nebeneinander.

„Chris, denkst du, dass ich spinne oder so was?"

„Ich pflege meine Zeit nicht mit Spinnern zu verbringen."

„Na ja, ich glaube, wenn ich mir selbst begegnen würde, hielte ich mich für ziemlich verrückt."

Er schlug mit dem Handballen gegen die Rückenlehne des vorderen Sitzes. „Und dann habe ich auch noch diese Brille verloren. Damit hätte ich dir wenigstens etwas beweisen können."

„Du musst mir gar nichts beweisen, Eddie."

„Vielleicht muss ich es mir selbst beweisen. Ich weiß schon nicht mehr, was ich glauben soll und was nicht. Manchmal zwicke ich mich, um herauszufinden, ob ich gerade träume."

„Wenn es nur daran liegt…", meinte Crystal und zwickte ihn kräftig in den Arm.

„Heee, was soll das?"

„Damit du nicht etwa glaubst, ich sei ein Traum." Sie lachte und Eddie fiel auf, wie schön ihre braunen Augen glitzerten. Er kniff sie zurück, woraufhin sie ihn frech in die Seite knuffte. Als Crystal den Bus zwei Stationen später verließ, starrte ihr Eddie gedankenverloren nach. Ihm stockte vor Überraschung der Atem, als er auf einmal im Bereich ihrer linken Schulter ein intensiv leuchtendes Türkis in ihrer Aura erkannte.

Kreuzworträtsel

Die vielen Erlebnisse der vergangenen zwölf Tage waren mittlerweile so verwirrend geworden, dass Eddie es nicht weiterhin dem Zufall überlassen durfte, ob er dem Geheimnis des Buches näher kam. Zu leicht könnte er Zeichen übersehen. Außerdem wurde er immer unsicherer über die Bedeutung dessen, was um ihn herum geschah. Also fuhr er zum alten Hafen und setzte sich in der Nähe des Ghiradelli Square ans Wasser. Der Tag war klar, es roch nach Salz und Tang. Möwen kreischten und fingen

Brotkrumen auf, die ihnen von Touristen entgegengeworfen wurden. Von irgendwoher trug der Wind die heiteren und dennoch leicht melancholisch wirkenden Melodien eines Saxophons herüber. Alles war so, wie Eddie es sein Leben lang kannte: bunt, lebendig und greifbar real. Dennoch war alles anders als noch vor einigen Tagen. Er spürte, dass es keinen Weg zurück gab. Zwölf Tage! Es kam ihm vor, als läge die Zeit, in der er noch ein ganz normaler Junge mit einem gewöhnlichen, durchschnittlichen Alltag gewesen war, bereits in unendlicher Ferne.

Eddie setzte sich auf eine Bank, von der aus man einen wunderbaren Ausblick auf die Bucht mit der ehemaligen Gefängnisinsel Alcatraz hatte, und zog das Schulheft hervor, das ihm als Traumtagebuch diente. Auf eine leere Doppelseite am Ende notierte er ohne System kreuz und quer alles, was ihm zu den merkwürdigen Erlebnissen der vergangenen Tage gerade einfiel. Nach einigen Minuten war die Seite mit einer Vielzahl scheinbar zusammenhangloser Begriffe und Namen vollgekritzelt:

Pater William *Crystal (Türkis in der Aura)*

Famosa Dream Lane (real?)

Türkis (Sinn?) *verschwundener Unfallmann*

Amen Gilstein (verstorben) *Kartenspiel (Herkunft?)*

Schwarze Brille (verloren) *Blinder Bettler*

Buch der Träume (wo?) *fehlendes „d“*

Tor der Träume *Gesundheit/Heilung*

Kleiner goldener Schlüssel *Visitenkarte*

Magnolia Twingel *Aura von Personen sehen (wozu?)*

Gefühl, beobachtet zu werden (wer?)

Merkwürdige Träume (wozu?)

Eddie starrte auf das Blatt. Eine ältere Frau hatte am anderen Ende der Bank Platz genommen. Sie sah herüber. „Na, hast du nicht Schulferien? Trotzdem so fleißig?"

Eddie schreckte aus seinen Überlegungen auf. „Neinnein. Ich meine ‚klar'. Ich muss etwas Wichtiges nachholen."

„Gut so", sagte die Frau, die offensichtlich ein Gespräch suchte. „Wichtige Dinge soll man nie auf die lange Bank schieben. Das sagte auch mein verstorbener Mann immer."

„Aha", machte Eddie desinteressiert und widmete sich wieder seinen Notizen.

„Er war ein kluger Kopf, mein Mann, weißt du", fuhr die Frau fort. „Er liebte Kreuzworträtsel. Es gab kaum eines, wo auch nur ein Feld frei blieb, wenn er damit fertig war."

„Ah ja?" So konnte er sich unmöglich konzentrieren. Eddie entschied sich, das Heft einzupacken und sich einen ruhigeren Ort zu suchen.

Die Frau schüttelte den Kopf. „Ich habe nie verstanden, wie er das geschafft hat, aber er war ein sehr systematischer Mensch, Tabellen und Listen waren sein Beruf. Weißt du, ich glaube manchmal, er hat sogar alles, was ihm im Leben begegnete, in seinem Kopf in Tabellen eingetragen. Deshalb war er nie um eine Antwort verlegen. Na, er war ja auch ein guter Buchhalter, der beste, den sie bei *Liberty und Barnes* jemals hatten."

„Ich muss jetzt gehen", sagte Eddie und versuchte einen bedauernden Tonfall zu erzeugen.

„Natürlich", sagte die Frau und wischte sich mit einem rosa Stofftaschentuch Tränen aus den Augen. „Lerne nur immer gut, dann bringst du es auch zu etwas und wirst nie so hilflos dastehen wie ich jetzt."

„Das werde ich tun. Auf Wiedersehen." Er wandte sich ab, hielt dann aber noch einmal inne und drehte sich um. Die Frau bemerkte es und sah ihn an.

„Es tut mir Leid für Sie, das mit Ihrem Mann", sagte er.

„Danke, du bist ein guter Junge."

Eddie ging Richtung Osten bis zum Aquatic Park, wo er sich auf einer Wiese einen ruhigen Platz unter einem Baum suchte. Während er das Schulheft wieder aufblätterte, fielen ihm die Worte von Amen Gilstein ein, die später auch Pater William zu ihm gesagt hatte:

‚Nichts im Leben geschieht aus Zufall'.

Warum hatte ihn die Frau gerade in dem Augenblick mit der Geschichte über ihren verstorbenen Mann bedacht, als er orientierungslos vor seinen Aufzeichnungen gesessen hatte? Sollte das eine Art Hinweis sein? Was hatte sie eigentlich erzählt? Der Mann war ein Buchhalter gewesen, der alles und jedes in Tabellen eingetragen hatte. Eddie starrte wieder auf sein Blatt. Die blinde Frau aus dem Traum hatte erwähnt, dass ein Schlüssel zum Buch der Träume in sieben Aufgaben, Personen und Fähigkeiten läge. Eddie blätterte eine neue Seite auf. Er zeichnete drei Spalten. Darüber schrieb er jeweils eine Überschrift:

7 Personen. 7 Aufgaben. 7 Fähigkeiten

In die Spalte mit den Personen trug er die Namen der Menschen ein, die ihm in der letzten Zeit begegnet waren. Allerdings kamen hier schon auf Anhieb mehr als sieben zusammen. Eddie überlegte kurz, dann markierte er diejenigen, die er mit der Farbe Türkis in Verbindung bringen konnte:

Amen Gilstein
Der blinde Bettler
Pater William
Magnolia Twingel
Crystal Clearwater

Das waren immerhin nur noch fünf. Jetzt ließ er die bisherigen Begegnungen vor seinem inneren Auge Revue passieren. Dabei stellte er fest, dass zumindest die ersten vier Personen ihm wesentliche Hinweise zu dem geheimnisvollen Buch gegeben hatten. Amen Gilstein hatte ihm das Kartenspiel verkauft, durch das die ganze Sache erst in Gang gekommen war. Die Brille des blinden Bettlers hatte ihm geholfen, die Famosa Dream Lane zu entdecken. Pater William hatte Eddie überhaupt vom Buch der Träume erzählt und noch so vieles mehr, was bedeutend war. Magnolia Twingel hatte ihm das Aurasehen beigebracht – eine Fähigkeit, die dazu beitrug, Personen zu erkennen, die mit dem Weg zum Buch in Zusammenhang standen. Erst damit hatte er den kritischen Zustand des Verletzten erkennen können. Welche Funktion Crystal in diesem Puzzle allerdings hatte, war für Eddie nicht klar. Noch nicht. Doch zumindest vier ‚Boten‘ waren relativ deutlich erkennbar. Blieben noch drei offen.

Schwieriger war es, die sieben Fähigkeiten und Aufgaben zu bestimmen. Eddie konnte nur vermuten, um was es sich handelte. Auf jeden Fall hatte er gelernt, auf sein Gefühl zu hören. Aufgrund eines Gefühls hatte er das Traumtarot gekauft. Ebenso eindeutig war es ein Gefühl gewesen, das zur Entdeckung der Famosa Dream Lane geführt hatte. Neu hinzugelernt hatte er auch das Aurasehen, mit dem er unter anderem das Türkis im Energiefeld der helfenden Boten wie Magnolia Twingel erkannte. Auch verstand Eddie zunehmend seine Träume und vertraute ihren Botschaften im wirklichen Leben. Wie sonst hätte er den Verletzten retten können? Möglicherweise war er sogar gerade dabei, die vierte Aufgabe zu lösen, indem er den Zusammenhang zwischen allen Geschehnissen herstellte und die vor ihm liegende Aufgabe erkannte? Die Fähigkeit wäre dann, zu wissen, wer er wirklich war und was er zu tun hatte. Dieser vierte Punkt schien Eddie ziemlich vage zu sein, aber er schrieb ihn dennoch auf.

Er betrachtete seine Tabelle. Soweit, so gut. Zumindest war ihm jetzt einiges klarer. Menschen, die auf irgendeine Art mit Türkis in Verbindung standen, würden ihm helfen. So wie Magnolia Twingel. Er kramte die Visitenkarte von Twingels Traumladen heraus und sah sich die zwei handgeschriebenen Worte auf der Rückseite an:

Tawákwaptiwa
Kykotsmovi

Wie sollte er damit weiterkommen? Er hatte absolut keine Idee. Inzwischen war ein ungemütlicher Wind aufgekommen, der Eddie nach Hause trieb.

Beim Abendessen befürchtete Eddie ein wenig, seine Eltern könnten ihm seine Gedanken aus den Augen lesen wie die neuesten Schlagzeilen aus der Abendzeitung, aber falls sie bemerkt hatten, dass er sich ungewöhnlich verhielt, verbargen sie es gut. Pa schaltete den Fernseher ein und Mom räumte die Küche auf. Danach würde sie sich zu Pa setzen und beide würden ihre Lieblingsfernsehserie über mysteriöse Kriminalfälle ansehen. Normalerweise hätte Eddie ihnen dabei Gesellschaft geleistet, aber im Augenblick gab es kaum etwas, was ihm banaler vorgekommen wäre, als ungewöhnliche Phänomene im Fernsehen zu bestaunen. Deshalb ging er in sein Zimmer.

‚Nichts geschieht aus Zufall', dachte er und grinste, als er sein Geburtstagsgeschenk einschaltete. Der Computer war bereits voll funktionsfähig. Obwohl Eddie noch keine Zeit gehabt hatte, ihn zu benutzen, wusste er, dass sein Vater am vergangenen Wochenende einige Stunden damit verbracht hatte, im Internet herumzustöbern. Eddie rief die Seite einer Suchmaschine auf, gab das Wort *Tawákwaptiwa* von der Rückseite der Visitenkarte ein, aber er erhielt keine Treffer. Auch bei zwei weiteren Suchmaschinen blieb er erfolglos. Mit dem anderen Wort hatte er mehr Glück. *Kykotsmovi* war anscheinend der Name eines winzigen Ortes im Reservat der Hopi-Indianer in Arizona. Demnach stammte der andere Begriff vielleicht auch aus der Hopisprache.

Möglicherweise hatten die Wörter keine Bedeutung für die Suche nach dem Buch der Träume. Zwar war die Adresse von Twingels Traumladen auf der Visitenkarte ein wichtiger Hinweis gewesen, aber es konnte ebenso gut sein, dass Amen Gilstein die beiden Wörter aus einem anderen Grund auf die Rückseite gekritzelt hatte.

Konnte sein.

Oder auch nicht.

Eddie beschloss, am nächsten Vormittag in die Famosa Dream Lane zu fahren und Pater William zu fragen.

Sonne-am-Himmel…

…stand alleine auf dem Hügel. Sein Schatten war bereits länger als er selbst und machte sich gerade auf, den Abhang hinunterzufließen. Aber John Sonne-am-Himmel war nicht wirklich alleine. Die Sonne wärmte ihn. Der Wind streichelte ihn. Die Ahnen sprachen mit ihm.

Die Haare von Sonne-am-Himmel umspielten sein faltiges Gesicht und tanzten mit der angesteckten Adlerfeder um die Wette, als wollten sie sich losreißen, um mit dem Wind in die Jagdgründe zu fliegen. John hielt seine Augen geschlossen, wie schon seit acht Jahren, als das letzte Licht aus ihnen verschwunden war. So sah er die lange Wolke aus leuchtendem Staub nicht, die sich ihm näherte. Sonne-am-Himmel verfügte trotz seiner einhundertvier Jahre über einen wachen Verstand. Doch obwohl auch sein Gehör noch gut funktionierte, drang das Motorgeräusch des Chevrolets in diesem Moment nicht bis zu seinem Geist vor. Zu sehr war John in seinem stummen Zwiegespräch versunken.

Der rostige Pick-Up rollte heran und hielt schließlich unterhalb des Hügels. Ein junger Hopi-Indianer stieg aus. Er blieb eine Weile neben der Fahrertür stehen und sah zu dem alten Indianer empor, dann machte er sich auf den Weg den Hügel hinauf. Seine Schritte erzeugten kleine Lichtwolken aus Staub, die in Sekundenschnelle vom Wind zerrissen wurden, als wären sie entschwindende Seelen. In der Höhe des Schattens, den Sonne-am-Himmels Arme warfen, blieb er stehen. Der alte Mann hatte sich die ganze Zeit über nicht bewegt. Jetzt änderte er seine Haltung und drehte sich um.

„Die Sonne ist warm", sagte er mit rauer Stimme.

Der Jüngere antwortete nicht.

„Der Wind trägt die Gedanken zu ihr hinauf. Es ist ein guter Tag, um die Geisterkrieger zu fragen."

„Lass' uns fahren, Urgroßvater. Gleich ist die Sonne verschwunden und der Wind wird kalt."

Sonne-am-Himmel schloss die Knöpfe seines grau gemusterten Flanellhemdes. Seine knochigen Finger zitterten ein wenig und er hatte Mühe damit. Der junge Hopi setzte zögernd zu einem Schritt an, aber John machte eine abwehrende Handbewegung. „Kalter Wind schadet nur, wenn die Zeit gekommen ist. Ich habe mich noch nicht auf das Sterben vorbereitet."

Nur ein leichtes Spiel der Augenbrauen zeigte an, dass der Jüngere überrascht war. „Natürlich nicht", sagte er, aber in seiner Stimme schwang Unsicherheit mit.

„Ich weiß, ihr habt es geglaubt, aber es ist noch nicht soweit", sagte der Alte. „Ich habe die Geisterkrieger gefragt. Ein Junge wird kommen. Ein weißer Junge, und er wird auf der Suche nach etwas sein."

„Wann?"

„Bald."

„Was sucht er?"

„Den Schlüssel zu etwas, das die Menschen vor unzähligen Generationen verloren haben."

„Was wirst du tun, wenn er kommt? Hilfst du ihm? Einem Weißen?"

Der alte Indianer atmete tief ein, hielt die Luft einen Augenblick an und ließ sie dann mit einem lauten Seufzer entweichen. „Ich weiß es nicht. Ich werde am heiligen Platz die Träume befragen. Noch heute Nacht."

„Lass uns gehen, Urgroßvater." Der junge Hopi nahm den alten Mann am Arm und beide gingen mit kleinen Schritten den Hügel hinunter.

Reisevorbereitungen

„Du hast ja schon wirklich gute Vorarbeit geleistet", meinte Pater William in bewunderndem Tonfall. Vor ihm lagen das Schulheft, die Visitenkarte und einige Ausdrucke von Internetseiten, die Eddie bei seinen Nachforschungen am Vorabend gefunden hatte.

„Ich habe keine Ahnung, ob es stimmt", meinte Eddie.

„Glaubst du, ich etwa?" Der Pater hielt einen der Ausdrucke in der Hand. „Das ist ganz schön weit weg. Bestimmt siebenhundert Meilen oder mehr."

Eddie rümpfte die Nase. „Meine Eltern würden mir niemals erlauben, dorthin zu fahren."

„Ich kenne deine Eltern nicht, aber wenn ich dein Vater wäre, würde ich es dir auch verbieten."

„Also wird die Kette unterbrochen."

„Welche Kette?"

„In einem Traum hat der Weiße gesagt, ich solle darauf achten, dass die Kette der Menschen, die mir helfen, niemals bricht."

„Ah so, eine Kette." Pater William tigerte nachdenklich in seinem Wohnzimmer auf und ab. Manchmal blieb er kurz stehen, sah Eddie in Gedanken an und setzte dann seinen Weg fort. Irgendwann ging er zu einem der Fenster, die auf die Straße zeigten, sah hinaus, atmete tief durch und drehte sich um. „Es ist ein herrlicher Tag heute. Hättest du Lust auf einen kleinen Ausflug?"

„Wohin?"

„Nach…" Er ging zum Tisch, nahm die Visitenkarte und hielt sie weit von sich, um die Schrift ohne Lesebrille besser erkennen zu können. „Nach Kykotsmovi zum Beispiel."

„Nein, das geht nicht. Ich bekomme riesigen Ärger mit meinen Eltern."

„Und wenn nicht?“

„Es ist aber so. Außerdem möchte ich meine Mom und meinen Pa nicht beunruhigen. Wenn ich ihnen erzählen würde, was ich bisher erlebt habe…“

Pater William sah Eddie mit amüsiertem Gesichtsausdruck an. „Nur mal angenommen, es gäbe eine Möglichkeit dorthin zu reisen und wieder hier zu sein, ehe jemand etwas merkt…“

„Das ist doch Unsinn.“

„Ich sage ja auch: *Nur mal angenommen.*“

Eddie verzog die Lippen. „Ich weiß nicht. Irgendwie ist das zu gefährlich. Ich meine, ich bin ja kein Angsthase, aber was hier geschieht, ist mir schon so unheimlich genug. Alleine dass ich hier sitze, in einem Haus, das…“

„… das es eigentlich nicht geben kann, mit einem Pfarrer, den es nicht geben kann, in einer Straße, die es nicht geben kann. Meinst du das?“

„So ungefähr“, brummelte Eddie.

„Tja, wenn es das alles nicht gibt, dann gibt es wohl auch diesen Ort im Hopiland nicht.“ Er legte die Internetausdrucke auf den Tisch. „Und diese Papiere gibt es ebenfalls nicht.“

„Sie *wollen* mich einfach nicht verstehen, oder?“, rief Eddie aufgebracht. Der Pater zuckte sichtlich erschrocken zurück. „Ich weiß im Augenblick nicht einmal, wer ich selbst bin. Ich glaube, ich befinde mich auf dem besten Weg, um verrückt zu werden!“ Eddie starrte ihn mit aufgerissenen Augen und zusammengekniffenen Lippen an. „Was sagen Sie dazu, Pater William?“

Der Pater wirkte sichtlich betroffen. „Entschuldige, Eddie“, sagte er nach einer Weile. „Ich habe vergessen, wie schwer das alles zu verstehen sein muss. Die Famosa Dream Lane an sich ist ja schon eine Sache, die man kaum akzeptieren kann, aber du hast in sehr kurzer Zeit noch viel mehr erlebt.“

Er setzte sich in den Sessel am Fenster und starrte hinaus. Eddie wartete auf weitere Erklärungen, aber der Pater blieb still. So saßen beide stumm nebeneinander, als warteten sie auf etwas Unsichtbares, das jeden Augenblick oder erst in Stunden durch das halb offene Fenster hereinkommen könnte. Vielleicht eine Wolke, die Eddie einhüllte irgendwie aus diesem Schwebezustand erlöste und zu sich selbst brachte.

„Ich will mein Leben zurückhaben, Pater William“, flüsterte Eddie.

„Das kann ich verstehen."
Schweigen.
„Helfen Sie mir? Bitte!"
„Das kann ich nicht, Eddie", sagte der Pater tonlos, ohne seinen Blick vom Fenster abzuwenden.
„Warum nicht?"
„Wie soll ich dir etwas zurückgeben, was ich nicht habe? Du kannst es dir nur selbst holen."
„Aber ich weiß nicht, was mit mir geschieht. Wie soll ich das alles rückgängig machen?"
„Etwas, das bereits geschehen ist, kann niemand mehr rückgängig machen. Wir alle können nur beeinflussen, was jetzt geschieht und ein wenig von dem in der Zukunft."
Eddie seufzte und gleichzeitig schossen Tränen in seine Augen. Er konnte sich nicht erinnern, wann er das letzte Mal geweint hatte.
„Ich komme mir vor wie in einem Spiel. Aber ich habe mir nie ausgesucht, dabei zu sein, und ich will auch nicht mehr mitspielen. Ich will raus Pater. Verstehen Sie das? Raus!"
„Ja, Eddie. Aber die Tür nach draußen liegt immer vor dir. Vielleicht ist es das Beste, wenn du den Weg dorthin einfach weitergehst?"
Eddie zog ein Taschentuch aus seiner Jeans und schnäuzte seine Nase.
„Ich kann einen Albtraum nur beenden, indem ich ihn fertig träume?"
„Ist das alles wirklich so schlimm für dich? Ein Albtraum?" Jetzt drehte sich der Pater zur Seite und sah Eddie an. Das Gesicht des rundlichen Mannes strahlte eine enorm beruhigende Güte und Geborgenheit aus. „So schlecht hat noch nie jemand meine Lasagne beurteilt."
Plötzlich brach Eddie in Lachen aus. Die Lust zu lachen erfasste ihn so durch und durch, als würde sein Körper von einem Wasserfall aus Heiterkeit durchströmt. Der Pater konnte sich ebenfalls nicht beherrschen und prustete lautstark los. Die Lachsalve der beiden dauerte mehrere Minuten, bis sie schließlich erschöpft, aber glücklich in ihre Sessel zurücksanken.
Als sie sich beruhigt hatten, fragte Eddie den Pater: „War das vorhin ernst gemeint?"
„Was denn, mein Junge?"
„Die Sache mit dem Verreisen, ohne dass meine Eltern es merken."
„Ich scherze nie, mein Junge. Das solltest du inzwischen wissen."

Wieder wurden die beiden von einer Lachsalve geschüttelt.

„Ernst, jaja, natürlich war das Ernst“, meinte der Pater anschließend.

„Dann bin ich mal gespannt, wie Sie das einhalten wollen“, sagte Eddie.

„Heißt das, du würdest mitkommen?“

Eddie wischte sich die Tränen von den Wangen. „Was sollte ich denn sonst tun?“

„Dann lass uns zu Magnolia gehen.“

Kurz darauf standen sie vor dem Traumladen. Die riesige Seifenblase, auf der sich neben dem Bild der Straße auch die Hausnummer 78 spiegelte, wiegte sich leicht im Wind. An der Tür des Geschäfts hing ein Schild:

Bin gerade im Café 33.
Die Tür ist offen, sehen Sie sich um.
Bitte nehmen Sie, was Ihnen gefällt,
und legen Sie das Geld neben die Kasse
oder bringen Sie es später vorbei.
Viel Freude
Magnolia

Der Pater schüttelte den Kopf. „Typisch Magnolia“, brummte er, aber er schien nicht wirklich verärgert. „Wie sollen die Leute denn das Geld neben die Kasse legen, wenn sie immer so unmögliche Preisauszeichnungen macht. Na, egal.“

Er betrat den Laden und Eddie folgte ihm. Als sie über die Schwelle traten, ertönte das bekannte ‚Haaaaaaachhhhh‘. Der Pater steuerte auf eine Regalreihe zu und begann die Auslagen zu mustern. Dabei murmelte er die Namen der Waren leise vor sich hin. „Silberschnüre, Traumverstärker, Schlafmützen, Murmeltierperlen, Gebetsmühlen, …“

Zwischendurch ließ er ab und zu kopfschüttelnd ein *Tssstssstsss* hören. „Luftschlösser, Zielebilder, Zeiteinteiler, Fantasiezerstäuber… ah, hier sind sie!“

Er zog eine Holzkiste aus dem Regal und ging zum Fenster ans Licht. Eddie versuchte zu erkennen, was sich in der Kiste befand. Mit spitzen Fingern zog der Pater vorsichtig eine dünne Kette hervor, an deren Ende eine Art Taschenuhr hing.

„Das wird uns helfen“, verkündete er wichtig.

Eddie wechselte die Seite und las, was auf dem Schild an der Kiste stand:

Tickstopps Zeitvertreiber

– Bremst die Zeit auf Knopfdruck –
Verschiedene Ausführungen:

Modell „Standard“
nach Wahl 2 x, 4 x oder 6 x langsameres Zeitvergehen für einen Tag.
Einmalige Anwendung. Ergebnis: Zeitdehnung.
Preis: günstig.

Modell „Komfort“
1, 2, oder 3 Wochen am Stück gewonnen.
Dreimalige Anwendung. Ergebnis: Zeitstopp.
Preis: Verhandlungssache.

Modell „Luxus“
Verschafft mehr persönliche Zeit, bis zu einem Jahr pro Anwendung.
Ein- bis dreimalige Anwendung, je nach Ausführung.
Ergebnis: Zeitstopp oder Zeitdehnung.
Preis: fast unerschwinglich.

„Ich denke, uns genügt die Komfortausführung, was meinst du?“, fragte ihn der Pater.

„Was heißt das?“, wollte Eddie wissen

„Es heißt, dass wir ein paar Tage nach Arizona fahren können und deine Eltern nichts davon merken werden, weil du heute Nachmittag schon wieder zu Hause bist.“

„Wie soll das funktionieren? Ich meine, dafür müssen wir die Famosa Dream Lane verlassen, und damit läuft die Zeit doch normal weiter.“

Der Pater grinste breit. „Normalerweise schon, aber nicht mit diesem Ding hier. Deine Eltern werden glauben, dass du nur ein paar Stunden weg warst. Bist du bereit für die Abfahrt?“

„Nein. Ich habe nichts dabei, was man für eine Reise braucht.“

„Denkst du, du könntest ein paar Sachen herschaffen, ohne dass deine Eltern es merken?“

Eddie überlegte. Wenn er seine Sporttasche bepackte und seiner Mutter erzählte, er würde mit Freunden den Tag im Freibad verbringen…

„Ja, das klappt.“

„Gut, dann los. Abfahrt oben an der Kreuzung in zwei Stunden. Einverstanden?“

„Einverstanden!“

Genesung

Zur selben Zeit, als Eddie und der Pater ihre Reisevorbereitungen planten, wachte Darren Thorn aus seinem ohnmachtsähnlichen, aber heilsamen Schlaf auf. Er sah sich um und stellte fest, dass er die Umgebung nicht kannte. Das Zimmer war sehr groß und wie ein kleines Appartement eingerichtet. Eine komplett verglaste Seite bot einen atemberaubenden Ausblick über die Stadt und die nördliche Bucht. An der Wand gegenüber der Fensterfront befand sich eine kleine Küchenzeile, daneben eine Tür, die offensichtlich zu einem Bad führte. Alles sah so neu aus, als wäre die Wohnung eben gerade erst eingerichtet worden.

Thorns Kopf dröhnte. Er wollte sich an die Stirn fassen, aber ein stechender Schmerz in seiner Schulter verhinderte den Versuch bereits im Ansatz. Er sah an sich herunter und stellte fest, dass ein großer Teil seines Oberkörpers bandagiert war. Langsam kamen die Erinnerungen zurück. Er hatte den Jungen überwacht. Um seine Vorstellungskraft für die weitere Fernüberwachung zu unterstützen, hatte er an diesem Tag beschlossen, ihm ausnahmsweise persönlich zu folgen. Er hatte in einem gemieteten Van in der Nähe der Kreuzung zur Famosa Dream Lane gesessen und gerade eine Tüte Kirschen gegessen, als dieser Lastwagen, groß wie ein Frachtdampfer, auf ihn zugekommen war. Ab diesem Augenblick verlor sich Thorns Erinnerung im Dunkel.

Wo war er hier? Wie ein Krankenhaus sah das nicht aus. Überraschenderweise gelang es ihm, ohne große Schmerzen aufzustehen. Er ging ins Bad und betrachtete sich im Spiegel. Sein Gesicht sah fürchterlich aus. An der Stirn zeigten sich zwei blaugrüne Beulen. Ein Augenlid war stark angeschwollen, ebenso der linke Teil der Unterlippe. Thorn versuchte sich zu beruhigen. Auf den zweiten Blick war es halb so schlimm. Die Schwellungen würden in ein paar Tagen verschwunden sein. Der Verband um seine Brust und die Schmerzen im Arm gaben allerdings schon mehr Anlass zur Sorge. Thorn war es gewohnt, Dinge selbst in die Hand zu nehmen, und so entfernte er kurzerhand die Mullbinden. Die Wunde an seiner Brust war die merkwürdigste, die er je gesehen hatte. Eigentlich bestand sie nur aus einem handgroßen stark geröteten Fleck, der in der Mitte eine lange unregelmäßige Linie ähnlich einer Narbe aufwies. Diese allerdings war so gut verheilt, als wäre sie schon viele Wochen alt. Noch merkwürdiger war, dass er keine Spuren einer Naht erkennen konnte. Thorn sah auf seine Uhr. Die Datumsanzeige lieferte den Beweis dafür, dass der Unfall erst gestern geschehen war. Wie konnte so etwas möglich sein?

Er spürte, dass jemand im Raum war. Direkt hinter ihm.

„Schon wieder munter auf den Beinen, lieber Darren?“ Es war Andark Myser. Jetzt erkannte Thorn auch, wo er sich befand: iIn einem der oberen Stockwerke des Gebäudes der Myser Central Holding.

„Geht so, Mr Myser.“ Er war entsetzt über seine Stimme, die wie das Krächzen eines Papageis klang.

„Sie hatten enormes Glück, Thorn. Der Laster hätte Ihren Wagen gegen die Hauswand quetschen können. Dann würden Sie nicht hier stehen und sich selbst auswickeln.“

„Warum bin ich nicht in einem Krankenhaus?“ Thorn berührte ganz leicht den roten Fleck auf seiner Brust. Es kribbelte ein wenig. „Diese Verletzung ist ziemlich merkwürdig.“

„Sie waren in einem Krankenhaus, aber ich habe dafür gesorgt, dass Sie um einige Klassen besser untergebracht wurden und vor allem sicherer für Ihre Identität. Hier im Gebäude gibt es zwei Etagen voll mit Arztpraxen aus allen Fachbereichen. Dort wird man Ihnen jeden Wunsch von den Augen ablesen. Warum Ihre Wunde so merkwürdig aussieht, hätte ich gerne von Ihnen gewusst. Keiner der Ärzte hat je so etwas gesehen.“

„Ich auch nicht“, meinte Thorn.

„Was zum Teufel haben Sie denn dort gemacht? Ich denke, Sie können von jedem beliebigen Ort aus ermitteln.“

Diesen Tonfall konnte Thorn überhaupt nicht leiden. „Ich habe getan, was ich für richtig hielt, um meinen Job zu erledigen, Mr Myser. Bisher hat Sie das noch nie interessiert.“

„Bisher haben Sie sich auch noch nicht zusammenfahren lassen", schnappte Myser zurück, aber er spürte sofort, dass das Gespräch den falschen Ton annahm, und lenkte ein. „Ich freue mich jedenfalls wirklich, dass Sie das so gut überstanden haben."

„Danke, ich auch." Thorn machte einen Schritt auf die Dusche zu. „Ich würde mich jetzt gerne etwas frisch machen."

„Natürlich. Nur eine Frage noch, auch wenn es derzeit vielleicht etwas unsensibel erscheinen mag. Können Sie weiterarbeiten?"

„Ich habe es noch nicht versucht, Mr Myser. Im Augenblick hätte ich gerne erst einmal einen Kaffee und ein Frühstück, bei dem ich nicht kauen muss."

„Natürlich. Das Telefon steht auf Ihrem Nachttisch. Wählen Sie die Zwei für Ihren persönlichen Service und die Eins, wenn Sie mich sprechen möchten."

Nachdem Myser gegangen war, stand Thorn lange unter der warmen Dusche und dachte nach, wie es möglich sein konnte, dass er sich so schnell regeneriert hatte. Er wusste, dass es eine Erklärung gab. Sie war irgendwo in den Tiefen seines Unterbewusstseins gespeichert, aber im Moment fand er keinen Zugang dazu. Der Unfall war ebenfalls eine sehr merkwürdige Begebenheit, denn für gewöhnlich spürte Thorn wichtige Ereignisse deutlich im Voraus, also musste er sehr abgelenkt gewesen sein, obwohl er eigentlich nur den Jungen beschattet hatte. Er hatte beobachtet, wie sein ‚Patient' zu Hause die Straßenbahn bestiegen hatte, die in die Nähe der Famosa Dream Lane geführt hatte. Thorn hatte ihn überholt, seinen Wagen an einer Stelle geparkt, von der aus er den Zugang im Auge behalten konnte, und gewartet. Wenig später war der Junge eingetroffen, und es hatte sich das Übliche ereignet, wenn jemand die Famosa Dream Lane betrat: nichts. Da man im selben Sekundenbruchteil und an exakt derselben Stelle wieder in die normale Realität eintauchte, an der man sie verlassen hatte, war für Außenstehende kaum etwas zu bemerken. Zudem hatten sich die Bewohner der Famosa Dream Lane angewöhnt, beim vorangegangenen ‚Abtauchen' in der eingeschlagenen Richtung weiterzugehen, um nicht aufzufallen. Der Junge allerdings dachte nicht an diesen Effekt und lief nach dem Auftauchen in die Richtung zurück, aus der er gekommen war.

Auch dieses Mal war das so gewesen. Deshalb wusste Thorn, dass Eddie seinen Besuch gerade beendet hatte, als der rote Lastwagen aufgetaucht war. Er spürte deutlich, dass die Erklärung für seine schnelle Genesung irgendwann zwischen diesem Zeitpunkt und dem Augenblick liegen musste, in dem er hier in Mysers Wohnung erwacht war.

Zeitvertreib

Eddie wartete wie verabredet außerhalb der Famosa Dream Lane. Unmittelbar neben der Kreuzung öffnete sich langsam das Tor einer riesigen Garage. Als er das Auto mit dem Pater am Steuer herausrollen sah, bekam Eddie einen Lachanfall. Vor ihm stand das drolligste Fahrzeug, das er je gesehen hatte. Der kleine, grasgrüne Volkswagen Käfer mit der bunten Blumenbemalung war, wie sich später herausstellte, nur ein Jahr jünger als Eddies Vater. Seine Besitzer hatten ihn gut in Schuss gehalten, nur das halb geöffnete Faltdach wies sichtbare Lädierungen auf. Eddie hoffte angesichts der zahllosen, teils halb abgelösten Flicken, dass das Wetter in den nächsten Tagen trocken bleiben würde.

„Flower Power!“, rief Pater William, legte krachend den ersten Gang ein und fuhr mit einem Ruck aus der Garageneinfahrt. Er freute sich sichtlich ebenso auf die bevorstehende Reise wie Eddie. Der Motor drehte mit einem klingelnden Geräusch hoch. Der Pater trat die Kupplung, um in den zweiten Gang zu wechseln, was allerdings dazu führte, dass der Motor abstarb. Der Wagen rollte noch ein paar Schritte und blieb dann stehen.

„Steig ein Eddie. Lass uns die Sonne suchen.“ Pater William strahlte ihn an.

Eddie stellte seine Sporttasche auf den Rücksitz und wollte die Beifahrertür öffnen. Sie klemmte.

„Du musst über die Tür klettern“, wies ihn der Pater an. „Sie geht schon seit Jahren nicht mehr richtig auf. Aber ich fahre meistens alleine, deshalb habe ich sie nie repariert.“

Eddie stieg in das kleine Gefährt. Der Pater startete erneut den Motor, begleitet von blauen Rauchwolken und knallenden Geräuschen.

„Er ist ein wenig zickig am Anfang, aber das gibt sich. Wir müssen ihn nur gut behandeln, dann ist er unser bester Freund.“ Pater Williams ließ die Kupplung langsam kommen, der Motor hustete und spuckte, dann begann sich der Käfer eher hüpfend als rollend zu bewegen.

In Eddie kamen einige Zweifel auf, was den reibungslosen Ablauf der Reise betraf. „Wie lange werden wir brauchen, Pater William?"

„Ach, wir haben genug Zeit. Mach dir keine Sorgen", bekam er zur Antwort.

„Nur ungefähr."

„Nun, wenn wir uns immer schön an die Geschwindigkeitsbegrenzungen halten, keine allzu langen Pausen einlegen, brauchen wir vielleicht zwanzig Stunden." Er tätschelte das Lenkrad. „Wenn unser Freund hier keinen Ärger macht."

„Was war das für eine riesige Garage, aus der Sie gekommen sind?"

„Das ist keine Garage, sondern unsere Zeitschleuse, Eddie."

„Wofür ist die gut?"

„Zeitausgleich, mein Junge. An beiden Enden der Straße gibt es solche Schleusen."

„Zeitausgleich?"

Der Pater legte mit einem nervenzermürbenden Krachen den dritten Gang ein. Nur ein kurzes Stirnrunzeln ließ vermuten, dass er vielleicht auch ein wenig an der Verkehrstüchtigkeit seines Gefährts zweifeln mochte. Zumindest interpretierte Eddie es so.

„Ja, Zeitausgleich", wiederholte der Geistliche. „Wir drei, ich meine das Auto, du und ich, sind doch zu unterschiedlichen Zeiten in die Famosa Dream Lane gekommen, oder?"

„Schon, aber was macht das aus?"

„Du hast doch sicher bemerkt, dass man immer zu der Zeit und an der Stelle herauskommt, wo man auch eingestiegen ist, oder?"

„Ja."

„Für dich ist das nicht weiter schlimm, denn du bist ja immer nur ein paar Stunden hier drin. Ich zum Beispiel war seit zwei Wochen nicht mehr außerhalb der Famosa Dream Lane. Würde ich einfach nach draußen gehen, landete ich in deiner Vergangenheit, und wir könnten nicht zusammen nach Arizona fahren. Ist doch klar, oder?"

Das schien einleuchtend, obwohl das ganze Thema an sich unglaublich klang.

„Klar", stimmte Eddie zu.

„Deshalb haben wir diese Schleuse. Sie sorgt dafür, dass deine und meine Zeit da draußen wieder übereinstimmen."

„Wie funktioniert das?“

Pater William zuckte mit den Schultern. „Ich habe sie nicht gebaut, sie war schon lange vor meiner Zeit da. Wenn du willst, gebe ich dir die Adresse von Phenylius Tickstopp. Er hat das Ding erfunden.“

Sie hielten an einer roten Ampel.

„Ist das nicht der Erfinder, von dem auch der Tickstopp Zeitvertreiber stammt?“, fragte Eddie.

„Genau. Phenylius ist der Beste auf dem Gebiet der Zeitbasteleien und zudem der Einzige.“

„Ist es auch ganz sicher, dass meine Eltern nichts von meiner Abwesenheit bemerken?“

„Bestimmt. Auf Phenylius’ Erfindungen ist Verlass.“

„Haben Sie es schon einmal ausprobiert?“

„Was? Den Zeitvertreiber?“

„Ja.“

„Nicht direkt. Ich meine…“ Der Pater druckste herum. „Ich selbst habe es noch nicht versucht.“

Die Ampel sprang auf Grün. Diesmal krachte das Getriebe schon weniger. Auch der Motor schien sich mit seinem Schicksal abgefunden zu haben und lief gleichmäßig weiter.

„Kennen Sie jemanden, der ihn ausprobiert hat?“

Der Pater dachte nach. „Nicht persönlich, aber Magnolia hat wohl einen oder zwei davon verkauft.“

„Sie wissen also gar nicht, ob er funktioniert!“, rief Eddie entrüstet.

Das Gesicht des Paters lief vor Verlegenheit rosa an. Dritter Gang. Kein Krachen, kein Stottern. „Doch, ich weiß es, weil Phenylius Tickstopp noch nie etwas Sinnloses konstruiert hat und auch noch nie etwas, das nicht funktioniert.“

Pater William bog rechts ab und reihte sich in den dichten Verkehr einer vierspurigen Hauptstraße Richtung Süden ein. Es verging eine Weile, ohne dass gesprochen wurde. Dann entschloss sich Eddie, deutlicher zu werden.

„Zuerst will ich sicher sein, dass es klappt, sonst kann ich unmöglich mitfahren. Meine Eltern würden krank vor Sorge, wenn ich einfach so eine Woche lang verschwinde.“

„Gut, ich wollte ihn ohnehin bald benutzen“, lenkte der Pater ein, bog in eine ruhigere Nebenstraße ab und hielt am Randstein zwischen anderen parkenden Autos. Er nahm eine kleine Reisetasche, die einem antiken Arztkoffer ähnelte, von der Rückbank und zog einen gelben Zettel heraus.

„Die Bedienungsanleitung", verkündete er und setzte seine Lesebrille auf. In der linken Hand hielt er den taschenuhrähnlichen Zeitvertreiber.

„Tickstopps Zeitvertreiber – Bremst die Zeit auf Knopfdruck", las er mit wichtigem Tonfall vor. *„Herzlichen Glückwunsch zum Erwerb der Komfortausführung dieses unübertrefflichen Produktes aus dem Hause Tickstopp."*

Pater William sah Eddie über die Ränder seiner Lesebrille an. „Der gute Phenylius hatte schon immer einen Sinn für große Worte. Bescheidenheit war noch nie seine Sache. Im Gegensatz dazu solltest du mal seine Werkstatt sehen."

„Lesen Sie weiter", forderte Eddie ungeduldig.

Der Pater widmete sich wieder der Anleitung. *„...aus dem Hause Tickstopp. Mit diesem konkurrenzlosen Zeitvertreiber in Taschenausführung haben Sie die Möglichkeit, sich bis zu drei Wochen mehr an persönlicher Zeit zu verschaffen. Bitte machen Sie sich zunächst mit den hervorragend durchdachten Bedienelementen vertraut."*

Eddie streckte seine Hand aus. „Darf ich es ausprobieren, während Sie vorlesen?"

„Warum nicht?" Der Pater gab ihm die Uhr und las weiter. *„Der große, goldene Knopf am Oberteil dieser technischen Meisterleistung dient der Einstellung der aktuellen Uhrzeit und des Datums. Bitte vergewissern Sie sich sorgfältig, dass beide mit Ihrer derzeitigen Gegenwart exakt übereinstimmen."*

„Wie spät ist es?", fragte Eddie und sah sich nach einer Uhr um. Auf der gegenüberliegenden Straßenseite, über dem Eingang einer Bank, hing eine rote Leuchtanzeige, die abwechselnd Temperatur und Uhrzeit anzeigte.

11:44:48

Eddie zog den golden Knopf nach oben und stellte die Uhr auf dreiviertel zwölf.

„Heute ist der dreizehnte", sagte Pater William. „Mittwoch."

Der Knopf ließ sich noch etwas weiter herausziehen und rastete ein. Wochentag und Datum waren schnell eingestellt.

Der Pater las weiter: *„An der linken Seite dieses kompakten Geniestreichs..."* Er schüttelte missbilligend den Kopf. „Also, wenn wir zurück sind, muss ich mit Phenylius unbedingt ein klares Wörtchen wegen seiner Selbstdarstellung reden. So geht das ja nicht."

„Weiter!"

„...erkennen Sie einen silbernen, rechteckigen Knopf." Der Pater sah zu Eddie hinüber.

„Hab' ich", bestätigte der.

„Achten Sie nun darauf, dass Sie Kontakt zu allen Gegenständen haben, die von dem unvergleichlichen Gerät zeitgebremst werden sollen. Um Ihre Kleidung, die Sie am Körper tragen, brauchen Sie sich nicht zu kümmern. Sollten Sie jedoch Gegenstände, Fahrzeuge, Gepäck oder Ähnliches verwenden, muss direkter Kontakt bestehen."

„Kein Problem, wir haben ja alles im Auto", meinte Eddie.

„Entscheiden Sie nun, ob Sie eine, zwei oder ganze drei Wochen Zeit vertreiben möchten. Anmerkung: Für längere Zeiten bis zu einem Jahr erwerben Sie bitte die Luxusausführung des Zeitvertreibers."

„Wie lange werden wir brauchen, Pater?"

„Ich denke, eine Woche sollte genügen."

„Und wenn nicht?"

„Dann können wir immer noch eine Woche dazuholen."

„Gut, eine Woche." Eddie hielt seinen Daumen über den silbernen Knopf, achtete jedoch darauf, ihn nicht versehentlich zu drücken. Der Pater las weiter.

„Beachten Sie, dass Ihre Entscheidung unwiderruflich ist. Eine nachträgliche Verlängerung oder Verkürzung der vertriebenen Zeit ist (noch) nicht möglich."

„Wir bleiben dabei. Eine Woche", schlug Eddie vor. Pater William nickte beiläufig.

„Auf der Rückseite des brillant gestalteten Gehäuses befindet sich ein Sicherungsriegel. Schieben Sie ihn nach links."

Eddie legte den kleinen Hebel um.

„Der Zeitvertreiber ist nun betriebsbereit. Durch ein einmaliges, festes Drücken des Knopfes gewinnen Sie auf der Stelle eine Woche persönliche Zeit. Zweimaliges Drücken verschafft Ihnen zwei Wochen. Die maximale Betriebsleistung von drei Wochen erhalten Sie durch dreimaliges Drücken."

Eddie und der Pater sahen sich an.

„Soll ich?", fragte Eddie.

„Was spricht dagegen?"

Eddie drückte den Knopf. Er spürte einen kleinen Widerstand und hörte ein klickendes Geräusch. Dann wurde es für einen Moment schwarz und völlig still um sie herum, als hätten Augen und Ohren eine Unterbrechung in ihrer Leitung. Danach schien alles wie zuvor zu sein.

„Das war's?", wunderte sich Eddie laut.

Der Pater sah sich zweifelnd um. „Nichts Besonderes, oder?"

Eddie fühlte sich ein wenig schwindelig, aber ansonsten schien alles in Ordnung zu sein. Auch die Umgebung sah kaum anders aus als zuvor, aber wenn man genauer hinsah, fielen doch Veränderungen auf. Die parkenden Fahrzeuge um sie herum hatten sich verändert, der Himmel war jetzt stärker bewölkt und es schien kühler geworden zu sein. Die Uhr über der Bank zeigte zehn vor zwölf, hatte sich also nicht verändert, aber die Temperaturanzeige war tatsächlich um fünf Grad gesunken.

Der Pater suchte in der Bedienungsanleitung. *„Zur Erfolgskontrolle begeben Sie sich nun an einen Zeitungsständer, in dem sich mindestens eine Ausgabe der aktuellen Tageszeitung befindet.* Wofür soll denn das gut sein?"

„Da vorne ist ein Verkaufständer." Eddie stieg aus und lief zu dem grünen Blechkasten. Eine aktuelle Ausgabe des San Francisco Chronicle war hinter einem Metallgitter ausgestellt. Fieberhaft suchte er nach dem Datum. Es war die Ausgabe vom Mittwoch, dem sechsten, die Zeitung war also eine Woche alt!

„Es hat geklappt!", rief er dem Pater zu. Der legte einen Finger auf die Lippen als Zeichen, dass Eddie still sein sollte. Mit der anderen Hand winkte er ihn zurück.

Auf dem Beifahrersitz hüpfte Eddie vor Freude hin und her. „Es hat geklappt, geklappt, geklappt! Das gibt's doch gar nicht. Danke Mister Tickstopp. Tausendmal danke."

„Einen Augenblick Ruhe bitte", mahnte Pater William. „Ich will noch die Anleitung zu Ende lesen."

„Unglaublich", flüsterte Eddie.

„Wenn das Ergebnis Ihren Vorstellungen entspricht – wovon das Haus Tickstopp überzeugt ist – sollten Sie sich jetzt noch unbedingt mit den folgenden drei Sicherheitsvorschriften vertraut machen. Erstens: Begeben Sie sich NIEMALS und AUF KEINEN FALL an Orte, an denen Sie sich die vergangenen ein, zwei oder drei Wochen (je nach Einstel-

lung) aufgehalten haben. Sie würden sich selbst begegnen. Das wäre für keinen der Beteiligten angenehm.“

„Ein Glück, dass wir das nicht bei mir zu Hause ausprobiert haben“, sagte Eddie.

„Das hätte er auch zu Beginn seiner Anleitung schreiben können“, grummelte der Pater.

„Zweitens: Meiden Sie jede Art Kontakt zu Menschen, die Sie kennen. Das könnte zu zeitlichen Verwirrungen führen.“

„Zum Glück kein Problem für uns, oder?“

„Nein, Gott sei Dank nicht. Drittens: *Achten Sie darauf, mindestens eine Stunde vor Ablauf der von Ihnen vorgewählten Zeit wieder EXAKT AN DEMSELBEN ORT zu sein, an dem Sie diesen unglaublichen Zeitvertreiber benutzt haben. Und nun wünscht Ihnen das Haus Tickstopp viel Vergnügen mit Ihrer neu gewonnenen persönlichen Zeit. Wenn Ihnen das Gerät zusagt, empfehlen Sie es bitte weiter. Wenn nicht, schweigen Sie am besten darüber.“*

Eddie und der Pater saßen eine Zeit lang stumm nebeneinander und starrten auf die belebte Straße.

„Das ist alles?“, fragte Eddie ins Leere.

„Sieht so aus“, murmelte der Pater in sich hinein.

„Klingt einfach.“

„Sehr.“

„Dann sollten wir die Zeit jetzt gut nutzen.“

„Gut. Das Abenteuer möge beginnen!“ Pater William startete den Motor.

Zeiträtsel

Darren Thorn hatte den vergangenen Tag lang fast nur geschlafen, unterbrochen von zwei kleinen Spaziergängen in der Umgebung des Bürogebäudes. Heute Morgen hatte er mit einiger Mühe sein spätes Frühstück aus Rührei, weichem Toast und Kaffee hinuntergewürgt. Er wusste nicht, warum, aber das Schlucken fiel ihm noch immer schwer. Am frühen Nachmittag fühlte er sich bereits genügend gestärkt, um sich auf einen längeren Ausflug zum Strand zu begeben und ein wenig frische Meeresluft zu tanken. Gerade als er das Appartement verlassen wollte, klingelte das Telefon auf dem Nachttisch.

Es war Andark Myser. „Mr Thorn, ich benötige leider dringend Ihre Hilfe. Bitte kommen Sie in mein Büro."

„Ich bin gleich bei Ihnen, Mr Myser."

Kurz darauf saß Darren Thorn in einem der Ledersessel vor Mysers Schreibtisch. „Was ist los? Ich wollte gerade ein wenig trainieren, um schnell wieder einsatzbereit zu sein."

„Sehr lobenswert, Mr Thorn, wir brauchen Sie auch schnellstens wieder an der Front. Es hat sich eine wesentliche Veränderung ergeben, weshalb wir neu disponieren müssen."

„Was ist geschehen?"

Myser hielt einen Stapel Papier in der Hand. „Dies hier sind Beobachtungsprotokolle der beiden Eingänge zur Famosa Dream Lane."

„Ich dachte, ich wäre der Einzige …"

Myser unterbrach ihn sanft. „Auf Ihre Weise sind Sie das auch, Mr Thorn. Nur zur weiteren Sicherheit haben wir an jeder der Kreuzungen eine Wohnung gemietet, die rund um die Uhr besetzt ist. Uns entgeht nichts.

„Verstanden. Wo ist das Problem?"

„Das Problem liegt in diesem Eintrag." Er gab Thorn die Unterlagen. Es handelte sich um ein handgeschriebenes Beobachtungsprotokoll, das stichpunktartig Uhrzeiten und Ereignisse auflistete, Fahrzeuge und Personen, die beim Verlassen oder Betreten der Straße beobachtet worden waren. Einige Einträge waren rot unterstrichen.

Südeingang. Mittwoch, 13.

09:12: Junge (Edwal Kramer) kommt von Osten, dreht auf der Kreuzung um und verlässt Beobachtungsbereich in der Richtung, aus der er gekommen ist.

„Er war in der Famosa Dream Lane und ist nach dem Auftauchen wieder in derselben Richtung zurückgegangen, aus der er kam", überlegte Thorn leise.

11:24: Junge (E. K.) kommt von Osten und wartet neben der Kreuzung. Auffälligkeit: große Sporttasche.

11:31: Volkswagen Käfer, grün, mit einer Person (Geistlicher) verlässt Schleuse. Junge (E. K.) steigt zu. Fahrzeug mit beiden Insassen verlässt den Beobachtungsbereich Richtung Westen.

„Kleiner Ausflug zu zweit“, murmelte Thorn. „Das ist doch mal was Neues.“

12:19: Volkswagen Käfer, grün, mit den zwei Zielpersonen taucht von Westen in den Beobachtungsbereich ein. Junge (E. K.) steigt aus. Wagen und Fahrer nutzen Schleuse. Junge verlässt den Beobachtungsbereich Richtung Osten. Auffälligkeiten: Wunde o. Ä. an der rechten Wange des Jungen. Sporttasche.

Thorn zog abschätzend die Mundwinkel nach unten und gab Myser das Blatt zurück. „Normales Verhalten, würde ich sagen. Zuerst hält sich der Junge eine Weile in der Famosa Dream Lane auf und verschwindet dann wieder. Später kommt er zurück und wartet auf seinen Kirchenfreund mit dem Auto. Sie machen einen Ausflug und der Junge zieht sich irgendwo eine Schramme zu. Wäre ja nicht das erste Mal.“

„Vollkommen richtig. Das dachten wir auch. Und jetzt sehen Sie sich bitte diesen Eintrag an.“ Myser gab Thorn ein weiteres Blatt.

12:55: (Nachtrag zur Beobachtung am Südeingang von 12:19): Besonderheiten: Fahrzeug bei der Rückkehr stark mit Staub verschmutzt; Junge (E. K.) trägt andere Kleidung.

Thorn schüttelte irritiert den Kopf. Myser sah ihn lauernd an.

„Da stimmt etwas nicht.“

„Genau. Was könnte das sein, Darren?“

Thorn sah sich die Protokolle nochmals so konzentriert an, wie es seine noch immer hämmernden Kopfschmerzen zuließen. Trotz dieser Einschränkung funktionierten seine schnelle Auffassungsgabe und sein scharfer Verstand einwandfrei.

„Sie waren fünfzig Minuten unterwegs. Mit Hin- und Rückweg macht das einen Aktionsradius von fünfundzwanzig Minuten. In dieser Zeit kann man sich zwar eine Wunde zuziehen und die Kleidung wechseln, aber nicht das Stadtgebiet verlassen. Man hat kaum eine Möglichkeit, ein Auto derart zu verschmutzen.“

„Brillant, Darren! Wie ich sehe, sind Sie schon wieder voll einsatzbereit. Ich möchte, dass Sie diese Ungereimtheit aufdecken. Als Unterstützung kann ich Ihnen nur noch einen Hinweis geben, denn mehr weiß ich selbst nicht. Der Junge und der Pfarrer wurden gestern in der Nähe von Los Angeles mit diesem Wagen an einer Tankstelle gesichtet. Einer unserer Mitarbeiter hat sie erkannt und unbemerkt ein Foto von ihnen geschossen.“

„Gestern? Aber das ist unmöglich. Dann wären sie am Tag meines Unfalls losgefahren. Haben Ihre Leute das auch gesehen?“

„Wir haben den Jungen lückenlos beschattet. Er war gestern den ganzen Tag hier in der Stadt.“ Myser erwähnte bewusst nicht die Information seiner Beobachter, die besagte, dass Eddie im Krankenhaus nach Thorn gesucht hatte.

Thorn schüttelte irritiert den Kopf, was einen stechenden Schmerz in seinem Nacken auslöste. Er hielt sich mit der Hand den Hinterkopf. „Das bedeutet, es müsste ihn zweimal geben. Unmöglich! Ihre Leute müssen sich geirrt haben.“

Myser lächelte gequält. Er hielt Thorn einen Fotoabzug entgegen. Der Pater und Eddie standen neben einer Zapfsäule und unterhielten sich. Im geöffneten Tank des Käfers steckte der Zapfschlauch. Etwas unscharf im Hintergrund, aber dennoch lesbar, war ein Wegschild zu erkennen. Es wies auf einen Vorort von Los Angeles hin.

Thorn blinzelte irritiert und Myser holte zum nächsten Schlag aus. „Ich hoffe, Sie erkennen jetzt anhand dieser Beweise, dass ich Recht hatte, als ich Ihnen neulich sagte, die ganze Angelegenheit wäre eine Gefahr für die Menschheit. Mit der Zeit macht man keine Experimente.“

Der pochende Schmerz in Thorns Kopf verstärkte sich so sehr, dass ihm übel wurde. „Bitte entschuldigen Sie mich, Mr Myser. Ich muss mich noch etwas ausruhen.“

„Natürlich. Nehmen Sie sich alle Zeit, die Sie benötigen. Um der Menschheit helfen zu können, werden Sie alle Ihre Kräfte benötigen.“

Hopi

Eddie war mit seinen Eltern schon einige Male in Los Angeles und am Grand Canyon gewesen. So kam ihm der größte Teil des Weges vertraut vor. Dennoch war diese Reise aufregender als alle, die er je mit seinen Eltern unternommen hatte, denn dieses Mal reiste er mit dem Bewusstsein, einem unglaublichen Geheimnis auf der Spur zu sein. Trotz der Reise mit dem Zeitvertreiber blieb jedoch immer noch ein ungutes Gefühl zurück. Irgendwie kam es Eddie vor, als würde er seine Eltern betrügen. Nicht um die Zeit, die er alleine unterwegs war, sondern um die

Wahrheit, die er ihnen nicht sagte. Was aber war die Wahrheit wirklich wert, wenn jemand sie nicht glauben wollte oder konnte? Im Augenblick kam es Eddie vor, als gäbe es mehrere Wahrheiten, die sich widersprachen. Zum Beispiel war er aus seiner Sicht auf einer langen Reise, nicht jedoch aus Sicht seiner Eltern. Oder er besuchte eine Straße, die es für andere nicht gab.

Schluss damit! Wenn er nicht wirklich verrückt werden wollte, musste er sofort aufhören, über diese Dinge nachzugrübeln. Eddie versuchte einfach nur die Umgebung zu beobachten und die Fahrt zu genießen.

Nach etwa einer halben Stunde geriet der Motor des kleinen Autos so sehr ins Stottern und Ruckeln, dass sie anhalten mussten. Eddie befürchtete schon, ihr Ausflug würde kurz hinter der Stadtgrenze enden. Glücklicherweise stellte sich heraus, dass lediglich die Benzinanzeige defekt war, weshalb der Pater nicht rechtzeitig nachgetankt hatte. Von da an füllten sie einfach alle hundertfünfzig Meilen Benzin nach und das Auto lief problemlos.

Sie übernachteten in einem Motel an der Küste und erreichten am folgenden Vormittag eine Mission bei Los Angeles. Obwohl das einen kleinen Umweg bedeutete, wollte Pater William dort einen alten Freund aus ‚Australienzeiten', wie er es nannte, besuchen. Nach einem Essen im Speisesaal der Mönche verließen sie am Nachmittag den Stadtmoloch und fuhren weiter Richtung Osten. Spätabends hatten sie das Glück, noch das letzte freie Zimmer in einem Motel irgendwo im wüstenhaften Nichts zu bekommen. Der Pater hatte einen knappen Zeitplan berechnet. Deshalb fuhren sie bereits am frühen Freitagmorgen weiter.

Was zu Beginn aufregend gewirkt hatte – ein Cabriolet ohne Klimaanlage – erwies sich bald als Strapaze. Hielt man das dunkle Stoffdach geschlossen, strahlte es eine fast unerträgliche Hitze in das Wageninnere. Fuhr man offen, stach die Wüstensonne unerbittlich herunter. Zusätzlich betäubten die Wind- und Fahrtgeräusche des an die Leistungsgrenze getriebenen Käfers nach einer Weile jedes Denken.

Schließlich erreichten sie die Stadt Flagstaff und bald darauf die Abzweigung in das Hopi Reservat. Es gab nicht viele Unterkünfte in der Umgebung, zudem war Hauptferienzeit. Dennoch war es dem Pater unerklärlicherweise gelungen, ein Motelzimmer im Reservat zu reservieren. Eddie wollte wissen, wie er das angestellt hatte, erhielt aber nur unklare Andeutungen. Es schien auf irgendeine Weise mit Magnolia Twingel und dem Zeitvertreiber zusammenzuhängen. Am frühen Nachmittag stellten sie den Käfer vor einer weitläufigen Gebäudeanlage in einem Ort namens Second Mesa ab. Die Stille nach der langen und lauten Fahrt war so intensiv, dass sie Eddie wie eine dicke Bettdecke einpackte.

„Und was jetzt?", fragte er den Pater.

„Jetzt, mein Junge, fragen wir nach..." Er kramte die Visitenkarte hervor, die Eddie ihm gegeben hatte. „...Tawákwaptiwa in Kykotsmovi. Was immer das auch ist."

Sie betraten den Vorraum des Museums, in dem ein Informationszentrum über die touristischen Ziele der Umgebung untergebracht war. Eine junge Frau mit langen schwarzen Haaren und indianischen Gesichtszügen saß hinter einem thekenartigen Tisch. Ihre Bluse war mit bunten indianischen Motiven gemustert.

„Entschuldigen Sie bitte", sprach der Pater sie an. „Könnten Sie uns vielleicht erklären, was das hier bedeutet?" Er hielt ihr die Visitenkarte entgegen. Sie lächelte freundlich, während sie interessiert die Karte musterte.

„Kykotsmovi ist ein Ort in Third Mesa, etwa zehn Meilen von hier."

„Und das andere Wort?", wollte Eddie wissen.

Die junge Indianerin musterte die beiden abwechselnd. Dabei schien ein wenig Verwunderung in ihrem Blick zu liegen. „Woher haben Sie den Namen?"

„Von einem Freund", sagte Eddie schnell.

„Stimmt etwas nicht damit? Sie sagen, es ist ein Name. Von einer Person?"

Sie sah sich um. Bis auf ein paar Touristen, die vor den Vitrinen standen oder in den Besucherinformationen lasen, war nicht viel los. „Wären Sie bitte so freundlich, in mein Büro mitzukommen?"

Die Frontseite des kleinen, hellen Büroraums bestand aus getöntem Glas und gab den Blick auf die Straße frei. An den holzvertäfelten Wänden hingen etliche teils vergilbte Schwarz-Weiß-Fotografien von Menschen aus den Dörfern der Umgebung. In einem der Regale waren verschiedene Kunstgegenstände aufgereiht, manche davon in transparenten Plastikbeuteln mit beschrifteten Aufklebern.

Die Frau deutete auf zwei neben dem Schreibtisch stehende Stühle. „Setzen Sie sich bitte. Darf ich Ihnen einen Kaffee anbieten oder ein Wasser?"

„Beides gerne“, sagte der Pater.

„Für mich auch“, rutschte es Eddie heraus, obwohl er wusste, dass seine Mutter ihm Kaffee nicht erlaubte. Der Pater sah ihn mahnend an.

„…auch ein Wasser“, ergänzte Eddie schnell seinen Satz.

„Entschuldigen Sie bitte, ich habe ganz vergessen mich vorzustellen. Mein Name ist Jill Sakhongva.“ Die Indianerin begrüßte ihre Gäste mit einem sanften Händedruck, zog ihren Schreibtischstuhl heran und setzte sich zu ihnen. „Ich würde Ihnen gerne weiterhelfen, aber es ist wichtig, dass Sie mir zuvor sagen, woher Sie den Namen haben. Tawákwaptiwa ist ein sehr alter Mann. Er wohnt in einem Bereich, der für Touristen nicht zugänglich ist.“

„Nun“, sagte Pater William, „die Angelegenheit, die wir mit ihm zu besprechen haben, ist sehr persönlich“.

„Amen Gilstein“, platzte Eddie heraus. „Ich habe den Namen von einem Flohmarkthändler in San Francisco.“

Der Pater sah ihn strafend an. „Es geht um eine Angelegenheit von hoher Bedeutung“, fügte er dann scheinbar ermutigt hinzu.

Jill Sakhongva sah Eddie mit überraschter Miene an. „Amen Gilstein, sagst du? Dann denke ich, dass Tawákwaptiwa dich gerne empfangen wird.“ Sie sah auf die Wanduhr über der Tür. „Haben Sie eine Unterkunft?“

Pater William deutete durch die Glasfront auf das gegenüberliegende Motel. „Ich habe dort ein Zimmer reserviert.“

„Oh, dann hatten Sie wirklich Glück. Normalerweise ist es unmöglich, in diesen Wochen etwas zu bekommen. Vielleicht möchten Sie sich ein wenig frisch machen. Ich werde Tawákwaptiwa benachrichtigen. Er wird Sie wahrscheinlich im Motel aufsuchen. Ist Ihnen das recht?“

„Wunderbar“, sagte der Pater.

„Prima“, stimmte Eddie zu.

Kurz darauf parkten sie den Käfer vor dem Motelzimmer mit der schief hängenden Messingfünf und räumten ihr spärliches Gepäck aus dem Wagen.

„Als ich den Namen Amen Gilstein erwähnt habe, schien sie irgendwie überrascht gewesen zu sein“, bemerkte Eddie zu Pater William gewandt.

„Tja, ich denke, das alles ist eine ziemlich spannende Sache, mein Junge. Was verbindet wohl einen alter Ramschwarenhändler mit einem betagten Indianer? Zumal sie in so verschiedenen Welten leben.“

Etwa zwei Stunden später fuhr ein rostroter Pick-up-Wagen vor das Motel und parkte neben dem grünen Käfer. Der Fahrer stieg aus, ging zur Beifahrertür und half einem sehr alten Mann beim Aussteigen. Der Alte schien kaum etwas zu sehen oder gar blind zu sein, denn er tastete etwas unbeholfen nach einem langen Holzstock, auf den er sich schließlich stützte. Der Fahrer half dem Alten die Stufen zur Veranda des Motels hinauf und klopfte an die Tür mit der schiefen Fünf. Eddie öffnete. Sein erster Blick fiel nicht auf den jüngeren Hopi, sondern auf den Alten im Hintergrund. Ein aufrecht stehender Mann von unbestimmbarem Alter mit langen, im Nacken zusammengebundenen Haaren, in denen eine Adlerfeder steckte. Lose Riemen aus geflochtenen farbigen Lederstreifen zierten die Handgelenke des alten Indianers. Seine Beine steckten in einer dunkelbraune Hose und die Füße in ausgetretenen, braunen Ledermokassins. Um seinen Hals hing ein aufwendiger Schmuck mit einer großen Zahl türkiser Steine, die in Silber gefasst waren.

Türkis!

Eddie blickte den Alten mit starrem Blick an, bis er die Farben der Aura um dessen Kopf herum erkannte. Türkis! Dieser Mann musste der fünfte Bote sein. Eddies Herz schlug bis zum Hals.

„Guten Tag", sagte der Jüngere. „Mein Name ist Robert Sakwaitiwa und das ist mein Urgroßvater John Tawákwaptiwa. Sind Sie die Besucher, die nach ihm gefragt haben?"

Der junge Indianer trug ausgeblichene Jeans mit einem aufwendig gearbeiteten Ledergürtel, ein weißes T-Shirt, das sich über seinen muskulösen Oberkörper spannte, und rotbraune Lederstiefel. Seine Handgelenke waren mit ähnlichen Schmuckbändern umflochten wie die des Alten.

Pater William trat an die Tür. „Ja, wir suchen einen Mann mit diesem Namen." Er musterte die beiden kurz. „Möchten Sie hereinkommen?"

„Danke." Der Jüngere drehte sich um. „Urgroßvater, möchtest du dich in dieses Haus setzen?"

Ohne ein Wort zu verlieren, kam John Tawákwaptiwa näher, ertastete mit seinem Stock den Eingang und ließ sich von seinem Urenkel zu einem Sessel leiten. Eddie und der Pater setzten sich auf die Bettränder, der Jüngere blieb stehen.

„Wer von euch ist gekommen, um mich zu treffen?", fragte der Alte unvermittelt. Seine leise Stimme klang ein wenig rau, aber kräftig.

„Dieser Junge hier. Eddie Kramer", antwortete Pater William.

Der alte Indianer drehte seinen Kopf in Richtung der Stimme, die er gerade gehört hatte. „Sind Sie sein Vater?"

„Nein, ich bin…" Der Pater zögerte kurz und sah Eddie an. Der zuckte mit den Schultern. „…ein guter Freund der Familie."

„Weiß seine Familie, dass er hier ist?"

„Ja", sagte Eddie.

„Nein", antwortete der Pater gleichzeitig.

Es schien, als würde sich ein Anflug von Lächeln auf den dünnen Lippen des alten Mannes breit machen. „Nun, es ist mir auch gleichgültig. Warum seid ihr gekommen, *Eddie*?"

Durch die besondere Betonung von Eddies Namen blieb dem Pater keine andere Wahl, als still zu sein.

„Eigentlich weiß ich es nicht genau, aber ich suche etwas Wichtiges und dachte, Sie könnten mir dabei vielleicht helfen", antwortete Eddie.

„Was ist es?"

Eddie sah den Jüngeren an, der aber keine Miene verzog. „Ein Buch."

„Und wieso sollte ausgerechnet ich dir helfen können, ein Buch zu finden?"

„Weil ich Ihren Namen von einem Mann habe, mit dem das alles begonnen hat."

„Das ist alles? Wie heißt der Mann?"

„Amen Gilstein."

Der Alte schien keineswegs überrascht zu sein. Er nickte zustimmend vor sich hin. „Was hat Amen Gilstein dir gesagt?"

„Nichts. Er hat mir einen Brief hinterlassen und eine Visitenkarte mit Ihrem Namen auf der Rückseite."

John Tawákwaptiwa horchte auf. Seine knotigen Hände umschlossen den Stock so fest, dass die Knöchel weiß hervortraten. „Hinterlassen? Ist er tot?"

„Ja, er ist vor einigen Tagen gestorben. Ich habe es nur von jemandem gehört."

John dachte lange nach. Es schienen Minuten zu vergehen, ohne dass ein Wort gesprochen wurde. Dann stand er auf. „Wenn du es willst, werde ich mich mit dir unterhalten, Eddie. Vielleicht kann ich dir auf deinem Weg helfen."

Zu Pater William gewandt sagte er: „Sie können gerne im Motel bleiben, Freund der Familie. Sehen Sie sich etwas um. Es gibt viel zu erleben in unserem Land."

„Wie lange wird es dauern?", hakte der Pater nach.

„Wie lange habt ihr Zeit?"

„Höchstens drei Tage. Wir sind leider gezwungen, am Montagnachmittag abzufahren, weil wir am Mittwoch unbedingt wieder in San Francisco sein müssen."

„Dann wird es drei Tage dauern."

„Kann Pater William nicht mitkommen?", fragte Eddie, der sich ziemlich mulmig dabei fühlte, einfach so mit den Indianern zu gehen.

„Warum fragst du das?", erkundigte sich der Alte.

Wie sollte er darauf antworten, ohne die beiden zu beleidigen?

„Hast du Angst?", bohrte John Tawákwaptiwa nach.

Eddie seufzte erleichtert. „Ich glaube, ein wenig, ja."

„Das brauchst du nicht", meinte der Jüngere. „Wir haben viele Kinder in unserem Dorf. Du wirst dich wohl fühlen."

„Zudem werden wir dich jederzeit sofort hierher zurückbringen, wenn du es wünscht. Du bist ein freier Mensch."

Eddie sah Pater William an, der ihm aufmunternd zunickte. „Ist schon gut Eddie. Ich warte hier auf dich", sagte er.

Die Worte weckten in Eddie Zuversicht, wenn er sich auch noch nicht wirklich gut fühlte. Aber immerhin hatte er ja die Wahl, sich jederzeit zurückbringen zu lassen.

Er nahm seine Tasche und hob eine Hand zu einem zaghaften Abschiedsgruß. „Bis bald, Pater William."

„Viel Erfolg, mein Junge", sagte der Pater. „Wenn du wieder hier bist, gönnen wir uns eine Lasagne und eine Riesenportion Eis." Er legte eine Hand auf Eddies Schulter. „In Ordnung?"

„Abgemacht!" Eddie lud seine Sporttasche auf die Ladefläche des Pick-ups, verabschiedete sich von Pater William und machte sich mit den beiden Hopis auf den Weg. Bald erreichten sie eine kleine Abzweigung von der Hauptstraße. Nach einigen hundert Metern gab der Alte seinem Begleiter ein Handzeichen, worauf der den Wagen anhielt.

„Du wirst unser Dorf anders wahrnehmen, wenn wir zu Fuß darauf zugehen, so wie es die Menschen seit vielen Generationen getan haben.“ Er stieg aus und Eddie folgte ihm. Der Pick-up brauste die staubige Straße entlang und verschwand hinter einer Biegung aus ihrem Blickfeld.

„Möchtest du mir für eine Weile deine Augen leihen?“

Eddie musste erst kurz über den Sinn der Frage nachdenken, ehe er dem Alten die Hand gab, um ihn zu führen. „Einfach die Straße entlang?“, fragte er.

„Die Straße entlang, ja. Weiter hinten, in einer Kurve zweigt ein Trampelpfad rechts ab, auf den solltest du achten.“

Sie folgten Hand in Hand dem staubigen Weg – ein alter Hopi-Indianer und ein dreizehnjähriger Junge aus San Francisco.

„Wie siehst du aus, Eddie Kramer?“, wollte John Tawákwaptiwa wissen.

Eddie wusste nicht, was er antworten sollte, denn diese Frage hatte ihm noch nie jemand gestellt. Wie beschrieb man sich selbst?

„Ganz normal“, sagte er deshalb nur. „Ich bin dreizehn.“

Der alte Indianer lächelte. „Das ist alles? Da weiß ja ich schon mehr. Die Art, wie du mich führst, sagt mir, dass du etwa einen Kopf kleiner sein musst als ich. Du hast einen leichten Schritt, also bist du nicht dick. Auch deine Stimme passt zu einem wendigen Jungen. Bestimmt trägst du keinen Zopf.“

„Einen Zopf?“ Eddie war entrüstet. „Natürlich nicht! Ich bin doch kein Mädchen. Meine Haare sind braun und überhaupt nicht lang. Meine Mom sagt immer, ich solle einen ordentlichen Scheitel tragen, aber das finde ich spießig.“

„Bestimmt hast du auch braune Augen“.

„Nein, die sind blau. Hellblau. Manchen Menschen fallen meine Sommersprossen auf. Ich kann ziemlich gut Inlineskaten und Skateboard fahren. Und ich gehe sehr gerne ins Kino.“

„Siehst du, es ist gar nicht so schwer, sich selbst zu beschreiben.“

Sie gingen wieder eine Weile, dann war es Eddie, der das Gespräch erneut in Gang setzte.

„Ihr Familienname ist für mich schwierig auszusprechen.“

Der Alte nickte. „In deiner Sprache bedeutet Tawákwaptiwa Sonne-am-Himmel.“

„Darf ich Sie so nennen?"

„Natürlich." Der Alte stolperte über eine Unebenheit. Dabei verlor er seinen Stock. Eddie hob ihn schnell auf und gab ihn ihm zurück. „Sind Sie schon lange blind?"

„Die Dunkelheit schlich sich langsam in meine Augen. Vor einigen Jahren konnte ich noch ganz gut sehen, obwohl ich eine starke Brille benötigte. Jetzt erzähle mir, suchender Junge, wie du den Mann Amen Gilstein trafst."

Eddie berichtete nicht nur von seiner Begegnung mit Amen Gilstein. Er beschrieb jedes Detail der vergangenen Wochen, das ihm wichtig erschien. Nur den Inhalt seiner Träume verschwieg er. Der Alte hörte ihm aufmerksam zu und stellte nur dann eine Frage, wenn er etwas akustisch nicht verstanden hatte.

„Dieses Buch, das große Papier von den Träumen, woher weißt du, ob es das wirklich gibt?", fragte er, nachdem Eddie geendet hatte.

„Keine Ahnung. Aber ich glaube jeden Tag mehr daran, dass es tatsächlich existiert und dass ich es finden soll."

Eine Frage brannte Eddie unter den Nägeln. „Woher kennen Sie Amen Gilstein?"

„Amen hat vor langer Zeit viele Jahre bei uns gelebt. Er kämpfte vor den Institutionen und Gerichten der Weißen für unsere Rechte. Oft tat er ohne Bezahlung mehr, als wir verlangten. Wir haben ihm viel zu verdanken. Aber wir wollen über deine Wünsche sprechen. Du bist gekommen, um mehr über Träume zu erfahren?"

„Ich weiß gar nicht wirklich, warum ich gekommen bin." Eddie zögerte. Was sollte er dem alten Mann sagen? Die Wahrheit? Was war die Wahrheit? „Ich…Ich bin in einer ziemlich schwierigen Lage", gestand er schließlich. „Ich weiß überhaupt nicht mehr, was ich als Nächstes tun soll. Das Einzige, das ich weiß, ist, dass ich mein Leben zurückhaben will und dass ein Buch damit zu tun hat. Ich muss es unbedingt finden, aber ich habe keine Ahnung, wo es ist und wie ich es bekommen soll."

„Ist dir klar, wo du hier bist?"

„Natürlich. In Arizona und der Ort hier heißt Ki… Kykotsmovi."

„Richtig, aber weißt du auch, wo auf deinem Weg du dich jetzt befindest und wohin er dich führt?"

Darüber musste Eddie nicht nachdenken. „Nein."

„Nur wer weiß, wo er gerade steht, wird den kommenden Weg bestimmen können. Wer, wie du, anderen Menschen etwas für deren Zukunft geben will, sollte wissen, an welcher Stelle ihres Weges sich diese Menschen befinden."

Sie erreichten die angekündigte Abzweigung. John tastete mit seinem Stock den Boden ab und schien mit der Prüfung zufrieden zu sein.

„Vielleicht bin ich nicht der Richtige", meinte Eddie, als sie weitergingen. „Ich sehe keinen Weg zu dem Buch."

„Das kannst nur du selbst herausfinden. Wichtig ist, dass du nun hier bist. Ich habe dein Kommen gespürt. Eine alte Überlieferung kündigt an, dass eines Tages, am Ende der vierten Welt, ‚Wandert-durch-Träume' auftauchen wird."

„Was wird er tun?"

„Er sucht nach einem Schlüssel."

„Das Buch?"

„Nein, in den Überlieferungen unseres Volkes gibt es keine Bücher. Aber wir verfügen über viele Schlüssel."

„Wozu?"

„Zu dem Wissen, das du suchst."

Eddie war ein wenig enttäuscht, versuchte aber sofort, sich selbst Mut zuzusprechen. Wenn man nur dem Hinweis auf einer Visitenkarte zu folgen brauchte, um an eines der bestgehütetsten Geheimnisse der Menschheit zu gelangen, wäre es eben kein gut gehütetes Geheimnis gewesen.

„Was soll das mit dem ‚Ende der vierten Welt' bedeuten?", wollte er wissen.

John wich seiner Frage aus. „Ich weiß, dass ‚Wandert-durch-Träume'gekommen ist, um Wissen zu finden, mit dem er eine Aufgabe lösen soll. Ich werde dir dieses Wissen geben, wenn du bereit bist, etwas über die vergangenen drei Welten zu erfahren."

Eddie schluckte.

Der Alte lächelte. „Keine Angst. Du wirst viel erleben und viel verstehen."

„Was muss ich tun?"

„Begreife zunächst, dass es nichts gibt, was du tun *musst*. Nur so wirst du erkennen, worin der Schlüssel liegt, der dich zu deinem Ziel bringt."

„Was hat es auf sich, mit den Welten, die ich erleben soll?"

„Es sind die vergangenen Zeitalter der Menschen. Unser Volk, dein Volk und alle anderen gingen einst aus einem großen, gemeinsamen Ursprung hervor. Wir lebten nacheinander in vier Welten: in Tokpela, der Welt des endlosen Raums, in Tokpa, der unterirdischen Welt, in Kuskurza, der versunkenen Welt. Heute leben wir in Túwaqachi, der vollständigen Welt. Du fragst dich vielleicht, warum ich dir das erzähle. Weil du gekommen bist, um zu verstehen. Alles, was dem Volk der Hopi geschieht, wird auch der Menschheit widerfahren. Wir sind wie ein Spiegel, der zurückwirft, was auf ihn trifft."

Er blieb stehen. Lauschte. Sog geräuschvoll die Luft in die Nase ein. „Siehst du die Häuser schon?"

Eddie spähte in die Umgebung. Durch einen Baum hindurch sah er ein Stück naturfarbene Mauer an einer Felswand, die Teil eines Gebäudes zu sein schien. John dirigierte ihn zu einem weißen Steinhaus am Hauptplatz des Dorfes. Er lebte unter dem Dach seiner Urenkelin, die sich gegenüber Eddie als Melanie ‚Kind-der-Wüstenblumen' vorstellte. Im Haus, das eigentlich nur aus einem großen Hauptraum mit zwei winzigen Nebenzimmern bestand, wohnte Melanie mit ihrem Mann Craig Sät-den-Mais und drei Kindern, die alle etwas jünger als Eddie waren.

Kind-der-Wüstenblumen suchte auf Johns Anweisung hin einige Kleider in Eddies Größe zusammen und sie verbrachten einige Zeit damit, ihn damit passend auszustatten. John hatte ihm die Wahl gelassen, aber Eddie fand es abenteuerlich, Sweatshirt und Jeans gegen ein bunt gemustertes Hemd aus fest gewebtem Stoff und eine rotbraune Hose zu tauschen.

Als später alle zusammensaßen, erzählten John und Craig abwechselnd Geschichten über ihr Volk und erklärten Eddie die Bedeutung verschiedener kultureller Gegenstände. Nach einer Weile war Eddie mit neuen Informationen so überfüllt, dass er sich freute, als zum Essen gerufen wurde.

Das Abendessen bestand aus einer Art Mais-Gemüseauflauf und Früchten. Es wurde auf zusammengerollten Decken sitzend an einem flachen Holztisch eingenommen. Nach dem Mahl befragten die Indianer ihren Gast interessiert über die verschiedensten Dinge aus seinem Alltag. Wie er wohnte, was seine Eltern von Beruf waren, woher seine Familie kam, ehe sie eingewandert war, wie viele und welche Verwandte er hatte, was er in der Schule mochte, was nicht und noch vieles mehr. Eddie war überrascht, wie viele Fragen er nicht beantworten konnte, obwohl sie so einfach gestellt schienen. Trotz allem fühlte er sich nicht ausgehorcht, denn alle Familienmitglieder waren überaus freundlich und stellten ihre Fragen eher schüchtern.

Nach dem Essen verschwanden die Kinder nach draußen. Craig zündete zwei langstielige, reich verzierte Pfeifen an. Eine davon gab er John.

„Du hast von einem Kartenspiel erzählt, Wandert-durch-Träume", sagte John zwischen zwei Zügen zu Eddie gewandt. „Würdest du mir erzählen, was auf den Bildern zu sehen ist?"

„Ja, gerne." Eddie öffnete den Reißverschluss zum Deckelfach seines Rucksacks und entnahm das Stoffbündel mit dem Spiel. Anschließend beschrieb er die Darstellungen auf den Karten. Bei denen, die er schon geträumt hatte, deutete er kurz an, was sie bei ihm bewirkt hatten.

„Für den Besuch in der Welt Tokpela solltest du das Schlangenbild mit in deinen Schlaf nehmen", meinte John.

Eddie suchte die Karte aus dem Stapel heraus. Er hatte sich bisher nicht an sie herangewagt, weil ihm die Abbildung der Schlange, die sich um einen Kristallstein wand, Angst eingeflößt hatte. Seltsamerweise war das jetzt vorbei. Der Rücken des Reptils war faszinierend bunt gemustert. Wie auch bei den anderen Karten schienen die Farben trotz des abgegriffenen Zustandes wie die eines Regenbogens zu leuchten. Das Gesicht der Schlange war zwar realistisch dargestellt, aber die Augen fixierten den Betrachter mit einem unnatürlich bohrenden Blick.

„Sät-den-Mais wird dir dein Nachtlager unter dem endlosen Raum Tokpelas bereiten", verkündete John.

„Wo ist das?",wollte Eddie wissen.

Craig fragte John etwas in der Hopisprache und John antwortete mit einem Wort. „Auf einem kleinen Berg direkt über dem Dorf", übersetzte Craig. „Nicht weit von hier und leicht zu finden. Ich werde dich hinführen."

„Soll ich dort alleine übernachten?", wollte Eddie entsetzt wissen.

„Du wirst dort nicht alleine sein", beruhigte ihn John. „Du wirst nur fern von Störungen sein, um deine Erfahrung machen zu können."

Eddie war durch diese Erklärung nicht gerade beruhigt, aber ein Blick in Craigs friedvolles Gesicht ließ ihn genügend Vertrauen fassen, um einen Versuch zu wagen.

Es war schon dunkel geworden, als Craig und Eddie langsam unter dem sternenklaren Nachthimmel zwischen den Häusern des Dorfes hindurchgingen. Fast alle Türen waren geöffnet, warmes Kerzenlicht floss über die Türschwellen nach draußen. Gedämpfte Stimmen, Gelächter und gelegentlicher Gesang vermischten sich mit dem unablässigen Zirpen der Grillen. Die Menschen saßen in Gruppen zusammen und unterhielten sich.

Hinter dem Dorf wurde der Weg zu einem schmalen Pfad, der sich einen Hügel hinaufschlängelte. Bald hatten sie den höchsten Punkt erreicht. Craig, der eine dicke Rolle aus Decken unter dem Arm trug, sah sich suchend auf dem kleinen Plateau um. Währenddessen ließ Eddie seinen Blick in die Umgebung schweifen. Von diesem Platz aus hatte man eine außergewöhnlich gute Rundumsicht. Hinter ihnen glommen die Lichter des an die Felswand geschmiegten Dorfes. In der Gegenrichtung breitete sich die Weite des flachen Landes aus, in dem vereinzelte leuchtende Punkte weitere Behausungen andeuteten. Schroffe Felsformationen setzten sich als schwarze Schatten gegen den märchenhaft funkelnden Himmel mit seinen Myriaden von Sternen ab. Eddie dachte an Pater Williams Geschichte mit dem Raumschiffauto. Hier wäre ein guter Startplatz.

Craig hatte gefunden, wonach er gesucht hatte: eine etwa zwei mal drei Meter große Mulde im Felsboden. Er rollte die Decken darin aus und bedeutete Eddie, seinen Schlafsack aus dem Nylonbeutel hervorzuholen.

„Es gibt nur einen Weg hier hinunter und der führt direkt ins Dorf", erklärte Craig und gab Eddie einen ledernen Wasserbeutel. „Wenn du morgen aufwachst, nimm einfach die Decken mit und gehe zum Dorf zurück. Unser Haus ist das vorletzte. Wirst du es wiederfinden?"

Eddie nickte. Er hielt seinen Schlafsack in den Händen und konnte seinen Blick nicht von der Bergkette in der Ferne ablassen. Mit etwas Fantasie erkannte man geheimnisvolle Gesichter oder Figuren in den Umrissen. Ein Nachtvogel rief von irgendwoher, ein anderer Vogel antwortete. Craig folgte Eddies Blick.

„Ein wahrhaft erhabener Ort", sagte er.

„Magisch“, flüsterte Eddie.
„Dann lass zu, dass er dich verzaubert, Wandert-durch-Träume.“

Tokpela – die Welt des endlosen Raums

Als Eddie in seinem Traum erwacht, befindet er sich in der leersten und trostlosesten Wüste, die man sich nur vorstellen kann. Er dreht sich einmal im Kreis, aber egal, wohin er blickt – nur Sand und Steine bis zum Horizont. Kein Punkt in der Landschaft, an dem man sich orientieren könnte, kein Hinweis auf einen Anfang oder ein Ende. Die drei Gestirne, die schon die Landschaften in anderen Träumen sanft beleuchtet hatten, scheinen in dieser Umgebung ein unerbittlich hartes Licht abzugeben.

Plötzlich hört Eddie direkt neben sich ein lautes Zischen. Er fährt herum. Nur eine Handbreit von seinem linken Bein entfernt liegt eine riesige Schlange auf einem hüfthohen Felsbrocken. Vor Schreck springt er einen Schritt zur Seite. Das Tier ist größer als alle Schlangen, die er jemals im Zoo gesehen hat, aber noch auffälliger als ihre Ausmaße sind ihre Musterung und der Kopf. Insgesamt wirkt das Tier grünlich, obwohl die Schuppen auf seinem Rücken in unzähligen Farbtönen schimmern. Tausende bunter Punkte in einer wunderbaren Anordnung. Farblich durchlaufen sie auf der gesamten Körperlänge mehrmals alle Nuancen, von hellem Gelb bis dunklem Violett. Gleichzeitig erzeugen Linien aus kleinen, weißen Punkten ein wellenartiges Netzmuster. Aus dem schmucklos braunen Kopf des Reptils blicken Eddie zwei smaragdgrüne, wache Augen entgegen. Ab und zu stößt eine hellrote zweispitzige Zunge zwischen den lippenlosen Kiefern hervor.

‚Keine Angsssst, Eddie‘, zischelt die Schlange. ‚Ich kann dich nicht beissssen. Und wenn ich es könnte, wollte ich es nicht.‘ Was sie sagt, klingt wie ein einziger langer Zischlaut, und obwohl Eddie sicher ist, dass man aus Zischgeräuschen keine Worte formen kann, versteht er alles genau. Allerdings scheint es, als würde die Schlange jedes ‚S‘ wie ein gedehntes ‚ssss‘ aussprechen.

‚Wer bist du?‘

‚Ich bin die Schlange Káto'ya.‘

‚Und was machst du so?‘

‚Ich hüte das Universssssum und das Wissen um das Ssssein.‘

‚Lebst du hier?‘

‚Seit ewigen Zeiten.‘

Eddie sieht sich nochmals um. ‚Was für ein trostloser Ort.‘

Káto'ya schüttelt den Kopf und die Bewegung breitet sich wellenförmig ihren Körper entlang aus. ‚Tssss, tssss. Typisch für einen Menschen. Üppig oder karg, bunt oder grau, warm oder kalt. Was spielt das für eine Rolle, wenn du keinen Körper hast? Ich könnte hier auch ein Paradies erzeugen, so wie du es dir vorstellst, aber das würde dich nur ablenken.‘

‚Ablenken? Wovon?‘

‚Davon, das Sein und die Zeit zu verstehen. Um uns beide herum gibt es nichts, an dem du Zeit messen kannst. Du könntest, solange du willst, in eine beliebige Richtung laufen und nichts würde sich verändern.‘

Eddie hat sich bereits an die Zischlaute gewöhnt und nimmt sie jetzt kaum noch war. ‚Aber wie kannst du nur ohne Zeit leben?‘

‚Das Ssssein ist ohne Zeit. Wer es hütet, braucht sie ebenfalls nicht.‘

‚Aber jeder braucht Zeit‘, sagt Eddie. ‚Sonst weiß er nicht, was gewesen ist, wo er sich jetzt befindet und wie er sich auf die Zukunft vorbereiten soll. Ohne Zeit kann man nicht planen und keine Aufgaben erfüllen.‘

Káto'ya richtet sich ein wenig auf und nickt, was eher aussieht, als würde sie mit dem Kopf einen Kreis in die Luft malen. ‚Wer all das erfahren will, braucht sie natürlich. Deshalb haben die Menschen es sich auch ausgesucht, in einer Form des Seins zu leben, in der es Zeit gibt.‘

‚Ist das nicht überall so?‘

Die Regenbogenschlange schüttelt sich wieder. ‚Tssss. Oh nein, deine Vorstellung ist zu begrenzt, weil du selbst in dieser begrenzten Welt lebst. Du glaubst, wenn etwas geschieht, ist es danach für immer vorbei. In Wahrheit geschieht alles ständig, überall und gleichzeitig. Es gibt unendlich viele Realitäten. Jedes Wesen formt seine eigene. Mit seinem Bewusstsein greift es sich aus dem zeitlosen Sein heraus, was es wahrnehmen will. Mit jedem Herausgreifen entsteht ein weiteres Stück persönlicher Realität. Deine Erinnerung an den Ablauf all dieser Stücke ist die Zeit.‘

Die Schlange Káto'ya richtet sich so weit auf, dass sich ihr Kopf fast auf einer Höhe mit Eddies Gesicht befindet. Dann neigt sie sich ihm ent-

gegen. Er kann gerade noch den Impuls unterdrücken, zurückzuzucken. Ihre lidlosen schwarzen Augen scheinen ihn mit stechendem Blick durchbohren zu wollen. ‚Bewusstsein ist Schöpfung.'

Trotz der Nähe empfindet Eddie keine Angst, sondern pure Neugier. ‚Warum tut das Bewusstsein das?'

‚Tssss. Weil es der Sinn deiner Existenz ist, Gefühle zu erleben, und weil Gefühle nur im Jetzt entstehen können. Sie existieren weder in der Vergangenheit, noch in der Zukunft. Sie können nicht aufbewahrt und nicht auf Vorrat gelegt werden. Deshalb erschafft dein Bewusstsein ständig ein neues Jetzt, in dem es die Gefühle erleben kann.'

‚Aber wenn ich mich an ein Gefühl erinnere…'

‚Dann erinnert sich dein Verstand an das vergangene Ereignis und erlebt nochmals das Geschehen. Daraus entsteht im Jetzt ein neues Gefühl, das niemals dasselbe wie früher sein wird. Deshalb ist es so wichtig, im Augenblick zu leben und alles wahrzunehmen, was dein Bewusstsein für dich erschafft.'

Eddie ist verwundert und ein wenig verwirrt, aber als er in sich hineinspürt, fühlt er, dass die Schlange Recht hat. Wie oft hat er nachträglich seine Einstellung zu einer Sache verändert und sich anschließend besser gefühlt als zuvor.

‚Und was bedeutet das für mich, für meinen Weg oder für mein Leben?', will er wissen.

‚Das musst du für dich selbst herausfinden.'

‚Dann gib mir wenigstens ein Beispiel.'

‚Tssss, typisch Mensch. Aber von mir aus. Lebst du im Jetzt und akzeptierst du dein Leben in Liebe, kann keine deiner Erinnerungen je ein Gefühl von Zorn in dir erzeugen.'

‚Ist denn Zorn immer so schlecht?'

Die Schlange schickt eine Folge von kurzen Wellenbewegungen durch ihren Körper. ‚Tssss. Gut oder schlecht – da ist sie wieder, deine Wertung.' Sie schüttelt verständnislos den Kopf. ‚Aber so ist es nun einmal, also denke nach und urteile dann. Liebe ist die Energie der Schöpfung, Zorn die Kraft der Zerstörung. Liebe verbindet dich mit deiner Seele, Zorn hält dich von ihr fern. Du musst selbst entscheiden, wie du fühlen und leben willst. Willst du erschaffen oder vernichten? Wer bist du?'

Káto'ya verschwindet zischelnd hinter dem Felsbrocken. Eddie bleibt alleine in der Wüste zurück und denkt nach. Es ist völlig still. Die drei

Gestirne stehen noch immer an derselben Stelle. Nichts geschieht. Kein Lufthauch, keine Bewegung.

Keine Zeit.

Kein Gefühl.

Eddie weiß nicht, was er tun soll. Noch nie war er so unentschlossen. ‚Hey, Schlange Káto'ya! Wenn das stimmt, was du sagst, würde ich ja alles, was mit mir geschieht, selbst herstellen!'

Stille.

Dann ein leises Zischeln hinter dem Felsen, das Eddie als Zustimmung wertet.

‚Wie geht das, dass ich mir bewusst die Stücke aus dem Sein heraussuche und die Realität schaffe, die ich haben will?'

Das Zischeln wird lauter und die Schlange taucht auf dem Felsbrocken auf. Von dort aus beobachtet sie ihn mit listigen Augen. Eddie kann wieder leiser sprechen, denn Káto'ya ist nur noch eine Armlänge von ihm entfernt.

‚Um genau zu sein, ich will ein Buch finden, von dem niemand weiß, wo es sich befindet. Wie soll ich das anstellen?'

‚Tssss. Nutze das Gesetz der Resonanz.'

‚Wie?'

‚Wenn du ein bestimmtes Gefühl haben willst, gestalte zuvor deine Realität entsprechend. Wenn du eine bestimmte Realität erzeugen willst, gestalte zuvor dein Gefühl entsprechend.'

‚Das verstehe ich nicht', meint Eddie verwirrt.

‚Jedes Gefühl zieht die dazu passende Realität an. Wie möchtest du deine Welt haben?'

‚Ich möchte, dass ich das Buch der Träume finde.'

‚Dein Verstand bringt dich dabei nicht weiter, oder?'

‚Nein.'

‚Dann nutze ihn auf eine andere Weise. Setze deine Fantasie ein. Stelle dir vor, was du anstrebst, in allen Einzelheiten, als wäre es schon eingetroffen. Erschaffe eine Vision – sie ist der Beginn deiner Schöpfung.'

‚Und dann?'

‚Achte auf das Gefühl, das in dir dabei entsteht. So fühlt sich deine Zukunft an.'

‚Prima, aber was nützt mir das?'

‚Gefühle sind nichts als Schwingungen. Je öfter und intensiver du ein Gefühl in dir weckst, desto stärker werden deine Schwingungen. Jede Schwingung erzeugt Resonanz. Schwingung und Resonanz sind das Gesetz zur Erschaffung deiner eigenen Realität.‘

‚Was ist eine Resonanz?‘

‚Ein Echo. Die Welt, wie du sie wahrnimmst, ist nur ein Echo des unendlichen Seins.‘ Die Schlange züngelt einige Male und räkelt sich auf dem warmen Stein. Schließlich bildet sie mit ihrem Körper eine liegende Acht.

‚Das verstehe ich nicht‘, sagt Eddie. ‚Es würde bedeuten, dass es die Menschen um mich herum gar nicht wirklich gibt. Meine Eltern, meine Freunde, die Stadt, in der ich wohne, all das kann doch nicht nur ein Echo sein. Alles, was ich anfassen und benutzen kann, gibt es doch wirklich.‘

‚Natürlich.‘

‚Was soll das dann bedeuten mit dem Echo?‘

‚Alles, was für dich sichtbar und greifbar ist, besteht aus Schwingungen. Sie sind das Echo der Schöpfung.‘

‚Und ich selbst?‘

‚Du bist deine eigene Schöpfung.‘

Eddie schüttelt ungläubig den Kopf. ‚Selbst wenn es so wäre und ich es wirklich verstehen würde: Was nutzt es mir, das zu wissen?‘

‚Wenn du das Prinzip der Schwingungen und der Resonanz verstanden hast, wirst du deine Welt so gestalten können, wie du es möchtest. Du wurdest geboren, um genau das zu tun.‘

‚Ist es das, was ich lernen soll?‘

‚Tssss. Du lernst, was du lernen willst. Ich biete dir nur etwas an.‘

‚Es ist so schwierig.‘

‚Es ist leicht, denn du kannst es bereits.‘

Eddie sendet stummes Erstaunen zu der Schlange. Offensichtlich kann sie es empfangen, denn sie geht darauf ein. ‚Aber ja. Du bist, wie jeder Mensch, mit Fähigkeiten zur Welt gekommen, von denen du viele vergessen hast, weil du sie nie benutzt hast. Dennoch sind sie in dir.‘

‚Und wenn sie zu schwach sind?‘

‚Benutze Werkzeuge so lange, bis du geübt bist. Später wirst du sie nicht mehr benötigen.‘

‚Wo bekomme ich diese Werkzeuge?‘

‚Das musst du schon selbst herausfinden, aber ich kann dir zeigen, wie dein Werkzeug aussieht.‘

Die Schlange rutscht durch den Sand und bildet einige Schritte von Eddie entfernt einen Kreis. Sie räkelt sich hin und her, bis sie zur Hälfte im Sand vergraben ist. Dann wird es still. Der Sand im Zentrum des Schlangenkreises vibriert ein wenig. Es scheint, als wäre darunter etwas verborgen, das sich den Weg an die Oberfläche bahnt. Der Sandfleck beginnt wie unter dem Einfluss starker Hitze zu flimmern und zu verschwimmen. Es scheint, dass die Sandkörner in der Mitte zu einer Masse verschmelzen, aus der sich langsam ein bläulich funkelnder, faustgroßer Klumpen formt. Durch die vor Hitze wabernde Luft kann Eddie jedoch nicht genau erkennen, was dort entsteht. Plötzlich ist es vorbei. In der Mitte des Schlangenkreises liegt ein großer, hellblauer Edelstein.

‚Weißt du, was das ist?‘, fragt die Schlange, nachdem sie sich wieder aus dem Sand befreit hat.

‚Ein Edelstein?‘

‚Ein Kristall!‘

‚Das soll also das Werkzeug sein, um meine Welt zu verändern?‘

‚Habe ich das gesagt? Deine Welt veränderst nur du selbst. Der Kristall ist ein Verstärker. Nimm ihn in die Hand.‘

Eddie ist erst unentschlossen, dann geht er auf den Mittelpunkt des Kreises zu, der durch den Abdruck der Schlange im Sand entstanden ist. Er kniet sich hin und nimmt den Kristall in beide Hände. Augenblicklich wird alles um ihn herum klarer, deutlicher und lauter. Er hört plötzlich Geräusche, wo vorher nur Stille war. Er sieht den Sand am Horizont so klar wie den vor seinen Füßen. Auch seine Gedanken sind wie von einem Strom frischen Wassers durchspült, wach und sehr klar. Eddie blickt sich nach der Schlange um, die sich inzwischen wieder auf ihren Stein zurückgezogen hat.

‚Darf ich diesen Kristall mitnehmen?‘

‚Unmöglich. Er ist nicht aus deiner Welt. Du musst dir deinen eigenen suchen.‘

‚Irgendeinen? Funktioniert das mit jedem?‘

‚Oh nein. Seine Schwingung muss zu dir passen. Sonst könnte er dich stören, anstatt dir zu helfen.‘

‚Wie soll ich den Richtigen finden?‘

‚Wenn er dir begegnet, wirst du ihn erkennen. Sei einfach achtsam.' Die Schlange rutscht nach unten, gleitet einmal um Eddie herum und beginnt sich im Sand zu versenken.

Eddie spürt, wie sich alles aufzulösen beginnt, was er als sicheres Zeichen für das Ende eines Traumes kennt. ‚Wo soll ich suchen? Bitte sag es mir. Bitte!!!', fleht Eddie eindringlich.

‚Suche nicht. Erzeuge die Schwingung in dir und erwarte die Resonanz. Tssss.' Die Schlange verschwindet. Die Wüste, der Himmel, die Gestirne werden hell und transparent. Als letzter Eindruck verklingt das Zischen.

‚Tssss'.

Dann fällt alles in tiefe Dunkelheit.

Geisterkrieger

Es war kühl, als Eddie erwachte. Die Luft duftete aromatisch nach trockenem Gras und Erde. Er lag in der windgeschützten Felsmulde auf den weichen Decken und blickte in den Sternenhimmel hinauf. In der linken Brusttasche seines neuen Hemdes steckte noch immer die Spielkarte mit der Schlange und dem Kristall, aber er spürte, dass sie erloschen war. Zum ersten Mal, seit er das Kartenspiel besaß, nahm Eddie bewusst wahr, dass sich an den Karten etwas veränderte, nachdem er sie benutzt hatte.

Am Horizont konnte man das erste Glühen der Morgendämmerung erahnen. Bald würde die Pracht der funkelnden Sterne dem Licht und den Farben des Tages weichen. Die Geräusche kämen zurück und der flirrende, trockene Geschmack der Wüste würde die jetzt noch frische Klarheit der Luft verdrängen.

Eddie dachte über den Traum nach. Selbst wenn er einen Kristall, wie ihn die Schlange erwähnt hatte, fände – was sollte er damit anstellen? Entmutigend war auch die resolute Erklärung der Schlange, man könne nichts aus der Traumwelt mit in die Realität nehmen. Wenn das Buch der Träume aber in einer Traumebene versteckt war, wie sollte es dann jemals in die Hände der Menschen im Diesseits gelangen?

Er räkelte sich in seinem Schlafsack und genoss die warme Geborgenheit. Bisher hatte es sich bewährt, einen Schritt nach dem anderen zu tun und nicht zu ungeduldig das Ruder hin und her reißen zu wollen. Es sah so aus, als sollte er als Nächstes einen zu ihm passenden Kristall finden. Schwingungen erzeugen und Resonanz wahrnehmen, hatte die Schlange zuletzt gezischt. Aber wie? Eddie schloss die Augen und versuchte sich vorzustellen, wie es wäre, wenn er einen Kristall besäße, der ihn zu dem Buch der Träume leitete. Es war sehr schwierig, sich hierzu ein deutliches Bild auszudenken, denn er wusste weder, wie Kristalle funktionierten, noch, wo das Buch sein könnte. Also konzentrierte er sich auf das Ergebnis: Das Buch der Träume in der einen Hand und den Kristall in der anderen sah er sich vor Pater William stehen. Eddie stellte sich vor, wie er dem Geistlichen das Buch entgegenhielt und ihn dabei ein Gefühl des Triumphes durchflutete. Er spürte förmlich den Kristall in seiner Hand, der sich anfühlte, als wäre er ein Teil von ihm selbst. Nie würde er etwas inniger besitzen als diesen Stein, der ihn in allem unterstützte, was er jemals vorhatte. Die wohltuende Empfindung von Sicherheit und Freundschaft machte sich breit. Keine Aufgabe würde je zu schwer sein, als dass nicht der Kristall sie zu einem freudigen Ereignis machen würde. So einen Stein zu haben wäre, wie einen guten Freund immer an seiner Seite zu wissen – ein wunderbares Gefühl. Eine schöne Fantasie. Eddies Augenlider wurden schwer. Das Bild des Kristalls verschwand aus seiner Vorstellung und er fiel nochmals in einen tiefen, diesmal jedoch traumlosen Schlummer.

Zwei Stunden später wurde Eddie durch den Schrei eines Adlers geweckt, der hoch am hellblauen Himmel seine Kreise zog. Er stand auf, rollte seinen Schlafsack und die Decken zu einem Bündel zusammen und machte sich auf den Weg den Berg hinunter. In der Mesa herrschte bereits reges Treiben. Frauen brieten am offenen Feuer Maisfladen, fegten die Vorplätze ihrer Wohnungen oder verrichteten andere Hausarbeiten. Kinder rannten spielend umher. Die größeren von ihnen brachten Wasser in Tonkrügen herbei. Überraschenderweise waren kaum Männer zu sehen. Bei Tag sah das Dorf anders aus als letzten Abend, deshalb war sich Eddie ein wenig unsicher, wohin er gehen sollte.

„Wo ist Sonne-am-Himmel?“, erkundigte er sich bei einer Frau, die gerade mit einem Korb unter dem Arm an ihm vorbeiging. Sie sah ihn fragend an.

„John! John Tawákwaptiwa?", wiederholte Eddie.

Die Frau verstand und wies den Weg entlang, den sie selbst gerade eingeschlagen hatte. Mit einem Handzeichen bedeutete sie Eddie, ihr zu folgen. Er legte sein Bündel an einer Mauer ab und eilte ihr nach. Obwohl er das Alter der Indianer nicht gut schätzen konnte, stufte er die Frau jünger als seine Mom ein. Sie trug weiche Schuhe aus gelbem Leder und ein hellbraunes Kleid. Über den Schultern lag ein rot-gelb gemustertes Tuch, ähnlich einem Poncho. Eddie holte auf und war schließlich an ihrer Seite.

„Wie heißen Sie? Ich bin Eddie."

Sie sah ihn kurz an und lächelte.

„Eddie", wiederholte er, zeigte dabei auf sich und deutete anschließend auf sie. „Und wie heißen Sie?"

„Kuwányauma", antwortete die Frau mit einer lieblich klingenden Stimme. „In deiner Sprache bedeutet das ‚Schmetterling-der-schöne-Flügel-zeigt', aber du kannst mich auch Jamie nennen. Das ist einfacher."

Eddie war verblüfft. Die junge Frau hatte ihm in akzentfreiem Englisch geantwortet. „Bringt es deine Vorstellung von uns durcheinander, wenn wir deine Sprache verstehen und sprechen?"

„Äh, nein." Das war gelogen.

„Doch, hat es", erkannte sie sofort. „Aber ich kann es verstehen. Wir leben hier sehr einfach und traditionell. Das bedeutet jedoch nicht, dass wir ungebildet wären oder nicht wüssten, was da draußen los ist."

„Da draußen?", echote Eddie.

„In deiner Welt."

„Ah so, klar."

Er stapfte eine Weile schweigend neben ihr her. „Wohin gehen wir, Kuwa… Jamie?"

Sie schmunzelte wieder. „Du wolltest doch zu John Tawákwaptiwa, oder?"

„Ich wollte nur wissen, wo er sich gerade befindet."

„Er berät sich mit den Ältesten."

„Ich will auf keinen Fall stören."

„Das wirst du nicht, denn sie erwarten dich bereits."

Nach einer Weile erreichten sie eine kleine Obstplantage.

„Es ist nicht mehr weit", sagte Jamie und stellte ihren Korb ab. „Ich bleibe hier, weil ich einen Korb Pfirsiche pflücken will. Du gehst einfach den Weg weiter, bis hinter die nächste große Biegung, wo du ein Steinhaus am Rande eines Maisfeldes finden wirst. Dort sind die Ältesten. Es ist das Haus der Chéveyo."

„Chéveyo?"

„Geisterkrieger."

Eddie verabschiedete sich von Jamie. Die Bäume zu beiden Seiten des Weges waren übervoll mit schönen Pfirsichen beladen. Er konnte der Verlockung nicht widerstehen, einen zu pflücken. Jamie beobachtete ihn dabei aus der Ferne. Als er hinübersah, winkte sie ihm zu. Zehn Minuten später erreichte Eddie ein Steinhaus, das eher einer Schäferhütte glich als einem Ort der Geisterbeschwörung. Aus herumliegenden Felsbrocken der Umgebung hatte man vier Wände auf eine Höhe von etwa anderthalb Metern gestapelt. Das Dach bestand aus eng nebeneinander liegenden Stämmen, die mit flachen Steinschindeln bedeckt waren. Die einzige Öffnung, ein meterhoher Durchlass, war durch eine angelehnte Holzplatte gegen Einblicke geschützt. Alles in allem machte die Hütte einen massiven, aber keineswegs mystischen Eindruck. Eddie blieb in einigen Schritten Entfernung stehen und versuchte festzustellen, ob sich jemand darin befand. Das Gebäude wirkte verlassen. Er setzte sich auf einem Baumstamm in der Nähe.

Wartete. Lauschte. Spürte.

Leichter Windhauch. Zarter Duft von Gras und Blumen.

Sein Gehör passte sich der Stille an.

Insektenflug.

Sehr leise Stimmen. Aus der Hütte.

Eddie hielt die Augen geschlossen und versuchte sich auf die Stimmen zu konzentrieren. Sie summten herüber wie weit entfernte Bienen. Er verstand die Sprache nicht.

Ein lautes Knacken schreckte ihn auf. Das Brett vor der Türöffnung wurde beiseite geschoben. John Sonne-am-Himmel trat gebückt aus der dunklen Öffnung hervor. Auf seinen Stock gestützt, richtete er sich auf, hielt sich mit einer Hand den Rücken und kam dann langsam auf Eddie zu. In seinen Haaren wehte die Adlerfeder und über einem hellen Wildlederhemd prangte ein aufwendig gearbeiteter Halsschmuck, der vor allem aus türkisen Steinen, kleinen Federn und Lederriemen bestand. Sonne-am-Himmel strahlte trotz seines hohen Alters mehr Stärke aus als jeder Indianer, den Eddie in Filmen je gesehen hatte. Es war nicht körperliche Kraft, sondern etwas, das durch die Wirkung seiner Anwesenheit entstand. John streckte Eddie zum Gruß eine Hand entgegen, und der fragte sich, wie der blinde Mann wissen konnte, wohin er sich wenden musste. Eddie ging hinüber, legte seine Hand in Johns und spürte die Wärme.

„Die Sonne möge dein Leben erblühen lassen. Hast du heute Nacht die Welt Tokpela besucht?"

„Ich weiß es nicht. Ich habe mit einer Schlange gesprochen."

„Káto'ya?"

„Ja. Sie hat mir erklärt, dass alles nur aus Schwingungen besteht und dass ich meinen Weg finde, wenn ich darauf achte und selbst die richtigen Gefühle aussende."

„Dann hat sie dich viel gelehrt."

„Aber sie hat mir nicht gesagt, wie ich das mit dem Aussenden anstellen soll. Sie meinte, ein Kristall könnte mir dabei helfen, aber wie ich den bekomme..." Er zuckte mit den Achseln.

„Möchtest du einige Brüder meines Stammes kennen lernen?" Sonne-am-Himmel deutete auf die Hütte.

„Ich will nicht stören."

„Das tust du nicht. Wir warten auf dich."

Eddie folgte dem Indianer. Drinnen war es weniger dämmrig, als es von außen den Eindruck machte. Durch die zahllosen Ritzen in der Steinmauer bohrten sich Hunderte dünner Sonnenstrahlen und erzeugten in der staubigen Luft ein Gewirr von Lichtlinien, die Eddie an die Laserschwerter aus Star Wars erinnerte.

„Die Gedanken der Chéveyo", sagte John mit einer raumgreifenden Handbewegung. „Sie reiten auf den Strahlen der Sonne zu uns herunter."

In der Mitte des Raumes gähnte im Boden ein quadratisches Loch von etwa anderthalb Metern Seitenlänge, aus dem das Ende einer Holzleiter ragte. Eine dünne Rauchfahne stieg aus der Mitte der Öffnung auf und verflüchtigte sich irgendwo im Dachgebälk.

„Das ist unsere Kiva. Früher deckten wir die Öffnung einfach mit Stroh und Holz zu, aber es fielen zu oft Tiere hinein. Deshalb haben wir die Hütte außen herum gebaut."

„Sind die anderen da unten?" Eddie hatte ein mulmiges Gefühl bei der Vorstellung, in die Schwärze der Grube hinabsteigen zu müssen.

„Ja. Die Kiva ist ein Ort, an dem wir den Kontakt zu unseren geistigen Führern suchen."

Der alte Hopi spürte Eddies Zögern. „Du musst nicht mit hinunter, aber ich kann dir versichern, dass dich nur Gutes erwartet."

Eddie hörte Stimmen, die sich miteinander unterhielten. Er machte einen Schritt auf die Öffnung zu und linste vorsichtig hinunter. Eine winzige Glut warf schwaches Licht auf drei menschliche Umrisse. Eine Stimme rief etwas zu ihm hinauf, eine andere lachte leise und fügte etwas hinzu, woraufhin alle in Gelächter ausbrachen. Auch John Sonne-am-Himmel lächelte und rief etwas nach unten.

Zu Eddie gewandt erklärte er: „Wuwuchpi, Der-Wasser-auf-trockenes-Land-gießt, versichert dir, dass er dich nicht verschlingen wird, und Pentiwa, Bemalt-viele-Masken, meint, dass Wuwuchpi dafür auch gar nicht mehr genügend Zähne hätte. Ich habe gesagt, dass du dich fürchtest."

„Ich fürchte mich nicht", wehrte Eddie entrüstet ab.

„Gut, aber du sollst wissen, dass es keine Schande ist, auf die Stimme der Vorsicht zu hören. Nur in die Arme der Furcht sollte man sich von ihr nicht treiben lassen."

John bückte sich, tastete nach den beiden Seitenholmen der Leiter und stieg hinab. Eddie folgte ihm. Der Raum unter der Öffnung war überraschend groß, vielleicht sogar größer als die Hütte selbst. Die Luft wirkte ungewöhnlich frisch, obwohl nirgends eine Belüftungsöffnung zu erkennen war. Gegenüber den drei Männern, die Eddie schon von oben ausgemacht hatte, saß noch ein weiterer. John setzte sich mit verschränkten Beinen auf eine gefaltete Decke. Der sechste Platz im Kreis war offensichtlich für Eddie vorgesehen.

Die Gesichter der Männer wirkten friedlich und strahlten offene Freundlichkeit aus. Soweit Eddie in der Dunkelheit erkennen konnte, waren alle ähnlich gekleidet wie John und nicht viel jünger. In die ledrig wirkende Haut ihrer Gesichter hatte die Zeit mit tiefen Falten den Bericht eines langen, entbehrungsreichen Lebens geprägt. Jeder der Männer trug magisch anmutenden Schmuck auf der Brust. Vier Augenpaare starrten Eddie an, und er starrte zurück. Außer gelegentlichem Knacken der Glut war kein Geräusch zu hören. Nach einiger Zeit, die Eddie endlos erschien, brach Der-Wasser-auf-trockenes-Land-gießt das Schweigen.

„Tumoq'waima", meinte er.

„Tumoq'waima!", stimmte Bemalt-viele-Masken zu und nickte.

„Tumoq'waima", murmelten die beiden andern, die sich bisher still verhalten hatten. Der-Wasser-auf-trockenes-Land-gießt streckte Eddie seinen Arm entgegen. Ihre Hände trafen sich zum Gruß im dünnen Rauchfaden der glimmenden Kohle.

„Tumoq'waima", wiederholte Eddie immer wieder, während er der Reihe nach allen die Hände schüttelte.

„Wir haben die ganze Nacht lang über dich Rat gehalten", sagte John anschließend.

Eddie spürte einen Kloß in seinem Hals.

„Wir befragten die Geisterkrieger und wir sahen mit Kataimatoqve, unserem dritten Auge. Jetzt sind wir sicher." John machte eine Pause. „Wir werden dir helfen, das Buch zu finden, das du suchst."

Eddie spürte, wie die Aufregung in ihm emporstieg.

„Du weißt nichts über uns, aber das ist ohne Bedeutung", sagte Bemalt-viele-Masken. „Unser Volk ist klein, doch einst war es sehr groß. Seine Geschichte steht für die Geschichte aller Menschen. Was uns geschieht, wird allen widerfahren, dessen sind wir sicher, denn unsere Überlieferungen sind so alt wie die Menschheit. Wir haben sie nie in Zeichen gezwungen, sondern ihren Sinn gelebt und sie von Zunge zu Zunge und von gutem Geist zu gutem Geist übertragen. Deshalb wurden sie auch nie verfälscht. Wir wissen, dass heute viele Menschen den falschen Worten auf Papier mehr Glauben schenken als dem gesprochenen Wort. Aber es ist auch so, dass in jedem Papier noch immer der Geist des Baumes lebt, der mit seinen tiefen Wurzeln das Wissen unserer Mutter Erde erspürt. Deshalb mag es sein, dass das Papier eines Buches die Menschen zurückbringt zur verlorenen Verbindung mit ihrer Mutter."

John nahm von Bemalt-viele-Masken, der rechts neben ihm saß, eine Pfeife entgegen und zog einige Male daran. Den Rauch stieß er in die Mitte des Kreises, von wo aus er wie von unsichtbarer Hand nach oben gezogen wurde. Die Stimmung hielt Eddie so gefangen, dass er kein Wort hervorbrachte. Er wollte so viel wissen, spürte jedoch, dass jetzt nicht die Zeit für Fragen war.

„Wie du bereits erfahren hast, leben wir in Tùwaqachi, der vierten Welt", sagte John. „Drei werden noch kommen. Sótuknang, der Helfer des Schöpfers Taiowa, hat bisher dreimal eine alte Welt beseitigt, um eine neue zu schaffen. Aber vielleicht muss der Wechsel in eine neue Welt nicht immer die Zerstörung der alten bedeuten. Vielleicht können die Menschen tatsächlich lernen, selbst eine neue Welt zu schaffen. Vielleicht."

Er nahm noch einen tiefen Zug und gab die Pfeife an Eddie weiter, der ebenfalls etwas Rauch in seinen Mund sog, aber sofort unter Husten wieder ausstieß. Er reichte die Pfeife dem Alten zu seiner Linken.

„Wenn es so ist, dann eilt die Zeit, denn Sótuknang ist schon sehr ungeduldig", fuhr Eddies linker Nachbar fort. „Du bist der Mensch, der den anderen das große Papier bringen soll, aber du weißt nicht, wo du es findest. Niemand kann es dir sagen, auch wir nicht."

Eddie spürte Enttäuschung in sich aufsteigen.

„Aber die Chéveyo sagten, dass du dicht davor stehst", erklärte John. „Sie erzählten auch, dass deine Aufgabe nicht nur darin besteht, es zu finden, sondern es zu verteidigen und zu verbreiten, damit es alle bekommen."

John hielt inne. Zum ersten Mal ergriff Der-Wasser-auf-trockenes-Land-gießt das Wort. Er räusperte sich und sprach dann mit greisenhaft zittriger, aber gut verständlicher Stimme. „Schatten folgen dir seit dem Tag, an dem du deine Aufgabe begannst. Noch sind sie still und beobachten dich nur, aber das wird sich ändern. An dem Tag, an dem du im Besitz des großen Papiers bist, werden sich die dunklen Mächte dir zeigen. Sie werden versuchen, das Papier zu erlangen."

Eddie schluckte und kämpfte mit dem Kloß in seinem Hals. „Sind sie mir auch hierher gefolgt?"

„Nein, denn du flohst aus ihrer Zeit, ohne dass sie es bemerkten. Das gewährt dir im Augenblick Schutz. Aber sei gewarnt, denn auch sie können die Zeit verändern."

„Wir werden dich etwas lehren, das dich den Weg zum Buch finden lässt", sagte John.

„Ich habe nur noch zwei Tage Zeit."

„Du wirst es rechtzeitig gelernt haben, wenn du wirklich willst."

„Was muss ich tun?"

„Heute Nacht wirst du Tokpa, die unterirdische Welt, bereisen und morgen Nacht lernst du Kuskurza, die versunkene Welt, kennen. Heute am Tag und morgen am Tag lernst du, wie du die Verbindung zu Túwaqachi, der vollständigen Welt, in der wir leben, herstellst. Danach wirst du alles wissen und können, was du benötigst, um den Schlüssel zum Versteck des großen Papiers zu finden."

„Wann fangen wir damit an?", wollte Eddie wissen.

„Wir sind schon mitten drin", entgegnete John.

Bemalt-viele-Masken holte eine kleine Flöte unter seinem Umhang hervor, setzte sie an seine schmalen Lippen und begann zu spielen. Die hellen zarten Töne schwebten in der Dunkelheit über ihren Köpfen wie glitzernder Sternenstaub. Es war das zauberhafteste Lied, das Eddie je gehört hatte.

Regenbogen

Eddie wurde von der Helligkeit des Sommertages geblendet, als sie aus der Hütte traten. Er hielt schützend die Hand vor seine Augen.

„Sonne-am-Himmel, vorhin haben mich die anderen mit ‚Tumoq'wai-ma' begrüßt. Was bedeutet das?"

„Es ist dein Name und bedeutet ‚Wandert-durch-Träume'. Nun reiche mir deine Hand und borge mir wieder deinen scharfen Blick für den Weg."

Eddie ergriff Johns Hand, die sich anfühlte wie warmes, weiches Leder. Sie gingen den Weg zurück in Richtung der Mesa. Vor den Pfirsichbäumen bogen sie jedoch links in einen kleinen ausgetretenen Pfad ab, der dicht an einer Felswand entlangführte. Nach einiger Zeit erreichten sie einen Brunnen, über dem ein altes Holzgestell aus vier pyramidenartig aufgestellten Balken montiert war. An einer verrosteten Rolle in der Mitte hing ein Seil mit einem verbeulten Blecheimer. Es schien, als wäre der Brunnen schon lange nicht mehr benutzt worden.

„Hast du Durst?", fragte John.

„Ja, aber kann man das Wasser aus diesem alten Brunnen überhaupt trinken?"

„Du hast Recht, er ist sehr alt. Selbst als ich noch ein kleiner Junge war, gab es diesen Brunnen schon. Damals fragte ich meinen Großvater, wer ihn gegraben habe. Er sagte, es sei der Großvater seines Großvaters gewesen." Sonne-am-Himmel nickte, in Erinnerungen versunken vor sich hin. „Dennoch spendet uns die Erde hier noch immer heiliges Wasser. Wer es regelmäßig trinkt, den hält es gesund.“

John tastete nach dem Seil, löste es und ließ den Eimer hinab. Er hielt Eddie das lose Ende entgegen. „Möchtest du einem alten Mann ein wenig zur Hand gehen?“

„Sind Sie sehr alt?“, fragte Eddie, während er das Seil einholte. Im selben Moment fiel ihm auf, wie ungehörig seine Frage wirken musste. Aber John ließ sich nichts anmerken.

„Ich erlebe dieses Jahr meinen einhundertundvierten Sommer.“

Eddie hätte vor Staunen fast das Seil fahren gelassen. „Aber niemand kann so alt werden!“, rief er ungläubig.

John schmunzelte. „Nun, dann gibt es mich wohl nicht.“

„Entschuldigung.“ Eddie zog weiter an dem Strick, bis er den Eimer in der Hand hatte. Er war nur zu einem Viertel gefüllt. Das Wasser wirkte klar und kühl.

„Wie sieht es aus?“, wollte John wissen.

„Gut. Sauber.“

„Lasse mich davon kosten.“ Sonne-am-Himmel ergriff den Eimer mit beiden Händen und setzte ihn an die Lippen. Nach einigen Schlucken gab er ihn Eddie. Das Wasser schmeckte köstlich frisch und belebend.

„Gut?“, fragte John.

„Oh ja. Man sieht es dem Brunnen wirklich nicht an.“

„Lebendiges Wasser für ein langes, gesundes Leben. Hast du bemerkt, wie das Äußere des Brunnens trügt? Verlasse dich nie allein auf den Schein, sondern befrage dein Kataimatoqve. Es wird dir immer den rechten Weg weisen. Erinnerst du dich, was das Wort bedeutet?“

„Nein.“

„Es ist dein inneres Auge, dein wahres Gefühl, die Stimme deines Herzens.“

„Ach so. Ich habe diesen Hinweis schon einige Male bekommen, aber es gelingt mir nicht immer.“

„Je mehr du darauf achtest, desto klarer wirst du die Herzenssprache erkennen.“ John tastete mit seinem Stock nach einem Baumstumpf und ließ sich mit einem tiefen Seufzer darauf nieder.

„Wasser ist Leben“, erklärte er. „Auf dem Land der Hopi sind alle Quellen heilig. Diese hier wird der Brunnen der endlosen Zeit genannt. Manchmal, wenn es am Nachmittag regnet, kann man von den höheren

Orten über den Mesas einen Regenbogen sehen. Oft scheint es so, dass er hier an diesem Brunnen beginnt. Die Hopi sagen: ‚Wenn bei uns der Regenbogen beginnt, befindet sich sein anderes Ende in Tibet‘."

John machte eine Pause. Vielleicht erinnerte er sich an die Zeit, als er die Regenbogen noch sehen konnte.

„Wo liegt Tibet?", wollte Eddie wissen.

„Sehr weit weg. So weit, dass es fast einerlei wäre, ob man nach Osten oder nach Westen reist, um es zu finden."

„Waren Sie schon einmal dort?"

Der alte Indianer zögerte. Er neigte seinen Kopf hin und her, und es schien, als wöge er Argumente ab. „Ich habe den Häuptling der Tibeter besucht, als er noch bei seinem Volk lebte", sagte er schließlich. „Das ist sehr lange her. Viel zu lange."

„Also leben dort auch Indianer?"

„Es sind Kinder des Lichts, die auf dem richtigen Pfad gehen und nichts als Frieden in ihren Herzen tragen. Und es waren Menschen ohne Angst."

„Waren?"

„Sie mussten lernen, was Angst bedeutet, aber den Frieden tragen sie noch immer in sich."

„Hilft es mir zu wissen, warum diese Menschen jetzt Angst haben?"

„Nein, deshalb werde ich es dir auch nicht erzählen. Aber es hilft dir zu wissen, warum Menschen anderen Menschen Angst machen." Er legte eine Hand auf Eddies Schulter. „Reiche mir noch einen Schluck Wasser, Tumoq'waima. Es ist warm um die Mittagszeit."

Nachdem John getrunken hatte, fuhr er fort. „Hast du schon einmal bemerkt, welche Menschen von anderen am meisten bewundert werden? Es sind alle, die ihren Traum leben, gleichgültig, ob sie damit Geld verdienen oder Nützliches tun oder einfach nur Freude haben. Sie leben, was ihre Sehnsucht ist."

Eddie überlegte kurz. „Ich kenne niemanden, der so lebt", sagte er dann.

„Denke an Menschen, die du aufrichtig bewunderst, dann wirst du erkennen, was ich meine."

Eddie dachte an seinen Lieblingsschauspieler aus Star Wars, an Wailen Jones, den Sänger der sanften Worte, an Pater William und Magnolia Twingel. Sie alle schienen zu tun, was sie glücklich machte.

Er rief auch seine Eltern in seine Vorstellung, was einen kleinen Stich in seiner Herzgegend auslöste. Eddies Vater war noch nie mit seiner Arbeit zufrieden gewesen. Wie oft beklagte er sich über die Eintönigkeit seines Berufs. Ebenso oft redete er sich ein, dass man eben nicht alles im Leben haben könne. Seit Eddie sich erinnern konnte, redete sein Vater von dem Zeitpunkt, an dem er mit der Arbeit aufhören und sich das Farmhaus kaufen würde. Es machte aber nicht den Eindruck, als befände sich dieser Zeitpunkt in greifbarer Nähe. Nein, Eddies Vater lebte auf keinen Fall seinen Traum.

„Die Tumoq'qatu, Die-ihren-Traum-leben, sind niemandem egal", griff John seinen Gedanken wieder auf. „Sie werden bewundert, abgelehnt oder verfolgt. Die wenigen, die sich an die Seite der Tumoq'qatu stellen, leben bereits selbst ihren Traum und suchen den Austausch. Die vielen, die sie bewundern, sind Suchende. Manche befinden sich selbst am Beginn des Weges zu ihren eigenen Träumen. Wer die Tumoq'qatu ablehnt oder verachtet, ist in Wahrheit ein Ängstlicher, der erkennt, wie weit er selbst von seinen wahren Träumen entfernt lebt. Man braucht Mut, um seinen Traum zu leben, um die Sicherheit des bekannten Weges zu verlassen und sich in die Ungewissheit der eigenen Sehnsucht zu stürzen. Die wenigen, welche die Tumoq'qatu verfolgen, sind oft Herrschsüchtige. Sie wissen: Wer seinen Traum lebt, verbreitet den Wunsch nach Freiheit, und wer frei ist, lässt sich nicht beherrschen."

John wendete sich Eddie zu. Es schien, als würde der alte Indianer ihn durch die geschlossenen Lider seiner erblindeten Augen ansehen. Ein gesunder Blick hätte kaum durchdringender sein können.

„Verstehst du jetzt, Tumoq'waima, warum du in großer Gefahr lebst und dennoch nicht verzagen darfst, den Menschen dieses heilige Papier zu bringen?"

Eddie zitterte innerlich. Bisher hatte er sich noch vormachen können, das Ganze wäre eine Art abenteuerliches Spiel für die Sommerferien, ein besonders realistischer Film, den er in der Wirklichkeit erleben durfte. Sofern es überhaupt Wirklichkeit war, was Eddie oft nicht sicher schien. Schon mehrfach hatte er die Möglichkeit erwogen, sich in einem besonders langen und intensiven Traum zu befinden, aus dem er jederzeit aufwachen konnte. Was Sonne-am-Himmel ihm gerade deutlich machte, gab der Sache jedoch augenblicklich einen sehr ernsten Anstrich.

„Was geschieht, wenn ich es nicht tue?“, fragte Eddie mit brüchiger Stimme. „Wenn ich einfach aufhöre, mich mit der Suche zu beschäftigen?“

„Wäre das die Lösung, die dir hilft, dein Leben zurückzuholen?“

„Was wäre, wenn ich es dennoch täte?“, fragte Eddie trotzig zurück.

„Du kannst tun, was immer du willst. Aber denke daran: Sie wissen bereits, dass du der Tumoq'waima bist. Was auch immer du für dich entscheidest - du bleibst eine Gefahr für sie.“

„Aber ich habe ihnen doch gar nichts getan. Ich habe niemandem etwas getan!“

Statt einer Antwort nickte John nur.

„Wenn es ‚die‘ gibt, warum haben sie sich dann noch nicht gezeigt?“, fragte Eddie.

„Haben sie das wirklich noch nicht? Hast du noch nie etwas von ihnen gespürt?“

Eddies Zunge klebte wie verdörrt am Gaumen. Er nahm einen Schluck aus dem Eimer, aber Sekunden später war sein Mund wieder ausgetrocknet.

„Siehst du?“, sagte John. „Sie haben dich bereits erkannt, nur sind sie noch vorsichtig. Sie wollen dich nicht bei deiner Arbeit stören, die für sie von Nutzen sein kann.“

„Wie kann ich von Nutzen sein, wenn ich gleichzeitig eine Gefahr bin? Und wer sind ‚sie‘ überhaupt?“

„Sie sind die Mächtigsten aus der Welt der Verlorenen. Sie haben die Verbindung zum Licht des Guten verloren. Weil sie das Licht nicht kennen, wissen sie nicht, dass sie im Schatten leben. So sind sie überzeugt, richtig zu handeln, und sie brauchen dich, weil sie das große Papier selbst nicht finden können. Aber sie fürchten dich auch, weil es ihr Ende bedeuten würde, wenn du deine Aufgabe erfülltest.“

„Woher wissen Sie das alles, John?“

„Seit Menschen leben, gibt es Verlorene. Unser Volk ist ihnen immer wieder begegnet.“

„Ich meine, woher wissen Sie, dass die mir folgen?“

„Hat es dir die Schlange Káto'ya nicht erklärt? Alles ist Schwingung, alles sendet und empfängt Schwingung. Was dir gerade widerfährt, erzeugt sehr starke Schwingungen. Wer weiß, wonach er suchen muss, kann sie und damit auch dich fühlen. Auch ich habe sie gespürt und sah dich kommen. Diese Kraft ist inzwischen so stark, dass du sie nicht mehr verstecken kannst, selbst wenn du es wolltest."

„Das glaube ich nicht. Ich kann tun, was ich will."

John legte seine knorrigen Hände auf den Stockknauf. „Natürlich kannst du das, aber ehe du es tust, solltest du prüfen, ob es angemessen ist. Handle in *deinem* Geist. Spüre in *dich* hinein. Stelle dir vor, dass du abreist. Jetzt. Stehe auf, fahre nach Hause und beschäftige dich nie wieder mit dieser Sache. Lebe weiter wie bisher. Was spürst du bei dieser Vorstellung?"

Eddie starrte auf den Brunnen, während er versuchte die Vorstellung zu entwickeln, dass er sofort abreiste. Es war unmöglich. Irgendetwas zog ihn immer wieder in das Geschehen zurück und drängte ihn danach, weiter zu suchen.

„Nun?", fragte Sonne-am-Himmel.

„Es klappt nicht. Ich kann es mir nicht vorstellen."

„Es würde dir in Wirklichkeit ebenso wenig gelingen."

„Aber warum kann ich auf einmal nicht mehr entscheiden, was ich tun will?"

„Das kannst du ja, aber was du dir gerade vorzustellen versuchtest, ist nicht das, was dein Herz tun will, sondern das, was dir dein Verstand sagt. Es ist das Ergebnis von Angst. In Wirklichkeit ist die Aufgabe bereits ein Teil von dir geworden und du ein Teil von ihr. Ihr seid eins. Deshalb kannst du dich nicht lösen."

Eddie schwieg betroffen. Nie hätte er gedacht, dass er in einen solchen Kampf mit sich selbst geraten könnte. Worauf sollte er jetzt hören? Mehr denn je fühlte er sich wie im Leben eines Fremden.

„Es gibt einen Ausweg, falls du gerade danach suchst."

„Welchen?"

„Akzeptiere das Einssein. Liebe es, umarme es, dann wird es zum stärksten Schutzschild, den es gibt. Menschen, die eins werden mit sich, ihrer Aufgabe, ihren Sehnsüchten und ihrem Leben, sind unangreifbar."

„Wie soll ich das anstellen? Ich meine, ich kann es doch nicht einfach anschalten oder so?"

„Es geschieht von selbst, wenn du das Gefühl dazu einmal erfahren hast. Wer ein einziges Mal gespürt hat, wie Einssein sich anfühlt, wird den Rest seiner Zeit danach streben. Er wird erkennen, wodurch dieser Zustand gefördert oder behindert wird."

Eddie erwiderte nichts. Seine Gedanken drehten sich wie in einer endlosen Spirale. Aufgabe, Gefahr, Macht, Schutz. Der Schutz sollte im Einssein mit der Aufgabe liegen, obwohl genau diese die Gefahr anzog.

„Wenn du möchtest, kann ich dich zum Erlebnis des Einsseins leiten“, schlug Sonne-am-Himmel vor. „Ab dann wirst du selbst wissen, wonach du suchen musst.“

„Bringt es mich zu mir selbst zurück? Zu meinem Leben?“

„Möglich.“

Eddie hatte keine Ahnung, was ihn erwartete, aber es konnte kaum größere Verwirrung anstiften, als ohnehin schon in ihm herrschte.

„Was kann es schon schaden?“, sagte er in möglichst unbeschwertem Tonfall.

„Gut, dann lasse uns zurück zur Mesa gehen und eine Mahlzeit einnehmen.“

Einssein

Das einfache Mittagessen bestand aus einer Art Brot aus Maismehl mit verschiedenem Gemüse, als Nachtisch gab es wieder eine Schale frisch geerntetes Obst. Danach zog sich John zu einer Mittagsruhe zurück. Eddie schlenderte durch die Mesa, um ein wenig mehr über die hier lebenden Menschen zu erfahren. Die meisten allerdings hatten sich zur Zeit ebenfalls zur Mittagspause zurückgezogen. Die wenigen, die herumliefen, waren spielende Kinder.

Weil die Hopi keine Touristen an diesen Ort ließen, konnten sie hier völlig ungestört ihren traditionellen Lebensstil pflegen. Fast alle Häuser des kleinen Dorfes schmiegten sich unter einem riesigen Vorsprung an die Felswand. Viele Gebäude waren nur erreichbar, indem man über Holzsprossen auf das Dach eines anderen Hauses stieg. Die offene Gestaltung der Wohnungen und ihre unmittelbare Nähe zueinander verstärkte den Eindruck der engen Verbundenheit dieser Menschen miteinander.

Eddie erreichte einen größeren Platz, auf dem Kinder mit einem aus Lumpen geknoteten Ball eine Art Hockey spielten. Zwei herumtollende Dorfhunde wurden einfach mit in das Spiel eingebunden. Die Kinder stutzten, als sie Eddie bemerkten, aber als er ihnen zuwinkte, grüßten sie zurück. Der älteste Junge bedeutete Eddie mitzuspielen. Kurz darauf tollte er mit der Gruppe auf dem Dorfplatz herum. Natürlich hatte er keine Chance, denn die Jungen waren in ihrem Spiel sehr geübt. Geschickt kickten sie mit ihren meterlangen Holzstöcken den Lumpenball in geflochtene Körbe, die am Rand des Spielfeldes standen. Die Hunde schienen darauf abgerichtet zu sein, sich nur am Ball zu vergreifen, wenn er in einem Korb gelandet war.

Immerhin hatte Eddie den Vorteil, der Größte in der Gruppe zu sein, was ihn zu einem brauchbaren Korbverteidiger machte. Wenn jemand dem Korb seiner Mannschaft zu nahe kam, richtete er sich einfach mit ausgebreiteten Armen auf. Das klappte einige Male gut, bis der Erste der Hopijungen seine Berührungsängste verlor und unter Eddies Armen hindurchschlüpfte. Ab da schöpften auch die anderen Mut und es wurde es viel schwieriger, ihre Angriffe abzuwehren.

Eddie wusste nicht, wie viel Zeit vergangen war, als er plötzlich Johns Stimme hörte. „Als Kind war ich sehr gut in diesem Spiel."

Der alte Mann stand, auf seinen Blindenstock gestützt, am Rande des Spielfeldes. Einen Moment lang sah Eddie in ihm den Jungen von damals, wie er mit seinem Hockeystock in der Hand auf den Beginn des Spiels wartete.

„Spielen Sie doch eine Runde mit", forderte er John auf, ohne nachzudenken, wie das funktionieren sollte.

John lachte und sagte etwas zu den Hopikindern, die sofort ebenfalls in helles Gelächter ausbrachen. Dennoch trat der größte Junge zu dem alten Mann, führte ihn auf das Spielfeld und richtete ihn zu einem Korb hin aus. Sonne-am-Himmel kicherte vor sich hin, machte abwehrende Gesten und murmelte Unverständliches auf Hopi. Der Junge setzte die Spitze des Blindenstocks schräg neben John auf den Boden, so wie es die Jungen mit ihren Schlägern machten, wenn das Spiel begann. Sonne-am-Himmel stand in einem Halbkreis von Kindern und hielt seinen Stock mit beiden Händen in der Starthaltung, so wie er es das letzte Mal vor fast hundert Jahren getan hatte. Eines der Kinder legte den Lumpenball direkt vor Johns Stockende. Wie auf ein Kommando begannen alle in Anfeuerungsrufe auszubrechen. Der alte Mann schüttelte immer wieder lächelnd den Kopf und zog seinen Stock zurück, doch der Junge führte ihn jedes Mal geduldig, aber bestimmt wieder in die Grundstellung zurück. Schließlich ließ sich John zu einem Schlag hinreißen. Der

Lumpenball flog zwar in Richtung des Korbes, schaffte jedoch nicht einmal die Hälfte des Weges. Dennoch brachen alle in anspornendes Geheul aus und forderten einen weiteren Versuch.

Insgesamt schoss John Sonne-am-Himmel zwölf Bälle. Kein einziger davon traf in den Korb, aber das war ohne Bedeutung. Der Älteste der Hopi war für ein paar Minuten wieder zu dem unbeschwerten Kind geworden, das er über sein langes, von Entbehrungen und Leid geprägtes Leben fast vergessen hatte.

Nach dem Spiel machten John und Eddie sich auf den Weg von der Mesa zu den ‚Höhlen der Weisheit', wie John sie bezeichnete. Während Eddie ihn wieder führte, war der alte Indianer sehr schweigsam. Er wirkte nachdenklich.

„Ich glaube, ich habe soeben erfahren, warum gerade du der Tumoq'-waima bist", sagte er schließlich. „Du trägst reine Gedanken im Kopf und dein Herz auf der Zunge."

Eddie wusste nichts zu entgegnen, spürte aber, dass sich in John etwas bewegte. „Ich habe durch dich etwas Wichtiges erkannt. Egal, wie viel wir in unserem Leben lernen, erleben oder erschaffen, wie weise, wohlhabend oder angesehen wir werden mögen – es ist nichts wert, wenn es uns das Gefühl der Unbeschwertheit und die Visionen unserer Kindheit kostet."

Er blieb stehen und neigte lauschend den Kopf zur Seite. Dann sog er die Luft tief in sich ein. „Wir sind bald da. Es ist ein guter Tag für dich, um das Einssein zu erfahren."

Nach einer Weile erreichten sie die Verzweigung zu dem alten Brunnen, aber dieses Mal gingen sie den Pfad in der entgegengesetzten Richtung an der Felswand entlang. Nach einigen hundert Metern zwängte sich der Weg durch einen schmalen Spalt. Kurz darauf standen sie auf einer ringsherum von senkrechten Felswänden beschützten Wiese. Es war kurz nach vier Uhr nachmittags. Die Sonne stand schon zu schräg, um den Boden des winzigen Tals noch zu erreichen. Es war völlig windstill und brütend warm. Die Felsen hatten sich mit der Hitze der Mittagssonne voll gesogen und gaben diese jetzt an die Umgebung zurück. Eddie entdeckte an verschiedenen Stellen in den Wänden Spalten und kleine Höhlenöffnungen.

„Siehst du die Höhle, deren Eingang wie ein Bär aussieht?", fragte John.

Eddie versuchte, in den verschiedenen Umrissen Bilder zu erkennen. Tatsächlich erinnerte eine gegenüberliegende Höhlenöffnung an einen Bären auf allen Vieren. „Ich glaube, ich sehe sie. Ist es die neben dem großen, senkrechten Riss in der Wand?“

„Ja. Lass uns dort hineingehen.“

Die Höhle war erheblich größer, als es der Eingang vermuten ließ. Eddie konnte kein Ende ausmachen, und auch die Decke blieb im Dunkel verborgen.

„Rechts neben dem Eingang müssten Laternen liegen“, wies John Eddie an.

Auf einem flachen Stein fand Eddie vier Petroleumlampen und einige Streichholzheftchen. Er zündete eine Laterne an. In ihrem Schein konnte er etwa fünf oder sechs Meter über ihnen die durch Ruß geschwärzte Höhlendecke erkennen. Viel interessanter jedoch waren die unzähligen Malereien an den Wänden. In einigen Bildern erkannte Eddie Tiere: Schlangen, Kojoten, Vögel, Büffel, Bären und Käfer. Andere Malereien stellten symbolisch Menschen dar. Zusätzlich wimmelte es nur so von abstrakten Zeichen, deren Bedeutung unverständlich war.

„Sage mir, was du siehst“, forderte John.

„Die Wände sind voller Malereien. Einiges hat mit Tieren zu tun.“

„Ein großer Teil der Bilder, die du hier siehst, sind viele hundert Jahre alt. Unsere Vorfahren haben uns damit ihr Wissen hinterlassen.“

„Ist es eine Schrift? Ich meine, kann man das lesen wie ein Buch?“, wollte Eddie wissen.

„Es ist ähnlich wie eine Schrift“, erklärte John. „Aber lesen kann sie nur, wer bereits weiß, was darin steht. Ein großer Unterschied zu den Schriften, wie du sie kennst.“

„Wenn man schon vorher wissen muss, was die Bilder bedeuten, wofür braucht man sie dann überhaupt?“

„Jedes Bild steht für eine Geschichte. Wenn ein Kind sie zum ersten Mal erzählt bekommt, zeigt man ihm das Bild dazu. Von da an sind Bild und Geschichte eins. Nie würde das Kind später angesichts des Bildes eine andere Geschichte erzählen als die wahre. Siehst du zum Beispiel irgendwo den buckligen Flötenspieler?“

Eddie ging mit erhobener Laterne an der Wand links des Eingangs entlang. Er stieß auf eine Figur, die einer zweibeinigen Schildkröte mit einem stabförmigen Instrument an den Lippen ähnelte. „Ein dünnes Männchen mit einem dicken, runden Rücken und zwei Fühlern auf dem Kopf?“, fragte Eddie.

John nickte. „Du würdest ihn eine Heuschrecke nennen. Auf seinem Rücken trägt er Samen von Pflanzen in die Welt, damit sie sich überall verbreiten. Dazu spielt er wunderschöne Musik, auf dass die Pflanzen aus der Erde gelockt werden. Musik ist das Echo des Schöpfers. Alles Lebende sehnt sich nach ihr.“

Sonne-am-Himmel tastete mit seinem Stock nach einem der neun großen Steine, die ein paar Meter hinter dem Eingang im Kreis gruppiert waren. Nachdem er sich auf einem niedergelassen hatte, deutete er in den dunklen Teil der Höhle. „Dort hinten liegt irgendwo eine rote Trommel. Bringe sie mir.“

Eddie tastete sich mit seiner trüben Laterne in den rückwärtigen Teil der Höhle vor, wo er, auf einem Vorsprung aufgereiht, verschiedene Musikinstrumente entdeckte. Nur eine der vielen Trommeln war rot. Er brachte sie John, der sie aufmerksam betastete.

„Ja, diese wird dich gut leiten.“ Der alte Indianer stellte die Trommel beiseite, schichtete sorgfältig einige im Steinkreis liegende Holzscheite zusammen. Er ließ sich von Eddie die Streichhölzer geben und entfachte mit geübten Händen ein kleines Feuer. Anschließend nahm er wieder auf dem Stein Platz.

„Wenn du das Einssein spüren willst, wird dir der Klang der roten Trommel den Weg weisen. Setze dich auf den Stein links neben mich.“

„Was muss ich tun?“, fragte Eddie, der sich ein wenig unbehaglich fühlte.

„Lausche der Trommel. Sie wird dich an einen See führen. Was immer du dort siehst, betrachte es als Geschenk. Wem immer du begegnest, begrüße ihn als Freund. Was immer dich interessiert, betrachte es näher. Wann immer du etwas spürst, verlange mehr davon. Immer mehr. Werde eins. Es ist leicht und wird wie von selbst geschehen, wenn du es zulässt.“

„Das geschieht nicht wirklich, oder? Es ist ein Traum.“

John zögerte kurz. „Ja“, meinte er dann kurz entschlossen. „Ein Traum. Wie ein Traum. Du brauchst keine Angst zu haben. Bist du bereit?“

„Okay.“

„Setze dich aufrecht. Entspanne deine Schultern. Sie tragen keine Last und sind leicht wie Federn. Spüre das warme Licht des Feuers."

Eddie setzte sich, so bequem es ging, auf seinem Stein zurecht. Der alte Hopi stellte die Trommel zwischen seinen Füßen auf den Boden. Dann begann er ganz leise und regelmäßig mit einem Finger in die Mitte des gespannten Leders zu tippen.

Dumm-dumm-dumm-dumm. Dumm-dumm-dumm-dumm.

Wie einzelne Wassertropfen, die auf ein dünnes Holzbrett fielen.

Dumm-dumm-dumm-dumm. Dumm-dumm-dumm-dumm.

Wie ein Ast, der im Wind gegen eine Hüttenwand schlug. John begann eine monotone Melodie zu summen. Eddie starrte gedankenverloren in das Feuer. Kleine Flammenzungen leckten aus der leuchtend roten Glut hervor. Fast war es, als tanzten sie zum Klang der Musik. Nach einer Weile änderte sich der Rhythmus. Auf einen lauteren Ton folgten jetzt drei leisere.

Dumm*-dumm-dumm-dumm.* ***Dumm****-dumm-dumm-dumm.*

Ein Eisenbahnzug, der durch weites Land fuhr. Eddie wurde schläfrig. Er hatte Mühe, die Augen offen zu halten. Schließlich ließ er zu, dass sich seine Lider schlossen. Nur für einen Augenblick.

Dumm*-dumm-dumm-dumm.* ***Dumm****-dumm-dumm-dumm.*

Aufstampfende Indianer beim Tanz.

Nur eine Weile ausruhen.

Die Töne änderten erneut ihren Rhythmus. Langsamer. Kräftiger.

Dumm*-dumm.* ***Dumm****-dumm.* ***Dumm****-dumm.*

Herzschläge.

Plötzlich sieht Eddie den See. Klein und still schmiegt sich das Wasser mit einer Seite an die schroffen Felsen eines kleinen Berges. Auf der anderen Seite geht die Landschaft in eine bis zum Horizont reichende Steppe über. Zahlreiche Tiere sind am See versammelt, einige trinken gerade. Rehe und Hirsche, Adler und Bussarde, Schlangen und Echsen, Büffel und wilde Pferde. Einer der Büffel ist auffällig kräftig. Er unterscheidet sich von den anderen durch seine außergewöhnlich langen Haare, die fast den Boden berühren. Die langen Hörner sind in einer leichten Welle geschwungen. Eddie wünscht sich, näher bei diesem Büffel zu sein, und plötzlich steht er neben ihm. Das Tier bemerkt es sofort und schreckt auf. Gleichzeitig spürt Eddie, wie die Kraft dieses Wesens ihn blitzartig durchströmt. Das Gefühl ist so intensiv, dass er den Eindruck hat, sein eigener Körper dehnt sich, mit stählernen Muskelpaketen gefüllt, in alle Richtungen aus. Eddie erinnert sich, dass John ihm geraten hat, von allem, was er fühlt, mehr zu verlangen. Also fordert er, mehr von der Kraft des Büffels in sich spüren. Fast gleichzeitig mit seinem Wunsch überfluten ihn alle Gefühle des Tieres.

Er spürt, wie sich seine vier kräftigen Hufe in den weichen Sand am Seeufer drücken. Ein leichtes Kopfschütteln erzeugt einen Wechsel zwischen leichtem Zug und Druck an der Stelle, wo die Hörner an seinem mächtigen Schädel angewachsen sind. Eddie hört und fühlt, wie enorme Mengen Luft durch seine feuchten Nasenflügel in den massigen Brustraum gesogen werden. Er nimmt die gesamte, seinen Körper umhüllende Haut wahr, spürt Unmengen von zotteligen Haaren, die überall aus ihr hervorwachsen. Eine Bewegung zur Seite und die Muskelberge der Schultern verlagern ihre Position. Eddie bemerkt, dass die Vorstellung von Nahrung, Wasser und Sicherheit fast sein ganzes Denken ausfüllt. Noch nie hat er ein Bedürfnis so intensiv empfunden wie das, so schnell wie möglich von diesem See fortzukommen, um endlich wieder die weite, übersichtliche Prärie um sich herum zu wissen. Die unberechenbaren Felsen in seinem Rücken erzeugen in ihm eine nahezu panikartige Wachheit aller Sinne. Sie sorgen dafür, dass alle seine Muskeln zum Bersten angespannt sind.

Die Gerüche von Wasser, Erde, Gras und anderen Tieren betäuben ihn fast in ihrer Intensität und lassen keinen Raum für Überlegungen. Er riecht nicht einfach nur mit seiner Nase, es ist, als wäre sein gesamtes Bewusstsein wie eine Wolke, die sich in alle Richtungen ausdehnt und so die Dinge um sich herum zu einem Bestandteil von sich selbst macht. Er muss gar nicht darüber nachdenken, woher jeder einzelne Duft kommt und was er bedeutet, denn die Gerüche lassen die Umgebung wie ein dreidimensionales Bild in seinem Kopf entstehen. Gleichzeitig sind mit jedem Geruch deutliche Gefühle verbunden. Wohltuende, wie das Aroma des Wassers und des frischen Grases. Angst machende, wie die scharf riechenden Spuren von Wölfen, die vor einiger Zeit hier getrunken haben. Der See ist ein lebensspendender Ort und gleichzeitig lebensgefährlich. Eddie weiß, dass auch die Anwesenheit der anderen Tiere seiner Herde mit ihrem vertrauten Geruch nicht über die Gefahr hinwegtäuschen kann.

Eddie ist das stärkste und größte Mitglied der Herde. Er verfügt über herausragende Fähigkeiten. Viele der Büffel sind seine Kinder oder Enkel. Dadurch hat eine besondere Aufgabe, die mit großer Verantwortung verbunden ist. Er ist für die Sicherheit seiner Herde verantwortlich. Die Gemeinschaft ist das Einzige, was zählt. Sie bedeutet das schützende Zuhause, die alles verbindende Einheit. Eddie und die anderen Büffel sind nichts anderes als Bestandteile eines größeren, übergreifenden Herde-Lebewesens. Dieses Herde-Wesen bildet eine noch größere Einheit mit der Prärie. Muss es diese überschaubare Umgebung verlassen, sei es auch nur, um zu trinken, ist die Einheit zerstört und es gibt nichts Wichtigeres, als sie wieder herzustellen.

Das unvermittelt auftauchende Geräusch vieler kleiner Pfoten auf hartem Felsboden lässt den Kopf des Büffels hochfahren. Sekundenbruchteile später macht er einen Satz zur Seite. Eddie selbst reagiert zu langsam und bleibt stehen. Die Verbindung zwischen ihm und dem Tier zerreißt. Der Büffel läuft stiebend davon und lässt ihn am Ufer des Sees zurück.

So schnell, wie alles begonnen hatte, endet es auch. Eddie war im Bewusstsein des Büffels, jetzt ist er wieder in seinem eigenen. Sein Herz schlägt vor Aufregung wie wild.

***Dumm**-dumm. **Dumm**-dumm. **Dumm**-dumm.*

Wie eine Eisenbahn.

***Dumm**-dumm. **Dumm**-dumm. **Dumm**-dumm.*

Oder eine Trommel.

Rauchige Luft. Eddie spürte harten, kühlen Fels unter sich. Als er die Augen öffnete, sah er das kleine Feuer in der Mitte des Steinkreises. Langsam wurde er sich bewusst, wo er sich befand. Der Rhythmus der Trommel änderte sich wieder.

Dumm-dumm-dumm-dumm. Dumm-dumm-dumm-dumm.

Immer leiser, dann kaum noch hörbar, entschwebten die letzten Töne des Instruments, wie von einem sanften Windhauch davongetragen, hinauf zur Höhlendecke.

Dann war es still.

Eddie saß einfach nur da und starrte vor sich hin. Noch immer fühlten sich seine Arme und Hände wie muskelbepackte Beine mit harten Hufen an. Er spürte die Umgebung der Höhle auf eine ganz neue Art, nahm Größe und Beschaffenheit des Raumes, Gerüche, Geräusche und Temperatur als ein einziges mächtiges Gefühl wahr. Es gab keinen Grund mehr, über Einzelheiten nachzudenken und sie zu einem Bild zusammenzusetzen. Eddie wusste jetzt mehr über seine Umgebung als zuvor.

Neben ihm stellte John Sonne-am-Himmel die Trommel auf den Boden, was ein unbekanntes, vielleicht gefährliches Geräusch erzeugte. Eddie sah zur Seite, und erst jetzt wurde ihm wieder wirklich bewusst, wer er war.

„Hast du den See besucht?", fragte John leise.

„Es waren so viele Tiere dort", flüsterte Eddie.

„Welches warst du?"

„Ein Büffel, glaube ich. Aber es war kein gewöhnlicher Büffel, wie er hier vorkommt. Er hatte viel längere Haare und andere Hörner." Eddie erzählte sein Erlebnis so genau er konnte. John hörte aufmerksam zu und nickte verschiedentlich zustimmend.

„Von nun an wird er dich leiten, wann immer du es brauchst", sagte er, nachdem Eddie geendet hatte. „Wenn du Kraft brauchst, erinnere dich, wie es sich anfühlt, aus stählernen Muskeln und wilder Energie zu bestehen. Wenn du Angst verspürst, erinnere dich, wie gut sie all deine Sinne wach hält. Wenn du verwirrt bist, erinnere dich an das Gefühl, Teil eines größeren Ganzen zu sein und eine wichtige Aufgabe zu erfüllen. Ab jetzt ist dein Krafttier in dir. Es ist ein Teil von dir und du bist ein Teil von ihm. Ihr beide seid eins."

Tokpa – die unterirdische Welt

Einige Stunden nach dem Erlebnis in der Bärenhöhle saß Eddie mit Johns Familie in der Mesa. Er kam sich noch immer vor wie eine Mischung aus Büffel und Mensch, das merkwürdigste Gefühl, das er bisher je erlebt hatte, aber dennoch irgendwie gut. Er fühlte sich deutlich wacher, klarer und stärker als zuvor. Verwirrung und Ängste der vergangenen Tage waren in die Ferne gerückt. Er war überzeugt, dass nichts, was noch kommen würde, ihn schwächen könnte, solange er dieses Gefühl bewahrte. John hatte ihm geraten, es der Tradition der Indianer gleichzutun und mit niemanden über sein Erlebnis an dem See zu sprechen, um die kraftvolle Verbindung zu dem Tier nicht zu schwächen. Eddie hörte nur zu gerne auf diesen Rat, denn er nahm ohnehin an, dass er nicht fähig gewesen wäre, jemand anderem die Intensität und Bedeutung des Erlebnisses zu vermitteln. Auf jeden Fall ahnte er jetzt, was das Gefühl des Einsseins bedeutete, von dem John gesprochen hatte und das ihm helfen sollte, dem Buch der Träume näher zu kommen.

Da es im Dorf weder Radio noch Fernsehen gab, war es üblich, dass die Hopi in Gruppen zusammensaßen, sich unterhielten, Geschichten lauschten, Töpferarbeiten herstellten, an Decken, Körben, Figuren und Kleidern arbeiteten oder miteinander spielten. In Johns Haus saßen an diesem Abend neun Menschen auf bunten Teppichen und Kissen im Kreis. Neben Eddie und Sonne-am-Himmel war die älteste von Johns drei Urenkelinnen, in deren Haushalt er auch wohnte, und ihr Ehemann anwesend. Dazu kamen deren Kinder - zwei Mädchen und ein Junge - sowie der Bewohner des angrenzenden Hauses mit seiner Frau. Man hatte sich darauf geeinigt, die Gespräche an diesem Abend in der Sprache des Gastes zu führen.

„Ich habe gehört, du hast das Korbspiel gespielt, Tawákwaptiwa", eröffnete Kind-der-Wüstenblumen, Johns Urenkelin, das Gespräch. Gekicher von den Mädchen. John zog die Augenbrauen hoch, antwortete jedoch nichts.

„Es ist gut, wenn man den Lauf der Zeit nicht als unabänderlich hinnimmt", meinte Sät-den-Mais, der Ehemann von Kind-der-Wüstenblumen.

„Der Lauf der Zeit war noch nie unabänderlich. Nur das Schicksal, das aus dem Verhalten der Menschen folgt, ist es", entgegnete John.

„Was wird wohl daraus folgen, dass Tawákwaptiwa das Korbspiel machte?", überlegte Kind-der-Wüstenblumen.

„Vielleicht, dass er künftig öfter spielen wird?", vermutete ihr Mann.

John zog an seiner Pfeife und ließ den Rauch langsam aus dem Mund entweichen. „Vielleicht wird auch daraus folgen, dass die Älteren wieder lernen, sich an kindlichen Dingen zu erfreuen, und dass die Jungen es als nichts Besonderes hinnehmen", sagte er in mildem Tonfall. „Möglicherweise lernen wir alle bald, dass sich die guten Kräfte in unserer Welt niemals erschöpfen, wenn wir unsere Fähigkeit bewahren, kindliche Freude zu empfinden."

„Aber die fünfte Welt wird kommen und die vierte verdrängen, das ist vorherbestimmt. Was nutzt uns da die einfache Freude?“, wollte der Nachbar wissen, dessen Name Eddie entfallen war.

„Natürlich wird sie kommen“, stimmte John zu. „Es ist jedoch nicht eindeutig vorherbestimmt, auf welche Weise dies geschehen wird.“

„Bisher beseitigte Sótuknang immer die alten Welten, um Platz für neue zu schaffen. Ein großer Kampf wird kommen.“

John nickte. „Bisher war das so.“

Es folgte eine Pause, in der niemand das Gefühl hatte, etwas sagen zu müssen. Die Kinder warfen kleine bunte Steine in ein am Boden liegendes Quadrat aus Stöcken.

Nach einer Weile meinte John: „Die Menschen haben es in der Hand, so wie sie das Schicksal der ersten drei Welten auch in der Hand hatten. Sótuknang ist weise. Er schafft eine neue Welt erst dann, wenn für die guten Kräfte keine Aussicht mehr besteht, sich auf der alten Welt weiter zu verbreiten. Der große Kampf wird nur kommen, wenn alles so bleibt, wie es ist, und die Menschen nicht erkennen, dass jeder Einzelne ihn jederzeit durch sein Gutes-Tun abwenden kann.“

„Aber die Menschen glauben schon lange nicht mehr an die Kraft des Guten, die sie in sich tragen. Wie soll sich das ändern, Tawákwaptiwa?“

Sonne-am-Himmel seufzte tief, sagte aber nichts. In diesem Augenblick überkam Eddie ein so heftiger Juckreiz in der Nase, dass er sich nicht beherrschen konnte. Er nieste zweimal laut. Alle blickten auf ihn.

„Entschuldigung“, murmelte er und suchte in seiner Hose nach einem Taschentuch.

„Wo wird unser junger Gast diese Nacht schlafen, Urgroßvater?“ Kind-der-Wüstenblumen sah zwischen John und Eddie hin und her.

„In der Tokpa Kiva, wenn er es möchte“, sagte John.

„Was ist das?“, wollte Eddie wissen.

„Ein Raum in der Erde“, erklärte John. „Er kann dir die Tür zu Tokpa, der zweiten Welt öffnen. Ich habe versprochen, dich zu lehren, was du brauchst, um den Schlüssel zu deiner Aufgabe zu finden. Du bist ein sehr guter Schüler. Wenn du Tokpa und die dritte Welt, Kuskurza, besucht haben wirst, wirst du alles wissen, was du benötigst.“

Eddie hatte Vertrauen zu den Hopi gefasst und war sich sicher, dass er von ihnen nur Gutes erwarten durfte. Er würde schlafen, wo auch immer John es vorsähe.

John wendete sein Gesicht seiner Urenkelin zu. „Zuvor wird dir Kind-der-Wüstenblumen noch die Kraftzeichen für den Besuch der zweiten Welt mitgeben."

„Es sind drei Symbole, die ich auf deine Stirn und auf deine Schulter malen werde", erklärte Kind-der-Wüstenblumen. „Sie werden dich an den richtigen Ort leiten. Das ist notwendig, denn die Welt Kuskurza ist groß und du hast wenig Zeit zu verlieren."

Sie saßen noch einige Zeit zusammen und unterhielten sich über das Leben im Dorf. Immer wieder beherrschten zwei Themen die Gedanken: alles, was mit der Ernte zu tun hatte und verschiedene Reibereien mit den Nachbarn aus dem alles umgebenden Reservat der Navajos. Vor dem Schlafengehen zeichnete Kind-der-Wüstenblumen mit einem dunkelroten Wachsstift zwei Zeichen auf die Stirn über Eddies rechtem Auge. Drei eng zusammenliegende Wellen mit drei Punkten darüber sowie eine Raute mit einem Strich in der Mitte. Auf sein linkes Schulterblatt malte sie ein Dreieck mit einem Kreis im Inneren.

„Was bedeutet das?" Eddie betrachtete sich in dem kleinen Taschenspiegel, den ihm die Indianerin gereicht hatte.

„Wichtiger ist, was es bewirkt", entgegnete Kind-der-Wüstenblumen. „Dein Volk weiß nicht mehr viel um die Kraft der Zeichen. Das ist schade, denn so bleiben ihm viele Wege für die Gesundheit und den Geist versperrt. Diese Zeichen werden deine Kräfte so lenken, dass du sicher und schnell zu dem Ort kommst, den du suchst." Sie stand auf und ging zur Tür. „Ich werde dir jetzt deinen Schlafplatz zeigen."

Der Eingang der Kiva mit ihrer herausragenden ‚Himmelsleiter' lag unter freiem Himmel, war jedoch von Häusern umgeben. Der Platz vermittelte ein Gefühl von Geborgenheit. Jemand hatte bereits ein Lager aus Fellen und Decken bereitet und darauf den Schafsack ausgebreitet, den Eddie am Morgen achtlos irgendwo abgelegt hatte. Es war spät. Der erlebnisreiche Tag hatte Eddie so müde gemacht, dass er wahrscheinlich überall hätte schlafen können. Er steckte die von John ausgewählte Tarotkarte in seine Brusttasche. Das Bild zeigte eine sich ständig vergrößernde Spirale mit einem violett leuchtenden Punkt in der Mitte. Wenige Minuten später fiel Eddie in einen tiefen Schlummer.

Er erwacht, wo er eingeschlafen ist: unter der Erde. Aber es ist nicht mehr dunkel. Große Kristalle an den Wänden erzeugen Inseln aus wun-

derbar weichem Licht. Eddie steht auf und bemerkt, dass die Kiva, in der er sich schlafen gelegt hatte, jetzt viel größer ist als zuvor. Ein Türbogen führt zu einem Gang, in dem Menschen vorbeigehen. Er sieht sich um. Der Boden des Gangs ist so glatt, als wäre er aus Beton gegossen, wohingegen die Wände aus roh behauenem Fels bestehen. Auch hier spenden unzählige in die Wand eingelassene Kristalle sanftes Licht. Die Menschen sind in togaartige, römisch wirkende Tücher gekleidet, die allerdings statt weiß unzählige Variationen von Blau zeigen. Männer wie Frauen tragen lange Haare und haben bronzefarbige Haut. Vollbärte scheinen Mode zu sein.

‚Wohin möchtest du? Vielleicht kann ich dir behilflich sein.' Die Stimme gehört einer Frau hinter ihm. Eddie dreht sich um. Sie ist wunderschön, nicht viel größer als er selbst. Hellblonde Haare, ein leicht ovales Gesicht mit hohen Wangenknochen. Sie trägt ein leuchtend blaues Gewand. Auf der Stirn trägt sie dieselben beiden Zeichen wie Eddie. In die Silberringe an ihren Fingern sind geometrische Symbole eingraviert, die sich auch auf der Halskette und den Armreifen wiederfinden.

Eddie reißt sich aus seiner Betrachtung los. ‚Ich möchte dorthin, wo ich etwas über diese Welt erfahren kann', antwortet er.

‚Aha, zu Pitonis. Folge mir, ich führe dich zu ihm. Übrigens, mein Name ist Sintaal.' Sie führt ihn zielsicher durch ein scheinbar endloses Gewirr kaum unterscheidbarer Gänge, von denen immer wieder Türen zu Räumen oder großen Hallen abzweigen.

‚Woher kommt das Licht?' will Eddie wissen.

‚Es ist das Licht der Sonne', erklärt Sintaal. ‚Wir haben es in den Kristallen eingefangen.'

‚Warum geht ihr nicht einfach dorthin, wo die Sonne scheint?'

‚Zur Zeit ist das nicht möglich. Pitonis wird es dir erklären, wenn er will.'

Immer wieder durchqueren sie größere Hallen, die als Versammlungs- oder Marktplätze dienen. Rechts und links ihres Weges bekommt Eddie gelegentlich kurze Einblicke in verschiedene Räume. Die Menschen wohnen hier unter der Erde tatsächlich wie in einer Stadt. Es gibt Handwerksstätten und Geschäfte, Friseure und Schneider, Kinderspielplätze und Schulen. Nur ist alles statt in Gebäuden in verschieden großen Höhlenräumen untergebracht. Obst und Gemüse werden in riesigen Gewölben angebaut, die von besonders großen, hellen Kristallen be-

leuchtet sind. Als sie ein auffälliges Tor aus anscheinend massivem Gold passieren, bleibt Eddie stehen. Eine der beiden Flügeltüren steht halb offen. Man kann in den Raum dahinter sehen.

Sintaal bemerkt, dass ihr Gast zurückgeblieben ist, und kehrt um. ‚Wir nennen diesen Tempel das Herz der Erde', erklärt sie. ‚Ich weiß zwar nicht, ob es für dich erlaubt ist, aber wenn du möchtest, kannst du einen Blick hineinwerfen. Willst du das?'

Eddie nickt und sie macht eine einladende Handbewegung. Er geht bis zur Schwelle des goldenen Tores. Vor ihm liegt eine komplett mit Gold ausgekleidete Halle, die von weißen Säulen umgeben ist. An verschiedenen Stellen stehen große, farbige Glaskugeln, die bunte Lichtstrahlen zu einem kürbisgroßen Kristall im Zentrum des Raumes senden. Die Luft ist derart energiegeladen, dass Eddie ein tiefes Summen in sich spürt. Die Kraft ist so stark, dass er nicht länger hier stehen bleiben kann. Er schließt sich wieder seiner Begleiterin an. Im Weitergehen fragt Eddie Sintaal, was der Raum zu bedeuten habe. Sie zögert, als wäre sie unsicher, ob sie antworten dürfte. Dann scheint sie einen Entschluss gefasst zu haben.

‚Wie jedes Lebewesen, ist auch die Erde von Adern durchzogen, durch die ihre Lebensenergie strömt. Genau im Mittelpunkt dieses Tempels treffen sich drei sehr kräftige Ströme. Wir nutzen sie, um uns mit Energie zu versorgen. Mehr kann ich dir nicht sagen.'

Nach einiger Zeit biegen sie in einen Gang ein, von dem keine weiteren Verzweigungen abgehen. An seinem Ende befindet sich eine verschlossene Tür. Sintaal hämmert drei Mal mit ihrer Faust dagegen.

‚Pitonis! Ein Besucher sucht deinen Rat.'

Im Raum sagt jemand etwas, das Eddie nicht versteht, dann öffnet sich die Tür und ein Junge steht vor ihnen. Er ist etwa in Eddies Alter, trägt eine zartblaue, fast weiße Toga und hat hellbraune Haare. Sein Gesicht ist ebenso fein geschnitten wie das der Frau. Auch er führt die zwei Zeichen über seinem linken Auge.

‚Pitonis, dieser Junge wendete sich an mich, weil er mehr über diese Welt wissen möchte. Darf ich ihn deiner Obhut übergeben?'

Der Junge sieht Eddie mit durchdringendem Blick an. Dann mustert er ihn langsam von oben nach unten und zurück. Auf einmal ist sich Eddie gar nicht mehr so sicher, einen Gleichaltrigen vor sich zu haben. Die Untersuchung scheint abgeschlossen zu sein, denn das Gesicht des Jungen hellt sich auf. ‚Natürlich. Tritt ein, mein Gast.'

Eddie geht zögernd durch die Tür, blickt sich nach Sintaal um, die sich jedoch schon wieder entfernt.

‚Danke!', ruft er ihr hinterher, aber sie scheint ihn nicht zu hören.

Der Raum hinter der Tür ist nicht besonders groß, dafür aber sehr ungewöhnlich eingerichtet. Statt einfach nur im Fels zu stecken, sind die leuchtenden Kristalle hier in kunstvoll verzierte Halterungen eingelassen. Im hinteren Bereich des Raumes steht ein Bett unter einem riesigen goldenen Pyramidengestell. Im Zentrum der Pyramide hängt ein blau leuchtender Kristall. An jeder der vier Wände prangt ein mit silberner Farbe gemaltes mannshohes Zeichen. Gelbe, blaue und orangefarbene Tücher hängen von der Decke wie bunte Wolken. Rechts umrahmt eine Sitzgruppe aus halbkugelförmigen Sesseln einen ovalen Glastisch. Am auffälligsten ist jedoch die rückwärtige Wand, die bis auf ein silbernes Wandzeichen nur aus Büchern besteht. Dicht an dicht drängen sich Tausende von ihnen in bis zur Decke reichenden Regalen.

‚Wie ist dein Name?', fragt der Junge.

‚Eddie. Hast du die alle gelesen?' Eddie deutet fragend in Richtung der Regale.

Pitonis sieht sich um. ‚Die Bücher? Oh nein, jedenfalls nicht so, wie du es meinst.'

‚Was meinst du damit?'

‚Ich weiß, was darin steht, aber ich habe sie nie Seite für Seite gelesen.'

‚Das ist unmöglich.'

‚Ist es nicht. Es gibt viele Arten der Wahrnehmung, das weißt du, sonst wärst du nicht hier.'

Eddie nickt, ohne die Bücher aus den Augen zu lassen. ‚Weißt du vielleicht etwas über das Buch der Träume?'

‚Warum interessiert dich das?'

‚Also kennst du es. Kannst du mir sagen, wo ich es finde?'

‚Ich weiß nicht viel darüber, aber eines ist sicher: Niemals wird es geschehen, dass ein Wesen einem anderen Wesen sagen wird, wo sich dieses Buch befindet. Es kann nur aus eigener Kraft von dem gefunden werden, der es finden soll.'

‚Könnte es vielleicht in deinem Regal stehen?' Eddie linst an dem Jungen vorbei auf die Bücherwand.

‚Oh nein. Wenn er hier stünde, müssten wir nicht unter der Erde leben. Du musst es schon woanders suchen.‘

‚Ihr seid nicht freiwillig hier? Warum lebt ihr nicht auf der Oberfläche? Es ist viel schöner da oben.‘

Pitonis schüttelt den Kopf, Zur Zeit leider nicht. Wo früher Land war, ist jetzt Wasser. Das neue Land entsteht gerade erst.‘

‚Soll das heißen, alle Menschen leben jetzt unter der Erde, weil alles Land versunken ist?‘

Der Junge macht eine abwehrende Geste. ‚Es sind bei weitem nicht alle Menschen, denen der Eingang zu dieser Zuflucht gewährt wurde. Vor etwa drei Generationen waren es nur einige Tausend, die mit wenig Hab und Gut hier hinunter durften.‘

‚Wer hat es den anderen verboten?‘

‚Niemand. Jeder, der hinunter gelangte, musste den Zugang selbst finden, so wie du dieses Buch selbst finden musst. Die vielen, die keine Verbindung zu ihrem höheren Selbst mehr hatten, irrten auf der Suche nach der Zuflucht vergeblich umher.‘

‚Aber sie hätten doch einfach den andern folgen können.‘

‚Warst du schon einmal an einem Ort, zu dem dir kein anderer folgen konnte, selbst wenn du ihn noch so gerne mitgenommen hättest?‘

Eddie denkt an die Szene mit seinen Freunden vor der Famosa Dream Lane und schweigt.

‚Was kann ich dir noch über unsere Welt erzählen?‘, will Pitonis wissen.

‚Zum Beispiel, warum du so jung bist und dennoch so viel weißt‘, platzt Eddie heraus. Sein Gegenüber setzt sich unter die Pyramide, auf die Kante seines Bettes.

‚Ich bin gar nicht so jung, wie es scheinen mag. Der Körper, den du vor dir siehst, erweckt vielleicht diesen Eindruck, aber betrachte nur dich selbst. Wie jung bist du und weißt bereits alles, das viele Alte in ihrem Leben nie erfahren haben? Zu wissen ist keine Frage des Alters.‘

Eddie fühlt sich ratlos. ‚Wenn ich nur wüsste, was ich von dir erfahren soll, um an mein Ziel zu kommen. Dann könnte ich dich viel genauer fragen.‘

‚Deine Energie fließt immer dorthin, wo sich deine Aufmerksamkeit befindet. Ich habe die Erfahrung gemacht, dass es genügt zu wissen,

was man will, und immer interessiert und aufmerksam zu sein. Dann finden die Erkenntnisse, die man benötigt, genau zur richtigen Zeit ihren Weg. Das ist toll, denn so macht es viel weniger Arbeit. Das Einzige, was du dafür brauchst, ist das Vertrauen, dass es funktioniert.'

‚Das ist mir zu unsicher. Ich will selbst bestimmen, was ich erfahre und wann ich es erfahre.'

Der Junge steht auf und geht zu der Bücherwand. Ohne zu zögern, greift er aus dem Meer der Schriften ein in grünes Leder gebundenes Buch heraus, das sehr alt aussieht. Er bedeutet Eddie, sich an den Holzschreibtisch neben der Sitzgruppe zu setzen. Ohne ein Wort legt er das geschlossene Buch vor Eddie, nimmt dessen Hände und legt sie darauf. Ein Kribbeln fährt durch Eddies Finger, und schlagartig weiß er die Antwort auf seine Frage.

‚Ich soll das, was ich brauche, einfach fordern?', ruft er aufgebracht. Pitonis grinst von einem Ohr zum anderen. Dabei sieht er zum ersten Mal tatsächlich aus wie ein Junge. ‚Gut, oder?'

‚Aber das klappt doch niemals.'

‚Hast du es je versucht?'

‚Nein, weil…'

‚Solltest du aber. Übrigens ist Bitten das bessere Wort.'

Eddie bemüht sich, die Eindrücke, die er durch das Buch bekommen hat, zu ordnen. ‚Also gut, von wem soll ich denn erbitten, was ich brauche?'

‚Egal. Stell dir einfach vor, da oben gäbe es jemanden, der nur darauf wartet, dir Gutes zu tun. Er weiß alles, was du wissen willst, und er kann alles bewirken, was du brauchst. Aber er tut immer nur, was du von ihm verlangst. Darum überlege gut, was du verlangst, und formuliere es genau.'

‚Und das soll funktionieren?'

‚Solange du es wie ein Spiel betrachtest, klappt es. Auf diese Weise haben die meisten unserer Vorfahren den Zugang zu dieser Welt bekommen. Sie haben darum gebieten, daran geglaubt und es auch erhalten. Es gibt nur zwei Bedingungen, die du bei diesem Spiel berücksichtigen musst.'

‚Welche?'

‚Du musst davon überzeugt sein, dass du verdienst, was du forderst. Außerdem musst du immer aufmerksam sein für die Zeichen, die das

Eintreffen anzeigen. Merke dir die Worte ‚Selbstwert' und ‚Achtsamkeit' und prüfe dein Handeln danach.'

‚Ich werde es versuchen', meint Eddie zögernd. Dabei kommt ihm eine Idee. ‚Ich könnte zum Beispiel darum bitten, schnellstens an den Ort zu kommen, wo ich alles erfahre, um das Buch zu finden. Oder ich...'

Im selben Augenblick verlöschen die Kristalle. Das Zimmer von Pitonis verschwindet in völliger Dunkelheit.

‚Hey, was soll das?' Eddie reißt die Augen auf und versucht die Dunkelheit zu durchdringen. Kleine Lichtpunkte tauchen auf, manche größer und heller als die anderen. Nach einer Weile begreift Eddie, dass er auf dem Rücken liegt und durch den Einstieg der Kiva den nächtlichen Sternenhimmel anstarrt.

Rituale

Es war Sonntagmorgen. Eddie fragte sich, was John heute mit ihm geplant hatte. Beim Frühstück im Kreis der Familie fehlte der alte Mann.

„Wo ist Sonne-am-Himmel?", fragte Eddie Kind-der-Wüstenblumen.

„Er ist mit den anderen Männern zusammen zu einem heiligen Platz gegangen, um den Schlangentanz vorzubereiten."

„Was ist das?"

„Unser höchstes Fest. Unter anderem bitten wir um Regen für eine fruchtbare Erde."

„Was haben Schlangen damit zu tun?"

„Du hast auf deiner Traumreise die Schlange Káto'ya getroffen. Sie ist die Hüterin allen Seins. Im Schlangentanz ehren wir die Schlangen, die ihre direkten Nachfahren sind."

„Ist das eine geheime Sache?"

Kind-der-Wüstenblumen lachte. „Oh nein, seit Jahren kommen viele Menschen aus aller Welt hierher, um der Zeremonie beizuwohnen."

„Das klingt aufregend. Könnte ich wohl auch dabei sein?"

„Natürlich. Allerdings wirst du nur einen kleinen Teil miterleben, denn das Fest dauert viele Tage."

Gegen Mittag fuhr Eddie gemeinsam mit einer Gruppe von Dorfbewohnern auf einem kleinen Lastwagen zu einem benachbarten Ort. Dort hatten sich bereits viele Hundert Touristen und Hopi um einen staubigen Platz versammelt. Kind-der-Wüstenblumen führte Eddie zu einem Haus, von dessen Dach aus sie einen guten Überblick über dass Treiben hatten. Im Augenblick tanzte ein Mann mit einer Schlange zwischen den Zähnen zum Rhythmus der Trommeln. Etwa zwanzig ältere Indianer hockten am Boden, schlugen die Trommeln und sangen eine immer gleich bleibende Tonfolge. Unter ihnen erkannte Eddie Sonne-am-Himmel.

„Ist das nicht gefährlich?“, fragte er seine Begleiterin.

„Das mit den Klapperschlangen zwischen den Zähnen? Nein. Die Tänzer haben zuvor mit den Schlangen gesprochen und ihnen erklärt, dass sie ihnen nichts tun werden. Schließlich tanzen sie, um die Mutter aller Schlangen zu ehren.“

Eddie war von dem Ritual fasziniert und gleichzeitig ein wenig abgestoßen. Der nur mit einem Lendenschurz bekleidete und mit weißen Linienmustern bemalte Tänzer bewegte sich mit dem Tier im Mund wie in Trance. Die Klapperschlange reagierte auf seine Bewegungen, machte aber keine Anstalten zu beißen.

„Ich verstehe das nicht“, sagte er zu Kind-der-Wüstenblumen. „Wozu braucht ihr dieses Ritual? Es ist für den Mann gefährlich und für die Schlange unangenehm.“

Kind-der-Wüstenblumen wandte ihren Blick von dem Schauspiel ab und sah Eddie an. „Ein Ritual ist niemals nur das, was man sieht. Es ist ein Symbol, eine Schrift, eine Sprache. Es gibt wichtiges Wissen von Generation zu Generation weiter.“

Eddie sah wieder zu dem Schauspiel hinüber. „Schwierig zu verstehen.“

„Einige Dinge kann man nur verstehen, wenn man eins mit ihnen wird. Das dauert manchmal lange. Genieße einfach, was du siehst.“

„Danke, Kind-der-Wüstenblumen.“

Sie saßen noch lange Zeit auf dem Dach und beobachteten das Treiben. Nach einer Weile hatte Eddie aufgegeben, das, was er sah, zu bewerten. Von da ab schien es ihm, als würde er immer mehr Symbole in ihrer Bedeutung erkennen. Manche Tänze erzählten Geschichten von der Ernte auf den Feldern oder vom Regen, in anderen entdeckte Eddie Hinweise auf die unterirdische Welt Tokpa. Vielleicht wurde die Geschichte der Erde dargestellt. Die Musik und die Trommeln schienen eine Brücke in den Himmel schlagen zu wollen. Wenn er eine Weile mit geschlossenen Augen zuhörte, spürte er, wie sein Körper ganz leise im selben Rhythmus zu schwingen begann.

Als sie später das Dach der Mesa verließen, war Eddie ganz eingenebelt von der Kraft des Rituals. Er verfehlte eine Sprosse auf der Leiter und fiel drei Stufen nach unten. Dabei schrammte er mit der Wange an einem hervorstehenden Holzstück entlang. Erschrocken fuhr er mit der Hand zu seinem Gesicht und stellte fest, dass er blutete.

Kind-der-Wüstenblumen war sofort neben ihm und legte beruhigend eine Hand über die Stelle. „Alle Medizinmänner nehmen am Fest teil, deshalb werde ich die Schramme versorgen. Sie ist klein und wird bald verschwunden sein." Sie gingen zu einem Haus einige Straßen weiter. Kind-der-Wüstenblumen sprach kurz mit der Frau, die gerade Essen zubereitete. Daraufhin erhielt sie ein winziges Tongefäß mit eine grünlichen Paste.

„Ich werde dir das über deine Wunde streichen. Es sieht etwas merkwürdig aus, aber es reinigt und beschleunigt die Heilung."

„Was ist das?", wollte Eddie wissen.

„Eine Mischung aus Heilkräutern, Pflanzensaft und Öl. Du könntest es bedenkenlos essen."

„Nein, danke", entgegnete Eddie schnell mit einem misstrauischen Blick auf den winzigen Topf. Kind-der-Wüstenblumen lachte und entnahm mit einem Finger etwas Paste, die sie vorsichtig über die Schramme strich. Entgegen Eddies Befürchtung brannte es nicht, sondern fühlte sich angenehm kühl an. Kind-der-Wüstenblumen nahm noch ein wenig von der Heilpaste und zog eine zweite Linie auf Eddies anderer Wange. „Mit dieser Bemalung siehst du fast aus wie einer der Schlangentänzer", kicherte sie. „Wenn du dich nicht vorsiehst, werden dich die Touristen fotografieren."

Eddie wurde bewusst, dass er noch immer das indianisch gemusterte Hemd und die rotbraune Hose trug. Mit der Bemalung im Gesicht fühlte er sich tatsächlich ein wenig wie ein Indianer.

Das Fest dauerte bis weit nach dem Sonnenuntergang. Am Ende des Tages war Eddie wie betrunken von dem bunten Treiben um sich herum. Seine Begleiterin hatte geduldig alles erklärt, was er wissen wollte. Eddies Sympathie und Verständnis für das kleine und doch so große Volk der Hopi wuchs ständig.

Für die folgende Nacht bekam er einen kleinen Raum im Nebengebäude seiner Gastgeber als Schlafstätte angeboten. Wieder wählte John eine Spielkarte für Eddie aus. Dieses Mal zeigte das Bild einen Ast mit herbstlich rotbraunen Blättern, an dem – an einem seidenen Faden –ein weißer Kokon hing.

Kuskurza – die versunkene Welt

Zum ersten Mal verspürt Eddie in einem Traum ein intensives Gefühl von Angst. Er erwacht mit dem Blick über eine riesige Stadt am Meer. Anscheinend steht er auf einem Berg oder Hügel. Alle Gebäude haben gold schimmernde Dächer und sehen ein wenig wie römische Tempel aus. Ab und zu sausen merkwürdige Scheiben über die Stadt, landen irgendwo oder verschwinden hinter den Hügeln. Eddies Standpunkt ist weit entfernt, er sieht die Menschen nur als winzige, wimmelnde Punkte. Es scheint, als würden sie sich gerade, wie auf ein gemeinsames Kommando hin, von der Küste fort ins Landesinnere bewegen.

Das Meer sieht merkwürdig aus. Am Ufer der Stadt und in den Häfen ist das Wasser völlig verschwunden. Die kleinen mastenlosen Schiffe liegen zur Seite gekippt auf dem trockenen Meeresgrund, dessen grüner Tang und Algen in der Sonne glänzen. Als Eddie genauer hinsieht, wird ihm plötzlich klar, wovor die Menschen fliehen. Vom Horizont her rollt eine gigantische Flutwelle heran, die ständig größer wird. Ihre Höhe ist schwer zu schätzen, aber es ist klar, dass vor diesem Gebirge aus Wasser nicht einmal Eddies Aussichtspunkt sicher sein wird.

Wind kommt auf und explodiert in Sekunden zum Sturm. Die fliegenden Scheiben werden wie durch einen unsichtbaren Handstreich vom Himmel gefegt. Eddie dreht sich um und erkennt, dass er sich auf einem Felsplateau vor einer riesigen Höhle befindet. Der Eingang ist von weißen Marmorsäulen und einem Kupferdach, ähnlich einem Tempel, eingerahmt. Menschen mit weißen Stoffbündeln in den Armen hasten in heilloser Panik hinein. Eddie mischt sich unter sie und findet sich kurz darauf in der hell erleuchteten Höhle wieder. In der scheinbar endlosen Halle stehen Hunderte zylindrischer Kupferröhren. Jede ist etwa drei Meter hoch, hat einen Durchmesser von anderthalb Metern und verfügt über ein kleines eingelassenes Fenster. Gegen die meisten Zylinder sind Leitern gelehnt, die zu einer Einstiegsluke führen. Jeder der Fliehenden versucht in dem wilden Durcheinander, eine Röhre für sich in Besitz zu nehmen. Es gibt Gerangel an den Leitern und einige Schlägereien.

‚Warum muss ich das ansehen?', fragt Eddie in seinen Traum hinein.

Ein Mann hat es geschafft. Er sitzt auf dem Rand einer Röhre und stößt die Leiter von sich, um seinen Vorsprung zu sichern. Dann wirft er sein weißes Bündel hinein, springt hinterher und schließt den Deckel von innen. Offensichtlich können die Luken von außen nicht geöffnet werden, denn die anderen lassen ab. Einer greift sich stattdessen die freigewordene Leiter und stellt sie an einer anderen Röhre auf. Dort beginnt das Ringen um den Rettungsplatz erneut. Der Sturm tobt mittlerweile auch in die Höhle hinein, was der ganzen Szene noch mehr Unwirklichkeit verschafft.

‚Warum muss ich das sehen?', schreit Eddie wieder in den Wind.

‚Frage nicht warum, sondern rette dich lieber', ruft ein Mädchen neben ihm. Sie sieht Crystal so ähnlich, dass Eddie für einen Moment die Kinnlade herunterfällt.

‚Crystal?', fragt er mit vor Erstaunen überquellenden Augen.

‚Ich heiße Cyllina, und jetzt folge mir. Ich kenne einen Ort, an dem wir noch einen freien Kokon finden können.' Sie fasst Eddie an der Hand und flieht mit ihm in einen der unbeleuchteten Nebengänge. Je tiefer sie dort eindringen, desto ferner werden Geräusche und Wind. Aber auch das Licht verschwindet. Bald sieht Eddie überhaupt nichts mehr. Er muss sich ganz auf seine Führerin verlassen, die mit derselben Sicherheit wie im Hellen weiterläuft.

‚Was ist da draußen los?', keucht er.

‚Das weißt du nicht? Es ist das Ende von Kuskurza. Alle Flugscheiben sind im selben Augenblick abgestürzt, das Meer vor der Stadt ist ausgetrocknet und ein Berg aus Wasser wird uns jeden Moment begraben. So wie es vorhergesagt ist.'

‚Warum seid ihr nicht schon eher geflohen?'

‚Es gibt keinen sicheren Ort auf der Welt, egal, wohin man gehen würde. Deshalb hat man die Kokons gebaut. Aber die Menschen wurden zu schnell mehr, und der Bau weiterer Kokons war der Stadt zu teuer. Jetzt gibt es viel zu wenige davon.'

Sie biegt rechts ab. Am Ende des Gangs strahlt gelbes Licht aus dem Boden.

‚Und woher weißt du, wo es noch einen gibt?', wundert sich Eddie.

‚Frage nicht so viel, sei lieber froh, dass ich dich mitnehme. Ich weiß auch nicht, warum ich das tue, denn schließlich habe ich nur ein Bündel und das wird vielleicht nicht für uns beide reichen.‘

Ein ohrenbetäubender Knall wird von einer Druckwelle gefolgt, die beide von den Füßen reißt und einige Meter über den Boden schleudert. Als der Wind etwas nachlässt, kommen sie wieder auf die Beine.

‚Das Wasser hat den Höhleneingang erreicht. Schnell, sonst ist es zu spät für uns.‘ Cyllina greift nach ihrem Bündel und rennt auf das gelbe Licht zu, das aus einem runden Loch im Boden kommt. Kurz darauf steht Eddie am Rand der Öffnung und blickt in den Zylinder hinunter. Das Mädchen steht bereits darin.

‚Spring!‘, ruft sie, und Eddie lässt sich fallen. Sie klettert die Metallsprossen an der Innenwand der Röhre hinauf, um den Deckel mit einer Reihe von Riegeln zu verschließen. Dann klettert sie nach unten und sinkt in sich zusammen. Das Wasser rauscht heran, umspült in Sekunden gurgelnd die Röhre und hebt sie in die Höhe. Überall an den Wänden sind Gurte an kleinen Haltegriffen angebracht. Cyllina legt einen davon um Eddie und schnallt sich dann selbst an. Die Röhre wird heftig geschüttelt und gedreht. Nach kurzer Zeit weiß Eddie nicht mehr, wo oben und unten ist. Der Behälter schlägt gegen die Höhlenwände. Durch das Sichtfenster ist außer Dunkelheit nichts zu sehen. Das trübe, gelbe Licht in der Röhre flackert und erlischt.

Eddie hofft, auf seinem Lager aufzuwachen und die Sonne aufgehen zu sehen, aber nichts Derartiges geschieht. Die Röhre wird weiter hin und her gebeutelt, jedoch verändern sich die brutalen, abrupten Bewegungen und Stöße zu einem sanften Wiegen. Immer wieder schrammen sie an Steinwänden vorbei, doch ihr Gefährt scheint in Bewegung zu bleiben. Eddie empfindet das, wenn es in dieser Situation überhaupt so etwas geben kann, als ein beruhigendes Gefühl. Nichts wäre schlimmer, als von Wasser und Dunkelheit umgeben mitten in einem Berg festzusitzen.

‚Cyllina?‘

Keine Antwort.

‚Hey, geht es dir gut?‘

Leises Schluchzen. Die Röhre schrammt an einem Stein vorbei. Wasser blubbert.

‚Bist du verletzt?‘

Naseschniefen. ‚Nein, ich bin unversehrt. Und du?'

‚Alles okay.'

‚Alles was?'

‚Okay. In Ordnung', erklärt Eddie in beruhigendem Tonfall. ‚Es geht mir gut, nur meine Magengegend fühlt sich durch das Geschaukel ziemlich übel an', sagt Eddie

‚Es wird vorbei sein, wenn wir das Mittel eingenommen haben.'

‚Was für ein Mittel?'

‚Du weißt wohl überhaupt nichts, oder? Wo bist du denn zur Schule gegangen? Hast du nie von dem Rettungsplan gehört?'

‚Ich... war eine ganze Weile...krank, weißt du? Wahrscheinlich haben sie das gerade zu dieser Zeit drangenommen.'

‚Du bist ein merkwürdiger Mensch. Wie heißt du eigentlich?'

‚Eddie.'

‚Idiiiie?' Sie kichert. Eddie ist froh, sie nicht mehr weinen zu hören. ‚Ich wusste es, du bist wirklich merkwürdig.'

‚Was geschieht jetzt?'

‚Was fragst du mich? Ich habe bisher noch keinen Weltuntergang miterlebt.' Sie gluckst wieder. ‚Du vielleicht?'

‚Nein. Ich glaube, mein Bedarf daran, in einem U-Boot in Höhlen herumzuschwappen, ist sehr gering. Ich liebe die Sonne.'

‚Wenn alles gut geht, werden wir sie bald wiedersehen.'

‚Woher willst du das wissen?'

‚Die Höhlen wurden so angelegt, dass alle Gänge nach oben führen. Wenn Wasser eindringt, werden die Kokons an die Oberfläche geschwemmt.'

Kurz darauf spürt Eddie einen Sog im Bauch, wie wenn ein Fahrstuhl erst beschleunigt und dann stark abbremst. Die Röhre wird herumgewirbelt. Durch das Fenster fällt plötzlich Licht ein. Blauer Schatten. Licht. Wieder tiefes Blau.

Licht.

Sanftes Wellenwiegen.

‚Es hat funktioniert', ruft Cyllina. ‚Jetzt können wir das Mittel einnehmen.' Sie löst die Haltegurte und öffnet ihr weißes Bündel. ‚Es ist so berechnet, dass es für Erwachsene reicht, also denke ich, dass es auch für uns zwei genügen wird. Hier!'

Sie reicht Eddie einen kleinen Beutel. ‚Nimm die Hälfte für dich.'

‚Was ist das?'

Sie schüttelt ungläubig den Kopf und sieht ihn an. Schwarze Haare, energische braune Augen, helle Haut, ein paar Sommersprossen und in diesem Moment zusammengekniffene Lippen. ‚Das ist für den Zeitschlaf, was denkst denn du? Wir müssen doch warten, bis es wieder Land gibt. Dieser Kokon ist nicht zum Wohnen geeignet. Also nehmen wir das Mittel und wachen erst wieder auf, wenn sich das Wasser zurückgezogen hat.'

‚Wie lange wird das dauern?'

‚Ich sagte doch schon, ich habe noch keinen Weltuntergang erlebt.'

‚Weißt du, warum diese Flut kam und alles vernichtet hat?'

‚So ganz genau kann das wohl keiner erklären, aber auf irgendeine Weise sind wir bestimmt selbst der Grund dafür.'

‚Was ist geschehen?'

‚Ich weiß nur, was ich von meinem Großvater gelernt habe. Er ist der Lehrer in meiner Klasse und gleichzeitig der Leiter unserer Schule. Er hat viel Einfluss in unserer Stadt. Übrigens verdanken wir es ihm, dass wir hier in diesem besonderen Kokon sitzen. Großvater ließ ihn für mich verstecken. Er sagte, dass die Welt untergehen würde, wenn die Menschen den Krieg untereinander nicht beendeten.'

‚Wer hat sich denn bekämpft?'

‚Die verschiedenen Städte und Reiche. Zuerst waren die fliegenden Maschinen eine tolle, neue Sache, um die Welt von oben zu sehen und Waren schneller befördern zu können. Aber irgendwann begannen einige sie zu benutzen, um etwas zu stehlen. Die Bestohlenen wiederum nutzten ihre Maschinen zur Verfolgung.'

Sie seufzte traurig. ‚Ach, es war nicht schön, weißt du. Die Verfolgten flüchteten sich in ihre Städte, aber die Verfolger drangen ein, holten sich zurück, was ihnen gehörte, und noch reichlich Entschädigungen dazu. So ging das immer weiter, bis sich schließlich nicht nur die Städte bekämpften, sondern auch die Reiche, zu denen sie gehörten. Sie bauten immer bessere Abwehrvorrichtungen, um sich vor den Eindringlingen zu schützen. Hast du gesehen, wie voll der Himmel von ihnen war, ehe die große Flut kam? Fast alle Menschen in unserer Stadt arbeiteten auf die eine oder andere Weise für die Verteidigung oder waren damit beschäftigt, neue Flugmaschinen zu bauen.

‚Wer hat denn damit angefangen, ich meine, wer hat diese Maschinen erfunden?'

‚Das ist ein Geheimnis. Ich glaube, nur sehr wenige in ganz Kuskurza wissen darum. Nicht einmal mein Großvater konnte mir etwas dazu sagen, außer, dass sie auf einmal da waren.‘

Sie schweigt und starrt, in Erinnerungen versunken, vor sich hin. ‚Man sagt, dies sei schon das zweite Mal, dass die Menschen im Wasser versinken. Glaubst du, es stimmt?‘

Eddie nickt. ‚Oh ja, ich bin so überzeugt davon, als hätte ich es selbst erlebt.‘

Cyllina sieht traurig zum Fenster hinauf. ‚Ich weiß nicht. Es macht doch keinen Sinn, wenn immer wieder alles von vorne beginnt, oder? Wie soll man denn aus der Vergangenheit lernen, wenn sie ständig weggespült wird?‘

‚Vielleicht geht es gar nicht um das Lernen, sondern um das Verstehen‘, überlegt Eddie.

‚Wo ist denn da der Unterschied?‘

‚Man kann unendlich viel lernen, ohne dass es etwas im Leben ändert. Aber nichts, das man einmal wirklich verstanden hat, bleibt ohne Wirkung.‘ Eddie wundert sich über die Worte aus seinem Mund. Sie klingen vertraut, aber es sind dennoch nicht seine, das fühlt er deutlich. Vielleicht aus einem anderen Traum? Cyllina mustert ihn prüfend. In Eddie kommt dasselbe Gefühl auf, wie zu seiner Geburtstagsparty, als er Crystal umarmt hat. Ein intensives Gefühl von tiefer innerer Vertrautheit.

‚Deine Schule muss auch sehr gut gewesen sein. Umso verwunderlicher, dass du so vieles andere nicht weißt, sagt sie misstrauisch,‘

‚Ich lebte an einem anderen Ort.‘

Sie starrt ihn nachdenklich an. ‚Muss sehr weit weg gewesen sein.‘

Er nickt. ‚Ziemlich.‘

‚Aber jetzt sind wir hier.‘

‚Ja.‘

Sie wirft den Kopf zurück und ihre Miene hellt sich auf. ‚Weißt du, Idiee...‘

‚Eddie‘, verbessert Eddie.

‚Entschuldige, Eddie. Weißt du, wenn wir in der neuen Welt aufwachen, fände ich es toll, dich zum besten Freund zu haben. Ich bin froh, dass wir uns getroffen haben. Nur beim nächsten Mal könnte es etwas weniger dramatisch ablaufen, was meinst du?‘ Sie gluckst in sich hinein.

‚Ich bin sicher, dass wir im neuen Leben gute Freunde werden, Cyllina', sagt Eddie. Er teilt den klebrigen, weißen Klumpen und gibt dem Mädchen die Hälfte der Masse. Beide mampfen den süßlich schmeckenden Teig in sich hinein und sehen sich dabei immer wieder an. Der Kokon wiegt sanft in den Wellen. Gelegentlich schenkt die Sonne ihren Gesichtern einen wärmenden Lichtstrahl.

Dann werden sie sehr müde und ihre Augen fallen zu.

Rückreise

Als Eddie am nächsten Morgen in den Wohnraum der Familie kam, bemerkte er sofort die gedrückte Stimmung. Die Kinder saßen stumm beim Frühstück.

„Was ist geschehen, Kind-der-Wüstenblumen?", fragte er.

„Heute Nacht ist John verschwunden", antwortete sie mit bekümmertem Gesichtsausdruck.

Eddie wurde bleich. Sofort kam ihm Amen Gilstein in den Sinn, der kurz nach der Erfüllung seiner letzten Aufgabe gestorben war. Würden alle Boten, die mit seiner Aufgabe zu tun hatten, sterben? „Was bedeutet verschwunden?", erkundigte er sich aufgeregt. „Kommt er wieder?"

„Das wissen wir nicht. Sät-den-Mais sucht ihn."

„Kann ich helfen?"

Sie blickte ihn mit traurigen Augen an. „Nein, Tumoq'waima. Wenn bei uns ein alter Mensch verschwindet, ohne seine Familie davon zu unterrichten, sucht er entweder einen Platz, um zu den Ahnen zu reisen, oder er sucht Antworten. Normalerweise lassen wir ihn dabei alleine, aber bei Sonne-am-Himmel ist das eine Ausnahme."

„Warum?"

„Weil er uns gesagt hat, dass er diese Welt erst verlassen wird, wenn er seine wichtigste Aufgabe erledigt hat. Gestern, nachdem du dich in der Kiva schlafen gelegt hattest, haben wir noch miteinander gesprochen. Mein Mann hat Sonne-am-Himmel gefragt, ob die Tage des Unterrichts mit dir die Aufgabe waren, auf die er so lange gewartet hat. Mein Urgroßvater antwortete, dass diese Aufgabe sehr wichtig war, aber es würde eine noch wichtigere folgen."

„Entschuldigung, dass ich so neugierig bin, aber hat John gesagt, was diese wichtigte Sache ist?"

Kind-der-Wüstenblumen schüttelte den Kopf. „Ich glaube, er weiß es selbst noch nicht."

Eddie setzte sich zu den Kindern. Kind-der-Wüstenblumen reichte ihm einen Teller mit Rührei, die obligatorischen Maisfladen und eine Schale mit geschnittenem Obst.

„Habt ihr Angst um John?", erkundigte sich Eddie.

Sie machte eine vage Handbewegung. „Er ist nicht mehr jung und kräftig. Es mag sein, dass er sich überschätzt, wenn er in die Wüste geht. Auch vergisst er manchmal Wasser mitzunehmen, deshalb suchen wir ihn."

„Ich muss heute Mittag abreisen."

„Ich weiß."

„Vielleicht kann ich mich nicht von ihm verabschieden."

„Vielleicht soll das so sein. Bei uns sagt man, wer sich nicht verabschiedet, löst auch nie die Verbindung."

Während er sein Frühstück verzehrte, dachte Eddie über die Tage nach, die er bei diesem liebenswerten Volk verbracht hatte. Sie lebten in einem vergleichsweise winzigen Reservat, großteils abgeschirmt von den Einflüssen der Welt um sie herum. Dennoch, oder gerade deshalb, schienen sie eine deutlich intensivere Verbindung zum Leben zu haben als die meisten anderen Menschen. Sie hatten Eddie in kurzer Zeit so enorm viel beigebracht, auch wenn er im Moment nicht wusste, wie ihn das seinem Ziel näher bringen sollte. Dennoch spürte er in sich einen großen Unterschied zu der Zeit vor seinem Besuch. War er vor noch drei Tagen ein zweifelnd Umherirrender auf einem unbekannten Weg mit vagem Ziel gewesen, so fühlte er sich jetzt sicher und selbstbewusst. Er spürte sowohl enormes Selbstvertrauen als auch die tiefe innere Überzeugung, sich auf dem richtigen Pfad zu befinden. Auch war er vor den Gefahren gewarnt, die auf ihn zukommen konnten. Das Wissen um die unsichtbaren Gegner, die ihn beobachteten, erzeugte in ihm jetzt keine panische Angst mehr, sondern besonnene Vorsicht.

Nach dem Frühstück machte Eddie eine Runde durch das Dorf, um sich von den Hopi zu verabschieden, die er kennen gelernt hatte. Einige der Kinder, die mit ihm Lumpenball gespielt hatten, gesellten sich zu ihm. Sie führten ihn zum Haus von Kuwányauma, Schmetterling-der-schöne-Flügel-zeigt, die ihm am ersten Tag den Weg zu der Kiva unter der Steinhütte gezeigt hatte. Anschließend besuchte er die beiden Alten, Wuwuchpi, Der-Wasser-auf-trockenes-Land-gießt, und Pentiwa, Bemalt-viele-Masken, bei ihren Familien. Er bedankte sich für ihre Freundlichkeit und bekam von Wuwuchpi eine Pfeife geschenkt. Pentiwa ließ noch einmal das zarte Lied aus der Flöte erklingen, das er in der Kiva am Feuer gespielt hatte, und reichte Eddie anschließend das Instrument als Geschenk. Der wollte es nicht annehmen, aber eines der Kinder erklärte ihm, dass es einer Beleidigung gleichkäme, ein angebotenes Geschenk mehr als einmal abzulehnen.

Auf dem Rückweg übergab der Älteste der Jungen, der auch Spielführer gewesen war, einen Lumpenball und einen Spielstock an Eddie.

„Damit du üben kannst und noch besser spielst, wenn du uns wieder besuchst", sagte er.

Die anderen Kinder standen hinter ihm und grinsten. Eddie reichte jedem die Hand, und in diesem Augenblick tat es ihm wirklich Leid, dass er diese Menschen verlassen musste. Als er wieder im Haus von Kind-der-Wüstenblumen eintraf, waren weder John noch der ihn suchende Sät-den-Mais zurückgekommen.

„Mein Bruder wird dich zum Motel in Second Mesa fahren", sagte Kind-der-Wüstenblumen. „Er wartet bereits vor dem Dorf auf dich." Sie ging zu einer hölzernen Truhe und entnahm ihr einen kleinen Beutel. „Ich soll dir das hier von John geben, Tumoq'waima."

Eddie nahm einen dunkelbraunen Beutel aus anschmiegsamem Wildleder entgegen, der von einem dünnen Band zusammengehalten wurde. Als er Kind-der-Wüstenblumen fragend ansah, nickte sie ihm aufmunternd zu. Eddie löste das Band und das Leder fiel nach allen Seiten auseinander. In der Mitte seiner Handfläche lag cin Kristallanhänger mit einer dünnen Goldkette. Obwohl es im Raum nicht besonders hell war, leuchtete der etwa walnussgroße Kristall geheimnisvoll in dunklem Türkis. Es schien fast, als verfügte er über eine eigene Lichtquelle.

„Er ist wunderbar und bestimmt sehr wertvoll. Ich kann ihn auf keinen Fall annehmen", sagte Eddie.

„Sein wahrer Wert liegt nicht in seinem Preis. John bat mich, dich auf keinen Fall ohne diesen Anhänger fortgehen zu lassen." Kind-der-Wüstenblumen lächelte schelmisch. „Möchtest du, dass ich mit meinem Urgroßvater Zwist bekomme?"

„Nein, natürlich nicht.“ Er wog den Kristall in seiner Hand. „Vielen Dank. Ich werde ihn wie einen Schatz bewahren.“ Eddie verstaute den Beutel in seiner Hosentasche, packte die anderen Geschenke sorgfältig zwischen die Kleider in seiner Sporttasche und verabschiedete sich von Kind-der-Wüstenblumen und ihren Kindern. Dann ging er zum Eingang des Dorfes, wo bereits ein grüner Pick-up auf ihn wartete. Auf dem Weg nach Second Mesa sprach Eddie nicht viel mit dem Hopi neben ihm. Immer wieder ertappte er sich dabei, wie er Ausschau nach John hielt. Manchmal vermutete er ihn auf einem Felsen stehend, dann wieder neben einem Baum sitzend. Als sie einen kleinen Teich passierten, an dem Schafe tranken, spürte Eddie wieder das Gefühl, ein Büffel zu sein. Kräftig, achtsam und eins mit der Umgebung. Ob Schafe wohl ähnlich empfanden?

Als die modernen Gebäude des Museums auftauchten, wirkten sie auf Eddie in dieser Umgebung wie ein kleiner Schock. Nach der intensiven Zeit in der Natur, in Höhlen, Erdräumen und unter freiem Sternenhimmel erschienen ihm diese Bauwerke wie Fremdkörper aus einer anderen Welt. Pater Williams kleiner, grüner Volkswagen mit den aufgemalten Blumen und seinem verblichenem Faltdach wartete auf dem Parkplatz vor dem Motel. Ihn zu sehen war, als legte jemand einen Schalter in Eddies Kopf um, der ihn schlagartig in die Welt zurückholte, in der er eigentlich lebte. Allerdings sah er sie jetzt mit völlig anderen Augen. Aus der Perspektive eines unsichtbaren Zuschauers beobachtete er sich selbst dabei, wie er ausstieg, sich von dem Hopi verabschiedete und seine Tasche zum Motel schleppte. Kurz darauf klopfte Eddie an die Tür von Pater Williams Zimmer.

Eine halbe Stunde später saßen sie im Auto und fuhren die Straße entlang Richtung Norden.

„Es war eine sehr interessante Zeit“, sagte der Pater. „Ich habe mehrere dieser wunderbaren Dörfer besichtigt und mich angeregt mit einigen Schamanen ausgetauscht. Was für ein liebenswertes Völkchen, nicht wahr?“

„Oh ja, das sind sie“, stimmte Eddie zu. „Ich habe zwar nur ein Dorf kennen gelernt, aber dafür hat man mich aufgenommen, als ob ich zur Familie gehöre.“

„Hast du bekommen, wonach du suchtest, mein Junge?“

Eddie zögerte einen Moment. „Ich glaube, ja, sagte er dann."
„Dann weißt du jetzt, wie du das Buch finden kannst?"
„Ich weiß, das ich es wissen werde, wenn es so weit ist."

Wölfe

Es war Mittwoch, der dreizehnte, nach der normalen Zeitrechnung, ohne den Zeitvertreiber. Die Uhr über dem Eingang der gegenüberliegenden Bank zeigte etwa zwanzig Minuten vor zwölf, als der Pater den Käfer an derselben Stelle parkte, an der sie den Zeitvertreiber sieben Tage zuvor benutzt hatten. Sie saßen schweigend im Wagen und warteten.

Viertel vor zwölf.

„Es war erst vor sieben Tagen, aber mir scheint es eine Ewigkeit her zu sein, als wir hier abgefahren sind", sagte Eddie.

„Du hast ja auch so viel erlebt, dass andere eine kleine Ewigkeit dafür brauchen würden", meinte Pater William."

„Ich habe mich auf der Rückfahrt immer wieder gefragt, ob das hier alles real ist."

„Ob es wirklich geschieht, meinst du? Du hast Recht, wenn man sich mit dieser Frage beschäftigt, kann man schon ins Grübeln kommen. Weißt du, was ich mir für eine Einstellung zugelegt habe? Es ist mir egal."

„Klingt einfach. Funktioniert es?"

„Prächtig. Bisher bin ich noch nicht verrückt geworden, wenn du das meinst. Ich kann problemlos alle neuen Erlebnisse in meine Realität integrieren, so wie sie mir über den Weg laufen."

Dreizehn Minuten vor zwölf.

„Ich werde es versuchen", sagte Eddie. „Denn wenn ich weiter darüber nachdenke, werde *ich* vielleicht verrückt."

Der Pater setzte eine gespielt erschrockene Miene auf. „Alles, nur nicht das. Mit wem soll ich denn dann verreisen? Ich hatte seit Jahren nicht mehr so viel Spaß."

Er sah auf die Uhr. Zwölf Minuten vor zwölf. „Wenn alles gut geht, müsste unser kleiner Ausflug in die Vergangenheit wohl gleich beendet sein."

Sekunden später fühlte Eddie eine Art Sog, der ihn in alle Richtungen auseinander zu ziehen schien. Es wurde wieder kurz dunkel und still.

Wo eben noch die Sonne geschienen hatte, war der Himmel jetzt bedeckt. Es sah nach Regen aus. Auf Eddies Armen bildete sich sofort eine Gänsehaut. Er begann zu zittern, doch es war nicht der kühle Wind, der das auslöste.

Sie waren in der Nähe.

Eddie spürte ihre Anwesenheit, so wie er als Büffel die Anwesenheit der Wölfe gespürt hatte. Das unbegründbare, aber absolute Wissen, beobachtet zu werden. Die Gewissheit, Teil einer Jagd zu sein. Beute.

„Sie sind hier", flüsterte er.

„Was meinst du, mein Junge?", erkundigte sich Pater Weckler.

„Sie beobachten uns."

„Bist du sicher?", jetzt flüsterte auch der Pater.

„Ja. Damals hatte ich einfach nur so ein vages Gefühl. Jetzt weiß ich es. Ich kann sie spüren."

Der Pater sah sich vorsichtig um.

„Nicht suchen", raunte Eddie. „Ich glaube, es wäre nicht gut, wenn sie wüssten, dass wir sie spüren können."

„Du hast Recht. Was machen wir jetzt?"

„Weiter wie bisher. Sie werden uns nicht aufhalten, ehe ich das Buch gefunden habe."

„Sie brauchen dich", wisperte der Pater. Es war eine Mischung aus Frage und Feststellung.

„Hoffentlich", meinte Eddie besorgt.

„Ich denke, wir sollten uns vorbereiten. Es wäre gut, einen Plan zu haben für den Moment, in dem du das Buch der Träume findest."

„Und für die Zeit danach."

„Wir sollten gleich damit beginnen, wenn wir in der Kirche angekommen sind. In die Famosa Dream Lane können sie uns nicht folgen." Er bekreuzigte sich, was trotz seines Berufs irgendwie nicht zu ihm passte. „Und der Herr möge verhüten, dass ihnen das jemals gelingt."

Kristallfeuer

Gegen zwei Uhr nachmittags traf Eddie zu Hause ein. Seine Mutter war nicht in der Wohnung, und so entging er der Fragerei nach der Schramme auf seiner Wange. Er wählte Crystals Nummer. Während sich die Ruftöne in sein Ohr bohrten, wurde ihm bewusst, dass die erste Handlung nach seiner Rückkehr ein Anruf bei ihr war. Er erinnerte sich unwillkürlich an den Traum mit Cyllina, wie sie in dem Kokon gemeinsam die weiße Masse verzehrt hatten. Am anderen Ende der Leitung wurde der Hörer schon nach dem zweiten Läuten abgenommen. Eddie war so überrascht, dass er sich erst einmal räusperte.

„Hallo, bist du das, Eddie?“, meldete sich Crystal, die ihn sofort erkannt hatte. „Gut, dass du anrufst. Hättest du Lust, ins Kino zu gehen? Dieser neue Film mit den Sauriern ist angelaufen.“

Eddie hatte nach all den Erlebnissen keinen besonderen Bedarf an Unterhaltung, aber er wollte Crystal gerne wiedersehen. „Gute Idee“, sagte er. „Um fünf?“

„Die Vorstellung beginnt um Viertel nach sechs. Wie wäre es, wenn wir uns eine halbe Stunde vorher im Jailhouse Kino träfen?“

„Klasse. Ich freue mich.“

Als Eddie dreieinhalb Stunden später vor dem Kino ankam, wartete Crystal bereits mit den Eintrittskarten in der Hand.

„Hi“, rief sie, hob schüchtern eine Hand und winkte.

„Hi“, antwortete Eddie und winkte zurück. Es kam ihm vor, als hätte er sie ewig nicht mehr gesehen.

„Hey, du hast neue Sommersprossen bekommen“, stellte Crystal amüsiert fest. „Wie schnell das bei dir geht…“

Eddie rieb sich verlegen die Nase.

„Hast du gestern noch etwas herausgefunden?“ Sie strich sich eine Haarsträhne hinter das Ohr.

Eddie erschrak. „Gestern?“ Da war er mit Pater William unterwegs gewesen. „Was meinst du?“

„Nach unserem Besuch im Krankenhaus. Du wolltest noch etwas überprüfen.“

Natürlich! Aus Crystals Sicht war seit ihrem letzten Treffen erst ein Tag vergangen. Eddie sammelte sich, ehe er antwortete. Was hatte er am Nachmittag vor einer Woche getan?

„Ich war am Hafen und habe versucht, ein Kreuzworträtsel zu lösen.“

Crystal sah ihn irritiert an. Sie hatte ein sicheres Gespür, wenn etwas nicht stimmte. „Ist es dir gelungen?“

„Nicht ganz. Aber ich weiß jetzt trotzdem viel mehr als zuvor.“

„Gut. Gehen wir rein?“

„Klar!“

Obwohl der Film spannend und beeindruckend realistisch gemacht war, empfand Eddie nicht die Faszination, wegen der er sonst so gerne ins Kino ging. Zu viele Gedanken schossen ihm durch den Kopf. Daran vermochte auch der Kübel mit dem Popcorn auf seinem Schoß nichts zu ändern. Crystal hingegen schien sich prächtig zu amüsieren. Sie starrte so gefesselt auf die Leinwand, dass sie nicht einmal zu bemerken schien, wie Eddie sie ab und zu verstohlen von der Seite ansah. Gleichzeitig machte sich wieder der Eindruck in ihm breit, selbst beobachtet zu werden. Durch die vielen Menschen auf engem Raum war die Empfindung jedoch verschwommen, weshalb Eddie diesmal an dem Gefühl zweifelte.

Nach der Vorstellung setzten sie sich in ein Imbissrestaurant und bestellten sich Eis-Shakes. Hier war das Beobachtungsgefühl wieder viel deutlicher. Eddie sah sich um, konnte aber nichts Auffälliges feststellen. Um diese Zeit saßen hier hauptsächlich Jugendliche und Eltern mit Kindern, die ebenfalls im Kino gewesen waren. Die Bedienung an der Kasse, ein hagerer, bleicher Mann musterte sie, wendete aber sofort seinen Blick ab, als Eddie ihn ansah.

Leise Tatzen auf Fels. Wölfe.

Eddie atmete tief durch. Crystal bemerkte offensichtlich nichts von seinen Befürchtungen, denn sie erzählte in ihrer lebhaften Art davon, dass ihr Vater für zwei Wochen geschäftlich nach New York reisen musste, was bedeutete, dass seine Schwester aus Minnesota morgen auftauchen würde, um Crystal und den Haushalt zu betreuen.

„Völlig unnötig, das habe ich meinem Dad gesagt. Aber er besteht darauf. Puuh.“

„Wieso ‚Puuh‘?“, wollte Eddie wissen.

„Du kennst Tante Manuela nicht. Wenn die da ist, kann ich nur zusehen, so oft wie möglich aus dem Haus zu kommen, sonst werde ich dauernd für Arbeiten eingespannt. Zwei Wochen mit ihr unter einem Dach kommen einer Renovierung gleich. Und dauernd fragt sie einen aus oder gibt gut gemeinte Ratschläge. Sie ist ja lieb, aber wahnsinnig anstrengend.“

Eddie versuchte, aufmunternd zu wirken. Gleichzeitig beobachtete er aber wieder die Kasse. Der Mann war verschwunden. Crystal hatte etwas bemerkt und sah Eddie fragend an.

„Hey, dann machst du einfach das Beste daraus“, versuchte er das Gespräch in Gang zu halten. „Du verbringst deine Zeit möglichst oft mit mir. Ich erlebe gerade tolle Dinge, wie du weißt.“

Crystals Gesicht hellte sich auf. „Oh, vielen Dank, das ist wirklich nett. Weißt du, es ist nicht so, dass ich keine Freundinnen hätte, aber irgendwie kann ich nicht viel damit anfangen, ständig die Musikcharts anzuhören, Schminktipps zu lesen oder über Jungs zu quatschen.“ Sie kramte in ihrer roten Nylontasche und holte einen Beutel hervor.

Der Lederbeutel mit dem Kristallanhänger!

„Woher hast du den?“, fragte Eddie aufgebracht.

„Im Kino auf dem Boden gefunden. Als ich am Ende des Films meinen leeren Popcornbecher mitnehmen wollte, lag das hier daneben. Ich wollte mal sehen, was darin ist.“

Eddie betastete seine rechte Hosentasche. Sie war leer. „Der gehört mir“, sagte er. „Er muss mir aus der Tasche gerutscht sein.“

Crystal sah den Beutel amüsiert an. „Kann ja jeder behaupten“, meinte sie. „Was ist drin?“

Natürlich glaubte sie ihm, aber es war ein kleines Spiel.

„Ein Anhänger“, antwortete Eddie erleichtert. „Türkiser, durchscheinender Stein mit goldener Kette.“

„Ohh! Etwa ein Geschenk für eine Herzensdame?“

Eddie spürte, wie das Blut in seinen Kopf schoss. „Nee, ein Andenken an einen Freund.“

Sie reichte ihm den Beutel, ohne weiter zu fragen. Genau diese Zurückhaltung war es, weshalb Eddie vor einer Weile beschlossen hatte, sie einzuweihen. Am Nachbartisch begann ein kleines Mädchen zu plärren. Seine Eltern redeten besänftigend auf es ein. Eddie öffnete den Beutel und legte den Anhänger auf den Tisch.

Crystal stieß geräuschvoll die Luft zwischen den Lippen aus. „Wahnsinn. Ist der schön.“ Sie zögerte. „Darf ich ihn anfassen?“

„Klar.“

Sie nahm den Kristall zwischen Daumen und Zeigefinger und hielt ihn knapp über den Tisch. Eddie war froh über ihre Vorsicht, denn nicht jeder im Raum musste wissen, was er mit sich führte.

„Von wem bekommt man denn so etwas geschenkt?“

„Von einem Indianer.“ Jetzt war es heraus.

„Wirklich? Möchtest du mir davon erzählen?“

Was konnte schon passieren? Crystal war verschwiegen, und schließlich hatte sie den Kristall gerettet. Irgendwie hatte sie es verdient, mehr darüber zu wissen. Also erzählte Eddie die Geschichte von seiner Reise mit Pater William in das Hopi-Reservat. Allerdings versetzte er das Ereignis einige Zeit zurück in die Vergangenheit, um nicht von dem Zeitvertreiber berichten zu müssen. Manche Dinge waren einfach zu unglaublich. Er berichtete auch nicht von seinen nächtlichen Reisen in die vergangenen Welten, da er diese Erlebnisse selbst noch nicht verarbeitet hatte. Während seiner Erzählung fielen ihm einige Ungereimtheiten aufgrund seiner gekürzten Darstellung auf, aber falls Crystal es bemerkt haben sollte, ließ sie es sich nicht anmerken.

„Glaubst du, der Kristall hat eine besondere Bedeutung?", fragte sie und wog dabei den Anhänger in ihrer Hand.

„Ja", sagte Eddie ehrlich überzeugt.

„Welche?"

„Keine Ahnung." Auch das war ehrlich.

„Wir könnten versuchen, es herauszufinden."

„Du willst mir dabei helfen? Also glaubst du mir?"

„Natürlich." Sie sah ihn ernst an.

„Du bist Klasse, weißt du das?"

„Klar, was sonst", lachte sie und strich sich mit einer gespielten Überheblichkeit die Haare zurück. Das Geschrei am Nachbartisch wurde immer lauter. Die Eltern waren gerade dabei, ihren letzten Rest Geduld zu verlieren. Beide standen auf. Der Mann warf die halb aufgegessenen Gerichte in die Abfalltonne und die Frau zerrte das Mädchen mit der sanften Gewalt einer genervten Mutter zum Ausgang. Endlich wurde es ruhiger.

„Ist das ein Diamant?", flüsterte Crystal, während sie den Anhänger zwischen den Fingern wendete.

„Keine Ahnung", meinte Eddie schulterzuckend. „Ich kenne mich mit Schmuck nicht aus. Aber ich glaube, Diamanten sind nicht türkisblau. Du müsstest es doch wissen, du bist ein Mädchen."

„Hör bloß auf damit", rief sie entrüstet. „Ich habe dir doch gesagt, dass ich nichts von dem ganzen Modekram halte."

„War nur Spaß."

„Ob er wohl wertvoll ist?" Sie gab Eddie den Anhänger zurück, und es schien, als strahlte der Stein jetzt heller als zuvor. Eddie platzierte ihn auf dem Lederbeutel.

„Sein wahrer Wert liegt nicht in seinem Preis."
„Was soll das heißen?"
„Das sollten wir herausfinden."
„Hey, da ist doch etwas", flüsterte Crystal. „Gib ihn mir noch mal." Sie beugte sich mit konzentriertem Blick über den Anhänger und wendete in hin und her. „Merkwürdig."
„Was hast du entdeckt?"
„Ich weiß nicht genau. Sieht aus wie eine winzige Gravur, hier am Rand der Fassung, wo die Öse für die Kette befestigt ist." Sie deutete auf die Stelle.
Eddie kam mit seinem Gesicht näher heran und runzelte die Stirne. „Mann, ist die klein! Wenn man nicht aufpasst, könnte man denken, es wären nur ein paar Kratzer."
Crystal beobachtete ihn. „Hat dir schon einmal jemand gesagt, dass du lange Wimpern hast? Sieht irgendwie geheimnisvoll aus."
„Ja, meine Mom sagt das manchmal", sagte er beiläufig. „Es fühlt sich aber gar nicht geheimnisvoll an."
Crystal kniff die Augen zusammen. „Das sind keine normalen Buchstaben. Macht irgendwie einen fremdländischen Eindruck."
Eddie schob ihr eine Papierserviette entgegen und legte seinen Kugelschreiber daneben. „Kannst du sie abmalen?"
„Ich versuche es mal, im Zeichnen bin ich ja ganz gut."
Kurz darauf hatte sie es geschafft. Die Zeichen sahen wunderschön aus und wirkten auf unerklärliche Weise friedvoll und sehr harmonisch. Sie hatten so etwas noch nie zuvor gesehen.
„Tja", machte Eddie ratlos.
„Vielleicht Hieroglyphen oder wie man das nennt?", rätselte Crystal.
„Zu dumm, so was kann man ja nicht mal im Lexikon oder im Internet nachsehen." Eddie wog den Anhänger nachdenklich in der Hand. Als er spielerisch die Finger um ihn schloss, schien für einen Moment türkisfarbiges Licht zwischen seinen Fingerkuppen hindurch zu pulsieren. Erschrocken öffnete er die Hand. Er sah Crystal an, die gerade abweisende Blicke zu der Mädchengruppe am Nachbartisch schickte.
„Chris, hast du das gesehen?"
„Die Gänse da drüben nerven mich mit ihrem ewigen Geglotze. Was meinst du?"

„Der Kristall… Ich glaube, er macht etwas, wenn ich die Hand um ihn schließe.“ Er umschloss den Kristall wieder mit seinen Fingern. Wenn man genau hinsah, drang zwischen den Fingerspitzen zartes Licht hervor. Eddie öffnete schnell die Hand und sie konnten gerade noch beobachten, wie der Kristall erlosch.

„Ich glaube, ich spinne“, flüsterte Crystal.

„Das hätte ich vor kurzem auch noch von mir gedacht.“ Eddie schloss und öffnete die Hand mehrere Male. Der Kristall reagierte tatsächlich immer wieder mit einem pulsierenden türkisfarbenen Licht.

„Passiert dir so etwas öfters?“

„Gelegentlich.“ Eddie versuchte spaßeshalber einen angeberischen Tonfall anzuschlagen, was ihm nur halbwegs gelang.

„Ach, hör’ auf, ich meine das im Ernst.“

„Ich auch. Ich habe dir doch einiges erzählt, was mir in der letzten Zeit passiert ist. Fast alles bekam später auf irgendeine Weise Bedeutung.“

Crystal schwieg.

„Du hast es mir nicht geglaubt, oder?“, bohrte Eddie.

Sie spielte an ihren Fingernägeln herum.

„Ist nicht schlimm, Chris. Aber jetzt nimmst du es mir ab, oder?“

„Ja. Aber das alles ist so unbegreiflich, dass ich mich fühle wie in einem Film.“

„Daran gewöhnt man sich“, sagte Eddie.

„Angeber.“

„Es war nicht angeberisch gemeint. Ich komme wirklich schon ganz gut mit so etwas klar.“

„Na gut, und was willst du jetzt tun?“

„Für heute nichts mehr, denke ich. Für einen einzigen Freitag habe ich genug erlebt. Aber morgen werde ich zu Pater William gehen, vielleicht kann er die Zeichen entziffern.“

„Ich würde dich so gerne begleiten, Eddie. Kann ich wirklich nicht mitkommen in diese Dream Lane?“

„Ich frage den Pater.“

„Vielen Dank.“ Plötzlich hellte sich ihr Gesicht auf. „Du könntest auch zuerst einen Juwelier fragen.“

„Gute Idee. Ich werde es mir überlegen“, meinte Eddie.

Sie schlürften mit den Strohhalmen geräuschvoll die Reste ihrer Milchshakes aus den Pappbechern und verließen danach das Restaurant. Den Kristallanhänger hatte Eddie diesmal sicher in den Tiefen seines Rucksacks verwahrt.

Am Abend stand Eddie vor dem Spiegel im Badezimmer und zählte seine Sommersprossen. Siebzehn auf der rechten Wange und dreiundzwanzig auf der linken. Waren das wirklich mehr als vor einer Woche? Er beschloss, sie künftig öfters nachzuzählen.

Kritische Lage

„Liebe Freunde, die Lage hat sich in den letzten Tagen derart zugespitzt, dass ich dieses neuerliche Treffen unbedingt einberufen musste." Andark Myser war in einen für ihn ungewöhnlich legeren Sommeranzug aus hellem Leinen gekleidet. Sein Sohn und die neun weiteren Männer, die sich mit ihren Drinks locker auf der riesigen Ledersitzgruppe verteilt hatten, trugen ebenfalls elegante Freizeitkleidung. Die Runde wirkte wie eine Versammlung in einem exklusiven Herrengolfclub.

„Es hat sich eine völlig neue Situation ergeben. Offensichtlich ist die Gruppe, die unser kleiner Freund um sich geschart hat, gefährlicher, als wir zu Beginn annahmen."

„Gefährlich?", wunderte sich Giuseppe Tartini. „Ein Junge, ein Pfarrer und ein paar Exhippies aus einer unsichtbaren Straße?"

„Übertreibst du da nicht ein wenig, Andark?", warf Jeff Blackwater ein.

Myser machte eine bedeutungsvolle Pause, während der er der Reihe nach alle Anwesenden ansah.

„Sie arbeiten mit der Zeit."

Er ließ diesen wohlüberlegten Satz im Raum explodieren, und es verfehlte seine Wirkung nicht. Die Gesichter der Ratsmitglieder veränderten sich schlagartig. Einige gaben ihre legere Haltung auf und setzten sich auf. Myser beobachtete es mit einer gewissen Genugtuung.

Sharad Pawar, dem Inder, war das Entsetzen am deutlichsten anzumerken. Von allen Mitgliedern war er der Jüngste, denn er hatte erst kürzlich den Platz seines verstorbenen Vaters eingenommen. „Woher können die das?", wollte er wissen. „Ich denke, es gibt niemanden außer uns..."

„…das dachten wir wohl alle“, sagte Myser. „Aber es entspricht nicht der Realität. Tatsache hingegen ist, dass wir Beweise für eine Zeitmanipulation von mehreren Tagen haben.“

„Was bedeutet das für uns?“ wollte der Russe wissen.

„Das können wir nicht genau einschätzen, weil wir nicht wissen, über welche Möglichkeiten sie wirklich verfügen“, erklärte Jeremy. „Eine Woche, einen Monat, mehrere Jahre – wir haben keine Ahnung, wie weit sie reisen können.“

„Im schlimmsten Fall könnten sie in die Vergangenheit reisen und ihre Fehler korrigieren. Sie könnten sich selbst warnen und damit all unsere Bemühungen zum Scheitern bringen“, erklärte Myser.

„Verdammt, wir hätten den Jungen doch sofort beseitigen sollen. Ich hatte von Anfang an das richtige Gefühl.“ Pierre Latour schlug mit der Faust auf die Armlehne seines Sessels. „Schluss jetzt mit dem Kinderspiel.“

„Wir sollen uns die einmalige Chance auf das Buch entgehen lassen?“, konterte Jeremy Myser. „Das wäre ein riesiger Fehler. Solange sie nichts von uns wissen, arbeiten sie für uns. Was kann uns Besseres passieren?“

Latour starrte ihn verärgert an. „Willst du uns etwa garantieren, dass sie das Buch nicht an die Öffentlichkeit bringen?“

Jeremy hielt Latours Blick stand. „Ich würde den Jungen sogar persönlich umbringen, wenn es nötig ist. Aber ich werde das Buch nicht wegwerfen, nur weil du Angst hast.“

„Hast du die Überwachung verstärkt, Jeremy?“, erkundigte sich Harald Siebenstein.

Jeremy löste seinen Blick von Latour. „Ja. Sie werden rund um die Uhr beschattet. Thorn ist nach einer kleinen Unpässlichkeit ab morgen wieder auf den Beinen.“

„Warum haben sie die Zeit manipuliert?“ Chiang Laozi Ya-tsen war üblicherweise der Schweigsamste in der Runde. Meist ergötzte er sich an der Betrachtung seiner Schuhe oder beobachtete sein Spiegelbild im gegenüberliegenden Fenster.

„So etwas macht man nicht zum Vergnügen. Ich denke, sie brauchten es für die Suche nach dem Buch“, sagte Jeremy.

Harald Siebenstein nahm einen kräftigen Schluck von seinem Brandy. „Und wenn sie es schon haben? Schließlich waren sie eine unbestimmte Zeit außerhalb unserer Beobachtung.“

„Sie haben es nicht, da sind wir sicher“, gab Jeremy nachdrücklich zurück. „Nachdem unsere Leute sie in Los Angeles sichteten, nahmen sie sofort die Verfolgung auf. Der Junge und der Pater haben in einem Motel übernachtet. Wir konnten unbemerkt ihr Auto und ihr Zimmer filzen. Sie sind definitiv noch nicht im Besitz des Buchs.“

„Wenn sie in der Lage sind, die Zeit zu verändern, könnten sie uns jederzeit wieder entwischen. Dann stoßen unsere Leute vielleicht nicht mehr zufällig auf sie“, meldete sich Latour zurück.

„Sie sind uns nur entwischt, weil Thorn außer Gefecht war.“ Jeremy sprach jedes Wort einzeln und betont aus. Andark Myser beobachtete seinen Sohn mit sichtlicher Zufriedenheit.

„Was nutzt uns Thorn, wenn sie die Zeit manipulieren?“

„Thorn hätte auch das frühzeitig genug erkannt, wenn er einsatzbereit gewesen wäre.“

„Wir setzen also alles auf diesen Mann?“

Jetzt wurde Jeremy Myser leicht ungeduldig. „Natürlich nicht. Ich habe noch zwei weitere Remoteviewer für uns eingestellt. Sie sind ebenso kompetent wie Thorn, nur verfügen sie nicht über seine Blauäugigkeit. Es sind Leute, die seit vielen Jahren für den Geheimdienst arbeiten und dort zuverlässig jede Aufgabe erledigen. Ich sage bewusst ‚jede‘. Mit ihrer Überzeugung würden sie zwar niemals Zugang zur Famosa Dream Lane erhalten, aber für alle anderen Arbeiten sind sie hervorragend qualifiziert.“

Die Mienen der meisten Ratsmitglieder entspannten sich sichtbar.

Jeremy seufzte erleichtert. „Zudem liegt am Pier M die *Wings of Time* auf Abruf. Sie wartet nur auf unseren Befehl zum Auslaufen. Innerhalb weniger Stunden hätten wir beliebig viele Leute in der Zeit und an dem Ort, an dem unser kleiner Buchjäger herumstreunt.“

„Mir gefällt das ganz und gar nicht“, warf der Chinese ein, ohne den Blick von seinen Schuhen zu lassen. „Zu viele unberechenbare Faktoren. Es ist schon schwierig genug, das Geschehen in dieser Zeit im Auge zu behalten, aber unter den gegebenen Umständen ist es nahezu unmöglich.“

Jeremy Myser setzte alles daran, überzeugend zu wirken. „Selbst wenn sie uns entwischen sollten – ich sage bewusst ‚sollten‘, weil es praktisch nicht mehr vorkommen wird – bleibt uns immer noch eine Garantie dafür, sie mit dem Buch zu erwischen: Irgendwann müssen sie wieder in die Famosa Dream Lane zurück. Dann schnappen wir sie uns."

„Egal, wohin sie ab sofort auch gehen, wir werden sie begleiten", ergänzte sein Vater. Es war an der Zeit, seinem Sohn den Rücken zu stärken.

„Wie gehen wir vor, wenn sie das Buch gefunden haben?", wollte Siebenstein wissen.

Andark Myser schenkte sich einen Drink nach. Eiswürfel klirrten im Glas. „Das ergibt sich aus der Situation, auf jeden Fall werden sie sich nicht lange damit vergnügen. Es bleibt allerdings noch die delikate Entscheidung, was wir mit dem Jungen anstellen."

„Weg mit ihm, was sonst?", sagte Masura Kyoikusha. „Wir brauchen ihn nicht mehr. Mit seinem Wissen stellt er nur ein überflüssiges Risiko dar."

„Der Gedanke kam uns auch als Erstes", sagte Andark Myser mit bewusst mildem Tonfall. „Dennoch sollten wir die möglichen Folgen kalkulieren. Wenn wir ehrlich sind, wissen wir nichts über das Buch, weder wo es ist, noch was wirklich darin steht, und auch nicht, wie es gesichert ist."

„Gesichert? Was meinst du damit?"

„Bisher konnten wir beobachten, dass es über den ausgeklügeltsten Schutzmechanismus verfügt, der je ersonnen wurde. Nur eine einzige Person ist der – nennen wir es einmal so – richtige ‚Schlüssel'."

„Das wissen wir, aber wenn die Tür erst einmal geöffnet ist, braucht man keinen Schlüssel mehr." Siebenstein inhalierte einen Zug aus seiner Zigarette und stieß die Rauchwolke durch die Nase aus.

„Ich denke, ich sollte mich deutlicher ausdrücken", sagte Myser. „Könnt ihr euch vorstellen, dass jemand einen derartigen Aufwand betreibt, um das Buch vor dem Zugriff unerwünschter Personen zu schützen, nur damit es dem Finder nach der Entdeckung einfach abgenommen wird?"

Nachdenkliches Schweigen breitete sich aus.

„Ich finde, Andark hat Recht", sagte der Afrikaner schließlich. Bisher hatte er die Diskussion schweigend, aber aufmerksam verfolgt. „Das ist ein gutes Argument. Wir sollten vorsichtig sein und den Jungen so lange in Ruhe lassen, bis wir das Buch gesichert *und* den Inhalt ausgewertet haben."

„Ich will kein Quertreiber sein", meldete sich Pierre Latour mit einem Seitenblick auf Jeremy zu Wort. „Ich stimme ebenfalls zu. Wir wissen, dass unsere gesamte Realität aus Schwingungen besteht, die man hervorragend nutzen kann, um daraus Schutzmechanismen zu entwickeln. Das beste Beispiel ist diese verdammte Famosa Dream Lane. Möglicherweise ist das Buch selbst auch durch einen solchen Mechanismus geschützt. Wenn wir den Jungen zu früh beseitigen, fehlt uns später vielleicht ein entscheidendes Werkzeug."

„Und was ist mit seinem Begleiter, diesem Pfarrer?", fragte Ya-tsen.

„Unbedeutend, ebenso wie alle anderen in seinem Umfeld. Uns interessiert nur der Junge selbst", meinte Masura Kyoikusha.

Andark Myser atmete auf. „Also gut, wir schnappen uns das Buch, sobald er es hat. Dann sehen wir weiter."

Symbole

„Ich habe noch niemals derart ungewöhnliche Zeichen gesehen." Der Mann mit der altmodischen Weste, der glänzenden Stirnglatze und dem seehundähnlichen Schnurrbart wendete den türkisfarbenen Anhänger unter dem Licht seiner Arbeitslampe hin und her. Dann nahm er seine Lupenbrille ab und gab ihn Eddie zurück.

„Tut mir Leid, ich weiß nicht, was sie bedeuten. Aber der Stein ist ein ausgesprochen reines und hervorragend geschliffenes Exemplar, wahrscheinlich sogar das schönste, das ich in meinen fünfundzwanzig Jahren als Händler je in den Händen hatte. Sehr selten, so eine Qualität. Denkst du daran, ihn zu verkaufen?"

„Nein, ich möchte nur wissen, was die Gravur bedeutet."

„Du könntest im Museum für Asiatische Kunst nachfragen. Ich kenne die Leiterin dort, weil ich schon einige Expertisen für sie anfertigen durfte. Professorin Pagona Pikulakis. Wenn du willst, rufe ich an, vielleicht empfängt sie dich."

„Das wäre wirklich toll, vielen Dank."

Zwei Stunden später saß Eddie im Büro von Pagona Pikulakis, einer fülligen Frau mittleren Alters mit streng geknoteten schwarzen Haaren. Sie war betont männlich gekleidet. Graue Hosen mit Bügelfalten, schwarze flache Schuhe, ein kariertes englisches Sportsakko und darunter eine weiße Bluse. Nur das lilafarbene Seidentuch sah nach einem Anflug von Modebewusstsein aus, obwohl es überhaupt nicht zu dem Sakko passte.

Eddie fand die Leiterin des Museums auf Anhieb unsympathisch, aber er versuchte, es sich nicht anmerken zu lassen. Mit einer groben Geste hatte sie ihn auf einen Stuhl neben einem Metallspind verwiesen und saß nun an ihrem Arbeitstisch, der mit antiken Ausstellungsgegenständen überhäuft war. Stein- und Holzfiguren in allen Größen, eine Art Bumerang, goldfarbene Halsketten, Pfeilspitzen, eine Pfeife, der Teil eines Fischernetzes, eine Lanze, diverse Bekleidungsgegenstände, eine alte Perücke, ein einzelner Schuh, der aussah, als hätte er Jahrhunderte unter der Erde verbracht, ein morscher Sattel, das Visier eines Metallhelmes, … Insgesamt eine riesige und scheinbar chaotische Anhäufung von Gegenständen aus verschiedensten Epochen und Ländern.

In der Mitte des mehrere Meter breiten Tisches war eine Arbeitsleuchte mit einem mehrgelenkigen Arm montiert. Pagona Pikulakis legte den Anhänger unter ein Gerät, das wie ein großes Mikroskop aussah, und richtete das Licht darauf. Sie drehte und wendete den Stein, bis sie die richtige Position gefunden hatte. Dann betätigte sie einen Knopf und ein greller Blitz durchzuckte den Raum. Aus einem Schlitz des Gerätes schob sich ein Foto. Die Professorin entnahm es und gab Eddie den Anhänger zurück.

„Ich habe schon eine Idee, was es sein könnte, aber ich möchte noch etwas nachprüfen. Es wird nicht lange dauern. Du wartest hier.“ Ihr Tonfall duldete nicht einmal den Gedanken an Widerspruch. Auf dem Weg zur Tür drehte sie sich um und sah ihn streng an. „Und nichts anfassen. Das hat alles seine Ordnung hier. Sehr wertvoll, hörst du?“

Eddie nickte, obwohl er sich angesichts des Durcheinanders auf dem Tisch kaum vorstellen konnte, dass hier irgendetwas eine Ordnung hatte. Es dauerte tatsächlich nicht lange und die Professorin kam zurück.

„Ich wusste es“, triumphierte sie und hielt ein dunkelrotes abgenutztes Buch vor sich, als wäre es ein Schutzschild. Sie wirkte verändert. Ihre Wangen waren leicht gerötet, und auf den Lippen hatte sich ein Siegerlächeln breit gemacht.

„Ich hatte schon beim ersten Anblick des Anhängers so eine Ahnung, dass er aus einem fernöstlichen Land kommen könnte. Es ist die Technik, wie die Fassung verlötet ist, weißt du. Auch findet man diese Art Steine hier kaum."

„Ahja?", piepste Eddie und ärgerte sich über seine unsichere Stimme.

Die Professorin schien es nicht zu bemerken. In diesem Augenblick sprudelte in ihr die Begeisterung einer Entdeckerin. „Besonders auffällig ist jedoch der Schliff. Ich habe noch niemals eine solch schwierige Form derart perfekt bearbeitet gesehen. Der Anhänger mag auf den ersten Blick unscheinbar wirken, aber er ist ein Meisterwerk."

Sie legte Buch und Foto auf den Tisch und begann auf und ab zu wandern, als hielte sie einen Vortag vor einer Versammlung von Studenten. „Extrem ungewöhnlich an diesem Anhänger ist die Gravur. Erstens könnte man selbst mit den heute üblichen mechanischen Verfahren kaum eine solch winzige Schrift erzeugen, zudem noch an so unzugänglicher Stelle. Zweitens entstammen die Zeichen dem Vedischen, einer frühen Form des Sanskrit. Es wird schon lange nicht mehr benutzt."

„Was bedeutet das?", traute sich Eddie zu unterbrechen. Prompt erntete er dafür einen strafenden Blick.

Trotzdem ging Pagona Pikulakis auf seine Frage ein. „Es bedeutet, dass der Anhänger entweder sehr alt ist oder jemand sehr gut einen alten Anhänger imitiert hat. Das frühe Vedisch oder heute eben das Sanskrit ist die heilige Sprache der Bramahnen."

Sie bemerkte Eddies verständnislosen Blick und seufzte. „Das sind hinduistische Priester. Die meisten leben in Indien."

„Dann gehörte der Anhänger einem solchen Bra… Priester?"

„Wer weiß das schon? Ich kann nur feststellen, dass die Gravur einer sehr alten Schrift entstammt."

Eddie rutschte aufgeregt auf seinem Stuhl hin und her. „Wie alt?"

Sie schüttelte missbilligend den Kopf. „Das kann man ohne eine genaue Analyse nicht sagen."

„Aber die Schriftzeichen gibt es doch nicht mehr. Wann wurden sie benutzt?"

„Das ist ein unzulängliches Indiz, denn die hätte ja jemand nachmachen können." Sie zuckte ungeduldig mit den Schultern. „Aber wenn du es unbedingt wissen willst: Vedisch wurde von etwa tausendzweihundert bis ungefähr dreihundert Jahre vor Christus gesprochen."

Als die Professorin Eddies Gesicht sah, wehrte sie ab. „Ich sagte doch, dass das nicht automatisch bedeuten muss, dass der Anhänger ebenso alt ist."

„Aber es könnte."

Sie schürzte widerwillig die Lippen, was ihr einen noch maskulineren Anstrich gab. „Theoretisch ja."

„Was bedeuten die Zeichen?"

„Deshalb habe ich dieses Schriftwerk mitgebracht." Sie tätschelte das dunkelrote Buch. „Eine der wenigen wirklich guten Veröffentlichungen über die vedische Sprache. Ich muss eine Weile recherchieren. Am besten, du kommst in ein paar Tagen noch mal vorbei."

„Neiiiin!", entfuhr es Eddie. Sofort setzte er eine entschuldigende Miene auf. „Ich habe leider nicht so viel Zeit. Es ist sehr dringend."

Pagona Pikulakis sah ihn durchbohrend an. „Was kann denn so dringend sein an einer dreitausend Jahre alten Inschrift?"

„Ich… ich habe…" Eddie hasste es, zu lügen. Er war der Überzeugung, dass man ihm die Unwahrheit bereits ansah, ehe er das erste Wort ausgesprochen hatte. „…habe nicht mehr viel Zeit, weil mein Pa und ich heute Abend zurück nach Paris fliegen." In der Eile war ihm kein Ort eingefallen, der weiter weg sein könnte.

„Du siehst gar nicht aus wie ein Franzose."

„Mein Vater ist Botschafter. Wir leben dort nur vorübergehend."

Sie legte den Kopf nach hinten und spitzte die Lippen. „Ah, je comprend, mon chèr. Tu es un enfant multinational, eh? Alors tu parle un peux le français?"

Eddie hatte keine Ahnung, was sie wollte, aber er nickte. Zum Glück entschied sie sich, wieder in ihrer eigenen Sprache zu sprechen. Sie sah auf die Uhr. „Also gut, du enfant terrible. Ich werde jetzt noch etwas erledigen, danach habe ich Mittagpause, und dann werde ich deinen Zeichen eine halbe Stunde widmen. Keine Minute mehr, verstanden?"

Eddie nickte wieder.

„Du kannst in zwei Stunden noch einmal hier vorbeikommen. Entweder habe ich dann die Lösung, oder du musst unwissend nach Paris fliegen."

Eddie verbrachte zwei nachdenkliche Stunden in einem Gartencafé nahe dem Museum. Auf dem Tisch vor ihm lag auf einer weißen Papierserviette der Anhänger. Das Sonnenlicht brach sich in dem Kristall und erzeugte ein bläuliches Leuchten. Eine junge Mutter mit ihren zwei Kindern am Nachbartisch hatte es aus dem Augenwinkel wahrgenommen und starrte neugierig herüber. Eddie klappte die Serviette über den Anhänger. Die Frau widmete sich wieder ihren Kindern.

Unvorstellbar, dass ein Künstler irgendwo in Asien vor dreitausend Jahren dieses Schmuckstück angefertigt haben sollte. Dreitausend Jahre! Eddie konnte sich nicht einmal dreihundert vorstellen. Vielleicht handelte es sich tatsächlich um eine Imitation. Aber würde Sonne-am-Himmel ihm so etwas schenken, wenn es gefälscht wäre? Wo hatte der alte Mann den Anhänger überhaupt her? Eddie ließ seinen Blick gedankenverloren umherschweifen und blieb an einem kleinen Springbrunnen gegenüber hängen. Plötzlich wusste er es! Als sie neben dem verfallenen Brunnen gesessen waren, hatte der alte Hopi erwähnt, vor langer Zeit in Tibet gewesen zu sein, wo er ein Oberhaupt der Tibeter getroffen hatte. Daher konnte der Anhänger stammen. Ja, das fühlte sich schlüssig an. Wahrscheinlich hatte er wieder ein Puzzleteil zum Gesamtbild gefunden. Eines griff ins andere, als folgte alles einem großen Plan. Nur von wem wurden die Ereignisse so perfekt geplant und koordiniert? Und wie konnten sich diejenigen sicher sein, dass Eddie alles so ausführte, wie es geplant war? Nur eine falsche Entscheidung würde genügen, die Kette der Hinweise zu unterbrechen. Hätte Crystal den Kristall im Kino liegen gelassen oder wäre Eddie den Hinweisen von Amen Gilstein nicht nachgegangen…

Er bestellte sich eine zweite Cola. Kurz darauf brachte die Kellnerin einen mit Eiswürfeln und der braunen Limonade gefüllten Pappbecher. Eddie steckte den Strohhalm hinein und saugte den Mund voll. Eiskalte prickelnde Flüssigkeit betäubte seine Zunge und rann, eine schneidend schmerzende Spur hinterlassend seinen Hals hinunter. Sein Magen verkrampfte sich wie die Faust eines Boxers vor dem Schlag, so als wollte er das kalte Getränk wieder herauspressen. Plötzlich spürte Eddie einen so starken Widerwillen gegen das Getränk, dass er aufstand und den fast vollen Becher in einen Mülleimer warf. Anschließend bestellte er sich ein Glas ungekühltes Wasser. Wenn das seine Mutter sähe, würde sie ihn bestimmt sofort zu einem Arzt schleppen. ‚Herr Doktor, mein Junge hat eine Cola weggeworfen und Wasser bestellt. Können Sie sich das vorstellen? Ungekühltes Wasser, im Sommer, bei über dreißig Grad! Können Sie ihm helfen?‘

Die Dinge veränderten sich deutlich, nicht nur in Eddies Leben, seinem Umfeld und seinem Denken, sondern offenbar auch in seinem Körper. Und es geschah dynamisch. Waren es zu Beginn nur vage Ahnungen gewesen, so spürte er die meisten Einflüsse jetzt sehr deutlich. Das Gefühl beobachtet zu werden. Die eiskalte Cola, die er sonst so oft getrunken hatte. Irgendwie war er sensibler geworden. Aber hatte ihm John nicht prophezeit, dass er immer mehr wahrnehmen würde? Wie es dem alten Mann jetzt wohl gehen mochte…

Kurz vor Ablauf der zwei Stunden zahlte Eddie und ging zurück ins Museum. Vor dem Zimmer von Pagona Pikulakis zögerte er. Sollte er schon anklopfen oder war es unhöflich, sieben Minuten vor der vereinbarten Zeit zu kommen? Eddie spürte, dass er nicht aus Höflichkeit oder Sorge um Pünktlichkeit zögerte, sondern weil er auf unerklärliche Weise Angst vor dem Ergebnis der Nachforschung hatte. Schließlich gab er sich einen Ruck, klopfte kurz und trat ein, nachdem er die kräftige Stimme der Museumsleiterin vernommen hatte.

Sie war noch in das Buch versunken und drehte sich nicht einmal um, als er den Raum betrat. „Du hast ziemliches Glück. Ich sitze schon fast eine Stunde an diesen Zeichen und habe nicht abgebrochen."

Eddie lächelte gequält, obwohl sie es nicht sehen konnte.

„Aber ich denke, ich habe es geschafft." Sie klappte das rote Buch zu. „Ja, ich habe die Übersetzung. Du musst wissen, dass ich keine Garantie für die Richtigkeit übernehmen kann. Schließlich bin ich keine Indologin, außerdem ist es kostenlos. Ich weiß auch nicht, warum ich das überhaupt mache. Morgen bist du wieder in Paris und ich sehe den Anhänger nie wieder. Na egal."

Sie kam mit dem Foto und einem beschriebenen Blatt Papier auf ihn zu. „Direkt übersetzt bedeuten die Zeichen so viel wie ‚Ort des Friedens' oder ‚Ort der Ruhe'."

„Das ist alles?", jammerte Eddie enttäuscht.

„Das ist alles, was in den Anhänger eingraviert ist. Aber es kommt auf die Bedeutung an und die erschließt sich nur dem, der den Hintergrund der indischen Mythologie kennt."

„Aha."

„Genau. Nicht immer ist etwas so einfach, wie es auf den ersten Blick erscheint, junger Mann, das wirst du in deinem Leben noch lernen müssen."

„Sie haben bestimmt Recht. Was bedeuten die Zeichen denn nun wirklich?"

„Ob es etwas mit der Wirklichkeit zu tun hat, kann ich dir nicht sagen. Ich persönlich zweifle daran, aber das ist auch nicht mein Spezialgebiet. Es gibt da eine Art Legende, die fast in ganz Asien verbreitet ist. Sie berichtet von einem ‚Ort des Friedens' irgendwo im Himalajagebirge. Der Name dieses Ortes ist *Shambhala*. Wie gesagt, es ist ein Mythos, und wie die meisten Mythen existiert er wohl nur in den Köpfen der Menschen, die daran glauben. Vielleicht hat ein solcher Mensch die Gravur in deinen Anhänger gemacht, als ewige Ehrung an sein Paradies."

„Was muss ich tun, wenn ich mehr erfahren will über dieses Shambhala?"

„Die Universitätsbibliothek in der Holloway Avenue wäre vielleicht eine gute Adresse für Nachforschungen. Solange du nichts mit hinausnimmst, brauchst du wahrscheinlich keinen Ausweis. Falls dir dennoch jemand Schwierigkeiten macht, zeige ihm das hier..." Sie zog eine verknickte Visitenkarte aus ihrem Jackett, „…und bestelle ihm einen schönen Gruß von mir. Mehr kann ich nicht für dich tun. Und jetzt muss ich wieder an meine Arbeit. Viel Erfolg."

Recherchen

Neben dem Café des Museums hatte Eddie eine Telefonzelle ausgemacht, von der aus er jetzt Crystal anrief. Er fragte sie, ob sie Lust hätte, sich mit ihm zu treffen und ihm bei seinen ‚Ermittlungen bezüglich des leuchtenden Kristalls' zu helfen. Sie wollte zwar gerade das Haus verlassen, um sich mit einer Freundin zu treffen, war aber dennoch Feuer und Flamme.

„Gib mit eine Stunde für Jamie, okay? Ich kann sie nicht einfach sitzen lassen, aber ich habe schon eine Idee. Wo wollen wir uns treffen?"

„Vor der Bibliothek der Universität, 1630 Holloway Avenue."

„Da war ich noch nie, aber ich werde schon hinfinden. Um drei Uhr?"

„Drei ist okay. Ich warte vor dem Haupteingang."

„Bis später, Eddie."

Eddie hängte ein. Crystal war eine wunderbare Freundin. Nie hätte er gedacht, dass er ein Mädchen ähnlich gern haben könnte wie Penny und Jejo. Eigentlich, aber das wollte er sich noch nicht offen eingestehen, lag in der Verbindung zu Crystal noch mehr als in der zu seinen alten Freunden.

Crystal traf erst zwanzig Minuten nach der verabredeten Zeit ein, aber beide verloren kein Wort darüber. Nachdem Eddie das Ergebnis seiner Recherchen für Crystal kurz zusammengefasst hatte, betraten sie das kantige Bibliotheksgebäude und machten sich auf die Suche. Titel, Autoren und Kurzinhalte aller Bücher waren in einem modernen Computersuchprogramm erfasst, aber unter dem Begriff *Shambhala* kamen nur wenige Einträge. Keines der Bücher, die sie sich aus den schier endlosen Regalreihen heraussuchten, lieferte direkt brauchbare Informationen. Immerhin stießen sie aber auf neue Suchworte, die ihnen interessante Hinweise lieferten. Nach einigen Stunden stapelte sich auf ihren Leseplätzen ein Berg von Büchern über asiatische Kulturen und Religionen. Sie ernteten viele verwunderte Blicke anderer Benutzer des Lesesaals, waren aber viel zu sehr in ihre Arbeit vertieft, um sie zur Kenntnis zu nehmen. Fast nebenbei erfuhr Eddie Erstaunliches über die besonderen Eigenschaften und Kräfte von Kristallen.

Sie waren völlig zwischen Wissenschaft und mystischen Welten versunken, als sie schließlich von der Leiterin der Bibliothek zum Gehen aufgefordert wurden. Nie hätte Eddie gedacht, dass er sich so begeistert in Sachbücher stürzen könnte. Doch jetzt, wo ihn das Wissen direkt betraf, verschlang er jede Information wie ein hungriger Hund angebotene Wurststückchen. Vor der Bibliothek ließen sich Eddie und Crystal auf einer Bank nieder und ordneten ihre Aufzeichnungen. Dann verglichen sie miteinander, was jeder gefunden hatte.

Nach übereinstimmender Meinung aller Autoren lag in Shambhala der Ursprung allen wahren Wissens. Es war das heilige Zentrum der Welt, aus dem sich verschiedene Äste, die Weltreligionen, entwickelt hatten. Shambhala wurde als ein Ort beschrieben, an dem Menschen auf einer alles überragenden geistigen und spirituellen Entwicklungsstufe lebten. Darüber, ob Shambhala in dieser Welt greifbar existierte oder nur eine Legende mit besonderer Kraft war, gingen die Meinungen auseinander.

Einige Male hatten sich Expeditionen aus verschiedenen Ländern und mit unterschiedlichen Interessen aufgemacht, es zu finden, aber niemals wurden Beweise entdeckt, die wissenschaftlichen Untersuchungen standgehalten hätten. In einigen Fällen schienen die Forscher ihr Leben nach der Expedition überraschenderweise völlig verändert zu haben. Auffällig war auch, dass sie sich auf Fragen zu der Lage des geheimnisvollen Ortes in ungenauen Beschreibungen verloren. Selbst tibetische Beschreibungen schilderten den Weg von Lhasa nach Shambhala zunächst sehr konkret, ähnlich einem Reiseführer, verloren sich aber dann ebenfalls zunehmend in vagen Andeutungen. Es schien Eddie, als versuchte jeder, der etwas über Shambhalas Lage wusste, andere im Unklaren zu halten. Manche Vermutungen liefen auf einen Ort unter der Erde hinaus, andere beschrieben den Zugang dorthin ähnlich dem, den Eddie bei der Famosa Dream Lane erlebt hatte.

Auch über die ungefähre geografische Lage gab es deutlich auseinander gehende Meinungen. Immerhin waren sich die meisten zumindest über Tibet oder das tibetisch-chinesische Grenzgebiet einig. Immer wieder wurde der real existierende heilige Berg *Kailash* in Tibet erwähnt, und viele setzten ihn mit dem Berg *Meru* im Zentrum des legendären Shambhala gleich. Verschiedene Berichte von Mönchen, die behaupteten, in Shambhala gewesen zu sein, erwähnten die Farbe Türkis als einen der Schlüssel, um dorthin zu gelangen. Einige Menschen hatten den Zugang nach Shambhala auf der Traumebene erhalten, andere während Meditationen, und wieder andere behaupteten, einfach zu Fuß dorthin gegangen zu sein. Offensichtlich wurde Shambhala von einem König namens Rigden Jye-Po regiert, über den relativ wenig bekannt war. Auch über das Aussehen des Königspalastes, wenn überhaupt einer erwähnt wurde, gab es unterschiedliche Überlieferungen. Manche ähnelten tibetischen Klöstern, andere sprachen von goldenen Dächern und weißem Marmor.

Es war Crystal, die scheinbar zufällig auf eine sehr nützliche Information stieß. Sie hatte willkürlich ein Buch aus einem Regal gegriffen und darin herumgeblättert. Es handelte sich um ein reich bebildertes wissenschaftliches Werk zur Kristallographie. Ohne danach gesucht zu haben, fiel ihr Blick auf das Foto eines türkisen Kristalls, der Eddies Anhänger sehr ähnlich sah. Die mineralogische Beschreibung war weniger interessant als die Ausführungen zu den kulturellen Hintergründen. Dieser außerordentlich seltene Kristall wurde in verschiedenen asiatischen Kulturen ‚Schlüssel zum Selbst' genannt. Man sagte ihm nach, er verstärke die Schwingungen, die ein Suchender auf der Reise zu seinem Inneren ausstrahle, um ein Vielfaches und unterstütze damit dessen Weg.

Insgesamt fügten sich viele der bruchstückhaften Informationen dieses Nachmittags für Eddie zu einem durchaus schlüssigen Gesamtbild zusammen. Alles deutete darauf hin, dass er über den Kristallanhänger den Weg in das geheimnisvolle Königreich Shambhala finden sollte.

Am Abend nahm Eddie das Schulheft, in dem er seine Gedanken ordnete, zur Hand und dachte über Crystal nach. Er hatte Türkis in ihrer Aura bemerkt. Sie hatte im Kino den Kristall davor bewahrt, verloren zu gehen. Sie hatte die winzigen Zeichen in der Einfassung entdeckt und heute hatte sie in der Bibliothek wichtige Informationen zu dem Kristall gefunden.

Eddie wurde sich immer sicherer, dass sie der sechste Bote war. Er schrieb den Namen Crystal in die Spalte unter John Sonne-am-Himmel.

Jetzt fehlte nur noch einer.

Eddie spürte, dass er sich dem Geheimnis des Buches der Träume mit großen Schritten näherte.

Schwingung

Bläuliches Glimmen pendelte durch die Dunkelheit. Eddie lag im Bett, ließ den schwach leuchtenden Kristallanhänger an der dünnen Goldkette über seinem Gesicht hin und her schwingen und ordnete seine Eindrücke. In welchem Zusammenhang standen Shambhala und der Kristall? Was sollte er als Nächstes tun? Wie konnte er einen Ort finden, dessen Lage niemand kannte und dessen ganze Existenz unsicher war? Eddie musste sich eingestehen, dass er feststeckte. Dennoch hatte er das Gefühl, kurz vor einer entscheidenden Entdeckung zu stehen. Er knipste das Licht an, legte den Anhänger auf seinen Nachttisch und zog die Schatzkiste unter dem Bett hervor.

Einundzwanzig Karten. Wer hatte sie geschaffen und welchen Zweck hatte das Spiel? Weder der Pater noch Sonne-am-Himmel hatten ihm darauf eine Antwort geben können. Eddie schlug das alte Tuch auseinander und blätterte das Spiel durch. Die vorletzte Karte im Stapel zeigte, wonach Eddie gesucht hatte: Ein Kristall, der von einem leuchtenden Kreis umgeben war. Er legte die anderen Karten zurück in die Kiste, lehnte sich mit dem Rücken gegen die Wand und betrachtete das Bild. Die Darstellung war ziemlich schlicht gehalten, aber vielleicht kam sie gerade deshalb der Wirkung eines echten Kristalls so nahe. Er nahm die Karte zwischen beide Handflächen und schloss die Augen.

Wozu dient der türkisfarbene Kristall?, fragte er in Gedanken.

Erinnerungsfetzen der vergangenen Tage flogen wie herumtollende Geister durch seinen Kopf. Gesichter der Menschen, die ihm begegnet waren, Orte wie das Museum oder der Flohmarkt, Bruchstücke der Texte, die er heute in der Bibliothek gelesen hatte, Crystals Lachen, Penny und Jejo und wie es ihnen wohl im Ferienlager erging. Moms traurige Miene, wenn sie spürte, dass ihr Sohn ihr etwas verheimlichte, das Mobile in Pater Williams Wohnzimmer, Fragmente aus Magnolia Twingels Traumladen… Alles stob in wildem Durcheinander herum. Plötzlich blitzte für den Bruchteil einer Sekunde ein türkises Licht zwischen den Gedanken auf.

Achte auf Türkis.

Hey, dachte Eddie. *Warte!*

Wieder blitzte das Licht auf, diesmal an einer anderen Stelle im Chaos der Eindrücke.

Komm her, forderte er. Das Licht wurde größer und blitzte deutlicher. Die Leiterin des Museums tauchte auf und verdeckte das Licht. Eddie schob sie beiseite.

Ich will dich sehen. Komm näher.

Das Licht kam nicht näher, und so stellte sich Eddie vor, dass er sich darauf zu bewegte. Wie ein riesiger Maulwurf schaufelte er so lange wirre Eindrücke beiseite, bis er vor dem Licht stand. Jetzt erkannte er, dass es die Form eines Kristalls hatte und sanft pulsierte.

Hi, dachte Eddie. *Kannst du mir weiterhelfen? Was soll ich mit dem Kristall anstellen?*

Immer wieder störten andere Gedanken die Beobachtung. Das Licht pulsierte stärker und dehnte sich dabei langsam aus. Der Raum für die anderen Gedanken wurde immer kleiner. Kurz darauf war Eddies Vorstellung völlig von dem türkisen Leuchten erfüllt.

Schön, dachte er, *aber ich verstehe leider noch nicht. Was bedeutet das?*

In der Mitte des Lichtes entstand ein dunkler Fleck, der langsam größer wurde und schließlich wie ein langer Tunnel wirkte.

Da hindurch? Soll ich hineingehen?

Am Ende des Tunnels entstand vor seinem inneren Auge eine Landschaft. Gleichzeitig hörte Eddie ein tiefes Knarren. Das Geräusch veränderte sich ständig, bis es in einen geheimnisvoll schwingenden Ton überging, der Eddie in ein Gefühl des Schwebens brachte.

Was für wunderbare Klänge, dachte er. In diesem Augenblick kam das Bild durch den Tunnel näher auf ihn zu. Es war verschwommen, er konnte nur vermuten, dass es sich um eine Gebirgslandschaft handelte.

Hey, was soll das bedeuten? Eddie tauchte tiefer in das Licht des Kristalls ein. Er kam sich vor wie in einem riesigen dreidimensionalen Netz aus Licht und Klang. Von überall nach überall flogen Lichtblitze und Töne an ihm vorbei, scheinbar willkürlich und dennoch irgendwie auf festen Bahnen.

Wo liegt diese Landschaft?, fragte er in Gedanken in den Raum. Seine Stimme wurde von einem Lichtblitz mitgerissen und erklang sofort von allen Seiten zurück. Ein eindringliches, fast endloses Echo, wie er es nie zuvor erlebt hatte.

Wo liegt diese Landschaft?

Wo liegt diese Landschaft?

Wo liegt diese Landschaft?

Wo liegt diese Landschaft?

Wo liegt diese Landschaft?

Wo liegt diese Landschaft?

Er erinnerte sich an das letzte unscharfe Bild. Sofort wurde sein Gedanke vervielfältigt und pulsierte um ihn herum. Die Farben des Bildes, vor allem Grün- und Blautöne explodierten förmlich in seinem Kopf.

Schluss damit! Ich will wissen, was das soll.

Schlagartig wurde es still. Keine Töne, keine Bilder, keine Farben. Nur der Nachhall seiner Forderung nach Ruhe. Plötzlich wurde ihm alles klar. Im Inneren dieses Raumes aus türkisfarbenem Kristall wurde jeder seiner Gedanken um ein Vielfaches verstärkt. Das Bild, das er gesehen hatte, war seine eigene vage Vorstellung von Shambhala gewesen. Durch den Kristall war es in seinen Farben, aber auch in seiner Unklarheit fast explodiert. Jedes gedachte Wort wurde wie von tausend Spiegeln reflektiert. Sein Wunsch nach Stille endete dagegen in der absoluten Abwesenheit jeden Geräusches. Der Kristall verstärkte offenbar seine Gedanken.

Eddie öffnete die Augen und war zurück in seinem Zimmer. War das der ersehnte ‚Schlüssel'? Bisher hatte er schon mehrere Male dem Impuls widerstanden, den Anhänger umzulegen, denn es kam ihm unpassend vor, Halsschmuck zu tragen. Aber jetzt spielte das keine Rolle mehr. Eddie wusste, was er tun sollte. Er nahm den Anhänger und öffnete den Verschluss der dünnen goldenen Kette.

Shambhala. Ort des Friedens.

Er legte die Kette um seinen Nacken. Sie war so lang, dass der Anhänger eine Handbreit über seinem Bauchnabel pendelte.

Dreitausend Jahre.

Der Kristall begann stärker zu glimmen. Wie die Leuchtkristalle an den Wänden der unterirdischen Welt Tokpa.

„Shambhala", flüsterte Eddie.

Der Kristall reagierte unmittelbar. Das Glimmen ging in ein sanftes Pulsieren über.

„Shambhala", flüsterte Eddie noch einmal.

Das Pulsieren blieb gleich stark. Eddie sprach das Wort jetzt langsam und laut aus. Sham…bha…la."

Das rhythmische Leuchten wurde deutlich intensiver und hüllte Eddie in einen zarten türkisen Schein ein. Hätte er sich selbst beobachten können, wäre er sich vielleicht wie ein lichtumflossener Magier vorgekommen. Er spürte, dass etwas oder jemand versuchte, sich ihm zu nähern. Kein bedrohliches, eher ein vertrautes Gefühl. Eddie erinnerte sich an sein Traumerlebnis als Büffel an dem See. Einssein mit dem Augenblick und allem, was einen umgab.

„Shambhala", sagte er und spürte, wie der Klang des Wortes sich auf seiner Zunge entfaltete und davonschwebte, als wäre er ein unsichtbarer Traumvogel. Das türkise Leuchten wurde kräftiger. Das Etwas näherte sich weiter. Eddie befand sich eindeutig nicht in einem Traum. Die Umgebung seines Zimmers war so real, wie sie nur sein konnte. Er spürte die kühle, harte Wand in seinem Rücken, hörte das Rascheln der Bettdecke über seinen Beinen, sah das Gesicht von Luke Skywalker auf dem Filmplakat gegenüber.

Eddie stellte sich vor, der Kristall zu sein. Hart, kantig und dennoch transparent und licht. Er spürte, wie er als Kristall die Schwingungen des Wortes aufnahm, tausende Male in seinem Inneren hin und her spiegelte, vervielfältigte und wieder aussandte.

„Shambhala."

Jetzt wurde sein ganzer Körper von dem türkisen Lichtsaum eingehüllt. Der Kristall und er waren nicht mehr länger zwei Teile, die sich berührten. Sie wurden zu einer Einheit, so wie er es mit dem Büffel und seiner Herde erlebt hatte. Während Eddie jetzt zum Teil ein Kristall war, der feine Schwingungen wahrnahm, verstärkte und auswählte, bemerkte er eine sanfte männliche Stimme. Sie forderte Einlass, um ein Teil von ihm zu werden.

Das Wesen war jetzt ganz nahe.

„Willkommen", sagte die Stimme. „Du hast den Schlüssel gefunden." Nur ein Wesen, ohne Form und Aussehen. Teil des Lichtes.

Eddie deutete auf den Anhänger. „Ist dieser Anhänger der Schlüssel?"

„Ja."

„Was schließe ich damit auf?"

„Den Eingang zu dem Ort, an dem sich befindet, was du suchst."

„Ich suche das Buch der Träume. Gibt es das an diesem Ort?"

„Ja."

„Werde ich es mitnehmen können?"

„Dafür wurde es geschaffen."

„Wohin muss ich gehen?"

„In das Reich von Shambhala."

„Ich habe gelesen, es sei eine Legende und existiere nicht wirklich."

„Für jene, die das glauben, ist es so."

„Wie gelange ich dorthin?"

„Du hast es bis hierher geschafft, also wirst du einen Weg finden."

„Und wer bist du?"

„Wir lernen uns kennen, wenn du bei uns bist. Aber sieh dich vor, denn du bist Licht und jedes Licht wird von Schatten begleitet."

Die Stimme verschwand so plötzlich, wie sie gekommen war. Ebenso schnell erlosch das Licht. Eddie war wieder alleine. Er rieb sich die Augen, dann sah er sich in seinem Zimmer um. Er ertastete den Anhänger und stellte zufrieden fest, dass er nicht geträumt hatte. Zum ersten Mal seit Beginn seiner Suche hatte er einen konkreten Hinweis auf den Ort erhalten, an dem sich das Buch befand. Eddie atmete einmal tief durch. Die Zeit der Ungewissheit war vorbei.

Weite Wege

„Bitte, Magnolia, lassen Sie es uns versuchen.“ Eddie war kurz davor, an Magnolia Twingels Hand zu zupfen. Er hatte Pater William am Morgen aufgesucht und ihm von seinen neuesten Entdeckungen erzählt. Daraufhin hatten sie einen Plan geschmiedet, den sie sofort in die Tat umsetzen wollten. Jetzt standen sie eifrig argumentierend vor der Theke des Traumladens. Magnolia wehrte noch ab, spürte aber bereits, dass sie das Vorhaben der beiden Abenteurer nicht würde verhindern können.

„Ich habe da wirklich meine Bedenken“, sagte sie. „Nicht, dass ich meine Ware schlecht machen will, aber in diesem Fall gibt es einfach zu viele Unwägbarkeiten.“

„Worin liegen denn deine Bedenken, liebe Magnolia?“, fragte Pater William beschwichtigend.

„Niemand hat je den Zeitvertreiber in Verbindung mit dem Wegverkürzer eingesetzt. Jedes der beiden Geräte an sich ist schon in gewisser Weise riskant. Aber beide zusammen…“ Sie schüttelte den Kopf. „Nein William, bei aller Liebe, ich kann das nicht gutheißen. Benutzt von mir aus den Zeitvertreiber, aber setzt euch um Himmels Willen in ein Flugzeug, um nach Tibet zu gelangen.“

Eddie spürte, dass Magnolia ernsthaft besorgt war, und wandte sich an den Pater. „Warum können wir denn nicht tatsächlich ein Flugzeug nehmen?“

„Weil wir Spuren in der Zeit hinterlassen, die unsere Beobachter auf unsere Fährte lenken werden“, antwortete der Pater.

„Was für Spuren?“

„Ich bin wahrlich kein Zeitexperte, aber nehmen wir einmal an, wir würden uns zwei Wochen zurückversetzen. Dann gehen wir zum Flughafen und kaufen zwei Tickets nach…“ Er sah Magnolia Hilfe suchend an. „Wohin fliegt man, wenn man am schnellsten nach Tibet will?“

„Ich glaube nach Kathmandu, die Hauptstadt von Nepal. Das ist ein Nachbarland von Tibet."

„Gut, also zwei Tickets nach Kathmandu." Der Pater blickte auf seine Armbanduhr und runzelte die Stirn. „Heute ist Freitag, der zweiundzwanzigste. Zwei Wochen zurück... Wir würden am Achten dieses Monats die Flugscheine kaufen und ab diesem Augenblick wüsste jeder, der will, darüber Bescheid, was wir gerade tun. Kreditkartenbuchungen, Daten im Zentralcomputer der Fluggesellschaft und so weiter – wir hätten unsere Schatten sofort an den Fersen."

„Aber unsere letzte Reise...", warf Eddie ein.

„Keine Spuren. Ich habe alles in bar gezahlt. Wir wurden nirgends kontrolliert oder registriert." Er sah Magnolia Twingel an. „Verstehst du jetzt, warum es das Risiko wert ist, wenn wir unbehelligt reisen wollen?"

„Schon gut", seufzte Magnolia. „Aber wohl ist mir bei dem Gedanken nicht." Sie stützte sich auf den chromglänzenden Roller. „Ihr wisst, dass es sich mit dem Wegverkürzer ebenso verhält wie mit dem Zeitvertreiber? Beide funktionieren nur außerhalb der Famosa Dream Lane."

„Jaja, natürlich. Jetzt gib uns schon diese Dinger", drängte der Pater.

Diesen Ton konnte Magnolia gar nicht vertragen. „Mein lieber Herr Kirchenvorstand. Ich mache mir nichts anderes als Sorgen um euch. Ihr verwendet kaum geprüfte Geräte und habt keine Ahnung, was ihr damit anrichten könnt. Ich warne euch nicht aus Schikane, sondern weil Vorsicht schon immer die Begleitung aller Tapferen war. Nur die Dummen verwechseln sie mit Angst und hören nicht auf sie. Also, entweder ich gebe euch eine ordentliche Einweisung oder ihr fahrt mit Weißgottwas, aber nicht dem Wegverkürzer nach Tibet."

Nach dieser Standpauke waren ihre Wangen gerötet und sie atmete heftig. Magnolia machte sich ehrliche Sorgen und Pater William wirkte tatsächlich eingeschüchtert. Er sah aus wie ein Schuljunge, der beim Abschreiben erwischt worden war.

„In Ordnung, Magnolia", sagte er kleinlaut. „Aber könnten wir dann bald damit anfangen? Bitte."

Magnolia schnaubte nochmals wütend durch die Nase. Dann schien sie sich zu beruhigen. „Jetzt mache ich erst einmal einen Tee für uns, damit ihr klare Köpfe bekommt. Da kriege ich ja sonst doch nichts hinein." Mit diesen Worten verschwand sie durch die Tür im hinteren Bereich ihres Ladens und ließ die beiden wie begossene Pudel stehen.

„Eigentlich hat sie ja Recht, oder?", meinte Eddie zaghaft.

„Natürlich hat sie Recht und ich liebe sie dafür. Ich bin sehr froh, dass meine Nichte ein so umsichtiger Mensch ist."

Beim Tee in Magnolias Wohnzimmer mussten Eddie und der Pater feststellen, dass ihr Vorhaben tatsächlich mit einigen Risiken verbunden war, die sie nicht bedacht hatten.

„Warum sagtest du, wir sollten nicht zwei Wegverkürzer benutzen?", fragte Pater William, während er auf einem Keks herumkaute. „Ich meine, die Dinger sehen aus wie gewöhnliche Straßenroller. Wenn ich mir vorstelle, dass Eddie und ich zu zweit darauf stehen sollen…" Er schüttelte ungläubig den Kopf.

„Es geht nicht darum, dass ihr es möglichst gemütlich habt, sondern um eure Sicherheit", meinte Magnolia bestimmt. „Die Wegverkürzer sind nicht besonders zuverlässig. Noch nicht. Es kann sogar sein, dass ihr ein gutes Stück von dem Ort entfernt ankommt, zu dem ihr wollt."

„Wie hoch ist denn die Ungenauigkeit?", erkundigte sich der Pater.

„Wenn man Phenylius Tickstopp glauben darf, liegt sie bei bis zu zwei Prozent."

Eddie war erstaunt. „Der Wegverkürzer ist auch von Phenylius?"

„Ja, andernfalls hätte ich ihn auch nicht in mein Sortiment genommen."

„Dann brauchen wir uns doch keine Sorgen zu machen."

Magnolia hielt die Bedienungsanleitung hoch und winkte damit auf eine Art herum, die ein wenig wie eine Drohung wirkte. „Eben schon, denn Phenylius weist ausdrücklich auf die Unsicherheiten hin. Das steht übrigens alles in der ausführlichen Anleitung. Aber weil ich weiß, dass Männer lieber zuerst ausprobieren und dann lesen, gehe ich es selbst mit euch durch."

„Was bedeuten die zwei Prozent Ungenauigkeit für uns?", wollte Eddie wissen.

Der Pater kratzte sich verlegen hinter dem Ohr. „Ganz einfach, mein Junge. Es bedeutet, wenn wir mit dem Wegverkürzer eine Stecke von hundert Kilometern zurücklegen, beträgt die Ungenauigkeit bis zu zwei Kilometer. Es kann also sein, dass man noch ein wenig laufen muss."

„Das ist doch nicht so schlimm, oder?", meinte Eddie optimistisch.

„Nicht bei hundert Kilometern“, stimmte der Pater zu. „Aber von hier nach Tibet sind es über zehntausend Kilometer.“

„Und das bedeutet eine Ungenauigkeit von bis zu zweihundert Kilometern “, ergänzte Magnolia. „Stellt euch vor, jeder von euch würde mit seinem eigenen Roller reisen. Dann könnte es sein, dass ihr am Ziel schlimmstenfalls vierhundert Kilometer voneinander entfernt herauskämet und keiner wüsste, wo sich der andere befände.“

„Das wäre tatsächlich ziemlich blöd“, gab Eddie zu.

„Kann man wohl sagen“, bekräftigte Magnolia. „Also ist die gemeinsame Reise mit einem einzigen Wegverkürzer unumgänglich. Dazu kommt noch das Risiko von Reiseschäden am Gerät.“

„Was soll denn das bedeuten?“, stöhnte der Pater.

Magnolia nahm einen Schluck Tee, ehe sie antwortete. „Phenylius hat den Wegverkürzer in vielen Selbstversuchen ausprobiert und festgestellt, dass er unter bestimmten Umständen während der Reise beschädigt werden kann. Die Hinreise gelingt praktisch immer, aber es kommt vor, dass das Gerät dabei irreparabel beschädigt wird. Einmal musste er von Neuseeland aus mit einem Frachtschiff zurück hierher fahren, weil sein Roller den Geist aufgegeben hatte.“

„Warum ist er nicht nach Hause geflogen?“, wunderte sich Eddie.

Magnolia sah Pater William wissend an, und der nickte lächelnd zurück. „Du kennst Phenylius Tickstopp nicht“, sagte sie. „Er würde nie mit einem Flugzeug fliegen, das er nicht selbst gebaut hat. Außerdem ist der Liebe etwas zerstreut, besonders in Dingen, die außerhalb seiner Erfinderwelt liegen. Er hatte damals weder Geld noch Kreditkarte dabei. Also verdingte er sich auf dem Frachtschiff als Techniker und baute während der Überfahrt, zusammen mit der Mannschaft, die Maschinen des Schiffs so um, dass sie drei Tage früher hier ankamen als es geplant war.“

„Können wir nicht einmal mit Phenylius sprechen?“ Eddie war mittlerweile ganz begierig darauf, das Erfindergenie persönlich kennen zu lernen.

„Normalerweise kein Problem“, sagte der Pater. „Ich denke sogar, er würde sich freuen, aber zur Zeit befindet er sich irgendwo in …“ Er sah Magnolia Hilfe suchend an.

„In einer anderen Dimension“, ergänzte sie. „Und das schon seit drei Wochen. Er testet seine neueste Erfindung, einen Realitätsverschieber.“

„Ohje, und wenn er nicht zurückfindet?“, meinte Eddie.

„Die Gefahr ist sehr gering“, sagte Magnolia zuversichtlich. „Phenylius erfindet seit seiner Kindheit die unmöglichsten Dinge. Noch niemals ist ihm dabei ernsthaft etwas zugestoßen. Er ist auf diese Weise immerhin vierundsechzig Jahre alt geworden und ich denke, dass er auch in Zukunft noch eine ganze Menge vorhat. Wenn ihr wüsstet, welche verrückten Ideen er mir beim Tee oft erzählt.“

Pater William strahlte zuversichtlich. Liebe Magnolia, ich danke dir ehrlich und herzlich für deine wertvollen Hinweise. Es ist sehr gut, das alles zu wissen.

„Ich auch, wirklich“, ergänzte Eddie.

Magnolia lächelte verlegen. „Schon gut“, sagte sie. „Lasst uns jetzt eure Reiseausrüstung zusammenstellen.“

Seemannsgarn

Alle Piers entlang des Hafenufers der Stadt waren mit Nummern gekennzeichnet. Alle bis auf einen. Südlich der Bay Bridge, die San Francisco mit Berkeley verband, gab es eine Anlegestelle, über der ein riesiges gelbes ‚M‘ prangte. Kaum jemand wusste, dass es für ‚Myser Holding‘ stand. Hier hatten vier Schiffe ihren Heimatliegeplatz. Zwei von ihnen waren gerade unterwegs, um für die Myser Holding besondere Waren nach Japan zu transportieren, wo sie von einer Firma des Ratsmitgliedes Dr. Masura Kyoikusha weiter gehandelt wurden.

Bei einem der beiden festgemachten Schiffe handelte es sich um eine riesige Yacht mit seltsamen, zum Teil durch graue Planen geschützte Decksaufbauten. Am Bug prangte in meterhohen Buchstaben der Name ‚*Wings of Time*‘. Die unzähligen Antennen auf dem Dach der Kommandobrücke wirkten wie ein metallener Wald ohne Blätter. Auf der Heckplattform war ein schwarzer Hubschrauber mit Leinen verzurrt. Er sah aus wie ein gefährliches Insekt, dass von einem Spinnennetz am Boden gehalten wurde.

Zur selben Zeit, als sich Eddie und der Pater bei Magnolia Twingel auf ihre Reise nach Tibet vorbereiteten, herrschte auf der *Wings of Time* Hochbetrieb. Die achtzehnköpfige Besatzung bereitete das Schiff für das Auslaufen vor. In Kürze würden fünf von Andark Myser persönlich angekündigte Männer einen Ausflug in die freien Gewässer außerhalb des amerikanischen Hoheitsgebietes machen. Dort würde man jene Apparaturen in Gang setzen, die es dem kleinen Team ermöglichten, seinen Zielpersonen zwei Wochen zurück in die Vergangenheit zu folgen. Der Mann, der von der Reise des Jungen und des Paters erfahren hatte, befand sich ebenfalls an Bord: Darren Thorn. Die anderen Männer waren ihm unter ebenso falschen Namen vorgestellt worden. Thorn hatte sie augenblicklich als Geheimdienstmitarbeiter erkannt.

Prototypen

„Ich kann mir nicht vorstellen, dass das funktioniert. Ich bin einfach zu kräftig für dieses Ding." Der beleibte Pater stand ziemlich unglücklich mit einem Fuß auf dem Wegverkürzer. Es sah tatsächlich aus, als würde der Roller jeden Moment auseinander brechen. Sie hatten das Wohnzimmer von Ophelia Twingel, Magnolias Schwester, als Abreiseort gewählt, denn hier kamen mehrere glückliche Umstände zusammen. Ophelias Haus lag nur wenige Blocks von der Famosa Dream Lane entfernt. Das Wohnzimmer war groß genug und konnte von außen nicht eingesehen werden. Zudem war tagsüber niemand zu Hause.

„Du könntest ja künftig etwas mehr Gemüse und weniger Pasta und Kuchen essen, mein liebster William", flötete Magnolia. Sie hielt den Lenker des Rollers, an dem sich die Wegverkürzervorrichtung befand. Aus den beiden Steckdosen des kleinen Kästchens ragten dünne Kabel. Sie führten zu den weißen Stirnbändern, die der Pater und Eddie angelegt hatten. Eddie stand noch neben dem Roller. Er überlegte, wie er hinter dem Pater Fuß fassen sollte.

Magnolia zitierte aus der Bedienungsanleitung. *„Die Anwendung des intelligenten Wegverkürzers ist ebenso anwenderfreundlich wie alle Produkte aus dem Hause Tickstopp.*"

„Jetzt geht das schon wieder los", murmelte der Pater.

„Wie bitte?", fragte Magnolia.

„Oh, nichts, meine Liebe, du machst das prächtig. Lies bitte weiter."

Magnolia vertiefte sich wieder in die Anleitung. *„Um so schnell, wie Sie es noch nie zuvor erlebt haben, an einen von Ihnen gewünschten Ort zu gelangen, müssen Sie nur drei einfache Bedienungsschritte durchführen. Erstens: Sprechen Sie den Namen des Zielortes langsam, laut und deutlich in die Mikrofonöffnung auf der Oberseite des ergonomisch gestalteten Schaltkastens, während Sie den roten Knopf gedrückt halten. Sollte bei dem Ortsnamen Verwechslungsgefahr bestehen, nennen Sie dazu das Land und/oder den Bundesstaat. Der Wegverkürzer hat das Ziel erkannt, wenn der rote Knopf erlischt und der grüne Knopf aufleuchtet. Sollte das nicht beim ersten Mal gelingen, liegt es an Ihrer undeutlichen Aussprache und keinesfalls an dem vielfach getesteten Gerät."*

„Natürlich nicht", meinte der Pater. „Sag mal Eddie, möchtest du das nicht erledigen?"

„Gerne." Eddie hielt seinen Mund dicht vor das Kästchen. „Shambhala", sagte er langsam. „Shambhala, Tibet."

Die Lampe leuchtete weiterhin rot.

„Shambhala, Tibet", wiederholte Eddie.

Keine Veränderung. Nachdem auch Magnolia und der Pater ihr Glück versucht hatten, standen sie etwas ratlos herum.

Magnolia blätterte in der Anleitung. „Hier, ich habe eine Fußnote gefunden: *Der Wegverkürzer orientiert sich an den Längen- und Breitengraden der Erde und reagiert nur auf Orte, die kartografisch erfasst sind."*

„Da haben wir es", meinte Pater William. „Wäre ja auch zu einfach gewesen."

„Dann sollten wir wohl nach Lhasa fahren, oder?", schlug Eddie vor, der sich bereits ein wenig über Tibet informiert hatte.

„Ja, ich denke die Hauptstadt von Tibet wäre der beste Ausgangspunkt für unsere kleine Expedition", stimmte Pater William zu.

Eddie näherte seinen Mund wieder dem Mikrofon und drückte den roten Knopf. „Lhasa, Tibet."

Das rote Licht erlosch und das grüne leuchtete auf.

„Hut ab, Tickstopp", meinte Pater William. Wenn er etwas konstruiert, hat es wirklich Hand und Fuß."

Magnolia las weiter. *„Wenn die grüne Lampe leuchtet, hat der geniale Wegverkürzer Ihr Ziel verstanden. Sie dürfen sich zu Ihrer ordentlichen Aussprache gratulieren. Jetzt folgt Schritt zwei. Aber Achtung: Führen Sie ihn erst aus, wenn Sie die Anleitung komplett durchgelesen haben."*

Der Pater trat ungeduldig von einem Bein auf das andere.

„Um das fantastische Gerät zu aktivieren, benötigen Sie jetzt eine freie Strecke von mindestens fünf Metern. Diese Strecke müssen Sie mit angelegtem und verkabeltem Stirnband auf dem Roller zurücklegen, ohne mit den Füßen den Boden zu berühren."

„Das ist leicht", sagte Eddie."

„Aber nicht für mich", beschwerte sich der Pater.

„Vielleicht ist es besser, wenn ich vorne fahre und wir den Lenker gemeinsam halten", schlug Eddie vor.

Der Pater machte eine säuerliche Miene. „Versuchen können wir es ja."

Magnolia las weiter. *„Nachdem das Gefährt exakt zweihundert Zentimeter zurückgelegt hat, werden Sie das Gefühl bekommen, durch eine Wolke aus grellem Licht zu fahren. Zögern Sie nicht, sondern stürzen Sie sich beherzt hinein. Es dauert nur einen Augenblick und tut keinesfalls weh (außer Sie stürzen bei der Ankunft, wofür das Gerät natürlich nichts kann)."*

„Tröstlich. Wirklich sehr beruhigend", grummelte Pater William.

„Sie befinden sich jetzt an Ihrem Zielort oder in seiner Umgebung (siehe Toleranztabelle). Nun folgt der letzte Schritt: Überprüfen Sie unbedingt Ihren Tickstopp-Wegverkürzer auf Schäden. Besprechen Sie ihn mit Ihrem Heimatort und prüfen Sie, ob die grüne Lampe leuchtet. Wenn ja, ist das Gerät in Ordnung. Wenn nicht, benutzen Sie es auf keinen Fall mehr für eine weitere Wegverkürzung. Sie haben dann das Gerät beschädigt und müssen sich anderweitig um eine Rückkehr bemühen. Anmerkung: Das Haus Tickstopp kann für Ihr ungeschicktes Verhalten natürlich keine Gewährleistung übernehmen. Wir wünschen Ihnen eine schnelle Reise."

„Wie nett", meinte der Pater trocken.

„Auf der letzten Seite steht noch etwas Wichtiges", sagte Magnolia. *„Die Tickstopp-Geräte ‚Zeitvertreiber' und ‚Wegverkürzer' wurden nicht für den gemeinsamen Einsatz miteinander oder mit anderen Tickstopperfindungen getestet. Von dieser Art der Benutzung wird deshalb abgeraten, bis neue Erkenntnisse vorliegen."*

„Aber was versteht Phenylius unter ‚gemeinsamer Einsatz'? Wir wenden den Zeitvertreiber erst an, wenn wir in Tibet sind. Ist das ‚gemeinsam'?", überlegte Pater William.

„Ich denke, das ist nacheinander“, sagte Eddie.

„Ihr macht es euch so, wie ihr es braucht, oder?“ Magnolias Ton war streng, aber sie schien nicht wirklich verärgert zu sein. „Na ja, in diesem Fall bin ich ausnahmsweise eurer Meinung“, fügte sie etwas milder hinzu.

Eddie blickte besorgt auf seinen Rucksack und auf den Koffer des Paters. „Was machen wir nur mit unserem Gepäck, jetzt, wo wir nur einen Roller benutzen können?“

„Alles anziehen, was geht, und den Rest hier lassen, würde ich sagen“, schlug der Pater vor.

„Ist es sehr kalt in Tibet?“, wollte Eddie wissen.

„Ich weiß es nicht genau. Im Reiseführer steht zwar, dass dort jetzt Sommer herrscht, es aber nachts ziemlich kühl wird.“

„Mist, dafür habe ich nichts mitgenommen.“

Pater William drängte. „Wir kaufen uns alles, was wir brauchen, in Lhasa. Und jetzt los, denn ich habe das Gefühl, wir sollten jeden Vorsprung nutzen.“

„Vorsprung?“, rief Magnolia. „Vor wem? Herr William, hast du mir vielleicht etwas Wichtiges verschwiegen?“

„Nichts, was dich beunruhigen müsste, liebe Magnolia. Zu deiner Beruhigung: Eddie und ich haben vereinbart, dass, sollten wir uns irgendwie verlieren, unser Treffpunkt das Hotel ‚Yak und Yeti‘ in Kathmandu sein wird. Wer dort zuerst ankommt, wartet auf den anderen.“

„Sehr beruhigend“, meinte Magnolia mit ironischem Tonfall. „Ich glaube, ich will es gar nicht genauer wissen. Aber denkt daran, dass ihr mich immer anrufen könnt, wenn es Probleme gibt.“

„Das werden wir schön bleiben lassen, sonst bringen wir die Zeit durcheinander“, sagte Pater William. „Wir reisen zwei Wochen in der Zeit zurück. Zu diesem Moment wusstest du noch gar nichts von unseren Plänen. Würdest du davon erfahren, so würdest du es meinem Ich in der Vergangenheit bestimmt erzählen, was wiederum… ach, lassen wir das, sonst wird es zu kompliziert.“

Er öffnete seinen Koffer, suchte einige Kleidungsstücke zusammen, die er übereinander anzog und stopfte anschließend seine Taschen mit verschiedenen Utensilien voll. Eddie tat es ihm gleich und setzte zum Schluss seinen roten Rucksack auf. So gerüstet versuchten sie zu zweit, auf dem Roller zu balancieren. Zunächst stand Eddie vorne und der Pater hinter ihm, aber der schwere Mann musste sich so weit vornüber beugen, um den Lenker zu erreichen, dass Eddie keinen Platz mehr hatte. Anders herum gelang es ihnen nach einigen Versuchen tatsächlich, gleichzeitig die Füße auf das Trittbrett zu bekommen. Sie schoben den Wegverkürzer in die äußerste Ecke des Wohnzimmers und Magnolia räumte die Sessel und einen kleinen Läufer beiseite. Alles in allem standen ihnen jetzt, bis zum Flur hinaus, etwa sechs Meter freier Weg zur Verfügung. Zum Glück hatte sich Eddies Befürchtung als unbegründet erwiesen und der Roller hielt ihrem Gewicht stand.

„Fertig zum Abflug?“, fragte Pater William.

„Abflug? Hoffentlich nicht“, entgegnete Eddie, der sich an den Seiten seines Vordermanns festhielt. „Okay. Ich bin so weit.“

Magnolia, die mit etwas Abstand neben ihnen stand, biss sich auf die Unterlippe. Dann beugte sie sich, einem spontanen Impuls folgend, nach vorne. Sie gab erst dem Pater und dann Eddie einen Kuss auf die Wange. „Gute Reise und viel Erfolg bei allem, was auch immer ihr vorhabt.“

„Danke“, riefen beide im Chor und stießen sich mit den Füßen ab. Der kleine Roller schlingerte hin und her, was vor allem an der Unerfahrenheit des Paters beim Steuern lag. In der Mitte des Wohnzimmers hatten sie ihr gemeinsames Gleichgewicht noch immer nicht gefunden. Eddie beschloss, beide Füße vom Boden fern zu halten und dem Pater das Anschieben zu überlassen. Die Rechnung schien aufzugehen, denn der vor Aufregung laut schnaufende Geistliche wagte es schließlich, sein rechtes Bein anzuheben und das Gefährt rollen zu lassen. Schlagartig hatte Eddie das Gefühl, eingefroren zu sein. Er konnte, ebenso wie sein Reisegefährte, keinen Finger mehr rühren, und auch der Roller schien jetzt still zu stehen. Nach einem schwer zu schätzenden Zeitraum verzerrte sich das Wohnzimmer zu einer Art Tunnel, der sich blitzschnell in eine grellweiße Lichtröhre verwandelte. Ein gigantischer Unterdruck saugte sie nach vorne. Gleichzeitig formte sich der Tunnel zu einer Umgebung aus blauem Himmel, Bergen, grünen Wiesenflecken und grauen Steinen. Der Roller blockierte vor einem Hindernis, der Pater verlor die ohnehin fragwürdige Kontrolle über das Gefährt und beide stürzten in hohem Bogen über den Lenker.

Folgenschwere Fehler

Nachdem Eddie dem Pater auf die Beine geholfen hatte, stellten sie erleichtert fest, dass sich keiner ernsthafte Verletzungen zugezogen hatte. Sie waren auf einem steinigen Hügel am Rand eines weiten Tals angekommen. Weiße Schäfchenwolken spiegelten sich in der glatten Oberfläche eines entfernten, türkisblauen Sees. Einige Meter neben ihnen standen die grasüberwucherten Mauerreste ehemaliger Steinhütten.

Der Pater rieb sich den linken Oberarm an der Stelle, an der sein schwarzer Mantel eine Abschürfung durch den Sturz aufwies. „Gut angekommen, Eddie?"

„Alles in Ordnung, Pater. Und wie geht es Ihnen?"

„Ich bin schon sanfter gefallen, wenn du das meinst." Er wischte sich mit einem Tuch die kahle Stirn. „Aber auch schon schlimmer", fügte er mit einem lausbübischen Grinsen hinzu.

Eddie hob den Wegverkürzer auf und sah sich das Kästchen am Lenker an, das beim Zusammenstoß mit einem kleinen Felsblock ziemlich gelitten hatte. Quer über den Deckel verlief ein langer Riss und aus einem größeren Loch hing die grüne Lampe an zwei dünnen Drähten heraus.

„Ich glaube, ich bin direkt darauf gefallen", meinte Pater William.

„Vielleicht funktioniert er trotzdem noch". Eddie fummelte hoffnungsvoll die Lampe zurück in ihre Öffnung. Dann drückte er den roten Knopf und sprach langsam und deutlich in das Mikrofon.

„San Francisco, Kalifornien."

Die Lampe blieb dunkel. Eddie und der Pater versuchten es noch einige Male, wobei sie Aussprache und Lautstärke immer wieder änderten, aber nichts geschah.

„Da haben wir's", meinte Eddie ratlos.

„Auf die eine oder andere Weise sind Phenylius Tickstopps Bedienungsanleitungen eben immer zuverlässig."

„Was tun wir jetzt, Pater William?"

„Wir machen das Ding gänzlich unbrauchbar, damit niemand Unsinn damit anstellen kann. Dann wenden wir wie geplant den Zeitvertreiber an."

Eddie fiel auch keine bessere Lösung ein. Er suchte einen großen Stein und hämmerte damit auf den Kasten des Wegverkürzers ein. Nach einigen heftigen Schlägen platzte das Gehäuse auseinander und ein Haufen Drähte, Kupferspulen, Platinen und ähnliche Bauteile wurden sichtbar. Der Pater riss ein Bündel Drähte heraus, warf sie auf den Boden und trat darauf herum, als wollte er eine Zigarette zum Erlöschen bringen. „So, ich denke, damit kann niemand mehr etwas anfangen", sagte er anschließend. „Jetzt ist der Wegverkürzer nur noch ein einfacher Kinderroller."

„Mit dem ein Kind in dieser Umgebung allerdings nicht viel anfangen könnte", ergänzte Eddie, während er sich umsah. In der weiten Talsenke unter ihnen schlängelte sich das türkisblaue Wasser eines breiten Flusses durch die karge Landschaft. Der Strom mündete einige Kilometer entfernt in den See. Der Talboden war vom See bis zu den steil emporragenden Bergketten am Horizont mit unzähligen Inseln frisch leuchtenden Grases bewachsen. An manchen Stellen spiegelten Wasserpfützen den weißblauen Himmel, woanders ragten einzelne Felsbrocken aus dem Boden. Die Luft war außergewöhnlich frisch und belebend. Eddie erinnerte sich an die klare Nacht auf dem kleinen Berg, bei den Hopis. Trotz der völlig verschiedenartigen Landschaften spürte er, dass etwas Unerklärliches diese Orte miteinander verband.

Während er noch sinnierte, um was es sich dabei handeln könnte, hatte der Pater bereits den Zeitvertreiber hervorgeholt. Er hielt ihn Eddie entgegen. „Hier, in technischen Dingen bist du der Experte von uns beiden."

Eddie sah ihn fragend an. „Zwei Wochen?"

Pater William zuckte mit den Schultern. „Dieses Mal habe ich wirklich keine Ahnung. Ich denke aber, eine Woche wäre auf jeden Fall zu wenig."

„Gut, dann zwei", beschloss Eddie und hantierte an dem Stellrad der Taschenuhr. Nachdem er Zeit und Datum mit seiner Armbanduhr abgestimmt hatte, hielt er den Daumen über den silbernen, rechteckigen Auslöseknopf.

„Fertig?"

„Los geht's", rief der Pater.

Eddie drückte zwei Mal kräftig auf den Knopf. Im selben Moment, als er das zweite Klicken spürte, schoss ihm der Satz von Tickstopps Bedienungsanleitung durch den Kopf.

Achten Sie nun darauf, dass Sie Kontakt zu allen Gegenständen haben, die von dem unvergleichlichen Gerät zeitgebremst werden sollen.

Er sah noch, wie der Pater die Hand nach ihm ausstreckte und sein Mund sich zu einem Schrei öffnete.

„Eddie, neiiiiiiiii…"

Der Schreckensausruf des Paters verzerrte sich im eintretenden Dunkel und verstummte schließlich, als hätte jemand einen Stecker herausgezogen. Eddie blinzelte und sah sich um.

Er war alleine.

Wings of Time

Zur selben Zeit, als Eddie in Ophelia Twingels Wohnung den Zielort in das Mikrofon des Zeitvertreibers sprach, legte der Kapitän der etwa zweihundert Kilometer vor der kalifornischen Küste treibenden *Wings of Time* einen leuchtorangen Schalter um. Die inzwischen von ihren Schutzplanen befreiten Antennen und schüsselartigen Gebilde begannen sich auf unterschiedliche Weise zu bewegen. Manche wirbelten wie eine rotierende Münze um ihre eigene Achse, andere drehten sich wie ein Riesenrad um ihr Zentrum. Wieder andere schwankten hin und her oder sahen aus wie langsam drehende Hubschrauberrotoren. Ein rhythmisch pulsierendes Summen erfüllte die Luft. Entlang der Reling waren in regelmäßigen Abständen hohe Stabantennen befestigt. Durch die Schiffsbewegungen schaukelten sie im Rhythmus der Dünung hin und her wie lebende Taktstöcke, die ein Wellenorchester dirigierten. Mit den Bewegungen der Antennen begann eine merkwürdige Veränderung an der *Wings of Time*. Zunächst schienen verschiedene Teile des Rumpfes unscharf zu werden oder zu flackern wie ein schlecht eingestelltes Fernsehbild. Manche Bereiche erschienen kurzzeitig wieder scharf, um dann wieder in einer Art Nebel zu versinken. Mit der zunehmenden Unschärfe wurden Teile des Schiffes transparent, so dass durch sie hindurch das Meer oder der Horizont zu sehen waren. Wäre zu diesem Zeitpunkt ein anderes Schiff in Sichtweite gewesen, so hätte dessen Besatzung spätestens jetzt begonnen, an ihrem Verstand zu zweifeln.

Das Summen, das jetzt ähnlich wie das einer Hochspannungsleitung klang, schwoll derart an, dass es das Rauschen der Wellen übertönte. Die Antennen rotierten so schnell, dass sie nur noch schemenhaft zu erkennen waren. Die ersten kleinen Wellen rollten durch den Schiffsrumpf hindurch, anstatt von ihm abzuprallen. Das Summen wurde noch lauter, und bereits die nächste größere Welle war nicht mehr in der Lage, das Schiff in die Höhe zu heben, sondern wogte einfach hindurch.

Die *Wings of Time* löste sich auf. Sie verlor jetzt sehr schnell an Substanz und war nur wenige Augenblicke später völlig verschwunden. Außer ein paar unregelmäßigen Wellen, die durch das Auffüllen des freigewordenen Raums im Wasser entstanden waren, blieb von dem seltsamen Schiff und seiner Besatzung keine Spur zurück.

Das Tal der Sehnsucht

Die Landschaft um Eddie herum sah aus wie noch vor einigen Sekunden, aber der Pater und die Reste des unbrauchbaren Wegverkürzers waren verschwunden. Eddie stand da wie vom Blitz getroffen. Wie hatte ihm nur ein solcher Fehler unterlaufen können? Panikartig schaltete ein Gedanke alles logische Nachdenken aus: Er würde vielleicht hier sterben. Verhungern oder erfrieren.

Verhungern oder Erfrieren.

Die Worte schwirrten in seinem Kopf herum wie ein Schwarm wild gewordener Bienen.

Verhungern oder Erfrieren.

Er sog zitternd die frische Luft durch die Nase ein, was zur Folge hatte, dass sein Kopf etwas klarer wurde. Langsam konnte er wieder zusammenhängend denken.

Sein erster Einfall war, einfach nichts zu tun. Wenn er genau an dieser Stelle wartete, würden in zwei Wochen der Pater und Eddie selbst hier auftauchen. Er könnte bis nach dem Missgeschick mit dem Zeitvertreiber warten und dann hinter einem Mauervorsprung hervorkommen, um mit dem Pater zusammen den Rückweg anzutreten.

Zwei Wochen! Wie lange konnte man ohne Essen überleben? Vielleicht so lange. Immerhin gab es unten am See genügend Wasser. Aber wie lange konnte man ohne wärmende Kleidung und Schlafsack überleben, ohne zu erfrieren? Die Lage hätte kaum trostloser sein können. Eddie stand völlig orientierungslos in der scheinbar unendlichen Weite eines der abgelegensten Orte der Welt. Für einen Moment dachte er daran, den Zeitvertreiber dazu zu nutzen, um die Reise rückgängig zu machen, verwarf den Gedanken aber gleich wieder, als er sich an den Text in der Anleitung erinnerte:

Die geniale Technik des Tickstopp-Zeitvertreibers ist aus Sicherheitsgründen so konstruiert, dass Reisen in die Zukunft nicht möglich sind. Denn wüsste der Reisende, was ihn in der Zukunft erwartet, würde er sich in der Gegenwart vielleicht anders entscheiden und somit die Reise in die Zukunft nie antreten, womit er auch nicht wissen könnte, was ihn dort erwartet, etc. ... Um derartige Paradoxons zu vermeiden, ist und bleibt die Zukunft gesperrt.

Die nächste Stadt mochte dicht hinter dem Bergvorsprung liegen, hinter dem auch der breite Fluss verschwand. Sie konnte jedoch ebenso gut hundert Kilometer entfernt sein.

Achte auf Türkis, es wird dich leiten.

Ob dieser Hinweis auch hier eine Bedeutung hatte? Der Fluss, der in den See mündete, leuchtete wie eine Mischung aus Amen Gilsteins Augen und Crystals Aura. Er könnte einfach dem Verlauf folgen. Aber in welcher Richtung? Flussabwärts führte der Weg in ein flacheres Gebiet, zu dem See, in den der Strom mündete. Aber bis zum Horizont waren keine Anzeichen menschlichen Lebens zu erkennen. Wohin ihn der Weg flussaufwärts leiten würde, war nicht festzustellen, weil er hinter einem Berg verschwand. Eddies Verstand sagte ihm deutlich, dass das Gebiet flussabwärts für eine Besiedelung besser geeignet war und er deshalb eher auf Menschen treffen würde. Sein Gefühl zog ihn jedoch in die entgegengesetzte Richtung. Zur Quelle des Flusses? In diese Richtung zu gehen erschien eindeutig riskanter, denn in den Bergen war es unwahrscheinlicher, Menschen zu begegnen. Dazu kam, dass er außer ein paar Süßigkeiten und Äpfeln keinen Proviant dabei hatte. Aber immerhin würde er nicht verdursten, wenn er sich am Fluss hielt.

Vertraue deinem Gefühl. Immer.

Eddie raffte allen Mut zusammen. Wenn er sich den Weg merkte, konnte er immer noch umkehren und den Rest der Zeit auf die Ankunft des Paters warten. Er zog den Reißverschluss seiner Jacke nach oben, zurrte die Rucksackriemen straff und marschierte Richtung flussaufwärts. Bald hatte er die Mauerstümpfe der Hirtenhäuser hinter sich zurückgelassen und folgte einem Trampelpfad, quer durch die Wiesen zum steinigen Ufer des Flusses. Auch jetzt, zwei Wochen vor dem Zeitpunkt seiner Ankunft an diesem Ort, war die Luft unglaublich frisch und klar. Die Berge standen so gestochen scharf vor ihm, dass Eddie fast glaubte, sie berühren zu können. Er genoss die wärmenden Strahlen der Mittagssonne auf seinem Rücken.

Nach einer Stunde entschloss er sich zu einer kurzen Rast am Flussufer. Er setzte sich neben einen großen Felsbrocken auf den Boden, öffnete seinen Rucksack und machte eine Bestandsaufnahme aller Dinge, die er dabei hatte: das Schweizer Messer mit den siebzehn Werkzeugen, ein Gasfeuerzeug, das Kartenspiel, eingewickelt in das alte Tuch, der Kristallanhänger, fünf Schokoriegel, eine Tüte Geleebonbons, eine Tüte Vitaminbonbons, vier Äpfel, das Schulheft-Tagebuch, zwei Kugelschreiber, eine kleine Taschenlampe, eine zehn Meter lange Nylonschnur, zwei Angelhaken mit Angelschnur, fünf Sicherheitsnadeln, eine Kunststofftasse, eine Zahnbürste, Zahnpasta, ein Plastikkamm, eine Plastikschachtel mit Seife, ein kleines Handtuch, einige Pflaster, eine Trillerpfeife, ein Päckchen Taschentücher, Gabel und Löffel, eine Liste mit den Adressen seiner besten Freunde, zwei ungelesene Comicbücher, der kleine Schlüssel, den er von Amen Gilstein erhalten hatte, etwas Unterwäsche und einige Strümpfe. Insgesamt ziemlich wenig, für jemanden, der gerade mit voller Kraft ins Unbekannte marschierte.

Trotz allem verspürte Eddie seltsamerweise nicht das Unbehagen, das wahrscheinlich angebracht gewesen wäre. Er fühlte sich so klar im Kopf wie schon lange nicht mehr. Mit nie erlebter Deutlichkeit übersah er seine Lage. Er befand sich alleine, fast ohne Nahrung in einem der menschenleersten und unzugänglichsten Gebiete der Welt. Weder wusste er, wo er genau war, noch, wo er hinwollte. Die wärmenden Sonnenstrahlen konnten nicht darüber hinwegtäuschen, dass es nachts bitter kalt werden würde. In seinem Gepäck gab es weder einen Schlafsack noch etwas Nennenswertes zu essen. Die wenige Kleidung würde ihn in einer eisigen Nacht kaum warm halten. Auch verfügte er weder über eine Landkarte noch über einen Kompass. Insgesamt gesehen eine ziemlich trostlose Lage. Wie zum Hohn hüpfte sein Herz vor Freude, als er daran dachte, wie viele Menschen wohl ein Abenteuer wie dieses jemals erleben, so viel Neues und Außergewöhnliches lernen und dabei noch ein derartiges Geheimnis wie das Buch der Träume erforschen durften. Eddie fühlte ein urkräftiges Vertrauen zu seinem Leben. Er hätte niemandem erklären können wieso, aber er wusste, dass alles seine Richtigkeit hatte.

Ein frischer Wind kam auf. Eddie machte sich wieder auf den Weg. Bei jedem Schritt spürte er seine eigene Präsenz so deutlich, dass er sich unmöglich in einem Traum befinden konnte. Alles um ihn herum war auf eine wunderbar eindeutige Weise real. Er kickte einen Stein in den Fluss und verspürte plötzlich den Drang flache Kiesel auf dem Wasser hüpfen zu lassen. Die Oberfläche war ziemlich bewegt, so dass die Steinchen höchstens drei Sprünge schafften. Trotzdem machte es Spaß.

Nach fünf oder sechs Würfen hielt er inne und lauschte. War da nicht ein hämmerndes Geräusch zwischen dem gleichmäßigen Rauschen des Flusses? Er runzelte die Stirne und konzentrierte sich auf seine Wahrnehmung. Da war es wieder, gerade laut genug, um nicht zwischen dem Brausen des Wassers als Einbildung unterzugehen.

Der Instinkt des Büffels erwachte wieder in ihm. Sein Gehör wurde schärfer. Eddie drehte den Kopf langsam nach links und rechts, um das Geräusch besser orten zu können.

Nichts.

Das Hämmern war verschwunden. Der Büffel in Eddie warnte. Er riet dazu, Deckung zu suchen und nur sehr vorsichtig weiterzugehen. Eddie hielt sich von nun an in der Nähe der schützenden Felswände auf, die das Flussbett einrahmten.

Nach einigen Stunden mühsamen Wanderns auf den losen Kieseln des Flussufers spürte Eddie, wie die abgekühlte Luft des Spätnachmittags an seinen Beinen emporkroch. Gerade als er begann, sich Gedanken über ein mögliches Nachtlager zu machen, tauchten in der Ferne steinerne Hirtenhütten auf. Nach einer weiteren halben Stunde hatte er sie erreicht. Etwa zweihundert Meter vom Flussufer entfernt schmiegten sich drei größere Hütten und eine kleine, die aussah wie für Tiere gemacht, an eine Steilwand. Die Dächer bestanden aus sonnengebleichten, spröden Holzbrettern, die schindelartig übereinander gelegt, mit einer lehmartigen Masse abgedichtet und mit Felsbrocken beschwert waren. Es schien nicht oft zu regnen auf dieser Seite des mächtigen Berges, dem er sich näherte. Während Eddie überlegte, in welcher der verlassenen Hütten er sein Lager aufschlagen sollte, hörte er wieder das dumpf hämmernde Geräusch, dieses Mal aber näher und deutlicher. Woher kannte er es nur? Der Büffel in ihm schnaubte. Etwas Bedrohliches kam auf ihn zu. Wie damals, bei der Herde an der Wasserstelle. Etwas schlich sich an.

Wölfe?

Gefahr!

Das Knattern hallte zwischen den Wänden der Schlucht und wurde immer lauter. Kurz darauf war es so deutlich zu hören, dass Eddie die Ursache vor seinem inneren Auge sah, ehe sie wirklich auftauchte: Ein Hubschrauber. Und es war völlig klar, dass er Gefahr herantrug. Eddie sprang mit einigen schnellen Sätzen zu der Hütte, die sich am dichtesten an dem angrenzenden Abhang befand. Als er durch den Eingang schlüpfen wollte, hörte er links von sich eine Stimme.

„Nicht dort hinein."

Eddies Kopf fuhr herum. Das Knattern des Hubschraubers erfüllte die Luft jetzt von allen Seiten mit vibrierenden Schwingungen. Die Stimme gehörte einem Jungen. Er lugte aus einer kleinen Höhle im Fels hervor, die eben noch durch eine Steinplatte verdeckt gewesen war. In dem Dunkel der Öffnung war nur sein Gesicht zu erkennen. Er war etwa in Eddies Alter, aber eindeutig von einheimischer Herkunft. Vielleicht der Sohn einer Hirtenfamilie.

„Dort werden sie als Erstes suchen", sagte der Tibeterjunge. „Komm hier herüber. Schnell!"

Eddie zögerte eine Sekunde, dann rannte er hinüber und hechtete mit einem Satz in die Höhlenöffnung. Der Junge verschloss den Eingang augenblicklich wieder. Eddie holte sich einige Abschürfungen an Knien und Ellenbogen, aber das spielte in diesem Augenblick keine Rolle. Das Einzige, das zählte, war, den Jägern zu entkommen. Die Höhle war klein, bot aber ausreichend Raum für zwei Jungen in ihrer Größe. In dem dünnen, staubigen Licht, das durch die Ritzen der provisorischen Steintür quoll, erkannte Eddie einen alten Plastikeimer und zwei kleine, mit verschiedenen Küchenutensilien gefüllte Holzregale. Alles wies darauf hin, dass der Raum von den Hirten als Vorratskammer genutzt wurde.

Das ohrenbetäubende Knattern brachte die Umgebung inzwischen derart zum Vibrieren, dass Staub und kleine Steinchen aus den Höhlenwänden und der Decke rieselten. Der Hubschrauber musste in unmittelbarer Nähe der Häuser gelandet sein. Die beiden Jungen, die noch vor wenigen Augenblicken nichts voneinander gewusst hatten, kauerten sich jetzt eng aneinander und wagten kaum zu atmen. Die gemeinsame Furcht vor einem übermächtigen, für Eddie unbekannten Gegner schuf in Sekunden ein Gefühl von Gemeinsamkeit. Eddie vernahm durch den Lärm des Fluggerätes hindurch Rufe, verstand jedoch nichts. Harte Schritte knirschten auf dem Kies direkt vor dem Eingang ihrer Zuflucht. Der Tibeterjunge neben ihm versuchte, den Atem anzuhalten. Sein zusammengekauerter Körper zitterte vor Angst und seine Zähne schlugen aufeinander.

Nach endlosen Sekunden entfernten sich die Schritte. Kurz darauf drehte die Turbine des Hubschraubers schneller. Mehr Staub rieselte herab. Das Knattern schwoll noch einmal fast unerträglich an und wurde dann endlich leiser. Die Jäger zogen weiter. Die beiden Jungen saßen wie gelähmt nebeneinander, festgemauert von der plötzlichen Stille. Der tibetische Junge flüsterte etwas, das Eddie nicht verstand.

„Was sagst du?“, fragte er ebenfalls flüsternd. „Ich verstehe deine Sprache nicht.“

„Wenn sie uns gefunden hätten, wären wir jetzt tot“, antwortete der Junge mit einem weichen, fremden Akzent.

„Wer bist du?“, wollte Eddie wissen.

„Ein Junge, der sich versteckt. Wie du.“

„Nein, ich wollte wissen, wie du heißt.“

Der tibetische Junge antwortete jetzt, ohne zu flüstern, mit leiser Stimme. „Ach so. Mein Name ist Gedhun Choekyi Nyima.“

„Das ist ein komplizierter Name. Wie nennen dich deine Eltern?“

Das Gesicht des Jungen verdüsterte sich schlagartig. Eddie musste einen wunden Punkt getroffen haben. „Ach egal,“ fügte er deshalb schnell hinzu. „Wenn du in meiner Schulklasse wärest, würden dich die andern wahrscheinlich Geddy oder Choey nennen. Das ist kürzer und geht leichter über die Lippen.“

Die Miene des Jungen hellte sich wieder auf. „Sie würden mich Choey nennen?“

„Ja, vielleicht.“

„Machen sie das immer so, in der Schule?“

„Was?“

„Na, das mit dem Namen.“

„Meistens. Ist das bei euch nicht so?“

„Ich weiß es nicht. Ich war noch nie mit anderen Kindern in einer Schule.“

Eddie runzelte irritiert die Stirn. „Du gehst nicht in die Schule?“

Der Junge überging die Frage einfach. „Choey gefällt mir gut. Du kannst mich so nennen. Wie ist dein Name?“

„Eddie.“

„Das ist kurz. Hast du das auch von den anderen Kindern?“

„Nein… Ja… Also in Wirklichkeit heiße ich ein wenig anders, aber ich bin für alle, die mich kennen, Eddie. Eddie Kramer.“

Der Junge streckte sich nach vorne, um die Steintür beiseite zu schieben. Licht flutete in den kleinen Unterschlupf. Sie krochen nach draußen.

„Es ist schön, dir zu begegnen, Eddie Kramer“, sagte der Junge und entblößte zwei Reihen blitzweißer Zähne zu einem strahlenden Lächeln. Er legte seine Handflächen gegeneinander und hob sie vor die leicht gesenkte Stirne. Eddie überlegte kurz und erwiderte dann den Gruß auf dieselbe Weise. „Danke für deine Hilfe, Choey. Auch wenn ich nicht weiß, vor wem du mich gerettet hast.“

Die leicht mandelförmigen Augen des Jungen blitzten dunkel und energisch aus dem vor Schmutz starrenden Gesicht hervor. Bis auf die leicht geröteten Wangen hatten die erkennbaren Stellen der Haut einen sanften, goldbraunen Farbton. Die schwarzen Haare waren fürchterlich zerzaust, mit Staub überpudert und standen in alle Richtungen ab. Choey trug eine zerrissene, dunkelblaue Hose und ein ebensolches Hemd. Seine hellgraue, viel zu große Filzjacke mit abgenutzten silbernen Knöpfen und Schulterklappen war eindeutig ein Stück ausgemusterte Militärbekleidung. Die ehemals wohl schwarzen Schuhe entstammten wahrscheinlich der gleichen Quelle wie die Jacke, schienen jedoch recht gut zu passen. Das einzig Farbige an Choey war ein orangefarbenes Halstuch, das er jedoch sorgfältig unter dem Hemdkragen verbarg. Seiner Kleidung nach hätte der Junge ein Bettler oder Landstreicher sein können. Aber seine Augen, die Züge seines Gesichtes und die Haltung des Körpers ließen alle Gedanken an die Lumpen und den Schmutz bedeutungslos werden. Dieser Junge war kein Bettler.

„Du weißt nicht, vor wem du dich versteckt hast?“, wunderte sich Choey.

Eddie druckste herum. „Na ja, nur so ungefähr.“

„Und warum suchen sie dich?“

Eddie sah ihm in die Augen und spürte gleichzeitig, wie sich in seinem Inneren auf der Höhe seines Brustbeins eine Wolke von Leichtigkeit und unerklärlicher Freude bildete. Ein Gefühl, das er auch bei der

Umarmung von Crystal gespürt hatte. „Sie suchen mich, weil ich etwas finden will, das sie den Menschen nicht gönnen. Und du?“

„Mich suchen sie, weil ich jemand bin, den sie von Menschen fernhalten wollen.“

Zwei Jungen aus Kulturen, wie sie unterschiedlicher kaum sein konnten, standen sich zwischen den verlassenen Steinhütten auf dem Dach der Welt gegenüber. Sie starrten sich wortlos an, während die letzten Strahlen der hinter dem Bergrücken entschwindenden Abendsonne die Szene in goldenes Licht tauchten. Kühler Flusswind wehte mit sanftem Rauschen um die Hausecken und puderte Wolken feinen Staubes über die beiden. Als wäre die Zeit angehalten worden, standen sie einfach nur da und nahmen sich wahr. Eddie starrte durch Choey hindurch und versuchte, dessen Aura zu erkennen. Er bemerkte ein ungewöhnlich breites, helles Flimmern um Kopf und Schultern seines Gegenübers. Zum ersten Mal, seit er Auras betrachtete, sah er nur ein breites helles Licht und kaum Andeutungen von Farben. Außer einer: Ein kaum wahrnehmbarer türkiser Schimmer beiderseits des Halses.

Vor ihm stand der siebente Bote!

So unvermittelt, wie er entstanden war, so plötzlich war der Bann zwischen den Jungen auch wieder gebrochen. Schnell entspannten sich ihre Züge wieder. Choey musterte fasziniert Eddies Gesicht. „Du hast kleine Punkte auf deinen Wangen.“

Eddie rieb sich verlegen seine Nase. „Das sind Sommersprossen.“

„Haben alle Menschen mit heller Haut so etwas?“

„Nein.“

„Warum hast du sie?“

Eddie zuckte mit den Schultern. „Die waren irgendwann da. Meine Mom sagt, sie kommen von der Sonne.“

Choey nickte lächelnd, ohne Eddie aus den Augen zu lassen. „Lustig“, stellte er fest.

Eddie erinnerte sich an Crystal, die auch von seinen Sommersprossen angetan war. „Das finden andere auch. Ich selbst merke es gar nicht“, sagte er.

Choey ließ seinen Blick nicht von ihm ab. Er neigte seinen Kopf ein wenig zur Seite. Es wirkte, als bestaunte er fasziniert ein Kunstwerk. „Deine Augen haben fast die Farbe des Flusses.“

Normalerweise wäre Eddie eine derart eingehende Betrachtung seines Gesichts unangenehm gewesen, aber er spürte, dass Choey einfach nur neugierig war. Weil ihm diese Eigenschaft vertraut war, versuchte er, dem tibetischen Jungen nach bestem Wissen Auskunft zu geben. „Bei uns haben die Menschen viele verschiedene Augenfarben. Blau, Grün, Grau, Braun oder Schwarz. Manchmal auch Türkis."

Choey schüttelte verwundert den Kopf. „Ich würde gerne einmal dein Land besuchen."

„Das wäre toll. Du könntest bei uns wohnen und ich würde dir alles zeigen, was du willst. Bestimmt würdest du aus dem Staunen nicht mehr herauskommen."

Choeys Augen leuchteten, und seine ohnehin leicht geröteten Wangen glühten vor Begeisterung. „Das wäre toll. Wir könnten wie richtige Freude zusammen die Welt entdecken." Sein kindliches, helles Lachen war ansteckend.

Eddie fühlte sich von einer Welle aufkommender Fröhlichkeit emporgehoben. „Was freut dich so sehr?", wollte er wissen.

„Dass wir beide hier sind."

„Ja, das ist fein, was?"

„Ich glaube, wir haben ein Stück des gleichen Weges vor uns, oder?", meinte Choey vergnügt.

„Sieht ganz so aus."

„Aber für heute Nacht sollten wir erst einmal hier bleiben. Ich denke, das ist am sichersten." Choey sah sich um. „Was hast du in deinem Gepäck?"

Eddie griff nach seinem schlaffen Rucksack. „Wenig. Ich wollte noch einiges kaufen, aber es kam nicht dazu."

„Kein Essen, keine Decke?"

„Nein."

Choey sah ihn erstaunt an. „Wie hast du es dann bis hierher geschafft? Bist du vom Himmel gefallen?" Er kicherte wieder.

„So ähnlich", sagte Eddie. „Ich erzähle es dir später. Vielleicht sollten wir uns zuerst umsehen, wo wir schlafen wollen und ob es Feuerholz gibt."

„Kein Feuer", rief Choey. „Am Tag sehen sie den Rauch und bei Nacht das Licht."

Eddie machte ein besorgtes Gesicht und zog den Reißverschluss seiner gefütterten Sportjacke bis zum Kinn hoch. „Ich werde erfrieren, ohne Decke oder Feuer."

„Ich habe eine Decke dabei, die kannst du haben."

Eddie musterte ihn verwundert. „Auf keinen Fall, du bist viel leichter angezogen als ich. Dann würdest du frieren."

„Sorge dich nicht. Mir wird nicht kalt werden." Choey ging zu der Vorratshöhle und kam mit einem abgewetzten grünen Armeerucksack zurück. Auf dem Deckel war eine eisengraue Deckenrolle festgeschnallt. Choey holte eine Blechflasche aus einem Seitenfach und hielt sie Eddie entgegen.

„Wenn du uns Wasser holst, können wir etwas zu Abend essen."

Eddie nahm die Flasche. Als er am Fluss eisiges Wasser hineinlaufen ließ, spürte er seinen Magen knurren. Das erinnerte ihn daran, dass er noch vor wenigen Stunden alleine und um seine Verpflegung besorgt gewesen war. Nun hatte er einen Weggefährten, der sein Essen mit ihm teilte. Es war einfach wunderbar, sich darüber keine Sorgen mehr machen zu müssen. Wieder spürte er das deutliche Gefühl, sich auf dem richtigen Weg zu befinden.

Jagdzeit

Die *Wings of Time* tauchte in umgekehrter Reihenfolge in der Dünung auf, wie sie verschwunden war. Zuerst erschienen Teile des Rumpfes, die, zunächst halb durchsichtig, in ihrer Dichte schnell zunahmen. Dann wurde das ganze Schiff sichtbar und schwebte für kurze Zeit wie ein Trugbild über dem Wasser. Schließlich wichen die Wellen von der Bordwand zurück und die Masse des Schiffes drückte sich in die Fluten. Die *Wings of Time* hatte sich exakt achtzehn Tage in die Vergangenheit zurückversetzt – vier Tage vor dem Eintreffen von Eddie und Pater William in Tibet. Dieser Vorsprung würde Darren Thorn und seinen erzwungenen Kollegen ausreichen, um ebenfalls dorthin zu gelangen. Die Männer würden von Kalifornien nach Nepal fliegen, um von dort aus ihren Einsatz vorzubereiten. Dank der besonderen Fähigkeiten von Thorn waren sie über das Vorhaben von Eddie und dem Pater weitgehend informiert. Der Auftrag lautete, den Jungen zu überwachen und ihm das Buch der Träume um jeden Preis abzunehmen. Für die Überwachung alleine hätte Thorn grundsätzlich auch in San Francisco bleiben können. Aber dieser Fall war zu wichtig und er wollte sich so gut wie irgend möglich in die

Umgebung seines Patienten einfühlen. Trotz aller Versicherungen seitens Mysers hatte Thorn ein merkwürdiges Gefühl bei der Angelegenheit. Seit seinem Unfall machte er sich immer wieder Gedanken über den Sinn seines Auftrages. Im Augenblick behagten ihm weder seine Begleiter noch die Reise mit der *Wings of Time*. Es waren scheinbar unbegründbare Gefühle, aber Thorn hatte gelernt, auf seine Gefühle zu hören. Sein Verstand hatte die Fakten natürlich ebenfalls unzählige Male analysiert und war schließlich zu folgendem Ergebnis gekommen: Einer der reichsten Männer der Vereinigten Staaten ließ die Famosa Dream Lane, eines der wohl ungewöhnlichsten Phänomene der Welt, angeblich aus wohlwollendem Interesse überwachen. Die Eigenschaften der Straße, die wohl die gesamte wissenschaftliche Welt in tiefste Verwirrung gestürzt hätte, interessierten Andark Myser nur am Rande. Er hatte es einzig und allein auf ein Buch abgesehen, von dem er und seine Clubmitglieder sich nach eigener Darstellung viel Gutes für die Menschheit versprachen.

Wo lag der Nutzen für diese Männer? Wollten sie als die größten Entdecker oder Gönner in die Geschichtsbücher eingehen? Thorn konnte sich Myser auf keinen Fall als Samariter vorstellen. Sein Gespür sagte ihm, dass das Interesse dieses Mannes ausschließlich aus Macht, Geschäftssinn und Eigennutz bestand. Deshalb war es sehr wahrscheinlich, dass das Buch Myser selbst am meisten nutzen würde. Allerdings schätzte Darren Thorn sich selbst auch nicht als Heiligen ein. Geld bedeutete Freiheit. Myser gab Thorn viel Geld und ließ ihm viel Freiheit. Was immer der Mann vorhatte, Thorn würde ihn mit allen Kräften dabei unterstützen, solange dabei niemand zu Schaden kam. Der Befehl, den die drei Männer gerade ausführten, wies ausdrücklich an, niemandem Schaden zuzufügen. Thorn fragte sich, warum dann jeder der anderen ein Schulterhalfter mit Pistole trug.

Er begab sich unter Deck und streckte sich auf dem Bett in seiner Kabine aus. Er würde all seine Kräfte brauchen, um den Jungen in Tibet aufzuspüren.

Panik

Pater William war mehr als entsetzt. Nachdem Eddie mit dem Zeitvertreiber vor seinen Augen verschwunden war, überkam ihn ein Gefühl, das er noch nie gespürt hatte, aber instinktiv als Panik erkannte. Besonders besorgte den Pater dabei, dass ein guter Teil seiner Angst nicht der Sorge um Eddie entsprang, sondern ganz offensichtlich seiner eigenen Situation galt. Es machte schon einen deutlichen Unterschied, ob man sich auf dem bekannten Terrain Kaliforniens mit seinem Auto fortbewegte oder völlig alleine irgendwo auf dem Dach der Welt stand und nicht einmal wusste, in welcher Himmelsrichtung sich der nächste Ort befand. Der Pater setzte sich auf einen Stein, stützte die Ellenbogen auf die Knie und vergrub sein Gesicht in den Händen.

„Verdammt, wie konnte das nur passieren?“, rief er in die Stille der kargen Landschaft. Natürlich war Eddie ein Junge, der sich zu helfen wusste, aber ohne Ausrüstung war er in dieser abgeschiedenen Umgebung Hunger und Kälte hilflos ausgeliefert. Die Verantwortung lastete schwer auf Pater Williams Schultern. Er sah nicht die geringste Möglichkeit, etwas zu tun.

„Komm ins *Yak und Yeti Hotel*, Eddie. So schnell du kannst!“, forderte er verzweifelt in der Hoffnung, seine Worte würden sich durch Raum und Zeit in Eddies Gedanken manifestieren. Nachdem er sich etwas beruhigt hatte, überlegte er. Durch den Einsatz des Zeitvertreibers hatte der Junge jetzt zwei Wochen Vorsprung. Es wäre also gut möglich, dass er sich jetzt bereits in Kathmandu befand. Also kam es nun darauf an, dass Pater William selbst schnellstmöglich den Weg in die nepalesiche Hauptstadt fand. Alleine hatte er ohnehin keine Aussicht, den Zugang nach Shambhala zu finden, also war es das Beste, sich sofort auf den Weg zum verabredeten Treffpunkt zu machen.

Der Geistliche seufzte tief und stand auf. Im selben Moment hörte er den Hubschrauber kommen. Zum zweiten Mal in seinem Leben spürte er, wie das Gefühl der Panik in ihm hochschoss, um seine Gedanken wie eine riesige Schraubzwinge zu umschließen. Er sah sich nach einer Deckung um, aber es war ziemlich sinnlos. Abgesehen von den zerfallenen Mauerresten gab es bis zum Horizont nichts, was auch nur annähernd Schutz versprach. Die Mauern selbst boten keinerlei Abschirmung gegen den Einblick von oben. Dennoch lief der Pater zu ihnen hinüber und kauerte sich in eine mit hohem Gras bewachsene Ecke der Ruine. Immerhin war seine Kleidung dunkel. Er achtete darauf, dass keiner seiner roten Handschuhe aus einer Tasche ragte oder etwa das gelbe Futter seiner Winterjacke hervorblitzte. Dennoch war er von der Sinnlosigkeit seiner Bemühungen überzeugt. Bei dieser klaren Sicht würde ihn ein aufmerksamer Beobachter aus der Luft schon aus weiter Entfernung ausmachen können.

Das Rotorengeräusch des Hubschraubers kam näher. Pater William konnte das Fluggerät bereits an der entfernten oberen Biegung des Flusses erkennen. Er wusste nicht viel über Militärmaschinen, aber dieser Hubschrauber schien nicht amerikanischer Herkunft zu sein. Der Pater kniff seine Augen zu Schlitzen zusammen. War da nicht ein rotes Symbol auf der Seite zu erkennen? Vielleicht ein Nationalitätskennzeichen. Da Tibet offiziell zu China gehörte, konnte es die chinesische Flagge sein. Während er sich wieder zusammenkauerte, fragte er sich, warum er überhaupt an einen amerikanischen Hubschrauber gedacht hatte. *Sie* hätten ihnen auf keinen Fall folgen können, dafür war der Wegverkürzer zu schnell und die ganze Aktion zu geheim. Und selbst wenn es ihren Verfolgern doch gelungen wäre, hätten sie bestimmt keine Genehmigung für den Flug über chinesisches Hoheitsgebiet erhalten. Für einen chinesischen Hubschrauber hingegen war es ganz normal, hier Patrouille zu fliegen.

Das Knattern war schnell lauter. Ein weiterer kurzer Blick um die Mauerecke genügte, um zu erkennen, dass die Maschine genau auf ihn zuhielt. Wahrscheinlich war er bereits entdeckt.

Gejagte

Als Eddie mit der gefüllten Flasche vom Fluss zurückkam, war Choey bereits dabei, in der kleinsten der drei Hütten ein einfaches Lager zu bereiten. Er schichtete Reisig von einem Haufen in der Ecke des Raumes zu einem einfachen Polster zusammen. Dann breitete er seine Decke darauf aus. Neben dem Armeerucksack standen eine größere Metallschüssel mit Deckel, eine Blechtasse und eine zerbeulte Thermoskanne mit verkratztem, rotem Blümchenmuster.

„Es wird wirklich ganz schön kühl da draußen“, meinte Eddie und rieb die vom Flusswasser klammen Hände gegeneinander.

„Im Schatten tiefer Flusstäler wird es selten warm. Aber dort, wohin wir gehen, ist es immer angenehm“, meinte Choey, ohne seine Arbeit zu unterbrechen.

„Wir? Woher weißt du, ob wir dasselbe Ziel haben?“

„Weil ich nachgedacht habe. Du sagtest, du suchst eine Terma. Deshalb glaube ich, du hoffst sie in Shambhala zu finden. Richtig?“

„Eine *Terma*? Das habe ich nie gesagt.“

„In deinen Worten hast du es gesagt. Du sagtest, du willst den Menschen etwas Wichtiges bringen. Wenn du es hier suchst, kann es nur eine *Terma* sein.“

„Was ist das?“

„Das tibetische Wort für einen besonderen Schatz. Ein magischer Text, der für die Menschen wichtig ist.“

„Woher weißt du das?“

„Schon immer gibt es *Tertöns*. Das sind Menschen auf der Suche nach den für sie bestimmten *Termas*. Jeder magische Text kann nur zu einer bestimmten Zeit von einer bestimmten Person gefunden und den Menschen gebracht werden.“

Er war jetzt auch mit dem zweiten Nachtlager fertig, setzte sich auf das Reisigbett und prüfte mit den Händen die Beschaffenheit. „Nicht so weich wie eine Wolke, aber bequemer als der Fels.“

Eddie schwieg, aber nicht, weil er Choey etwas verheimlichen wollte, sondern aus Überraschung. Offenbar war die Aufgabe, die er zu erledigen hatte, für den tibetischen Jungen nicht ungewöhnlich.

„Weißt du auch schon, welche Botschaft dein Terma den Menschen bringen soll?“, fragte Choey.

„Nicht wirklich. Es ist wohl ein Buch, das den Menschen die Fähigkeit zurückbringt, ihre eigenen Träume zu leben.“

„Oh, das ist ein wirklich großes und wichtiges Terma. Möchtest du mir erzählen, wie die Aufgabe zu dir gelangte?“

Eddie sah verstohlen zu der Blechschüssel hinüber und gleichzeitig knurrte sein Magen in die Stille der Hütte.

Choey grinste. „Natürlich erst, nachdem wir zusammen gegessen haben. Der Abend ist noch so lang. Was gibt es Besseres, um Kälte und Dunkelheit zu vertreiben, als sich spannende Geschichten zu erzählen?“

„Du meinst außer einem schönen, prasselnden Lagerfeuer?“

Choey lachte laut. Seine helle kindliche Stimme vertrieb die Stille aus der Hütte. Eddie ließ sich nur zu gerne davon anstecken. Nachdem die Lager bereitet waren, öffnete Choey seine Blechschüssel und entnahm ihr eine halbe Tasse hellen Pulvers. „Tsampa[1]“, erklärte er, als er Eddies neugierigen Blick bemerkte. Gibt es das dort, wo du herkommst, nicht?“

Eddie schüttelte den Kopf.

„Die Welt scheint wirklich sehr groß zu sein“, sagte Choey und schraubte den Deckel der Thermoskanne ab. „Ich kann mich nicht erinnern, jemals in meinem Leben etwas anderes gegessen zu haben außer Reis mit Gemüse oder Tsampa mit Bötscha[2].“ Er dachte kurz nach. „Außer ein Mal, als mir jemand einen Apfel schenkte. Das war sehr schön, aber es ist lange her.“

Eddie dachte an die Äpfel in seinem Rucksack, hob sich die Überraschung jedoch für den Nachtisch auf. Mit leicht gerunzelter Stirn beobachtete er, wie Choey etwas Flüssigkeit aus der Kanne zu dem Mehl in der Tasse goss und beides mit den Fingern zu einem klebrigen Brei vermengte.

„Allerdings hatte ich meistens das Glück, dass das Bötscha warm war.“ Choey hielt Eddie die Tasse entgegen und nickte ihm aufmunternd zu. „Es ist sehr gesund und schmeckt prima. Alle tibetischen Menschen essen das.“

Eddie entnahm der Tasse mit zwei Fingern etwas von dem Brei und schob ihn in den Mund. Augenblicklich überkam ihn das Gefühl, alles wieder ausspucken zu wollen, aber er beherrschte sich, denn Choey beobachtete ihn gespannt.

„Gut?“, fragte er erwartungsvoll lächelnd und nickte dabei. Eddie wagte kaum zu kauen, nickte aber ebenfalls und versuchte mit vollem Mund zurückzulächeln. Der Brei schmeckte salzig und gleichzeitig völlig unbestimmbar nach etwas Altem oder schlecht Gewordenem. Er würgte den Bissen hinunter und griff schnell nach der Wasserflasche, um ordentlich nachzuspülen.

„Was ist das?“ fragte er, nachdem er seinen Mund einigermaßen von dem Geschmack befreit hatte.

„Das Tsampa ist Mehl von Gerstenkörnern, mit ein wenig Sand vermengt. Dazu mischt man den Bötscha, das ist Tee aus ranziger Butter mit Salz.“

---

1 (tibet. Gerstenmehl)
2 (tibet. Buttertee)

Eddie spürte, wie sein Magen sich umzustülpen drohte.

„Du magst es nicht? Es ist sehr nahrhaft."

„Es ist bestimmt gut. Ich muss mich nur noch daran gewöhnen."

„Ja, das wäre gut, denn für die kommende Zeit werden wir kaum etwas anderes essen können." Choey schob sich einen großen Klumpen Tsampa in den Mund.

„Vielleicht mit einer Ausnahme", meinte Eddie und hielt seinem neuen Freund einen Apfel entgegen. Choey sah ihn zunächst ungläubig an. Dann nahm er die Frucht und hielt sie vor sein Gesicht wie jemand, der einen Schatz bestaunt. Er schnupperte daran, fuhr mit dem Apfel sanft über seine Lippen. Schließlich biss er vorsichtig ein Stück heraus, das er mit geschlossenen Augen kaute. Nachdem er es lautstark hinuntergeschluckt hatte, legte er den Apfel überraschenderweise beiseite.

„Er ist für dich. Du kannst ihn ruhig aufessen", ermutigte ihn Eddie.

„Vielen Dank, Eddie, das werde ich auch tun, aber der Abend dauert noch eine Weile und ich will den wundervollen Genuss verteilen." Er legte sich auf die Seite. „Und jetzt erzähle mir deine Geschichte, wenn du möchtest. Danach berichte ich dir meine."

Zu Beginn kam Eddie mit seiner Erzählung nur schleppend voran, denn Choey, der noch nie außerhalb von Tibet gewesen war, fragte häufig nach eigentlich selbstverständlichen Dingen. Wo liegt San Francisco, wie sehen dort die Autos aus und die Straßen, auf denen sie fahren? Was sind Straßenbahnen, Sonnenbrillen oder Kartenspiele? Choey hatte keinerlei Schwierigkeiten, die Eigenschaften der Famosa Dream Lane, des Wegverkürzers oder des Zeitvertreibers zu verstehen, aber es war schwierig ihm klarzumachen, wie Inlineskates funktionierten oder was ein Hafen mit Schiffen war.

Als Eddie von seinem Aufenthalt bei den Hopi erzählte, stieg Choeys ohnehin schon hohe Aufmerksamkeit nochmals an. Es schien, als wolle er mit seinen leuchtenden Augen die Erinnerungen aus Eddies Kopf in sich hineinsaugen, um sie selbst zu erleben. Als Eddie die Regenbogenverbindung zwischen dem Hopiland und Tibet erwähnte, klatschte Choey zustimmend in die Hände und lachte. Eddie beendete seinen Bericht mit seiner Ankunft in Tibet und der Trennung von Pater William.

„Keine Angst, du wirst deinen Begleiter bestimmt wiederfinden, wenn du nach Nepal zurückkommst", meinte Choey.

„Wie kannst du so sicher sein?"

„Ich weiß gar nichts sicher, aber deine Stimme klang nicht angstvoll, als du es erzählt hast. Weil wir alle ernten, was wir säen, wird sich auch deine Zuversicht erfüllen."

„Du sprichst wie ein Erwachsener. Wo hast du das gelernt?"

Choey nahm auf seinem Reisigpolster eine bequemere Seitenlage ein und trank einen Schluck aus der Wasserflasche.

„Ich denke, es ist Zeit, dass ich dir meine Geschichte erzähle."

Choey

„Ich wurde vor dreizehn Jahren in dem Dorf Lhari in Tibet geboren. Die Erinnerung an meine Eltern, meine Großeltern und an meinen Bruder wird immer schwächer, denn ich habe sie seit meinem sechsten Lebensjahr nicht mehr gesehen. Ich weiß noch, dass ich sehr viel Liebe erhalten habe. Immer, wenn ich daran zurückdenke, füllt sich mein Herz mit Freude und Wärme.

Eines Tages, als ich sechs Jahre alt war, kamen drei reisende Händler in unser Haus und baten um Essen. Als ich in den Wohnraum kam, winkten sie mich zu sich. Noch ehe sie das erste Wort gesprochen hatten, erkannte ich, dass sie keine Händler, sondern Mönche waren. Ich wusste es einfach. Ich sagte ihnen ihre wahren Namen und ebenso, aus welchem Kloster sie kamen. Darüber waren sie sehr erstaunt, aber sie gaben nicht zu erkennen, ob ich Recht hatte, sondern verschwanden nach dem Essen. Vier Tage später kehrten sie zurück, diesmal mit einem Beutel voller Gegenstände, die sie auf unserem Esstisch ausbreiteten. Meine Mutter glaubte, sie wollten diese Dinge verkaufen, aber ihre einzige Absicht war es, sie mir zu zeigen. Als ich die Gegenstände erblickte, kamen mir manche davon sehr vertraut vor. Ich nahm eine Dilbu[3], ein Melong[4], ein G'au[5], eine Mani-khorlo[6], ein Feuerzeug und noch ein paar andere Dinge und fragte, ob ich sie behalten dürfte. Die Mönche woll-

3 Glocke
4 Orakelspiegel
5 Amulettbehälter
6 Gebetsmühle

ten wissen, warum. Ich antwortete, dass sie ohnehin mir gehörten. Auch das wusste ich einfach, ohne erklären zu können, warum. Daraufhin packten sie alles zusammen und meinten, sie müssten erst nachfragen und würden wiederkommen, falls ich die Gegenstände behalten dürfte.

Einige Wochen später kamen sie tatsächlich zurück und erklärten, ich dürfe die Gegenstände behalten, weil sie mir schon in einem früheren Leben gehört hätten. Ich verstand nicht genau, was sie meinten, aber es fühlte sich richtig an. Am Abend saßen die Mönche mit meinen Eltern am Herdfeuer zusammen. Sie sprachen über Dinge, an die ich mich nicht erinnere. Schließlich fragten sie meine Eltern, ob ich in ein Kloster mitkommen dürfe, wo ich eine gute Ausbildung erhalten würde. Meine Eltern stimmten zu. Sie erklärten mir, dass ich für eine besondere Aufgabe vorgesehen sei. Ich erinnere mich, dass ich keinen Schmerz empfand, als ich erfuhr, dass ich meine Familie verlassen sollte. Nur sehr viel Liebe und Dankbarkeit.

Am nächsten Morgen sollte ich mit den Mönchen fortgehen. Aber in derselben Nacht kamen viele andere Männer, die nicht unsere Sprache sprachen. Deshalb verstand ich nicht, was vor sich ging. Sie brüllten herum und zerrten mich, meine Eltern, meinen Bruder und die Mönche aus ihren Schlafstätten. Wir mussten ohne Gepäck und im Nachtgewand mit ihnen kommen. An manche Dinge, die in diesen Tagen geschahen, kann ich mich nicht mehr erinnern, aber es war eine lange Reise zu einem Ort außerhalb Tibets, und meine Mutter weinte sehr viel. Schließlich wurde ich von den anderen getrennt und in ein Zimmer gesperrt. Es hatte Möbel und ein gutes Bett und auch die Menschen waren nicht böse zu mir, aber ich verstand ihre Sprache nicht.

Irgendwann kam ein Mann, der tibetisch sprach. Er sagte, dass ich meine Familie nicht mehr wiedersehen dürfe, aber es gehe allen gut. Ich dürfe nie wieder meinen Namen aussprechen, denn meine Eltern hätten sich geirrt. Ich bekam einen neuen Namen in der fremden Sprache. Er sagte, ich würde eine Ausbildung bekommen, aber zuvor müsse ich die neue Sprache lernen. Der Mann war wie ein guter Freund und erzählte mir vieles über das neue Land, in dem ich jetzt war. Nur in den wenigen Augenblicken, in denen wir nicht beobachtet wurden, sagte er mir, dass ich nur so tun solle, als ob ich das neue Wissen lernte. In Wirklichkeit solle ich viele Male am Tag deutlich an meine Familie denken und daran, wer ich sei und woher ich komme. Wenn ich alleine wäre, solle ich zu mir mit meinem eigenen Namen sprechen. Ich solle immer daran denken, dass jeder Eingang immer auch ein Ausgang sei und dass ich eines Tages den Weg zurück nach Hause finden würde.

Meine Eltern habe ich nicht mehr wiedergesehen. Auch nicht meinen Bruder oder die Mönche. Ich habe sehr viel gelernt, aber ich habe nichts davon geglaubt. Der Mann, der meine Sprache konnte, war zwei Jahre an meiner Seite. Bei jeder Gelegenheit erzählte er mir über das tibetische Volk und sein Leben. Als ich die fremde Sprache gut konnte, kam er eines Tages einfach nicht mehr. An seiner Stelle betreute mich ein Mann, der meine Sprache nicht kannte. Er hat mir nie von meinem Volk erzählt, nur von seinem. Ich habe gut zugehört, mir alles gemerkt, aber nichts geglaubt.

So vergingen weitere vier Jahre. Ich lernte in der fremdem Sprache zu lesen, zu schreiben und zu denken. Ich wurde in Geografie und Geschichte unterrichtet, aber es waren immer wieder dieselben Bücher und Texte, die mich alle nicht interessierten. Nichts davon hat mich berührt, denn ich dachte immer nur daran, wie ich nach Hause gelangen könnte. Ich habe niemals das Gebäude verlassen, in das ich am ersten Tag eingesperrt wurde, aber das hatte auch seine Vorteile. Ich kannte das Haus, den Ablauf davor und darin und die Gewohnheiten meiner Betreuer so genau, dass ich eines Tages eine Lücke herausfand, durch die ich vielleicht entschlüpfen könnte.

Zwar waren alle Fenster des Hauses vergittert und vor der Tür standen immer zwei Wachen, aber es gab auch einen Dachboden. In dem Raum neben meinem Schlafraum entdeckte ich eine Luke dorthin. Die Wachen schliefen nachts im unteren Geschoss des Hauses, obwohl sie eigentlich wach bleiben sollten. Ich fasste allen Mut zusammen und zwängte mich lautlos durch die Luke. Es war sehr eng und niedrig dort oben. Das Dach hatte keine Fenster, die Schindeln bestanden aus schweren Betonplatten. Das Haus stand in einer einsamen, ruhigen Umgebung, in der jeder Laut auffiel. Also begann ich nachts die Geräusche von Mäusen und Ratten zu studieren, die im Haus umherliefen. Ihre Krallen kratzen auf ganz unterschiedliche Arten, so dass man sogar erkennen kann, um welches Tier es sich handelt.

Ich übte mich darin, diese Geräusche mit einem Löffelstiel an den Betonschindeln des Daches nachzumachen. Viele Nächte lang imitierte ich einfach nur das Kratzen, bis ich sicher war, dass alle Wachen glaubten, es käme von den Mäusen und Ratten. Dann machte ich mich daran, die Schindeln zu lockern. Immer mit demselben Geräusch. Die Platten waren festbetoniert und es war nicht immer leicht, aber ich hatte viel Zeit, um den Beton mit Löffeln mürbe zu schaben. Drei Schindeln musste ich schaffen. Dafür brauchte ich zweihundertsiebzehn Nächte. In der zweihundertachtzehnten Nacht hob ich die Schindeln an, legte sie beiseite und schob mich lautlos durch die Öffnung. Ich konnte nur die Dinge mitnehmen, die ich am Leib trug. Dünne Kleidung und keine Jacke, denn ich durfte ja niemals aus dem Haus. Ich hangelte mich an der Rückseite des Hauses hinunter. Um das Gelände zu verlassen, musste ich mich an dem Lastwagen vorbeischleichen, den die Wächter benutzten und in dem sie ihr Essen und ihre Sachen aufhoben. Weil ich dort ohnehin vorbei musste und niemand zu sehen war, nahm ich mir, was ich an Kleidung und Essen gerade greifen konnte.

Da ich mittlerweile ohne Akzent die Sprache des Landes beherrschte und aussah wie ein Junge aus einer Randprovinz, hatte ich nicht viele Schwierigkeiten, bei einfachen Leuten etwas zu essen oder Hinweise für meinen Weg zu erhalten. Ich bin sehr viel zu Fuß gegangen, so viel wie in meinem ganzen Leben noch nicht, und es war sehr anstrengend. Sie hatten mich damals weit weggebracht. Ich konnte keine Verkehrsmittel benutzen, um nicht entdeckt zu werden. Aber immer wieder fanden sich zur rechten Zeit liebe Menschen, die mir weiterhalfen, auch wenn es sie selbst in Gefahr brachte. Ich war froh, dass ich niemals geglaubt hatte, was man mich lehren wollte, denn die einfachen Menschen dieses Landes waren nicht alle gleich. Sie vertraten auch nicht alle dieselben Ansichten. Die meisten hielten es wie ich und lernten, was man ihnen sagte, ohne es jedoch wirklich zu glauben. Jeder war auf seine Weise einzigartig. Die meisten trugen viel Güte und Liebe in sich.

Nach unzähligen Tagen und Nächten erreichte ich die Berge von Tibet. Dort empfing mich noch mehr Gastfreundschaft. Einige Menschen ahnten, wer ich war, manche sagten es mir sogar auf den Kopf zu. Ich erkannte, dass dies gefährlich war, für mich und für diese Menschen. Denn jeder Gedanke, den man ausschickt, kann von anderen empfangen werden, also auch von denen, die nichts Gutes wollen. Deshalb beschloss ich, auf meinem Weg nach Tibet Orte zu meiden und so wenig Kontakt wie möglich zu anderen Menschen zu haben. Das Wenige, das ich brauchte, bekam ich manchmal von Hirten. Selten nahm ich es mir unbemerkt aus Vorratshäusern. Das ist nicht gut, aber es ist noch schlechter, wenn jemand meinetwegen Ärger bekommt.

So kam ich gut voran, und jetzt bin ich hier. Die ganze Zeit in dem fremden Haus und auch auf dem Weg hierher habe ich mir wieder und wieder so sehr einen Freund gewünscht. Jetzt, auf dem letzten Stück meines Weges, ist er endlich eingetroffen."

Am großen Fluss

Nach Eddies Empfinden war die Nacht bitterkalt gewesen. Er hatte trotz seiner warmen Kleidung und der Decke mehr gezittert als geschlafen. Choey schien die Kälte nicht so viel auszumachen, denn er hatte mit geschlossenen Augen ruhig atmend auf dem Rücken gelegen. Am nächsten Morgen konnte Eddie nicht anders, als ihn zu fragen.

„Hast du nicht gefroren?"

„Nicht sehr." Choey packte seine Decke auf den Rucksack.

„Es war eiskalt", sagte Eddie.

„Ich wärme meinen Körper mit meinem Prana."

„Was ist das? Und warum kann ich das nicht? Mir war so kalt."

Choey lachte vergnügt. „Du kannst es. Jeder, der will und weiß, wie es geht, kann es. Ich werde es dir zeigen, dann musst du die kommende Nacht nicht mehr so mit den Zähnen klappern."

„Können wir das gleich versuchen? Ich könnte ein wenig Wärme gut vertragen."

Choey zurrte die Decke fest. „Gut", sagte er, „bleibe einfach so sitzen. Schließe deine Augen. Atme tief durch die Nase und versuche keine Pausen zwischen dem Einatmen und dem Ausatmen zu machen. Das ist wichtig."

Eddie sprach einige Sätze nach, die Choey ihm vorsagte. Nach jedem Satz fühlte es sich an, als würden kleine Schalter entlang seiner Wirbelsäule angeknipst, durch die ein wunderbarer Kraftstrom floss. Als die Energie an Eddies Scheitel angekommen war, fühlte er sich deutlich belebt. Choey gab ihm einen Satz vor, der forderte, dass Energie den ganzen Körper erfüllen sollte. Nur wenige Sekunden, nachdem Eddie ihn ausgesprochen hatte, spürte er Wärme in sich aufsteigen. In Kürze breitete sich ein wohliges Gefühl in ihm aus. Gleich darauf bemerkte er, wie die Wärme aus seinem Körper in alle Richtungen abstrahlte. Sein Kopf begann fast ein wenig zu glühen und auch die Hände fühlten sich heiß an.

„Das funktioniert gut bei dir", meinte Choey.

„Puuh", machte Eddie. „Ganz schön warm."

„Du kannst es noch nicht so gut kontrollieren, deshalb ist es so stark", erklärte Choey. „Aber keine Angst, es kann nichts passieren. Mit etwas Übung wirst du lernen, es genau so zu dosieren, wie du es brauchst."

Eddie öffnete die Augen. „Ich finde das irgendwie unheimlich. Woher kommt diese Wärme?"

„Es ist deine eigene Energie. Du hast jetzt einfach nur gelernt, sie besser zu nutzen. Es gibt Mönche, die diese Technik so gut beherrschen, dass sie damit den Schnee um sich herum zum Schmelzen bringen." Choey verstaute seine restlichen Utensilien in den Außentaschen seines Rucksacks. „Wenn dir warm genug ist, können wir jetzt losgehen."

Die meiste Zeit des Vormittags folgten sie dem Flussufer im Schatten der immer höher werdenden Schluchtwände. Weder ein Weg noch andere Anzeichen deuteten auf die Anwesenheit von Menschen oder Tieren hin. Es schien, als hätten sie mit den Hirtenhütten auch die letzten Außenposten der Zivilisation hinter sich gelassen. Um die Mittagszeit herum suchten sie sich an einer Flussbiegung eine kleine, durch Felsvorsprünge geschützte Sandfläche als Rastplatz aus. Hier waren sie im Notfall vor einer Entdeckung aus dem Hubschrauber geschützt. Während sie die wärmenden Sonnenstrahlen genossen, mischte Choey in seiner Tasse das Tampa. Eddie hatte bereits zum Frühstück davon gegessen und sich dabei intensiv vorgestellt, es wäre eine Lasagne. Mit dieser Technik schaffte er es zumindest, die wenigen Bissen auch bei sich zu behalten. Jetzt, nach dem vormittäglichen Marsch, war er deutlich hungriger als am Morgen. Er brauchte die Lasagnefantasie nicht mehr. Es schien, als hätte sich sein Geschmackssinn mangels Alternativen an den klebrigen Brei gewöhnt.

„Der Buttertee ist fast zu Ende", stellte Choey fest.

„Was wird, wenn wir nichts mehr zu essen haben?"

Choey zuckte mit den Schultern.

„Woher weißt du überhaupt, dass dieser Weg nach Shambhala führt?", wollte Eddie wissen.

„Woher wusstest du, dass du nach Tibet gehen musstest, um dein Buch zu finden?“, fragte Choey.

„Ich habe es irgendwie geträumt.“

„Da hast du die Antwort, Miam-dro-khen.“

„Miam-dro-khen?“

„Es ist Tibetisch und bedeutet *Der-durch-Träume-wandert.* Sagtest du nicht gestern, die Hopis hätten dich so genannt? Ich finde, das ist ein schöner Name und sehr passend, wenn man deine Geschichte betrachtet. Du könntest überlegen, ob du dich immer so nennen willst. Wie heißt das in deiner Sprache?“

„Traumwanderer“, sagte Eddie.

„Kannst du es in den Sand schreiben?“

Eddie nahm einen kleinen Ast und kratzte das Wort *Dreamwalker* in die dünne Sandschicht auf dem Felsboden.

„Und wie ist der Name, den deine Eltern dir gaben?“

„Eddie Kramer.“

„Schreib ihn darunter und sieh dir an, was dir besser gefällt.“

Eddie schrieb und betrachtete die beiden Namen. Choey deutete mit seinem Zeigefinger zwischen den einzelnen Buchstaben von ‚Dreamwalker‘ und Eddies Namen hin und her. Dabei murmelte er in seiner Sprache vor sich hin. Es wirkte wie eine Art Zählspiel. Nach einer Weile lehnte sich Choey zurück.

„Schade“, meinte er. „Das wäre einfach gewesen.“

„Was meinst du?“

„Es gibt ein Spiel, das wir ‚Wörter schütteln‘ nennen. Gewinner ist, wer aus einem Wort die meisten neuen Worte machen kann. Ich habe versucht, ob ich deinen Namen schütteln kann bis ‚Dreamwalker‘ herauskommt, aber es klappt nicht.“

„Ist ja auch nicht wichtig, oder?“

„Nein, es ist nur ein Spiel. Man sagt bei uns, dass die Buchstaben in einem Wort wie die Mitglieder einer Familie sind. Die Kraft der Familie bleibt immer erhalten, egal, wie sehr das Schicksal sie auch durcheinander schütteln mag.“

Eddie starrte gedankenverloren auf seinen Namen. Auf einmal durchfuhr ihn ein Gedanke wie ein Blitz. Er wischte das Wort ‚Eddie‘ aus und ersetzte es durch ‚Edwal‘.

Choey begann sofort erneut zu zählen. „Jetzt funktioniert es. Aber es ist geschummelt", fügte er stirnrunzelnd hinzu. „Du darfst deinen Namen nicht verändern."

„Das habe ich auch nicht", sagte Eddie. Mein voller Name ist Edwal Kramer."

Choey klatschte vor Freude in die Hände. „Dann stimmt es. Siehst du, wie die Kraft der Buchstaben funktioniert?"

Eddie verglich die Wörter selbst noch einmal, aber es gab keinen Zweifel. „Das ist verrückt", rutschte es ihm heraus. „Das kann nicht sein. Weißt du, was das bedeutet?"

„Dass es ein gutes Spiel ist, oder?"

„Als ich geboren wurde, hatten mir meine Eltern den Namen Edwald gegeben. Der letzte Buchstabe ist unerklärlicherweise aus allen Unterlagen verschwunden. Bedeutet das, dass schon zu meiner Geburt feststand, was ich einmal tun soll?"

„Vielleicht", meinte Choey gut gelaunt. „Jedes Leben trägt von Geburt an Fähigkeiten und Aufgaben mit sich. Manche sind einfacher und manche sehr bedeutend."

„Woher willst du das wissen?"

„Ich bin im Licht geboren. Ich sehe alle diese Aufgaben, Fähigkeiten oder Hindernisse, seit ich denken kann."

„Was bedeutet ‚im Licht geboren'?"

„Ich weiß es nicht genau, aber die Mönche haben es an dem Abend vor unserer Entführung gesagt. Das ist ein Grund, warum ich nach Shambhala möchte. Rigden Jye-Po, der König von Shambhala, kann es mir bestimmt erklären."

Eddie schloss die Augen. Gedanken, von denen sich keiner fassen und befragen ließ, wirbelten wie ein riesiger Strudel um ihn herum.

„Legen wir uns ein wenig hin, Miam-dro-khen. Ich weiß nicht, wie viel unseres Weges wir noch vor uns haben."

Der Vorschlag kam Eddie nur zu gelegen. Er ließ sich einfach rückwärts in den Sand fallen und schlief sofort ein.

Ein leichtes Zupfen an seinem Ärmel weckte ihn aus einem traumlosen Dämmerschlaf. „Aufwachen, Eddie Traumwanderer."

Eddie streckte sich und blinzelte. Über ihm zogen hellgraue Wölkchen am stahlblauen Himmel vorüber. „Wird es regnen?", fragte er ein wenig besorgt, denn kalte Nächte waren schon schlimm genug, aber nach nasskalten Nächten hatte er überhaupt kein Verlangen.

„Nicht, wenn wir es nicht wollen", sagte Choey, der neben Eddie lag und ebenfalls in den Himmel starrte.

„Was hat das damit zu tun?"

„Möchtest du ein Spiel mit mir versuchen?", fragte Choey statt einer Antwort.

„Okay", meinte Eddie.

„Bedeutet das ja oder nein?"

„Ja."

„Gut. Ich habe so lange keinen Freund gehabt, mit dem ich spielen konnte." Er drehte seinen Kopf zur Seite und sah Eddie fragend an. „Möchtest du mein Freund werden?"

„Das bin ich schon, seit du mich in das Felsversteck geholt hast", gab Eddie zurück.

„Prima, du bist mein erster richtiger Freund." Choey starrte wieder in den Himmel hinauf. „Das Spiel heißt ‚Wolken auflösen'."

„Waaas?", entfuhr es Eddie, der noch immer durcheinander von den Erkenntnissen über seinen Namen war.

„Es ist einfach. Du liegst auf dem Rücken, blickst in den Himmel und suchst dir eine kleine Wolke aus. Hast du eine?"

Eddie suchte sich eine Wolke heraus, die ihn an das Gesicht von Hook, dem Piraten, erinnerte. „Ja."

„Gut, ich auch. Jetzt stell dir vor, du wärst ein großer Zauberer und könntest sie auflösen, wenn du es nur deutlich befiehlst. Sieh die Wolke an. Stell dir vor, wie sie langsam dünner wird, bis sie schließlich verschwindet."

Eddies Wolke sah Hook wirklich verblüffend ähnlich. Sogar der große Hut war gut zu erkennen. Er dachte an das Mobile in Pater Williams Wohnzimmer. Fast war es, als läge die erste Begegnung mit dem liebenswerten Geistlichen schon Jahre zurück. Eddie wünschte dem Pater, den Weg zum verabredeten Treffpunkt ohne Mühe zu finden. Die kleine Hookwolke bewegte sich nur langsam weiter, so konnte er sich gut auf sie konzentrieren. Er starrte sie an und stellte sich gleichzeitig vor, sie mit seinen Gedanken in alle Richtungen aufblasen zu können, bis sie unsichtbar wurde. Nichts geschah, außer dass die Wolke ihre Form änderte. Hooks Nase wurde länger und bog sich nach unten. Eddie stellte sich vor, dass er den Strahl einer Laserpistole in das Herz der Wolke schickte, um sie damit zum Vibrieren zu bringen. Hooks Nase wurde dünner.

Eddie malte sich aus, wie die Vibrationen seines Laserstrahls sich in Hooks Kopf ausbreiteten und den Dampf der Wolke einfach auflösten. Die Nase verschwand. Mit ihr löste sich auch der Hut auf. Was übrig blieb, war ein wirrer Rest von dem, was einmal wie ein Kopf ausgesehen hatte. Eddie ließ nicht von seiner Vorstellung ab. Er schickte weiter den intensiven Gedanken an die Auflösung nach oben, bis auch die letzten Reste der Wolke verschwunden waren. Das Ganze hatte nur ein oder zwei Minuten gedauert. Etwas in ihm weigerte sich jedoch zu glauben, dass er das Verschwinden bewirkt hatte. Deshalb beobachtete er eine ähnlich kleine Wolke. Diesmal stellte er sich dabei vor, dass sie so blieb, wie er sie sah. Die Wolke veränderte zwar ein wenig ihre Form, aber sie löste sich nicht auf.

„Das war gut, Eddie. Ich habe deine Wolke gesehen. Hast du auch bemerkt, wie meine verschwand?"

„Nein, ich war zu sehr mit meiner beschäftigt. Choey, wie kann das sein? Bilden wir uns das nur ein, oder verschwinden die Wolken wirklich?"

„Was für eine merkwürdige Frage. Du hast es doch gesehen, oder?"

„Aber wie funktioniert es?"

„Alles, was uns umgibt, ist nichts anderes als Energie. Manche Dinge bestehen aus sehr starker Energie, wie die Steine hier, andere aus sehr leichter Energie, wie die Wolken. Du kannst alles beeinflussen, was du willst, wenn deine Energie stärker ist als die andere. Gerade die kleinen Wolken lassen sich leicht auflösen, viel leichter, als wenn man zum Beispiel große Regenwolken entstehen lassen will."

„Kannst du das auch?"

„Ich habe es noch nicht versucht."

„Gut, denn ich habe wirklich keine Lust auf Regen."

Sie machten sich wieder auf den Weg. Das Flussbett wurde jetzt schnell enger. Die Wassermassen zwängten sich immer wilder durch den verbleibenden Raum. Die steilen Wände der Schlucht verstärkten das Tosen so sehr, dass sich die Jungen nur verstehen konnten, wenn einer dem anderen ins Ohr rief.

Die Sonne war schon lange hinter den Felsen verschwunden, als sie ein von schützenden Felsmauern eingerahmtes Tal erreichten. Entlang des gekrümmten Flussverlaufes öffnete sich das Tal immer weiter, was für den kommenden Tag eine angenehme Etappe ankündigte. Die windgeschützte Lage des Ortes schien der Natur zu gefallen. Viele kleine Bäume hatten auf großen und kleinen Grasinseln ihre Wurzeln geschlagen. Weiter hinten beleuchteten die Strahlen der spätnachmittäglichen Sonne eine Gruppe von Bäumen auf einer Blumenwiese. Offenbar hatten die Freunde den gleichen Gedanken, denn statt etwas zu sagen, nickten sie einander nur kurz zu und gingen auf die Baumgruppe zu. Ein einladender Platz für ein Lager, der durch die Bäume zudem noch einigermaßen Schutz gegen Einblicke aus der Luft gewährte.

Sie hatten etwa den halben Weg zu der Baumgruppe zurückgelegt, als ein merkwürdiges Summen ertönte. Zuerst dachte Eddie, es würde vom Wind erzeugt, der durch Äste oder Felsspalten pfiff, aber der Ton war zu gleichmäßig. Außerdem wurde er immer lauter.

„Was ist das?“, fragte er mit einem ängstlichen Unterton in der Stimme.

„Ich weiß nicht“, gab Choey zurück, der eher interessiert als besorgt zu sein schien. Sie lauschten gespannt. Aus dem Summen wurde jetzt ein auf und ab schwingender mehrstimmiger Ton, der gleichzeitig mit der Tonhöhe anschwoll und abklang. Es klang geheimnisvoll und gleichzeitig ungeheuer faszinierend, fast wie ein Teil aus einer sphärischen Symphonie. Plötzlich erkannte Eddie den Ton wieder. Als er in seinem Zimmer ein Teil des Kristalls gewesen war, hatten ihn dieselben Klänge eingehüllt. Kurz darauf hatte sich dieses Wesen genähert, das ihm schließlich geraten hatte, Shambhala aufzusuchen. Die Sphärenmusik erfüllte inzwischen das ganze Tal und umhüllte die Jungen mit einem Mantel aus Harmonien. Sie waren zu gefesselt, um irgendetwas zu tun oder auch nur ein Wort von sich zu geben. Obwohl Eddie in der Wirklichkeit noch niemals etwas Vergleichbares gehört hatte, fühlte es sich sehr vertraut an. Die Quelle der Töne schien in dem Bereich des Tals zu liegen, der von hier aus nicht zu sehen war.

Ohne Vorwarnung tauchte die Quelle der Töne direkt über ihren Köpfen auf: eine riesige goldene Kugel, die etwa etwa fünfzig Meter über ihnen schwebte. Die letzten Strahlen der untergehenden Sonne spiegelten sich in einer fugenlos glatten Metalloberfläche. Bei genauem Hinsehen erkannten die Jungen, dass sich das Gebilde langsam um eine Mittelachse drehte. Die schwebenden Töne und der faszinierende Anblick des Flugkörpers ließen sie wie angewurzelt dastehen und nach oben starren. Es war, als stünde die Zeit still. Nach einer Weile entfernte sich die Kugel langsam, um in Richtung des Flussufers zu schweben. Noch immer erfüllten die schwingenden Töne das Tal. Schließlich wurde das geheimnisvolle Objekt schneller und entschwand flussaufwärts, in die Richtung, aus der es gekommen war. Mit ihm wurde auch das Summen leiser und machte schließlich wieder dem leisen Rauschen des Flusses Platz.

„Was war denn das? Es sah aus wie ein Ufo", flüsterte Eddie.

„Das war das Zeichen, dass wir uns auf dem richtigen Weg befinden", meinte Choey strahlend. Er schien nicht einmal besonders überrascht zu sein. „Erzählungen von Besuchern, die den Weg nach Shambhala gefunden haben, sagen, wer den heiligen Klang *Kalagiya* hört, weiß, dass der Weg für ihn offen steht. Sie berichten auch, dass ein fliegendes Zeichen die Richtung nach Shambhala weist. Es schützt die Reisenden vor dem dunklen Vogel, der ihnen folgt."

„Aber wie können diese Legenden von dem Hubschrauber wissen?"

Choey machte eine unbestimmte Handbewegung. „Du fragst mich so vieles, das ich nicht beantworten kann. Es ist, wie es ist, und zeigt uns den richtigen Weg. Vielleicht wird dir der König von Shambhala mehr erklären wollen."

Er wandte sich der Baumgruppe zu. „Wir sollten hier rasten und morgen weitergehen."

Dunkle Pläne

Es war kurz nach Mitternacht. In Andark Mysers Büro brannte kein Licht. Der Vollmond warf gerade noch genügend Helligkeit durch die getönten Scheiben, um die schwarzen Silhouetten der elf Männer erahnen zu lassen, die sich um den ovalen Tisch versammelt hatten. Von fünf der Schatten stiegen gelegentlich bläulich schimmernde Rauchwolken auf. In der Dunkelheit war nicht zu erkennen, wer gerade sprach. Die gesichtslosen Stimmen mit ihren unterschiedlichen Akzenten schwebten wie Geister über der geheimen Versammlung.

„Liebe Freunde, in unserer aktuellen Geschichte gibt es eine Entwicklung, die unser Eingreifen erfordert. Aufgrund der Hinweise über seine bisherige Fluchtroute vermuten wir, dass Gedhun Choekyi

Nyima, der Panchen Lama von Tibet, versucht, den Zugang nach Shambhala zu finden. Sollte ihm das gelingen, ist er völlig außerhalb unserer Möglichkeiten."

„Angenommen, er hätte Erfolg. Was wären die Konsequenzen?"

„Er wird wahrscheinlich in absehbarer Zeit über deutlich mehr Fähigkeiten verfügen, als er ohnehin schon besitzt. Bereits jetzt vereint er Menschen allein durch seine Gegenwart. Er löst in ihnen Sehnsüchte nach Liebe, Freiheit, Mitmenschlichkeit, Verständnis und solchen Dingen aus. Sie verlieren ihre Angst, ignorieren unsere Regeln und werden unkontrollierbar. Wir mussten das auf seiner Flucht leider mehrfach feststellen. Würde er sich in Shambhala weiterentwickeln, wäre seine Kraft eines Tages ein ernster Problemfall für uns."

„Wir müssen um jeden Preis verhindern, dass er sein Ziel erreicht. Notfalls muss er eliminiert werden."

„Ist es nicht ein merkwürdiger Zufall, dass zwei fast gleichaltrige Jungen mit außergewöhnlichen Fähigkeiten zur selben Zeit versuchen, Shambhala zu erreichen, um dort an Wissen zu gelangen, mit dem sie uns Probleme bereiten könnten?"

„Diese sonderbare Häufung von merkwürdigen Zufällen ist genau der Grund, warum ich dafür bin, auf das Entschlossenste zu handeln. Wir müssen unbedingt unsere Prioritäten neu setzen."

Für einige Augenblicke herrschte Schweigen in der Dunkelheit.

„Gut, somit haben wir ab sofort eine interessante Kombination von Aufgaben vor uns. Der eine Junge darf auf keinen Fall nach Shambhala gelangen, und der andere soll den Zugang möglichst finden, um für uns das Buch zu holen."

„Richtig."

„Möglicherweise wird das schwierig. Wir sollten hoffen, dass sich die beiden nicht begegnen. Das könnte zu unnötigen Komplikationen führen. In diesem Fall müssten wir ohne Rücksicht auf Verluste agieren."

„Was hat Priorität, falls sie sich doch begegnen?"

„Eindeutig die Beseitigung des Panchen Lama. Wird dabei der andere Junge in Mitleidenschaft gezogen, müssen wir das in Kauf nehmen. Das wollten wir zwar vermeiden, aber die Lage hat sich zugespitzt."

„So schlimm wäre das gar nicht. Wir hätten damit alle riskanten Geschichten gleichzeitig vom Tisch. Zwar bekämen wir das Buch nicht, aber auch niemand sonst."

„Endlich ein klares Wort. Wir gehen keine weiteren Risiken ein. Ich bin dafür.“

„Lasst uns abstimmen.“

In der Sackgasse

Die Nacht war Eddie weniger kalt vorgekommen als die vorherige. Vielleicht speicherten die nahen Felswände die Wärme der Sonne an dieser windstillen Stelle besser. Den größten Beitrag zu einem guten Schlaf hatte allerdings die Aktivierung der Wärmeenergie mittels Choeys Übung geleistet.

Am Morgen brauchten sie den letzten Buttertee auf. Eddie steuerte noch einen Schokoriegel aus seiner eisernen Reserve bei. In Choeys Gesicht spiegelten sich Überraschung, Verwunderung und kindliches Entzücken, als er davon abbiss. Nach dem Frühstück machten sie sich auf, das breiter werdende Tal in der Richtung zu erkunden, in der am Vortag die goldene Kugel verschwunden war. Eine gute Stunde später erreichten sie stromaufwärts eine Stelle, an der sich zwei etwa gleich starke Flüsse zu dem vereinten, dem sie bisher gefolgt waren. Jeder kam aus einer ähnlich aussehenden Schlucht.

„Links oder rechts?“, überlegte Eddie ratlos.

„Eine gute Frage.“

„Wir haben nicht mehr genug zu essen dabei, um beide Wege zu erforschen.“

„Es ist auch nicht unsere Aufgabe, verschiedene Möglichkeiten zu prüfen, sondern den richtigen Weg herauszufinden.“ Choey bückte sich und hob zwei Steine auf. „Kennst du das Steinorakel?“

Eddie schüttelte den Kopf.

„Hier, nimm einen.“ Choey gab Eddie einen Kiesel, zog seine Jacke aus und legte sie auf den Boden. „Wir bestimmen die Regeln. Sprich es mir nach.“

„Wir bestimmen die Regeln“, wiederholte Eddie.

„Liegen die Steine dichter beisammen als die Breite meiner Hand, so gehen wir nach links, andernfalls nach rechts.“

„Aber woher sollen die Steine wissen…“

„Es funktioniert nur, wenn du Vertrauen hast“, erklärte Choey. „Nicht die Steine wissen es, sondern wir selbst. Die Steine sind nur ein Hilfsmittel, so wie ein Werkzeug. Wenn du ein Stück Holz teilen willst und deine Körperkraft nicht ausreicht, es zu zerbrechen, was machst du dann?“

„Zersägen?“

„Genau. Kommt die Kraft von der Säge oder von dir?“

„Okay, ich hab's verstanden.“

„Ogeeii“, imitierte ihn Choey lachend. Er freute sich immer wieder über den Klang des für ihn ungewohnten Wortes. „Wir lassen beide gleichzeitig die Steine in die Mitte der Jacke fallen.“

Die Jungen stellten sich gegenüber auf. Über der Mitte der Jacke hielten sie ihre Fäuste mit den Kieseln nebeneinander. Auf Eddies Kommando öffneten beide ihre Hände. Die Steine blieben etwa zwei Finger breit voneinander entfernt liegen.

„Links“, stellten beide im Chor fest. Choey zog seine Jacke wieder an und steckte die Steine in seine Tasche. Sie folgten dem linken Flussufer.

„Ich hätte das nicht gedacht, aber es ist ein gutes Gefühl, auf diese Weise eine Entscheidung getroffen zu haben“, meinte Eddie.

„Ja, finde ich auch.“

„Aber was macht man, wenn einem das Ergebnis nicht gefällt?“

„Das wird nie geschehen, wenn man ein Orakel richtig anwendet.“

„Und was bedeutet ‚richtig‘?“

„Dass man es nie befragt, wenn man ohnehin schon eine Entscheidung getroffen hat und nur eine Bestätigung erwartet. Dass man es nie befragt, wenn einem bereits ein deutliches Gefühl eine Richtung weist. Vor allem soll man es nie befragen, wenn man ihm nicht traut.“

„Wieso?“

„Weil Misstrauen in das Orakel nichts anderes wäre als Zweifel an sich selbst. Wer an sich selbst zweifelt, dem wird nur selten gelingen, was er vorhat.“

Nach weiteren zweieinhalb Stunden erreichten sie erneut eine Flussgabelung. Wieder trafen sie ihre Entscheidung mithilfe des Steinorakels. Bald darauf kam die nächste Verzweigung und danach noch eine. Am späten Nachmittag hatten sie elf Abzweigungen passiert und jedes Mal die Kiesel geworfen. Mittlerweile war der Fluss zu einem Bach geschrumpft, hatte aber kaum etwas von seiner türkisblauen Farbe verloren. Die Felswände seitens des Bachbetts weiteten sich und bald darauf standen die Jungen in einem Talkessel. Eddies erste Vermutung, dass es sich um eine Sackgasse handelte, bestätigte sich schnell. Glatte Wände ragten senkrecht fast hundert Meter in die Höhe. Der Bach schlängelte sich zwischen unzähligen hellgrünen Moosinseln durch das Tal. Eddie folgte seinem Verlauf mit dem Blick. Das Rinnsal entsprang aus einer Felswand am Ende des Tals. Als sie sich der Stelle näherten, glaubten sie ihren Augen nicht zu trauen. Normalerweise quollen unterirdische Quellen aus kleinen Felsspalten, Höhlen oder Vertiefungen im Boden hervor. Dieser Bach floss jedoch ohne eine sichtbare Öffnung aus dem Fels heraus. Einzig ein transparentes Flimmern zeugte an dieser Stelle von einem veränderten Zustand des Gesteins. Eddie tastete die Wand ab. Sie war massiv und nicht anders als andere Felswände. Als er die merkwürdige Stelle berührte, fühlte sie sich so fest an wie der Stein außen herum. Dennoch sprudelte das Wasser aus ihr hervor.

Eddie schüttelte ungläubig den Kopf. „Denkst du, dass hier irgendwo der Eingang ist?“, fragte er seinen Begleiter.

Choey kratzte sich nachdenklich am Oberarm „Ich denke, wir wären nicht hier, wenn wir nicht den Weg hinein finden sollten.“

„Aber was sollen wir jetzt tun? Es gibt nirgends eine Spalte, geschweige denn eine Höhle oder einen Durchlass.“

„Hast du das Gefühl, dass wir diesen Ort verlassen sollten?“

„Ich weiß nicht.“

„Dann frage dich, ob dir deine innere Stimme rät, jetzt zu gehen, um woanders zu suchen.“

Eddie erinnerte sich, dass Sonne-am-Himmel ihm an dem alten Brunnen auf dieselbe Weise geraten hatte, sein Gefühl zu befragen. Er spürte in sich hinein und stellte sich vor, dass sie dieses Tal verlassen würden, um bei den nächsten Flussverzweigungen einen neuen Weg auszuorakeln. Er dachte daran, wie die Steine sie an einen anderen Ort leiteten, an dem sie einen großen Durchgang in ein wunderbares Tal namens Shambhala fänden. Welches Gefühl erzeugte diese Vorstellung?

Schlecht. Unpassend. Falsch.

„Wir sollten hierbleiben“, sagte Eddie. „Selbst wenn ich keine Ahnung habe, was wir tun können, um weiterzukommen.“

„Manchmal ist es das Beste, nichts zu wollen, nichts zu planen und nichts zu tun, damit man vorankommt“, meinte Choey.

Sie bereiteten ihr einfaches Lager neben der Stelle, an der der Bach aus dem Fels sprudelte. Eddies Magen meldete sich jetzt in immer kürzeren Abständen sehr deutlich, aber im ganzen Tal gab es nichts, was man auch nur annähernd hätte essen können.

„Ich habe ziemlichen Hunger", sagte er zu Choey.

„Ich auch", stimmte Choey zu. „Aber das ist nicht weiter schlimm. Ich habe das auf meiner Reise schon häufig gespürt. Nach einigen Tagen verschwindet das Gefühl."

„Sehr tröstlich", meinte Eddie lakonisch. Er zog seinen letzten Schokoriegel aus der Jackentasche. „Ich habe noch eine Notreserve. Wollen wir teilen?"

Choey lächelte ihn an. „Vielen Dank. Vielleicht sollten wir ihn für später aufheben, wenn wir ihn wirklich brauchen?"

Der Riegel lag auf Eddies Hand wie ein kleiner Goldbarren, nur dass er in dieser Situation deutlich mehr wert war als ein solcher. Er starrte die Süßigkeit an. Die Verpackung mit dem Bild eines Raumschiffes auf dem Weg zu einem saturnähnlichen Planeten kam ihm auf einmal vor wie ein Gegenstand aus einer anderen Welt. Er steckte den Riegel zurück in die Brusttasche seiner Jacke. Dabei spürte er den kleinen Lederbeutel mit dem Kristallanhänger. Er nahm ihn heraus und öffnete den Knoten.

Choey sah interessiert zu. „Was hast du da?"

„Es ist der Kristall, den ich in meiner Geschichte neulich erwähnte. Seltsam, dass ich nicht schon eher an ihn gedacht habe. Die Stimme in meinem Zimmer sagte mir, der Kristall sei der Schlüssel."

„Welche Stimme?"

„Sie war einfach da. Ich weiß nicht, wem sie gehörte, aber sie war sehr angenehm und Vertrauen erweckend."

„Darf ich ihn in die Hand nehmen?", fragte Choey.

Eddie reichte ihm den Beutel und Choey ließ den Anhänger in seine Hand gleiten. „Der ist wunderschön." Er hielt den in sanftem Türkis glimmenden Stein in Augenhöhe und drehte ihn hin und her.

„Kennst du dich damit aus, Choey?"

„Nein, ich habe noch nie zuvor so etwas gesehen." Er hielt den Kristall dicht über seine linke Handfläche und fuhr dann langsam die einzelnen Finger entlang. „Aber ich finde, man spürt bei diesem eine deutliche Kraft, wenn man ihm zuhört."

„Vielleicht kann er uns helfen, den Zugang zu finden?“

„Wir sollten es versuchen. Was hast du damals getan, als er zu leuchten begann?“

„Ich habe die Kette um meinen Hals gehängt und ‚Shambhala‘ gesagt.“

„Vielleicht solltest du das noch einmal versuchen?“ Er hielt Eddie den Kristall entgegen. Der nahm die Kette und hängte sie um. Wieder entstand das sanfte und angenehme Vibrieren über seinem Brustkorb.

„Shambhala“, sagte Eddie vorsichtig.

Nichts geschah.

„Das war beim letzten Mal genauso. Ich muss es anders aussprechen.“ Er räusperte sich. „Shambhala!“

Keine Veränderung.

„Sham-bha-la“, sagte Eddie gedehnt und stellte sich das Wort vor seinem inneren Auge vor. Der Kristall blieb, wie er war.

Choey war nicht so schnell zu entmutigen. „Es wäre zu einfach, den Zugang nach Shambhala zu erhalten, wenn man einfach nur das Wort aussprechen müsste.“

„Schade“, sagte Eddie enttäuscht.

„Wenn der Kristall der Schlüssel ist, sollten wir ihn vielleicht wirklich so verwenden. Wir könnten damit die Wände des Tals absuchen.“

Eddie machte große Augen. „*Alle* Wände?“

Choey kicherte amüsiert. „Du solltest jetzt dein Gesicht sehen, Miam-dro-khen. Man könnte meinen, du müsstest einen Berg versetzen.“

„Pffff“, machte Eddie.

Choey lebte sichtlich auf. Die Sache schien ihm Spaß zu machen. „Wir könnten es zum Spiel erklären, uns möglichst viele Möglichkeiten auszudenken, wie man den Kristall als Schlüssel nach Shambhala benutzen könnte. Was meinst du?“

Eigentlich war Eddie nicht nach Spielen zumute, aber da ihm nichts Besseres einfiel, stimmte er zu. Den Rest des Tages nutzen sie, um mit dem Kristall die Felswände wie mit einer Wünschelrute abzusuchen. Nach drei Stunden hatten sie etwa ein Drittel des Tals überprüft, aber keinen Hinweis erhalten. Völlig ermüdet von den Anstrengungen des Tages beschlossen sie, die Suche abzubrechen und schlafen zu gehen. Das Letzte, das Eddie hörte, ehe er seine wache Welt verließ, war das

Plätschern des Bachs, der nur zwei Meter neben seinem Kopf aus dem Felsen entsprang.

Schlüsselerlebnisse

„Eeeeedieeee!"

„Eeeeedieeee!"

„Eeeeedieeee!"

Eddie fuhr hoch und riss seine Augen auf, um herauszufinden, wer ihn rief. Es war stockdunkle Nacht. Er befand sich noch immer an der Stelle, an der er eingeschlafen war. Beruhigend plätscherte der Bach aus der Wand. Choey stand vor ihm, aber er war in der Dunkelheit nur schwer zu erkennen.

„Hey, endlich hörst du mich. Ich warte schon eine ganze Weile auf dich?"

„Was ist los?", murmelte Eddie.

„Ich glaube, ich weiß, wie wir an die Informationen für den Zugang nach Shambhala kommen."

„Jetzt? Mitten in der Nacht?"

„Was spielt das für eine Rolle? Du willst doch auch von hier weg, oder?"

Trotz seiner Bemühungen, klar zu sehen, konnte er Choey nicht genau erkennen. Entweder war es einfach zu dunkel oder Eddies Augen waren noch nicht ganz wach. Es machte den Eindruck, als würden Teile der Landschaft durch Choeys Körper hindurchscheinen. „Klar will ich hier weg. Ich bin nur noch etwas schlaftrunken."

„Wenn du jetzt mit mir kommen willst, ist es wichtig, dass du mir vertraust. Tust du das?"

„Choey, das weißt du doch. Gib mir nur noch ein wenig Zeit um…"

„Nein, keine Zeit. Wir müssen jetzt losgehen. Es ist wichtig, sehr wichtig, dass du jetzt alles genauso machst, wie ich es sage. Ogeeiii?"

Eddie nickte, aber es fühlte sich merkwürdig an. Es war wohl einfach nicht seine Zeit.

„Steh jetzt auf und folge mir, ohne zurückzusehen und ohne nachzudenken, warum und wieso. Denke nur daran, dass wir den Weg finden wollen. Drehe dich auf keinen Fall um. Das gehört zum Spiel. Klar?“

„Klar.“

Choey ging voraus. Eddie stand auf und folgte ihm. Es war schwierig, keine Fragen zu stellen und keine Erklärungen zu suchen. Beim geringsten Abschweifen seiner Gedanken konzentrierte er sich wieder darauf, dass sie den Eingang finden wollten.

„Choey, ich bin so benommen. Alles ist verschwommen.“

„Fordere Klarheit, dann wird es besser.“

„Wie bitte?“

„Nicht fragen, warum. Sag ‚ich will jetzt sofort völlig klar sehen‘.“

„Aber...“

„Vertraue! Tue es einfach.“

„Ich will jetzt sofort völlig klar sehen“, rief Eddie in die Nacht. Schlagartig veränderte sich sein Eindruck von der Umgebung. Er sah die Steine am Boden, die Moosinseln und die kleinen Büsche trotz der Dunkelheit scharf vor sich. Ebenso die Felswände des Tals, obwohl sie zum Teil weit entfernt waren. Das Wasser des Bachs glitzerte messerscharf im fahlen Licht der Sterne. Auch das Plätschern war von unglaublicher Deutlichkeit. Eddie vermochte allein am Fließgeräusch förmlich jeden Stein auszumachen, der umspült wurde.

„Choey, was ist los mit uns?“

„Keine Fragen jetzt. Ich erkläre es dir später. Wir möchten doch ein Geheimnis lüften. Wollen wir den Eingang suchen?“

„Ja.“

„Dann sage ‚Ich will jetzt sofort nach Shambhala‘.“

Eddie wiederholte den Satz. Choey sprach ihn fast gleichzeitig aus. Augenblicke später standen beide nur eine Armlänge von der Stelle entfernt, an welcher der Bach aus der Felswand hervortrat. Eddie sah, wie Choey dem Bachlauf durch die Wand folgte.

„Keine Fragen, folge mir einfach.“

Eddie ging hinter seinem Freund her. Der Fels verschwand. Gleichzeitig war ein summendes Geräusch zu hören, wie von tausend feinen Stimmen gesungen.

Oooohmmmm.

Besonders das ‚m' dauerte sehr lange. Eddie hatte gute Lust mitzusummen. Ohne es bewusst entschieden zu haben, tat er das auch, und sofort wurde es hell. Choey stand jetzt direkt neben ihm. Vor ihnen erstreckte sich ein schier unendliches Tal, in dessen Mitte ein riesiger, völlig symmetrischer Berg mit schneebedeckter Kuppe wachte. Um ihn herum schmiegten sich kleine Dörfer, Obstplantagen und Felder. Am Fuß des Berges herrschte ein palastähnliches Gebäude über das Gebiet.

„Ist es das, Choey?"

„Ja, das ist Shambhala."

Sie starrten versonnen auf die faszinierende Landschaft.

„Es ist wunderschön. Das Schönste, das ich jemals gesehen oder geträumt habe", stellte Eddie fest.

„Das geht mir genauso."

„Träumen wir jetzt?"

„Du sollst nicht fragen."

„Aber ich will es wissen. Es ist so anders als alle meine früheren Träume."

„Nein, wir träumen nicht. Nicht so, wie du es kennst."

Während Eddie überlegte, wie Choey das meinte, ließ er die vergangenen Minuten in Gedanken an sich vorüberziehen. Warum wollte Choey auf jeden Fall verhindern, dass er sich umdrehte? Plötzlich traf ihn die Erkenntnis wie ein Schlag. Gleichzeitig spürte er, wie ihn eine gewaltige Kraft nach hinten riss. In Sekundenbruchteilen schoss er die Strecke zurück, die sie gekommen waren, und lag wieder auf seinem Lager neben dem Bach. Sein Körper vibrierte wie eine riesige tiefe Gitarrensaite, die mit brutaler Gewalt bis zum Zerreißen gezupft worden war. Eddie wollte sich bewegen, um die Vibrationen abzuschütteln, aber sein Körper hörte nicht auf ihn. Er war wie gelähmt und völlig unfähig, auch nur einen Finger zu rühren. Aus weiter Ferne drang das Plätschern des Baches an sein Ohr. Die Vibrationen ließen langsam nach. Das Plätschern wurde lauter. Ebenso Choeys Stimme, die seinen Namen rief.

„Eeeeedieeee!"

„Eeeeedieeee!"

„Eeeeedieeee!"

Gesang

„Wir haben ihn gefunden. Wir haben den Zugang“, jubelte Choey und tanzte von einem Bein aufs andere. „Es war vollkommen richtig, hier zu bleiben!“

Eddie konnte Choeys Freude nicht ganz nachvollziehen. Er richtete sich auf. Noch immer war es dunkel und sie befanden sich am selben Ort, an dem sie sich vor einigen Stunden schlafen gelegt hatten. Eddie sah über die Schulter. Die Wand zeigte nicht die Spur eines Durchlasses. Benommen fuhr er sich mit einer Hand über das Gesicht. „Waren wir wirklich da? Es war doch nur ein Traum, oder?“

Choey freute sich noch immer. „Jetzt wissen wir, wie wir hineingelangen, ist das nicht schön?“

Eddie wusste noch nicht so recht, was er von der Sache halten sollte. „Choey, ich muss da wirklich rein“, sagte er. „Ich meine *wirklich*, so wie ich hier sitze, verstehst du? Sonst kann ich das Buch nicht mit hinausnehmen. Träume nutzen mir nichts.“

„Wem sagst du das, Miam-dro-khen? Auch ich habe nicht die Absicht, die nächsten Jahre meines Lebens in diesem Tal zu verbringen. Verstehst du nicht die Hinweise, die wir soeben auf unserer Reise bekommen haben?“

„Nein.“

„An was erinnerst du dich?“

„Wir gingen durch das Tal und dann durch die Felswand. Da war ein Summen.“

„Oooohmmmm“, machte Choey.

„So ungefähr. Und dann waren wir auf einmal durch. Ich sah einen Berg…“

„…Meru“, schwärmte Choey entzückt.

„…und Häuser und einen Palast.“

„Den Palast des Königs. Wir waren dort, verstehst du? Jetzt müssen wir nur noch unsere Körper mitnehmen.“

Eddie schüttelte irritiert den Kopf. „Bitte, lass uns noch etwas schlafen. Wie es aussieht, werden wir morgen alle Kraft benötigen, die wir haben.“

Sie legten sich wieder hin, und Eddie schlief entgegen seinen Befürchtungen schnell ein.

Am folgenden Morgen, als das Licht der frühen Sonnenstrahlen dem Himmel seine Farben zurückgab, wachte Eddie als Erster auf. Er rollte die Decke zusammen und trank einige Schlucke Wasser aus dem Bach. Der Hunger meldete sich mit quälender Deutlichkeit. Er war versucht, den Schokoriegel anzugreifen. Noch während er mit sich selbst haderte, wurde auch Choey munter. Er rieb seine Augen, streckte sich genüsslich, setzte sich auf und schlug den Kragen der alten Armeejacke herunter. Während er sich die Hände rieb, sah er nach oben. „Es scheint, als hätten wir gestern alle Wolken vertrieben. Ein guter Tag, um das Licht Shambhalas zu finden, meinst du nicht?"

„Oh ja, besonders wenn es dort, wo dieses Licht ist, auch etwas zu essen gibt", meinte Eddie.

„Ich bin gespannt, ob ich die Botschaft für den Zugang richtig deute."

„Choey, warum sagtest du heute Nacht, als du mich abgeholt hast, ich solle auf keinen Fall zurücksehen?"

Choey kniete sich am Bach nieder, machte den Oberkörper frei und begann, sich gründlich zu waschen. Eddie sah viele vernarbte Striemen auf seinem Rücken, sagte aber nichts.

„Weil dir sonst gleich das passiert wäre, was du am Ende doch erfahren musstest."

„Was hätte ich gesehen?"

„Dich selbst, wie du unter der Decke liegst und schläfst."

Eddie schluckte. „Aber ich bin sicher, dass ich aufgewacht bin und mich aufgesetzt habe."

Choey schrubbte seine Arme bis zur Schulter hinauf mit feinem Flusssand. „Stimmt."

„Wie kann ich dann dort liegen und schlafen?"

„Dein fester Körper hat gelegen, dein Energiekörper hat sich aufgesetzt. So einfach ist das. Die meisten dieser Dinge sind wirklich einfach. Dennoch ist es so schwierig, sie zu akzeptieren." Er legte sich auf den Bauch und hielt abwechselnd die Arme in das fließende Wasser, um den Sand abzuspülen.

„Ich habe zwei Körper?"

„Sagen wir lieber, du hast auf jeden Fall nur einen einzigen festen Körper, aber eine ganze Menge weitere, die du normalerweise nicht sehen kannst. Wenn alle ineinander ruhen, bist du völlig eins mit dir selbst. Aber die meisten Menschen sind ständig irgendwo unterwegs."

Er schüttete sich mit beiden Händen mehrmals Wasser ins Gesicht und prustete dabei lautstark. Dann sah er Eddie mit tropfnassem Gesicht an. „Wenn dein Bewusstseinskörper auf Reisen geht, so wie heute Nacht, gibt es nur eine Sache, die ihn sofort zurückholt: Wenn du irgendwie an deinen festen Körper denkst. Immer im Jetzt sein und nach vorne zu sehen ist das Geheimnis, um die Reise fortzusetzen."

Choey spritzte Eddie mit einer Handvoll eisigem Wasser an. „Wasche dich, Miam-dro-khen. Wir wollen ordentlich aussehen, wenn wir dem König von Shambhala begegnen."

Choey hatte die Idee, den kleinen Rest des Mehls zum Frühstück mit Wasser zu vermischen. Nun war auch der richtige Zeitpunkt für den Schokoladenriegel gekommen. Eddie zerstückelte ihn mit seinem Taschenmesser. Das Ganze vermischten sie zu einem Brei. Es reichte immerhin, um die Blechtasse bis zum Rand mit einer essbaren Paste zu füllen. Als Choey Eddies Taschenmesser sah, leuchteten seine Augen. Er wollte es unbedingt in die Hand nehmen. Eddie musste ihm jedes der siebzehn kleinen Werkzeuge genau erklären. Am interessantesten schien die kleine Lupe zu sein, mit der Choey sofort auf Entdeckungsreise ging. Er untersuchte alles, was er in die Finger bekam. Grashalme, moosbewachsene Steine, herumliegende Stöckchen und Blätter, das bedruckte Papier des Schokoriegels, die geprägten Messingknöpfe seiner Uniformjacke und sogar seine eigenen Fingernägel. Er sah aus wie ein kleiner, irre gewordener Forscher, der sich kurz vor der Entdeckung einer Sensation wähnte. Als er Eddie das Messer zurückgab, strahlte sein Gesicht und die Wangen waren vor Aufregung gerötet.

„Vielen Dank, das ist ein wunderbares Werkzeug."

„Behalte es. Es ist jetzt deines."

Choeys Augen weiteten sich. Zwei dunkelbraune Pupillen starrten Eddie ungläubig an. „Oh nein, das kannst du nicht hergeben. Es ist zu wertvoll."

„Dann ist es genau richtig für meinen Freund, der mir vielleicht das Leben gerettet hat."

„Oh, das habe ich doch gar nicht getan."

„Doch, das hast du. Die aus dem Hubschrauber hätten mich bestimmt entdeckt, wenn du nicht gewesen wärest."

Choey wog das Messer in der Hand wie einen schweren Edelstein. Dann nahm er aus der Innentasche seiner Uniformjacke einen kleinen silbernen Gegenstand, den er Eddie überreichte. Es war ein streichholzschachtelgroßes Kästchen aus Silber, mit abgerundeten Kanten und vielen feinen Verzierungen. Der Deckel wurde von einem winzigen Riegel verschlossen gehalten.

„Was ist das?"

„Ein *G'au*, ein Amulettbehälter. Er verleiht Stärke und bringt Glück. Er gehörte einst dem zehnten Panchen Lama von Tibet. Die Mönche hatten dieses *G'au* damals mit in das Haus meiner Eltern gebracht. Es war der einzige Gegenstand, den ich in der Nacht meiner Entführung unbemerkt mitnehmen konnte. Er hat mir seitdem sehr viel Kraft gegeben."

„Wer ist der zehnte Panchen Lama?"

„Der Panchen Lama ist nach dem Dalai Lama das wichtigste Oberhaupt unseres Volkes. Wenn der Dalai Lama, unserer heiliges Staatsoberhaupt, stirbt, findet der Panchen Lama seinen Nachfolger heraus. Wenn der Panchen Lama stirbt, bestimmt der Dalai Lama seinen Nachfolger."

„Dann muss dieses *G'au* sehr wertvoll sein. Wie bist du dazu gekommen?"

„Ich habe es als meines erkannt, als es die Mönche damals zusammen mit anderen Gegenständen auf den Tisch legten."

Eddie sah ihn befremdet an. „Wie kann es deines sein, wenn es dem zehnten Panchen Lama gehörte?"

„Das weiß ich nicht genau, aber ich weiß, dass ich es in Shambhala erfahren werde."

Eddie gab Choey das *G'au* zurück. Der machte eine abwehrende Handbewegung. „Es ist jetzt deines. Ich brauche es nicht mehr."

„Das werde ich auf keinen Fall annehmen."

„Bitte nimm es. Ich besitze nichts weiter und möchte dir so gerne ein Geschenk machen."

„Aber es ist zu wertvoll."

„Nicht für mich." Er sah Eddie ernst an. „Und du wirst seinen Wert erst wirklich schätzen können, wenn du es brauchst. Darum öffne es nie ohne wahre Not, aber trage es immer bei dir. Es ist wirklich sehr stark."

Eddie hielt Choeys *G'au* ebenso in der Hand wie der das Taschenmesser. „Choey Wer-immer-du-wirklich-bist, ich habe das Gefühl, dies ist der Beginn wunderbaren Freundschaft."

Choey strahlte. „Dann lass uns jetzt an die Arbeit gehen, mein wunderbarer Freund."

Sie setzten sich mit Blickrichtung zu der Stelle, aus der der Bach entsprang. Choey wirkte sehr konzentriert. „Wenn der Kristallanhänger ein Schlüssel ist, wird er uns helfen. Du sagtest, dass er zu Glühen begann, als du den Namen Shambhala aussprachst?"

„Nicht sofort", erinnerte sich Eddie. „Zuerst pulsierte er nur schwach. Es wurde immer stärker, je mehr ich mich auf den Klang des Wortes konzentrierte und mich in den Kristall hineinversetzte."

„Erinnerst du dich an den Klang, den wir hörten, als wir letzte Nacht durch den Felsen gingen?"

„Ja, es klang etwa so wie ‚Oooohmmmm'."

„Wir könnten das jetzt zusammen singen. Mal sehen, wie der Kristall reagiert, oder?"

„Ich soll singen? Das finde ich blöd", maulte Eddie.

„Es geht nicht um das Singen, es geht um Schwingungen. Wir sollten es ausprobieren."

„Na gut, aber ich habe dich gewarnt."

Choey legte seinen Armeerucksack vor ihre Beine. Eddie postierte den Anhänger darauf, so dass sie ihn beide sehen konnten. Dann schlug er die Deckelklappe über den Anhänger und stützte sie mit zwei kleinen Stöckchen ab, so dass der Kristall im Schatten lag. Er schimmerte in klarem, hellem Türkis.

Choey holte tief Luft und begann einen tiefen, lang gezogenen Ton zu summen: „Oooohmmmm."

Eddie stimmte zaghaft ein, aber in seinen Ohren klang es schrecklich unharmonisch.

„Du könntest verschiedene Tonhöhen versuchen", schlug Choey vor. „Es ist dann richtig, wenn wir beide eine gleichmäßige Schwingung spüren."

Eddie seufzte und atmete tief ein.

„Oooohmmmm", machte Choey.

„Oooohmmmm", machte auch Eddie. Dieses Mal klang es schon etwas besser. Er versuchte es mit verschiedenen Tonhöhen. Bald spürte er, dass er richtig lag. Ihre Stimmen vereinten sich zu einem gemeinsamen schwingenden Ton. Immer, wenn Choey Luft holte, summte Eddie weiter und umgekehrt. Der Ton erfüllte die klare Morgenluft. Es schien, als würde er die ganze nähere Umgebung in Schwingungen versetzen, einschließlich ihrer Körper. Bislang war Eddie zu sehr mit dem Summen beschäftigt gewesen, aber jetzt erinnerte er sich an den Kristall unter die Deckelklappe. Er strahlte eindeutig stärker als zu Beginn. Sein Licht schien mit dem schwingenden Ton sanft zu pulsieren, aber es wurde nicht stärker.

„Er hat geleuchtet, das ist schon mal gut", meinte Choey schnaufend.

„Als ich es zu Hause versucht habe, war das Licht so hell wie eine starke Glühbirne", erklärte Eddie.

„Wir machen es noch nicht richtig. Vielleicht fehlt noch etwas Wichtiges."

Während der folgenden halben Stunde versuchten sie ihre Gedanken so zu lenken, dass der Kristall stärker leuchtete. Ohne Erfolg.

„Es kann nur einen Grund haben", resümierte Choey. „Einer von uns beiden zweifelt daran, dass es gelingen kann."

„Wie meinst du das? Natürlich glaube ich, dass wir es schaffen."

„Habe ich dir schon gesagt, dass ich Energien sehen kann?"

„Ich glaube schon."

„Erlaubst du mir, dass ich deine Aura betrachte?"

„Warum fragst du mich?"

„Du bist mein Freund. Ich würde nie etwas tun, das du nicht willst. Deine Aura gehört dir."

„Natürlich kannst du sie ansehen. Was soll ich tun?"

„Gar nichts. Bleibe einfach nur ruhig sitzen."

Choey schloss die Augen, was Eddie merkwürdig vorkam. Magnolia Twingel hatte ihm das Aurasehen auf ganz andere Weise beigebracht. Sekunden später öffnete Choey die Augen wieder. Eddie sah ihn erwartungsvoll an.

„Da ist etwas, das nicht zu dir gehört und das zweifelt", sagte Choey

„Aber ich spüre nichts."

„Es ist dennoch da. Ich glaube, es stammt von deiner Mutter oder von deinem Vater. Würde einer von ihnen an dem zweifeln, was du gerade tust?"

„Oh ja, bestimmt." Da war sich Eddie sicher. „Aber was hat das mit mir zu tun?"

„Es hängen so viele Dinge von anderen Menschen in unserem Energiefeld ab. Sie beeinflussen uns, im Guten wie im Schlechten."

„Und wenn es so wäre, was machen wir jetzt?"
„Ich kann sie wegmachen."
„Du kannst was?"
„Sie entfernen. Wenn du es zulässt."
„Was geschieht dann mit mir?"
„Du wirst dich anschließend wahrscheinlich toll fühlen. Aber du musst mir vertrauen."
„Fang an!", forderte Eddie.
Choey schloss wieder seine Augen. Dieses Mal sah sein Gesicht sehr angestrengt aus. Er schien sich stark zu konzentrieren. Nach einer Weile schloss Eddie ebenfalls die Augen und wartete still ab. Plötzlich begann etwas an seinem Rücken zu ziehen. Eine saugende Kraft, die wie ein riesiger, unsichtbarer Magnet zu den Schultern hoch wanderte. Dann glitt das Ziehen um seinen Körper herum nach vorne. Eddie spürte, wie sich alles zu drehen begann. Die Kraft wanderte zu seinem Bauch. Anschließend bewegte sie sich wieder zu seinem Brustkorb und schließlich zu seinem Kopf. Das Ziehen wechselte sich mit einem Druckgefühl ab. Beides raste scheinbar ohne System über Eddies Körper. Das Schwindelgefühl nahm zu. Unbegründbare Brocken von Ärger und Angst flogen vorbei, wurden aber schnell von einem enormen Glücksgefühl weggewischt.
Ebenso schnell, wie er gekommen war, endete der Spuk. Der Schwindel wurde weniger und verschwand schließlich. Eine grundlose Hochstimmung breitete sich in Eddies Brust aus. Es fühlte sich an wie ein Sonnenaufgang im Zeitraffertempo, wobei das Licht der Sonne pure Freude war. Eddie verspürte den kaum zu bändigenden Drang, ausgelassen zu lachen.
„Lass einfach zu, was geschieht. Das ist normal und gut so. Keiner sieht dich hier", sagte Choey.
Selbst ohne diese Ermunterung hätte Eddie sich nicht mehr zurückhalten können. Er legte sich auf die Seite und begann wie irre zu kichern, während das Glücksgefühl sich weiter ausbreitete. Gleichzeitig stiegen ihm Tränen in die Augen. Er schluchzte wie ein kleines Kind, aber nicht aus Schmerz, sondern vor Freude. Minutenlang gab es kein Halten mehr. Auch wenn sein Verstand klar genug war, um das alles zu verfolgen, so konnte er doch nicht eingreifen. Schließlich beruhigte er sich langsam. Das überschäumende Glücksgefühl wurde zu einem Zu-

stand von heiterer, frischer Leichtigkeit. Schon lange hatte sich Eddie nicht mehr so gut gefühlt.

„Hey, was war das?“, fragte er Choey, als er wieder sprechen konnte.

„Ich habe dich von einigem befreit, was an dir hing und dich eingesperrt hatte. Wie fühlt es sich an?“

„Oh Mann, es ist toll. Echt klasse. Ich würde wirklich gerne wissen, wie du das gemacht hast.“

„Vielleicht sollten wir eine Pause machen, ehe wir noch einmal versuchen, den Eingang zu finden“, schlug Choey vor.

Eddie hätte die Welt umarmen können. Stattdessen stand er auf und umarmte seinen Freund. „Du bist ziemlich besonders, weißt du das?“

Choey grinste verlegen. „So wie du. Vielleicht sollten wir uns deshalb hier begegnen.“

Sie spazierten am Bachufer entlang. Choey hörte den Hubschrauber als Erster. Noch war das Knattern weit entfernt, aber es wurde lauter.

„Verdammt“, rutschte es Eddie heraus.

Sie sahen sich instinktiv nach einer Deckung um, obwohl sie wussten, dass es im ganzen Tal keine gab. Die wenigen dünnen Bäumchen trugen kaum nennenswerte Blätter, und die Felswände zeigten nicht den kleinsten Vorsprung. Wenn jemand von oben in den Kessel hineinsah, musste er sie unweigerlich entdecken.

„Wir könnten das Tal verlassen“, schlug Eddie vor.

„Selbst wenn wir laufen würden, bräuchten wir viel zu lange. Und wo wären wir dann? In der Schlucht, die uns ebenso wenig Schutz bietet.“

„Hast du einen besseren Vorschlag?“

„Wir sollten Vertrauen haben zu dem Schutz, den die goldene Kugel allen Reisenden nach Shambhala vor dem dunklen Vogel gewährt.“

Eddie ballte die Hände. „Vertrauen, okay. Was tun wir?“

Das Geräusch des Hubschraubers war lauter geworden. Es kam jetzt aus einer anderen Richtung. Offenbar suchte man das Gebiet systematisch ab. Choey ließ sich dadurch nicht aus der Ruhe bringen. „Wir setzen uns wieder an dieselbe Stelle wie vorhin und versuchen, den Zugang zu erhalten.“

Noch vor wenigen Minuten hätte Eddie das für viel zu riskant gehalten. Auch jetzt noch zogen die bekannten Angst machenden Zweifel mit ihrem ‚Wenn' und ‚Aber' an seinem inneren Auge vorbei. Doch im Unterschied zu vorher betrachtete er sie nun wie ein Beobachter, der mit interessierter Aufmerksamkeit vorüberziehende Wolken wahrnahm. Er nickte Choey zu. Sie liefen zu ihrem Lagerplatz. Noch immer lag der Kristallanhänger im Schatten der Deckelklappe. Nachdem sie sich gesetzt hatten, gab Choey Anweisungen.

„Tief einatmen, Eddie. Zuerst in den Bauch, dann in die Brust. Am Schluss in den Kopf. Beim Ausatmen die umgekehrte Reihenfolge. Lege jeden deiner Gedanken auf eine kleine Wolke und schicke ihn zum Himmel."

Eddie spürte, wie sich sein Atem beruhigte. Das Rotorengeräusch war mittlerweile deutlich zu hören. Der Hubschrauber überflog wahrscheinlich gerade eines der benachbarten Täler. Eddie legte diese Vorstellung mitsamt der daran hängenden Angst in Gedanken auf eine Wolke, die er in den Himmel steigen ließ. Die Jungen saßen mit geschlossenen Augen neben dem Bach und atmeten regelmäßig ein und aus. Jeder neu auftauchende Gedanke wurde auf einer Wolke fortgeschickt.

Choey begann leise zu summen. „Oooohmmmm."

„Oooohmmmm", machte auch Eddie. Ihre Stimmen verbanden sich fast augenblicklich zu einem gemeinsamen Ton, der langsam anschwoll, als wollte er das sich annähernde Hubschraubergeräusch vertreiben. Eddie dachte, wie sehr er seinen tibetischen Freund bewunderte. Er stellte sich eine besonders schöne, strahlend weiße Wolke vor und legte auch diesen Gedanken liebevoll darauf. Auf einmal blitzten Funken von Choeys Geschichte in Eddies Kopf auf. Er sah das Haus, in dem er gefangen gehalten worden war, die Gesichter der Wächter. Dann andere Gesichter von liebevollen Menschen, die ihm auf der Flucht weiterhalfen. Die Bilder kamen so schnell hintereinander, dass sie schon wieder verschwunden waren, ehe er sie zu fassen bekam. Er sah Soldaten, die eine Familie entführten, Gegenstände auf einem Tisch, die von einem der Soldaten achtlos in einen Sack geworfen wurden. Unbekannte Landschaften blitzen auf, verschiedene Stimmen sprachen mit ihm. Männliche und weibliche, freundliche und bedrohliche.

Die Jungen summten noch immer ihren gemeinsamen Ton. Schließlich beruhigte sich der Gedankenfluss. Eddie erinnerte sich an die vergangene Nacht mit den wenigen Eindrücken, die er vom Tal Shambhalas erhalten hatte. Er spürte eine liebevolle Verbindung zu dem Menschen neben ihm.

Ein greller Lichtblitz riss ihn aus seinen Gedanken. Im ersten Moment glaubte Eddie, der Hubschrauber wäre gelandet und man würde auf sie schießen. Mit einem Ausruf des Entsetzens schirmte er seine Augen ab und ließ sich instinktiv zur Seite fallen. Er blinzelte zwischen seinen Fingern hindurch in die Richtung, aus der das gleißende Licht kam. Es war der Kristall! Er leuchtete heller als je zuvor. Geblendet von dem intensiven Licht wendeten die Jungen ihre Blicke nach oben. Das Rotorengeräusch toste jetzt zwischen den Wänden der Schlucht. Noch war der Hubschrauber nicht zu sehen, aber es war nur eine Frage von Sekunden, bis er auftauchen würde. Kein Ausweg in Sicht.

Der Kristall erlosch.

„Eddie, sieh dort vorne!" Choey zeigte auf die Stelle, an der bisher der Bach aus dem Felsen geflossen war. Die Wand hatte jetzt ihre Beschaffenheit verändert. Der Fels flimmerte, als wäre er flüssig geworden. Einen ähnlichen Eindruck hatte Eddie schon einmal bei seinem Eintritt in die Famosa Dream Lane erlebt.

„Ist es das?", rief Eddie.

„Was immer es ist, wir haben keine andere Wahl, als es zu versuchen", schrie Choey zurück.

Sie rafften ihre Habseligkeiten zusammen und liefen auf die flimmernde Stelle zu. Eddie umklammerte mit einer Hand den Kristallanhänger, in der anderen hielt er seinen Rucksack. Choey trug seine dunkle Jacke unter dem Arm und den Armeerucksack auf dem Rücken. Wie auf ein unausgesprochenes Kommando machten beide einen Satz nach vorne. Sie sprangen in die Wand.

Augenblicklich verstummte der Lärm des Hubschraubers. Für eine Sekunde wurde die Welt um sie herum in tiefes Schwarz getaucht, dann war es wieder hell, und sie standen auf einem Weg, der hinter ihnen aus dem Nichts einer Felswand entsprang. Vor ihnen lag ein riesiges Tal, dessen Mitte von einem Berg beherrscht wurde. Die Landschaft sah ähnlich aus, wie Eddie sie in seiner nächtlichen Reise erlebt hatte, nur schien sie ihm jetzt, wo er sie mit allen Sinnen wahrnehmen konnte, noch viel mächtiger und fantastischer zu sein. Es bedurfte keiner Fragen mehr. Jeder Zweifel war beseitigt.

Sie hatten Shambhala erreicht.

Shambhala

„Wouw“, machte Eddie.

„Ist das so gut wie ‚Ogeeii‘?“, fragte Choey amüsiert.

„Viel besser. Es ist das Beste, das es gibt“, erklärte Eddie und ließ seinen Blick über das Tal schweifen. Der Berg war so ungewöhnlich, dass es schwerfiel, den Blick von ihm zu lösen. Das Massiv hatte die Form eines vollkommen symmetrischen Kegels, dessen Spitze mit blütenweißem Schnee bezuckert war. Völlig utopisch wirkte allerdings der dicke, flimmernde Strahl weißen Lichts, der von dem Gipfel des Berges aus senkrecht in den Himmel fuhr, wo er im Unendlichen verschwand.

„Der heilige Berg Meru“, flüsterte Choey. Er wischte mit dem Ärmel Tränen von seinen Wangen. Endlich hatte er das Ziel erreicht, das ihm all die schweren und einsamen Jahre Kraft gespendet hatte. Zum ersten Mal, seit er von seiner Familie getrennt worden war, konnte er sich wieder sicher fühlen.

Die Lichtachse spendete dem Tal eine wunderbar milde Helligkeit, offensichtlich zum besonderen Nutzen der Vegetation. Die unzähligen Felder und Obstplantagen leuchteten in saftigem Grün. Ein mächtiger Strom umrundete den Berg in gleich bleibendem Abstand. Er speiste mehrere große Flüsse, die sich in alle Himmelsrichtungen immer weiter bis in die letzten Winkel des Tals verästelten. Auf einem Hügel am Fuß des Berges thronte einc weiße Palastanlage. Darum scharten sich einige Häuser, deren genaues Aussehen man aus dieser Entfernung jedoch nicht erkennen konnte.

Noch immer hielt Eddie den Anhänger in der Hand. Das Leuchten war einem milden Glimmen gewichen. Es schien fast unvorstellbar, dass der kleine Kristall noch vor kurzem dieses gleißende Licht erzeugt hatte. Eddie steckte ihn ein, und sie begannen den Abstieg ins Tal. Da der helle Strahl aus dem Berg die einzige Lichtquelle zu sein schien, war es unmöglich, die Tageszeit zu bestimmen. Der eingefrorene Sekundenzeiger von Eddies Armbanduhr deutete zudem darauf hin, dass es sich mit der Zeit in Shambhala ähnlich merkwürdig verhielt wie in der Famosa Dream Lane.

Der mit flachen, fast fugenlos ineinander gefügten Steinplatten belegte Weg führte über unzählige Stufen nach unten. Hinter fast jeder Biegung des von großen Kieseln eingesäumten Pfades eröffneten sich neue, atemberaubende Perspektiven, und obwohl sie keinem Menschen begegneten, war alles sehr gepflegt.

Je weiter sie nach unten kamen, umso mehr sorgfältig angelegte Blumenbeete tauchten auf. Nach einiger Zeit stießen die Jungen auf eine einfache Steinhütte am Rande lang gestreckter Felder, vielleicht eine Art Rasthaus für die Menschen, die das Land bewirtschafteten. Allerdings waren trotz der exakt gepflügten und bepflanzten Felder keine Anzeichen für die Nutzung landwirtschaftlicher Geräte zu sehen. Die Erde zeigte weder Fußspuren noch Reifenabdrücke.

Die hölzerne Tür der Hütte war nur angelehnt.

Choey klopfte. „Hallo?"

Nachdem sie keine Antwort erhielten, traten sie ein. So einfach das Gebäude auch aussah, so perfekt war es gebaut. Die Wände bestanden aus großen Steinbrocken, die sich ohne Mörtel so lückenlos zusammenfügten, dass nicht einmal ein Blatt Papier zwischen die Fugen gepasst hätte. In die Wand eingelassene Kristalle lenkten das Außenlicht in das Zentrum des fensterlosen Raums. Dort stand eine Maschine, die an eine Mischung aus einem Cabriolet und einer fliegenden Untertasse erinnerte. An den Seiten waren waagerechte, lange Stangen montiert, an denen in kurzen Abständen faustgroße Kupferspiralen hingen. Um den Fahrersitz herum leuchteten fünf rötliche Kristalle, die von dem Licht aus den Wandkristallen gespeist wurden. Von ihren Halterungen aus führten Kabel ins Innere der Maschine.

„Wir sind in einer Garage", vermutete Eddie. Er sah nach oben. Ein auffälliger Mechanismus wies darauf hin, dass man das Dach wegklappen konnte.

„Was ist eine Garage?"

„Ein großer Raum, in dem man Fahrzeuge abstellt."

„Das ist kein Fahrzeug. Es hat keine Räder."

„Aber auch keine Flügel, keine Rotoren oder andere Triebwerke."

„Vielleicht bestellen sie damit die Felder?", überlegte Choey.

„Wie kommst du denn darauf?" Eddie sah sich das Gerät näher an. Es war sauber und hatte nicht den geringsten Kratzer. „Wie soll man denn damit Erde umpflügen?"

„Lass uns weitergehen“, drängte Choey.

Sie verließen die Hütte und folgten dem Weg, der sich jetzt zwischen Feldern mit verschiedenen Arten von Obst und Gemüse dahinschlängelte.

„Irgendwie unheimlich, oder?“, meinte Eddie.

„Was denn?“

„Heller Tag und niemand ist zu sehen.“

„Ein wenig merkwürdig ist das schon“, gab Choey zu. „Aber es gibt für alles eine Erklärung, also auch dafür.“

An Weggabelungen hielten sie sich immer in Richtung des Berges. So mussten sie zwangsläufig irgendwann zu dem Palast gelangen. Endlich tauchte hinter einem Waldstück eine Ansammlung von Häusern auf, die sich bald als Dorf entpuppte. Am Ortsrand blieb Eddie stehen und lauschte.

„Was hörst du?“, fragte er Choey, der ebenfalls aufmerksam horchte.

„Nichts.“

„Genau, absolut nichts. Es ist völlig still.“

„Interessant“, meinte Choey.

„Traust du dich, an eines der Häuser zu klopfen?“, fragte Eddie seinen Freund.

„Hmm. Wir könnten es doch gemeinsam tun, oder?“

„Einverstanden.“

Die Entscheidung war nicht einfach. Etwa dreißig Häuser säumten auf beiden Seiten die Straße. Alle sahen sich vom Stil her ähnlich, aber dennoch zeigte jedes eine eigene Persönlichkeit. Nie zuvor hatte Eddie ungewöhnlichere Gebäude gesehen. Die Wände verliefen in sanften Schwüngen und Rundungen. Es schien nirgends Ecken oder Kanten zu geben. Die dunkel verglasten Fenster waren kreisförmig, oval oder zeigten andere weiche Formen. Manche Gebäude bestanden nur aus einem Erdgeschoss mit einem halbkugelförmigen, grasbewachsenen Dach. Die zweistöckigen Häuser hatten fast alle Terrassen im ersten Stock, auf denen allerlei Grünzeug oder sogar kleine Bäume wuchsen.

Viele Außenwände waren mit Naturmotiven bemalt. Interessanterweise hatten die Künstler eine Froschperspektive gewählt. Man kam sich vor wie ein Insekt, das am Boden einer Wiese saß und nach oben blickte. Am häufigsten kamen überdimensionale Schmetterlinge, Gräser, Kräuter und Blumen vor, über denen sich ein hellblauer Himmel wölbte. Andere Häuser waren mit Spiralnebeln, Sternenwolken, fremden Planeten und anderen Motiven aus dem Weltall verziert. Alle Häuser trugen goldfarbene, geometrische Zeichen beiderseits des Eingangs, in die wiederum Kristalle in die Wand eingelassen waren. Vielleicht wurde auch hier Licht nach innen gelenkt. Die Symbole waren von einer derart fremdartigen und gleichzeitig faszinierenden Harmonie, dass Eddie seinen Blick kaumvon ihnen losreißen konnte. Eines bestand aus sich gleichmäßig verkleinernden Kreisen, die zusammen eine Art Spirale mit fünf Armen bildeten. Am Haus daneben prangte ein Symbol, das ebenfalls die Außenkontur eines Kreises hatte, innen aber mit Wellenlinien gefüllt war. Ein anderes bestand einfach nur aus zehn Ovalen, die, auf einer gebogenen Linie aufgereiht, immer größer wurden. Wieder ein anderer Kreis hatte radartige Speichen, die jedoch nicht aus Linien, sondern ebenfalls aus wachsenden Kreisen bestanden. Manche der Figuren waren so komplex und gleichzeitig faszinierend klar, dass man sich ihrer Wirkung kaum entziehen konnte.

„Hast du so etwas schon einmal gesehen, Choey?"

Choey, der die Figuren ebenfalls mit staunendem Gesicht betrachtete, schüttelte den Kopf. „Ich spüre nur die Kraft, die von ihnen ausgeht."

„Vielleicht eine Art Schrift."

„Wo wollen wir anklopfen?"

Sie standen vor einem Gebäude mit einer Spirale aus immer breiter werdenden Linien, die auf Eddie wirkte, als hätte sie etwas mit dem Weltall zu tun. Unwillkürlich musste er an das Plakat auf der Tür seines Zimmers zu Hause denken. Dabei wurde ihm bewusst, wie weit er sich schon von seinem alten Leben entfernt hatte. Nichts würde jemals wieder so sein wie zuvor. Neues Wissen veränderte die eigene Sichtweise der Dinge, und das Wissen, das er gerade erfuhr, veränderte sogar die eigene Realität. Hätte ihm jemand zu Beginn der Ferien auch nur eines der vielen neuen Erlebnisse vorausgesagt – Eddie hätte ihn vermutlich für einen Spinner gehalten. Jetzt musste er bei seiner Rückkehr mächtig aufpassen, nicht selbst von den anderen für verrückt erklärt zu werden.

Er folgte Choeys Blick. „Von mir aus", meinte er. „Dieses Haus ist so gut wie jedes andere."

Gerade, als Choey vor dem Eingang des Hauses seine Hand zum Anklopfen hob, wurde die Tür geöffnet. Ein junger Mann mit leicht gebräunter Haut und indischen Gesichtszügen sah sie fragend an. Er trug ein lichtblaues, lockeres Gewand mit langen, weiten Ärmeln. Seine dunkelblonden Haare standen im Kontrast zu seinen Zügen, passten aber gut zu den hellgrünen Augen. Er musterte die Jungen etwas schlaftrunken.

„Guten Tag", sagte Eddie, dem gerade auffiel, dass sie gar nicht recht wussten, was sie von dem Mann wollten.

„Aha, ihr seid gerade angekommen, oder?" Seine Stimme war tief und sanft, krächzte aber ein wenig.

„Ja, erst vor ein paar Stunden", nickte Choey.

„Ach so, deshalb klopft ihr um diese Zeit noch an. Kommt herein."

Die Freunde sahen sich verwundert an und traten ein. Im Haus war es nahezu völlig dunkel, denn die schwarzen Scheiben ließen kaum Helligkeit herein.

„Wartet, ich mache Licht", sagte der Mann und drehte an einem Hebel neben der Tür. Augenblicklich wurden die Scheiben klar. Helligkeit durchflutete den Raum und enthüllte eine Einrichtung, die ebenso ungewöhnlich war wie das Haus selbst. Die Möbel bestanden aus einem undefinierbaren glatten Material. Ihre fließenden Formen mit den dezenten Blau-, Grün- und Orangetönen wirkten vor den Wänden in kaum erahnbarem Hellblau sehr harmonisch und beruhigend.

Der Mann hob eine Hand zu einer Art Grußzeichen. „Mein Name ist Alaan. Entschuldigt bitte meinen Aufzug, aber ich habe geschlafen."

„Mein Vater arbeitete früher auch in der Nachtschicht und schlief dann tagsüber", meinte Eddie verständnisvoll.

Der Mann lächelte, während er sich mit einer Hand durch die Haare fuhr. „Es ist nicht ganz so, wie ihr vielleicht denkt. Wir haben jetzt Nacht, deshalb schlafen alle."

„Aber es ist taghell draußen", protestierte Eddie.

„Es ist zu jeder Zeit hell da draußen", erklärte der Mann. „Der Weltenbaum spendet uns immerwährendes Licht. Deshalb schaffen wir uns unseren eigenen Rhythmus von Dunkelheit und Helligkeit."

„Der Weltenbaum?", fragte Choey interessiert. „Ist das der leuchtende Strahl, der aus dem Berg Meru kommt?"

Statt einer Antwort musterte der junge Mann Choey durchdringend. „Sag mal, wer bist du, Junge?"

Choey sagte etwas in einer für Eddie unverständlichen Sprache. Ein Teil davon schien sein Name zu sein.

„Man sieht es", nickte der Mann.

„Tatsächlich?“, wunderte sich Choey.
„Jeder hier wird es sehen, das wirst du noch merken“. Alaan fuhr sich durch die Haare. „Morgen früh werde ich euch zu unserem König Rigden Jye-Po bringen. Bis dahin solltet ihr noch ein wenig ruhen, denn es ist kurz nach Mitternacht. Wollt ihr zuvor etwas Essen zu euch nehmen?“
Eddie und Choey verspeisten mit Heißhunger alles, was Alaan ihnen auftischte. Das meiste bestand aus Getreide, Gemüse und Obst, das auf unterschiedlichste Weise zu außergewöhnlich schmackhaften Gerichten verarbeitet war. Eddie konnte von seinem Gemüseauflauf gar nicht genug bekommen, und Choey löffelte genießerisch grinsend eine Obstgrütze in sich hinein.
„Das schmeckt…“ Eddie suchte nach einem passenden Wort, fand aber auf die Schnelle keines. „…einfach unglaublich. Wie macht man das?“
Alaan, der mit ihnen am Tisch saß, wirkte inzwischen ganz munter. Er lächelte verständnisvoll. „Es liegt nicht an der besonderen Zubereitung, sondern an den Zutaten. Alles hier schmeckt so, wie es seine Art ist. Die Pflanzen in Shambhala wachsen in ihrem Urzustand. Einige davon kennt ihr nicht, deshalb kommt es euch ungewöhnlich vor.“
„Toll, wenn es so ein Essen bei mir zu Hause auch gäbe“, sagte Eddie mit vollem Mund. „Irgendwie mag ich keine Hamburger mehr.“
„Niemand in Shambhala isst Tiere. Wir verwenden nur, was sie uns freiwillig geben möchten: Milch und Eier. Dafür umsorgen wir sie sehr liebevoll“, erklärte Alaan.
„Was bedeuten die großen Zeichen an den Häusern?“, wollte Choey wissen.
„Und die merkwürdigen Flugmaschinen in den Hütten bei den Feldern?“, schloss sich Eddie an.
„Die Zeichen erzeugen, wie jedes Symbol, bestimmte Wirkungskräfte, welche die Bewohner des Hauses um sich haben möchten. Gleichzeitig kennzeichnen sie das Haus. Mit den Maschinen in den Steinhäusern werden die Felder bestellt.“
„Aber sie haben gar kein…“
„Genug für heute“, unterbrach Alaan sanft. „Ihr werdet noch ausreichend Zeit für Fragen haben. Lasst uns jetzt schlafen gehen.“
Er wies ihnen zwei Betten in einem kleinen Raum im rückwärtigen Teil des Hauses zu. Auch hier war das Fenster schwarz abgedunkelt,

aber nachdem Alaan gegangen war, drehte Eddie sofort an dem Hebel neben der Tür. Das Glas wurde klar. Sie hatten freien Blick auf den Berg und die Lichtsäule

„Das ist echt Wahnsinn“, staunte Eddie. „Woher kommt dieses Licht nur?“

„Es gibt Zeit für Fragen und Zeit für Ruhe“, philosophierte Choey, der bereits im Bett lag. „Lege dich hin und schlafe, mein Freund.“

Eddie verdunkelte die Scheibe wieder, begab sich ins Bett und wartete auf die Müdigkeit.

„Choey“, flüsterte er nach einer Weile.

„Hmm?“ Rascheln unter der Decke.

„Glaubst du, dass die Menschen außerhalb von Shambhala uns das hier glauben werden?“

„Ist das wichtig? Es ist doch nicht unsere Aufgabe zu berichten, wie es in Shambhala aussieht.“

„Vielleicht schreibe ich irgendwann einmal ein Buch über diese Reise. Dann werde ich so bekannt wie Marco Polo, und alle Menschen werden sich für die Wunder dieser Welt interessieren.“

„Gute Nacht, Miam-dro-khen.“

„Schlaf gut, Gedhun Choekyi Nyima.“

Am nächsten Morgen wurden sie von ihrem Gastgeber geweckt. Alaan bereitete ihnen ein Frühstück, dass dem Nachtessen um nichts nachstand.

„Ich werde euch heute zum König führen. Ich bin sicher, er erwartet euch schon“, sagte er.

„Hast du uns bei ihm angemeldet?“, wollte Choey wissen.

„Das ist nicht nötig; er weiß alles, was hier geschieht, auch ohne dass man es ihm sagt.“

„Was ist dein Beruf, Alaan?“, fragte Eddie.

„Es ist bei uns ein wenig anders, als du es kennst. Ich habe keinen Beruf in dem Sinne, dass ich einfach etwas mache, was getan werden muss. Aber ich trage eine Berufung in mir. Diese Aufgabe lebe ich hier.“ Er zögerte, als wäre er unsicher, ob er sagen sollte, was er dachte. „Ich erfinde Geräte. Maschinen“, sagte er dann.

„Solche Flugmaschinen, mit denen man den Acker bestellt?“, hakte Eddie neugierig nach.

„Ja, so etwas“, antwortete Alaan vorsichtig.

„Ist es geheim?“

„In Shambhala gibt es keine wirklichen Geheimnisse, denn wer hier hinein Zugang erlangt, ist des Wissens würdig. Aber es gibt so unendlich viel Neues hier, dass es wichtig ist, alles zu seiner Zeit zu erhalten. Deshalb solltet ihr zuerst dem König begegnen.“

Nach dem Frühstück wuschen sich die Freunde in Alaans Badezimmer, das einer natürlichen Quelle nachempfunden war. Statt einer Dusche strömte ein warmer Wasserstahl aus einer Felsspalte und versickerte in einem Bett von kleinen, hellen Kieselsteinen. Das Waschbecken bestand aus einer großen Mulde in einem Felsvorsprung. Es wurde ebenfalls aus einer Quelle gespeist. Statt mit Seife wuschen sie sich mit einem duftenden, etwa faustgroßen Klumpen nachgiebigen Materials, von dem Alaan später erklärte, dass er aus speziellen Pflanzenfasern bestand, die sich auch zum Zähneputzen eigneten. Der Geschmack war so gut, dass Eddie sich beherrschen musste, um nichts davon zu schlucken.

Als sie aus dem Haus traten, war die Straße bereits ziemlich belebt, und der Ort erweckte einen gänzlich anderen Eindruck als noch vor einigen Stunden. Nichts wirkte mehr bedrohlich, auch wenn die Szenerie noch unwirklicher erschien als zuvor. Am Himmel schwebten geräuschlose Flugmaschinen, in Kugelform oder als Scheiben mit gläsernen Kuppeln. In einigen von ihnen konnte man nur den Piloten erkennen, in anderen saßen mehrere Menschen. Vor einem Haus am Ende der Straße landete gerade eine Kugel von der Größe eines Autos. Sie sank sanft herunter, setzte auf und ein Teil der Hülle öffnete sich wie eine geisterhafte Schiebetüre. Eine rothaarige Frau in gelbem Hosenanzug stieg aus. Zwischen zwei Gebäuden hindurch konnte Eddie auf ein Feld sehen. Eine Maschine, ähnlich der, die sie gestern in der Hütte gesehen hatten, schwebte langsam darüber. Die Seitenstäbe waren ausgefahren, berührten den Boden jedoch nicht. Unter ihnen formte sich das Erdreich wie von allein zu gleichmäßigen Furchen und Hügeln.

Alaan zog einen kleinen Kasten aus silbrigem Material hervor und drückte mit seinen Daumen in eine Mulde. Ehe die Jungen überlegen konnten, wozu das gut sein sollte, kam eine Scheibe mit Glaskuppel herbeigeschwebt und setzte vor ihnen auf. Die Kuppel schob sich lautlos zurück. Aus dem Rumpf fuhr ihnen eine kleine Treppe entgegen. Alaan machte eine einladende Geste.

„Können wir nicht lieber zu Fuß gehen?“, fragte Choey, dem die Sache offensichtlich nicht geheuer war.

„Warum? Hast du Angst?“, wollte Alaan wissen.

„Ich bin noch niemals geflogen“, erklärte Choey.

„Es tut nicht weh, und gefährlich ist es auch nicht“, entgegnete Alaan lächelnd. „Ich mache dir einen Vorschlag. Wir fliegen zunächst nur ein klein wenig. Wenn es sich nicht gut anfühlt, steigen wir sofort aus und gehen zu Fuß.“

„Ogeeii“, machte Choey, aber ganz glücklich schien er über diese Entscheidung noch nicht zu sein. Alaan sah ihn irritiert an.

„Das bedeutet ‚ja‘ “, erklärte Eddie schnell.

„Aha“, machte Alaan. „Dann steigt schon mal ein, ich verstaue noch euer Gepäck.“

Als alle in den anschmiegsam geformten Sesseln saßen, drückte Alaan eine von vielen sanft glimmenden Farbflächen im Armaturenbrett vor sich. Die transparente Kuppel schloss sich über ihnen wie ein Schutzschirm. Eddie erkannte, dass sie nicht aus Glas, sondern aus einem dünnen, flimmernden Energiefeld bestand.

„Darf man das berühren?“, fragte er Alaan, während er nach oben deutete.

„Natürlich. Nichts an dieser Maschine ist gefährlich. All unsere Technik dient nur dem Nutzen der Menschen.“

Eddie berührte die Kuppel vorsichtig mit den Fingerspitzen. Sie fühlte sich wie ein fester Gegenstand an, dennoch war sie anders als alles, was er je angefasst hatte. Das Material wirkte extrem stabil, hatte aber weder eine spürbare Temperatur noch eine erkennbare Oberflächenstruktur. Eddie drückte behutsam seine Handfläche dagegen. Es schien ein wenig, als würde man ein lebendes Wesen berühren.

„Was ist das?“, fragte er Alaan fasziniert.

„Der Antigravitationsschirm. Er hüllt das ganze Schiff ein und ermöglicht uns die Fortbewegung.“ Alaan drehte sich zu Choey um, der hinter Eddie saß und ungewöhnlich still wirkte. „Wir heben jetzt langsam ab. Ihr werdet nichts davon spüren, also seht einfach hinaus und genießt es.“

Die Glocke schwebte nach oben. Man nahm tatsächlich keine Beschleunigung war. Eddie hatte erwartet, wenigstens ein Gefühl wie in einem Aufzug zu spüren, aber es war, als stünden sie noch am Boden.

Das Dorf unter ihnen wurde langsam kleiner. Eddie sah sich nach Choey um. Der blickte mit leuchtenden Augen nach unten und zeigte keine Anzeichen von Angst mehr. Alaan steuerte das Fluggerät sanft in Richtung des Berges. Felder, Wälder, Orte, Wege und Flüsse glitten langsam unter ihnen vorbei. Immer wieder begegneten ihnen ähnliche Fluggeräte, die sich jedoch viel schneller als sie selbst fortbewegten. Einige waren von einem Augenblick zum anderen nicht mehr zu sehen.

„Wieso verschwinden manche von denen einfach?“, wunderte sich Eddie.

„Sie verschwinden nicht: Sie beschleunigen so schnell, dass deine Augen ihnen nicht mehr folgen können“, erklärte Alaan.

„Wahnsinn!“, staunte Eddie. „Hey, Choey, wie gefällt dir das?“

„Es ist toll“, rief Choey. Er rutschte vergnügt in seinem Sitz herum. „So zu fliegen ist wunderbar.“

„Können wir einmal um Shambhala herum fliegen?“, bat Eddie Alaan.

„Schnell oder langsam?“, fragte Alaan verschmitzt zurück.

„Wo ist der Unterschied?“

„Schnell dauert nur wenige Sekunden, langsam, so lange ihr wollt.“

„Dann langsam“, rief Choey von hinten.

Alaan änderte die Richtung. Er lenkte den Gleiter zum Talrand, etwa zu der Stelle, an der sie tags zuvor angekommen waren.

„Alaan, was ist das für ein Strahl, der aus dem Berg kommt?“, wollte Eddie wissen.

„Die Welt hat drei Achsen“, erklärte Alaan. „Eine magnetische, eine Rotationsachse und diese Energieachse hier. Sie besteht aus der reinsten Form von Energie, die es gibt. Vor sehr langer Zeit waren alle drei Achsen der Welt eins, doch die Menschheit ändert sich und mit ihr das Wesen der Erde. Alle Achsen verschieben sich ständig. Weil die Energieachse wandert und immer im Mittelpunkt Shambhalas liegt, befindet sich auch unser Königreich immer an einem anderen Ort.“

„Ist das der Grund, warum es niemand finden kann?“

„Bist du niemand, oder dein Freund, oder ich? Natürlich kann man Shambhala finden. Nur muss man dafür die Dimension wechseln, so wie ihr es getan habt.“ Alaan lenkte den Gleiter an einem Fluss entlang. Sie überquerten einen großen See. Eddie bemerkte, dass nirgends Vögel zu sehen waren.

„Also existiert Shambhala in der Welt, aus der ich komme, nicht wirklich, oder?"

„Deine Welt ist genauso real wie Shambhala", erklärte Alaan. „Wir sind nur voneinander abgegrenzt, weil unsere Realitätsebenen unterschiedlich schwingen. Ändert man die Schwingung, so wechselt man die Welt. Auch ihr habt eure Schwingungen so weit erhöht, dass ihr diese Dimension wechseln konntet."

„Der Shambhala-Kristall hat uns dabei geholfen", sagte Choey.

Alaan nickte. „Kristalle verstärken oder verwandeln Schwingungen auf nahezu allen Ebenen. Sie sind ein Fenster aus der Begrenzung hinein in die Unendlichkeit. Kristalle verbinden die Dimensionen in beide Richtungen. Mit ihnen kann man nicht nur empfangen, sondern auch senden und transformieren. In der Hand von Kundigen sind sie sehr starke Werkzeuge."

„Woher weißt du so viel darüber?"

„Es ist meine Aufgabe. Ich lebte auch einmal in der Welt, aus der ihr kommt. Ich erforschte Raum und Zeit und fand viel neues Wissen auf diesem Gebiet. Als ich eines Tages die entscheidende Entdeckung machte, nach der ich so lange gesucht hatte, tauchten nur wenige Stunden später Männer in meinem Labor auf. Sie stellten mich vor die Wahl, für sie zu arbeiten oder nicht mehr weiterforschen zu dürfen."

„Woher kamen die?"

„Sie sagten, sie kämen von der Regierung, aber ich wusste, sie meinten damit nicht die Regierung, die von den Menschen gewählt wurde. Auf jeden Fall machte ich sofort deutlich, dass ich auf meinem eigenen Weg weiterarbeiten wollte, weil meine Entdeckungen zum Wohl der Menschheit viel beitragen würden. Sie erklärten mir, dass es diese Möglichkeit nicht gebe. Für sie, oder gar nicht seien die Alternativen. Ich sagte, ich wolle es überschlafen, und sie stimmten zu. In Wirklichkeit schickte ich in derselben Nacht über vierzig Kopien meiner Aufzeichnungen an Kollegen in aller Welt."

Alaan schob seine Handfläche über der Steuerplatte kaum merklich nach links. Das Schiff drehte langsam in Richtung des Berges.

„Noch ehe die Sonne aufgegangen war, standen die Männer in meiner Wohnung, in den Händen alle vierzig Kopien meiner Unterlagen. Sie stellten mir ein Ultimatum. Ich sollte mich bis Mittag für die Regierung entscheiden, oder ich würde den kommenden Abend nicht mehr erleben."

Eddie schluckte und dachte daran, was ihm vielleicht bevorstand, wenn er mit dem Buch der Träume nach San Francisco zurückkehrte.

Alaan wirkte trotz der schlechten Erinnerung entspannt. „Als ich überlegte, welche Chancen mir noch blieben, fiel mir die Legende von einem Ort ein, der Verfolgten mit besonderen Aufgaben Zuflucht gewährte. Aber ich wusste nicht, ob ich zu solchen Verfolgten zählte oder meine Entdeckung und meine Fähigkeiten besonders genug waren. Ich wusste nur, dass ich weder meine Entdeckung noch meine Fähigkeiten in die Dienste schlecht gesinnter Menschen stellen wollte."

Auf einem schmalen Weg unter ihrem Gleiter steuerte eine Gruppe aus etwa zwanzig gelb und orange gekleideten Mönchen auf eine am Fuß eines Hügels gelegene Kapelle zu.

Alaan fuhr in Erinnerungen versunken fort. „Ich wusste von der Kraft der Kristalle. In meinem Labor gab es viele davon, die ich für meine Arbeiten benutzte. Ich arbeitete wie ein Besessener nach einer Idee, die unmittelbar nach meinem Entschluss zu fliehen in meinem Kopf entstanden war. Mein Plan war von außergewöhnlicher Klarheit, doch ich hatte nur wenige Stunden Zeit. Deshalb verschenkte ich keine Sekunde mit Zögern, machte keinen überflüssigen Handgriff und dachte nie daran aufzugeben. Kurz vor Ablauf des Ultimatums war mein Gerät fertig. Ich befestigte es an meinem Körper. Hätten mich die Männer der Regierung so gesehen, wäre es um mich geschehen gewesen, dessen bin ich auch heute noch sicher. Auf jeden Fall hat es im letzten Augenblick funktioniert und so landete ich in Shambhala. Ein Sprung durch Raum und Zeit."

Alaan starrte gedankenverloren vor sich hin, während der Gleiter einem Waldrand folgte, an dem eine Herde Rehe graste. Es schien, als bemerkten sie das Fluggerät gar nicht.

„Ich kenne jemanden bei mir zu Hause, der auch Geräte für die Zeitveränderung erfindet", brach Eddie das Schweigen.

Alaan horchte auf. „Wie heißt er denn?"

„Phenylius Tickstopp."

Alaans Miene wurde lebendig. „Ist er in einem Alter, dass er dein Großvater sein könnte, etwa so groß wie du, eine Hakennase, grüne Augen und eine Stirnglatze über einem hellgrauen, wirren Haarkranz? Kichert ständig vor sich hin und hört einem nur zu, wenn es um seine

Erfindungen geht. Enorm intelligent, aber auch sehr egozentrisch. Ist er das?"

Eddie schüttelte ungläubig den Kopf. „Ich habe ihn nie selbst gesehen", sagte er. „Aber nach allem, was ich von ihm gehört habe, würde die Beschreibung gut zu ihm passen."

Alaan grinste so breit, wie Eddie es bisher noch nicht bei ihm gesehen hatte. Er schien eine amüsante Erinnerung vor Augen zu haben.

„Zeitvertreiber", sagte er, von einem Lachanfall geschüttelt. „Wegverkürzer! Dieser Mann ist wirklich sehr besonders."

„Das sind seine Erfindungen!", rief Eddie. „Woher kennen Sie ihn?"

„Er war vor einiger Zeit hier, durch einen Unfall sozusagen. Bei einem seiner Versuche landete er in der Nähe des Königspalastes. Er nahm seine defekte Erfindung unter den Arm, ging schnurstracks in den Palast und bat den Nächstbesten, dem er begegnete, um Hilfe." Alan machte eine Pause, und es schien, als wollte er nichts hinzufügen.

„Und weiter?", drängte Eddie.

„Er traf ausgerechnet den König. Der hörte sich die Geschichte des kleinen Mannes an und übergab ihn anschließend meiner Obhut. Ich half ihm, sein Gerät zu reparieren, damit er die Rückreise antreten konnte. Er hat mir die ganze Zeit Fragen gestellt, pausenlos. Ich hatte Mühe, in Ruhe zu arbeiten. Aber ich habe ihm kaum eine Frage beantwortet."

„Warum?"

„Weil er auf die Frage des Königs, ob er in Shambhala bleiben wolle, geantwortet hatte, er hätte noch viel zu viele unerledigte Erfindungen in seiner Welt auf dem Tisch liegen, als dass er sich von ihr verabschieden könnte. Daraufhin wies mich der König an, dem alten Mann nur so viel Wissen zu geben, dass er wieder nach Hause fände."

Sie waren inzwischen vor dem Berg Meru angelangt. Eddie folgte dem mächtigen Lichtstrahl mit den Augen nach oben, in eine scheinbar unendliche Schwärze. „Wohin führt der?"

„Wirst *du* denn in Shambhala bleiben, Eddie?", fragte Alaan statt einer Antwort zurück.

Eddie überlegte kurz. „Nein, ich glaube, auch meine Aufgabe liegt da draußen."

Alaan sagte nichts, aber Eddie verstand und stellte keine Fragen mehr. Nachdem sie den Berg umkreist hatten, kam die weiße, weitläufige Palastanlage wieder in ihr Blickfeld. Alaan verlangsamte die Fahrt und ließ den Gleiter sanft abwärts schweben.

„Wir landen jetzt, und ich werde euch verlassen. Es war mir eine Freude, euch als Erster in Shambhala empfangen zu dürfen."

„Vielen Dank, Alaan", sagte Choey.

„Und viel Glück für deine Arbeit", fügte Eddie hinzu. „Hier wird dich bestimmt niemand mehr bedrohen, so wie vor … wie lange ist das her?"

„Etwas mehr als zweitausendsiebenhundert Jahre, in deiner Zeitrechnung."

Lichtblicke

Pater William hatte in seinem Leben schon viel erlebt, aber in einer derart hoffnungslosen Situation war er noch nie gewesen. Das einzig positive Erlebnis in den vergangenen zwei Tagen war gewesen, dass der Hubschrauber kurz vor den Steinhütten abgedreht hatte.

Seit seiner Ankunft hatte der Pater nichts gegessen. Die vergangenen Nächte waren die kältesten gewesen, an die er sich erinnerte. Von Schlaf konnte auf dem frostigen, harten Boden kaum die Rede sein. So war er mittlerweile nicht nur hungrig, sondern auch völlig übermüdet. Schnell hatte Pater William feststellen müssen, dass es mit seiner Kondition auch nicht mehr zum Besten stand. Die Abstände zwischen seinen Verschnaufpausen wurden immer kürzer. Zu allem Überfluss wusste er weder, wo er sich befand, noch, ob es überhaupt richtig war, dem türkisblauen Strom flussabwärts zu folgen. William Werklers Motivation ließ mit jeder Stunde nach.

Am späten Nachmittag dieses dritten Tages legte er eine längere Rast ein. Er machte es sich hinter einem Felsbrocken am Fluss bequem, so gut es ging. Während der vergangenen Stunden hatte er immer wieder darüber nachgedacht, wie leichtsinnig es gewesen war, sich derart unvorbereitet in eine solche Unternehmung zu stürzen. Hätten sie nur auf Magnolia gehört. Der Pater lächelte bei dem Gedanken an seine Nichte. Sie war ein so liebenswerter Mensch und verfügte wirklich über eine ausgeprägte Intuition. Und Eddie? Würde er sich bis nach Kathmandu durchschlagen können? Hoffentlich versuchte er nicht, auf eigene Faust den Zugang nach Shambhala zu finden. Pater William hätte es sich niemals verzeihen können, wenn dem Jungen etwas zustieße.

Er wurde durch kaum wahrnehmbares Glockengeläute in seinen Gedanken unterbrochen. Die zarten Töne wurden zwar vom Wind zerrissen, waren aber eindeutig vorhanden. Er lugte vorsichtig an seinen Felsen vorbei und entdeckte in weiter Ferne eine Herde Ziegen und zwei Menschen auf einer Wiese.

Schlagartig war alle Grübelei verschwunden. Pater William raffte seine Habseligkeiten zusammen und lief, so schnell er konnte, das Flussbett entlang auf die Hirten zu.

Rigden Jye-Po

Die beiden Jungen standen in einem Park, der sich direkt an den Hauptbau des Palastes anschloss. Es war der schönste und friedvollste Ort, den Eddie je erlebt hatte. Selbst die Stimmung im Hopireservat, die schon sehr beruhigend gewirkt hatte, wurde von dieser Umgebung übertroffen. Bäume, von denen er viele noch nie gesehen hatte, standen in lichten Abständen auf einer frischgrünen Wiese. Viele von ihnen trugen ungewöhnliche Früchte, die schon auf den ersten Blick zum Probieren einluden. Kleine Bäche schlängelten sich leise glucksend zwischen Büschen und Unterholz durch die Landschaft. Marmorne Bänke luden zum Verweilen ein. Ab und zu verschaffte ein kleiner Hügel die Möglichkeit eines weiten Blickes und der schneebezuckerte Gipfel des Berges Meru war überall gegenwärtig. Die Größe des Parks war wegen seiner verwinkelten Anlage unmöglich zu schätzen. Man bekam unwillkürlich die Vermutung, er könnte sich endlos weit in die Landschaft Shambhalas erstrecken. Die beiden Freunde setzten sich auf eine nahe gelegene Bank und atmeten die friedvolle Stimmung ein. Ein Gefühl von Traurigkeit schwebte über ihnen.

„Was nun, Choey?“, fragte Eddie bedrückt.

„Sag du es, Miam-dro-khen.“

Nach einer kurzen Pause sprach Eddie aus, was er immer stärker gespürt hatte, als sie sich in dem Gleiter dem Palast genähert hatten. „Ich glaube, unsere gemeinsame Reise endet hier.“

„Aber nicht unsere Freundschaft." In Choeys dunklen, mandelförmigen Augen spiegelten sich das Grün der Bäume und das Blau des Himmels.

„Nein, die wird niemals enden", bekräftigte Eddie. Er wurde nachdenklich. „Was wird uns wohl erwarten, hier am Ende unseres langen Weges?"

„Das ist nicht das Ende, Traumwanderer." Choeys helle Stimme schwang sanft auf und ab. „Es ist erst der Beginn. Wir beide stehen am Anfang einer sehr großen Aufgabe. Jeder von uns ist vorgesehen, seinen Teil beizutragen, um den Menschen zurückzubringen, was sie verloren haben."

„Vielleicht haben sie es nicht verloren, sondern nur verlernt", überlegte Eddie. „Ich glaube, sie tragen es noch in sich, aber sie haben vergessen, wie man es benutzt."

Choey seufzte. „Vergessen ist die bedauerlichste Verschwendung von Wissen", meinte er. „Es ist, als würde man Teile seines Lebens wegwerfen. Alles, was geschieht, hat einen Sinn, vor allem die Erfahrung und das Wissen, die einem begegnen."

Ein vereinzelter Windhauch streifte die Blätter des Baumes, unter dem sie saßen. Sanftes Rauschen. Dann war es wieder still.

„Ich sehe mit Freude zwei Menschen in meinem Garten sitzen, deren Wege hierher zwar mühsam, aber richtig waren."

Sie fuhren herum. Eddie erkannte die Stimme sofort als die wieder, die zu Hause in seinem Zimmer aus dem Kristall heraus mit ihm gesprochen hatte. Hinter ihnen stand ein hochgewachsener Mann mittleren Alters mit asiatischen Zügen. Sein Gesicht war von einem dünnen Bartrand umrahmt, was ihm ein wenig das Aussehen eines Künstlers verlieh. Alles an dem Mann wirkte sehr fein und geschmeidig. Schlanke Hände mit langen Fingern, gleichmäßig bronzefarbene Haut. Dichte dunkle Haare, die sich in sanft gelocktem Schwung nach hinten bis über die Schultern wellten. Dunkle, geheimnisvoll wirkende Augen. Er war in eine Art Tunika gekleidet, wie sie auch schon Alaan getragen hatte. Allerdings wirkte diese hier durch das feine Material und den besonderen Schnitt noch eleganter. Die Oberfläche des Gewandes schimmerte in seidenmattem Beige. Der Mann trug weder Schmuck noch sonstige Standeszeichen. Er stand barfuß auf dem Gras, das merkwürdigerweise keinerlei Fußabdrücke um ihn herum aufwies. Es war unmöglich zu sagen, aus welcher Richtung er sich den Jungen genähert hatte. Weder

Eddie noch Choey brachten ein Wort heraus, aber in diesem Augenblick war ohnehin jede Frage überflüssig.

„Ihr vermutet richtig. Eure Reise ist nur unterbrochen, nicht beendet. Aber hier könnt ihr rasten, bis jeder von euch seinen Weg stärker als je zuvor fortsetzt.“ Er machte eine Geste in Richtung des Palastes. „Seid willkommen, meine Gäste.“

Die beiden Jungen standen wortlos auf und folgten dem Mann, der sich ihnen nicht vorgestellt hatte und von dem sie dennoch wussten, dass er der König von Shambhala war. Eddie spürte den Kristallanhänger in seiner Hosentasche. Er zog ihn hervor. Das türkise Leuchten war vollständig verschwunden. In strahlender Klarheit brach der Stein Lichter und Farben der Umgebung in unzähligen sich ständig verändernden Facetten.

Der Garten schloss sich direkt an eine große Terrasse des Palastes an, die wiederum von einem Bogengang eingerahmt wurde. Waren ihnen bisher weder Menschen noch Tiere begegnet, begann sich die Umgebung nun mit Leben zu füllen. Auf den weißen Zinnen oberhalb eines Bogengangs stolzierten Pfaue. Weiße Vögel flatterten in Schwärmen von einem Turmdach zum anderen. Auf einem kleinen Baum vor der Terrasse saß ein Papagei, der an Farbenpracht alles übertraf, was Eddie bei Vögeln je gesehen hatte. Weiße, wieselartige Tiere überquerten flink den Fußweg, um von einem Baum zu einem anderen zu gelangen.

Auf der Terrasse luden Sitzmöbel und Liegen aus hellbraunem Holz mit weißen Kissen zum Verweilen ein. Dazwischen Tische mit kupfernen Platten, in die silberfarbige Symbole eingearbeitet waren. Manche erinnerten Eddie an die Zeichen auf den Häusern. Die auf den Tischen verteilten Karaffen und Gläser sahen aus wie riesige, geschliffene Edelsteine. Funkelnde Kristallschalen quollen über vor Früchten.

Der König bedeutete ihnen, sich auf eines der Sofas zu setzen. Er selbst nahm auf einem einfachen Stuhl Platz. „Fragt“, forderte er sie lächelnd auf.

Eddie sah Choey an. Der schien von der knappen Art ihres Gegenübers ebenso überrascht zu sein. „Sind Sie…“, begann er.

„Fragt, als hättet ihr nur eine Frage zur Verfügung“, unterbrach ihn der König.

Choey hielt kurz inne. „Bin ich der Panchen Lama, der meinem Volk und allen Menschen Frieden und Freiheit bringen soll?“, fragte er dann.

Der König lächelte anerkennend und nickte fast unmerklich. „Ja, der bist du."

Dann sah er zu Eddie, der nicht lange überlegen musste. Seine wichtigste Frage war klar. „Bekomme ich hier das Buch der Träume, um es den Menschen in meiner Welt zu bringen?", wollte er wissen.

Der König nickte wieder. „Ja." Er beugte sich nach vorne. „Was jemand am innigsten wissen möchte, zeigt, wer er ist, wo er steht und wonach er strebt." Er schenkte Wasser in zwei Kristallgläser und reichte sie den Jungen. „Ihr habt bereits richtig erkannt, dass jeder von euch für eine wichtige Aufgabe vorgesehen ist. Nur Menschen, die so rein sind wie dieses Wasser, können solche Aufgaben zu einem Teil von sich machen. Ihr nutzt beide dieselbe Kraft, aber jeder formt sie zu einem persönlichen Bestandteil seines Selbst."

„Gibt es viele Menschen, die solche Aufgaben erhalten?", fragte Eddie.

Der König nickte. „Ja. Jede Aufgabe ist unterschiedlich in Bedeutung und Tragweite. Sie wird sowohl von den Fähigkeiten ihres Trägers bestimmt als auch von den Notwendigkeiten des Zeitalters. Aber jede ist wichtig."

„Was geschieht, wenn jemand scheitert?"

„Nichts."

„Nichts?"

„Ein anderer wird sie lösen. Nur kann es lange dauern, bis wieder jemand zu der Aufgabe passt."

„Wie lange werde ich hier sein?", wollte Choey wissen.

„Bis du alles gelernt hast, was du wissen musst."

„Aber vielleicht eilt es. Die Menschen in meinem Land erfahren so viel Leid."

„In Shambhala verläuft die Zeit anders als in eurer Welt. Ihr werdet zu einer für euch passenden Zeit wieder zurückkehren."

„Ich habe über Shambhala gelesen", meinte Eddie. „In keinem Bericht wurde es so beschrieben, wie es wirklich aussieht. Nur der Berg und der Palast sind ähnlich."

„Jeder Mensch nimmt wahr, was zu ihm passt", sagte Rigden Jye-Po. „In Shambhala erlebt jeder nur das, was er benötigt."

„Und die Menschen, die hier wohnen?"

„Auch sie. Niemand kann alles wahrnehmen. Könnte er es, wäre sein Leben sinnlos."

„Das verstehe ich nicht“, meldete sich Choey zu Wort. „Wenn Erfahrung und Erkenntnis Ziele des Lebens sind, wie kann die höchste Form davon sinnlos sein?“

Der König lehnte sich zufrieden zurück. „Deine Fragen sind klug. Ich merke, dass du der Richtige für deine Aufgabe bist, aber im Augenblick ist noch nicht die Zeit, um zu lernen. Dennoch will ich dich nicht ohne Antwort lassen. Die erste Aufgabe jedes Menschen ist es, sein Leben mit den ihm gegebenen Fähigkeiten zu meistern. Die zweite Aufgabe ist es, über seine begrenzten Fähigkeiten hinauszuwachsen. Die Begrenzungen abzulegen, um unbegrenzte Erkenntnis zu erlangen, ist die dritte Aufgabe. Der Körper und das Ich, das in ihm wohnt, sind Instrumente der Begrenzung. Wer darüber hinauswächst, benötigt beides nicht mehr.“

„Sind Sie schon darüber hinausgewachsen?“

Statt einer Antwort stellte der König eine Gegenfrage. „Habe ich noch einen Körper?“

„Ja.“

„Das ist deine Antwort.“

Sie folgten dem König in den Palast. Endlich waren Menschen zu sehen. Die von rosafarbenen Marmorsäulen gesäumten Gänge des riesigen Gebäudes waren von Frauen und Männern in unterschiedlichsten Altersstufen, Nationalitäten und Kleidungen bevölkert. Es schien, als tummele sich hier eine Art Querschnitt der Menschheit. So verschieden alle auf den ersten Blick wirkten, hatten sie jedoch spürbare Gemeinsamkeiten. Manche standen herum und unterhielten sich in fremd klingenden Sprachen. Andere schienen im Gehen angeregt zu diskutieren, obwohl dabei kein Wort über ihre Lippen kam. Einige flanierten gedankenverloren mit dicken Büchern oder Schriftrollen unter dem Arm durch die Gänge. Wieder andere führten kleine Modelle von Gebäuden oder Maschinen mit sich. Einmal sah Eddie einen etwa achtjährigen Jungen, der fasziniert auf eine Art tragbaren Bildschirm starrte. Er bemerkte, dass Eddie ihn beobachtete, und grüßte mit einer fremden Formel, die Eddie bestmöglich wiederholte.

Sie passierten einen Saal, in dem gerade eine Versammlung oder Schulung stattfand. Einige der Zuhörer trugen Nachtgewänder. Besonders auffällig war allerdings, dass alle Körper außer dem des Lehrers durchscheinend wirkten und von einem dünnen Lichtfilm umgeben waren.

„Energiekörper“, flüsterte Choey. „Ihre festen Körper liegen zu Hause im Bett.“

„Haben wir neulich in der Nacht auch so ausgesehen?“

Choey nickte nur. Immer wieder bogen sie in neue Gänge ein, wechselten die Stockwerke oder durchquerten tempelartige Hallen. Der Palast bestand aus einer unüberschaubaren Anzahl von Räumen und Sälen. Bald hatten die Jungen völlig die Orientierung verloren. Sie waren froh, als sie schließlich einen Raum erreichten, der dem König offensichtlich als Arbeitszimmer diente. Auch hier waren unzählige Kristalle in allen Farben, Formen und Größen in die Wände eingelassen. Drei Plätze waren durch Steinmosaike im Boden besonders hervorgehoben. Auf jedem der Muster stand ein massiver Holzstuhl. An der Decke darüber schwebte jeweils, wie von unsichtbaren Fäden gehalten, ein besonders großer Kristall. Eddie erinnerte sich an einen seiner ersten Träume, wie Schwester Amily ihn in einen Kristallraum geführt hatte, damit er Erkenntnis und Klarheit gewinnen sollte.

Der König drehte sich um und sah sie an. In seinen Augen spiegelten sich die Farben der Kristalle. „Es ist jetzt Zeit für euch, um voneinander Abschied zu nehmen.“

„Das haben wir schon im Garten getan“, antworteten beide fast gleichzeitig.

„Werden Choey und ich uns jemals wieder begegnen?“, fragte Eddie zum König gewandt. Der Anflug eines zärtlichen Lächelns umspielte die Lippen von Rigden Jye-Po.

„Wie kann ich eure Zukunft wissen, wenn nur ihr selbst sie in der Hand habt?“

Eine Frau mit braunen Haaren und rotem Gewand betrat den Raum, um Choey abzuholen.

„Auf Wiedersehen, Miam-dro-khen“, sagte Choey.

„Bestimmt, Gedhun Choekyi Nyima“, antwortete Eddie.

Macht

„Du bist gekommen, um ein Buch zu holen“, bemerkte der König.

Eddie nickte. „Man hat mir gesagt, es wird das Buch der Träume genannt. Gibt es das wirklich?“

„Ja, es wartet seit langer Zeit."
„Kann ich es einfach mitnehmen?"
„Natürlich. Deshalb bist du doch hier."

Obwohl er jetzt am Ziel seiner bisherigen Abenteuer war, fühlte sich Eddie ziemlich ratlos. Er zupfte sich verlegen am Ohrläppchen.

„Du fragst dich, was du damit anstellen sollst. Du überlegst, was darin steht." Der König schien Gedanken lesen zu können. „Ich kann dir nicht im Einzelnen sagen, was du zu tun hast, aber es ist die Bestimmung des Buches, allen Menschen in deiner Welt zur Verfügung zu stehen."

Eddie war noch immer nachdenklich. Eine seltsame Art von Leere breitete sich in ihm aus, wenn er an seine Zukunft dachte. Er erinnerte sich an den Traum der verborgenen Wege, den er vor einiger Zeit gehabt hatte und in dem er etwas überbringen sollte, von dem er weder wusste, was es war, noch, wer es bekommen sollte.

„Bin ich nur ein Bote?"

„Du meinst, ob deine Lebensaufgabe mit der Weitergabe des Buches erfüllt ist? Mach dir darum keine Gedanken."

Eddie starrte zum Fenster hinaus in den Park. Zufällig lag dort der Ort, an dem Alaan sie abgesetzt hatte. Alaan. Die Zeit, aus der er geflüchtet war. All die anderen Menschen, die hier lebten. Unfassbare Erfindungen. Schulen für Traumreisende. So viele Fragen. Der König beobachtete ihn ruhig. Nach einer Weile fragte ihn Eddie, wie es jetzt weitergehe.

„Du wirst das Buch erhalten und Shambhala verlassen", antwortete der König. „Es ist nicht deine Aufgabe, hier zu bleiben. Nicht jetzt. Was danach geschieht, liegt in deinen Händen. Solange du dir selbst vertraust, wird dir alles gelingen. Sieh dich an. Deine Kraft hat dich bis hierher geführt, wie kannst du zweifeln, dass sie dich auch weiterhin unterstützt?"

„Und Choey? Wird er Shambhala auch wieder verlassen? Werden wir uns wiedersehen?"

„Dein Freund und du, ihr seid Teile einer großen Aufgabe. Er ist dafür bestimmt, den Menschen Liebe, Güte und Warmherzigkeit zurückzubringen, damit sich Frieden, Freiheit und wahre Freundschaft verbreiten. Du sollst den Menschen die Fähigkeit zur Erkenntnis, Selbstbestimmung und Angstlosigkeit zurückgeben. Nur wenn eure beiden Botschaften über alle Menschen ausstrahlen, wird es wirkliche Freiheit und wahren Fortschritt geben. Die Wahrscheinlichkeit, dass es gelingt, ist hoch, denn die Welt steht am Beginn eines neuen Zeitalters. Nie zuvor waren die Voraussetzungen für eure Aufgaben so günstig."

„Erkenntnis, Selbstbestimmung und Angstlosigkeit", wiederholte Eddie nachdenklich.

Der König nickte fast unmerklich.

„Warum ist das so wichtig? Haben wir das nicht ohnehin schon?"

„Ihr werdet zwar immer mehr, aber noch sind es viel zu wenige und es dauert zu lange."

„Zu lange wofür?"

„Du weißt es bereits."

Eddie dachte an seine unbekannten Verfolger. Er hörte wieder den Rotor des Hubschraubers in den Schluchten hallen. Er erinnerte sich an die untergegangenen Welten aus seinen Traumreisen.

Der König sah ihn regungslos an. „Die dir folgen verhindern die Verbreitung von wahrem Wissen, wo sie nur können. Überall, wo das Feuer der Erkenntnis in dem Menschen auflodert, schicken sie die Ihren, um es im Keim zu ersticken."

„Aber warum nur? Damit schaden sie allen Menschen."

„Allen und sich selbst. Nichts bleibt ohne Wirkung. Die Welt ist ein Lebewesen, alles, was auf ihr existiert, ist ein Teil dieses großen Lebens. Jeder, der die Welt verletzt, zerstört einen Teil von sich selbst."

Eddie erinnerte sich an sein Erlebnis als Büffel. Er hatte sich als Teil des größeren Herdewesens gefühlt, welches wiederum Teil der Steppe gewesen war.

„Warum merken sie nicht, was sie anrichten?"

„Weil sie selbst in Angst leben", sagte der König. „Je mehr Macht und Besitz sie anhäufen, desto stärker wird ihre Furcht, dies wieder zu verlieren. Angst hält sie im Leben des physischen Körpers gefangen und verhindert den Kontakt zum höheren Selbst. Aber nur aus dem Kontakt zum höheren Selbst entspringt die Liebe und das wahre Verständnis für alles, was ist."

Der König stand auf. „Deine Zeit ist knapp. Lass uns das Buch holen." Ohne eine Antwort abzuwarten, ging er voraus. Auf dem Gang, gegenüber der Tür zum Arbeitszimmer, führte eine breite Wendeltreppe nach unten. Das Licht, das in den oberirdischen Geschossen des Palastes durch Fenster, Bögen, Türen und Kristalle hereinflutete, wich nun der magisch schimmernden Helligkeit selbstleuchtender Kristalle in Wandhaltern. Eddie glaubte, diesen Gang bereits zu kennen. In einem seiner Träume, als er den jungen Führer der versunkenen Welt Tokpa besuchte, hatte ihn eine Frau durch ähnliche Fluchten geführt. Das Gewand des Königs vor ihm erinnerte Eddie an das der Frau, die sich ihm im Traum als Sintaal vorgestellt hatte.

Nach etwa einer Viertelstunde standen sie plötzlich in einer Sackgasse. Der grob aus dem Fels gehauene Gang endete vor einer Wand. Der König drehte sich zu Eddie.

„Wir sind jetzt direkt unter dem Berg Meru. Hier liegt die Quelle aller Energieadern, die der Welt ihren Lebensstrom spenden. Es ist der kraftvollste Ort der Erde."

Er legte seine Hand auf eine Stelle am Fels. Wie von Geisterhand öffnete sich ein Durchlass und gab einen Gang frei. Ab hier waren die Wände glatt und mit einer Vielzahl mystisch anmutender Zeichen und Figuren bemalt. Alle Darstellungen waren sehr detailliert von Meisterhand gemalt. Manche wirkten ägyptisch, andere ähnelten ein wenig den Höhlenmalereien, die Eddie aus der Bärenhöhle der Hopi kannte. Die meisten jedoch hatte er noch nie zuvor gesehen.

„Diese Bilder und Zeichen scheinen aus aller Welt zu stammen", sagte er laut in der Hoffnung auf eine Erklärung.

„Und aus den alten Zeiten", ergänzte der König

„Wurden die hier gesammel?"

„Nein, hier liegt ihr Ursprung. Besucher wie du nehmen in ihren Erinnerungen mit sich, was ihnen auffällt, und bringen es auf diese Weise in ihre Welt."

Die Licht spendenden Kristalle hingen nun in regelmäßigen Abständen an der Decke und wiesen wie eine leuchtende Perlenschnur in die Tiefe des Berges. Nach einer Weile weitete sich der Gang und sie standen vor einem etwa drei Meter hohen verschlossenen Tor aus bunten Glasornamenten. In der Art von Tiffanyglaslampen bildeten unzählige Mosaiksteinchen das Bild eines Baumes mit weitreichenden, grün belaubten Zweigen vor hellblauem Himmel. Hinter dem Tor brannte Licht.

„Hier liegt der Tempel des Weltenbaumes", erklärte der König. „Dahinter befindet sich der Raum, in dem das Buch der Träume aufbewahrt wird."

Er öffnete das Tor und sie durchquerten eine kreisrunde, etwa fünfzig Meter durchmessende Halle, die ringsum von mehreren, etwa zehn Meter hohen Säulen umgeben war. An ihrem oberen Ende verzweigten sich die Säulen zu kräftigen Baumkronen, um eine riesige, durchscheinende Domkuppel aus Glasmosaiken zu stützen. Im Zentrum der Kuppel war die Weltkugel abgebildet, die zwischen unzähligen Sternenpunkten und Spiralnebeln schwebte. Ein Mann und eine Frau, die griechischen Götterbildern ähnelten, sowie verschiedene Tier- und Pflanzendarstellungen bildeten einen schwebenden Reigen um die Erde. Nie zuvor hatte Eddie eindrucksvollere Darstellungen gesehen. Der Boden der Halle war mit Ornamenten übersät. Eddie erkannte immer wieder die Form von Spiralen. Die Wände zwischen den Säulen waren ebenfalls mit Gemälden versehen, und jede Säule war mit mysteriösen Zeichen verziert. Obwohl die Wirkung des Raumes so fesselnd war, ließ der König Eddie keine Zeit für nähere Untersuchungen. Sie durchquerten die Halle und folgten einem Gang, der weiter nach unten führte. Kurz darauf standen sie vor einem goldenen Portal, das so massiv wirkte wie die Tür eines Banktresors.

Der König betätigte einen Öffnungsmechanismus. Das Tor schwang auf und gab den Blick auf eine rechteckige Halle frei. Eddie spürte, wie ein leichtes Vibrieren seinen Körper durchzog. Fast war es so, als hörte er ein Summen, das seinen Ursprung in ihm selbst hatte. Die Halle war an Wänden und Decke völlig mit Gold ausgekleidet. Wieder wurde Eddie deutlich an seinen Traum in der unterirdischen Welt erinnert.

„In diesem Raum laufen die stärksten Energielinien der Erde zusammen“, erklärte der König. „Wir haben ihn mit vielen Schichten Gold ausgekleidet, um die Energie zu kontrollieren und zu lenken.“

Auf jeder Seite standen acht Säulen aus weißem Marmor. Zwischen den Säulen waren quadratische Nischen in die Wand eingelassen, in denen melonengroße, mit farbigen Flüssigkeiten gefüllte Glaskugeln standen. Aus ihnen traten verschiedenfarbige Lichtstrahlen hervor, die sich im Zentrum der Halle über einem etwa meterhohen säulenartigen Podest kreuzten. Darauf lag ein Gegenstand, der von einem stark flimmernden, ständig in der Farbe wechselnden Energienebel verschleiert wurde.

Der König deutete auf die Wände der Halle. „Direkt hinter diesen Kristallkugeln befinden sich die Einlässe. Dort gibt es keine isolierende Goldschicht. Die Kugeln bündeln und lenken die eintreffende Energie.“

„Ich glaube, ich kenne diesen Ort aus einem Traum“, sagte Eddie. „Wie ist das möglich?“

Der König schien keineswegs überrascht. „Jeder, der den Zugang nach Shambhala erhalten hat, kennt diesen Ort aus Träumen. Das ist einer der Schlüssel, um zu uns zu gelangen.“

Eddie sah ihn verständnislos an. „Wie kann ein Traum die Ursache dafür sein, dass mein Körper am Ende hierher reist?“

„Über die Veränderungen deiner Schwingungen veränderst du die Resonanz um dich herum und damit deine Realität. Wie veränderst du deine Schwingungen?“

„Durch meine Gefühle.“

„Genau. Wie veränderst du deine Gefühle?“

„Indem ich es will?“

Der König schüttelte den Kopf. „Indem du sie *erlebst*. Ist ein Traum für dich ein Erlebnis?“

„Oh ja. Sehr sogar.“

„Erfährst du in ihm Gefühle?“

Eddie nickte.

„Die Resonanz auf diese Gefühle hat dich an diesen Ort geführt“. Der König winkte ihn näher zu dem Podest. „Die perfekte Anwendung der Resonanz ist eines der vielen Geheimnisse, die im Buch der Träume preisgegeben werden. Deshalb wollen die Mächtigsten der dunklen Kräfte verhindern, dass diese Schrift alle Menschen erreicht.“

Im Flimmern des regenbogenfarbigen Lichts konnte Eddie das Buch der Träume erkennen. Je näher er kam, desto klarer schälte sich seine Form aus dem Energienebel hervor. Die Umschlagsklappen des mächtigen Schriftwerkes bestanden aus dunklem Holz mit kunstvoll vergoldeten Schnitzereien. Silbern und golden schimmernde Linien zogen die erhabenen Konturen unbekannter Symbole und Schriftzeichen nach. Die Deckel wurden am Buchrücken von einem goldenen Blech und vorne von einem handtellergroßen Schloss zusammengehalten. Soweit Eddie erkennen konnte, waren die Buchseiten nicht auf gleichmäßige Größe geschnitten, sondern sahen eher aus wie ein loser Stapel vergilbter Einzelblätter.

„Das ist es?“ flüsterte er.

„Es liegt hier seit sehr langer Zeit und wartet darauf, seine Aufgabe anzutreten“, antwortete der König.

„Was bedeuten die Zeichen auf dem Einband?“

„Es ist eine Schrift, die in deiner Welt niemand mehr lesen kann. Sie beschreibt den, der das Buch finden soll."

„Mich?"

„Ja."

Der König trat einen Schritt zurück. Eddie tauchte vorsichtig mit einer Hand in den farbigen Energienebel ein. Ein Gefühl nie zuvor erlebter Kraft durchfuhr ihn, gegen das selbst das Gefühl des Einsseins mit dem Büffel verblasste. Dieses Buch hatte enorme Macht, dessen war sich Eddie augenblicklich sicher. Panikartige Angst stieg in ihm auf und durchdrang jede Zelle seines Körpers. Das alles war zu viel, zu groß, zu verantwortungsbeladen für ihn. Eddie zog schnell seine Hand zurück. Die Panik wich augenblicklich einer Art von Resignation.

„Werde ich den Inhalt überhaupt lesen können, oder irgendjemand anderes in meiner Welt?", fragte er leise.

„Das Buch wird sein Wissen preisgeben, wenn der Zeitpunkt gekommen ist", erklärte der König, während er Eddie genau beobachtete. „Es ist verschlossen."

„Du besitzt den Schlüssel."

Eddie erinnerte sich an den kleinen, goldenen Schlüssel, den Amen Gilstein ihm hinterlassen hatte, und schüttelte ungläubig den Kopf. „Wer hat das alles organisiert? Der Schlüssel, das Kartenspiel, der Kristall, die vielen Menschen, die damit zu tun haben." Er sah den König an, und Verzweiflung schwang in seiner Stimme. „Hatte ich überhaupt jemals eine Wahl?"

„Du hattest zu jedem Zeitpunkt die Wahl. Es lag immer alles in deinen Händen. Nichts ist wirklich vorherbestimmt, aber das Leben ist eine Kette von Gelegenheiten."

Eddie starrte auf seine Hand, mit der er gerade das Buch berührt hatte, dann auf den Energienebel. „Ich habe Angst."

„Das brauchst du nicht."

„Trotzdem."

„Solange du Angst verspürst, wird es dir nicht gelingen, dieses Buch an dich zu nehmen. Angst ist eine starke innere Kraft, die oft lähmt oder zerstört. Wer sie jedoch zu lenken versteht, kann sie in Tatkraft verwandeln. Weil Angst aus mangelndem Wissen entsteht, ist der Schlüssel für diese Umwandlung das Wissen. Was möchtest du wissen?"

„Ich habe das Gefühl, dieses Buch nimmt mir meine Freiheit."

„Warum? War es nicht dein Wille, es zu finden?

„Doch, aber jetzt…" Die Schwere der Aufgabe, die mit diesen Seiten verbunden war, drohte Eddie zu erdrücken. Er rang um Atem und versuchte mit unsichtbaren Händen, den Mühlstein von seiner Brust zu stemmen.

„Nein, Eddie Traumwanderer", sagte der König beruhigend. „Es gibt keinen ernsthaften Grund, ängstlich oder freudlos zu sein. Ich werde dir die Last von deiner Brust nehmen."

Im selben Moment konnte Eddie wieder frei atmen. Es war, als stöben hundert Geister von seinem Brustbein in alle Richtungen davon. Überschäumende, grundlose Freude breitete sich wie ein Lauffeuer in seinem Inneren aus. Dasselbe Gefühl hatte Choey neulich bei ihm bewirkt. Eddie sah das Buch an, diesmal ohne Beklemmungen. Die Zeichen auf dem Einband waren wunderschön. Eddies Name?

„Dieses Buch wird dir deine Freiheit nicht nehmen", sagte der König sanft. „Es nimmt dir überhaupt nichts weg. Freiheit bedeutet, jederzeit tun und lassen zu können, was du willst, ohne Schaden zu erleiden. Diese Freiheit hast du, Eddie Traumwanderer. Nichts wird geschehen, wenn du das Buch nicht an dich nimmst. Niemand wird dich daran messen, ob du es tust oder nicht. Dein Leben ist dein eigenes Spiel. Nimm es, wenn es dir Spaß macht, lasse es, wenn es nicht so ist."

„Ein Spiel?", fragte Eddie, schon fast ein wenig erbost. „*Das* ist ein Spiel?"

„Was sonst? Wenn nicht, wäre es sehr ernst und du müsstest zu Recht eine große Last empfinden. Willst du dich durch so etwas lähmen lassen?"

Eddie schüttelte den Kopf.

„Überlege, Eddie. Denke nach. Fühle in dich. Entscheide nichts, ehe du nicht sicher bist. Vielleicht wirst du noch mit den Mächtigen zu tun bekommen. Sie beziehen ihre Kraft aus der Unsicherheit anderer."

Der König wendete sich ab und schien eine Weile zu überlegen. Als er sich umdrehte, wirkte sein Gesicht eine Spur angespannter als zuvor. „Du bist nicht nach Shambhala gekommen, um zu lernen. Aber es ist wichtig, dass du verstehst, wie *sie* denken. Ich kann dir ein wenig Wissen über sie mit auf deinen Weg geben. Möchtest du das?"

Eddie nickte stumm. Zwar spürte er keine Beklemmungen mehr, aber das Gefühl der Freude war fast schon wieder verflogen.

„Es hat seinen Grund, dass nur ein angstloser Mensch das Buch von diesem Sockel nehmen kann. Angst zieht Macht an. Angst liefert dich aus. Als Bote, der dieses Buch zu den Menschen bringen soll, darfst du keine Angst verspüren, sonst wirst du gefunden, ehe du deine Aufgabe erfüllen kannst. Unsicherheit macht dich zur berechenbaren Figur auf dem Spielfeld der Mächtigen. Dein Bewusstsein ist dein Schlüssel zur Sicherheit. Zu wissen, wer du bist, wohin du strebst und was du ablehnst, ist der einzig wirksame Schutz vor fremden Einflüssen. Nur dein eigener Wille wird dir zu einem selbstbestimmten Leben verhelfen. Verstehst du das?"

„Ja", sagte Eddie. Es fühlte sich einigermaßen gut an.

„Um zu wollen, musst du wissen. Deshalb ist Wissen Macht. Wer anderen wahres Wissen gibt, schenkt ihnen Macht. Falsches oder bedeutungsloses Wissen hingegen betäubt den Verstand, stiftet Verwirrung und schürt Unsicherheit. Viele Mächtige bauen darauf ihre Macht auf. Sie lenken von den wahrhaft bedeutenden Dingen ab, schüren Angst vor Feinden und bieten sich als Freunde an. Es ist einfach zu durchschauen, aber dennoch funktioniert es, seit es Menschen gibt."

„Das ist gemein. Kann man sich nicht dagegen wehren?"

„Natürlich. Verständnis, Toleranz und Liebe lassen die Feinde schwinden und wahres Wissen entzieht der Angst die Nahrung. Durch eigene Klarheit wird Ablenkung wirkungslos."

„Das klingt so einfach. Warum tun es dann nicht alle?"

„Weil die Mächtigen um diese Zusammenhänge ebenfalls Bescheid wissen und alles daran setzen, um die Menschen zu verwirren. Es mag sein, dass sie sich als Freunde ausgeben und dich so auf ihren Weg lenken."

„Wie kann ich meine wahren Freunde von falschen unterscheiden?"

„Wahre Freunde lieben dich dafür, wie du bist. Falsche Freunde lieben dich nur dafür, dass du tust, was sie erwarten."

Was der König sagte, klang so einfach und einleuchtend. Dennoch war Eddie verwirrt. „Was bedeutet das alles für meinen Weg?"

„Bewahre immer deine jugendliche Neugier, die dein Wissen mit deinen Gefühlen verbindet. Tiefe innere Erkenntnis ist ein Gefühl von Zustimmung und Liebe. Je ungewöhnlicher das neue Wissen zunächst erscheint, umso eher musst du es selbst erfahren. Nur wer neue Erfahrungen sucht, öffnet sich der wahren Erkenntnis."

„Aber ich kann doch nicht alles Wissen selbst erfahren. Dafür gibt es viel zu viel."

„Natürlich lernst du vieles von anderen. Aber das für dein Leben Wesentliche kannst nur du selbst als Wahrheit erfahren und spüren."

Der König deutete in Richtung des Podests. „Dieses Buch zeigt den Menschen, wie sie an jedes Wissen, das sie jemals erfahren wollen, durch eigenes Erleben gelangen können. Deshalb ist es so nützlich für alle, die frei sein wollen, und so bedrohlich für alle, die von der Unfreiheit anderer leben." Er musterte Eddie schweigend. Der war ebenfalls still und überlegte.

„Okay", sagte er nach einer Weile entschlossen, nahm seinen Rucksack ab und leerte ihn aus. „Ich nehme das Buch mit."

Der König trat zur Seite und gab den Weg zum Buch frei. „Dann nimm es auch selbst von dem Ort entgegen, an dem es auf dich wartet", sagte er.

Eddie stand eine Armlänge von dem säulenartigen Podest entfernt. Er starrte auf den farbigen Nebel. Die Erkenntnis durchzuckte seine Gedanken wie ein Blitz am Nachthimmel: Das Buch vom Podest zu nehmen war die siebte Aufgabe! Und die besondere Fähigkeit, die er dazu brauchte, war die Angstlosigkeit.

Bisher hatte er alle Aufgaben mithilfe seiner neu erworbenen Fähigkeiten gelöst. Seit er gelernt hatte, auf sein Gefühl zu hören, waren ihm Dinge begegnet, die er andernfalls nicht bemerkt oder verdrängt hätte. Ein Gefühl hatte ihn das Traumtarot kaufen lassen. Durch ein Gefühl hatte er die zunächst unsichtbare Kreuzung der Famosa Dream Lane entdeckt. Die zweite neue Fähigkeit war das Aurasehen. Damit hatte er die Boten erkannt, die ihm auf seiner Suche weitergeholfen hatten. Die dritte Fähigkeit war es, seine eigenen Träume zu beachten und ihnen zu vertrauen. Nur durch dieses Vertrauen hatte er dem unbekannten Verletzten an der Kreuzung der Famosa Dream Lane geholfen. Danach hatte Eddie durch Nachdenken und Hineinfühlen seine Aufgabe erkannt. Er war der Traumwanderer und er musste und wollte aus ganzem Herzen das Buch der Träume finden. John Sonne-am-Himmel hatte ihm die fünfte Fähigkeit vermittelt: das Einssein. Es hatte Eddies Wahrnehmungsfähigkeit und Verständnis für die Beschaffenheit der Realität deutlich gesteigert. Ein wichtiger Nebeneffekt war, dass er Gefahren wie den Hubschrauber oder die Beobachtung durch seine unsichtbaren Verfolger früh erkannte. Als Sechstes hatte Eddie gelernt, mithilfe der eigenen Vorstellung Schwingungen auszusenden, um bewusst Dinge anzuziehen. So hatte er sich einen Kristall manifestiert und schließlich auch erhalten. Durch das

Aussenden eigener Schwingungen hatte er den Kristall mehrfach zum Leuchten gebracht und damit den Zugang nach Shambhala erhalten.

Nun stand Eddie vor seiner letzten Aufgabe. Es war gleichzeitig die schwerste, denn er musste einen Teil von sich selbst verändern: die Macht der eigenen Angst in eine Kraft der eigenen Stärke umwandeln. Wissen ist der Schlüssel. Er wusste, dass es seine Bestimmung war, dieses Buch zu finden. Er und das Buch waren zwei Teile derselben Sache. Eins. Für Angst war dazwischen einfach kein Platz vorgesehen. Warum auch sollte man sich fürchten, das zu tun, wovon man ein Teil war? Das wäre, als fürchtete man sich vor sich selbst.

Nein, Eddie hatte keine Angst vor sich selbst. Er streckte beide Hände in den Energienebel und fasste das Buch an beiden Seiten. Das seit dem Betreten der Halle vorhandene Summen in ihm schwoll deutlich an. Es erfüllte jede Zelle seines Körpers und machte sich in Sekundenschnelle auch in seinem Kopf breit. Jedes Denken wurde unmöglich. Eddie wusste nur noch, dass er dieses Buch von dem Podest heben musste.

Seine einzige Aufgabe. Freie Entscheidung. Keine Angst.

Er stand wie gelähmt und mit dem Buch verschweißt. Der Energienebel begann seine Arme entlang zu kriechen.

Hochheben! Keine Angst.

Sein Körper reagierte nicht. Er stellte sich vor, dass er das Buch wie einen großen Siegerpokal über dem Kopf hielt.

Herausholen. Sofort!

Er schickte alle Kraft, die er aufbringen konnte, seine Arme hinunter und verdrängte das Kribbeln des Nebels. Er *musste* es schaffen! Auf keinen Fall war er umsonst den ganzen Weg hierher gekommen.

Plötzlich spürte er, wie seine Hände ruhig und sicher wurden. Die Wirkung des Energienebels schien zu verblassen. Eddie gab sich einen letzten Ruck. Er zog die Arme an seinen Körper, bäumte sich gleichzeitig nach hinten zurück und riss das Buch von dem Podest. Dabei verlor er das Gleichgewicht und stürzte nach hinten. Der König fing ihn auf und ließ ihn sanft auf den Boden sinken. Eddie atmete wie nach einem Hundertmetersprint.

„Kein anderer als der, der vorgesehen war, hätte dieses Buch der Energie der Erde entreißen können“, sagte der König. Er nahm Eddie das schwere Schriftstück ab. Mit der anderen Hand half er ihm auf die Beine.

„Es ist unglaublich mächtig“, sagte Eddie benommen.

„Das sagte ich dir ja schon“, entgegnete der König. „Aber erst jetzt, wo du es selbst erfahren hast, gehört auch diese Erkenntnis zu deinem tiefen Wissen.“

Er reichte Eddie das Buch, der es vorsichtig in seinem Rucksack verstaute. Ehe er die Deckelklappe verschließen konnte, kniete der König mit einem Bein neben ihm nieder und sah ihn mit dunklen, glänzenden Augen an. Eddie fiel auf, wie fein seine Lippen geschwungen waren. Aus dieser Nähe wirkte der Bart wie ein Bilderrahmen um ein Gesicht aus Weisheit und Liebe.

„Es ist ein Spiel, Eddie. Dein Spiel. Aber sei dennoch auf der Hut, denn ab jetzt besitzt du den wertvollsten Schatz der Menschheit. Nach ihm haben schon unzählige Generationen aus allen Zeiten und Kulturen gesucht. Die Anleitung zu völliger Freiheit und zur Schöpfung der eigenen Realität, der Weg zu vollkommenem Glück und immerwährender Gesundheit. Bewahre ihn gut und überlege wohl, was du damit anstellst. Das Buch ist eine starke Bedrohung für das Böse. Sie werden alles daransetzen, es dir zu entreißen.“

„Ich weiß nicht einmal, wer *sie* sind.“

„Du denkst an Namen und Gesichter. Natürlich haben sie die, aber das ist ohne Bedeutung, denn jeder von ihnen ist nur ein Platzhalter. Verschwindet einer, folgt sofort ein anderer. Der Weg zur Freiheit besteht nicht in der Beseitigung von Machthabern, sondern darin, ihre Macht bedeutungslos werden zu lassen.“

„Wie soll das funktionieren, wenn jemand bereits Macht über andere besitzt?“

Der König stand auf. „Macht existiert nicht als Gegenstand, sondern nur als Überzeugung, niemand kann sie wirklich besitzen. Deshalb müssen die meisten Machthaber ihre Macht unablässig präsentieren, um keine Zweifel aufkommen zu lassen. Dabei nutzen sie das Gesetz von der Kraft der Einigkeit, das jedoch nur wenigen Eingeweihten bekannt ist. Wie alles in unserem Sein ist es ein Gesetz der Schwingungen und der Resonanz.“ Der König ging langsam in Richtung des Ausgangs.

Eddie schulterte seinen Rucksack. „Ist dieses Gesetz wichtig für mich?“

„Kenne ich deine Zukunft?“ Der König zuckte mit den Schultern.

Eddie verstand. „Gut, ich will es wissen.“

„Du lernst sehr schnell, Traumwanderer. Das Gesetz besagt, dass die absolute Einigkeit weniger Menschen genügt, um deren Überzeugung auf ein Vielfaches an Uneinigen zu übertragen. Die Gemeinsamkeit der wenigen, die eins in ihrer Überzeugung sind, erzeugt eine mächtigere Schwingung als das Gewirr der Uneinigen. Starke Schwingungen verändern schwache. Die Ordnung ist stärker als das Chaos. Machthaber nutzen dieses Wissen, deshalb achten sie auf einheitliche Überzeugungen. Aber gleichzeitig weist dieses Naturgesetz auch den Weg zur Freiheit, denn wenn ein Teil aller Menschen Liebe und Selbstbestimmtheit wirklich lebt, wird sich das unter den anderen verbreiten."

Inzwischen waren sie wieder an dem Tor angekommen. Eddie warf noch einen letzten Blick in den goldenen Raum mit den farbigen Energiestrahlen, die sich über dem jetzt leeren Podest kreuzten. Der König schloss das goldene Portal mit einer Handbewegung, woraufhin das Summen in Eddies Körper sofort verstummte. Endlich fühlte er sich ruhiger.

„Es sind doch nicht alle machtvollen Menschen schlecht. Wie kann ich gute Macht von schlechter unterscheiden?", wollte Eddie wissen.

„Finde heraus, wem sie dient."

„Sie sind der König von Shambhala. Bestimmt haben Sie auch viel Macht über andere."

Der König lächelte milde. „Ich habe überhaupt keine Macht. Alle Menschen, die nach Shambhala kommen, schaffen es deshalb, weil sie in ihrem Bewusstsein weit fortgeschritten sind. Selbst wenn ich wollte, könnte ich ihnen niemals meinen Willen aufzwingen. Meine Aufgabe ist eine andere. Ich habe die Macht des Wissens, deshalb kommen die Menschen zu mir. Allerdings gehört mir nicht einmal dieses Wissen, denn es ist bereits vorhanden. Es gehört allen. Ich führe es nur zusammen. Also bin ich auch noch arm."

Er lächelte verschmitzt und legte eine Hand auf Eddies Schultern. „Ein machtloser und armer König, siehst du? Aber was ich verwalte, teile ich sehr gerne, denn ich habe das Glück, dass wahres Wissen durch die Weitergabe niemals weniger, sondern immer mehr wird."

Thorns Zweifel

Neben der Besorgnis um seine Fähigkeiten hatte Darren Thorn die vergangenen Tage auch mit Zweifeln an seiner Aufgabe zugebracht. Er war, als Tourist getarnt, in der Umgebung von Kathmandu unterwegs gewesen und hatte versucht, sich auf Shambhala einzustimmen. Jede Realität war Schwingung, das wusste kaum jemand besser als Thorn. Wenn es diesen mystischen Ort wirklich gab und er ein Bestandteil buddhistischer Überzeugungen war, käme er dem Aufenthaltsort des Jungen vielleicht näher, wenn er versuchte, die Schwingungen buddhistischer Mönche in sich aufzunehmen.

Also hatte Thorn ein tibetisches Kloster in einem Nachbarort Kathmandus aufgesucht und dort einen langen Tag verbracht. Vom ersten Morgengrauen bis zum letzten Sonnenstrahl hatte er nur beobachtet und gespürt. Er hatte die Umgebung in sich aufgesaugt wie Löschpapier einen Tintenfleck. Mit seinen herkömmlichen und seinen außergewöhnlichen Sinnen war er in die Welt dieser Menschen eingetaucht und hatte versucht herauszufinden, wie sie dachten, handelten und wofür sie lebten. Während der ersten Stunden waren die Eindrücke für Thorn außerordentlich verwirrend gewesen. Die Schwingungen der gesungenen Mantras erreichten ihn bis in seinen innersten Wesenskern. Die geballte Energie der gemeinsam Meditierenden, die Kraft der unzähligen Symbole, Bilder, Mandalas, Klänge und Rituale rüttelten massiv an seiner inneren Abschirmung. Neutrales Beobachten und Hineinfühlen, wie er es üblicherweise praktizierte, war hier unmöglich.

Thorn begann unweigerlich zu verstehen.

Diese Menschen strebten nach vollkommener Harmonie, Achtsamkeit und Liebe gegenüber sich selbst und allem, was sie umgab. So sehr Thorn auch suchte, er spürte kaum einen Ansatz negativer Gedanken. Auch die mit herkömmlichen Sinnen erlebbare Wesensart der Menschen war überwältigend liebevoll, gleichzeitig verspielt und fröhlich. Die Kinder ließen in den Lernpausen mit vergnügtem Lachen selbstgebaute Drachen am Himmel tanzen oder fütterten am Tempel herumlungernde Affen mit Essensresten. Aus einer Konservendose und Kronenkorken wurde ein Spielzeugauto gebastelt, das bei einer Gruppe Jungen für vergnügtes Gekicher und übermütige Herumtollerei sorgte. Ältere Mönche, die zuvor noch als strenge Lehrer das Lesen alter Texte geführt hatten, ließen sich mit kindlichem Lachen dazu hinreißen, einen Fußball zu kicken. Im Essenssaal herrschte dagegen trotz des spartanischen Mahls zufriedene und genussvolle Stille.

Aber es waren weder die Beobachtungen noch die Stimmungen, die Thorn ins Grübeln brachten, sondern die überwältigend positive Kraft, die er an diesem Ort spürte. Es war, als wäre das Bewusstsein aller im Kloster lebenden Mönche zu etwas viel Mächtigerem vernetzt, als wären die Individuen gleichzeitig Bestandteile eines übergeordneten Gruppenbewusstseins mit enormen Kräften. Thorn hatte niemals zuvor etwas Ähnliches gespürt. Die Stimmung in den wenigen Gottesdiensten, die er bisher besucht hatte, war immer viel konfuser, schwerer und ungerichteter gewesen. In Kirchen, wie Thorn sie erlebt hatte, kamen viele Individuen zusammen, um für eine *kurze Zeit* gemeinsam etwas Größeres zu *erleben*. Hier, in diesem tibetischen Kloster, waren Menschen zusammengekommen, um für *lange Zeit* gemeinsam etwas Größeres zu *sein*.

Was für ein Unterschied!

Thorn wurde in seinem Innersten wie von einem schweren Erdbeben gerüttelt. All seine über viele Jahre zurechtgebastelten Argumente über die Bewertung von Gut und Böse, erlaubt und verboten, Egoismus und Ethik, Einsatz und Risiko, ja selbst über den Sinn des Seins bröckelten als ungeordnete Gedankenfragmente in einen Behälter der Verwirrung. Doch die Kräfte in diesem Kloster wirkten wie eine Treppe mit vielen Stufen, auf die man alles in einer ordentlichen Reihenfolge stellen konnte. Zwar blieben noch eine Menge Stufen unbesetzt, aber Thorn spürte dennoch, dass ihm die neue Ordnung besser gefiel als seine bisherige.

Wenn das Buch, das der Junge zu finden versuchte, mit der Überzeugung dieser Menschen in Zusammenhang stand, konnte es keine Bedrohung für die Menschheit sein, und Andark Myser hätte ihn angelogen.

Wenn.

Vielleicht.

Thorn beschloss, seine endgültige Meinung über die Angelegenheit offen zu halten.

Schwere Last

Eddie spürte das Gewicht des Buches auf seinem Rücken und hatte den Eindruck, als würde es von Augenblick zu Augenblick schwerer. Der König hatte es nicht völlig geschafft, ihm die Sorgen um seine Verfolger zu nehmen.

„Wollen die anderen das Buch der Träume zerstören?“, fragte er, während sie den Weg durch die unterirdischen Gänge zurückgingen.

Der König hielt vor einer Treppe an und drehte sich um. „Sie werden auf jeden Fall versuchen, es in ihren Besitz zu bekommen, denn sie versprechen sich davon noch mehr Macht.“

Eddie fiel auf, wie viel Ruhe und Weisheit in den jugendlich anmutenden Zügen von Rigden Jye-Po lagen. „Was soll ich tun?“, wollte er wissen.

„Angst zieht Macht an“, entgegnete der König. „Sorge dich nicht und halte die Verbindung zu deinem Selbst, dann lebst du ohne Angst. Gehe vertrauensvoll, aber aufmerksam deinen Weg weiter wie bisher. Vielleicht stellst du dir vor, alles sei ein Traum.“

„Aber das kann ich nicht mehr. Ich habe jetzt diese Verantwortung in meinem Rucksack.“

Der König sah ihn fordernd an. „Was ist dadurch anders geworden?“

„Sie könnten es stehlen und Schlechtes damit anstellen.“

„Und?“

„Und ich wäre vielleicht schuld daran.“

„Trägst du die Verantwortung für das Handeln anderer?“

„Nein, aber…“

„Dann kümmere dich nur um das, was du als deine Aufgabe spürst. Das Licht verdrängt den Schatten von alleine.“ Die Worte des Königs klangen ermutigend und beruhigten Eddie ein wenig. Das Gefühl, es zu schaffen, machte sich in ihm breit.

„Werden überhaupt alle Menschen wissen wollen, was in dem Buch steht?“, fragte er.

Der König wiegte den Kopf etwas hin und her. „Alle, die nach Erkenntnis streben. Das Wissen wird seinen Weg zu ihnen finden, denn sie ziehen es an. Die anderen werden auch dann nichts erkennen, wenn es vor ihren Augen geschieht. Deine Aufgabe ist es, das Wissen zur Verfügung zu stellen.“

„Wie soll ich das schaffen?“

„Du tust es bereits, indem du es in deine Welt bringst. Wenn du es willst, wird sich auch der weitere Weg auftun.“

„Bisher kam es mir so vor, als wäre so vieles bereits vorbestimmt gewesen. Es fügte sich ineinander wie in einem großen Plan. Ist das so? Bin ich ein Teil von einem Plan?“

„Wir alle sind Teile einer großen Schöpfungsidee, aber dennoch hat jeder von uns immer die Freiheit der Entscheidung. Du möchtest wissen, worin die Ursache für das Ineinandergreifen der Ereignisse liegt?"

Eddie nickte.

„Seit es existiert, strahlt das Buch der Träume sehr starke Schwingungen aus, die von vielen empfangen wurden. Jedoch ist es vorgesehen, dass nur ein einziger Mensch derart in Resonanz damit steht, dass er es finden kann. Wenn dieser Mensch zu handeln beginnt, erzeugt er eigene Schwingungen, mit denen er die Realität um sich herum verändert."

Eddie sah sein Gegenüber erstaunt an. „Also habe ich das alles verursacht?"

Der König nickte. „Jeder Mensch ist Mitauslöser seiner Realität. Manche weniger, manche mehr."

Eddie hatte genug erfahren. Es würde bestimmt noch eine Weile dauern, bis er die Bedeutung der Worte völlig verstanden haben würde.

„Wie komme ich zurück nach Hause?"

„Alaan wird dich in die Nähe des Ortes bringen, an dem du erwartet wirst."

Eddie wunderte sich nicht, dass der König von Pater William zu wissen schien. Dennoch wollte er ganz sicher gehen, aber ehe er seine Frage aussprechen konnte, antwortete der König darauf. „Ja, Alaan wird dich nach Kathmandu bringen. Die Zeit wird auf eine Weise vergangen sein, dass du deinen Begleiter dort antriffst."

Bald hatten sie das Labyrinth der unterirdischen Gänge verlassen und wurden von der hellen Leichtigkeit der Palasträume empfangen. Der König führte Eddie zurück zu der Terrasse, auf der er Choey und ihn vor kurzem empfangen hatte. Nur wenige Augenblicke später schwebte Alaans Fluggerät heran.

Der König verabschiedete sich mit einem angedeuteten Kopfnicken. „Möge sich das Wissen, das du bei dir trägst, unter allen verbreiten, die es suchen. Seine Kraft wird bereits ausstrahlen, wenn du deine Welt wieder betrittst. Sei ohne Angst, aber achte gut auf diesen Schatz, Traumwanderer."

Eddie erinnerte sich an den Kristall in seiner Tasche und kramte ihn hervor. „Kann ich diesen Anhänger behalten?"

Der König nickte. „Seine Kraft ist stark und er könnte dir noch wichtige Dienste erweisen. Trage ihn immer bei dir."

„Danke“, sagte Eddie und sah zu Alaans Gleiter hinüber. Als er sich wieder umdrehte, war der König verschwunden.

Alaans Gleiter schwebte geräuschlos herunter und setzte sanft auf dem Rasen vor der Terrasse auf. Eddie stieg ein, platzierte den Rucksack auf seinen Schoß und der Gleiter erhob sich. Der weiße Palast wurde kleiner und blieb hinter ihnen zurück. Eddie blickte über seine Schulter zurück auf den mächtigen, wundersamen Berg Meru, der die lichtflimmernde Weltachse so fest umschlossen hielt, als wäre hier die Erde aufgehängt. Plötzlich entdeckte Eddie die riesige, goldene Kugel, die Choey und ihm den Weg entlang des Flusstals gewiesen hatte. Sie schwebte völlig bewegungslos einige Meter über einer Wiese im Palastgarten.

„Alaan, was ist das für eine Kugel?“

„Ein Flugkörper, ähnlich unserem hier. Nur viel größer, für mehr Menschen und für längere Flüge.“

„Wieso haben Choey und ich ihn gesehen, als wir Shambhala suchten?“

„Habt ihr das?“ Alaan schmunzelte, und Eddie wusste, dass er nicht mehr erfahren würde. Alaan schien zu wissen, wohin er Eddie bringen sollte, und so flogen sie schweigend über die unwirklich schöne Landschaft Shambhalas. Eddie spürte, dass ihm Choey fehlte. Trotz der kurzen gemeinsamen Zeit war der tibetische Junge wie ein Teil seines Lebens geworden, den er jetzt schmerzlich vermisste. Mit dem Buch auf seinem Schoß und dem Wissen um die damit verbundene Aufgabe fühlte Eddie sich so einsam wie noch niemals zuvor in seinem Leben.

Alaans Stimme riss ihn aus seinen Überlegungen. „Wir werden Shambhala jetzt verlassen. Danach dauert es nur einen Augenblick, bis wir Kathmandu erreichen. Allerdings kann ich dich nicht in der Stadt absetzen, denn eine der Regeln von Shambhala ist es, dass wir uns den Menschen nicht zeigen, wenn sie uns nicht suchen. Deshalb wirst du noch ein Stück Weg selbst zurücklegen. Kennst du dein Ziel?“

„Ich weiß den Namen. Es ist ein Hotel.“

„Gut. Verfügst du über Zahlungsmittel?“

„Ich habe etwa hundert Dollar bei mir“, sagte Eddie.

„Es wird genügen. Suche dir einen Bus, kein einzelnes Fahrzeug. Du reist sicherer in der Gesellschaft vieler Menschen.“

Von einer Sekunde auf die andere veränderte sich die Umgebung. Sie hatten Shambhala verlassen und schwebten über den tiefen Flusstälern und Schluchten, durch die Eddie mit Choey gewandert war. Alaan legte seine Hand auf eine der farbigen Flächen an der Steuerkonsole, und die Umgebung verschwamm in einem Schleier aus farbigem Licht. Als kurz darauf die Sicht wieder klar wurde, erkannte Eddie eine Landschaft mit grünen Reisterrassen, Holzhütten und Schotterwegen, auf denen Menschen Kühe und Ziegen vorantrieben. Alaan steuerte das Schiff nun langsamer entlang einer breiten Straße, auf der in weiten Abständen Busse und Lastwagen fuhren. Die Besiedelung wurde schnell dichter. Als sich die Häuser zu Orten verdichteten, bog Alaan ab und folgte einem Weg in die Reisfelder. Abgeschirmt von einem Hügel und einer Baumgruppe sanken sie nach unten.

Nach dem Aufsetzen wendete sich Alaan zu Eddie und sah ihn mit ernstem Gesicht an. „Wenn du jetzt aussteigst, verlässt du den Schutz Shambhalas."

Eddie nickte.

„Von nun an wird die Kraft des Buches für andere spürbar sein, und man wird versuchen, dich zu finden. Die Zeit gut zu nutzen ist jetzt sehr wichtig für deine Aufgabe."

„Ich weiß", antwortete Eddie. „Danke für alles, Alaan." Auf einmal fiel ihm siedendheiß der Zeitvertreiber in seiner Hosentasche ein. Er musste unbedingt die Prozedur für die Rückreise einhalten, sonst würden unvorhersehbare Zeitverwicklungen entstehen. „Alaan, wir müssen unbedingt…"

„Es ist in Ordnung, Eddie", fiel ihm Alaan beschwichtigend ins Wort. „Wir haben alles ins Gleichgewicht gebracht."

Eddie blickte in die strahlend grünen Augen des Mannes neben ihm und spürte, dass sie über dasselbe Thema sprachen. Alaan nickte und berührte die Kuppel über ihnen, die sich augenblicklich auflöste. Eddie stieg aus. Als Alaan ihm den Rucksack reichte, berührten sich für den Bruchteil einer Sekunde ihre Hände. Ein Gefühl von Ruhe und Stärke erfüllte Eddie. An Alaans Blick erkannte er, dass die Berührung nicht zufällig geschehen war.

Eddie trat ein paar Schritte zurück. Sofort verschwand das Schiff vor seinen Augen. Offensichtlich war es nur sichtbar, wenn man sich in seiner unmittelbaren Nähe befand. Er schulterte sein Gepäck und machte sich auf den Weg. Bald darauf erreichte er die Kreuzung zur Hauptstraße und stand dort eine ganze Weile ratlos am Straßenrand herum.

Schließlich hielt ein klappriger, roter Bus. Die vordere Tür öffnete sich quietschend. Ein kleiner, dunkelhäutiger Fahrer mit bunter, topfförmiger Mütze sah ihn an.

„Kathmandu?“, fragte Eddie.

„Kathmandu, Kathmandu, jaja“, antwortete der Fahrer und machte eine ungeduldige Handbewegung. Eddie stieg ein und suchte sich einen Platz auf einer der hinteren Bänke.

Aufgespürt

Darren Thorn lächelte zufrieden. Zum ersten Mal seit längerem spürte er den Kontakt zu seiner Zielperson wieder. In den vergangenen Tagen hatte er einiges an Vertrauen in seine Fähigkeiten verloren, ganz zu schweigen von den beiden anderen Remoteviewern, deren Zimmer ebenfalls auf der dritten Etage des Yak und Yeti Hotels lagen. Mochte der Teufel wissen, wie der Junge es geschafft hatte, der Überwachung zu entkommen, aber jetzt war er wieder im Visier.

Thorn lag auf dem Bett und sah den Jungen in einen Bus einsteigen. Er spürte, dass er etwas Schweres mit sich führte. Die Schwere bezog sich nicht allein auf das Gewicht der Sache, sondern lag vor allem in dem Gefühl des Jungen. Thorn war sich fast sicher, dass es sich um das Buch handelte. Er hätte jetzt aufspringen und dem Anführer seines Suchteams Meldung erstatten müssen, aber keiner der vier weiteren Männer, die im ersten Stockwerk des Hotels ihre Zimmer bezogen hatten, war Thorn geheuer.

‚Wie unprofessionell‘, dachte er. Seit wann gab er etwas auf Sympathie, wenn er sich für einen Auftrag verpflichtet hatte? Vielleicht waren es ja nicht nur die Männer, die ihm Unbehagen bereiteten, sondern der Auftrag an sich. Wenn dieses Buch wirklich so wertvoll und so geheim war, wie es den Anschein hatte, was würde Myser wohl mit den Männern machen, die es ihm brachten? Würde man dann noch einen Darren Thorn für die Überwachung der Famosa Dream Lane benötigen? Seit seiner Zeit beim Geheimdienst legte Thorn erheblichen Wert darauf, über persönliche Lebensversicherungen zu verfügen, und in diesem Fall gab es nur eine funktionierende Versicherung: das Buch. Oder noch besser: eine Kopie davon. Für den Fall, dass Myser ihm ans Leder wollte, könnte Thorn mit der Veröffentlichung des Inhaltes drohen. Ein Gleichgewicht der Kräfte sozusagen. Eine Stunde alleine mit dem Buch würde wahrscheinlich genügen, um alle Seiten zu fotografieren. Nur eine Stunde für ein sorgloses Leben. In Thorn reifte schnell ein Plan heran. Sobald sie das Buch hatten, würde er dafür sorgen, einige Zeit mit ihm alleine zu verbringen. Jetzt konnte er die anderen informieren.

Er sprang auf und zog sich seine Schuhe an.

Yak und Yeti

Der Bus war bis auf den Beifahrer, eine Frau mit zwei Kindern und einen alten Mann leer. Der Beifahrer kam nach hinten, um den Fahrpreis zu kassieren. Eddie gab ihm zwei Dollar und erntete dafür ein fast zahnloses Grinsen statt einer Fahrkarte. Das Klappern und Rumpeln des Busses erschienen Eddie im Moment unwirklicher als der Flug in Alaans Gleiter. Er fühlte sich wie ein Vagabund zwischen Welten, von denen keine wirklich zu ihm gehörte. Langsam verstand er, warum man ihn immer wieder Traumwanderer genannt hatte. Das einzig Beständige schien im Augenblick das Unmögliche und Unberechenbare zu sein.

Der Bus hielt alle paar Minuten. Je weiter sie sich Kathmandu näherten, desto mehr Leute stiegen zu. Bald saß Eddie eingezwängt zwischen nepalesischen Bauern mit Säcken und Kartons voller Waren. In einem Korb auf dem Mittelgang gackerten die Hühner einer jungen Frau, ein Mann mit bunter Strickmütze und verschlissenen Arbeitskleidern hielt ein Ferkel unter dem Arm. Ein anderer, der eine Art Benzinfass durch den Einstieg hieven wollte, wurde auf das Busdach verwiesen. Es dauerte nicht lange, bis ein chaotisches Gedränge herrschte. Als der Bus die immer dichter besiedelten Vororte durchquerte, stiegen zwei jüngere Männer zu, die Eddie als amerikanische Touristen einstufte. Sie pflügten sich durch den völlig verstopften Gang nach hinten und blieben zwei Reihen vor Eddies Sitz neben den Hühnerkörben stehen. Die Augen des größeren der beiden schweiften durch den Bus, blieben bei Eddie hängen und musterten ihn durchdringend. Der Größere sagte etwas zu seinem Begleiter, der daraufhin ebenfalls herübersah. Eddies Arme schlossen sich unwillkürlich fester um seinen Rucksack. Die beiden tauschten ein paar Worte, dann versuchte der Kleinere sich zu Eddies Platz durchzukämpfen.

„Hey Junge, alleine unterwegs?"

„Nein", gab Eddie durch eine Salve Hühnergegacker zurück. Er hatte sich schnell eine Erklärung überlegt, von der er hoffte, dass sie glaubhaft klang. „Ich war mich nur ein wenig umsehen und bin jetzt auf dem Rückweg zu meinem Onkel im Hotel Yak und Yeti."

Zum Glück schien sich der Mann nicht näher für den Zweck von Eddies Ausflug zu interessieren. Das Ferkel quiekte.

„Gefällt es dir in Nepal?"

„Ich habe noch nicht viel gesehen", gab Eddie wahrheitsgemäß zu.

„Macht dein Onkel Urlaub hier?"

Es wurde langsam kompliziert. „Nein, er hat geschäftlich zu tun." Das war nicht einmal völlig gelogen.

„Was tut er denn?"

Die Zwinge schloss sich enger. „Er hilft anderen Menschen. Er ist ein Pater." Das schien zu wirken. Eddie spürte, wie der Mann das Interesse verlor.

„Na, dann noch viel Spaß in Kathmandu."

„Danke. Für Sie auch."

„Für uns ist es schon vorbei. Wir fliegen morgen zurück nach San Francisco."

„Guten Flug."

„Danke."

Das war nicht gut. Er konnte nicht bei jeder Begegnung in Angst ausbrechen. Wie hatte der König gesagt? *Die Angst zieht die Macht an. Sei immer achtsam, aber nie ängstlich.* Nach vielen weiteren Halts erreichten sie einen zentralen Platz, an dem alle Insassen aus dem Bus drängten. Auch Eddie stieg aus und wurde sofort von einem Pulk Taxifahrer umringt. Jeder versuchte, ihn zu seinem Fahrzeug zu drängen. Stimmen schnatterten auf ihn ein, Hände mit Hotelprospekten fuchtelten vor seinem Gesicht herum, andere tappten auf seine Schulter oder zupften an seiner Jacke. Einem der Männer gelang es sogar beinahe, ihm den Rucksack vom Rücken zu zerren, wahrscheinlich um seinem Fahrgast einen besonderen Trageservice anzubieten. Eddie schüttelte die aufdringlichen Männer ab und flüchtete zu einem Taxi, dessen Fahrer gelassen am Steuer saß und rauchte.

„Kennen Sie das Hotel Yak und Yeti?", fragte er den Mann. Der nickte und machte eine Handbewegung Richtung Rückbank. Der Fond für die Fahrgäste war durch eine getönte Glasscheibe vom vorderen Teil des Wagens abgetrennt. Angenehm.

Eddie stieg ein, ließ sich auf das Polster sinken und schloss die Augen. In seinem Kopf drehten sich die Gesichter der aufdringlichen Männer, das Stimmengeplapper umschwirrte ihn, und er spürte die Stellen an seinem Körper, an denen ihn die Hände berührt hatten. Das Taxi fuhr langsam an, und Eddie ließ sich von dem gleichmäßigen Brummen des altersschwachen Motors einlullen.

Nach einer unbestimmten Zeit weckte ihn die Stimme des Fahrers aus seinem Dämmerzustand. Das Taxi war bereits vor dem Hotel Yak und Yeti angekommen. Eddie stieg aus und zahlte. Welcher Tag war heute eigentlich? Und vor allem welches Datum? Konnte der Pater überhaupt schon im Hotel angekommen sein? Er rechnete nach. Der Zeitvertreiber war auf zwei Wochen gestellt gewesen, als er von Pater William getrennt worden war. Mit Choey hatte er zwei Nächte außerhalb Shambhalas verbracht und eine in Alaans Haus. Das bedeutete, dass er sich noch eine Woche und vier Tage in der Vergangenheit befand. Der Pater konnte unmöglich schon hier sein.

Zögernd betrat er den eleganten Empfang des Hotels und fragte die Rezeptionistin nach William Werkler.

„Zimmer dreihundertfünf. Bist du Eddie Kramer?"

Eddie zuckte zusammen. „Ja."

„Du wirst bereits erwartet. Einen Augenblick bitte."

Kurz darauf klopfte Eddie an die Zimmertür des Geistlichen. Als Pater William öffnete, bot er ein Mitleid erregendes Bild. Der sonst so füllige Mann hatte mindestens fünfzehn Kilogramm an Gewicht verloren, was sich besonders in seinem Gesicht bemerkbar machte. Dazu kamen ein heftiger Sonnenbrand, aufgesprungene Lippen, dunkle Ringe unter den Augen und tiefe Sorgenfalten auf der Stirn. War der Pater Eddie bisher immer als Inbegriff von Lebensfreude und Tatendrang erschienen, so wirkte er jetzt abgeschlagen und kraftlos. Er machte zwei Schritte auf Eddie zu und humpelte dabei mit dem linken Bein. Allerdings hinderte ihn das keineswegs daran, Eddie so überschwänglich zu umarmen, als hätte er seinen verlorenen Sohn wiedergefunden. Nachdem sich der Begrüßungssturm gelegt hatte, ließ sich der Pater in einen Sessel fallen. Eddie nahm den Rucksack ab und legte ihn auf das zerwühlte Bett.

„Was für eine Freude, mein Junge. Ich habe mir in den letzten zwei Wochen so viele Vorwürfe gemacht wie in meinem Leben noch nicht“, sagte der Pater.

Es waren also über zwei Wochen vergangen. Damit hatten sie die Verzögerung des Zeitvertreibers wieder aufgeholt. Eddie überlegte, dass Shambhala über perfekte Möglichkeiten der Zeitbeeinflussung verfügen musste. Der Pater musterte ihn von oben bis unten, und ein befremdlicher Ausdruck machte sich in seinem Gesicht breit. „Du siehst verändert aus, Eddie. Geht es dir gut?“

„Ja, Pater. Aber Sie haben wohl eine anstrengendere Zeit hinter sich als ich.“

„Ich meine nicht die Anstrengung. Du wirkst…“ Er machte eine kreisende Handbewegung. „… größer. Ruhiger. Älter.“

Jetzt war Eddie erstaunt. Er strich sich mit beiden Händen die Haare nach hinten und ging in das Badezimmer. Als die aufflammende Leuchtstoffröhre sein Gesicht im Spiegel beleuchtete, erschrak er. Ein Fremder sah ihm entgegen. Nicht, dass sich irgendetwas Beschreibbares verändert hatte. Noch immer blitzten hellblaue Augen unter einem rostbraunen Haarschopf hervor, der jetzt selbst aus Eddies Sicht ziemlich zerzaust aussah, aber keinesfalls Ursache für die Veränderung sein konnte. Auch Eddies Haut war von einem Sonnenbrand gerötet, die Sommersprossen auf den Wangen schienen sich vermehrt zu haben und die Lippen waren aufgesprungen. Aber das alleine wäre nicht ungewöhnlich gewesen. Die eigentliche Veränderung lag im Gesichtsausdruck. Ein ernsthafter, schwerer Unterton hatte sich unter den jungen Zügen breit gemacht. Lag das an der Verantwortung für das Buch? War alles wirklich noch immer ein Spiel für ihn, wie es der König geraten hatte?

Eddie grinste sein Spiegelbild an. Ja, ein Spiel! Wunderbar und spannend. Die Ernsthaftigkeit verflog nicht völlig, aber jetzt sah er zumindest wieder den Jungen vor sich, den er kannte.

„Alles in Ordnung, Eddie?“, rief Pater William aus dem Wohnraum herüber.

„Alles in Ordnung, Pater“, gab Eddie zurück und schaltete das Licht wieder aus. Er begab sich zurück in den Wohnraum und setzte sich neben den Rucksack auf das Bett.

„Es ist da drin, oder?“ Der Pater deutete mit dem Kopf auf den Rucksack. Eddie nickte.

„Hast du schon hineingeschaut?“

Eddie schüttelte den Kopf.

Beide schwiegen.

„Ich würde es gerne einmal ansehen“, sagte der Pater nach einer Weile.

Eddie öffnete den Rucksack, zog das Buch vorsichtig heraus und legte es wie eine zerbrechliche Preziose auf die Bettdecke. Ein Sonnenstrahl stahl sich zwischen den Vorhängen hindurch, warf einen Lichtstreifen auf das Buch und ließ die vergoldeten Symbole schimmern wie Münzen eines Schatzes. Pater William stand ächzend auf, humpelte zum Bett und kniete davor nieder. Er fuhr mit seinen Fingerkuppen über die Schnitzereien des hölzernen Einbandes, wie auch Eddie es getan hatte. Sanft berührte er das goldene Schloss und strich vorsichtig über den ledernen Buchrücken.

„Das Buch der Träume“, murmelte der Pater. „Es existiert also wirklich.“ Seine rotgeränderten Augen glänzten feucht, als er zu Eddie aufsah. „Mein halbes Leben habe ich der Aufgabe gewidmet, es für die Menschen zu finden. So viele andere haben dazu beigetragen, mehr über dieses Buch zu erfahren, und jetzt liegt es endlich hier vor uns.“ Er ließ seine rechte Hand auf dem Einband ruhen und schüttelte ungläubig den Kopf. „Wie alt es wohl sein mag? Werden wir die Schrift der Verfasser überhaupt verstehen können?“ Er sah Eddie fragend an. „Hast du den Schlüssel dazu, mein Junge?“

„Nein“, log Eddie, ohne zu wissen, warum.

„Nun, das Schloss scheint nicht besonders stabil zu sein. Man könnte auch den Metallbeschlag entfernen, der Vorder- und Rückseite zusammenhält.“

„Wir sollten zuerst unser Gefühl dazu befragen“, sagte Eddie.

Der Pater zog seine Hand zurück und richtete sich auf. „Du hast Recht, mein Junge. Es ist nicht der richtige Zeitpunkt und nicht der richtige Ort dafür. Wir wollen lieber überlegen, wie wir es sicher nach Hause bekommen.“

„Wir könnten es einfach wieder in den Rucksack packen und mit ins Flugzeug nehmen“, schlug Eddie vor.

„Das Handgepäck wird immer besonders aufmerksam kontrolliert“, überlegte Pater William. Wir sollten einen Koffer kaufen und es in Kleidungsstücke einwickeln.“

„Einverstanden. Wann können wir nach Hause fliegen?“

„Unten im Hotel gibt es ein Reisebüro. Ich werde anfragen, wann der nächste Flug frei ist.“

Es gab in den kommenden Tagen keine freien Plätze direkt nach Kalifornien. So buchte Pater William für den nächsten Morgen einen Flug in die indische Hauptstadt Delhi und von dort aus einen Anschluss nach San Francisco. Anschließend gingen sie in das Stadtzentrum, wo sie einen unauffälligen Koffer und ein paar Kleidungsstücke zum Auspolstern besorgen wollten. Kathmandu war eine faszinierende Stadt. Obwohl oder gerade weil er in den vergangenen Tagen so viel Unglaubliches erlebt hatte, war Eddie gefangen von der umtriebigen und so herrlich realen Stimmung, die am alten Hauptplatz und in den abzweigenden Straßen herrschte. An einem Straßenstand kauften sie ein paar Sandwiches und eine Flasche Wasser, um anschließend die Stufen einer riesigen, reich verzierten Pagode hinaufzusteigen und ihren Imbiss zu verzehren. Von hier oben aus hatte man einen wunderbaren Überblick über den Platz und einige Straßen. Die Spätnachmittagssonne tauchte das gegenüberliegende alte Palastgebäude mit seinen ebenfalls pagodenartigen Holzdächern in goldenes Licht.

Der Pater wickelte die belegten Brötchen aus und gab Eddie eines davon. Schweigend saßen sie nebeneinander und kauten vor sich hin. Zu ihren Füßen brodelte das Leben. Mit fotografierenden Touristen beladene Fahrradrikschas wurden von ihren ständig hupenden Fahrern geschickt zwischen Menschen, Ziegen und Ochsen hindurch gesteuert. Kinder umschwirrten ausländische Urlauber und versuchten, ihnen Andenken zu verkaufen oder auf andere Art an Geld zu gelangen. Am Boden kauernde Marktfrauen boten Früchte, Gewürze oder Gemüse an und rauchten dabei zigarrenähnliche Blattrollen. Gelegentlich spuckten sie einen Teil der roten Masse aus, auf der sie ständig herumkauten. Olivgrün uniformierte Soldaten schlenderten alleine oder in kleinen Gruppen scheinbar ziellos umher. Kahlrasierte Mönche pflügten sich unbeirrt ihren Weg durch das Menschengewimmel, die Bettelschale in der einen, die Gebetsmühle in der anderen Hand tragend, während sie unablässig ‚*Om mani padme hum*[7]' rezitierten. Eddie konnte die Worte von seinem entfernten Standpunkt aus nicht verstehen, aber er *wusste* sie, als er sich auf einen der Mönche konzentrierte.

Neben einem reich verzierten Tor gegenüber stand ein Mann, der aussah wie die Mischung aus einem Meeresgott und einem Pilgermönch. Verfilzte lange Haare und ein mächtiger Vollbart umrahmten sein mit roten und weißen Linien bemaltes Gesicht. Gelbe, orange und rote Tücher waren auf verschiedenste Arten um den Körper gewickelt. Die bloßen Füße steckten in einfachen Ledersandalen. Der Mann stützte sich auf einen mächtigen Stab, der am oberen Ende in einen Dreizack überging, so dass das Gerät den Eindruck einer sagenhaften Fischerharpune erweckte. Was immer der Mann auch darstellte, er wirkte wie ein Magnet auf die Touristen. Nach jedem Foto klingelte eine Münze in seiner Messingschale. Eddie war so fasziniert von der Erscheinung, dass er seine Augen kaum abwenden mochte.

Und auf einmal sah er *ihn*! Er hatte in einer Traube von Touristen Schutz gesucht und sah zur Pagode herauf. Eddies Herz blieb vor Schreck fast stehen, denn er kannte diesen Mann. Die Schirmmütze, der Fotoapparat, die Turnschuhe und das bedruckte Touristenhemd konnten nicht darüber hinwegtäuschen: Dort unten stand derselbe Mann, der an der Kreuzung zur Famosa Dream Lane auf dem Boden gelegen und um sein Leben gekämpft hatte. Der Verletzte, der aus dem Krankenhaus auf geheimnisvolle Weise verschwunden war und dessen Namen niemand herausgefunden hatte.

Offenbar war er nicht allein, denn ein bärtiger Mann in seiner Nähe starrte ebenfalls nach oben, als bewunderte er die Pagode. Als sie bemerkten, dass Eddie sie entdeckt hatte, wendeten sie sich scheinbar desinteressiert ab. Von da an wirkte ihr Verhalten wieder wie das gewöhnlicher Touristen. Der mit der Schirmmütze hob seinen Fotoapparat, um den Bärtigen abzulichten, während dieser eine Münze in die Schale des Neptunmannes warf. Hatte sich Eddie vielleicht getäuscht?

„Was ist los, mein Junge?“, fragte Pater William, der bemerkt hatte, dass etwas nicht stimmte.

---

7 O Juwel in der Lotusblüte (buddhistische Beschwörungsformel)

„Sehen Sie die beiden Männer dort unten, Pater? Der eine hat eben etwas in die Schale des Neptunmannes geworfen.“

„Das ist kein Neptunmann, Eddie, es ist ein…“

„Egal“, unterbrach ihn Eddie ungeduldig, obwohl das gar nicht seine Art war. „Die Männer haben uns beobachtet.“

„Das ist unmöglich, Eddie. Niemand kann wissen, dass wir hier sind.“

Eddie folgte den Männern mit seinem Blick, aber sie gaben keinen weiteren Anlass zu Misstrauen. Er versuchte, sich auf ihre Gedanken zu konzentrieren, um mehr über sie zu erfahren, doch er war viel zu aufgeregt. Entweder waren sie sehr gute Schauspieler, oder Eddie hatte sich geirrt. Auch Pater William starrte konzentriert auf die andere Seite des Platzes, aber die Szene machte einen normalen Eindruck.

„Eddie, hast du wieder dieses Gefühl beobachtet zu werden? Du weißt schon, so wie damals in der Famosa Dream Lane.“

„Ja“, sagte Eddie mit leicht zitternder Stimme. „Aber jetzt ist es viel stärker.“ Zum ersten Mal hatte er zwei von ‚ihnen‘ gesehen. Bisher waren ‚sie‘ nur ein Gefühl gewesen. Man hätte sie als Phantome oder fixe Ideen in einem Spiel abtun können. Aber jetzt wurde das Spiel Realität.

„Sie wissen, dass wir das Buch haben“, sagte Eddie abwesend, während er beobachtete, wie sich die Männer scheinbar arglos schlendernd in die nächste Seitengasse bewegten.

„Wir sollten zusehen, dass wir von hier verschwinden“, meinte der Pater und packte den Rest der Sandwiches zusammen.

„Ich glaube, wir sollten nicht mehr ins Hotel zurückgehen“, meinte Eddie.

Der Pater zögerte kurz und dachte nach. „Gut. Wenn wir sie abgeschüttelt haben, buchen wir irgendwo einen anderen Flug“, sagte er schließlich. „Wir haben das Buch in deinem Rucksack und genügend Geld bei uns. Mehr brauchen wir nicht.“

Die Männer waren inzwischen verschwunden. Eddie sah sich um. Im Augenblick saßen nur zwei nepalesische Kinder in Hörweite.

„Und wenn sie den Flughafen überwachen?“, fragte er.

„Das tun sie bestimmt, aber wir werden ihn nicht benutzen.“

Eddie sah den Pater verständnissuchend an.

„Wir mieten einen Wagen und fahren nach Indien, noch heute. Am besten sofort. In Benares, der heiligen Stadt am Ganges, können wir einen Zug nehmen und irgendwohin fahren, um ein Flugzeug zu bekommen. Sie können schließlich nicht ganz Indien überwachen."

„Wir haben Angst", stellte Eddie fest. „Das ist nicht gut. Angst zieht Macht an. So werden sie uns leicht finden."

„Was meinst du damit?"

„Ich habe etwas gelernt in Shambhala. Was würde jemand in unserer Situation tun, der keine Angst hat?"

„Schwierige Frage. Er würde vielleicht trotz allem den gebuchten Flug nehmen."

„Und wenn er keine Angst hat, aber dennoch achtsam und listig ist?"

„Listig?" Der Pater sah Eddie nachdenklich an. Plötzlich hellte sich seine Miene auf.

„Du hast wirklich unglaublich dazugelernt, seit wir uns das erste Mal begegnet sind, mein Junge", sagte er mit anerkennendem Unterton in der Stimme.

Es dauerte nur wenige Minuten, bis sie ihren Plan beschlossen hatten. Ein gewagtes Spiel, das alles auf eine Karte setzte, aber wenn sie Glück hatten, konnte es gelingen.

Listen

Entlang der Hauptstraße des neuen Stadtteils von Kathmandu hatten sich die besten Geschäfte Nepals etabliert. Wenn man ein wenig suchte und hohe Preise nicht scheute, gab es kaum etwas, das man hier nicht bekommen konnte. In einem kleinen Kaufhaus suchten sich Eddie und der Pater einen unauffälligen schwarzen Reisekoffer aus Kunststoff aus. Dazu kauften sie ein dickes Stahlseil und ein Sicherheitsschloss. In einem anderen Geschäft erstanden sie eine Reihe günstiger Kleidungsstücke, die sie nach ihrer Eignung, das Buch im Koffer abzupolstern, auswählten. Eddie war es ebenso gleichgültig wie dem Pater, ob die Hosen, Pullover und Hemden passten. Einzig ein rotes Jeanshemd mit einer hochwertigen Stickerei auf dem Rücken hatte es ihm angetan. Das Bild zeigte einen farbenprächtigen Sonnenaufgang über einem ungewöhnlich symmetrischen Berg. Darüber schwebte die tibetische Flagge, und unter den Berg waren in goldgelben Lettern die Wörter ‚*Freies*

Tibet!‘ gestickt. Eddie erkannte auf den ersten Blick den Berg Meru wieder.

Zurück auf der Straße winkte der Pater ein Taxi herbei, von dem sie sich zu einer privaten Autovermietung fahren ließen. Dort reservierten sie für den kommenden frühen Morgen einen Wagen mit Fahrer, der sie nach Benares bringen sollte. Der Inhaber der Autovermietung konnte ein freudiges Grinsen nicht unterdrücken, als der Pater ihm einen Geldschein nach dem anderen auf den Tisch blätterte. Obwohl die Strecke lang war und es sich um das beste Fahrzeug handelte, wäre der enorm hohe Preis nicht zu rechtfertigen gewesen. Der größte Teil des Geldes war jedoch eine Art Gefahrenzulage für den Vermieter, der einer sehr ungewöhnlichen Vereinbarung mit seinen beiden Fahrgästen zustimmte.

Anschließend fuhren Eddie und der Pater entgegen ihrer ursprünglichen Absicht zurück ins Hotel. Ohne ihr Zimmer aufzusuchen, verbrachten sie den Rest des Tages im Restaurant und in belebten Aufenthaltsräumen. Sie achteten darauf, niemals alleine zu sein, denn auch wenn im Augenblick nichts auf eine Bedrohung hinwies, war Eddie sicher, dass jeder ihrer Schritte überwacht wurde. Gegen Abend nahmen sie ein leichtes Essen zu sich und betraten anschließend mit ihrem neuen Koffer den Aufzug, der zu ihrem Zimmer im vierten Stock führte.

Dort kamen sie allerdings nie an. Sie verließen den Lift in der zweiten Etage und schlichen das Treppenhaus hinunter in das Kellergeschoss. In einem unversperrten Lagerraum fanden sie ein Fenster zur Hinterseite des Hotels, das ausreichend groß für den Pater war. Sie durchquerten einen schmalen Streifen des Gartens, der durch dichte Hecken gegen die Blicke der Gäste abgeschirmt war. Hier standen die Müllcontainer des Hotels, und offensichtlich diente der Bereich auch als Zwischenlager für Bettwäsche, die auf dem Weg zur Reinigung war. Kurz darauf saßen Eddie und der Pater in einer dreirädrigen Motorrikscha und knatterten in Richtung des Privatflughafens Kathmandus. Etwa siebzig Minuten später schloss der Pilot einer kleinen zweimotorigen Maschine die Tür zum Fahrgastraum und startete die Maschinen. Dabei lächelte er zufrieden, denn er hatte soeben das beste Geschäft der letzten Monate abgeschlossen. Zwar hatte er dafür drei ausgebuchte Rundflüge über der Stadt absagen müssen, aber das dicke Päckchen Banknoten, das sich so wunderbar schwer in seiner linken Brusttasche anfühlte, war eine mehr als ausreichende Entschädigung dafür.

Einige Stunden später setzte die Maschine auf einer schlecht gepflegten Landebahn in Indiens Teemetropole Darjeeling auf. Fast in der selben Minute klopfte ein verängstigter Page des Hotels Yak und Yeti im Auftrag zweier Männer, die keinen Widerspruch duldeten, an die Tür des Zimmers vierhundertzwölf, in dem eigentlich ein Pater aus San Francisco schlafen sollte. Als der Page auch nach dem dritten Mal keine Antwort bekam, öffnete er, ebenfalls gegen seinen Willen, die Zimmertür mit seinem Zentralschlüssel. Das Folgende entzieht sich der Erinnerung des Pagen, denn ein dumpfer Schlag auf seinen Hinterkopf beendete seine Sinneswahrnehmungen für eine Weile.

Etwa fünfzehn Minuten später, als Eddie und Pater William bereits Flugscheine für den nächstmöglichen internationalen Flug, der in diesem Fall nach Hongkong führte, gelöst hatten, klingelte es an der Tür eines zufrieden schlummernden Fahrzeugvermieters in Kathmandu. Die vier vor seiner Tür wartenden Amerikaner waren offensichtlich sehr ungeduldig, denn bereits wenige Sekunden nach dem zweiten Klingeln verschafften sie sich selbst Zutritt, indem sie die Eingangstür aufbrachen. Der scheinbar verängstigte Vermieter gab binnen Sekunden alle Informationen über seine beiden ungewöhnlichen Kunden vom Nachmittag weiter. In etwa fünf Stunden sollte ein Wagen mit Fahrer startbereit an der Ashok-Street warten, um die beiden Gäste nach Benares in Indien zu bringen.

Vier Stunden und fünfundvierzig Minuten später, als bereits die erste Ahnung von Morgengrauen die Ashok-Street zu erhellen begann, wartete ein roter, viertüriger Subaru mit getönten Scheiben auf zwei Fahrgäste, die niemals eintreffen würden. Es dauerte noch eine gute halbe Stunde, bis dies auch die Männer, die sich in der Umgebung auf die Lauer gelegt hatten, bemerkten.

Weitere zwei Stunden später standen Eddie und Pater William an einem Gepäckband des Flughafens von Hongkong und beobachteten, wie ihr schwarzer Kunststoffkoffer mit dem unersetzlichen Inhalt aus dem Durchlass gespuckt wurde. Sie stellten zufrieden fest, dass das Stahlseil mit dem Schloss unversehrt war, packten den Koffer auf einen Gepäckwagen und suchten den Schalter der United Airlines auf. Pater William buchte einen Flug nach Mexiko, von wo aus sie mit einem Mietwagen nach San Francisco fahren würden.

Nochmals drei Stunden später drückten Eddie und Pater William fast gleichzeitig die Knöpfe in ihren rechten Armstützen und schoben die

Lehnen ihrer Sitze nach hinten. Beide dachten zufrieden an den Koffer, der unter ihnen im Gepäckraum zwischen Hunderten anderer Gepäckstücke eingekeilt lag. In ihm befand sich, eingewickelt in ein Hemd mit der Aufschrift ‚*Freies Tibet!*' und durch unbenutzte Kleidungsstücke gepolstert, das Buch der Träume.

Natürlich lag noch eine Menge Arbeit vor ihnen, bis der Inhalt allen Menschen zugänglich gemacht sein würde, aber die beiden hatten das sichere Gefühl, dass es ihnen gelingen würde. Sie hatten es geschafft! Bleierne Müdigkeit breitete sich in Eddie aus.

Er schlief ein.

Epilog

‚Ich habe es geschafft, oder?‘ Eddie sitzt wieder auf der Veranda in seinem Schaukelstuhl, neben dem weiß gekleideten Mann, den er schon aus dem Dorf der Farben und vom Gespräch über den Sinn des Lebens kennt. Er muss ihn nicht ansehen, um zu wissen, dass er nickt.

‚Ich trage seit langem eine Frage mit mir herum, auf die ich noch keine Antwort gefunden habe‘, sagt Eddie.

Der Weiße lächelt, als hätte er dieses Thema erwartet. ‚Du willst wissen, wer ich bin.‘

‚Ja.‘

‚Was glaubst du?‘

‚Amen Gilstein, der Mann, der mir das Traumtarot verkauft hat?‘

‚Nein.‘

‚Aber Sie sehen so aus wie er.‘

‚Ich sehe so aus, wie du es willst.‘

‚Wer sind Sie wirklich?‘

‚Ich bin du.‘

Eddie hat so etwas geahnt, aber es ist derart widersprüchlich, dass er den Gedanken immer wieder verworfen hat. ‚Wie ist das möglich? Mich gibt es nur einmal.‘

‚Natürlich.‘

Eddie zögert. ‚Aber wie können Sie dann ich sein?‘

‚Ich bin ein Aspekt deines höheren Selbst, eine Ansicht in einer Form, die dir einen Austausch leichter macht. Ich bin weder Person noch fremdes Wesen, sondern ein Kanal, ein Bild, ein Symbol. Ich könnte auch ein Tier sein oder jedes andere Aussehen annehmen. Ich bin ein Teil von dir. Zusammen ergeben wir ein einzigartiges Ganzes. Du und ich.‘

‚Das Traumtarot...‘, beginnt Eddie.

‚War nur ein Hilfsmittel, damit du zu deinen eigenen Fähigkeiten Vertrauen gewinnst. Die Karten sind schön, aber in ihnen selbst liegt keine Kraft. Die Kraft ist in dir.‘

‚Aber irgendwer muss sie geschaffen haben.‘

Der Weiße hört auf zu schaukeln, steht auf und stellt sich vor Eddie. Sein weites Gewand strahlt im Gegenlicht wie ein Schein aus hellem

Licht. ‚Erinnerst du dich an die Karte mit der Puppe, die dich veranlasste das Spiel zu kaufen?‘

‚Die Steckpuppe, aus der das gleißende Licht strahlte? Ja.‘

‚Du hast sie nie geträumt.‘

‚Sie lag niemals obenauf.‘

‚Weil du ohnehin schon wusstest, was sie dir mitteilen sollte. Du bist nicht nur dein Körper. Der Kern deines Seins ist reine leuchtende Energie.‘

Das Gesicht des Mannes, der so sehr einem jüngeren Amen Gilstein ähnelt, beginnt zu verschwimmen. Er breitet seine Arme aus und wird zu einer gleißend hellen Wolke.

‚Und du selbst bist es, der deine Realität erschafft. Jeden Augenblick.‘

Über den Autor

Ruediger Schache, Jahrgang 1963, ist international bekannter Bestsellerautor für Sachbücher und Romane. Seine Bücher erreichen eine weltweite Auflage von über eine Mio Exemplaren und sind in 26 Sprachen erschienen. Alleine das »Das Geheimnis des Herzmagneten« stand 84 Wochen in der renommierten Spiegel-Bestsellerliste.

Neben seiner Arbeit als Autor und Vortragender betreibt er gemeinsam mit seiner Frau südlich von München ein Institut für Bewusstseinsforschung.

Ein weiterer Roman von Ruediger Schache: „Meine wilden Jahre – Memoiren des Engels 002" (erschienen unter seinem Pseudonym Richard Wilder).

Meine wilden Jahre

Memoiren des Engels 002 / Richard Wilder
Edition Spirituelle Romane

Taschenbuch, 200 Seiten, ISBN 978-3-86616-035-4

Acht Geheimdienst-Engel ziehen aus, um zusammen mit einem erleuchteten Stadtstreicher die Welt zu retten – eine höchst vergnügliche Idee, unterhaltsam, rasant und humorvoll erzählt, in der Stilrichtung des USBestsellerautors Chistopher Moore. Eine Story, die trotz der „Engel auf Erden" ohne „religiöse" Ambitionen, dafür mit viel Pepp, hintergründigem Humor und tiefsinnigen Einsichten daher kommt und deshalb eine breite Lesergruppe anspricht. Starke Dialoge treiben die Handlung lebendig voran und halten den Leser im Geschehen. Engel, die auch mal imaginäres Bier trinken oder ins Kino gehen, um die Menschen besser zu verstehen... Mit einem Feuerwerk origineller Ideen zieht die pfiffige Geschichte den Leser bis zur letzten Seite in ihren Bann. Sowohl der Buchtitel „Meine wilden Jahre – Memoiren des Engels 002" als auch die Covergestaltung sind schon ein Hingucker und wer die erste Seite aufschlägt wird vom ersten Satz an ins Geschehen gezogen. Wer dieses Buch einmal in der Hand hat, nimmt es mit.

Fragen, die das Herz bewegen

Außergewöhnliche Menschen im Interview über Glück, Lebenssinn, Erfolg, persönliche Träume und globale Visionen
Jill Möbius / Rüdiger Schache

Paperback, 176 Seiten, 32 Fotos, ISBN 978-3-86616-004-0

Seit jeher beschäftigen dieselben existenziellen Fragen die Menschheit – Fragen nach dem Sinn des Daseins, nach der Beschaffenheit der Welt und unserer persönlichen Lebensaufgabe, Fragen nach dem Rezept für ein glückliches und erfülltes Leben. In diesem Buch antworten außergewöhnliche Menschen – bekannte Schauspieler, Künstler, Abenteurer, Politiker, spirituelle Lehrer und Wissenschaftler unterschiedlicher Nationalitäten – auf dreizehn wesentliche Lebensfragen. Aus ihrem reichhaltigen Erfahrungsschatz geben sie ihre persönlichen Erfolgsgeheimnisse preis. Offenherzig sprechen sie über persönliche Träume, Liebe, Hoffnungen und ihre globalen Zukunftsvisionen. Im anschließenden Resümee bilden die Autoren eine Essenz aus den Antworten und zeigen praktische Wege für die Übertragung in den Alltag. Ein unterhaltsames Buch zum Schmökern, Staunen, das uns darauf besinnen lässt, was im Leben wirklich wichtig ist.

Das Geheimnis der richtigen Schwingung

Anleitung für ein wunder-volles Leben / Jill Möbius

3. Auflage

Hardcover, 232 Seiten, ISBN 978-3-86616-000-2

Alles, so die Autorin, ist eine Frage von Schwingung und Resonanz. Auf fundierte und leicht verständliche Weise vermittelt dieses Buch, wie das Resonanzprinzip als grundlegendes Gesetz unsere Realität, unseren Körper und unser Schicksal prägt – und wie wir dieses Wissen spielerisch nutzen können, um ein erfülltes und erfolgreiches Leben zu gestalten: Wie es wirkungsvoll gelingt, die Realität im Voraus so zu programmieren, dass sich Wünsche erfüllen und sogar Wunder möglich werden; wie man effektive, kraftvolle Wege der Selbstheilung nutzt, um Gesundheit, Jugendlichkeit und Vitalität zu steigern; wie man inneren Frieden findet und es schafft, in jeder Situation in sich selbst zu ruhen; wie man seine Schöpferkraft wirksam einsetzt, um eine friedvolle globale Zukunft mit zu erschaffen. Viele wirkungsvolle Übungen ermöglichen die direkte Umsetzung der Erkenntnisse im Alltag. Ein unterhaltsames, praxisnahes Handbuch zur Steigerung des Bewusstseins, der Lebensfreude und Lebensqualität.

Weitere Bücher aus dem Verlag Via Nova:

Tiger Woman

Starke Frauen in der Partnerschaft

Chuck Spezzano

Hardcover, 192 Seiten, ISBN 978-3-86616-247-1

Dieses Buch ist eine große Hilfe für starke, selbstbewusste Frauen, sich selbst besser zu verstehen, und es ist gleichzeitig an Männer gerichtet, die in einer Liebesbeziehung mit einer solchen unabhängigen, willensstarken und leidenschaftlichen Frau leben. Chuck Spezzano geht in der ihm eigenen humorvollen und doch äußerst tiefgründigen Weise auf die damit verbundenen Herausforderungen ein. Er beschreibt Gefahren, die eine selbstbewusste Frau in einer Partnerschaft durch ihre Stärke und Kraft heraufbeschwören kann. Vor allem stellt er die Fallgruben dar, in die der Partner einer starken Frau nur allzu leicht hineintappen kann, und er zeigt Wege auf, sie zu umgehen oder sich erfolgreich daraus zu befreien. Damit werden Heilung, Harmonie und Erfolg auch in der oft stürmischen Beziehung möglich und geben ihr die Chance, zu echter und tiefer Partnerschaft und beglückender Ko-Kreativität zu gelangen.

Karten der Erkenntnis auf dem Weg nach innen

Das Buch der Erkenntnis

Chuck Spezzano

12. Auflage

48 künstlerisch gestaltete Karten, Buch: 144 Seiten, ISBN 978-3-928632-32-4

Wollen Sie mehr Selbsterkenntnis gewinnen, persönliche Ziele und verborgene Wünsche erkennen, die Beziehungen im Privat- und Berufsleben verbessern, Ursachen für Probleme herausfinden und auflösen, Hindernisse auf dem Weg nach innen beseitigen? Dann sind die Karten der Erkenntnis und deren Erklärung eine große Hilfe. Sie sind einfach zu benutzen, hilfreich und inspirierend. Ganz gleich, ob Sie „sofortige Antworten" auf alltägliche Fragen oder langfristige Lösungen für die großen Herausforderungen des Lebens suchen, es wird Ihnen und Ihren Freunden helfen, positive Entscheidungen zu fällen und Veränderungen für eine bessere Zukunft herbeizuführen. Im beiliegenden Buch der Erkenntnis findet der Leser den Schlüssel zum Verständnis und zur Verwendung der Erkenntnis-Karten. Chuck Spezzano erläutert im Einzelnen die Bedeutung aller 48 Karten und erklärt eine Vielzahl von Möglichkeiten, mit ihnen zu arbeiten und sie zu deuten. Außerdem werden über zehn verschiedene Legesysteme beschrieben.

Karten der Liebe

84 farbige Karten mit Begleitbuch

Chuck Spezzano

3. Auflage

Karten und Buch in einer Stülpschachtel, Buch 144 Seiten, ISBN 978-3-936486-08-7

Einige Menschen scheinen größeres Glück in der Liebe zu haben als andere, aber es steckt mehr dahinter als nur Glück. Der Verfasser zeigt auf anschauliche Weise, wie der aufmerksame Leser mit Hilfe der 84 Karten seine Chancen für eine glückliche und erfolgreiche Liebesbeziehung vergrößern kann. Die Karten sind in die vier Kategorien Heilung, Glück, Gnade und Probleme unterteilt. In dem dazugehörigen Begleitbuch werden alle Karten und ihre jeweiligen Bedeutungen ausführlich beschrieben. Außerdem werden verschiedene Befragungsbeispiele und Legesysteme vorgestellt. „Die Karten der Liebe" sind sowohl für Menschen gedacht, die noch nach ihrer ganz besonderen Beziehung suchen oder die gerade am Anfang einer Beziehung stehen als auch für Menschen in einer langfristigen Beziehung, für die die Karten neue Erkenntnisse über ihre Liebesbeziehung vermitteln und eine Hilfe darstellen, sie zu verbessern. Sie zeigen nicht nur die schönen Seiten der Liebe wie Vertrauen, Lachen und Glück, sondern auch ihre Fallen wie Erwartungen, Kontrolle und Eifersucht, die es zu vermeiden gilt, damit die Liebe nicht schal wird.

Jeff und Sue Allen

Wie Beziehungen wirklich gelingen
Neue Wege für Liebe und Partnerschaft

Hardcover, 256 Seiten, ISBN 978-3-86616-210-5

Beziehungen sollten eigentlich der Himmel auf Erden sein, aber genau das Gegenteil ist fast immer der Fall. Die Liebe zum Partner liegt unter dem Schmerz ständiger Auseinandersetzungen, gegenseitiger Schuldzuweisungen und tiefer Verletzungen vergraben. Jeff und Sue Allen zeigen in ihrem Buch nicht nur die verborgenen Triebkräfte auf, die in allen Beziehungen am Werk sind, sondern auch Wege, sie zu erkennen und zu verwandeln. Anhand ihrer eigenen authentischen Geschichte nehmen sie den Leser mit auf eine Reise durch die Stadien, Gefahren, Irrgärten und Fallen, die es in einer Beziehung zu überwinden gilt, um zu wahrer Liebe und echtem Glück zu gelangen.

Lieben heißt die Welt verändern

Die transformierende Kraft der Liebessprachen
Ursula Friederikje Rücker

Paperback, 192 Seiten, ISBN 978-3-86616-235-8

Jeder Mensch hat seine ganz eigene Liebessprache. Dies macht zwar den besonderen Zauber und die Einzigartigkeit einer jeden Beziehung aus, ist aber auch häufig die Ursache von Missverständnissen. Viele Konflikte in der Partnerschaft, aber auch zwischen Eltern und Kindern und unter Freunden könnten vermieden werden, wenn die Menschen um die Bedeutung der verschiedenen Möglichkeiten, Liebe auszudrücken, wüssten. Dieses Buch stellt deshalb verschiedene Liebessprachen vor. Der Leser kann seine eigene Liebessprache herausfinden und auch die anderer Menschen, die ihm am Herzen liegen. Wenn Sie die einzelnen Liebessprachen anwenden, werden Sie feststellen, dass Sie sich selbst und Ihre Beziehungen mit mehr Verständnis, Freundlichkeit und Liebe bereichern.

Liebe(r) ungewöhnlich leben

In Beziehungen gemeinsam wachsen
Vorwort von Chuck Spezzano
Heiko Kölle

Paperback, 192 Seiten, ISBN 978-3-86616-212-9

Es ist notwendig, Beziehungen wirklich zu verstehen. Es liegt an jedem selbst, mehr über Beziehungen zu lernen und zu erkennen, dass sie einen Einfluss haben auf die Gesundheit und den Erfolg in unserem Leben, auf die Intimität und die persönliche Entwicklung. Dieses Buch des Psychologen Heiko Kölle vermittelt tiefgründige Kenntnisse, um die unterschiedlichen Phasen, die Höhen und Tiefen von Beziehungen zu verstehen. Es enthält jede wichtige Lektion, wie wir besser in Partnerschaft und Familie miteinander in Liebe die Essenz jeder Beziehung leben können. Es ermutigt gegen alle Widerstände, eine tiefe Intimität und Nähe zu anderen zu erreichen uns sein Herz zu öffnen.

Wie Kommunikation gelingt

Die verbindende Kraft der Liebe

Barbara von Meibom

Paperback, 224 Seiten, 6 Abbildungen, ISBN 978-3-86616-236-5

Für die Kommunikationwissenschaftlerin Barbara v. Meibom ist die verbindende Kraft der Liebe unverzichtbar, wenn Kommunikation gelingen soll, im privaten Alltag ebenso wie im beruflichen und öffentlichen Leben. In einer von technischen Kommunikationsmedien geprägten Welt wird die erforderliche Hinwendung nach innen immer schwieriger und zugleich immer notwendiger, da die Medien wie Verstärker wirken, im Guten wie im Schlechten. Dieses Buch vermittelt die Kunst der Kommunikation, die es heute mehr denn je zu lernen gilt, weist Wege zu einer Kommunikation mit sich selbst, mit anderen und auch mit der Natur, bei der das Herz sprechen kann und eine liebende Gemeinschaft unterstützt wird, und gibt dazu viele Anregungen und Beispiele.

Hundert Wege der Hoffnung

Edition Spirituelle Romane

Robin Rice

Paperback, 296 Seiten, ISBN 978-3-936486-71-1

Spirituelle Heiler auf der ganzen Welt haben der Hauptfigur dieses spannenden Romans, Mary, immer wieder gesagt, sie sei „Die Eine", haben ihr jedoch nicht offenbart, worin ihre Aufgabe besteht. So folgt sie scheinbaren Zufällen wie Brosamen, bis sie schließlich im Canyon de Chelly in Arizona zu ihrer Ganzheit und zu ihrem wahren Selbst findet. In dieser lebendig und sehr spannend erzählten Geschichte schickt die Autorin ihre Heldin Mary auf eine Reise, während der sie durch visionäre Erfahrungen und mit der Hilfe eines weisen Lehrers das Reich universeller Wahrheiten betritt. Unterschiedliche spirituelle Traditionen werden zu einem harmonischen Ganzen vereint, und gemeinsam mit Mary entdeckt der Leser, dass es auf dieser Welt weit mehr gibt, als unsere fünf Sinne wahrzunehmen vermögen. Der Roman wurde schon in mehrere Sprachen übersetzt.

...bis meine Seele an mich schrieb

Christa Eckert

Edition Spirituelle Romane

Paperback, 216 Seiten, ISBN 978-3-936486-36-0

In einer Selbsterfahrungsgruppe findet Ines in einem inneren Prozess zum Schreiben, durch das sich ihre Seele offenbart. Sie lässt sich ganz darauf ein, die Botschaften ihrer Feste und die Rätsel ihrer Träume zu entziffern. Immer tiefer leuchtet sie ins Dunkel, bis sie erfährt, dass das Zulassen von Schmerz zugleich das Zulassen von Freude und Lebendigkeit ist. Dieser Roman ist für Menschen, die Selbsterfahrungswege wie Kreativität, Meditation, Familienaufstellungen und Körperpsychotherapie "miterleben" wollen: Die Leser werden mit einer ergreifenden und fesselnden Unterhaltung beschenkt. Das Buch hilft, den schweren Weg zum eigenen Selbst zu gehen: den der Versöhnung, der Lebendigkeit und der Liebe.